W0078316

# JERRY COTTON

## Mörder-Gipfel

## Als mich die G-men jagten

## Tunnel-Terror

### Drei Kriminalromane

BASTEI LÜBBE TASCHENBUCH
Band 31 937

Erste Auflage: Februar 2002

Lektorat: Rainer Delfs
Titelbild: :Eine Szene aus dem Warner-Brothers-Film
›Cosa Nostra – Erzfeind des FBI‹
(Der abgebildete Schauspieler steht in keinem Zusammenhang
mit den Romantiteln und dem Inhalt der Romane)
Umschlaggestaltung: QuadroGrafik, Bensberg
Satz: QuadroPrintService, Bensberg
Druck und Verarbeitung:
AIT, Trondheim, Norwegen
Printed in Norway

ISBN 3–404–31937–0

Sie finden uns im Internet unter
http://www.luebbe.de
oder
http://www.bastei.de

Der Preis dieses Bandes versteht sich einschließlich der gesetzlichen Mehrwertsteuer

# Mörder-Gipfel

»Suchen Sie sich die besten Plätze aus, Gentlemen! Premiere für den Tod, und Sie sitzen in der ersten Reihe. So was hat die Welt noch nicht gesehen, glauben Sie mir!« Shannon streckte den rechten Arm aus und wischte einen einladenden Halbkreis in die klimatisierte Luft des Büros.

Die beiden Armenier sahen sich an. Sie dachten das Gleiche. Dieser Mensch hörte sich an wie ein bankrotter Zirkusdirektor, der gerade versuchte, seine letzten drei zahnlosen Löwen an den Mann zu bringen. Lukasin verstand kein Englisch. Trotzdem begriff er den Sinn des Wortschwalls. Stepanavan brauchte nicht zu übersetzen. Die beiden schwarzhaarigen Männer nickten sich zu. Sie waren sich einig, ohne den Mund aufmachen zu müssen. Dieser Amerikaner redete zu viel. Vielleicht änderte sich das, wenn das Geschäft abgeschlossen war. Möglich, dass er dann mit seinem Anbiedern aufhörte und ein normaler Mensch wurde. Die Armenier vermuteten, dass sie es mit dem gängigen Verhalten in diesem Land zu tun hatten. Ein Land, in dem sich jegliches Geschäftsgebaren auf den größtmöglichen Profit ausrichtet.

Auch dann, wenn es um die Handelsware Tod ging.

Sie betraten das Office im 44. Stock des World Trade Center, North Tower Building. Eine ganze Büroetage war es. In allen Räumen herrschte gähnende Leere. Draußen, an den Türen zum Korridor, hingen Schilder mit der genauen Dauer der Betriebsferien. Emerson Panidis & Partners, Lawyers. Shannon besaß einen Schlüssel. Panidis und er kannten sich gut. In diesem Stockwerk arbeiteten außer dem Inhaber zehn weitere Rechtsanwälte und dreißig Angestellte. Er hatte eben die besten Beziehungen, der so auskunftsfreudige Mr. Shannon.

Die Premierenplätze waren vorbereitet.

Fünf Drehsessel standen vor dem breiten Fenster, dessen Außenjalousien noch heruntergelassen waren. Vor jedem Sessel ein Stativ mit aufmontiertem

Fernglas. Shannons Helfer hatten die Stative so platziert, dass der Blick jeweils ungehindert durch die Vertikalverstrebungen der Fassade fallen konnte. Rechts, auf einem Aktenschrank, flimmerte ein Monitor. Shannon schritt zielstrebig wie ein Platzanweiser im Kino. Er forderte die Männer auf, sich zu setzen. Riggin und Lombardi, seine schweigsamen Begleiter, ließen den Platz in der Mitte für ihn frei. Shannon schaltete an dem Monitor herum. Das Flimmern hörte auf. Ein Schwarzweißbild ohne jede Bewegung folgte.

Es zeigte einen Mann an einem Tisch, schräg von hinten. Der Mann hatte die Ellbogen auf der Tischplatte und das Gesicht in beide Hände gestützt. Sein Haar war kraus und schwarz. Es glänzte ein wenig in dem Sonnenlicht, das durch das Fenster hereinfiel. Wegen der Hände waren vom Gesicht nur die buschigen, vorgewölbten Augenbrauen zu sehen. Auch die tiefschwarze Haut des Mannes glänzte wie Lack. Auf seiner Stirn schienen Schweißtropfen zu stehen. Deutlich ließ sich das jedoch wegen der mäßigen Bildqualität nicht erkennen. Stepanavan und Lukasin notierten im Hinterkopf, dass sich der Mann wohl tatsächlich anstrengte. Die Klimaanlage funktionierte auch in dem Zimmer, in dem er saß. Also konnte er nicht schwitzen.

Ihm musste eher kalt sein, wenn man berücksichtigte, woher er stammte.

Shannon setzte sich ebenfalls. »All right, Gentlemen, Sie brauchen an den Gläsern höchstens die Scharfeinstellung zu korrigieren. Der Blickwinkel stimmt bereits. Wenn Sie hindurchsehen, haben Sie das komplette Dach mit dem Auslegerkran an der Westseite vor sich. Wie auf einem Präsentierteller. Haha!« Er strahlte über das runde, faltenlose Gesicht. Er machte den Eindruck eines Mannes, der stolz auf alles ist, was andere in seinem Auftrag leisteten. »Unser Objekt ist bereits eingetroffen. Sie sehen meinen Freund Adam in der Vorbereitungsphase.« Er deutete auf den Monitor.

»Es ist die Phase, in der er sich auf die gedanklichen Strömungen konzentriert, die – nun, die gewissermaßen in der Luft liegen. Als Nächstes folgt dann …«

Stepanavan unterbrach den Wortreichen mit einer Handbewegung. Er übersetzte für Lukasin. Stepanavan war erst achtundzwanzig Jahre alt, doch durch sein faltenreiches Gesicht sah er aus wie ein Einsiedler, der fünfzig Jahre auf dem sturmumtosten Berg Ararat gelebt hatte. Lukasin war drei Jahre jünger, kaum kleiner, doch athletischer und glattgesichtig. Er fragte etwas in seiner harten, rollenden Muttersprache, nachdem Stepanavan zu Ende gesprochen hatte.

Stepanavan nickte und wandte sich dem untersetzten Amerikaner zu. »Mein Kamerad möchte wissen, ob dieses Wesen weiß, dass wir es beobachten.«

»Gentlemen, Gentlemen!« Shannon lachte und hob scherzhaft warnend den Zeigefinger. Sein strammer Bauch ruckte auf und ab. »Nennen Sie Adam bloß nicht so in seiner Gegenwart. Er ist leicht beleidigt, wissen Sie.«

»Kann er sich das leisten?«, fragte Stepanavan, nachdem er übersetzt hatte. Lukasin grinste schief.

»Oh, ich respektiere ihn«, sagte Shannon. »Natürlich bin ich sein bester Freund, weil ich ihn in die Staaten gebracht habe. Ich habe ihn aus seinem Elend herausgerissen. Das vergisst er nie. Trotzdem bin sogar ich vorsichtig. Ein Mensch wie Adam denkt in anderen Kategorien als wir, verstehen Sie? Wenn er etwas tun will, tut er es, ohne sich lange zu fragen, ob er es sich leisten kann. Was Ihre Frage betrifft …« Er strich mit der flachen Hand über die kahle Kopfhaut zwischen seinem Haarkranz. »Selbstverständlich weiß er nichts davon, dass wir ihm zuschauen. Er weiß es nicht, obwohl er nur zwei Zimmer von uns entfernt ist. Er würde es ohnehin ablehnen, sich kontrollieren zu lassen.«

Stepanavan übersetzte erneut. Lukasin knurrte etwas, das kurz und abgehackt klang. »Wenn wir ins

Geschäft kommen sollten«, sagte der ältere Armenier, »wird sich Ihr Freund Adam vielleicht ein bisschen umstellen müssen. Wir zahlen unser gutes Geld nur für jemanden, der unsere Befehle genau so ausführt, wie wir es wünschen.«

Shannon schluckte. »Gentlemen«, entgegnete er sanft, »als Kunden sind Sie selbstverständlich König. Sehen Sie sich jetzt erst einmal an, was Adam leistet.« Er beugte sich vor und drückte den Knopf, der die Außenlamellen der Jalousien öffnete.

Riggin und Lombardi musterten den ranghöheren Mann unauffällig von der Seite. Die winzigen Schweißperlen auf seiner Schläfe waren kaum zu erkennen. Die beiden Unterbosse betrachteten die Geschichte ebenso skeptisch wie Randolph Shannon.


Ein Vorarbeiter schloss die Tür des Bauaufzugs. Durch das Drahtgeflecht zwischen den Stahlverstrebungen war die Welt in ein Gittermuster gepresst. Alan Jackman bedankte sich bei dem Vorarbeiter mit einem Handzeichen und legte den Hebel herum. Ruckend setzte sich der Stahlkorb in Bewegung. Tawana Newkirk kicherte. Jackman schob seinen Arm um die Schulter der Kleinen. Sofort schmiegte sie sich an ihn.

»Was hast du, Baby?«, fragte er.

Sie drehte sich zu ihm um und hauchte einen Kuss auf seine Wange. »Sieh mal, wie sie sich die Augen verrenken, deine harten Burschen vom Bau.« Sie zeigte auf die gelben Schutzhelme ringsherum, die sich aufwärts bewegten und neugierige Gesichter freigaben. »Soll ich dir sagen, Al, was für Gedanken die Typen jetzt haben?«

»Einen weiß ich«, entgegnete er. »Sie stellen sich vor, wie wir's zusammen treiben. Sie beneiden mich nämlich wie nichts in der Welt.«

Das blonde Girl kicherte wieder. »Genau, Darling, haargenau! Und das andere ist ganz einfach. Sie werden unauffällig näher an den Aufzug kommen und versuchen, mir unter den Rock zu schielen.«

»Kurz genug ist er.« Jackman schmunzelte, streichelte ihr pralles Hinterteil und fuhr mit dem Zeigefinger über den Saum, bis er ihren Schenkel berührte.

Sie bog sich und protestierte: »Das kitzelt!«

Er lachte. »Aber deine Fans freuen sich.« Er deutete mit einer Kopfbewegung nach unten. »Bestimmt haben sie was zu sehen gekriegt. Das heizt ihre geilen Gedanken an, Baby. Ein Kerl von Mitte vierzig …«, er klopfte sich mit der freien Hand auf die Brust, »… wie macht der das? Mit so einem kleinen Sexmonster, das gerade zwanzig geworden ist!« Er zog sie an sich, umfasste ihre Taille und hob sie ein Stück hoch.

»Darling!«, gluckste sie. »Du wirst es ihnen doch nicht etwa zeigen wollen! In solch einem zugigen Gitterkasten …«

Er grinste und setzte sie ab. »Deine Ideen sind nicht die schlechtesten, Tawana-Baby.«

Sie küsste ihn. Dann sah sie ihn verschmitzt an. »Denk an deine Position, Alan, ich bitte dich! Als Architekt und Mitinhaber der Firma ›Concrete West‹ kannst du dich doch nicht aufführen wie ein …« Sie schwieg und runzelte die Stirn. Er hörte ihr nicht zu.

Sein Gesichtsausdruck war geistesabwesend geworden. Er hatte den Kopf in den Nacken gelegt. Der Aufzug näherte sich dem 30. Stock. Oberhalb der von Verschalungen und Monier-Eisen umkränzten Dachkante war bereits der Kranausleger zu erkennen – wie der Rüssel eines Insekts, das sich neugierig herüberbeugte. »Ich zeige dir jetzt …«, sagte Jackman, ohne das Girl anzusehen, »… was für ein Gefühl es ist, etwas geschaffen zu haben, das einen selbst überdauern wird. Etwas Monumentales …«

Der Aufzug erhob sich über die zerklüftete Betonfläche des Dachs und stoppte. Tawana hätte gern den Blick in die Tiefe genossen. Es bereitete ihr Vergnügen, die gelb behelmten Menschen dort unten in Ameisengröße zu sehen. Doch Alan Jackman hatte es eilig. Er stieß die Gittertür zum Dach hin auf und zog Tawana mit sich. Die Betonfachleute unterbrachen ihre Arbeit, um ihn zu begrüßen. Jackman beachtete sie nicht.

»Alan, Darling!«, rief das Girl. »Nicht so schnell! Ich möchte den Hudson River sehen. Und die Freiheitsstatue. Und …«

Er schien taub geworden zu sein. Er hastete mit ihr über rauen Beton. Sie stiegen über Sockel und wichen Stellen aus, an denen rostiges Eisengeflecht bloß lag. Jackman strebte zur Ostseite des Dachs. Die matt glänzenden Türme des World Trade Center schienen zum Greifen nahe. Aus den Schluchten von Lower Manhattan klang das Rauschen des Straßenverkehrs. Irgendwo dort unten heulten Polizeisirenen. Man hörte sie fast ständig, sie waren fester Bestandteil der Geräuschkulisse Manhattans. Jackman murmelte fortwährend. Tawana konnte nur Bruchstücke verstehen. »… Battery Park City – ein Teil davon – mein Lebenswerk …«

Tawana stolperte. Aber Alans Griff war fest. Sie stürzte nicht. Und er drehte sich nicht um. Sie versuchte, sich gegen seine Hast zu sträuben. Er war zu stark für sie. Was, in aller Welt, wollte er ausgerechnet dort, wo die Aussicht am wenigsten atemberaubend war? »Alan!«, rief sie noch einmal. »Was ist denn los? Mein Gott, wir haben doch Zeit, hast du gesagt!« Sie musste Luft holen.

Er schien sie nicht zu hören. Er murmelte, zerrte und eilte. Tawana begriff überhaupt nichts mehr. Seine Hand, die sie vor dem Hinfallen bewahrt hatte, wurde zu einer Klammer aus Stahl.


Die Verbindung war hergestellt. Adam Hucko empfand Wohlbehagen. Nach der Anspannung war es erholsam. Er konnte sich nun im Gedankenkreislauf des Mannes niederlassen und brauchte nichts mehr zu befürchten. Er hatte ausreichende Informationen über ihn erhalten. Er wusste alles, was ihn zurzeit beschäftigte. Das Zusammenfließen ihrer beiden Gedanken konnte nur unterbrochen werden, wenn er selbst den Befehl dazu gab. Er erreichte den Mann dort drüben nun mühelos.

Hucko sah die unmittelbaren Auswirkungen seiner Macht.

Er sprach nicht. Sein Bewusstsein hatte von dem Bewusstsein des anderen Besitz ergriffen, war in ihn eingedrungen. Was er dem Mann mitzuteilen hatte, brauchte er lediglich zu denken.

Bleib stehen und beruhige dich!

Drüben auf dem Dach verharrte der elegant Gekleidete so abrupt, dass das Mädchen gegen seinen Rücken prallte. Die Bauarbeiter mit ihren gelben Helmen kamen näher. Sie zögerten, denn sie respektierten seine Autorität.

Nimm Vernunft an!

Sieh die Dinge mit klarem Blick. Du bist nicht stark genug. Du weigerst dich, die Bedingungen anzunehmen, die von Stärkeren vorgeschrieben werden. Du bleibst bei deiner Weigerung. Du weißt, du hast nur eine einzige Möglichkeit, ihnen zu widerstehen. Denn sie haben alle Macht. Also halte deine Ehre aufrecht. Setz dir selbst ein Denkmal. Kein anderer Ort wäre geeigneter. Aber lass das Mädchen. Es ist jung und zu dumm. Man muss verstehen, was du begreiflich machen willst. Niemand würde verstehen, wenn du das Mädchen …

»… missbrauchst«, flüsterte Jackman. Sein Blick war ins Unendliche gerichtet, seine Gesichtshaut wie zu einer festen Masse erstarrt. »Sie ist unschuldig. Man würde mich verachten. Sie ist so zart und so jung. Sie hat es nicht verdient …«

»Mein Gott, Alan!«, rief Tawana und versuchte, es heiter klingen zu lassen. »Redest du von mir? Wirklich? So sehr brauchst du mich ja nun auch nicht in den Himmel zu heben! Oder meinst du eine andere? He, sag schon!«

Er reagierte nicht, nur seine Lippen bewegten sich im tonlosen Murmeln. Tawana ließ ihre Stimme weiterplätschern, doch es fiel ihr schwerer und schwerer. »Tust du mir jetzt den Gefallen und gehst mit mir auf die andere Seite? Ich möchte doch wirklich gern wissen, wie weit man nach New Jersey sehen kann. Komm, bitte!«

Er wich ihrer Hand aus, als sie die Seine zu ergreifen versuchte. Sein Blick erfasste sie nicht, und dennoch schien er sie wahrzunehmen. Er ging einen Schritt rückwärts.

Seine Stimme war auf einmal wieder zu verstehen. »Ein Mann kann nicht ohne Ehre leben. Die, die die Ehre eines Mannes zerstören, dürfen nicht die Oberhand gewinnen.«

Tawana verspürte plötzlich Verzweiflung. »Alan, um Himmels willen, was ist los mit dir? Wovon redest du?« Sie breitete die Arme aus und wollte seine Schultern ergreifen.

Wieder wich er ihr aus.

Die Männer unter den gelben Helmen beschleunigten ihre Schritte. Nichts von dem Wortwechsel hatten sie mitgehört. Dennoch spürten sie etwas Bedrohliches, das in der Luft lag.

»Alan!«, schrie Tawana.

Er drehte sich um, als sei sie Luft.

Tawana erwischte den Aufschlag seines Jacketts. Der leichte Stoff riss ein, als er sie abschüttelte. Die Betonbauer begannen zu laufen. Jackman floh vor ihnen, das Jackett halb heruntergezogen. Die parallel verlaufenden Verschalungen am Dachrand waren nur hüfthoch. Mit einem Satz war er oben. Die behelmten Männer brüllten. Tawana schrie. Ein Luftwirbel aus der Tiefe bauschte Jackmans Anzug auf. Auf einmal sah er aus wie ein hellgrauer Ballon, der mit

Schlenkerbewegungen über die Bretterwände hüpfte. Tawana war schneller als die Männer. Sie schaffte es, sich auf die erste Verschalung zu schwingen. Sie dachte nicht mehr nach. In ihrer Fassungslosigkeit erkannte sie die Gefahr nicht, die zwei Yards weiter lauerte. Sie war bereit, sich nach vorn zu werfen, Alan irgendwie zu packen, und wenn sie nur seine Hosenbeine zu fassen kriegte.

Jackman sprang kopfüber.

Zwei Männer hielten Tawana fest.

Es war nur sie, die schrie.

Jackman starb stumm.


Die Armenier standen senkrecht. Mit offenem Mund beobachteten sie, wie der segelnde Körper im Anzuggrau das Wellblechdach einer Baubude durchschlug. Shannon wischte sich erleichtert den Schweiß von der Stirn. Er warf Riggin und Lombardi einen triumphierenden Blick zu. Seine Unterbosse nickten anerkennend. Sie waren beeindruckt und machten keinen Hehl daraus. Bei anderen Gelegenheiten hätten sie jede erdenkliche Mücke zum Elefanten gemacht, wenn sie damit nur an seiner Position sägen konnten. Im Fußvolk der Organisation gab es die verschiedenen Gruppen mit ihren jeweiligen Favoriten. Shannon war nicht sicher, ob er immer noch die Mehrheit hinter sich hatte. Er war kein Mafia-Don, der auf Grund eines unumstößlichen Kodexes mit eiserner Hand regieren konnte. Nein, in dem Laden, den er aufgebaut hatte, herrschte Erfolgszwang.

Adam Hucko konnte zu einer Erfolgsgarantie werden.

Er schloss die Jalousie per Knopfdruck. »Den Rest können Sie in der Zeitung lesen, Gentlemen«, sagte er stolz. Es war ein gutes Gefühl, das Selbstbewusstsein wachsen zu spüren. »Wenn Sie noch Fragen haben, stehe ich Ihnen selbstverständlich zur Verfügung.

Vielleicht möchten sie unseren schwarzen Wunderknaben persönlich kennen lernen?«

Stepanavan und Lukasin schüttelten im Takt den Kopf.

Shannon nickte und gab den Unterbossen seine Anweisung mit einer Kopfbewegung zur Tür hin. »Nehmt ihn schon mal mit. Wir treffen uns wie besprochen.«

Riggin und Lombardi gehorchten.

Die Armenier redeten in ihrer Muttersprache. Staunen war herauszuhören. Shannon wies auf die bequemeren Ledersessel, die während des normalen Kanzleibetriebs für Besucher vorgesehen waren. Stepanavan und Lukasin setzten sich.

»Leider kann ich Ihnen keine Drinks anbieten und wir dürfen auch nicht rauchen«, sagte Shannon. »Und die Ferngläser werden während der nächsten zwei Stunden auch weggeschafft. Ich habe meinem Freund Panidis versprochen, dass wir alles so hinterlassen wie …«

Stepanavan unterbrach ihn mit einer unwilligen Handbewegung. »Das ist logisch. Hören Sie jetzt bitte auf, Wörter zu verschwenden. Wir haben wenig Zeit.«

Shannons Adamsapfel ruckte auf und ab. »Und wir sind durchaus in der Lage, schnell zu handeln, Gentlemen.« Gern hätte er diesen kaukasischen Hinterwäldlern etwas Passenderes gezwitschert. Aber er brauchte ihren Auftrag. Sie hatten ihm das Bargeld gezeigt, das ihre Organisation ins Land geschmuggelt hatte. US-Dollars. Einen ganzen Koffer voll. Damit ließ sich arbeiten. Damit kriegte ein wackliger Stuhl wieder stabile Beine. Er blieb freundlich. »Ich nehme an, über den Preis sind wir uns nach wie vor einig. Fünfhunderttausend in bar, angesichts des Schwierigkeitsgrades.«

Stepanavan nickte. »Für uns gilt ein Wort, das wir einmal gegeben haben. Andere Dinge sind jetzt wichtiger. Die Leistung dieses Australiers ist außergewöhnlich. Es ist eine Methode, die unseren Absichten sehr entgegenkommt. Sie sind uns von unseren amerikanischen Verbindungsleuten empfohlen worden, weil Sie einen guten Namen haben.«

Shannon lächelte geschmeichelt. »Hinter mir steht eine prächtig funktionierende Organisation. Und wir haben nichts mit den Sizilianern am Hut, die Sie ja nicht leiden können.«

Der hagere Armenier brummte zustimmend und übersetzte für den anderen, den er seinen Kameraden nannte. Shannon hatte bereits begriffen, dass sich die beiden als eine Art Kämpfer betrachteten. Für eine Sache, von der er keine Ahnung hatte. Er hatte auch kein Verlangen danach, die Hintergründe herauszufinden. Er hatte sich noch nie mit unwichtigen Dingen aufgehalten.

Lukasin fragte etwas. Stepanavan übertrug es in sein kehliges Englisch: »Wie sicher ist die Methode? Könnte dieser Neandertaler nicht auch im entscheidenden Moment versagen?«

Shannon verzog das Gesicht wie bei einem plötzlichen Kopfschmerz. »Gentlemen«, setzte er an, »Adam Hucko ist …« Er unterbrach sich, denn er rief sich in Erinnerung, dass sie es nicht hören wollten. Er würde ihnen nicht beibringen können, dass Hucko ein prächtiger Bursche war – und ein Mensch wie jeder andere.

Diese Typen fühlten sich selbst unterdrückt und entrechtet, aus welchen Gründen auch immer. Für andere, denen es auch dreckig ging, hatten sie kein Verständnis. Shannon war stolz auf sein Gerechtigkeitsempfinden, das er neuerdings aufgebaut hatte und pflegte. »Sie können sich auf ihn verlassen«, versicherte er statt grundsätzlicher Erklärungen. »Er hat diese außergewöhnliche Fähigkeit. Er kann anderen Leuten seinen Willen aufzwingen – nur damit.« Er klopfte sich auf den kahlen Teil seines Kopfs. »Und Hexerei ist das überhaupt nicht, Gentlemen. Da unten in Australien überliefern sie so was. Alle männlichen Vorfahren von Adam konnten das. Er hat es mir erklärt, und andere haben es bestätigt. Nur ist sein Können heute nicht mehr gefragt. Heute hängen sie nur in den Slums am Rand der Städte herum und lassen sich vollaufen. Bis hier oben drin alles verdampft ist.« Erneut tätschelte er seine Halbglatze.

»Wir geben uns mit der Erklärung zufrieden«, antwortete Stepanavan, nachdem er übersetzt hatte. »Wir vermuten, dass es eine Art von Hypnose ist.«

»Schon möglich. Adam weiß es selber nicht genau. Er weiß nur, dass er es kann. Aber das Entscheidende, Gentlemen: Er muss nicht vor dem Betreffenden stehen, nicht Auge in Auge. Er muss ihn nicht mal unbedingt sehen. Wissen Sie, ich hab mir die Sache verdammt genau überlegt, als ich in Australien war. Aber dann stand es für mich fest, dass ich Adam mitnehme. Vorläufig ist er auf Touristenvisum hier. Wir werden eine Regelung finden. Ausschlaggebend ist, dass er nie verdächtigt werden kann.«

»Ein Killer ohne Waffe«, entgegnete Stepanavan. »Sie brauchen es nicht extra zu erwähnen. Eben das ist es, was wir an der Methode schätzen. Es gibt keine Spuren, nicht den geringsten Hinweis auf einen Mord. Selbst die Pathologen haben keine Chance.«

»Sie sagen es, Sie sagen es.« Shannon atmete zufrieden durch. »Und weil es keinerlei Spuren gibt, kommt auch kein Cop oder FBI-Agent darauf, wer der Auftraggeber sein könnte.«

»Ihr Freund Adam sieht nur etwas auffällig aus.«

»Nicht in New York, Gentlemen. Hier gibt es nichts, was es nicht gibt. Oder hatten Sie das Gefühl, aufgefallen zu sein?«

Shannon wahrte eine ausdruckslose Miene. Die Spitze hatte sich angeboten. Er hatte sie sich einfach nicht verkneifen können. Die Armenier konnten zwar als Südamerikaner durchgehen, wenn man nicht genau hinsah. Nur wenn sie den Mund aufmachten, musste man einfach stutzen. So exotisch wie Hucko waren sie allerdings wirklich nicht.

Stepanavan runzelte die Stirn. Er schien unschlüssig, ob er es als Beleidigung auffassen sollte oder nicht. Er entschied sich, mit Lukasin zu reden. Dann wandte er sich erneut dem untersetzten Amerikaner zu. »Warum musste der Mann dort drüben auf der Baustelle sterben? Nur für uns?« Shannon lächelte und schüttelte den Kopf. »Nein, er bot sich zur Vorführung an, Gentlemen. Er war Inhaber eines bedeutenden Bauunternehmens, ›Concrete West‹. Wir wollten gern mit ihm zusammenarbeiten, aber er hat sich geweigert. Er hat nicht begreifen wollen, dass er den Schutz durch unsere Organisation brauchte. Deshalb musste ich ein Exempel statuieren. Die neuen Inhaber der Firma werden nun vernünftiger sein.«

»Mafia-Methoden«, knurrte Stepanavan verächtlich.

»Manches kann man von der Mafia bedenkenlos übernehmen«, grinste Shannon. »Es funktioniert nämlich gut.«

Die Armenier standen auf und verabschiedeten sich. Sie hatten mit ihrem Geschäftspartner bereits die Telefonnummern ausgetauscht, über die sie die weiteren Einzelheiten festlegen würden.

Randolph Shannon verließ das Office fünf Minuten später. Er hatte sich lange nicht mehr so prächtig gefühlt.

Er würde den Geschäftsabschluss mit Riggin, Lombardi und Hucko feiern. Adam würde schnell volltrunken sein, wie üblich. Er vertrug die harten Sachen nicht. In Australien hatten sie sich nur Bier oder billigen Wein leisten können.


Das Gebäude hatte die Nummer fünf auf unserer Liste. Der Vorplatz war breiter als zwei Straßen und verlief in Nord-Süd-Richtung. Beekman Place. Unmittelbare Nachbarschaft des UNO-Hauptquartiers. Das Gebäude hatte zehn Stockwerke, die Ostfassade mit unverbautem Blickfeld zum East River.

Ich ließ die lange Jaguarhaube bis kurz vor die Bordsteinkante gleiten. Blitzblanke Uniformknöpfe eines Cops spiegelten sich im roten Lack meines Flitzers. Der Mützenschirm des Beamten ruhte auf der Nasenwurzel. Die wachsamen Augen im Schirmschatten hatten Phil und mich unter Kontrolle, als wir ausstiegen. Das FBI-Schild an der heruntergeklappten rechten Sonnenblende reichte nicht zum Misstrauens-Abbau. Sich mit fremden Federn zu schmücken war durchaus noch in Mode. Wir hefteten uns die Dienstmarken außen ans Jackett und zeigten dem Cop unsere FBI-Ausweise.

»In Ordnung, Gentlemen. Sie dürfen passieren.«

Er hatte diese Befugnis. Er und die gut hundert Kollegen in Uniform und Zivil, die rings um die United Nations Plaza im Einsatz waren. Auch am Beekman Place herrschte Betrieb, galt Sicherheitsstufe eins. Gebäude Nummer fünf war komplett geräumt worden. Wie die anderen vier. Phil und ich marschierten auf den Eingang zu. Die Gästehäuser würden erst in zwei Tagen bezogen werden. Und noch immer hatten wir nach außen nichts durchsickern lassen.

Die vorerst wichtigsten Fragen für die Boulevardpresse blieben offen.

Würden die Außenminister in einem der Gästehäuser wohnen?

Wenn ja – in welchem?

Oder doch im Waldorf Astoria?

Das Personal dort und in den anderen Luxushotels schmetterte alle Nachfragen der Reporter mit vornehmer Reserviertheit ab. In Washington wurden laufend neue Pressemittelungen über beabsichtigte Programmänderungen herausgegeben. Die Außenminister konnten praktisch jede Minute eintreffen. Oder auch nicht. Unsere Taktik sollte verwirrend wirken.

In Nummer fünf wimmelte es von allem, was

Sicherheit produzierte: CIA-Agenten und Offiziere der Delta Force waren für das überregionale Moment des Gipfeltreffens zuständig. Delta Force ist die Elite-Anti-Terror-Truppe der US Army. Wir vom FBI und die US Marshals hatten uns vor allem mit den örtlichen Gesichtspunkten herumzuschlagen. Phil und ich stoppten auf jeder Etage und ließen uns vom jeweiligen Einsatzleiter Bericht erstatten. In den voll möblierten Suiten und Apartments arbeiteten elektronische Spürgeräte lautlos, während motorbetriebene Kameraverschlüsse klickten und schnatterten. Jedes Einrichtungsdetail wurde festgehalten. Anhand der Fotos würde vor der Stunde X noch einmal mit einem Riesenpersonalaufwand kontrolliert werden, ob sich etwas verändert hatte. Dabei würde nicht einmal ein Kakerlak in das Haus eindringen können, wenn er keinen Sonderausweis hatte.

Wir fuhren bis nach oben. Im zehnten Stock befanden sich zwei Acht-Zimmer-Suiten. Ein CIA-Kollege führte uns herum. Er hatte schon an der ersten gemeinsamen Besprechung im FBI-Gebäude an der Federal Plaza teilgenommen. Er hieß McNamara, was ein weit verbreiteter irischer Name in den Staaten ist. Deshalb müssen nicht alle McNamaras Verwandte des früheren Verteidigungsministers sein.

»Ich war erst letztes Jahr hier«, sagte McNamara, als wir den Salon von Suite A betraten. »Aber der East River ist schon wieder dreckiger geworden. Wie haltet ihr das bloß aus? Langsam müsst ihr doch in euren eigenen Abfällen ersticken.«

»Auf dem Dreckauge sind wir blind«, behauptete Phil. »Und der East River wird sowieso zugeschüttet.«

Wir blieben am Fenster stehen.

McNamara sah meinen Freund und Kollegen mit echtem Staunen an. »Im Ernst?«

»Klar«, antwortete Phil todernst. »Bürgermeister Koch ist immer gut für einsame Entschlüsse.«

»Vor dem Zuschütten«, sagte ich, »werden die

Skelette herausgeholt, die in Betonschuhen unten auf dem Grund stehen.«

McNamaras Rätseln löste sich in ein befreites Grinsen auf. »Ihr denkt, wenn ein Bursche aus Maryland kommt wie ich, dann muss er ein Provinzler sein. Stimmt's?«

»Sollte man annehmen«, erwiderte Phil ungerührt. »Den Dreckgehalt des East River aus zehn Stockwerken Höhe zu bestimmen, kriegt wohl nur einer zu Stande, der den Potomac täglich vor Augen hat.«

»Wieso?«

»Ist er nicht kristallklar?«

»Logisch, aber …«

»Na also.«

»Was heißt na also?«

Phil zwinkerte mir zu.

»Er will damit sagen«, erklärte ich, »dass man leicht blauäugig wird, wenn man zu viel ins klare Wasser sieht.«

Beide wichen wir den freundschaftlich gemeinten Boxhieben unseres Kollegen rechtzeitig aus. Er grinste und kramte seine Marlboro-Schachtel aus der Jackentasche. Er hielt uns die Schachtel entgegen. Wir nahmen die moderne Art der Friedenspfeife an.

»Wenn Below tatsächlich hier einziehen sollte«, sagte der CIA-Mann mit einer ausladenden Handbewegung in das luxuriöse Zimmer hinter uns, »dann habe ich keine ruhige Minute mehr.«

»Jetzt dürfen wir fragen, wieso«, entgegnete ich. »Richtig?«

McNamara nickte, lächelte kaum merklich und sagte: »Die Fenster sind zwar kugelsicher. Aber an Sprenggeschosse möchte ich lieber nicht denken. Und wenn ich das da drüben sehe, wird mir richtig schlecht.«

Der unverbaute Ausblick erfreute ihn also nicht. Und seine Fantasie war bemerkenswert. Andererseits durfte man nichts vom Tisch fegen. Auch die Idee mit der Maschinenkanone nicht, aus der Sprenggeschosse verfeuert werden. Attentäter würden staunen, wenn sie einmal bei der CIA spionierten und herausfänden, was man ihnen alles zutraut.

Das da drüben war die Waterfront von Queens, die Stadtteile Sunnyside und Long Island City. Fabriken und Verladeanlagen säumten das Ufer. Auf halbem Weg kreuzte der Südzipfel von Roosevelt Island unseren Blick. Vor der Queensboro Bridge erhoben sich auf der Insel die Gebäude des Goldwater Memorial Hospital. Genau gegenüber, in Höhe des 44th Drive, lag ein Containerschiff. Die Portalkräne mit ihren riesigen stählernen Spreizbeinen ruhten sich aus. Tallyleute und Stauer streikten seit drei Tagen. Schiffe konnten zwar gelöscht, aber nicht beladen werden.

Mein Blick hakte fest.

Die Entfernung betrug in Luftlinie achthundert Yards. Grau in Grau ließ sich da beim besten Willen nicht unterscheiden. Konturen schon eher. In diesem speziellen Fall handelte es sich um den Unterschied zwischen gradlinigen Stahlkanten und den eher unregelmäßigen Linien eines menschlichen Körpers.

»Ich muss rüber nach Queens«, sagte ich und machte kehrt. »Lasst die Show ablaufen. Sofort.« Ich brauchte Phil nur kurz anzusehen. Er nickte. Er wusste, was ich meinte. Alles Weitere über Funk. Die gemeinsamen Dienstjahre machen viele Worte häufig überflüssig.


Über die Second Avenue jagte ich in die Auffahrt zur Queensboro Bridge. Das Funkmikro lag griffbereit neben mir auf dem Sitz. Auf Rotlicht und Sirene brauchte ich nicht zu verzichten. Da es in den fünf Boroughs ständig heult, kann kein Mensch wissen, wer gerade gemeint ist. Ich scheuchte den Flitzer über den West Channel. Die Insel und das Hospital huschten unter mir weg, dann der East Channel. Auf der linken Fahrspur kam ich zügig voran. Erst drüben, auf der Brückenabfahrt hoch über dem Vernon Boulevard und dem Bridge Plaza, schaltete ich das Konzert aus.

Phil meldete sich.

Die Show konnte beginnen. Unser Part der Aktion.

Ich sagte, dass ich das Startzeichen geben würde, und legte das Mikro wieder auf den Sitz. Rechts auf der Fahrbahn kündigte eine unterbrochene Linie die Abbiegespur an. Ich fuhr hinunter bis zur 42nd Road, dann bog ich nach rechts in die Hunter Avenue ab. Gleich darauf noch einmal nach rechts, in die 44th Road, die in East-River-Nähe in den 44th Drive übergeht. Ich steuerte den Jaguar durch einen offenen Torweg zwischen zwei Lagerhallen und gab Phil meine Position durch. Drüben am Beekman Place waren keine Vorbereitungen mehr nötig. Ich entschied, dass ich fünf Minuten brauchte. Phil bestätigte. Ich klinkte das Mikro ein, nahm das Walkie-Talkie und stieg aus.

Der Streik lähmte fast alles. Nur in den Fabriken wurde gearbeitet. Lagerhallen, Verladeschuppen und Speditionshöfe schienen in der warmen Frühlingsluft zu gähnen. Ein einsamer Chevy-Pickup begegnete mir rumpelnd zwischen den staubig braunen Backsteinmauern. Der Mann hinter dem Lenkrad tippte an den Schirm seiner Speckmütze, obwohl er mich nicht kennen konnte. Ich erreichte die Einmündung. Vor mir lag der Kai. Schienen für Eisenbahnwaggons und Kräne glänzten in der schon kräftigen Sonne. Das Containerschiff versperrte den Blick auf den East River, der so heißt und doch kein Fluss ist. Nur eine natürliche Verbindung zwischen Long Island Sound und Upper Bay.

Ich blieb hinter einem halb vollen Schutt-Container stehen. Auf dem nahen Hinterhof musste sich eine Baustelle befinden.

Gearbeitet wurde auch dort nicht.

Der Mann lag auf dem Portalkran unmittelbar vor der Brücke des Schiffes. Ich konnte nur die Absätze seiner Schuhe und seinen Rücken sehen. Er trug einen grauen Overall, Ton in Ton mit dem Rostschutz-Grau der Kran-Traverse.

Er lag immer noch dort, und er hatte sich nicht gerührt, seit ich am Beekman Place losgefahren war. Wie lange er sich insgesamt schon platt lag, wusste nur er allein. Wenn er ein Einzelgänger war. Gab es mehr Wissende als nur ihn, hatten wir schlechte Karten.

Er konnte alles sehen, was sich drüben abspielte – zwischen den Gebäuden und, falls er ein Fernglas hatte, auch hinter den Panzerglas-Fenstern von Nummer fünf unserer Liste. Ich blickte auf meine Armbanduhr. Zwei Minuten hatte ich noch. Ich beschloss, meinen Verdacht zur Gewissheit reifen zu lassen.

In den zwei Minuten bewegte er nicht einmal die Füße. Er war die perfekte Flunder.

Unsere Show begann pünktlich. Auf der anderen Seite des East River setzte ein kompletter Chor von Sirenen ein – wie von einem Radiomoderator behutsam eingeblendet und langsam zur vollen Lautstärke aufgedreht. Es waren unterschiedliche Sirenen: heisere, etwas tiefer klingend, und schrille, aufgeregtere. Sie stammten von unterschiedlichen Fahrzeugen. Von schweren Limousinen und schweren Motorrädern.

Der Overall-Mann bewegte sich jetzt. Er kroch.

Ich schob mich ein Stück nach vorn, um besser an der Containerkante vorbeispähen zu können. Die Sirenen entfalteten ihre volle Tonfülle über dem Wasser. Das hieß, der Bursche hoch oben konnte sehen, was geschah. Zwischen Nummer fünf und dem südlichen Nachbargebäude waren ungefähr siebzig Yards Rasenfläche. Ein paar Ziersträucher darauf. Aber nichts, was eine Blickbarriere bedeutet hätte. Mir dagegen war der Schiffsrumpf im Weg. Trotzdem wusste ich genau, was sich abspielte.

Die Show war meine Idee.

Phil führte Regie.

Ein Konvoi von zwölf bulligen Harley Davidsons wummerte mit Uniformblau und Helmweiß auf den Beekman Place. Ein sauber einschwenkender Schwarm, jeder Kameramann wäre begeistert gewesen. Nur hatte es keiner mitgekriegt, weil die Kolonne in einer Tiefgarage an der Second Avenue gestartet war, nicht vor dem Marine & Aviation Heliport westlich der Queensboro Bridge. Es war auch kein Hubschrauber vom La Guardia Airport herübergekommen, wo sie zuvor der Sondermaschine aus Washington den roten Teppich hätten entgegenrollen müssen. Und in der schwersten der schweren Limousinen saßen keine Außenminister, sondern Steve Dillaggio und Joe Brandenburg. Sie hatten sich ein bisschen zurechtmachen lassen. Vor allem die dunklen Anzüge erzielten Wirkung. Steves blonde Haare waren grau geworden. Joe hatte eine große kahle Stelle mitten auf dem Kopf.

Steve spielte in unserer kleinen Show den sowjetischen Außenminister Alexander Below.

Joe war Belows Amtskollege aus Washington D.C., Benjamin R. Mitchel.

Die beiden echten Außenminister hielten sich noch beim Gipfeltreffen in Washington auf, wo der Generalsekretär und der Präsident das Mediengeschehen beeinflussten. Below und Mitchel würden das Gipfeltreffen vorübergehend verlassen, um in New York City vor der Vollversammlung der Vereinten Nationen zu sprechen. Elisabeth Mitchel und Marina Below, die angetrauten Ladys der Außenminister, fuhren in einer zweiten gepanzerten Limousine im Konvoi mit. Die kugelsicheren Schlitten waren mit Trittbrettern und Haltegriffen an den Seiten ausgerüstet, damit links und rechts jeweils zwei Bodyguards ihre Stehplätze hatten.

Mein Mann auf dem Kran kroch schneller.

Drüben schwoll das Sirenengeheul noch einmal zum aufgeregten Schrillen an. Ich wusste, das war der

Pulk der Harley-Davidson-Cops, die den Konvoi abschlossen. Jetzt mussten sie vor dem Gästehaus ausrollen. Ein paar gut abgeschirmte Schritte bis zum Eingang. Dann mit dem Fahrstuhl hinauf in den zehnten Stock.

Möglich, dass der Kran-Mann Verbindungsleute in Manhattan hatte. Vielleicht flüsterten sie ihm per Funk, was sich abspielte. Wir konnten beim besten Willen nicht alle entfernter gelegenen Penthouse-Gärten kontrollieren. Wer die United Nations Plaza und die Umgebung beobachten wollte, fand so oder so eine Möglichkeit dazu.

Die Sirenen versiegten.

Der Graue im Overall kroch über die Stahlwölbung und verschwand aus meinem Blickfeld. Ich wusste, was es bedeutete. Ich sprintete. Um die Kollegen in Nummer fünf brauchte ich mir keine Sorgen zu machen. Was auch geschah, sie waren gewarnt.

Zweihundert Yards hatte ich bis zu dem Kran. Ich sah den Mann, wie er sich von oben ins Führerhaus hangelte. Klar, wie er es vorbereitet hatte. Der Streik war die willkommene Ausgangsbasis gewesen. Kein Problem also, bei Dunkelheit Waffen und Ausrüstung in das Glashäuschen des Krans zu schaffen. Selbst tagsüber darin zu hocken war ihm allerdings gefährlich erschienen. Weil die Sicherheitskräfte natürlich alles beobachteten, auch über den East River hinweg. Ein Attentäter im Glashaus war so etwas wie jemand, der sich auf einen Ast setzte und ihn dann selbst absägte.

Mit langen Sätzen lief ich über die Schienen. Unterwegs zog ich den Smith & Wesson, Kaliber .357 Magnum, Vier-Inch-Lauf. Unsere Dienstwaffe für Sondereinsätze. Wegen der zuverlässigen Mannstoppwirkung.

Der Graue ließ sich im Führerhaus nieder. Er stieß das Fenster zur Wasserseite auf. Er wuchtete einen Stahlkoloss hoch, auf ein Dreibein oder so etwas.

Meine Haare sträubten sich. Vor mir lagen noch hundert Yards, und ich musste an das denken, was McNamara über Sprenggeschosse gesagt hatte. Verdammt, man sollte doch den Teufel nicht an die Wand malen!

Hundert Yards sind viel für einen Revolver, selbst wenn er einen längeren Lauf hat. Die Magnumgeschosse aber konnten auf die Distanz durchaus Schaden anrichten. Ich spurtete etwa zehn, zwanzig Yards.

Der längliche Koloss hackte seine Donnerschläge ins Freie.

Eine lähmende Sekunde lang hörte ich es von drüben scheppern und krachen. Das waren die Panzerglasscheiben, die zerplatzten.

Ich stoppte meine Schritte ließ den 357er beidhändig hochfliegen und feuerte, kaum dass er in der Visierlinie lag. Der schwere Revolver wollte sich losreißen. Die Schüsse klangen dumpf und hart. Es kostete Kraft, den Rückstoß abzufangen.

Oben flog der Führerstand auseinander. Meine Kugeln zerhieben das Sicherheitsglas zu Krümeln. Das hämmernde Monstrum geriet aus dem Takt. Im hellen Tageslicht war das Mündungsfeuer nur in Form von kleinen blassen Flächenblitzen zu sehen. Aber der Graue war verbissen. Ihm rieselten die Glaskrümel in den Nacken und sonst wohin, doch es schien ihn nicht zu belasten. Ich sah nur seinen gekrümmten Rücken, wie er von der vollautomatischen Kanone durchgeschüttelt wurde. Er ließ sich einfach nicht stören. Wenn ich ihn weitermachen ließ, sägte er dem Gebäude drüben glatt den zehnten Stock ab.

Die falschen Außenminister mussten die Suite betreten haben, gefolgt von all den Sicherheitskräften. Ich schickte ein Stoßgebet zum Himmel, dass sie sich rasch genug in Deckung geworfen hatten.

Ich hatte noch zwei Patronen in der Trommel. Ich hielt tiefer und jagte sie aus dem Lauf. Helle, trockene

Schläge waren zu hören. Dann ein Schrei, lang gezogen und schmerzerfüllt. Das Stahlmonstrum hämmerte nicht mehr. Langsam kippte es nach vorn aus dem zerborstenen Führerhaus und fiel schneller und schneller. Ich rannte. Der Schrei hielt an. Die Kanone krachte auf den Beton unter dem Kran. Ich konnte den grauen Mann nicht mehr sehen. Im Laufen schwenkte ich die Trommel des Smith & Wesson aus und betätigte den Ejektor. Die leeren Hülsen umwirbelten meine Beine. Zum Nachladen genügten zwei Handgriffe. Der Schnelllader beförderte sechs fabrikneue Patronen auf einen Schlag in die Kammern. Der kritische Moment war überwunden. Oben verstummte der Schrei.

Ich hatte noch zwanzig Yards bis zu der senkrechten Eisenleiter an einem der Kranbeine. Jetzt konnte ich die Löcher im Stahlblech des Führerhauses sehen, dicht nebeneinander wie ein Augenpaar, sauber gestanzt. Ich musste die Beine des Heckenschützen erwischt haben, schlimmstenfalls die Hüfte. Die Maschinenkanone hatte Flecken in den Beton geschlagen. Teile hatten sich von der Waffe gelöst. Entweder riskierte der Mann es nicht, sich aufzurappeln, oder er war dazu nicht in der Lage. Ich erreichte die Leiter. Kein Schuss war gefallen. Den Dienstrevolver in der Rechten, erklomm ich die Sprossen. Drei schaffte ich nur. Ein metallisches Knirschen ließ mich erstarren.

Die Luke in der Bodenplatte des Führerstandes wurde geöffnet.

Als Erstes sah ich das verzerrte Gesicht des Mannes. Er stierte zu mir herab.

Ich nahm die Rechte vom Sprossenstahl, hielt mich mit der Linken und streckte den Arm. Den 357er brachte ich noch hoch. Dann lief nichts mehr.

Der Heckenschütze stieß einen Warnschrei aus. Kein verständliches Wort, nur irgendeine Silbe, als ob er unsere Sprache nicht beherrschte. Ich sah, dass er am Rand der Luke kniete. Blut tropfte über die Stahlkante.

Er hatte Mühe, die Arme zu bewegen. Seine Hände zitterten, als er eine Pistole in die Lukenöffnung senkte. Eine schwere Automatic, Modell Colt Government, Kaliber .45 ACP. Aus zwanzig Yards Höhe gähnte die Mündung mich an. Es war ein unsicheres Gähnen. Bei einem Menschen hätte es nach Muskelzucken ausgesehen. Es musste von dem Rütteln der Maschinenkanone herrühren. Seine Armmuskeln waren überbeansprucht. Er hielt die große Waffe beidhändig. Die Nervosität allein konnte dieses enorme Zittern nicht hervorrufen. Ich versuchte es mit Vernunft.

»Ich bin FBI-Agent«, sagte ich. »Geben Sie auf. Sie können nicht mehr gewinnen. In einer Minute wimmelt es hier von G-men und Cops. Es macht keinen Unterschied, wenn Sie jetzt noch schießen.«

Er antwortete nicht. Schweißperlen glitzerten in seinem Gesicht. Er saß dort oben in der Sonne. Das Stahlgehäuse musste heiß sein.

Plötzlich wusste ich, dass er feuern würde. Ich löste meinen Griff in dem Sekundenbruchteil, in dem er den Zeigefinger krümmte.

Ich ließ mich einfach fallen. Es konnte ebenso falsch sein wie jede Seitwärtsbewegung.

Die Colt Government krachte. Ich landete sicher auf den Füßen. Ein scharfer, schneidender Schlag traf die Stahlleiter über mir. Das Vollmantelgeschoss heulte als Querschläger davon. Im nächsten Moment klatschte es auf den Beton. Ich stieß den Smith & Wesson hoch und feuerte senkrecht. Der Mann zuckte unter dem Einschuss wie unter einem Schlag. Ich sah, dass ich präzise getroffen hatte. Ein Blutfleck zeichnete sich auf seinem rechten Oberarm ab. Die Hand wurde kraftlos. Aber er verlor die Pistole nicht. Krampfhaft hielt er sie mit der Linken fest.

»Die Waffe weg!«, rief ich schneidend. Hölle und Teufel, er musste doch begreifen, dass ich auch seinen linken Arm treffen würde!

Er wollte nicht begreifen. In sein angespanntes

Gesicht grub sich ein wildes Grinsen. Er bewegte den gesunden Arm blitzschnell, bog ihn hoch.

Bevor ich den Zeigefinger durchkrümmen konnte, hatte er die Pistolenmündung im Mund und schoss. Er sackte nach hinten weg.

Mir kroch es eiskalt über den Rücken. Ich überwand mich, versenkte den Smith & Wesson im Holster und schaltete das Walkie-Talkie auf Senden. Drüben war alles in Ordnung, keiner verletzt. Ich atmete auf. Mit drei Sätzen schilderte ich, was sich abgespielt hatte. Phil versprach, einen Ambulanzwagen zu schicken.

Eine Minute später wusste ich, dass es keinen Sinn mehr hatte – bestenfalls den, dass der Notarzt den Tod des Attentäters feststellen konnte. Ich durchsuchte den Overall des Mannes. Ausweispapiere hatte er nicht bei sich. Nur ein Flugblatt in der Brusttasche links außen. Ich faltete es auseinander.

HALTET AMERIKA FREI VON DER ROTEN
INVASION!
VERSCHEUCHT DAS ROTE GESINDEL
VOM BODEN UNSERER DEMOKRATIE!
KÄMPFT MIT UNS – KÄMPFT MIT DER
AKTION FÜR DEN SCHUTZ DES FREIEN
AMERIKA!

Ich steckte den Zettel ein. Ein Funkgerät fand ich bei dem Mann nicht. Sicher hatte er Helfer gehabt. Sie mussten die Kanone bei Nacht in den Kran-Führerstand gehievt haben. Das Dreibein war nur mit Draht provisorisch befestigt worden. Reichweite und hohe Schussfrequenz der Waffe hatten die mangelnde Zielgenauigkeit nicht wettgemacht. Die Aktion selbst hatte der Mann als Einzelgänger durchgezogen. Er hatte seinen Heldenmut unter Beweis stellen wollen und war auf die Show hereingefallen, die wir eigens für Burschen wie ihn inszeniert hatten. Sie sollten nicht mehr sicher sein, wann die Außenminister wirklich eintrafen. Beim leisesten Verdacht würden wir die Show wiederholen.

Ich stieg die Leiter hinunter. Der Ambulanzwagen jagte herbei. Während der Arzt die Leiter erklomm, sah ich mir die Waffe an. Eine sechsläufige Kanone, wie sie zum Einbau in Jagdbombern verwendet wird. Die behelfsmäßige Schulterstütze hatte sich beim Aufprall in ihre Bestandteile aufgelöst. Der Schießer und seine Helfer mussten die Waffe entweder auf einer Air Force Base oder direkt im Herstellerwerk gestohlen haben. Die Geschosse stammten zweifellos aus einem Munitionsdepot. Wir würden uns die Ermittlungsunterlagen über die Einbrüche dieser Art besorgen.

Loretta James hatte sich all die bewährten Grundsätze zu Eigen gemacht. Wer das nicht tat, war in der Eighth Avenue bald erledigt. Sie hielt sich an die Grenzen ihres Reviers, und sie verließ den Lichtkreis der Straßenlampe nicht, wenn keine Kollegin in der Nähe war.

Zwei Monate fehlten an den zehn Jahren, in denen sie ihre Einnahmen immer etwas gesteigert oder mindestens gehalten hatte. Der Grund des Erfolgs lag in ihrer Figur, und darauf war sie stolz. Sie hatte in der ganzen Zeit nicht zugenommen, war groß und schlank, blond und langbeinig wie damals, als sie aus Illinois herübergekommen war. Der Big Apple hatte nicht gehalten, was sich so viele von ihm versprachen. Loretta James stand noch immer an der Bordsteinkante und träumte von dem Tag, an dem sie als Inhaberin einer gediegenen kleinen Bar nichts anderes zu tun haben würde, als die Gäste zu empfangen.

Loretta beobachtete die Wagen, die im Schritttempo heranrollten. Manche stoppten kurz. Wirkliches Interesse war selten geworden in dieser Zeit der Aids-Angst. Die meisten Fahrer hielten nur an, um ihre

Schenkel zu bewundern. Loretta erkannte diese Typen an der Nasenspitze. Sie wusste, wann sie sich die Mühe machen konnte, an die Beifahrerseite eines Wagens zu treten.

Ein dunkelroter Buick Riviera hielt an. Am Nummernschild erkannte Loretta, dass es sich um einen Leihwagen von Hertz handelte. Gute Voraussetzung. Der Typ hinter dem Lenkrad war entweder ein Tourist, oder er war Kongressteilnehmer. In New York fanden ständig irgendwelche Kongresse und Tagungen statt. Manhattan wimmelte von Männern, die die Gunst der Stunde nutzten. Geschäftsreisen waren für viele die einzige Gelegenheit, sich wenigstens vorübergehend aus den Zwängen der Ehe zu befreien. Die Eighth Avenue hatte da den prickelnden Reiz der Halbwelt zu bieten. Es gab eine Menge Typen, die das bevorzugten, obwohl sie sich die teuren Salon-Girls leisten konnten. Der Buick-Fahrer war schwarz. Es störte Loretta nicht.

Manche ihrer Kolleginnen waren da anders. Sie konnte nur das Weiße seiner Augen und das Blitzen seiner Zähne sehen. Anscheinend lachte er.

Er ließ die Seitenscheibe herunterschnurren. Als sich Loretta hinabbeugte, schaltete er die Innenbeleuchtung ein.

Loretta zuckte zurück. Sie blinzelte ungläubig, hielt sich am Türrahmen fest und verharrte geduckt. »Du liebe Güte, was bist du denn für einer!«, stieß sie hervor. »Neandertaler, was?« Sie kicherte und schlug sich die linke Hand vor den Mund.

Der Mann hatte einen krausen Haarfilz, der so nachtschwarz war wie seine Gesichtshaut. Seine vorgewölbte Stirn und die breite, platte Nase sahen für die Prostituierte ungewöhnlich aus. Niemals zuvor hatte sie einen Schwarzen mit einem derart abstoßenden Gesicht gesehen.

»Verzieh dich« sagte sie. »Ich mach's nicht mit Leuten, die mir komisch vorkommen.«

»Ich bin Australier«, entgegnete er mit sanft klingender Stimme.

Sein Akzent hörte sich in der Tat nicht amerikanisch an. Trotzdem tippte sich Loretta an die Stirn. »Du spinnst wohl, was? Auf den Arm nehmen kann ich mich selber, klar? Australier sind weiß. Du bist ein gottverdammter Neandertaler, und du solltest lieber abhauen, bevor ich …« Sie verstummte aus einem unerklärlichen Zwang heraus. Sie wusste, dass sie den Mund etwas zu voll genommen hatte. Sie war allein unter der Straßenlampe, und trotzdem hatte sie gegen einen Grundsatz verstoßen: Beleidige niemals einen Freier, wenn keine Hilfe in der Nähe ist! Verdammt, es war ihr nur passiert, weil der Kerl wirklich aussah wie ein Urmensch.

Auch ihre Gedanken wurden unterbrochen.

Loretta verspürte ein seltsam dumpfes und leeres Gefühl. Es war, als beobachtete sie sich selbst bei dem, was nun geschah. Diese Augen und dieses Lächeln wurden zum Mittelpunkt ihres Blickfelds – ein weißes Leuchten in einem tunnelartigen, schwarzen Nebel. Loretta glaubte, eine befehlende Stimme zu hören. Die Stimme klang wie ferner Hall in einem endlosen Raum. Aber sie war nicht sicher, um was es sich genau handelte. Sie setzte sich auf den Beifahrersitz und fühlte sich himmlisch erleichtert. Es musste daran liegen, dass sie keine eigenen Entscheidungen mehr zu treffen brauchte. Gehorsam schloss sie die Tür. Der freundliche schwarze Mann neben ihr betätigte die Zentralverriegelung und fuhr los. Er schien nun nicht mehr zu sprechen. Genau konnte sie es nicht wahrnehmen.

Er fuhr nicht weit.

Er bog nach rechts von der Avenue ab und verlangsamte das Tempo. Loretta kannte die Straße mit den Geschäften und Hotels. Es war die West 46th Street. Der Australier hielt an und ließ Loretta aussteigen. Sie wunderte sich ein wenig, dass er sie nicht begleitete. Aber sie gehorchte dieser Stimme, die in ihren Gedanken war. Sie überquerte die Fahrbahn und betrat die große Lobby des Hotels Century Paramount. Es herrschte Betrieb, wie immer um diese Zeit. Ganze Flugzeugladungen von Touristen aus aller Welt wurden in Bussen vom Kennedy Airport herübergekarrt. Die Hotelangestellten, manche livriert wie zu Granddads Zeiten, kannten die langbeinige Blondine ohnehin. Loretta hatte des Öfteren Kundschaft in diesem Laden. Einer der Angestellten nickte ihr zu und grinste. Ein Etagenkellner, der ein volles Tablett balancierte, fing ihren Blick auf und machte mitten im Gedränge eine obszöne Geste. Es fiel kaum auf. Loretta störte sich nicht daran. Der Kellner runzelte die Stirn, denn er kannte sie als temperamentvoll und streitbar. Normalerweise wäre sie auf ihn zugeschossen und hätte ihm etwas Passendes ins Ohr gefaucht – etwas, was sogar ihm Schamröte ins Gesicht getrieben hätte. Enttäuscht blickte er ihr nach.

Loretta quetschte sich zu einem Pulk weißhäutiger Ausländer in einen Fahrstuhl. Sie hörte die Stimmen wie durch Watte. Schweden. Sie hatte mal einen bedient, auch hier, in diesem Laden. Die Stimme, die ihr Befehle erteilte, war jetzt stärker als alle anderen Laute, die in ihr Gehör drangen. Sie stieg im achten Stock aus, ging den schmalen Korridor entlang und wartete vor der Zimmertür mit der Nummer 833. Zeit bedeutete ihr nichts. Leute keuchten gepäckbeladen vorbei – ausnahmslos Touristen.

Als er endlich kam, war sie froh. Sie erwiderte sein Grinsen, das für sie ein Lächeln war. Er schloss die Tür auf und schickte sie ins Bad. Sie hörte, wie er per Telefon Getränke bestellte. Erst nachdem der Etagenkellner gegangen war, ließ der Australier sie ins Zimmer. Er hatte zwei Flaschen Whisky, Sodawasser, Cola und einen großen Behälter mit Eiswürfeln kommen lassen. Er befahl ihr, sich auszuziehen. Sie gehorchte ohne Zögern. Als er sie fragte, entschied sie sich für Whisky mit Cola. Er selber trank ihn fast pur, nur mit wenig Soda.

Sie hatte erwartet, dass er über sie herfallen würde. Doch zu ihrem großen Erstaunen ging er geradezu sanft mit ihr um. Es bereitete ihr Vergnügen, seine Wünsche zu erfüllen und ihn in gute Stimmung zu versetzen. Von Minute zu Minute wurde er ausgelassener. Seine Ideen wurden immer ausgefallener. Loretta kicherte, als er über ihr keuchte. Der Alkohol begann auch bei ihr zu wirken. Auf einmal fiel ihr das Wort wieder ein.

»Du bist ja ein ganz ausgekochter Neandertaler!«, gluckste sie. Er schien es zu überhören, ließ sich jedenfalls nicht irritieren. Sie blieb still. Die Leere in ihrem Kopf erstickte die Heiterkeit, kaum dass sie aufgekeimt war. Sie konzentrierte sich auf seine Haut, auf seinen muskulösen Körper. Verglichen mit ihm war sie schneeweiß.

Es war weit nach Mitternacht, als er sie gehen ließ. Er entriegelte die Tür und blickte auf den Korridor hinaus, bevor er sie aus dem Zimmer schickte. Sie verstand nicht, weshalb sie gehen musste. Doch sie empfing die Befehle, die sie verstehen konnte, ohne sie wirklich zu hören. Sie nahm den Fahrstuhl und fuhr hinunter. In der Lobby, die ungemütlich war wie eine Bahnhofshalle, herrschte noch immer Hochbetrieb. Oder schon wieder. Eine neue Flugzeugladung war angekommen. Viele Maschinen aus Europa kamen zu nachtschlafender Zeit. Loretta hatte einmal gehört, dass es mit Zeitzonen oder so etwas zu tun hatte. Was es war, wusste sie nicht.

Die wenigen Angestellten, die sich noch in der Lobby aufhielten, hatten alle Hände voll zu tun. Loretta sah sich keinen anzüglichen Bemerkungen ausgesetzt, wie es sonst oft der Fall war, wenn sie den Laden zu später Stunde verließ. Sie erreichte den Baldachin, der den Bürgersteig überspannte, und sie brauchte nicht einmal lange zu warten. Mit einer Strafe hatte sie die ganze Zeit gerechnet. Es war logisch. Sie hatte ihn beleidigt. Neandertaler! Wie, in aller Welt, hatte sie so etwas nur sagen können! Also musste sie die Strafe eben hinnehmen. Deshalb lief sie vor den herandonnernden Truck einer Müllabfuhrfirma. Das Kreischen der Vollbremsung hörte sie schon nicht mehr.

Bis gegen Mittag schlenderten Stepanavan und Lukasin die Seventh Avenue hinauf und hinunter. Dann knurrte ihnen der Magen. Sie betraten eine Luncheonette, deren Inhaber Italiener war. Sie stopften sich den Bauch mit Pizza voll, tranken einen leichten Weißwein dazu und gönnten sich zum Abschluss Espresso. In dem schwarzen Gebräu hätte der Löffel Kopfstand gemacht, wenn man es nur versucht hätte.

Sie hatten die ganze Zeit kaum geredet, hatten immer nur Für und Wider abgewogen.

»Wir sollten jetzt telefonieren«, sagte Varak Stepanavan, als sie die Luncheonette verließen.

Agop Lukasin nickte nur. Es bedeutete, dass er zu der gleichen Entscheidung gekommen war wie sein Landsmann.

An der Ecke West 35th Street fanden sie eine freie Telefonzelle, ein Glashäuschen mit richtiger Tür. Keines dieser offenen Dinger, in denen man eilige New Yorker stehen sah und zuhören konnte, wie sie ihre Privatsachen zur öffentlichen Angelegenheit machten. Die Armenier hatten indessen von Shannon erfahren, dass man in Telefonzellen wirklich sicher sein konnte, nicht abgehört zu werden. Sie hatten zu zweit Platz genug. Lukasin schloss die Glastür. Stepanavan hatte alle Nummern auswendig gelernt. Er wählte die, unter der Shannon jetzt zu erreichen sein musste. Lukasin hatte ein paar Brocken Englisch aus dem Touristen-Taschenbuch gelernt. Er konnte jedoch mehr verstehen als selber sprechen. In New York City schien es indessen Tausende zu geben, die die Landessprache nicht beherrschten. Allerdings erlebte man Überraschungen. Lukasin hatte Leute beobachtet, die Spanisch sprachen und auch so aussahen, als ob sie aus einem süd- oder mittelamerikanischen Land stammten. Dann, plötzlich, wenn jemand anders hinzukam, redeten sie englisch mit einem New Yorker Akzent, als hätten sie seit ihrer Geburt niemals einen anderen Ort der Welt gesehen.

»Hallo?«, rief Stepanavan halblaut. »Sind Sie es?« Er hielt die Hörmuschel vom Ohr abgewinkelt, sodass sein Kamerad wenigstens die Stimme des anderen hören konnte.

»Aber ja. Ich habe Ihnen doch gesagt, wann ich unter welcher Nummer zu erreichen bin. Dann geht niemand anders an den Apparat.« Es war eindeutig Randolph Shannon. »Haben Sie sich ein bisschen umgesehen? Ein bisschen an unsere Stadt gewöhnt?«

»Umgesehen – ja. Gewöhnt – nein.«

»Oh, das hört man selten. Die meisten fühlen sich bei uns sofort wie zu Hause.«

»Wir werden froh sein, wenn wir wieder in Istanbul sind.«

»Aber das ist doch auch nicht Ihr Zuhause.«

»Eine Wahlheimat. Besser als nichts. Von dort aus …« Er unterbrach sich. »Kann es sein, dass Ihr Telefon abgehört wird?«

»Ausgeschlossen«, antwortete Shannon sofort. »Wir haben die modernsten elektronischen Spürgeräte. Mein Penthouse wird täglich kontrolliert. Also – bei mir sind Sie sicher wie in Abrahams Schoß – in jeder Beziehung. Im Übrigen – Istanbul ist doch bestimmt nicht sauberer als New York.«

Stepanavan grinste. Er war in der Stimmung zu einem Plausch, wenngleich er das deutliche Gefühl hatte, dass Shannon immer noch die Angewohnheit hatte, Geschäftspartner durch seinen Wortreichtum einzululllen. »Istanbul ist ein Schlupfwinkel«, sagte

Stepanavan. »Vor allem ein Schlupfwinkel. Und das mitten unter den Türken.«

»Dann sind Sie so was wie ein Kuckuck im fremden Nest, was? Haha!«

»Stimmt. Wir fügen uns einerseits und operieren andererseits frei und ungehindert.«

»Ich verstehe nicht ganz, weshalb Sie nicht in die Armenische – wie heißt das genau?«

»Armenische Sowjetrepublik.«

»Richtig. Warum gehen Sie nicht dorthin? Da hätten Sie doch ihr eigenes Land. Oder nicht?«

»Letzteres. Es ist nur ein Teil unserer Heimat. Den größeren Teil haben uns die Türken genommen. Wir wollen ein vereintes, freies Armenien. Verstehen Sie?« Er redete sich in Fahrt. »Wir wollen auch nicht, dass Armenier in Aserbaidschan unterdrückt werden. Deshalb müssen wir ein Zeichen setzen. Ein deutliches Zeichen. Die ganze Welt muss es verstehen. In Moskau hat niemand die Sache unserer Landsleute in Aserbaidschan unterstützt. Below am allerwenigsten.« Schnaufend hielt er inne.

»Ist das so? Sie verurteilen einen Burschen dafür, dass er nichts tut? Normalerweise ist es doch eher anders herum.«

»Normalerweise!« Stepanavan schnaubte. »Auch Nichtstun kann tödlich sein. Es kommt nur auf die Auswirkungen an. Und für das Volk der Armenier gibt es den Begriff ›normal‹ schon lange nicht mehr. Millionen unserer Vorfahren wurden von den Türken niedergemetzelt – glauben Sie, dass all die späteren Generationen überhaupt eine Vorstellung davon hatten, was normal ist?«

»Nun, ich kann das sicher nicht beurteilen«, entgegnete Shannon vorsichtig. »Ich kann nicht mal nachempfinden, was es bedeutet, wenn Millionen …«

»Sehen Sie! Sehen Sie.« Stepanavan holte Luft. Er nickte Lukasin zu, der ihn besorgt ansah. Natürlich, vielleicht fing er jetzt selbst an, zu viel zu reden. Doch er hatte zu lange nicht mehr über die Sache gesprochen. Daran musste es liegen. Es war die Sache, die für ihn und Lukasin zum Lebensziel geworden war.

»Oh, ich würde gern mehr über das alles erfahren«, sagte Shannon, hörbar froh, dass er sich in der Wortwahl nicht vergriffen hatte. »Vielleicht, wenn wir mit der Geschichte durch sind …«

»Vielleicht. Wir wollen jetzt nicht mehr warten. In zwei Tagen wird das Gipfeltreffen in Washington beendet. Das liest man in allen Zeitungen. Also müssen Below und Mitchel doch spätestens morgen oder übermorgen in New York sein. Ich will, dass Sie Ihren Mann sofort losschlagen lassen.«

»Einverstanden. Nichts daran auszusetzen. Er hat sich schon ein bisschen vorbereitet. Er muss sich nur noch mit den Örtlichkeiten vertraut machen. Sie verstehen?«

»Ja. Was hatte dieses Attentat zu bedeuten? Haben Sie eigenmächtig einen anderen auf Below angesetzt?«

»Um Himmels willen, nein! Das war ein Einzelgänger. Ein Durchgedrehter, der sich von einem Haufen politischer Wirrköpfe hat beeinflussen lassen. Und er ist auf einen Trick der Sicherheitsleute hereingefallen. Nein, nein, mit uns hatte dieser Spinner nun wirklich nichts zu tun. Mich wundert, dass die Sache überhaupt bis zur Presse durchgesickert ist. Kann aber auch sein, dass FBI und CIA es so wollten. Um zu zeigen, dass sie alles im Griff haben.«

»Dann könnte es passieren, dass auch Ihr Mann auf einen Trick hereinfällt.«

Shannon lachte wie jemand, der haushoch überlegen ist. »Nie im Leben! Er hat alles über Below gelesen, was es zu lesen gibt. Vor allem die vielen Redetexte, die die Russen gedruckt unters Volk bringen. Daraus lässt sich gut auf die Persönlichkeit eines Mannes schließen.«

»Ich hätte nicht gedacht, dass Ihr Bursche überhaupt lesen kann.«

»Hm. Er und seine Leute werden zwar unterdrückt, aber deswegen sind sie noch lange nicht blöd. Können Sie das nicht nachempfinden?«

Stepanavan grinste den Hörer an. »Sie werden mich nicht aufs Glatteis führen. Im Übrigen sollte ihr kluger Naturbursche nicht so dämlich sein, eine gottverdammte Hure als Wegwerfartikel zu betrachten. Das hat er doch getan – vor diesem Hotel an der 46. Straße. Habe ich Recht? So etwas kann einem das Genick brechen. Wir können froh sein, wenn er nicht geschnappt wird, bevor er unseren Auftrag ausführt.«

»Unsinn! Niemand hat ihn mit der Nutte gesehen. Es war ein Unfall. Entweder war sie voll mit Alkohol oder Crack, oder sie hatte einen hysterischen Anfall oder ihren Moralischen. Vielleicht hat sie auch bloß gedacht, dass es der richtige Moment für den Selbstmord war. Und nochmal: Wie sollte man ihm auch nur irgendetwas nachweisen?«

»Ich weiß es nicht. Eure Wissenschaft ist doch so großartig.«

»Haha! Wenn man die Gedanken von Menschen mit irgendetwas Technischem lesen könnte, dann würden sie's garantiert zuerst in Below-Country ausprobieren.«

Stepanavan wollte nicht widersprechen. »Wir telefonieren erst wieder, wenn alles erledigt ist. Die Vorauszahlung finden Sie im vereinbarten Schließfach. Der Rest folgt, wenn es geklappt hat.«

»Das will ich hoffen. Hier zu Lande sind Geschäftsabschlüsse bindend. Ich brauche Sie nicht darauf hinzuweisen, dass ich die besseren Mittel hätte, wenn Sie versuchen würden …«

Stepanavan unterbrach ihn. »Drohen Sie mir nicht«, sagte er und legte auf.

Gästehaus Nummer drei war ein prachtvoll restauriertes Jugendstil-Gebäude an der York Avenue. Zwölf Stockwerke hoch, mit viel »Schnörkelei« an der Fassade. Drinnen hätte ein vor neunzig Jahren Tiefgefrorener und jetzt Wiederbelebter nicht mitgekriegt, dass er ins Computer-Zeitalter geraten war. Von der Stuckverzierung der Decken bis zu spinnenbeinigen Polsterstühlen und spiegelblankem Parkett sah alles so neu aus, als hätten die Handwerker der Jahrhundertwende gerade erst den Platz ihrer Arbeit verlassen.

Die Außenminister der Supermächte gaben einen Empfang im Waldorf Astoria. Die örtlichen Größen waren eingeladen. Der Gouverneur und seine Mannschaft für den Bundesstaat New York, der Bürgermeister und Gefolge für New York City.

Die Ladys der Außenminister trafen sich zur Teestunde im Kaminzimmer. Das war der fünfte Stock. Phil Decker beobachtete die Kontrolle beim Einlass der Journalisten. Zum Checken der Sonderausweise hatten die CIA-Kollegen ein Durchleuchtungsgerät, das allein in der Lage war, ein spezielles Wasserzeichen sichtbar zu machen. Die Presseleute staunten. Ein Kameramann drehte die Prozedur. Phil konzentrierte sich auf die Gesichter. Er konnte niemanden entdecken, der einen nervösen Eindruck machte.

Alle Ausweise waren in Ordnung. Kameraleute, Fotografen und Reporter hatten eine halbe Stunde Zeit, ihr Werk für die Nachwelt zu tun. Die Ladys saßen da wie kunstvoll zurechtgemachte Puppen aus dem Wachsfigurenkabinett. Die Holzscheite im Kamin waren zur Dekoration angezündet worden. Dafür hatte man den Thermostat der Klimaanlage ein paar Grad heruntergedreht. Eine Viertelstunde Zeit für Blitzlichtgewitter, Halogengleißen und das Schmatzen der motorbetriebenen Fotokameras. Die Fernsehkameras waren mit den zunehmend hochtechnisierten Jahren leiser geworden. Es folgte eine Frage-Viertelstunde für die Reporter. Zu achtzig Prozent kamen sie aus den Verlagen der Yellow Press. Der Rest war von den Lokalzeitungen und den New Yorker Fernsehsendern.

Die erste Presse-Garnitur lauerte drüben im Waldorf. Dort hatte auch Jerry seinen Einsatz. Am Vormittag war der Konvoi der Außenminister eingetroffen. Es hatte keine Zwischenfälle gegeben. Für die Sicherheitskräfte bedeutete es einen Hauch von Entspannung. Doch nur einen Hauch. Nichts war eine Garantie dafür, dass es ruhig blieb oder dass ein weiterer Attentäter nach dem Strickmuster des Amerika-Befreiers verfahren würde.

Die Fotografen und Kameraleute konnten wie üblich den Hals nicht voll kriegen. Die Verrenkungen begannen: Arme hoch, Blindschüsse über Köpfe und Schultern der schreibenden Kollegen hinweg. Die Fragerei war längst zum Stimmengewirr geworden. Im Kampf um das beste Bild verlor ein mit drei Kameras behängter Fotograf die Nerven. Er griff nach einem der kostbaren Polsterstühle und stieg hinauf. Ein Hausdiener eilte entsetzt herbei und zog den Mann herunter. Protest und Gezeter waren die Folgen. Behinderung bei der Berufsausübung. All die Sprüche.

»Gleich geht die Keilerei los«, sagte Special Agent Fred Nagara.

Phil nickte. »Machen wir Schluss. Bevor sie sich die Kameras um die Ohren hauen, sind sie draußen.«

»Worauf du dich verlassen kannst«, entgegnete Fred grimmig. Er ging zu Les Bedell und Hyram Wolfe, die in der nächsten Ecke des Zimmers standen.

Die G-men verständigten sich durch Handzeichen mit den übrigen Sicherheitskräften. Als Ersten beförderten sie den Zeterer mit den drei Kameras hinaus. Dann wurden die restlichen Knipser höflich, aber bestimmt aufgefordert, den Rückzug anzutreten. Das Protestgemurmel stieß bei den Beamten auf taube Ohren.

Phil Decker bahnte sich eine Gasse durch die Runde

der unermüdlichen Frager. Einer wollte wissen, ob die Lady aus Moskau vergoldete oder bronzene Wasserhähne in ihrem Bad bevorzuge. Die verwirrte Mistress Außenminister kam nicht zur Antwort, denn ein anderer erkundigte sich ernsthaft, ob sie bereits wisse, welchen Coiffeur sie in New York aufsuchen werde. Phil erlöste sie auch von dieser Antwort, indem er das Wort ergriff. Ein dankbarer Blick aus glutvollen Augen erreichte ihn.

»Gentlemen«, sagte er mit einem harten, angedeuteten Lächeln. »Das Interview ist beendet. Aus Sicherheitsgründen. Es gibt keine Verlängerung.«

Protest brach los. Es hörte sich ganz danach an, als würde in Sekundenschnelle Gebrüll daraus werden.

»Letzte Aufforderung!«, rief der hoch gewachsene G-man schneidend. »Ich werde nicht zulassen, dass Mrs. Below und Mrs. Mitchel sich belästigt fühlen. Ich bitte Sie dringend, Gentlemen, den Raum freiwillig zu verlassen!«

Die Journalisten wurden unsicher, murmelten, tuschelten, sahen sich um und stellten fest, dass ihre Rückendeckung mit den optischen Geräten schon verschwunden war. »Die Viertelstunde ist noch nicht um!«, rief einer dennoch.

»Ich weiß«, sagte Phil ruhig. »In meiner Selbstherrlichkeit als Einsatzleiter für diesen Sicherheitsbereich habe ich den vorzeitigen Abbruch angeordnet. Mein Name ist Phil Decker, Special Agent des FBI-Distrikts New York. Es steht Ihnen frei, sich zu beschweren. Mein direkter Vorgesetzter ist John D. High, Special Agent in Charge.«

Einer knurrte etwas von Pressefreiheit, die er vermisse.

»Meine letzte Erklärung zum Thema«, entgegnete der G-man. »Eigentlich sollten Sie es selbst wissen: Die Rechte jedes Bürgers werden in dem Moment eingeschränkt, in dem er gegen geltenden Gesetze verstößt. Da ich Prügeleien von Pressefotografen oft genug erlebt habe, kann ich beurteilen, wie so etwas anfängt. Hier hat es soeben angefangen. Wegen der hohen Sicherheitsstufe wird jedes Risiko im Keim erstickt. Im Klartext: Wer sich jetzt noch weigert, den Raum zu verlassen, fordert seine vorläufige Festnahme heraus.«

Die Blicke, die den FBI-Beamten trafen, waren unverhohlen wütend. Nur wenige unter den Journalisten nickten. Sie wandten sich als Erste ab. Sie wussten, wie sehr ihr Berufsstand durch Auswüchse in ein schlechtes Licht gerückt wurde. Auch die anderen zogen nach kurzem Zögern murrend davon.

Das Kaminzimmer wurde leer und ruhig.

Phil wollte sich abwenden.

»Warten Sie einen Moment«, sagte Elizabeth Mitchel. Sie trat auf den G-man zu. Sie war eine elegante Erscheinung, schlank, dunkelhaarig, im schwer bestimmbaren Alter zwischen fünfzig und sechzig Jahren. Sie trug ein einfach geschnittenes, türkisfarbenes Kostüm. »Zunächst danke ich Ihnen für ihr absolut richtiges Handeln. Und dann habe ich eine Frage, Mr. Decker. Besser – Mrs. Below hat einen Wunsch.«

Auch die Frau des sowjetischen Außenministers näherte sich nun. Über sie gab es keine Geheimnisse. Zeitungen, Illustrierte und Fernsehsender hatten alles ausgekocht, was über sie herauszukriegen gewesen war. Marina Below war dreißig Jahre alt und gebürtige Georgierin. In vielen Berichten war sie als eine südländische Schönheit bezeichnet worden. Keine Übertreibung. Wenigstens in dem einen Punkt waren die Presseleute bei der Wahrheit geblieben. Die Lady aus Moskau trug ein leichtes, rosafarbenes Kostüm mit glockig geschwungenem Rock. Obwohl dezent im Schnitt, unterstrich es ihre außergewöhnliche Figur. Noch eindrucksvoller war der Kontrast zu ihrem schulterlangen, schwarzen Haar. In ihrem schmalen Gesicht lagen die Fähigkeit zu ausgelassener Heiterkeit und tiefem Ernst nahe beieinander, wie es ein Artikelverfasser ausgedrückt hatte.

»Das ist wahr«, sagte sie mit einer rauchig klingenden Stimme. Ihr Englisch war fast ohne Akzent. An ihrem Blick änderte sich auch auf die Distanz von zwei Schritten nichts. »Sicher wissen Sie, dass das Programm ausgedehnt worden ist, Mr. Decker.«

Der G-man nickte. »Nach der Rede vor der UN-Vollversammlung werden die beiden Außenminister eine einwöchige Rundreise durch die nordöstlichen Bundesstaaten unternehmen und unter anderem auch militärische Einrichtungen besuchen. Das ist bislang noch geheim.«

»Ich weiß«, erwiderte Marina Below sanft. »Aber es würde die Geheimhaltung bestimmt nicht stören, wenn ich schon morgen einen kleinen Ausflug unternehme. Zusammen mit Elizabeth – Mrs. Mitchel.«

»Ja, ich habe Marina in dem Punkt Hoffnung gemacht«, gestand die Frau des amerikanischen Außenministers. »Es handelt sich um einen Ausflug nach South Dakota. Sie hat dort nämlich eine Verwandte, die sie gern treffen würde.«

Phil konnte nur die Stirn runzeln.

»Eine entfernte Cousine«, erklärte Mrs. Below. »Ihr Ur-Ur-Großvater ist in den siebziger Jahren des letzten Jahrhunderts in die Vereinigten Staaten ausgewandert. Ihr Ur-Ur-Großvater und meiner waren Brüder. Beide hießen Garianidse. Das ist mein Geburtsname. Unsere Familien haben immer Briefkontakt gehalten. Catherine, meine Cousine, ist nur ein Jahr jünger als ich. Wir schreiben uns, seit wir es in der Schule gelernt haben. Gesehen haben wir uns noch nie. Sie verstehen, was es mir bedeuten würde …«

»Natürlich«, sagte der G-man.

»Dann gibt es nichts dagegen einzuwenden?« Sie strahlte wie ein kleines Mädchen, dem die größte denkbare Freude bereitet wurde.

»Es lässt sich einrichten.« Phil unterdrückte ein Seufzen. Er ahnte, was auf ihn zukam. »Wir befinden uns in einem freien Land.«

Marina zwinkerte ihm zu. »Ich wusste, dass Sie das sagen würden.«

Er hatte das Gefühl, dass sie ihre Taktik eben darauf eingerichtet hatte.


Es wurde dunkel. Rote Warnlampen machten die hölzernen Polizeibarrieren sichtbar. Vor dem Gästehaus war die York Avenue abgesperrt. Der Fahrzeugverkehr wurde umgeleitet. Fußgänger durften auf dem gegenüberliegenden Bürgersteig passieren. Männer der Delta Force patrouillierten um das Gebäude, in dem die Außenminister mit ihren Ehefrauen und dem jeweiligen diplomatischen Stab Quartier bezogen hatten.

Ich verließ das Gebäude durch den Hinterausgang. Das gesamte Grundstück war beleuchtet. Hohe Pilzlampen verstreuten ihr kühles Licht aus Natriumdampf. Nur Einsatzfahrzeuge der Sicherheitskräfte standen auf dem Parkplatz hinter dem Haus. Jenseits der Einfriedung aus schmiedeeisernem Gitter erstreckte sich ein kleiner Park bis zum Franklin D. Roosevelt Drive. Auch dort waren Wachen postiert. Das Grundstück lag höher als die Schnellstraße. Deshalb war der Blick auf den East River, auf Roosevelt Island und die Queensboro Bridge frei.

Ich wandte mich nach links. Ein Lieutenant der Delta Force bog um die Hausecke. Er erkannte mich und salutierte. Wie die anderen Männer der Elite-Truppe trug er Kampfanzug und Springerstiefel und war mit einer Maschinenpistole bewaffnet. ›Gallagher‹ stand in schwarzen Stickbuchstaben über der linken Brusttasche.

»Lage unverändert, Sir«, sagte er. »Allerdings weiterhin keine Zwischenfälle. Zum East River hin ist die Abschirmung lückenlos. Ich habe mehrere Stichproben durchgeführt. Zuverlässige Männer.«

»Danke«, entgegnete ich. Ich wusste, dass von der

Delta Force nur die Besten geschickt worden waren. »Ich will mich vor dem Haus umsehen.«

Gallagher begleitete mich. Er hatte die Entwicklung in den letzten eineinhalb Stunden beobachtet. Von einer Entwicklung im Wortsinn konnte allerdings keine Rede sein. Eher von Stillstand. Wir verharrten an der Hausecke und blickten auf die andere Straßenseite. In der Mitte der Fahrbahn hatten die Officers Standscheinwerfer aufgestellt. Im gegenüberliegenden Rinnstein konnte keine Maus von Gulli zu Gulli huschen, ohne dass die Männer es mitkriegten. Ich zündete mir eine Zigarette an. Die Situation hatte nichts Bedrohliches. Trotzdem waren die Nerven der Delta-Force-Offiziere angespannt. Man wurde das verdammte Gefühl nicht los, dass das dort drüben ein Pulverfass war, an dem nur noch die glimmende Lunte fehlte.

Tagsüber waren sie schweigend auf und ab gegangen. Sie hatten ihre Transparente und Schilder in Marschrichtung gehalten, sodass jeder sie lesen konnte, der aus den Fenstern des Gästehauses auf die York Avenue hinunterblickte. Dann rotteten sie sich zusammen. Die meisten schwiegen, manche redeten leise miteinander. Ich sah ihre Getränkekartons, Kühltaschen, Decken und Zeltplanen. Sie würden über Nacht hier bleiben. Etwas mehr als hundert Leute.

Wir hatten keinen Grund, gegen sie vorzugehen. Ihre Demonstration war angemeldet und genehmigt. Solange sie sich friedlich verhielten, hatten sie alle Rechte auf ihrer Seite.

Alle Personalien waren längst überprüft worden. Unter den Teilnehmern der stummen Kundgebung war niemand, nach dem gefahndet wurde. Auch kein Vorbestrafter. Die meisten Ausländer unter ihnen besaßen Touristenvisa. Auf die Gruppe der Exil-Kubaner traf das nicht zu – sie hatten Aufenthaltsgenehmigungen, Arbeitserlaubnis. Zwanzig Mann stark waren sie aus Miami angereist. Wer ihnen nicht von vornherein wohlwollend begegnete, musste sie mindestens für Traumtänzer halten.

WIR FORDERN EIN FREIES KUBA!
ZIEHT CASTRO UND SEINER CLIQUE
DIE SESSEL UNTER DEN HINTERN WEG!
KUBA DEN KUBANERN –
IN FREIEN WAHLEN!

Ich konnte mir beim besten Willen nicht vorstellen, dass sie Alexander Below damit beeindruckten. Und Benjamin R. Mitchel würde für so viel Wirklichkeitsferne wohl auch nur ein müdes Lächeln übrig haben.

Aufmerksamkeit erweckten schon eher die Afghanen und Armenier, die da in kleinen Pulks aufmarschiert waren. Freiheitskämpfer aus den Bergen östlich von Kabul forderten die Sowjets zu einem echten Abzug aus ihrem Land auf. Die Armenier verlangten Unabhängigkeit für Bergkarabach, jenes Gebiet, in dem ihre Landsleute als Minderheit auf einer Insel in Aserbeidschan lebten. Sogar ein schwarzer Australier war da. Er hatte sich mit einem Cheyenne-Indianer zusammengetan. Beide protestierten mit ihren Schildern gegen Unterdrückung und Ausrottung durch den weißen Mann. Und beide hatten sicherlich Chancen, von Alexander Below mit Interesse beachtet zu werden. Ebenso auch die Vietnam-Veteranen aus verschiedenen US-Bundesstaaten, die ankündigten, sich mit sowjetischen Afghanistan-Veteranen verbrüdern zu wollen – weil sie das Fußvolk waren, die armen Schweine, auf deren Rücken die Interessenskonflikte der Großmächte ausgetragen wurden.

Lärm quoll aus der Einmündung hinter dem dunklen Bürogebäude, vor dem die Demonstranten standen.

Lieutenant Gallagher und ich brauchten nicht lange zu rätseln, was sich da anbahnte. Eine neue Menschentraube walzte heran. Gallagher hatte sein

Walkie-Talkie sofort in der Hand. Drüben erreichten die Gestalten den Lichtkreis einer Straßenlampe. Sie grölten. Hoben Zwei-Liter-Flaschen ins Licht. Es funkelte rot und weiß in den Flaschen. Etwa dreißig abgewrackte Menschen waren es. Außer großen Pappkartons, in denen sie übernachten würden, hatten sie ein paar krakelig bemalte Schilder mitgebracht.

»Charlie an Alpha«, sagte Gallagher halblaut in die Sprechmuschel. »Zehn Mann Eingreifreserve auf die York Avenue. Tempo, Tempo.«

»Gehen wir rüber«, entschied ich. Der Lieutenant folgte mir. Er wusste wie ich, dass wir Gewalt vermeiden mussten, solange es irgend möglich war.

Und diese Randalierer bedeuteten keineswegs eine Gefahr. Sie waren einfach nur Ruhestörer. Denn mit der Sache, für die sie sich einsetzten, waren sie hier nun wirklich an der falschen Adresse.

Ihre Krakelschrift verlangte nach Wohnungen, nach erschwinglichen und menschenwürdigen Unterkünften. Der Bürgermeister hatte Hilfe zugesagt, als Obdachlose wochenlang unter den Fenstern seines Amtszimmers eine kleine Stadt aus Pappkartons aufgebaut hatten. Aber diese Hilfe ließ sich nicht von heute auf morgen verwirklichen. Das wollten sie nicht einsehen.

Wir gingen an der Front der schweigenden Demonstranten entlang. In den Gesichtern lasen wir Ärger über die Radaubrüder.

»Keine Sorge«, sagte ich laut und vernehmlich, »wir werden ihnen erklären, dass sie sich genauso ruhig zu verhalten haben wie alle anderen.«

Aus einem Torweg neben dem Gästehaus kamen Gallaghers Männer im Eilschritt.

»Wie wollt ihr es ihnen denn erklären?«, meldete sich eine spöttische Stimme. »Mit Schlagstöcken?« Dieses Englisch hatte einen ungewohnten Akzent.

Unwillkürlich blieb ich stehen. Gesichter starrten mich an. Trotzdem wusste ich sofort, wer gesprochen hatte. Mit seiner tiefschwarzen Haut war der Mann in der Dunkelheit fast unsichtbar. Es blieben nur das spöttische Blitzen seiner Zähne und das zwingende Weiß seiner Augen.

Mir war nicht auf Anhieb klar, was von diesen Augen ausging. Ich begriff nicht, weshalb ich es als etwas Zwingendes einstufte. Aber haargenau so verhielt es sich. Auf einmal ging mir jeder Elan verloren. Eine nie gekannte Gleichgültigkeit erfasste mich.

»In Ordnung«, brummte ich, »lassen wir sie in Ruhe, Lieutenant. Sollen sie sich doch die Lunge aus dem Hals brüllen – solange sie keinen Schaden anrichten.«

Gallagher blinzelte verblüfft.

Da war noch ein schwaches Glimmen von Energie in meinem Bewusstsein. Ich schaffte es, dieses Glimmen wieder anwachsen zu lassen. Und ich schüttelte die Gleichgültigkeit ab. Es war wie ein innerer Ruck, mit dem ich das bewerkstelligte. Aus dem schwarzen australischen Gesicht fiel der Spott. Ich las einen Ausdruck von Erstaunen.

»Haben Sie den Mann auch überprüft, Lieutenant?«, erkundigte ich mich energisch. Mit einer Handbewegung deutete ich auf den düster Aussehenden. Er trug einen eleganten hellgrauen Straßenanzug, weißes Hemd und Krawatte. Man sah ihm an, dass er gewohnt war, sich darin zu bewegen. Er war nicht der belächelte Affe aus dem australischen Busch, dem man Menschenkleidung übergehängt hatte.

Der Cheyenne stand mit ausdrucksloser Miene neben ihm. Sein Schild forderte das Land zurück, das die weißen Siedler seinen roten Brüdern genommen hatten. Das Schild des Australiers schrie um Hilfe für seine in Alkohol und Elend untergehenden Landsleute. Ich hielt diesen Hilferuf durchaus für berechtigt, nur kaufte ich dem Mann nicht ab, dass er aufrichtig dahinter stand. Es musste mit dem Spott zusammenhängen, den ich in seiner Miene gesehen hatte.

Er sah mich durchdringend an. Es wirkte irgendwie

krampfhaft. Es schien ihn zu irritieren, dass ich seinem Blick widerstand. Seine Augenlider, vorher unbewegt, begannen zu schlagen.

»Er ist Aborigine«, antwortete der Lieutenant und zog eine zusammengerollte Liste aus der größeren Brusttasche seiner olivgrünen Jacke. Er glättete den Zettel. »Hier haben wir ihn. Adam Hucko. Eingereist vor genau zehn Tagen. Touristenvisum. Fahndungs-Check negativ. Alles in Ordnung.«

Die Homeless People, wie die Obdachlosen in New York genannt werden, grölten noch immer. Gallaghers Eingreifreserve hatte sich vor ihnen in einer Linie aufgebaut. Schlagstöcke baumelten in der Tat an den Hüften der Männer. Aber sie würden sie nicht benutzen. Nicht gegen die Wehrlosen, denen nur der billige Wein die Zunge gelockert hatte.

»Wollen Sie sie wirklich in Ruhe lassen?«, fragte der Lieutenant.

»Ich weiß, dass ich es gesagt habe«, erwiderte ich, ohne den Blick von Hucko zu wenden. »Aber es war natürlich nur ein Witz.«

Etwas glomm in seinen Augen auf. Es ließ mich vermuten, dass er eine Art Schmerz empfand. Wir ließen ihn stehen und gingen hinüber zu den Randalierern.

Ein paar fingen an, mit viel Lärm ihre Pappkartons aufzubauen. Die anderen ließen die Weinflaschen kreisen. Das Rot und Weiß perlte und gluckerte in den dicken Glasröhren.

Ich brauchte nur die Hand zu heben, und sie wurden still. Auch die Kartonbauer stellten ihre Geschäftigkeit ein. Gallagher und ich wechselten einen Blick. Es war uns klar: Diese Menschen wollten ernst genommen werden, wollten, dass man ihnen zuhörte. Und eben damit hatten sie nicht gerechnet. In etlichen der stoppelbärtigen Gesichtern stand Verwunderung

»Ich bin Special Agent«, sagte ich, »Jerry Cotton vom FBI-Distrikt New York. Lieutenant Gallagher gehört zur Delta Force. Auch die anderen strammen

Jungs.« Ich deutete mit einer Kopfbewegung nach hinten. »Unser Job ist es, für Sicherheit zu sorgen. Und wir nehmen unseren Job ernst.«

»Soll das eine Drohung sein?«, fragte einer. »Ist es nicht so, dass wir das Bild stören? Weil wir unbequem sind? Politische Demonstranten – okay, dagegen muss man nicht unbedingt was einzuwenden haben. Denn das sind ja die international bekannten Probleme. Aber ein Haufen von abgewrackten Stinkern, die behaupten, in New York gäbe es ein Obdachlosen-Problem! Du lieber Himmel! So was möchte man doch nicht ausgerechnet einem Vertreter des real existierenden Sozialismus vorführen!« Die anderen brummten beipflichtend. Ein paar klatschten Beifall.

Ich nickte. Der Mann stand in der zweiten Reihe des Haufens. Schwarzbärtig, höchstens dreißig Jahre alt. Er trug eine alte Armeejacke, das Shirt darunter war fleckig. Ich verspürte den Wunsch, ihn zu fragen, was ihn zerstört hatte. Er sah aus wie jemand, der noch bis vor kurzem in der Lage gewesen sein musste, seinen Lebensunterhalt mühelos zu bestreiten. Mit geistiger Arbeit. Ich fragte ihn nicht. Es gab nicht viel Auswahl. Ein Ehekonflikt, eine Scheidung. Das trieb Männer in den Ruin – finanziell und auch psychisch.

»Ich glaube, Sie irren sich«, antwortete ich. »Die Stadt New York verheimlicht ihre Schwierigkeiten nicht. In jeder Zeitung ist zu lesen, dass es Wohnungsnot gibt. Erste Maßnahmen sind angelaufen, um für die unteren Einkommensschichten erschwingliche neue Wohnungen zu schaffen. Die Obdachlosen sollen aus den Welfare Hotels herausgeholt werden. Sie sollen Apartments bekommen, in denen sie wieder wie normale Familien leben können. Resozialisierung ist nicht nur ein Schlagwort, es wird ernst genommen. Über all das wird fast jeden Tag in den Zeitungen und auch im Fernsehen berichtet. Glauben Sie etwa, dass solche Berichte nicht auch bis nach Moskau gelangen?«

»Blödsinn!«, grollte einer, dessen wallender Bart bis zur Gürtellinie reichte. »Diese gottverdammte Wirklichkeit ist immer noch klarer als irgendwelche Zeitungsschreiberei!«

Der Mann mit dem schwarzen Bart hob die Hand und sorgte für Ruhe. Stirnrunzelnd sah er mich an. »Ich gebe zu, Sir, wir haben das nicht berücksichtigt. Der Gesichtspunkt, den Sie genannt haben, ist einleuchtend. Trotzdem meine auch ich, dass es nicht ganz wirkungslos ist, wenn wir uns hier aufbauen.«

»Das hört sich nach Kompromiss an«, erwiderte ich lächelnd.

»So ist es auch gedacht.«

»Einverstanden. Wenn Sie und Ihre Freunde sich ruhig verhalten, braucht sich keiner von uns aufzuregen. Und überlegen Sie sich, ob Sie wirklich die ganze Nacht bleiben müssen.«

Der Schwarzbärtige deutete auf die anderen Demonstranten. »Wie groß ist der Unterschied zwischen Zeltplanen und Pappkartons?«

»Schon gut«, nickte ich. »In den einen Punkt wollen wir uns nicht verbeißen. In Ordnung?«

»Es ist Ihr Entgegenkommen, Sir. Vielen Dank für Ihr Verständnis. Kann ja sein, dass es doch ein bisschen hilft, wenn die Größen aus Washington unseren Stadtvätern mal auf die Füße treten.«

Dem hatte ich nichts entgegenzuhalten. Der Lieutenant schickte seine Eingreifreserve weg. Als wir zurückgingen, war der Australier verschwunden. Nur der Cheyenne stand noch im Kreis der anderen. Sein bronzenes Gesicht war so unbewegt wie zuvor. Ich brauchte ihn nicht zu fragen. Er hätte von dem Aborigine Adam Hucko nichts gewusst. Warum auch? Was wollte ich von dem Mann? Eine Antwort darauf hätte ich nicht einmal in Worte fassen können.

Lieutenant Gallagher setzte seinen Kontroll-Rundgang fort. Phil kam mir im Haupteingang des Gästehauses entgegen.

»Anruf vom Chef«, sagte mein Freund und Kollege. »Er hat Steve und Zeery für den Fall Jackman abgezogen.«

Ich zog die Brauen hoch. »Neue Erkenntnisse?«

»Aussagen von Freunden und Bekannten Jackmans. Kein Mensch kann sich vorstellen, dass er freiwillig Selbstmord begangen hat. Sie halten es für völlig ausgeschlossen. Darin sind sich alle einig. Das ist aber nicht alles. Steve und Zeery haben als Erstes die Daten des Falls Jackman in den Computer eingegeben und das Vergleichsprogramm durchlaufen lassen. Ergebnis: Es gibt einen zweiten Fall, der ähnlich abgelaufen ist. Erst gestern Abend. Eine Prostituierte ist seelenruhig vor einen Müll-Truck gelaufen.« Er schilderte die Einzelheiten.

Die Kollegen Steve Dillaggio und Zeerookah hatten bislang unserem Sonderkommando für den Schutz der Außenminister angehört. Wenn Mr. High es für richtig hielt, dass sich der FBI in den Fall Jackman einschaltete, so kam das nicht aus heiterem Himmel. Informanten aus der Umgebung des Bauunternehmers hatten berichtet, dass er unter Druck gesetzt wurde. Wir hatten nicht herausfinden können, welche Familie aus der Szene des organisierten Verbrechens dahinter steckte. Denn Jackman hatte jede Hilfe abgelehnt. Er hatte sich stark gefühlt. Auch das sprach gegen die Selbstmord-These. Und seine Freundin hatte ihn nachweisbar nicht vom Dach des Neubaus in Battery Park City gestoßen.

Bei der Prostituierten Loretta James waren nur die Umstände des Todes ähnlich wie bei Jackman. Steve und Zeery würden die letzten Stunden ihres Lebens rekonstruieren und feststellen, ob Loretta Kontakt zum organisierten Verbrechen gehabt hatte.

Phil berichtete von Marina Belows besonderem Wunsch.

»Freu dich auf den Ausflug mit ihr«, sagte ich augenzwinkernd. »Wenn ich scharf genug beobachtet habe, findet sie dich ziemlich sympathisch.«

»Sie ist eine verheiratete Frau«, entgegnete mein Freund und Kollege.

Ich erlaubte mir ein Lächeln.


Dieses viele Wasser. Er hatte sich so etwas nie vorstellen können. Die Stadt schon eher – mit ihren Häusern so hoch wie Berge und ihren Straßen, die finstere Schluchten waren. Doch jedes Mal, wenn er das Wasser sah, musste er andächtig stehen bleiben. Dann musste er der Macht der Traumzeit danken. Sie hatte ihn hinausgeführt in eine Welt, von der er nicht gewusst hatte, dass es sie gab. Sein Lebensraum war fern allen Wassers gewesen. Seine Leute hatten Löcher in die Erde graben müssen, um es heraufzuholen. In Kalgoorlie hatte er die ersten Wasserhähne gesehen, und er hatte lange gebraucht, bis er nachvollziehen konnte, wie die Weißen es fertig brachten, Wasser aus der Wand fließen zu lassen. Er war weiter in ihre Welt vorgedrungen, die sie Zivilisation nannten. Als er Broken Hill in New South Wales erreichte, waren ihm all die Fähigkeiten geläufig, die man in jener Zivilisation brauchte, um am Leben zu bleiben. Geld für Wein und Bier und Zigaretten holte man sich nachts aus den Automaten, die sie überall aufgehängt hatten. Brauchte man mehr Geld, putzte man ein oder zwei Aborigine-Mädchen heraus, verkaufte sie als Liebesdienerinnen an weiße Trunkenbolde und beteiligte die Girls in Maßen am Gewinn. Er hatte später auch gelernt, wie man mit dem Stoff Geschäfte machte, den sie Rauschgift nannten. Zu diesem Zeitpunkt hatte er sich schon in ihren Bars aufgehalten, und die Pimps hatten ihn respektiert, weil er ein gefährlicher Mann war. Im Gegensatz zu vielen seiner schwarzen Brüder wusste er sich zu wehren.

Adam Hucko blickte von dem Spazierweg am Ufer des Hudson River hinab. Schwarz wälzten sich die Fluten dahin. Stellenweise lag ein bleierner Schimmer auf der Oberfläche. Hoch wurde der Fluss überspannt von dem gewaltigen Bauwerk, das sie George Washington Bridge nannten. Weit entfernt spiegelten sich auf der anderen Seite die Lichter aus den Häusern im Wasser. Hucko konnte sich nicht satt sehen.

Überall in und um New York City war Wasser.

Er hatte Shannon in Broken Hill getroffen. Shannon hatte große Geschäfte mit Crack angekurbelt, diesem Zeug, das in Phiolen geliefert wurde. Sie hatten sich angefreundet. Hucko erinnerte sich genau, wie beeindruckt Shannon von der ersten Demonstration seiner Fähigkeiten gewesen war. Sie mieteten sich ein Hotelzimmer, dem feinen Restaurant der Weißen genau gegenüber. Hucko konzentrierte sich auf die hochnäsige blonde Lady, von der auch Shannon wusste, dass sie die Frau des Bürgermeisters war. Die Fenster des Restaurants waren groß und ohne Vorhänge. Die High Society von Broken Hill zeigte gern, wie gepflegt sie sich die freie Zeit vertrieb. Etwa zwischen Chateaubriand und Horsd'oeuvre erhob sich die feine blonde Lady und warf ein leeres Weinglas in die Luft. Als es auf dem Fußboden zerschellte, hatte sie alle Aufmerksamkeit für sich. Das war der Zeitpunkt, an dem sie ihren Rock und den Slip auszog und anfing, von Tisch zu Tisch zu gehen, um den konsternierten Leuten kichernd ihren Allerwertesten zu zeigen. Sechs Tische schaffte sie, bis der Bürgermeister seinen Schock überwand, aufsprang und seine bessere Hälfte abschleppte. Hucko hatte zwei, drei Tage später noch einen Lastwagenfahrer dazu gebracht, von der schnurgeraden Fahrbahn abzuweichen, eine hölzerne Einfriedung zu durchbrechen und den Truck präzise in den Swimmingpool des Bürgermeisters zu setzen. Shannon war begeistert. Er fragte Hucko aus, woher er diese unglaublichen Fähigkeiten hatte. Der Rest war nur noch eine Organisationsfrage gewesen. Eine Woche später saßen sie gemeinsam im Flugzeug. Adam Hucko sah zum ersten Mal ein kleines Stück von dem großen Meer, das ganz Australien umgeben sollte. Doch dann waren die Wolken davor gewesen. Erst in New York hatte er schließlich sehen können, wie ein Ozean in Wirklichkeit aussah.

Er verscheuchte seine Gedanken in die Traumzeit – jene unerreichbare Ferne, die außerhalb des Bewusstseins eines Menschen liegt. Er ging den Parkweg hinunter und erreichte den Bootshafen nördlich der großen Brücke.

Lichter brannten auf den Anlegern. Das Weiß der vielen eleganten Yachten bewegte sich im Wellengang auf und ab. Reflexe blitzten vom Glas der Kajüten. Auf den Decks waren hier und da elegant gekleidete Menschen zu sehen, meist in weißen Pullovern. Es war ein Frühlingsabend, der den Sommer ahnen ließ.

Hucko betrat das Hausboot, das Shannon gehörte. Die Unterdecksräume waren hell erleuchtet. Shannon, Riggin und Lombardi saßen im Salon und spielten Domino. Eine Beschäftigung, die in Huckos Augen geradezu kindisch war. Akzeptabel waren dagegen der Whisky und die Zigaretten, die sie sich zum Spiel genehmigten.

»Hi, Adam!«, rief Shannon erfreut. »Nimm dir einen Drink und setz dich zu uns!« Riggin und Lombardi nickten ihm lediglich zu.

Hucko ging zur Bar, warf Eiswürfel in ein Longdrinkglas und füllte es bis obenhin mit Bourbon. Er nahm eine Schachtel Zigaretten aus dem Regal und begab sich an den flachen Spieltisch. Der Ledersessel war weich und bequem. Shannon und die beiden Unterbosse blickten von den Dominosteinen auf.

»Hast du die richtige Beziehung gekriegt?«, erkundigte sich Shannon. »Weißt du jetzt, was Below für ein Mann ist? Du weißt, unsere Auftraggeber haben grünes Licht gegeben.«

»Ich werde den Russen beherrschen«, antwortete Hucko. »Aber es gibt eine Schwierigkeit. Erst seit einer Stunde.«

Shannon runzelte die Stirn. »Sprich dich aus, Buddy. Schwierigkeiten sind dazu da, beseitigt zu werden. Wir haben Erfahrung darin. Was, Mack? Was, Joe?«

Mack Riggin und Joe Lombardi brummten nur.

»Da ist ein Mann, der mir gefährlich werden kann«, sagte Hucko dumpf. »Er hat meine Kraft gespürt und er hat sich widersetzt.«

Shannon sah ihn einen Moment lang an. Dann lachte er und winkte ab. »Na und? Kann doch mal vorkommen – so was. Oder? Wird der Typ verhindern, dass du Below aufs Korn nimmst?«

»Ich weiß es nicht. Der Mann hat ein paar Leuten erklärt, dass er FBI-Agent ist.«

Diesmal dauerte es länger, bis sich Shannons überlegen laute Fröhlichkeit wieder einstellte. »Du lieber Himmel, Adam! Was hat denn das schon zu bedeuten! Ein Gipfeltreffen in Washington, und die Außenminister machen einen Abstecher zu den Vereinten Nationen. Mein Gott, wir waren uns doch darüber im Klaren, dass jede Menge Sicherheitsbullen da sein werden. Was meinst du, wenn du dir Below erst direkt vornimmst! Kann sein, dass du es dann auch noch mit richtigen KGB-Kerlen zu tun kriegst.«

Adam Hucko ließ sich nicht ablenken. »All diese Polizisten interessieren mich nicht. Ich spüre diese Kräfte, wenn sie mir Barrieren in den Weg stellen. Dieser FBI-Agent, von dem ich gesprochen habe, hat keine Angst vor mir. Vielleicht ist er mir ebenbürtig.«

Riggin und Lombardi wechselten einen Blick. Es sah aus, als würden sie sich jeden Moment an die Stirn tippen.

»Heißt das«, entgegnete Shannon stirnrunzelnd, »dass der bewusste FBI-Typ genau das Gleiche kann wie du?«

Der Aborigine schüttelte den Kopf. Er nahm einen langen Schluck Whisky. »Du musst es doch wissen, Randolph. Ich habe es dir in Broken Hill erklärt. Die Kräfte aus der Traumzeit vererben sich immer auf den erstgeborenen Sohn eines weisen Mannes. All meine Vorfahren waren weise Männer.«

»Und bei dir ist Schluss damit«, prustete Riggin los. »Bei dir geht die Weisheit im Whisky baden!«

Lombardi lachte glucksend.

Shannon brachte beide mit einem zornigen Blick zum Schweigen. »Ich weiß, Adam, ich weiß«, sagte er in gütigem Ton. »Aber das muss doch nicht automatisch bedeuten, dass es auf der Welt niemanden gibt, der die gleichen Fähigkeiten hat wie du.«

»Davon weiß ich nichts«, antwortete Hucko. Er leerte sein Glas in einem Zug und zündete sich eine Zigarette an. »Ich spreche nur von einem, der in der Lage ist, sich meiner Kraft zu widersetzen.«

Shannon nickte verständnisvoll und tat, als müsse er darüber nachdenken. In Wahrheit war ihm das Gerede des Australiers lästig. »Wie dem auch sei«, sagte Shannon nach einer Weile. »Du wirst es schaffen. Du musst es einfach schaffen. Es gibt kein Zurück mehr. Unsere Auftraggeber zahlen gut. Das ist der einzige Punkt, auf den es ankommt.«

»Ich tue, was ich versprochen habe«, entgegnete Hucko. »Ich stehe in deiner Schuld, Randolph.« Er stand auf, ging zur Bar und füllte sein Glas nach.

Riggin und Lombardi sahen sich abermals verstohlen an. Okay, sie hatten miterlebt, was dieser schwarze Teufel fertig brachte. Aber es konnte auch ein Trick gewesen sein. Mit ihrem heimlichen Blickwechsel stimmten die Unterbosse darin überein, dass sie Shannon langsam für einen armen Irren hielten.

Der gepanzerte Lincoln Continental glitt lautlos über den Fahrbahnbeton. Nicht einmal das Rauschen des Fahrtwindes war zu hören. Der Fond der Limousine war ein abgeteilter Raum, durch schusssicheres Glas von den Vordersitzen getrennt. Marina Below und Elizabeth Mitchel hatten dort hinten viel Platz, denn es war die ultralange Lincoln-Version für Staatsgäste. Neben einer Klimaanlage gab es im Fond eine Mini-Bar, einen Kühlschrank mit Snacks, eine Stereoanlage und einen Fernsehapparat.

Der Wagen hatte auf jeder Seite zwei Außenspiegel. Deshalb konnte Phil Decker auch vom Beifahrersitz aus sehen, was sich hinten abspielte. Es hatte sich seit Stunden nichts geändert. Mit der vorgeschriebenen Höchstgeschwindigkeit rollte der kleine Konvoi dahin. Ein Begleitfahrzeug fuhr mit fünfzig Yards Abstand voraus, ein zweites folgte dem Lincoln mit dem gleichen Abstand. Niemand überholte die drei schwarzen Limousinen mit ihren blitzenden Funkantennen. Gelegentlich hatten Motorrad-Cops oder Streifen-wagen der Highway Patrol die Ladys der Außen-minister eskortiert. Das Land war flach wie ein Brett. Beiderseits des Highways erstreckten sich Weizen-felder, so weit das Auge reichte.

Ein Lieutenant der Delta Force fuhr den Lincoln. Alexej Tjunin und Valentin Nasarenko, die beiden KGB-Männer, saßen in dem vorausfahrenden Wagen. Bei ihnen waren die G-men Fred Nagara und Floyd Winter. Zwei Delta-Force-Offiziere und zwei CIA-Beamte bildeten das Schlusslicht des Konvois. Tjunin und Nasarenko hatten durchzusetzen versucht, dass wenigstens einer von ihnen in dem Lincoln mitfuhr. Marina Below hatte sie kalt lächelnd abblitzen lassen. Sie hatte darauf bestanden, dass Phil bei ihr und Mrs. Michel war. »Ich möchte dieses Land kennen lernen«, hatte sie gesagt, »und ich möchte alles über die Bewohner dieses Landes erfahren. Glauben Sie im Ernst, dass ausgerechnet Sie mir die Informationen geben können, die ich haben möchte?«, hatte sie die KGB-Agenten angeherrscht und sofort für Phil und die anderen übersetzt. Tjunin und Nasarenko hatten keine Widerworte mehr gehabt.

Der Lincoln war mit Autotelefon und einem separa-ten Sprechfunkgerät ausgerüstet. Phil hatte eine

Telefonverbindung mit New York herstellen lassen und Jerry direkt im UNO-Sekretariatsgebäude an den Apparat bekommen. Es war alles in Ordnung. Keine Zwischenfälle. Sogar die Demonstranten waren abgezogen.

Es herrschte völlige Ruhe. Trotzdem waren weder Jerry noch die Kollegen beruhigt. Jeder kannte das. Bei einem Einsatz dieser Art setzte die Erleichterung erst ein, wenn der Staatsgast gesund und munter in sein Flugzeug stieg und in Richtung Heimat abhob.

Die ersten Reklameschilder tauchten am Highway-Rand auf.

Marina öffnete das Verbindungsfenster. Gedämpfte Musik war aus den Lautsprecherboxen im Fond zu hören. »Wir nähern uns einer größeren Stadt, nicht wahr, Phil? Warum müsst ihr bloß immer die Landschaft mit diesen schreienden Schildern verschandeln?«

Er drehte sich zu ihr um und lächelte. Sie trug ein amerikanisches Edel-Shirt, ganz in Weiß, und dazu hautenge, hellblaue Jeans. Jemand, der sie nicht kannte, hätte in ihr nie und nimmer die Frau des sowjetischen Außenministers vermutet. »Was ist an dieser Landschaft so erhebend«, entgegnete er, »dass es von Schildern zerstört werden könnte? Wenn es eine natürliche Landschaft wäre, würde ich Ihre Kritik akzeptieren. Die Natur hat hier vielleicht bis vor hundertfünfzig Jahren existiert.«

Marina zog die hübsch geschwungenen Augenbrauen hoch. »Der Punkt geht an Sie. Natürlich! Als die Siedler kamen, wurde aus der natürlichen Landschaft nach und nach eine öde Produktionsfläche. Die Indianer, die vorher hier lebten, waren sicherlich vor allem Jäger. Ackerbau können sie bestenfalls in sehr begrenztem Rahmen betrieben haben – und im Einklang mit der Natur. Sie haben keine Wälder gerodet, sondern ihre Felder dort angelegt, wo ohnehin keine Bäume standen.«

»So muss es gewesen sein«, bestätigte Phil. »Und auf den Plains grasten die Büffel zu Millionen.«

»Darüber habe ich gelesen!«, rief die Georgierin. »Wenn der weiße Mann die Büffel mit seinen weit tragenden Waffen nicht abgeschlachtet und er die Indianer in ihrem Land zufrieden gelassen hätte, könnten sie heute noch so leben wie damals.«

»Nun ist es aber genug!«, meldete sich Elizabeth Mitchel zu Wort, ohne jedoch ernsthaft böse zu sein. »Immer das alte Lied! Die Indianer waren die reinsten Unschuldsengel und alle Weißen grundsätzlich brutale Mörder. Außerdem ist in der Sowjetunion natürlich alles makellos, und die Menschen sind so edel, dass sie niemals einem anderen etwas zu Leide tun könnten.«

Marina wandte sich halb um, studierte das Gesicht ihrer Gastgeberin und lachte, als sie sah, dass Elizabeth so locker war wie zuvor. »Aber nein, Liz! Davon hat doch niemand gesprochen. Wenn Sie wollen, zähle ich Ihnen die Schandtaten auf, die bei uns als negatives Kapitel in die Geschichte eingegangen sind.«

Mrs. Mitchel schmunzelte und schüttelte den Kopf. »Nein, nein, schon gut, Marina. Ich weiß doch, dass Sie nicht unsachlich sind.«

Phil räusperte sich. Er wandte sich noch einmal kurz nach vorn. Der Schilderwald hatte sich verdichtet. Die ersten Hamburger-Läden und Restaurants kamen in Sicht. »In einer halben Stunde sind wir in Des Moines«, erklärte der G-man. Für Marina fügte er hinzu: »Das ist die Hauptstadt von Iowa.«

Sie schien es nicht gehört zu haben, denn plötzlich blickte sie mit aufgeregt weiten Augen an ihm vorbei. »Da! Sehen Sie! Schon wieder so ein Truck Stop! Noch tausend Yards!« Sie kniff die Augen zusammen, um die Schrift auf dem leuchtend blauen Schild zu entziffern. Übertrieben groß gemalt wuchs die Kühlerhaube eines Kenworth Conventional aus dem Schild hervor.

RELAX AT MAMA BETTYS!

»Entspann dich bei Mama Betty«, las Marina. Dann sah sie den G-man an. »Warum nehmen wir das nicht wörtlich? Ja, aber ja! Dauernd sind wir an diesen Truck Stops vorbeigefahren. Ich habe so etwas noch nie gesehen. Mein Gott, ich bin neugierig!« Sie wandte sich ihrer Gastgeberin zu. »Liz, sagen Sie unserem Beschützer, er möchte meinen unschuldigen kleinen Wunsch erfüllen.«

Elizabeth Mitchel seufzte, doch sie lächelte. »Sie haben es gehört, Phil. Was spricht dagegen?«

Der G-man atmete laut durch die Nase aus. Er bemühte sich, sich nicht von der verteufelt nahen Glut ihrer Augen ablenken zu lassen. »Eigentlich nichts – wenn wir kurz abbiegen, im Schritttempo über das Gelände fahren und dann weiter …«

»Phil!« Marinas Protest war heftig. Aus der Glut wurde ein Funkeln. »Wollen Sie sich über mich lustig machen?«

»Himmel, nein«, antwortete er. Von Elizabeth konnte er keine Unterstützung erwarten, da sie deutlich und hilflos mit den Schultern zuckte. »Ich habe nur beschrieben, was nach unseren Sicherheitsvorschriften machbar wäre.«

Marina tat, als würde sie den Mund nicht wieder zukriegen. Im nächsten Moment rastete sie ein. »Dann verzichte ich lieber ganz«, sagte sie spitz. Sie lehnte sich zurück, verschränkte die Arme und starrte vor sich hin.

»Marina, Sie müssen das verstehen«, sagte Elizabeth vorsichtig. »Sie können doch Mr. Decker nicht zwingen, gegen seine Vorschriften zu handeln.«

Die Georgierin wandte sich ruckartig nach links. »Zwingen?« Ihre Augen sprühten Feuer. »Natürlich kann ich ihn nicht zwingen. Aber ich bin enttäuscht. Immer höre ich, dass ich das freieste Land der Welt besuche. Und was passiert? Ich darf das Land nur aus sicherem Abstand besichtigen. Ich darf nicht mit den Menschen reden. Obwohl jedem klar sein müsste, dass die Menschen das Wichtigste sind. Ich stehe in diesem freien Land so sehr unter Zwang, wie es eure Journalisten dauernd von der Sowjetunion behaupten. Sie mokieren sich darüber, dass sie sich nur in genehmigten Bereichen bewegen dürfen. Und gleichzeitig tönen sie herum, wie grenzenlos frei sie zu Hause in ihrer Berufsausübung sind. Jetzt sehe ich, was daran wahr ist.«

»Das sind zwei ganz verschiedene Paar Schuhe«, entgegnete Elizabeth Mitchel mit aufkeimendem Unwillen. »Hier geht es um Ihre Sicherheit, Marina.«

»Ich weiß, ich weiß! Wir beide haben neun ausgewachsene Männer bei uns, die auf uns aufpassen sollen. Diese Männer verstehen ihr Handwerk, und sie sind alle bewaffnet. Reichen ihre Fähigkeiten denn nur dafür, dass sie uns wie zerbrechliche Rehe in rollenden Käfigen durch die Gegend kutschieren?«

»Die Lady aus Moskau möchte ihren Willen durchsetzen«, sagte Phil. In seinen Mundwinkeln stand die Andeutung eines spöttischen Lächelns. »Dazu ist ihr jede Argumentation recht, und wenn sie noch so schief ist.«

Marina starrte ihn an. Das Zornsprühen in ihren Augen wurde von Erstaunen verdrängt. »Wollen Sie mich jetzt in die Enge treiben? Mir meine Standpunkte zum Vorwurf machen?«

»Nein.« Der G-man schüttelte den Kopf. »Ich will nur, dass Sie auf den Teppich zurückkehren, auf dem wir zusammen stehen können. All right: Ich glaube nicht, dass es einen Zwischenfall gibt. Die Trucker sind hochanständige Kerle. Männer, sagt man, die heute die Tradition der Cowboys fortsetzen. Aber es kann sein, dass dort drinnen nicht nur Trucker sitzen.« Er deutete mit dem Daumen auf die Ausfahrt, die in Sicht kam. »Falls etwas passiert, Marina, werden Sie hinterher nicht erzählen, wir hätten Sie zum Aufenthalt im Truck Stop gezwungen.«

»Das klingt wie eine Feststellung.«

»Es soll eine sein.«

»Aber – wieso?«

»Ich bin sicher, Sie schon genau genug zu kennen.«

Ihre Verblüffung verflog. Sie strahlte. Phil war sicher, wenn die Öffnung im Panzerglas nicht zu klein gewesen wäre, hätte sie ihm mit mädchenhafter Begeisterung die Arme um den Hals geschlungen. Er wandte sich nach vorn und gab die Richtungsänderung per Funk an die beiden anderen Limousinen durch. Marina hatte sich in die weichen Polster zurücksinken lassen. Sie tuschelte vergnügt mit Elizabeth, und die beiden sahen dabei aus wie zwei kleine Verschwörerinnen, die gerade ihren Lehrer überredet haben, die Biologiestunde nach draußen in den Sonnenschein zu verlegen.


Hucko hatte seinen Rausch erst am frühen Nachmittag ausgeschlafen. Mit knurrendem Magen wachte er auf. Er sah die Hotelzimmerdecke und wünschte sich den blauen Himmel Australiens zurück. Fluchend schwang er die Beine vom Bett und richtete sich auf. Seine Schädeldecke geriet in immer stärkere Schwingungen und schien abheben zu wollen. Er ließ sich zurücksinken, nahm einen Schokoladenriegel aus der Nachttisch-Schublade und stopfte drei Viertel des süßen Zeugs in sich hinein. Dann schluckte er zwei Kopfschmerztabletten und sorgte mit den letzten Bissen des Schokoladenriegels dafür, dass sie nicht in der Speiseröhre hängen blieben.

Er duschte ausgiebig und rasierte sich gründlich. Er hasste diese lächerlichen dünnen Bärte, mit denen manche seiner Landsleute herumliefen. Reine Faulheit. Und einen wirklich gleichmäßigen Bartwuchs hatten die wenigsten. Er zog die frischen Sachen an, die am Vortag von der Wäscherei gekommen waren. Er steckte den Kleinkram in Jacken- und Hosentaschen und beeilte sich.

Am Kiosk in der Lobby kaufte er zwei Mittagszeitungen. Trotz der Tageszeit bekam er bei Howard Johnson's an der Ecke Schinkenspeck mit Spiegeleiern, knusprig frischen Toast und Buchweizen-Pfannkuchen mit Ahornsirup. Die amerikanische Art des Frühstücks gefiel ihm. Er trank einen halben Liter brühheißen Kaffee. Allmählich fühlte er sich besser. Er bestellte neuen Kaffee, zündete sich eine Zigarette an und begann, die Zeitungen durchzublättern.

Der Chronicle brachte das komplette Restprogramm des Tages. Mit allen Einzelheiten. Außerdem einen Rückblick auf das, was am Vormittag schon gelaufen war. Die Ladys waren unterwegs nach South Dakota, wo immer das liegen mochte. Erstaunlich. Es konnte bedeuten, dass das Besuchsprogramm insgesamt verlängert wurde. Shannon würde darüber mehr herausfinden. Die Minister hatten kurz an verschiedenen Ausschusssitzungen der UNO teilgenommen. Hilfsorganisationen, Friedensmissionen, all dieser Kram. Das Mittagessen fand im Waldorf Astoria statt. Nein – Hucko blickte auf seine Armbanduhr. Es musste schon stattgefunden haben. Er fluchte leise. Eine halbe Stunde hatte er noch, wenn er die Gelegenheit nutzen wollte. Vor dem ersten Nachmittagstermin, einer Pressekonferenz, konnten New Yorker den hohen Besuch persönlich auf der United Nations Plaza sehen. Die Zeitung wies extra darauf hin. Programmgemäß war das wahrscheinlich das Bad in der Menge. Below wollte es also riskieren. Himmel, nein, es war kein Risiko. Mit den normalen Methoden kam niemand an so ein hohes Tier heran. Das erbärmliche Ende des Idioten im Portal-Kran hatte es bewiesen. Hucko grinste, faltete die Zeitung zusammen und legte sie neben sich auf die gepolsterte Sitzbank. Er hatte sich einen geruhsamen Nachmittag vorgestellt. Aber andererseits war es nicht verkehrt, die Gunst der Stunde zu nutzen. Er fühlte sich besser. Die Tabletten begannen zu wirken, und das gute Essen tat ein Übriges. Er leerte die Kaffeekanne, rauchte eine weitere Zigarette und stand auf. Er ließ ein Trinkgeld für die Kellnerin zurück. Vorn an der Kasse verwendete er die Kreditkarte. Shannon hatte sie ihm besorgt. Bei seinen Beziehungen war es nicht schwierig gewesen. In den Staaten gilt ein Mensch nichts ohne Kreditkarte, hatte er gesagt.

Es stimmte. Selbst Touristen, die in ihren Heimatländern noch Bargeld mit sich herumschleppten, zahlten heutzutage in den USA fast ausnahmslos mit der Kreditkarte.

Er nahm ein Taxi und ließ sich an der Second Avenue absetzen. Schon die First Avenue war in Höhe der Plaza für den Autoverkehr gesperrt. Die hellblauen Holzbarrieren der City Police waren aufgestellt. Cops und Beamte in Zivil kontrollierten die Schaulustigen, die einen Hauch von Gipfeltreffen erhaschen wollten. Hucko beglückwünschte sich zu dem Entschluss, sein Schild diesmal nicht mitgenommen zu haben. Demonstranten erweckten mehr Aufmerksamkeit, wurden schärfer überprüft. Bei ihm begnügten sie sich mit Abtasten und einem Blick in die Papiere. Pass, Visum, alles okay.

Er ließ sich im Menschenstrom treiben. Auf der Plaza verteilte sich die Menge nach links und rechts. Hucko erwischte eine Lücke unmittelbar an der Absperrung. Neben ihm, zu beiden Seiten, schnatterten Hausfrauen, die aus dem Alter heraus waren, in dem man sich noch um kleine Kinder kümmern muss. Bestimmt hatten sie die Mittagszeitung nicht gelesen. Sie würden nicht erfahren, welches Kleid oder Kostüm Mrs. Below heute trug, sie würden die neue Frisur von Mrs. Mitchel nicht sehen, und es würde ein Rätsel bleiben, ob die Georgierin wieder so wenig Make-up verwendete.

Ein großes Aufgebot an Uniformierten und athletisch aussehenden Männern in Zivil stand auf der Plaza-Seite der Barrieren. Die Fassaden der Gebäude reckten sich glänzend in den Sonnenschein. Hucko legte den Kopf in den Nacken. Das gewaltige Hauptquartier mit seinem vielen Glas schien dort zu enden, wo die Weißen den Himmel ihrer Religion vermuteten. Die Plaza selbst lag im Schatten. Drüben, auf den breiten und flachen Marmorstufen des Portals, war den Ministern die Route bis zum Eingang mit einem langen, roten Läufer vorgezeichnet.

Die Demonstranten waren diesmal nach Gruppen aufgeteilt und verteilt worden. Zwischen Afghanen und Armeniern, zwischen Kubanern und Vietnam-Veteranen standen jeweils normale Schaulustige. Auch kleine Kinder waren darunter. Pressefotografen und Kameraleute liebten diese netten Szenen am Rande. Ein großäugiges Mädchen auf dem Arm des Ministers. Die Ministerhand, wie sie über Blondschöpfe strich. Ein Willkommensgruß aus Kindermund. Bei den Fernsehzuschauern und Zeitungslesern, die von Politik nichts verstanden, kam so etwas immer besonders gut an. Human Touch. Das menschlich Berührende.

Hucko wollte sich eine Zigarette anzünden. Er hatte den Glimmstängel noch nicht aus der Packung geklopft, als die schwergewichtige schwarze Lady gleich links von ihm herumfuhr.

Sie knurrte: »Wir sind hier in New York, Bruder. Hier herrscht Rauchverbot in allen öffentlichen Gebäuden.«

»Dies ist doch kein Gebäude«, wagte Hucko einen vorsichtigen Einwand.

Das Gesicht wurde zum Drachengesicht. »Aber ein öffentlicher Platz!« Zu ihrem Fauchen fehlte nur noch das Züngeln von Flammen.

Hucko konnte die besondere Art von Logik nicht nachvollziehen. Doch er wollte nicht auffallen, und die Ladys in der weiteren Umgebung wurden bereits aufmerksam. »Ah, verstehe, Schwester«, sagte er daher. »Sorry, tut mir Leid. Manchmal kommen die alten

Gewohnheiten eben noch durch.« Er steckte die Schachtel wieder weg.

Der Drachen nickte gnädig und schüttelte missbilligend den Kopf. »Da, wo du herkommst, müssen ja schlimme Zustände herrschen.« Auch ihre Nachbarinnen hatten es mitgekriegt. In vereintem Mitleid musterten sie ihn. Ein Chor von Sirenen lenkte sie ab. Ringsum ließ das Gemurmel nach. Andächtige Stille kehrte ein.

Das Motorendröhnen der schweren Harley Davidsons wälzte sich auf die Plaza. Alle Köpfe ruckten nach links. Die schwarzen Limousinen folgten dem Motorrad-Pulk lautlos gleitend. Das Sirenengeheul klang aus. Die bulligen Motoren verringerten ihre Drehzahl. Der Kordon näherte sich dem Stillstand. Ein weiterer war hinter den Limousinen. Teile des vorderen blieben beiderseits zurück, von hinten stießen Einzelne vor, und gleich darauf waren die fünf Limousinen von einem Oval aus Harley-Davidson-Cops umgeben. Ein perfekt inszeniertes Schauspiel ohne großen Nutzeffekt. Hucko sah sich unauffällig um. Die wirklichen Schutzmaßnahmen liefen im Verborgenen. Scharfschützen, Beobachter mit Funk und Video, Eingreifreserven, die den Platz im Alarmfall sekundenschnell dichtmachten.

Aus der größten Limousine kletterten die Minister. Der Schwall von Zeitungs- und Fernsehleuten wurde vorgelassen. Zuschauer murrten, weil Below und Mitchel hinter dem Andrang der Sensationsgeier nicht mehr zu sehen waren. Hucko musste grinsen. Dies war wirklich lächerlich. Ein Attentäter, der mit herkömmlichen Methoden arbeitete und selbstmörderisch veranlagt war wie der Kranmensch, brauchte sich lediglich als Pressemann zu tarnen. Schon war er nahe genug dran. Garantiert gab es eine Lücke im Netz der Sicherheitskontrollen für Journalisten.

Der Menschenschwarm setzte sich in Bewegung. Das Harley-Davidson-Oval öffnete sich an der Flanke diesseits des Konvois. Endlich übernahmen die Minister im Eilschritt die Spitze, begleitet von den persönlichen Bodyguards und verfolgt von der hechelnden Pressemeute. Die zweite Garnitur der Leibwächter hatte alle Hände voll zu tun, die Geier zurückzuhalten.

Alexander Below war ein hoch gewachsener Mann, schlank und weißhaarig, aber noch in den besten Mannesjahren. Die Berichte aus seiner persönlichen Umgebung waren dünn gesät. Es wurde lediglich gemunkelt, dass Below der Typ war, der nichts anbrennen ließ. Anders Benjamin R. Mitchel. Der US-Außenminister war einen halben Kopf kleiner als sein russischer Amtskollege, trug das dunkle Haar sorgfältig gescheitelt und blickte aus humorlosen Augen durch eine randlose Brille. Er sah aus wie ein Devisenhändler, der außer Wechselkursen und Zinssätzen nichts im Kopf hat. Mitchels Ehe galt als glücklich.

Adam Hucko konzentrierte sich auf den Russen. Below marschierte zwanzig Yards links von ihm an die Absperrung. Gleich darauf gab es die berühmte Szene mit den Kindern. Die Knipser und Filmer wurden in Reichweite gelassen. Die Ladys klatschten, schrien und kreischten ihren Beifall, als Below seinen Weg an den Barrieren entlang fortsetzte. Hände reckten sich ihm entgegen. Rote Fähnchen und das Sternenbanner wurden geschwenkt. Below gab Autogramme auf Bildpostkarten. Mitchel tauschte mit den Leuten Phrasen aus. Beim Näherkommen hörte Hucko, dass Below vom friedlichen Miteinander der Völker dieser Erde redete. Die Leibwächter flüsterten ihm etwas zu. Einer tippte dezent auf seine Armbanduhr. Below nickte und wollte sich abwenden. Die Pressemeute nahm Witterung auf und schwenkte in Richtung roten Teppich ab. Auch Außenminister Mitchel war bereit, den kurzen Publikumsauftritt zu beenden.

Adam Hucko sandte dem Russen eine Botschaft.

Below hatte sich schon von den Leuten verabschiedet, hatte sich schon umgedreht.

Der Australier konzentrierte seine ganze Energie auf den einen Gedanken.

Below machte einen Schritt von den Leuten weg.

Dann verharrte er jäh.

Hucko zwang sich, seinen Triumph nicht zu zeigen. Auch im nächsten Moment nicht, als es geschah. Below fasste sich kopfschüttelnd an die Stirn, wie jemand, der etwas völlig Naheliegendes vergessen hat. Er drehte sich um. Das Gesicht des Aborigines war wie eine Maske – unbewegt und ausdruckslos. Below kam auf ihn zu. Er lächelte. Die Leibwächter folgten ihm notgedrungen, machten Anstalten, auf ihn einzureden. Vor der Barriere blieb er stehen. Die Pressemeute warf sich herum wie eine Horde Bluthunde, denen das sicher geglaubte Opfer durch die Beine geflitzt war und in entgegengesetzter Richtung floh.

Below sah den Australier fortwährend an. Der Außenminister hörte nicht auf zu lächeln. »Auch Ihr Tag wird kommen, mein Freund«, sagte er rasch genug, damit seine Gefolgschaft nicht auf ihn einreden konnte. »Der Tag, an dem Sie und Ihre Landsleute frei sind, wirklich frei.«

Hucko entließ den Russen aus der Macht seiner Gedanken, bevor die Umstehenden allzu deutlich auf ihn aufmerksam werden konnten. Below nickte ihm noch einmal zu, dann wandte er sich ab und ging. Seine Begleiter atmeten erleichtert auf. Die Kameras, die schon geschnurrt hatten, wurden stumm. Abermals schwenkte die Schar der Journalisten in die entgegengesetzte Richtung.

Adam Hucko wartete noch, bis ihn niemand mehr beachtete. Er verließ die Zuschauerreihen, noch bevor die beiden Außenminister das Ende des roten Teppichs erreicht hatten und sich zum Winken noch einmal umdrehten.

Hucko war froh, dass er den FBI-Agenten diesmal nicht gesehen hatte.

Sie schlenderten über den riesigen Parkplatz gleich hinter der Tankstelle des Truck Stop. Nur wenige schwere Brummer standen auf der weiten Asphaltfläche. Der Lack der Fahrerhäuser leuchtete in allen Regenbogenfarben.

»Am liebsten würde ich ganz allein umherlaufen«, sagte Marina Below. »Das hätte etwas von einem Abenteuer. Es könnte richtig aufregend sein.«

»Ich bin das Minimum«, entgegnete Phil. »Darunter läuft nichts. Wäre es nach Ihren Freunden vom KGB gegangen, wären wir mindestens zu dritt.«

»Du lieber Himmel!« Marina prustete. »Erstens sind Tjunin und Nasarenko nicht meine Freunde. Und zweitens müssen sie sich nach meinen Anweisungen richten.«

»Die armen Kerle.«

»Oh, ich verlange nichts Unlauteres von ihnen«, kicherte die Georgierin.

»Hat das jemand behauptet?«

»Lesen Sie keine Illustrierten?«

»Keine Klatschblätter.«

»Dann sei Ihnen Ihre Ahnungslosigkeit verziehen. Die Leser Ihrer so genannten Yellow Press wissen, dass ich ein männermordendes Weib bin. Unersättlich. Vor meinen Leibwächtern mache ich am allerwenigsten Halt.«

»Gut, dass ich nicht Ihr Leibwächter bin«, grinste Phil.

Sie spielte Schmollen. »Das war kein Kompliment, Sir!«

Er wollte etwas erwidern. Doch er ließ es. Denn ihre Aufmerksamkeit war plötzlich abgelenkt. Mit einem Laut kindlichen Entzückens blieb sie stehen. Dieseldröhnen brach von der Zufahrt herein, hinter den schon abgestellten Trucks. Das Dröhnen ließ im nächsten Moment nach. Ein Kunstwerk auf Riesenrädern schwenkte ein und rollte im Schritttempo in das nächste freie Rechteck, das mit gelben Linien auf dem Asphalt markiert war. Das Kunstwerk war ein Kenworth W 900 Conventional mit Kühlfracht. Als der Fahrer den Diesel unter der Haube abstellte, brummte der Thermo-King des Sattelaufliegers weiter. Motorhaube, Fahrerhaus und Schlafkabine waren ein zusammenhängendes Landschaftsgemälde. Perspektivisch perfekt und in fotografisch präzise wirkenden Farben zeigte es einen Sonnenuntergang über der Weite der Prärie. Longhorns grasten im Vordergrund, scharf umrissen vor dem rotgoldenen Licht der sinkenden Sonne. Die weit ausladenden Hörner eines der halbwilden Rinder zierten denn auch vorn die Kühlerhaube, wo sonst das Markenzeichen der Firma Kenworth saß. Die Chromteile des Trucks funkelten in der Iowa-Sonne: Luftfilter und ihre Ansaugstutzen, Auspuff-Endrohre, Stoßfänger und Kühlergrill. Hinter der dunkel getönten Windschutzscheibe war das Gesicht des Fahrers nur als heller Fleck erkennbar. Die Tür schwang auf. Phil sah, wie Marina den Mund aufsperrte. Den Truck hatte er anhand der Kennzeichen bereits eingestuft. Ein echter Texaner. Die anderen waren schon bunt und einfallsreich bemalt. Aber gegen den Prunk-Kenworth aus dem Lone Star State waren sie alle graue Mäuse.

Der Mann, der aus dem Fahrerhaus sprang, war mindestens ein Meter neunzig groß. Er sah aus wie einer dieser harten Burschen, die für Marlboro ritten. Unter dem Schatten spendenden Stetson die braune Lederweste und das karierte Hemd, dann der breite Gürtel mit handtellergroßer Messingschließe, die röhrenförmigen Jeans und schließlich die hochhackigen Stiefel. Die Sporen fehlten wohl nur deshalb, weil sie fürs Gasgeben, Bremsen und Kuppeln zu unpraktisch waren.

»Ist das ein Cowboy?«, hauchte Marina andächtig.

Phil konnte auf die Schnelle nicht heraushören, ob sie es spöttisch oder ernst meinte. »Cowboys und Trucker haben vieles gemeinsam«, antwortete er, doch

Marina konnte es kaum mitgekriegt haben, denn sie war schon unterwegs.

Sie eilte auf den Mann zu, als wollte sie einen guten alten Bekannten begrüßen. Er schlug die Tür zu, auf der ein Präriehund vor einem Sagebusch Männchen machte. Er schloss ab und war im Begriff, sich abzuwenden. Drüben in der Luncheonette des Truck Stop gab es einen mit Sicherheit erstklassigen Kaffee und Sandwiches, wie sie einem zu Hause von einer treu sorgenden Ehefrau nicht besser vorgesetzt wurden.

»Hallo, Sir, warten Sie einen Moment!«, rief Marina.

Phil folgte ihr notgedrungen. Er sandte einen Blick zum Himmel.

Der Westmann blieb stehen, drehte sich um und schob den Stetson ein Stück in den Nacken. Sein Gesicht war kantig, braun gebrannt, bartlos, die Augen hart wie Stahl. Er kniff sie zusammen und musterte die Georgierin ungeniert von Kopf bis Fuß. »Yeah, Ma'am?«, antwortete er mit breitem texanischem Akzent. Er beförderte seinen Kaugummi von einer Seite zur anderen.

Marina betastete den mächtigen Kotflügel, wie um zu prüfen, ob die gemalten kleinen Kakteen nicht vielleicht doch Stacheln hatten. »Ein tolles Auto haben Sie, Sir.«

Unter der breiten Krempe des Stetson entstand ein Stirnrunzeln. Es bereitete den Weg für ein Grinsen. »Du liebe Güte, das ist das erste Mal, dass jemand meinen Longhorn ein Auto nennt. Das ist ein Truck. Sie sind nicht von hier, was, Ma'am?«

»Nein. Ich wohne in Moskau. Tut mir Leid, dass ich das richtige Wort nicht gewusst habe.« Sie schob die Hände in die Gesäßtaschen ihrer Jeans. Obwohl sie auch nicht gerade klein war, musste sie zu dem Texaner aufblicken.

»Ah, schon gut. Als Ausländerin ...« Er klemmte sich eine Zigarette in den Mundwinkel und zündete sie an.

Er blickte den G-man an. »Und Sie, Sir, auch aus Moskau? Wenn Sie auf dem Highway unterwegs sind, kann dies aber nicht der erste amerikanische Truck sein, den Sie sehen.«

»Aber hundertprozentig der schönste«, erwiderte Phil und grinste ebenfalls.

»Ostküste«, tippte der Texaner und piekte mit dem Zeigefinger in Phils Richtung. »New York City. Aber nicht unbedingt Brooklyn. Richtig?«

»Sie kennen sich aus.«

»War in der Army mit einem Typen aus Staten Island zusammen. Der konnte alle Akzente nachmachen, mit denen sie bei euch reden.« Er nahm die Zigarette aus dem Mundwinkel und lächelte Marina zu. »Yeah – und jetzt lasst ihr eure Ladys schon aus Moskau kommen?«

Marina lachte. Phil erklärte dem Trucker, wer sie waren. Der Mann aus Texas zog die Brauen hoch. Er nannte seinen Namen. Bud Rockwell. »Die Frau des Außenministers!«, sagte er kopfschüttelnd. »Das haut mich gleich aus den Stiefeln. O verdammt!« Langsam kam er in Fahrt. Er zog den Stetson vom Kopf und hieb sich damit auf die Oberschenkel. »Hölle und Teufel, das glaubt mir kein Mensch! Wenn ich's den Jungs erzähle – Mann, die erklären mich doch für …«

»Muss wohl an den Geschichten liegen, die ihr Trucker sonst so auf Lager habt«, sagte Phil schmunzelnd.

Rockwell zwinkerte ihm verschwörerisch zu.

»Haben Sie denn keinen Fotoapparat?«, fragte Marina.

Der Trucker starrte sie an. »Himmel, natürlich! Mann, Lady, Sie können einen durcheinander bringen! An meine gute alte Polaroid hab ich ja überhaupt nicht mehr gedacht!« Er trat die Zigarette aus, schloss die Tür auf und zog sich behände ins Fahrerhaus.

»Marina«, sagte Phil halblaut und eindringlich, »bitte überspannen Sie den Bogen jetzt nicht. Ich habe

Tjunin und Nasarenko versprochen, die Sache nicht zu sehr auszudehnen.«

Marina sah ihn an. Ihre Augen sprühten vor Unternehmungslust. Plötzlich strich sie ihm über die Wange – eine schnelle, beinahe verstohlene Bewegung nur. »Denken Sie an mich, Phil. Denken Sie nicht an meine Aufpasser. Mein Gott, es gibt so vieles, was ich erleben möchte! Können Sie das denn nicht verstehen?«

»Verstehen schon, aber …«

Bud Rockwell federte mit seiner Polaroid ins Blickfeld und beanspruchte alle Aufmerksamkeit für sich. Seufzend ergab sich Phil in sein Schicksal. Er fotografierte eine strahlende Marina zusammen mit dem Cowboy, der vor dem Longhorn-Truck seinen Arm um ihre Schulter legte. Es kam, wie es kommen musste: Rockwell lud Marina zu Kaffee und Snack in eine original amerikanische Truck-Stop-Luncheonette ein. Begeistert willigte sie ein, ohne Phil zu fragen. Seufzend informierte er seine Kollegen über Walkie-Talkie. Gemeinsam mit Elizabeth Mitchel begab sich die ganze Mannschaft daraufhin ebenfalls in den Laden. Auf dem Weg dorthin wandte sich Marina einmal um. Sie hatte sich bei dem Trucker eingehakt und warf Phil einen freudig-triumphierenden Blick zu. Er lächelt zurück und fragte sich, welche Art von Spiel dies sei. Eine natürliche Art von Koketterie, an der sie sich erfreute? Oder der voll beabsichtigte Versuch, ihn eifersüchtig zu machen? Er hatte nicht vor, auf irgendein Spiel einzugehen – was es auch sein mochte.

In dem Selbstbedienungs-Restaurant wurde Marina schnell zum Mittelpunkt. Bud Rockwells Kollegen scharten sich um sie und staunten, dass es jenseits des Eisernen Vorhangs solche Ladys gab. Unter Marinas freimütigen Antworten zerschmolzen die harten Burschen wie Butter. Sie ließen sich belehren, dass es nun wirklich überholt sei, noch vom Eisernen Vorhang zu reden. Sie lauschten andächtig, als Marina von ihrem Heimatland Georgien berichtete, wo die Menschen angeblich hundertvierzig bis hundertfünfzig Jahre alt wurden, weil sie jeden Tag Knoblauch futterten. Und Marina lauschte ihrerseits den abenteuerlichen Storys der Trucker. Von der Höllenfahrt mitten durch einen Blizzard bis zum Bezwingen eines Sandsturms in der Wüste von Nevada war da alles drin. Marina erfuhr, dass selbst die heißesten Geschichten den einen, ausschlaggebenden Kern Wahrheit hatten: In den Männern lebte jenes Freiheitsideal fort, das die Cowboys einst im Westen dieses großen Landes geprägt hatten.

Die Welt richtete ihren Blick nach New York, in die Vollversammlung der Vereinten Nationen. Auf der Tribüne der Fernsehteams waren alle Kameraplätze ausgenutzt. Objektive mit langen Brennweiten holten die Redner so nahe heran, als stünden sie nur zwei Yards entfernt. Das sowjetische Fernsehen übertrug die Aufnahmen direkt, ebenso die großen Sender der USA. Weitere westliche Länder wie die Bundesrepublik Deutschland, Großbritannien und Frankreich hatten sich in die Übertragung eingeschaltet. Alle anderen Länder erhielten das übliche News-Angebot aus den Aufzeichnungen über Satellit. Für den Moment waren sogar die Ereignisse in Washington in den Hintergrund gerückt. Der Präsident, der Generalsekretär und die First Ladys trafen sich zu einem Dinner im engsten Kreis. Eine fast private Begegnung. Journalisten waren ausgeschlossen.

Wie die Dolmetscher und die Reporter hatten auch die Sicherheitskräfte eigene Kabinen oberhalb des riesigen Versammlungsrunds. Lieutenant McNamara, die FBI-Kollegen Wilm Hilesch und Les Bedell und ich teilten uns eine Kabine. Wir hatten die Telefonanschlüsse und die Funkgeräte, die wir brauchten. Zu den Kabinen der weiteren Kollegen, die rings um das

Forum verteilt waren, bestanden feste Sprechverbindungen. Außer unserer normalen dienstlichen Bewaffnung hatten wir Präzisionsgewehre mit Zielfernrohr.

Was unten gesprochen wurde, hörten wir über Kopfhörer.

»... möchte ich mit dem einen Wunsch schließen, der uns alle beseelt«, sagte Benjamin R. Mitchel und raffte sein Redemanuskript auf dem Pult zusammen. »Möge der Weg der Verständigung, den wir beschritten haben, immer geradeaus weiterführen!« Kurze Pause. »Ladies and Gentlemen, ich danke Ihnen!«

Tosender Beifall begleitete Außenminister Mitchel auf dem Weg zurück zu seinem Platz.

Keiner von uns hatte Zeit für eine Bemerkung, geschweige denn für ein Gespräch über das Gehörte. Vielleicht konnten wir uns in ein paar Tagen damit befassen, nach Dienstschluss, indem wir die aufbewahrten Zeitungen lasen. Ich nippte an meinem Kaffee, ohne den Blick von den Versammlungsreihen zu wenden. Zweifellos hatten wir in diesen Stunden das geringste Risiko. Die Sicherheitsvorkehrungen vor uns im Vollversammlungsgebäude waren die schärfsten, die wir uns vorstellen konnten. Es war wie so oft: Nach menschlichem Ermessen konnte einfach nichts passieren.

Eben.

Nach menschlichem Ermessen.

Genau das war der Punkt, der einen Rest von Unbehagen in meinem Bewusstsein ließ. Niemand konnte ausschließen, dass es nicht doch etwas gab, das außerhalb unserer Vorstellungskraft lag.

Außenminister Alexander Below trat auf das Rednerpodium und an das Pult. Beifall wurde laut. Below hob beide Hände ein Stück und verbeugte sich lächelnd. Das Klatschen verebbte. Wir hörten die Stimme des Dolmetschers für Russisch-Englisch.

»Ladies and Gentlemen, ich bin mir der Tatsache bewusst, an einem historischen Moment mitzuwirken.

Nach der Eiszeit, die so lange zwischen den beiden größten Machtblöcken dieser Welt geherrscht hat, ist nun die ersehnte Phase der Entspannung eingetreten. Von Abrüstung wird nicht mehr nur geredet, sie wird – sie wird ...« Auf einmal verlor er den Faden. »Die Abrüstung wird – sie wird ...« Geistesabwesend fächerte er die Blätter seines Manuskripts durch. Doch er fand nichts, was ihm weitergeholfen hätte.

Ich saß plötzlich kerzengerade und stellte den Kaffeebecher weg.

Alexander Below wurde noch hilfloser. Der Dolmetscher übersetzte nicht mehr, obwohl sich Belows Lippen weiterbewegten. Ich schaltete auf Russisch um. Aus den Augenwinkeln heraus sah ich, dass Wilm und Les dasselbe taten. Die Kopfhörer blieben stumm. Below sprach nicht mehr. Er stierte auf sein Manuskript, blätterte schneller und ließ es dann sein.

Unvermittelt sagte er etwas und wandte sich sofort ab.

Ich riss mir die Kopfhörer herunter.

Unten verließ Below das Pult.

»Was hat er gesagt?«, stieß ich hervor, indem ich mich den Kollegen zuwandte. »Hat einer noch Englisch draufgehabt?«

»Ich«, antwortete McNamara. »Er sagte: Einen Moment, ich bin gleich zurück.«

Below verließ das Podium und ging nach rechts. In den Sitzreihen der Delegierten entstand erste Bewegung. Es wurde getuschelt, gerätselt. Noch begriff niemand, was sich abspielte. Dass ein Redner den Faden verlor und von seinem Gedächtnis hoffnungslos im Stich gelassen wurde – nun, das kam schon einmal vor. Ausgerechnet Below hätte es wohl niemand zugetraut, aber es gab eben immer ein erstes Mal.

Niemand konnte begreifen ...

Ich sprang auf. Mit zwei Sätzen war ich draußen. Die Kollegen starrten mir nach. Für Erklärungen konnte ich mir keine Zeit nehmen. Ich raste die wenigen

Treppen außerhalb des Versammlungsrunds hinunter. Verdammt, ich war selbst beim Überprüfen der Zuhörer dabei gewesen. Ich hatte die achthundertzwanzig Namen umfassende Liste sorgfältig studiert, und ich hatte mir jedes einzelne Gesicht angesehen. Als Below und Mitchel aus dem Waldorf Astoria zurückgekehrt waren, hatte ich mich bereits um unseren Teil der Vorbereitungen für die Vollversammlung gekümmert. Die Kollegen, die auf der Plaza dabei gewesen waren, hatten mir über Belows merkwürdiges Verhalten berichtet – über diesen Schwarzen, auf den er zugegangen war.

Schon möglich, dass es ein Australier gewesen war, so genau hatten sie sich den Burschen nicht angesehen, denn der Außenminister hatte ja sofort wieder kehrtgemacht. Und ein Zwischenfall hatte sich nicht einmal andeutungsweise angebahnt.

Ich erreichte die hintere Hallentür unmittelbar am Fuß der Treppe. Die Delta-Force-Offiziere, die hier, in diesem Teil der Lobby, Wache standen, trugen ihre Gala-Uniform. Die Silberknöpfe blitzten, und das weiße Halstuch wirkte elegant. Sie öffneten die Tür auf mein Handzeichen hin, als ich auf sie zurannte.

In dem riesigen Rund der Vollversammlungshalle herrschte Fassungslosigkeit. Nur Sekunden waren vergangen. Was Alexander Below vorhatte, war noch immer so rätselhaft wie in dem Moment, in dem er das Podium verlassen hatte.

Ich lief an den beiden Posten vorbei, die an der Saalseite der Tür standen.

Unten hatte Below zielstrebig einen ihrer Kollegen erreicht, der dem Podium am nächsten war. Es schien, als wollte der Außenminister den Offizier in ein freundschaftliches Gespräch verwickeln.

Ich sah nicht, was sich abspielte, da Below mir den Rücken zuwandte. Sein Oberkörper verdeckte, was er tat. Ein Entsetzenslaut ging durch die Versammlungsreihen.

Mit einer blitzartigen Bewegung hatte Below dem Offizier den Dienstrevolver aus dem offenen Koppelholster gerissen. Als der zweite Offizier hinzustürzen wollte, drehte sich Below halb herum und hob die Waffe, als wollte er auf den Mann feuern. Doch er setzte die Laufmündung an die eigene Schläfe – deutlich sichtbar für alle im weiten Rund. Die Delta-Force-Männer wagten nicht mehr, sich zu rühren.

Atemlose Stille kehrte ein.

Ich war der Einzige, der sich bewegte.

In der selbstmörderischen Haltung ging der Außenminister zurück zum Podium. Seine Schritte wirkten merkwürdig steif. Er erreichte das Pult.

In diesem Augenblick war ich unten, am Rand des Podiums.

Er hatte mich noch nicht bemerkt, obwohl ich genau vor ihm stand. Er begann zu sprechen, die Revolvermündung unverändert an der Schläfe. Ich verstand nicht, was er sagte, doch ich hörte später die Aufnahme so oft, dass ich die Übersetzung immer noch auswendig kann. Seine Stimme klang wie ein Automat, fast ohne jede Betonung.

»Ich bitte um Vergebung für die kurze Pause. Sie sehen, ich muss ein Zeichen setzen. Wie alle Politiker habe ich Schuld auf mich geladen. Ich bin bereit, dafür die Konsequenzen zu ziehen – hier und jetzt, im Dienst des Friedens …«

»Lassen Sie es sein«, sagte ich behutsam, um ihn nicht zu erschrecken – doch laut genug, dass er es hören konnte. Ich wusste nicht, ob er mich verstand, wie viel Englisch er beherrschte. Aber vielleicht erfasste er wenigstens den Sinn meiner Worte – oder meine Entschlossenheit.

Sein Blick erreichte mich. Er hörte auf zu reden. Dennoch war es, als ob er mich ansah und doch nicht wahrnahm. Er schien durch mich hindurchzublicken. Sein Gesicht war seltsam verhärtet.

»Ich werde jetzt zu Ihnen hinaufkommen«, fuhr ich

in unverändert vorsichtigem Ton fort. »Und Sie werden den Revolver herunternehmen und ihn mir übergeben. Sie werden nicht abdrücken.« Ich stieg auf das Podium – langsam, ohne hastig zu wirken. All meine Willenskraft lag hinter dem einen Bestreben: Ich musste diesen Wahnsinn verhindern. Ich würde ihn verhindern. In der Aufwärtsbewegung zog ich meinen Smith & Wesson. Notfalls würde ich Below die Waffe aus der Hand schießen. Sogar das würde ich schaffen. Ich hatte die Kraft dazu.

Ich spürte die zweitausend Augenpaare hinter mir. Ich spürte die atemlose Spannung der Menschen. Ich wusste, dass die Kameras diese unfassbaren Sekunden festhielten. Ich wurde Teil eines Zeitdokuments, doch das war mir im Augenblick am allerwenigsten bewusst.

Ich machte den ersten Schritt auf den Außenminister zu. Sein Blick durchbohrte mich jetzt. Langsam hob ich die Rechte mit dem Dienstrevolver. Er schien es nicht wahrzunehmen. Ich redete weiter. »Sie müssen kein Zeichen setzen. Was Sie gesagt haben, ist der reinste Unsinn. Denken Sie darüber nach.« Ich ging weiter, setzte einen Fuß vor den anderen. Noch drei Schritte bis zum Pult. Um den Smith & Wesson in die Visierlinie rucken zu lassen, musste ich nur noch zwei Handbreiten überwinden. Er starrte mich fortwährend an. Ich war jetzt sicher, dass er verstand, was ich sagte. Nichts deutete darauf hin, dass er den Zeigefinger wirklich krümmen würde. Ich hatte genügend Männer in Situationen wie dieser erlebt, um es beurteilen zu können. »Denken Sie nach!«, forderte ich abermals. »Um Himmels willen, denken Sie!«

Noch zwei Schritte.

Etwas bewegte sich in den Augen Alexander Belows. Es war, als ob erloschenes Leben wieder erwachte. Möglich aber auch, dass ich eben dies sehen wollte. Ich zwang mich, es nicht als gegeben anzunehmen. »Nehmen Sie den Revolver herunter«, sagte ich.

Äußerlich war ich ruhig, doch wenn ein paar von seinen fünf Sinnen wieder halbwegs funktionierten, dann musste er einfach erfassen, wie verteufelt ernst es mir war. »Sie wollen es doch nicht wirklich tun. Ich weiß es.«

Jetzt, da ich das Pult erreichte, sah ich, dass da tatsächlich etwas in seinen Augen erwachte. Behutsam hob ich die Linke zur Seite hin – nach wie vor bereit, den Dienstrevolver blitzschnell hochzureißen. Er kann es nicht schaffen, sagte ich mir, er wird es nicht schaffen. Meine innere Stimme hämmerte es mir ein. Sekundenbruchteile dehnten sich.

Und dann fasste ich wie selbstverständlich zu.

Ich drückte seine Hand mit dem Revolver auf das Pult. Kein Schuss löste sich.

»Nehmen Sie vorsichtig den Finger aus dem Abzugsbügel«, sagte ich und wunderte mich, wie heiser meine Stimme plötzlich klang.

Below gehorchte. Auf einmal flackerten seine Augen. In diesem Moment, das wusste ich, ging ihm auf, was geschehen war. Er wurde bleich und hielt sich an dem Pult fest, um nicht zusammenzubrechen.


Die Vorhänge waren zugezogen. Im Halbdunkel des Salons glühte die Fernsehbildröhre. Das Hausboot schwankte, als Lukasin wutentbrannt aufsprang. Er stampfte mit den Füßen auf und fluchte in seiner Muttersprache. Er machte Anstalten, sich auf Shannon zu stürzen. Die Hände des kräftig gebauten Armeniers formten sich bereits zu Krallen. Shannon erschrak in seinem Sessel. Ein peitschender Befehl Stepanavans hielt Lukasin zurück. Shannon entspannte sich dennoch nicht. Der athletische Mann stand zornbebend vor ihm. Der sichelförmige schwarze Schnauzbart verstärkte die Drohung, die von seiner Miene ausging. Riggin und Lombardi hatten Mühe, ihr Grinsen zurückzuhalten.

»Setz dich wieder!«, zischte Stepanavan. »Verdammt, wir werden uns hier nicht wie hirnlose Affen aufführen! Hast du verstanden!«

Lukasin erwiderte seinen Blick. Für Sekunden wurde es zu einem Kräftemessen. Dann gehorchte der jüngere der beiden Armenier.

Randolph Shannon atmete auf. Aus den Gesichtern seiner Unterbosse wich die Schadenfreude, die schon im Ansatz zu erkennen gewesen war.

Auf dem Bildschirm verdichtete sich unterdessen das Chaos. Die Mikrofone des Fernsehteams übertrugen das vielsprachige Stimmengewirr aus der Vollversammlung der Vereinten Nationen. Das Bild zeigte Uniformierte und Männer in Zivil, die einen undurchdringlichen Kreis um das Rednerpult gebildet hatten. In der Mitte des Kreises kümmerten sich zwei Ärzte um Alexander Below.

Der Moderator hatte hörbare Mühe, wieder zusammenhängende Sätze zu bilden. »Wie es aussieht, liebe Zuschauer – nein, ich kann beim besten Willen noch nichts Definitives sagen – es scheint so, als ob Außenminister Below – ja, ich erfahre soeben, dass der Mann ein Special Agent des New Yorker FBI ist – der Mann, der Alexander Below das Leben gerettet hat – hier, auf der Pressetribüne, gibt es unterdessen die wildesten Spekulationen über Belows unglaubliches Verhalten – über das Motiv seiner Selbstmordabsicht …«

Varak Stepanavan nickte und knurrte: »Jetzt kommen sie gleich darauf, dass seine Ehe nicht die beste ist. Schon ist das mögliche Motiv da. Dann werden sie sich das Maul zerreißen.«

Lukasin starrte ihn an und schüttelte ungläubig den Kopf. Doch er wagte nicht, seinen hageren Landsmann wegen seiner vermeintlichen Gleichgültigkeit über das missglückte Attentat zu kritisieren.

Stepanavan forderte Shannon mit einer Handbewegung auf, den Fernsehapparat auszuschalten. Shannon

gehorchte. Er holte tief Luft, während er die Fernbe-
dienung weglegte. Die ganze Zeit über hatte er
krampfhaft nach Worten gesucht, aber ihm fiel einfach
nichts ein. Keine Erklärung. Eine Entschuldigung
schon gar nicht.

»Wir wollen uns nicht aufregen«, sagte Stepanavan.
»Zum Glück haben wir Ihnen noch nicht die volle
Summe gezahlt. Mein Kamerad und ich waren von
Ihrem Australier wirklich beeindruckt. Aber jetzt sind
wir übereinstimmend der Meinung, dass Sie ihn zum
Teufel schicken sollten.«

»Der Meinung bin ich auch«, knurrte Lombardi und
sah Riggin an. Der drahtige Mann nickte und grinste.

»Ich – ich verstehe Ihren Ärger«, schnaufte Shannon.
Das Atmen war anstrengend für ihn. »Aber Sie sollten
Hucko nicht gleich in Grund und Boden verdammen.
Sie haben selbst gesehen, dass zuerst alles planmäßig
gelaufen ist. Was dann dazwischengekommen ist,
kann ich mir nicht erklären. Ich meine, ich begreife
nicht, wie dieser verdammte G-man …«

»Vergessen Sie es«, sagte Stepanavan schroff. »Wir
müssen jetzt zusehen, dass wir aus der verfahrenen
Sache noch etwas machen. Fest steht wohl, dass wir an
Below direkt nicht mehr herankommen. Es muss auf
althergebrachte Weise geschehen – über einen kleinen
Umweg …«

»Ja?«, entgegnete Shannon hoffnungsvoll.

Der Armenier nickte. »Alle Welt mag wissen, dass
Belows Ehe nicht besonders ist. Aber das wird er offiziell nicht zugeben können, wenn es wirklich darauf
ankommt.«


Ich öffnete die Tür zur Zuhörer-Tribüne. Wilm Hilesch
und Les Bedell folgten mir. Dann weitere G-men. Joe
Brandenburg und Hyram Wolfe waren die ersten in
der mittleren Tür. Fred Nagara und Sven Larsen traten
durch Nummer drei ein.

Außerhalb der Tribüne hielten Delta-Force-Offiziere Wache.

Es war alles dicht. Auf einen Schlag war das geschehen. Ich hatte den Alarm per Walkie-Talkie ausgelöst und die Kollegen von FBI und CIA hatten nicht lange gefackelt. Der Blitz-Rundspruch hatte wie eine Zentralverriegelung gewirkt. Niemand kam mehr herein, niemand hinaus. Nicht einmal die Toilettenfrauen konnten noch durch einen stillen Seitenausgang schlüpfen. Delta Force und US Marshals hatten die Lage außerhalb des Vollversammlungsgebäudes im Griff.

Keiner der Kollegen hatte eine Frage gestellt. Obwohl nichts klar war.

Meine Anweisung hatte genügt.

Wir überprüften jeden einzelnen Zuhörer. Draußen fand die zweite Kontrolle durch die Uniformierten statt. Ich wollte dabei sein – ich musste dabei sein. Die Kollegen wussten, auf wen sie zu achten hatten. Der Protest hielt sich in Grenzen. Die Leute standen noch zu sehr unter dem Eindruck des Geschehens, als dass sie darauf kommen konnten, was hier unlogisch war.

Ein hoher Gast der Vereinten Nationen hatte vor aller Augen einen Selbstmordversuch unternommen.

Weshalb suchte man also nach jemandem?

Von Zeit zu Zeit warf ich einen Blick nach unten. Die Delegierten saßen vollzählig auf ihren Plätzen. Auch Außenminister Mitchel war geblieben. Seine Begleiter und die seines Amtskollegen aus Moskau waren bei ihm. Sie redeten. Man brauchte nicht zu raten, worüber. Alexander Below war in eine leere Beobachter-Kabine gebracht worden. Zwei Ärzte und ein Psychologe waren mittlerweile zur Stelle.

Nach zwanzig Minuten standen wir vor den leeren Bänken der Tribüne.

Ich bat Wilm und Les, den Check-up der Beobachter-Tribünen zu übernehmen. Dort hatten Ehrengäste ihre reservierten Sitzplätze, Persönlichkeiten aus

Politik und Wirtschaft, die zu dem großen Ereignis eingeladen worden waren. Ich verständigte mich durch ein Handzeichen mit Joe Brandenburg. Er nickte mir zu. Wir trafen uns im Korridor außerhalb der Tribüne. Es war leer und still. Die Zuhörer waren in ein Restaurant geschickt worden, zwei Türen weiter. Joe gehörte zu den dienstältesten Kollegen im FBI-Distrikt New York. Er war früher Captain der City Police gewesen. Ein Mann, der sich aus innerster Überzeugung in der Verbrechensbekämpfung hochgearbeitet hatte.

»Du kennst die meisten Presseleute«, sagte ich, während wir losmarschierten.

»Wie du.«

Ich nickte. »Sie werden über uns herfallen, Joe. Es geht mir darum, den Richtigen herauszufinden, bevor die anderen begriffen haben, was läuft.«

Er sah mich von der Seite an. Wir näherten uns der ebenfalls bewachten Journalisten-Tribüne. »Und wen hast du speziell im Sinn?«

»Es kommen wahrscheinlich nur ein paar Kameraleute in Frage. Vielleicht auch Fotografen. Augenzeugen genügen mir nicht. Es geht um den Vorfall auf der Plaza. Du weißt, als sich Below plötzlich noch einmal umgedreht hat und auf die Leute zugegangen ist.«

Joe musterte mich forschend aus schmalen Augen. »Ich fange an, zu ahnen. Du bist schon zwei Schritte weiter als wir alle.«

»Es ist auch bei mir nur eine Ahnung.«

Zwei Offiziere ließen uns durch. Wir öffneten eine der beiden Türen zur Presse-Tribüne. Einen Moment lang hielt das Gemurmel noch an. In der nächsten Sekunde ruckten alle Köpfe in unsere Richtung. Es kam wie erwartet. Protestgebrüll setzte ein. Sie stürzten sich auf uns, ließen ihre Ausrüstung zurück.

»Unverschämtheit!«

»Eiskalte Missachtung der Pressefreiheit!«

»Sie behindern unsere Berufsausübung!«

»Das gibt ein Nachspiel!«

Die Zürnenden bildeten einen Halbkreis. Sie redeten auf mich ein, als ob ich der Briefkastenonkel wäre, der sie von ihrer gerechten Entrüstung erlösen konnte. Ich hob beschwichtigend die Hände und sagte etwas von erforderlichen Maßnahmen, von denen niemand ausgenommen werden könne. Sie wurden wach. Auf die »erforderlichen Maßnahmen« sprangen sie an. Ihr journalistisches Jagdfieber entwickelte sich aus dem Nichts. Joe sonderte sich ab. Er hatte von Anfang an den Schweigsamen gespielt. Besonderes Interesse konnte sich nicht auf ihn konzentrieren.

Ich speiste die Drängenden mit dem inhaltlosen Zeug ab, das Pressesprecher so meisterhaft von sich geben können. Es seien einige vielversprechende Hinweise vorhanden. Das rätselhafte Verhalten des Außenministers werde untersucht. Ein Psychologe befasse sich gerade mit ihm. Die Frage, weshalb wir nach einem Selbstmordversuch eine Personenfahndung durchzogen, überhörte ich. Ebenso die Bemerkung, dass es ja schon Leute gegeben haben soll, die von ihren Peinigern so lange unter Druck gesetzt werden, bis sie tatsächlich den Befehl befolgen und sich selbst umbringen.

Nur Minuten waren vergangen. Joe signalisierte mir durch das Gedränge, dass er fündig geworden war. Am Rand des Halbkreises hatte er den Mann aufgespürt, den wir brauchten. Harry Cochran, freiberuflicher Fotograf. Ein Kameramann hatte die Szene also doch nicht festgehalten. Cochran arbeitete für die Daily News und eine Reihe von Zeitungen außerhalb New Yorks. Im Big Apple gibt es genügend Bildmotive, die auch für den Rest der Staaten interessant sind. Cochran nickte mir zu. Er war ein Mann, mit dem man zusammenarbeiten konnte. Und er war clever. Wenn er unser Ansinnen nicht hinausposaunte, hatte er unter Umständen eine Exklusiv-Story. Joe begleitete ihn unauffällig zum anderen Ausgang, während ich die Meute mit der Ankündigung fesselte, dass spätestens in einer halben Stunde mit einer offiziellen Verlautbarung zu rechnen sei.

Natürlich war die Nachricht in den Westen vorausgeeilt. Sioux Falls hatte sich herausgeputzt. Der Rummel spielte sich in der Main Avenue ab. Am südlichen Stadtrand war der kleine Fahrzeugkonvoi von drei Streifenwagen der County Police in Empfang genommen worden. Und nun ging es im Schritttempo schnurgerade nach Norden. Sämtliche achtzigtausend Einwohner von Sioux Falls schienen sich auf den Bürgersteigen versammelt zu haben. Kinder und Erwachsene schwenkten Fähnchen. Rote mit Hammer und Sichel überwogen. Das Sternenbanner war in deutlich geringerer Zahl vertreten – die Höflichkeit der Gastgeber.

Phil war auf das Trittbrett hinausgestiegen, die Linke am Haltegriff, das Funkmikro in der Rechten. Hinter ihm, vor dem Heckkotflügel, stand Alexej Tjunin. Auf der linken Wagenseite hielt Valentin Nasarenko allein die Trittbrett-Stellung. Die beiden KGB-Männer hatten nur zähneknirschend zugestimmt, dass die Seitenscheiben der schweren Limousine heruntergelassen wurden. Wie zuvor auf den Highways, fuhr der Wagen mit Marina Below und Elizabeth Mitchel zwischen den beiden Begleitfahrzeugen. Der Sheriff des Minnehaha County hatte sich mit seinem Dienstwagen an die Spitze gesetzt. Die beiden anderen Streifenwagen bildeten den Abschluss.

Die Menschen beiderseits der Straße klatschten und riefen ihr »Welcome!«. Immer wieder war auch ein begeistertes »Marina!« zu hören. Die Frauen der Außenminister winkten.

Kinder mit Blumensträußen liefen herbei – von den Eltern herausgeputzt und von Fotografen mit Verschlussgeschnatter verfolgt. Tjunin und Nasarenko beobachteten es anfangs misstrauisch. Bald aber entspannten sie sich. Niemand schickte sein Kind mit einer Bombe im Blumenstrauß los.

Die Stimme des Sheriffs quäkte aus dem Funklautsprecher: »Sheriff Folkes für den Einsatzleiter! Sheriff Folkes für den Einsatzleiter! Over!«

Phil hob das Mikro und schaltete auf Senden. »Special Agent Decker für Sheriff Folkes. Over.«

»Hören Sie, Mr. Decker, nur damit Sie Bescheid wissen! Jetzt geht's erst richtig los! Aber was Straßenparaden sind, müssen Sie als New Yorker ja besser wissen!« Er lachte. Er ließ die Membrane des Lautsprechers scheppern. Trotz der Beifallsrufe und des Klatschens war es zu hören.

Phil bestätigte die Information und schaltete wieder aus. Er wandte sich kurz zu den beiden Russen um. Sie verstanden Englisch und sie sahen besorgt aus. Alle Arten von Trubel sind der Schrecken eines jeden, der für die Sicherheit einer bedeutenden Persönlichkeit zu sorgen hat.

Die Marschmusik setzte ein, als sich der Dienstwagen des Sheriffs der Kreuzung 8th Street näherte. Aus der Einmündung von rechts stießen als Erstes rote Uniformen auf die Avenue vor: Majoretten im zackig Beine schwenkenden Vormarsch. Der Tambourstab der Kommandeuse wirbelte auf und nieder, und die etwa fünfzig High-School-Girls zeigten, weshalb ihre Uniform zwischen Stiefelschaft und Rocksaum so viel freiließ. Es folgte die Brassband, die aus Jugendlichen und Erwachsenen bestand, mehr als hundert insgesamt. Mit dem ›Washington Post March‹ von John Philip Sousa gaben sich die Blechbläser und Trommler selbst den Takt für das Marschtempo. Den Abschluss bildeten drei weiß lackierte Sousafone, deren große Schalltrichter wie Schornsteine am Heck eines Schiffs aussahen.

Die Kreuzung blieb zurück. Die Kapelle führte den Konvoi nun geradlinig an und die Musik schmetterte von Hausfassade zu Hausfassade. Die Majoretten teilten sich nach links und rechts, machten kehrt und schwenkten ihre Sehenswürdigkeiten entgegen der Marschrichtung. Als die ersten Girls in Höhe des gepanzerten Lincoln Continental waren, setzte Konfettiregen von den Hausdächern ein. Den Majoretten folgten Trommler, die bald lauter waren als die Blechbläser. Der Konfettiregen hielt an. Auf ein lautes Kommando von irgendwoher machten Girls und Trommler kehrt und begleiteten nun den Wagenzug. Die Trommler verstummten. Vorn hatten die Musiker einen neuen Sousa-Marsch angestimmt, ›Anchors Aweigh‹.

Phil drehte sich um. Tjunin und Nasarenko hatten gesprenkelte Anzüge, wie alle anderen auch.

Tjunin deutete auf die Girls. »Welch ein Ablenkungsmanöver!« Er lachte.

»Nur die Sicht könnte besser sein!«, rief Nasarenko und wischte mit der linken Hand durch den Konfettiregen.

»Alles Taktik!«, entgegnete Phil und schmunzelte. »Die reinste Verschleierung. Aber ich denke, es kann sich nur noch um Minuten handeln, dann wird es ruhiger.« Er deutete nach vorn.

In Höhe der nächsten Kreuzung war die Straße auf mehrere hundert Yards Länge abgesperrt. Ein großes hölzernes Podium war aufgebaut und vorsorglich mit einer bunten Plane überdacht worden. Fernsehkameras standen auf einer eigenen Plattform. Die Honoratioren der Stadt, an ihren festlichen Anzügen erkennbar, stiegen die Treppe zum Podium hinauf.

Marina beugte sich aus dem Wagenfenster. »Phil!«

»Ja?« Er wandte sich abermals um.

»Was, in aller Welt, soll denn dies noch werden?«

»Nur ein kleiner Empfang für einen berühmten Gast.«

»Ich bin nicht berühmt. Dann schon eher Liz.«

»Nehmen Sie es, wie Sie wollen.«

»Ich hatte nur gehofft, meine Cousine zu sehen.«

»Das werden Sie, verlassen Sie sich darauf.«

Schon drei Minuten später zeigte sich, dass er Recht hatte. Marschkapelle und Sheriffs-Dienstwagen stoppten, nachdem sie das Podium eben passiert hatten. Eine Delegation von Ratsmitgliedern der Stadt nahm Marina Below, Elizabeth Mitchel und ihre Begleiter in Empfang. Die Kameras des lokalen Senders WNAX schnurrten los. Beifallsrufe erschollen von allen Seiten. Die Band spielte ›Stars and Stripes Forever‹, doch nur ein paar Takte. Oben, auf der Plattform des Podiums, waren Kameramänner und Zeitungsfotografen dabei, als Marina Below erst vom Bürgermeister begrüßt wurde und es dann zum eigentlichen Schwerpunkt des Geschehens überging.

Die Männer von Sioux Falls gestalteten die Sache mit Überraschungseffekt. Ihre Front aus Anzügen und Krawatten wich auseinander, und in der Gasse lächelte eine kleine, unscheinbare Frau.

»Catherine Kosinski, geborene Garianidse!«, rief der Bürgermeister feierlich.

Marina erkannte sie sofort. Lange genug hatten sie Fotos ausgetauscht. Sie lief auf Catherine zu und schloss sie in die Arme. Der Beifall toste von allen Seiten. Die Band spielte erst die russische und dann die amerikanische Nationalhymne.

Es folgte ein Festakt – wegen des guten Wetters unter freiem Himmel. Marina Below erhielt eine Ernennungsurkunde. Ab sofort war sie Ehrenbürgerin der Stadt Sioux Falls. Außerdem sollte eine Straße nach ihr benannt werden, und die Verlängerung der Straße sollte Catherine-Kosinski-Straße heißen. Catherines Ehemann, ein gebürtiger Amerikaner polnischer Abstammung, harrte die ganze Zeit am Rand des Podiums aus, so gut wie unbeachtet. Elizabeth Mitchel war es schließlich, die sich ihm zuwandte und sein dankbares Lächeln dafür erntete, dass sie ihm die Beklemmung nahm, indem sie mit ihm redete. Wytold Kosinski war technischer Betriebsleiter einer Kürbisfarm. In der hochoffiziellen Umgebung fühlte er sich so höllisch unwohl, dass er schon drauf und dran gewesen war, leise weinend zu verschwinden.

Nach dem Festakt gab es ein Festessen, allerdings in kleinerem Kreis, wie der Bürgermeister vor den versammelten Einwohnern ankündigte. Der kleinere Kreis bestand aus immerhin neunzig Personen. Schauplatz des Festmahls war das Restaurant ›Missouri‹, der Town Hall unmittelbar gegenüber.

Phil traf Marina später in der Bar. Es gelang ihr, ihm etwas zuzuflüstern, bevor sie wieder vom Bürgermeister und seiner Honoratioren-Crew mit Beschlag belegt wurde.

»Ich konnte mit Catherine noch kein privates Wort wechseln. Wann ist das hier endlich vorüber?«

»Das hängt vom Alkoholpegel der Verantwortlichen ab. Aber ich verspreche Ihnen, dass ich unseren dezenten Rückzug organisiere, sobald es möglich ist.«

Es sollte noch fast zwei Stunden dauern. Wytold Kosinski musste zum Auto getragen werden, da er sein Unwohlsein in reinem Bourbon ertränkt hatte. Auf der Fahrt zum Quartier konnte Marina endlich die ersten persönlichen Worte mit ihrer amerikanischen Verwandten wechseln.


Die Kreditkarte machte ihn zu einem besseren Menschen. Das hatte er schon ein paar Mal gemerkt. Die Angestellte bei der Leihwagenfirma Hertz hatte ihn erst einmal verdammt misstrauisch angestarrt. Bis er die Karte vorgelegt hatte. Ergebnis war ein Buick LeSabre, stahlblau, neuestes Modell, voll getankt.

Er fluchte, weil seine Gedanken schon wieder abwanderten. Er zündete sich eine neue Zigarette an und versuchte noch einmal, sich zu konzentrieren. Durch die getönten Scheiben sah er den Verkehr auf der First Avenue vorbeifluten. Vielleicht war es ein Fehler gewesen, diesen Parkplatz als Standort auszusuchen.

Obwohl er im Inneren des Wagens so gut wie nichts hörte, war es unruhig. Er hatte nicht die ganze Zeit die Augen schließen können. Andererseits war der Parkplatz die beste Position, die er hatte erwischen können. Ausgeschlossen, noch näher an den UNO-Komplex heranzukommen. Andererseits hatte er Shannon oft genug versichert, dass Entfernung keine Rolle spielte.

Es klappte nicht.

Er war nicht im Stande, die unterbrochene Gedankenverbindung zu schließen. Mit einem Fluch stampfte er die Zigarette in den Aschenbecher. Anfangs war er überzeugt gewesen, dass es geklappt hatte. Aber dann hatte er vergeblich auf die Polizeisirenen gewartet. Auch Ambulanzwagen hätten heranjagen müssen. Es hätte einfach einen Riesenaufstand geben müssen. Doch es war still geblieben. Seit diesem Moment plagten Adam Hucko die Zweifel.

Verdammt, es waren die Zweifel, die seine Konzentration störten!

Er hieb mit beiden Fäusten auf das Lenkrad und zwang sich zur Ruhe. Himmel, nein, du hast keinen Fehler begangen, sagte er sich. Er hatte keines der UNO-Gebäude betreten dürfen. Das wäre einfach zu riskant gewesen. Und dann war da dieser FBI-Beamte, der auf ihn aufmerksam geworden war. Nein, ausgeschlossen. Das direkte Vorgehen war von vornherein nicht in Frage gekommen. Randolph Shannon war ein verständnisvoller Mann. Er würde ihn anrufen und um eine zweite Chance bitten.

Wieder formte sein Bewusstsein das Erinnerungsbild dieses FBI-Mannes. Ein Ruck ging durch den sehnigen Körper des Aborigines. Er wusste auf einmal, woran es gelegen hatte. Er kannte das Hindernis jetzt. Und solange es dieses Hindernis gab, konnte er einfach keinen Erfolg haben.

Hucko startete den Motor des Buick. Er fühlte sich besser. Es tat ihm gut, wieder von Entschlossenheit beseelt zu sein.

Harry Cochran brachte die fertigen Fotos nach einer halben Stunde. Schwarzweiß. Gestochen scharf. In seiner Branche war höchste Perfektion gefragt. Wilm Hilesch hatte Cochran begleitet, damit er von keinem übereifrigen Posten aufgehalten wurde. Der Fotograf hatte seine Wohnung mit Labor an der 42nd Street, Ecke Madison Avenue.

Ich zog die Rollos vor der großen Fensterscheibe herunter. Von der anderen Seite der Versammlungshalle konnten sie mit ihren Teleobjektiven mühelos hereinlinsen – die Journalisten, die noch immer auf der abgesperrten Pressetribüne ausharren mussten. Eine Verlautbarung hatte es nach wie vor nicht gegeben. Vielleicht hatten sie inzwischen festgestellt, dass Harry Cochran nicht mehr bei ihnen war. Trotzdem würden sie sich keinen Reim machen können.

»Drei Schüsse«, sagte Harry und warf die Vergrößerungen auf das Desk. »Mehr Zeit war nicht. Außerdem war es kein Hit.«

Neben mir beugten sich Wilm Hilesch, Les Bedell und Lieutenant McNamara über den Tisch. Cochran lehnte sich an die Wand neben dem Rollo und zündete sich eine Zigarette an. Ich wischte die Bilder auseinander. Kein Hit, wie der Fotograf es in seinem Fachjargon nannte. Kein Motiv, das einen Zeitungsredakteur vom Hocker gerissen hätte.

Da war die Rückenansicht eines Mannes mit mehreren Begleitern, die sich ins Bild drängte. Der Rücken gehörte Alexander Below, das war an seinem weißen Haar zweifelsfrei zu erkennen. Cochran hatte seine Kameraschüsse aus verschiedenen Richtungen abgefeuert – je nachdem, welche Lücken die Leibwächter gerade gelassen hatten. Auf zwei Fotos waren keine Zuschauergesichter, die mich interessierten. Nur auf dem einen hatte Cochran ihn erwischt.

Ich tippte auf den schwarzweißen Hochglanz.

»Hucko«, sagte Lieutenant McNamara. Er hatte schließlich die Personalien überprüft. »Dieser Australier. Adam Hucko.« Sein Namensgedächtnis war wirklich hervorragend.

»Was ist mit ihm?«, fragte Les.

Ich erklärte, dass Hucko zu den Demonstranten gehört hatte.

»Ja, und?«, entgegnete Les. »Es ist doch sein Recht, heute als Zuschauer dabei zu sein. Seit wann hast du was gegen Minderheiten, Jerry?«

»Unsinn«, sagte ich schroff. »Es hat nichts damit zu tun, dass er Aborigine ist. Es ist etwas anderes.«

Fünf Minuten später wusste ich, was es war.

Ich ging hinüber in die Kabine der Ärzte. Alexander Below war immer noch in ihrer Obhut. Er sah mich an. Er erkannte mich. Seine Bewegung war langsam und matt, als er mir die Hand reichte.

»Sie haben mir das Leben gerettet«, sagte er in hervorragendem Englisch. »Ich weiß es, obwohl es so ausgesehen haben muss, als wäre ich geistig abwesend. Das Schlimme war: Mir war jede Einzelheit von dem, was ich tat, völlig klar. Trotzdem erschien es mir absolut logisch, eben das zu tun. Ich weiß, dass Worte nicht ausreichen, um wirklich zu danken. Sagen Sie mir Ihren Namen. Ich möchte Sie eines Tages einladen, damit Sie mein Land kennen lernen.«

Ich gab ihm meine Visitenkarte.

»Sie haben also gegen Ihren eigenen Willen gehandelt«, folgerte ich.

Below nickte.

»Wir können es sogar präziser formulieren«, erklärte der Psychologe Dr. Milt Bergenheim. Wir kannten uns. Wir hatten uns öfter bei Gerichtsverhandlungen getroffen, in denen er als Gutachter und ich als Zeuge geladen gewesen war. »Ich bin mit meinen Kollegen hundertprozentig einig«, fuhr Bergenheim fort. »Was nicht immer vorkommt …«

Die beiden Mediziner nickten bekräftigend und lächelten.

Der Psychologe räusperte sich. »Was Außenminister

Below passiert ist, hat eine völlig natürliche Erklärung. Er stand unter Hypnose.«

»Wie bitte?«, entgegnete ich ungläubig.

»Es ist wahr. Mr. Below befand sich unter dem Einfluss von Hypnose. Ohne jeden Zweifel. Natürlich werden Sie sagen: Wie ist das möglich, wenn gar kein Hypnotiseur anwesend war? Auch dafür ist die Erklärung einfach. Es gibt Hypnose auf telepathischem Weg. Allerdings haben nur sehr wenige Menschen die außergewöhnliche Fähigkeit, die Telepathie für Hypnosezwecke zu nutzen. Mit Hokuspokus hat das jedenfalls nicht das Geringste zu tun.«

»Das würde ich auch nicht behaupten«, erwiderte ich gedehnt. »Wenn einen diese Art von Hypnose erwischt, dann bemerkt man es, nicht wahr?«

»Das kann ich bestätigen«, sagte der Außenminister.

Dr. Bergenheim nickte. »Voraussetzung ist eine ausgeprägte Willensstärke. Manche Menschen werden es nicht spüren, weil sie innerlich zu schwach sind. Es ist jedenfalls so, dass der Hypnotiseur in unserem Fall quasi ein Mörder ist. Er dringt mit seinen telepathischen Kräften in die Gedanken seines Opfers ein. Systematisch bemächtigt er sich dieser Gedanken und bringt sie unter seine Kontrolle. Bis schließlich das Opfer seine Gedanken denkt und nichts dagegen tun kann, dass es sich praktisch um Befehle handelt, die ihm übermittelt werden.«

Ich hatte keine Fragen mehr. Ich dachte an Alan Jackman, den Bauunternehmer. Und an Loretta James, die Prostituierte, die völlig ahnungslos gewesen sein musste.

Ich rief mir die Begegnung mit dem Aborigine in Erinnerung und schilderte Dr. Bergenheim, was sich dabei in meinem Bewusstsein abgespielt hatte.

Der Psychologe starrte mich an. »Es gibt nur eine Erklärung dafür. Der Mann muss gespürt haben, dass ihm da jemand gegenüberstand, dem er seine Macht nicht aufzwingen konnte.«

»Jetzt habe ich ein Foto von ihm«, sagte ich. »Ab sofort fahnden wir nach ihm.«

Dienstschluss. John D. Highs Machtwort klang mir noch in den Ohren. Gelegentlich kann ich meinem Chef schon widersprechen, wenn ich gute Argumente habe. Aber in diesem Fall hatte er sie alle vom Tisch gefegt. An der United Nations Plaza war die Lage bereinigt. Ein neues Kommando von Sicherheitskräften hatte den Dienst übernommen. Das stichhaltigste Argument Mr. Highs: Die Augen der Weltöffentlichkeit sind auf uns gerichtet. Völlig klar. In dem Einsatz konnten wir uns niemanden leisten, bei dem auch nur der leiseste Verdacht auf Übermüdung entstand.

Ich ließ den Jaguar in die Tiefgarage rollen.

Dass ich mich topfit fühlte, hatte John D. High mit einem Lächeln zur Kenntnis genommen. Er hatte mich dabei angesehen wie ein Streifenpolizist, dem ein volltrunkener Autofahrer lallend und schwankend klarzumachen versucht, er sei stocknüchtern. Wie auch immer, mir waren die achtzehn Stunden Dienst, die ich seit der letzten Schlafpause hinter mir hatte, überhaupt nicht bewusst.

Ich schaltete das Funkgerät aus und schälte mich aus dem Flitzer. Nur die Notbeleuchtung brannte noch in der Garage. Ich schloss die Fahrertür des Jaguar ab. Etwas bewegte sich am linken Rand meines Blickfelds.

Ich wirbelte herum und ging in die Knie. Wie von selbst lag der Dienstrevolver in meiner Rechten. Aber da war nur eine von mehreren Betonsäulen, dick wie der Stamm einer hundertjährigen Eiche.

Ich schnellte in Richtung Wagenheck, flankte herum und ging auf der anderen Seite des Flitzers in Deckung. Auf einmal kam ich mir vor wie ein Narr. Der dienstlich verordnete Feierabend musste seine Berechtigung haben. Meine Nerven waren überreizt. Denn da rührte sich absolut nichts hinter der bewussten Betonsäule. Hinter allen anderen auch nicht. Trotzdem hatte ich eine Bewegung gesehen. Kein Zweifel. Also was, zum Teufel, stimmte hier nicht? Ich konnte die Sache nicht auf sich beruhen lassen. Unmöglich. Verdammt, wenn da niemand war, dann wollte ich es genau wissen. Es wäre nicht das erste Mal gewesen, dass mir jemand nach Dienstschluss auflauerte. Ich brauchte Gewissheit. Es hätte eine der leichtesten Übungen sein können – wenn nicht ein tödlicher Ausgang drin gewesen wäre.

Die Autos aller Hausbewohner standen in ihren Buchten. Es war die Zeit für Theater-, Kino- oder Restaurantbesuche. Aber die erledigte man per Taxi. Ich konnte also davon ausgehen, dass sich keiner meiner Apartment-Nachbarn mehr in der Garage aufhielt. Und die parkenden Wagen gaben mir Deckung. Geduckt zog ich mich in die Gasse zwischen meinem Jaguar und dem Wagen nebenan zurück, einem nagelneuen Oldsmobile Toronado.

Zwischen den vorderen Stoßstangen und der Wand war noch genügend Platz. Ich pirschte in Richtung Ein- und Ausfahrt. Von dort würde ich den Überblick haben, um mir Gewissheit zu verschaffen. Dort waren auch die Schalter, mit denen ich die komplette Garagenbeleuchtung anknipsen konnte.

Ich verharrte, als ich fünf Wagenbreiten hinter mich gebracht hatte.

Waren es überhaupt meine eigenen Gedanken?

Alles, was ich bis eben überlegt hatte – war es mir aufgezwungen worden?

Verdammt.

Es hatte diese Bewegung nicht gegeben. Und wenn es so gewesen wäre, dann hätte ich die Lage im Direktangriff geklärt. Stattdessen kroch ich zwischen den Autos herum, als müsste ich mich tatsächlich vor jemandem verstecken! Etwas wie eine Belastung fiel von mir ab.

Plötzlich wusste ich, dass er da war.

Und ich tat das, was er mir garantiert nicht eintrichtern wollte.

Zwischen einem Mercury Cougar und einem Plymouth Reliant lief ich geduckt auf die freie Fläche zu. Dort herrschte Halbdunkel. Die jeweils nächsten Lampen der Notbeleuchtung waren mehr als zehn Yards entfernt.

Als ich die Wagenhecks erreichte, legte ich an Tempo zu. Auf der Zufahrt schwenkte ich nach links, Richtung Tor. Ich spurtete, zog die Beinmuskeln durch. Ich begann, Haken zu schlagen. Für alle Fälle. Jemand, der sich schnell bewegt, ist verteufelt schwer zu treffen, noch dazu im Halbdunkel.

Ich huschte am Lichtkreis der Lampe vorbei. Hinter mir schien niemand zu sein, der sich einer konventionellen Waffe bediente. Es sei denn, er baute auf einen Zeitvorteil – die Sekunden, die ich warten musste, bis das Rollgitter hoch genug war. Mit seinen Waben aus fingerdickem Stahl versperrte es Einfahrt und Ausfahrt. Beide Hälften hatten zusammen die Größe einer Kinoleinwand.

Draußen war die Helligkeit der Straßenlaternen. Ich lief schräg nach links in die Dunkelheit, wo ich die Bedienungsknöpfe für das Einfahrtsgitter wusste. Ich tastete mit der freien Hand, fand den oberen Knopf und presste ihn in das Gehäuse. Das Rollgitter begann zu rumpeln. Ich schnellte von der Steuerung weg, weiter in die Dunkelheit hinein.

Nichts.

Da rührte sich absolut nichts.

Ich war jetzt überzeugt, dass sich wirklich keine Menschenseele in der Tiefgarage aufhielt. Die Unterkante des Gitters war gerade einen halben Yard hoch. Ich sprintete darauf zu und schlüpfte darunter hinweg. Draußen kam ich nur zwei Schritte weit. Bürgersteig und Straße konnte ich noch nicht sehen. Noch am Fuß der ölbefleckten Steigung prallte ich zurück.

Ein Motor heulte auf.

Reifen kreischten, brachten die Power nur halb auf den Asphalt. Doch was ankam, reichte. Weiße Scheinwerferfächer stießen oben über den Absatz der Betonpiste hervor. Ich kreiselte herum. Das Gitter war gerade eineinhalb Yards hoch. Geduckt wischte ich darunter hinweg. Hinter mir brüllte der Wagen. Die Scheinwerfer erreichten mich. Ich brauchte zwei, drei Yards bis zur Sicherheit. Ich schaffte einen fast rechtwinkligen Haken nach links. Das Motorbrüllen schien mich fressen zu wollen. Ich flankte über die Leitplanken zwischen Einfahrt und Ausfahrt. Federnd landete ich auf der anderen Seite. Sofort bremste ich meinen Schwung ab und wirbelte herum.

Das Rollgitter schrammte über das hintere Dachteil des Wagens. Es hörte sich an, als würde ein Stück Karosserieblech weggerissen.

Ich ließ den 357er hochrucken. Beidhändig jagte ich die erste Kugel in den linken Scheinwerfer. Das weiß glühende Auge erlosch Splitter sprühend. Der Wagen war jetzt auf meiner Höhe. Ein Buick LeSabre. Für einen Moment nahm die Motordrehzahl ab. Doch dann brüllte der Sechszylinder erneut auf. Der Buick machte einen Satz. Kurzschlussreaktion des Fahrers. Keine andere Erklärung möglich. Ich feuerte auf den Hinterreifen. Ein helles Klatschen ließ mich wissen, dass ich nur den Kotflügel getroffen hatte.

Der Buick röhrte in die Tiefe des Garagen-Gewölbes.

Sofort war ich wieder auf der Einfahrtseite. Ich sah die Schlussleuchten wie rote Teufelsaugen. Meine dritte Kugel jagte ich in kalkulierter Höhe darüber hinweg. Die Heckscheibe flog zu Krümeln auseinander. Vorn schmetterte die Kugel durch das Verbundglas. Der Fahrer duckte sich tief und gab noch einmal Gas. Noch einmal Kurzschluss. Ein schreckhafter Bursche.

Er setzte den Wagen frontal gegen den Fahrstuhlschacht.

Es krachte, als ob der Buick eine Bombe transportiert hätte. Das Heck mit dem Teufelsblick schien sich beim Aufprall anzuheben. Der Krach ließ nach. Nur das Glas in Erbsenform rieselte noch.

Erneut begann ich zu laufen, den Smith & Wesson im Anschlag. Der Fahrer lag mit dem Kopf auf dem Lenkrad. Sein linker Arm hing bis zum Sitz herab. Er blutete aus einer Kopfwunde. Kein Trick. Denn er kippte aus dem Wagen heraus, als ich noch drei Schritte entfernt war. Er war bewusstlos und blieb auf dem Rücken liegen. Sein lackschwarzes Haar glänzte im schwachen Licht. Das Weiß der Augen und der Zähne war nicht zu sehen.


Der Mond schwebte voll und rund über den Hügeln. Sterne leisteten dem bleichen Knaben funkelnd Gesellschaft und verkündeten zugleich, dass keine Wolke den blauschwarzen Nachthimmel verunzierte. Es war still – in der ursprünglichen Bedeutung des Wortes. Phil hatte dieses Gefühl oft genug erlebt. Es fiel schwer zu glauben, dass die ewigen Geräusche Manhattans auf einmal unhörbar weit entfernt sein sollten.

Sioux Falls lag nur ein paar Meilen entfernt. Alles, was die Stadt von ihrer Existenz preisgab, war eine schwache Lichtglocke. Die Lichter selbst verbargen sich hinter den Hügeln. Von den Straßen und Highways wehte kein Motorenlärm herüber. Es herrschte Windstille. Ohnehin waren bestenfalls noch die großen Überland-Trucks unterwegs. Auf einzelnen Hügeln standen Waldstücke wie dunkler Pelzbesatz.

Von den Wiesen außerhalb des Grundstücks stieg der Geruch feuchter Erde und frischen Grases auf. Tagsüber war gemäht worden. Sheriff Folkes hatte das veranlasst. Es gab kein kniehohes Gras mehr, durch das man kriechen konnte. Der Blick reichte unbeeinträchtigt bis zu den nahen Hügeln. Die Farm umgab kein Zaun. Nur vorn, zur Provinzstraße hin, überspannte ein hoher Torbogen aus Holz die Zufahrt. Es gab keinen mannshohen Maschendrahtzaun, keine Stacheldrahtrollen. Stattdessen war eine hochwirksame Alarmanlage installiert worden. Bewegungsmelder erfassten jeden Winkel knapp außerhalb des Grundstücks. Ein Sonderkommando der Delta Force hatte in einem der Unterkunftsgebäude Quartier bezogen. Zwanzig Offiziere, auf den Einsatz gegen Terroristen spezialisiert. Und jeweils zwei Männer gingen Wache. Phil und Floyd hatten um Mitternacht übernommen und ihren Rundgang in entgegengesetzter Richtung gestartet.

Der G-man verharrte bei dem alten Ziehbrunnen an der Nordseite des früheren Farmhofes. Nur im Wachraum brannte noch Licht, allerdings hinter zugezogenen Vorhängen. Die Kessel-Farm bestand aus dem großen, herrschaftlichen Wohnhaus und weiteren sechs Gebäuden. Der frühere Eigentümer war ein alter Junggeselle namens Bernhard Kessel gewesen. Mangels einer Familie hatte er sein Anwesen der öffentlichen Hand vermacht. Die ehemaligen Scheunen und Stallungen waren in massiver Bauweise als Unterkünfte und Wirtschaftsgebäude hergerichtet worden. Das Ganze war heute ein Tagungszentrum, das von der Stadt Sioux Falls verwaltet und an Firmen und Behörden für Lehrgänge und Wochenendseminare vermietet wurde. Der Überschuss floss gemeinnützigen Einrichtungen wie Kindergärten und Tagesstätten zu.

Nachdem Catherine Kosinski mit der Neuigkeit vom Besuch ihrer berühmten Cousine nicht hatte an sich halten können, war im Rathaus von Sioux Falls eine schnelle Entscheidung getroffen worden: Marina Below und Elizabeth Michel sollten angemessen untergebracht werden. Die Kessel-Farm, die gerade frei war, hatte sich da angeboten. Und natürlich wohnte Catherine für die Dauer des Aufenthalts ihrer Cousine mit auf der Farm. Catherines Ehemann war zweifellos froh, ungestört durch seine Kürbisfelder stapfen zu können.

Ein Schatten löste sich von der Stirnwand des Wohnhauses.

Phil sah die Bewegung sofort. Wie von selbst spannten sich seine Muskeln an. Doch er rührte sich nicht, blieb unverändert auf den Brunnenrand gelehnt. Nur die rechte Hand schob er kaum merklich in Richtung Schulterholster.

Die schattenhafte Gestalt ging auf leisen Sohlen. Ansonsten bemühte sie sich nicht die Spur um Unauffälligkeit. Sie trat in das Mondlicht hinaus, und ihre Konturen wurden erkennbar. Weibliche Konturen.

Phil ließ die Hand sinken, die den Revolver schon fast erreicht hatte.

Marina kam auf ihn zu. Sie trug einen dunkelgrauen Jogginganzug. Das Freizeit-Grau war wie eine Tarnfarbe, die sie zum Schatten gemacht hatte. Als sie bis auf wenige Schritte heran war, konnte der G-man ihr Lächeln sehen.

»Sind Sie meinetwegen so spät noch auf den Beinen?«, fragte sie flüsternd, als ob es in der Nähe ungebetene Ohren gab.

»Zu fünfzig Prozent.«

»Und die anderen fünfzig gehören Liz?«

»So ist es.«

»Schade.« Sie lehnte sich gleichfalls an, ahmte seine Haltung nach. Ihre Augen schimmerten, als sie zu ihm aufblickte. »Könnten Sie die fünfzig Prozent für Liz nicht Ihrem Kollegen übergeben und dafür meine fünfzig von ihm übernehmen? Dann wäre ich hundertprozentig in Ihrer Obhut, Phil.«

»Wie wir es auch aufteilen«, lächelte er, »es ändert nichts daran, dass Sie um diese Zeit nicht draußen herumlaufen sollten.«

Sie spielte aufkeimenden Trotz. »Schon wieder muss ich annehmen, dass ich mich doch nicht in einem freien Land befinde.«

»Eine Person des öffentlichen Interesses zu sein schränkt Freiheit ein. Befragen Sie mal einen Hollywoodstar zu dem Thema.«

»Sie vergleichen mich mit einem Hollywoodstar?« Marinas verträumter, geschmeichelter Gesichtsausdruck wurde vom Mond beschienen.

Phil konnte ein Seufzen nur schwer unterdrücken. »Bei passender Gelegenheit würde ich das durchaus tun. Aber jetzt sollten Sie wirklich ins Haus gehen. Sonst könnte es noch passieren, dass ausgerechnet Sie die Alarmanlage auslösen.«

»Phil, ich bitte Sie! Behandeln Sie mich doch nicht wie ein Kind! Ich habe mitbekommen, dass die Anlage außerhalb des Grundstücks installiert worden ist. So technisch ahnungslos bin ich denn doch nicht. Sonst könnten Sie und Ihre Kollegen ja auch nicht frei herumlaufen.«

»Sorry«, erwiderte der G-man lächelnd. »Und ich hatte geglaubt, Sie wenigstens ein bisschen beeindrucken zu können.«

»Das würden Sie anders viel besser erreichen.«

»Mir wird dieses Gespräch zu riskant.«

»Im Ernst?« Sie lachte leise. »Ihr Amerikaner seid doch sonst so risikofreudig! Und von einem G-man hätte ich gedacht …«

Phil glaubte, dass sie ihm auf die Schulter klopfte. Aber sie hatte sich nicht bewegt.

Er warf sich auf sie.

Sie schrie. Hart an der Brunnenmauer schlugen sie hin. Der Grasboden war festgetreten.

Das zweite Klopfen war ein Klatschen. Feiner Gesteinsstaub rieselte herab.

Marina begriff noch immer nicht. Auch dann nicht, als Phil sie packte und robbend mit sich zog. »Du lieber Himmel!«, keuchte sie. »Ein bisschen Kritik an Ihrer Risikofreude brauchen Sie doch nicht gleich so ernst zu nehmen. Ich habe keinen Moment daran gezweifelt, dass Sie …«

»Still!«, unterbrach er ihren Redeschwall. »Hinter den Brunnen, schnell!«

Wieder klatschte es in das Mauerwerk. Bedrohlich tief. Diesmal zuckte Marina zusammen. Sie stieß einen leisen Entsetzenslaut aus. Aber dann bewies sie Tatkraft. Phil brauchte sie nicht mehr zu zerren. Gemeinsam erreichten sie die Sicherheit auf der anderen Brunnenseite.

Phil hatte das Walkie-Talkie bereits aus der Jackentasche gezogen. »Guard Alpha an Center, Guard Alpha an Center! Scheinwerfer Nordseite ein! Scheinwerfer Nordseite ein!«

»Bestätigen Scheinwerfer Nordseite!«, kam die Antwort aus dem Wachraum.

Gleißende Helligkeit flammte auf. Im selben Sekundenbruchteil gellte die Alarmsirene. Phil war bereits halb auf den Beinen.

Er sah Marina an. »Bleiben Sie hier. Rühren Sie sich nicht vom Fleck! Haben Sie verstanden?« Er zeigte auf das ausgefranste Schulterpolster seines Jacketts. Was sich wie ein Klopfen angefühlt hatte, war eine Kugel gewesen. Die Georgierin nickte und presste die Lippen zusammen. Mit Schalldämpfer, Zielfernrohr und Nachtsichtgerät konnte ein Präzisionsgewehr den lautlosen Tod bringen.

Phil schnellte los, während in den Unterkünften Licht gemacht wurde. Den Revolver in der Rechten überquerte er die freie Fläche bis zur Stirnwand des Wohnhauses.

Es gab keine stille Kugel mehr, die ihn verfolgt hätte. Die Erklärung konnte er im nächsten Moment beobachten.

Fliehende Gestalten im Scheinwerferlicht. Zwei Männer. Sie sahen aus wie zappelnde kleine Wesen – wegen der Entfernung. Mehr als hundert Yards konnten es dennoch nicht sein. Arme und Beine der beiden Schießer wirbelten in wilder Flucht. Aber noch einmal hundert Yards mussten sie zurücklegen, ehe sie dem

Licht entronnen sein würden. Phil ließ den Revolver sinken.

Die Stimme eines Delta-Force-Offiziers dröhnte aus verborgenen Lautsprechern unter den Giebeln. »Bleiben Sie stehen! Bleiben Sie stehen und heben Sie die Hände! Ich wiederhole: Bleiben Sie stehen und heben Sie die Hände! Eine zweite Aufforderung folgt nicht. Wir schießen gezielt!«

Die beiden Männer rannten weiter.

Zwei Schnellfeuergewehre peitschten. Es klang fast wie ein einziger Schuss.

Die Rennenden überschlugen sich und blieben liegen. Bis zum Ende des Scheinwerferlichts hätten sie noch mehr als fünfzig Yards zurückzulegen gehabt.

Phil schloss sich der ersten Gruppe von Delta-Force-Kämpfern an, die in die gleißende Helligkeit hinausstürmte.

Eine zweite achtköpfige Gruppe folgte. Beide wurden von den Scharfschützen auf den Dächern gesichert. Notfalls würde es blitzschnell Feuerschutz geben.

Die beiden Toten hatten keine Papiere bei sich. Nur über die Fingerabdrücke konnten sie identifiziert werden. Zwei Remington-Gewehre mit klobigen optischen Einrichtungen waren an der Stelle zurückgeblieben, an der sie im Hinterhalt gelegen hatten. Sie hatten die einzige kleine Bodenwelle genutzt, die es weit und breit gab.

Die Delta-Force-Offiziere schwärmten aus. Das gesamte angrenzende Gelände wurde abgesucht. Nachdem die Toten auf das Farmgrundstück gebracht worden waren, wurden die Scheinwerfer ausgeschaltet. Sheriff Folkes war bereits informiert. Er würde ein Team von Spurensicherern schicken, für den Abtransport der Leichen sorgen und die Printcodes an das NCIC in Washington durchgeben, das zentrale Archiv des FBI-Hauptquartiers.

Tjunin und Nasarenko waren bei Marina. Die Frau

des Außenministers sah blass und ernst aus. Sie wollte sich bei Phil bedanken, doch er schüttelte den Kopf. Er erklärte ihr, dass die Kugeln nicht ihr gegolten hatten. Nur die Tatsache, dass der erste Schuss ein Fehlschuss gewesen war, hatte den Plan der Kerle vereitelt. Wenn sie ihn getötet hätten, wären sie trotz Alarmanlage schnell genug gewesen, um Marina zu verschleppen. Sie erschrak.

Der G-man brauchte ihr nicht mehr zu erklären, weshalb jemand ein Interesse daran hatte, sie zu entführen. Sie zog sich ins Haus zurück, ohne dass sie dazu aufgefordert werden musste. Was während der UN-Vollversammlung vorgefallen war, wusste sie. Vermutlich wusste es jeder auf der Welt, der einen Fernsehapparat hatte. Im Gegensatz zu all den Menschen war Marina Below felsenfest überzeugt, dass ihr Mann keinen Selbstmordversuch begangen hatte. Aber die Fahndung nach dem Aborigine wurde bislang noch als geheime Kommandosache behandelt.

Der Fotograf Harry Cochran hielt seine Bilder zurück. Sich an die Vereinbarung mit dem FBI zu halten, würde für ihn letztlich auch klingende Münze bedeuten. Denn die Hucko-Bilder hatten erst dann gesteigerten Exklusivitäts-Wert, wenn die ganze Wahrheit auf dem Tisch war.

Phil ließ die Kollegen zuhören, als er in New York anrief. Auf diese Weise brauchte er nicht zweimal zu berichten. John D. High ist jederzeit für die Special Agents seines Distrikts zu sprechen – auch zu Hause, auch mitten in der Nacht. Nur Jerry war nicht aufzutreiben. Er hatte sich aus dem Wagen abgemeldet, doch in seinem Apartment nahm er den Hörer nicht ab.

Phil war beunruhigt. Daran änderte auch die Erfahrung aus den Dienstjahren nichts. Wenn ein G-man nicht zu erreichen ist, kann es zwar sein, dass er nur schnell Zigaretten holen gegangen ist. Doch die Wahrscheinlichkeit, dass ein anderer Grund dahinter steckt, ist zehnmal größer.

Es war teuflisch. Er hatte mich von der Straße aus nicht sehen können. Aber er hatte gewusst, dass ich aus der Garage laufen würde. Denn er selbst hatte es in die Wege geleitet. Und er brauchte ärztliche Hilfe. Möglich, dass er innere Verletzungen hatte. Der Aufprall war beträchtlich gewesen. Ich bückte mich, um ihn nach Waffen zu durchsuchen. Mit der linken Hand begann ich, ihn abzutasten. So, wie ich ihn einschätzte, war er immer für Überraschungen gut.

Nicht er.

Die Gefahr war dort, wo ich sie nicht erwartete.

Hinter mir.

Ein Motorsummen endete. Schnelle Schritte setzten ein – die Einfahrt herunter. Ich federte hoch, wirbelte herum. Siedendheiß wurde mir bewusst, dass das Rollgitter noch offen war. Ich sprintete von dem Reglosen weg. Die nächste erreichbare Betonsäule war vier Yards entfernt. Ein Auto als Deckung genügte mir nicht. Denn ich hatte keine Ahnung, was da auf mich zukam. Dass mich jemand unterstützen wollte, brauchte ich mir nicht einzubilden. Und Hucko ohne Hintermänner war unvorstellbar. Die Schritte waren noch nicht ganz unten. Ein letzter Yard trennte mich von meiner Betonsäule. Die Kerle konnten die Garage noch nicht voll überblicken. Trotzdem legten sie los.

Es hämmerte wie rasend.

Ich machte einen Satz. Meine Rettung.

Kugeln prasselten auf die Fahrspur. Querschläger zwitscherten in Serie. Die Garben der Maschinenpistolen schwollen zum Donner, verstärkten sich von Beton zu Beton. Ich erreichte die Säule in dem Moment, in dem die Schießer ihre Läufe hochwandern ließen. Ich ging in die Knie.

Huckos Helfer feuerten abwechselnd. Das ergab einen pausenlosen Kugelhagel. Ich nutzte die wenigen Sekunden, die ich hatte, schwenkte die Revolvertrommel aus und ersetzte die leer geschossenen Patronen durch fabrikfrische. Die Taktik der Kerle stand fest. Sie näherten sich so rasch wie möglich. Gleichzeitig nagelten sie mich in der Deckung fest. Bis sie nahe genug waren für den Fangschuss. Nach links und rechts konnte ich nicht mehr weg.

Ich richtete mich halb auf. Vielleicht blieb mir noch eine Sekunde. Längst war ich überzeugt, dass sie Doppelmagazine besaßen. Ich brauchte nicht damit zu rechnen, dass ihre Feuerkraft ein baldiges Ende hatte. Ein Teil der Kugeln sirrte links und rechts an meiner Deckung vorbei. Die Breite der Betonsäule schuf einen bleifreien Korridor von einem Yard Breite. Und die Grenzen des Korridors waren fließend. Es hing davon ab, wie viel Seitwärtstänzeln sich die Schießer erlaubten. Trotzdem musste ich es riskieren.

Der Buick ragte mit seinem Heck schräg in mein Blickfeld. Den Bewusstlosen konnte ich nicht sehen. Die Karosserie war davor. Die Schnauze des Wagens sah aus, als hätte sie sich in den Fahrstuhlschacht gefressen. Von Hucko konnte mir keine Gefahr drohen, auch wenn ich in seine Reichweite geriet. Ich drehte mich um, erlebte das Geschossprasseln nun frontal. Ich bewegte mich rückwärts.

Zwei Schritte. Drei Schritte.

Zuckende Feuerzungen schnellten links in mein Blickfeld. Den Mann hinter den Mündungsblitzen schüttelte der Rückstoß im Laufen. Er war auf das gepolt, was er annahm. Sein ratternder Maschinenpistolenlauf hackte das Blei knapp hinter der Säule. Er brauchte eine Zehntelsekunde, um zu begreifen, dass dort niemand war.

Es wurde meine Zehntelsekunde.

Ich zog durch. Der Stahl in meinen Fäusten wummerte. Der Blitz aus dem bulligen Lauf ließ den Waffenschwenk des anderen kaum erkennen. Es blieb beim Schwenk. Keine Kugel sirrte in meine Richtung. Die Magnum-Wucht des Smith & Wesson trieb den Mann zurück. Im Stürzen sägte seine letzte Kugelgarbe in die Betondecke.

Der andere sah seine Chance im schnellen Nachsetzen. Breitbeinig federte er sich in Szene – wie schützend über seinem Komplizen. Mein Reflex war schneller. Ein Sprung nach links genügte, fast bis an das Wagenheck. Noch während der Bewegung hatte ich den 357er in der Visierlinie. Ich jagte zwei Kugeln in das Fächern der Maschinenpistolen. Die zuckenden Blitze erloschen, bevor sie mich erreichen konnten. Den Gangster schleuderte es ins Halbdunkel hinter seinen Komplizen. Stille.

Ich ging noch ein paar Schritte zurück, ließ den Smith & Wesson vorsichtshalber in der Schussrichtung.

Ich glaubte, aus den Schuhen kippen zu müssen.

Der Aborigine war weg. Nur die Blutspuren bewiesen, dass er überhaupt da gewesen war. Noch während ich es verdaute, hörte ich den Motor aufheulen. Das Getriebe orgelte im Rückwärtsgang. Ich begriff. Und rannte. Ich sah jetzt, dass ich mit den Maschinenpistolen-Männern nicht mehr rechnen musste.

Oben schaltete Hucko in den Vorwärtsgang. Die Antriebsräder drehten durch. Es heulte weithallend in der Straße. Ich nahm die Betonrampe mit langen Sätzen. Trotzdem kam ich zu spät. Der Wagen war aus meinem Blickfeld gehuscht. Ich erreichte den Bürgersteig und sah die roten Glutpunkte an der nächsten Kreuzung. Er wedelte nach rechts durch Straßenlampenlicht: Ein Oldsmobile Calais, rostbraun. Die abgehackte Form des Hecks war unverkennbar. Von dem Nummernschild konnte ich indessen nur träumen.

Ich lief zurück, gab meine Fahndungsanweisungen durch und forderte die Spurensicherer an.

Ich blieb in der Garage. Die beiden Gangster hatten ihren Wahnsinn mit dem Leben bezahlt. Anzunehmen, dass sie Hucko schützen sollten – vielleicht sogar mehr vor sich selbst. Der oder die Auftraggeber des

Australiers hielten ihn nach seinem Versagen also für unberechenbar.

Er hatte bewiesen, dass er es war.


Die meisten Hausbewohner wissen, dass ich G-man bin. Deshalb gerieten sie nicht aus der Fassung. Sie waren Kummer mit mir gewohnt – besser mit denen, die ich von Berufs wegen am Hals hatte. Als das Großaufgebot an Streifenwagen und Dienstwagen die Szene beherrschte, gab es folglich weniger Neugierige als anderswo. Ein paar Nachbarn waren aufgekreuzt und hatten mich beglückwünscht, dass ich noch am Leben war. An den geparkten Fahrzeugen hatten es nur geringen Schaden gegeben. Und jeder im Haus wusste, dass die Schadensregulierung über den FBI stets schnell und problemlos abgewickelt wurde.

Niemand regte sich also auf.

Als John D. High am Ort des Geschehens eintraf, hatten wir bereits einen ersten Überblick. Ich ging mit dem Chef zu seinem Wagen und erstattete einen Kurzbericht. Die Gangster hatten noch nicht identifiziert werden können. Wenn es gut lief, würde es über die Fingerabdrücke möglich sein. Huckos Buick war ein Leihwagen, den er tatsächlich auf seinen eigenen Namen gemietet hatte. Das hatte ich telefonisch beim Vierundzwanzig-Stunden-Service von Hertz herausgefunden.

Mr. High schilderte mir, was sich in South Dakota abgespielt hatte.

»Das ist also die Konsequenz«, folgerte ich.

»Auf Huckos Fehlschlag?«

»Davon bin ich überzeugt, Sir. Huckos Auftraggeber wissen, dass sie unter keinen Umständen mehr an den Außenminister herankommen werden.«

»Trotzdem geben sie nicht auf.« Der Chef nickte. »Solche Hartnäckigkeit muss besondere Motive haben.«

»Politische Motive.«

»Aus Fanatismus geboren, vermute ich. Kidnapping ist für diese Leute kein Delikt, vor dem man zurückschrecken müsste.«

Ich wusste, worauf Mr. High anspielte. Auf Entführung steht bei uns noch immer die Höchststrafe. Täter aber, die ein Ziel vor Augen hatten, das sie als höher betrachteten, schätzten das eigene Schicksal möglicherweise als unwichtig ein.

Eineinhalb Stunden nach dem Feuergefecht in der Tiefgarage konnten wir einen ersten Fahndungserfolg verbuchen.

Eine Streife der Highway Patrol hatte einen braunen Oldsmobile auf dem Interstate Highway 80 bei Rockaway, New Jersey, beobachtet. Die Beamten hatten den Wagen in ihrem Buschversteck rechtzeitig herannahen sehen. Es war ihnen gelungen, mit Teleoptik ein Infrarot-Foto zu schießen. Dank des Polaroid-Ansatzes der verwendeten Kamera stand das Bild sofort zur Verfügung.

Wir erhielten es über Funk. Die Kontraste waren flau. Dennoch waren die Gesichtszüge unverwechselbar.

Adam Hucko war auf dem Weg nach Westen.

John D. High traf seine Entscheidung sofort. Ich stieg in den Jaguar und fuhr nach Queens, La Guardia Airport. Ein Lear Jet stand für mich bereit. Zielflughafen war Sioux Falls in South Dakota. Dienstliche Zusatzanweisung des Chefs. Ich sollte die Flugstunden zum Schlafen nutzen.

Dagegen konnte ich beim besten Willen nichts einwenden. Ich würde die Stewardess in Ruhe lassen.


Das Motorengeräusch hörte sich an wie ein aufgeblasener Rasenmäher. Es kurvte zwischen den Gebäuden der Kessel-Farm umher. In unablässigem Wechsel wurde es lauter und leiser vom dauernden Gasgeben und Gaswegnehmen. Von Zeit zu Zeit sahen die Beamten und Offiziere außerhalb des Grundstücks ein knallrotes Huschen. Der Lärm war nicht gerade Balsam für die Ohren.

Phil empfand es ähnlich, und auch den meisten anderen auf der Veranda des Wohnhauses entlockte das helle Röhren ein unverhohlenes Stirnrunzeln. Weder Phil noch seine beiden Kollegen wussten indessen einen Weg, hier maßvoll einzugreifen.

Elizabeth Mitchel beobachtete die Kurverei mit Besorgnis. Auch Catherine Kosinski fragte sich offenbar, wie jemand mit praktisch null Fahrpraxis einen derart waghalsigen Slalomkurs steuern konnte.

Sheriff Folkes und seine beiden Deputys schienen zu überlegen, ob sie hier eine amtliche Handhabe hatten, oder ob das Gelände als exterritorial zu betrachten war. Andererseits musste man die Lenkrad-Artistin wohl auf jeden Fall vor den Folgen ihres eigenen Übermuts bewahren.

Es gab nur einen auf der Veranda, der vor Freude strahlte.

Timothy Kosinski war Catherines Neffe. Ein sommersprossiger, rotblonder Junge, der mit seinen achtzehn Jahren noch aussah, als ob er die verrücktesten Schülerstreiche im Kopf hätte. Den roten Dune Buggy hatte er aus Schrott-Teilen selber zusammengebastelt. Vor ein paar Tagen war die Kiste fertig geworden, und er hatte seine Tante Catherine schon vor dem Besuch der berühmten Verwandten damit genervt. Er war dann fast geplatzt vor Stolz, als Marina freudig zugestimmt hatte, sich seinen Eigenbau vorführen zu lassen und selbst zu testen. Sein persönliches Stück Freiheit nannte er es. Marina hatte es verstanden. Mit jeder Runde, die sie drehte, verstand sie es besser. Dies war ein Land, das seinen Bürgern Spielraum gab. Es ließ dem Einzelnen Gestaltungsmöglichkeiten. Fantasie erstarrte nicht in Vorschriften – nicht einmal bei der Konstruktion von fahrbaren Untersätzen.

Das Vehikel mit den breiten Hinterreifen röhrte mit einem Affenzahn heran. Phil beschloss, die Lady im roten Krabbelkäfer auf den Teppich zurückzuholen. Er klopfte Timothy im Vorbeigehen auf die Schulter, stieg die flachen Stufen hinunter und war darauf gefasst, sich Marina in den Weg stellen zu müssen. Doch er irrte sich. Sie sah ihn und stieg auf die Bremse. Die Reifen wimmerten auf dem Betonpflaster des Hofes. Die Georgierin brachte den Buggy haarscharf neben Phil zum Stehen.

Sie sah ihn an und lächelte. Der Motor tuckerte im Leerlauf. »Eine kleine Spritztour gefällig?«

»Nein danke«, sagte der G-man energisch. »Sie sollten jetzt ...«

Alles Weitere blieb ihm im Hals stecken.

Marinas Augen blitzten. Sie gab Gas. Doch sie beschleunigte nur mäßig. Mit wenig mehr als Schritttempo rollte der Buggy los. Phil wusste plötzlich, dass sie mit ihm spielen wollte. Er konnte es schaffen, sie einzuholen und sich auf den Beifahrersitz zu schwingen. Natürlich konnte er sich dabei lächerlich machen. Trotzdem beschloss er, es zu versuchen. Er schnellte los, mit langen Sätzen. Marina spähte in den Spiegel und zuckte zusammen. Sie war seiner Reaktion also nicht sicher gewesen. Und er war viel schneller, als sie erwartet hatte.

Sie gab Vollgas. Der Buggy machte einen Satz und zog davon.

Phils Sprint verfehlte den Erfolg nur um Haaresbreite. Er hatte die Wagenkante schon in Reichweite und griff doch ins Leere. Fluchend brachte er seine Schritte unter Kontrolle, um nicht ins Stolpern zu geraten. Im nächsten Moment glaubte er, seinen Augen nicht zu trauen.

Der Buggy beschleunigte weiter. Marina trieb ihn auf die Höchstgeschwindigkeit zu, und die lag immerhin bei fünfzig Meilen pro Stunde, wie Timothy mit geschwellter Brust verkündet hatte.

Die Georgierin jagte an dem Ziehbrunnen vorbei, hinaus ins freie Gelände.

Phil verstand nicht, was in ihrem Kopf vorging. War es der Geschwindigkeitsrausch? Etwas in der Art? Der Teufel mochte wissen, was es war. Auf jeden Fall war es nichts Gutes.

Die Außenposten, die es mitkriegten, waren perplex. Sie hatten ohnehin nichts Fahrbares in greifbarer Nähe.

Phil brauchte indessen nur herumzuwirbeln. Er gab Sheriff Folkes ein Handzeichen und deutete auf einen der beiden offenen Jeep Renegades, mit denen Folkes und die Deputys herübergekommen waren. Folkes signalisierte Zustimmung.

»Brauchen Sie Hilfe?«, rief er.

»Ich melde mich über Funk«, entgegnete Phil. Mit einem Satz schwang er sich hinter das Lenkrad des einen Jeeps. Er jagte los und sah, wie sich Elizabeth Mitchel und Catherine Kosinski kopfschüttelnd unterhielten. Verdammt, ja, wie sollte sich irgendjemand einen Reim auf Marinas Verhalten machen?

Er knüppelte die Gänge des Jeeps hoch.

Marinas rote Kiste raste mit immer noch steigender Geschwindigkeit dahin. Der Buggy hoppelte über den unebenen Boden. Die Kehrseite der technischen Freizügigkeit. Bei der eisenharten Federung war es nur die Frage, wie sich das Gelände entwickelte. Eine tiefere Mulde oder eine Bodenwelle konnten den Buggy von den breiten Füßen heben. Marinas Leichtsinn war bodenlos. Wenn ihr etwas passierte, würde ein Aufschrei durch die Weltpresse gehen. Und natürlich würde man denen, die sie zu bewachen gehabt hatten, die Schuld geben.

Sie hielt auf die Stelle zu, an der in der Nacht die Heckenschützen gelegen hatten. Zweihundert Yards weiter führte das ebene Grasland in einen schmalen Einschnitt zwischen zwei Hügeln.

Phil schätzte Marinas Vorsprung auf mindestens

dreihundert Yards. Er stand auf dem Gas, aber er wusste, dass er es nicht schaffen konnte. Der Renegade-Motor dröhnte dumpf. Das Fahrwerk schluckte einen großen Teil der Unebenheiten. Trotzdem wurde der G-man durchgeschüttelt. Er musste das Lenkrad mit eisernen Fäusten halten. Und dann war der Punkt erreicht, an dem er die bullige Kraft des Geländewagens nicht weiter ausreizen konnte. Andernfalls riskierte er, sich den Wagen selbst auf den Kopf zu werfen.

Der rote Buggy schlüpfte in den Hügeleinschnitt wie ein Käfer in sein Erdloch. Im nächsten Moment war er nicht mehr zu sehen, da die Senke offenbar nach rechts verlief. Phil hielt das Tempo. Die Sekunden dehnten sich unerträglich. Dann, als er endlich das Schlupfloch erreichte, wechselte er reflexartig vom Gas auf die Bremse.

Der Buggy stand weniger als hundert Yards entfernt am Rand eines Wäldchens, das sich den Hang hinaufzog. Marina drehte sich auf dem Fahrersitz um und lachte und winkte.

Phil nahm sich vor, ihr die Leviten zu lesen. Trotz seines Ärgers gab er eine knappe Lagemeldung per Funk durch.

»Verstanden!«, antwortete Sheriff Folkes. »Empfehle dringend, diesem östlichen Temperamentsbündel mal den Hosenboden strammzuziehen!«

»Empfehlung angekommen«, entgegnete Phil. »Ich fürchte nur, dass ich in die Schlagzeilen gerate, wenn ich das wirklich tue.«

»Okay, es war ein schlechter Rat. Melden Sie sich wieder, falls Sie das schöne Kind nicht allein nach Hause kriegen.«

Phil versprach es und klinkte das Mikro weg. Er fuhr auf den Buggy zu und ging auf Schritttempo herunter. Marina hatte den Motor abgestellt. Den Oberkörper halb herumgedreht, hatte sie die Arme auf die Rückenlehne gelegt. Ihr Kinn ruhte auf dem rechten Handgelenk, und sie musterte den G-man im offenen Wagen mit einer Mischung aus Heiterkeit und Spott. Anders vermochte er ihren Gesichtsausdruck beim besten Willen nicht zu deuten. Als er auf Fahrzeuglänge heran war, bemerkte er, dass sie den Motor abgestellt hatte. Ihr Zeichen der Kapitulation? Was, in aller Welt, hatte sie vor? Wollte sie das schnurrende Weibchen spielen, das sich ungestümer männlicher Verfolgung ergab? Schon möglich. Allmählich traute er ihr alles zu. Das Ereignis der vergangenen Nacht hatte sie jedenfalls schnell vergessen.

Im Schritttempo fuhr er an dem Buggy vorbei – mit geringem Abstand. Marina verfolgte ihn mit ihrem heiter-spöttischen Blick, und es schien sie in höchstem Maße zu belustigen, dass er den Jeep schräg stellte, um sie am Weiterfahren zu hindern. Er zog die Handbremse an und ließ den Motor laufen.

»Kommen Sie«, sagte er. »Hören Sie jetzt bitte auf mit dem Unsinn. Ich bin für Ihre Sicherheit verantwortlich ...«

»... und denke nicht daran, mir Ihre Eskapaden weiterhin bieten zu lassen«, fiel sie ihm ins Wort. Ein flehender Ausdruck erschien in ihrer Miene und ihre Augen verstärkten diesen Eindruck noch. »Seien Sie doch nicht so streng, Phil, ich bitte Sie. Ich sehe alles ein und bitte um Vergebung. Und damit Sie es ganz genau wissen: Ich habe ein schlechtes Gewissen. Hier ...« Sie klopfte mit ihrer kleinen Hand auf die Kunststoffflanke des Buggy. »Das Problem liegt hier. Der Motor hat auf einmal seinen Geist aufgegeben. Du liebe Güte, sonst hätte ich doch nicht kapituliert!« Sie lachte. »Aber jetzt habe ich ein schlechtes Gewissen – Timothy gegenüber. Ich weiß, wie viel Mühe er sich mit dem Wagen gegeben hat. Und was tue ich? Fahre dieses kleine Kunstwerk zu Schanden! Verstehen Sie? Ich mag ihm einfach nicht unter die Augen treten. Würden Sie mir helfen, Phil? Wenn Sie den Motor wieder in Gang bringen, verspreche ich Ihnen ...«

»… ein gehorsames Mädchen zu sein und langsam vor mir her zur Farm zurückzufahren«, vollendete er diesmal ihren Satz. Er schwang sich vom Sitz.

Marina schmunzelte siegesgewiss.

Phil ging auf die rote Schnauze des Buggy zu, um die Motorhaube zu öffnen. »Ich erkläre Ihnen gleich, was Sie tun sollen«, sagte er. »Zum Glück können Sie mich nicht über den Haufen fahren, falls die Kiste anspringt.«

Marina antwortete nicht. Sie blickte ihn über die flache Windschutzscheibe hinweg an. Die Glut in ihren Augen hatte sich verstärkt. Er spürte ein Kribbeln unter der Haut, als er die beiden vorderen Haubenhalterungen ergriff. Auf einmal musste er an das denken, was Mr. High ihm aus New York berichtet hatte. Die hypnotischen Fähigkeiten dieses Australiers – was, wenn auch Marina …

Er brachte den Gedanken nicht zu Ende.

Er spürte noch, dass etwas hinter ihm war. Er hatte keinen Laut gehört. Zu einer Reaktion blieb keine Zeit.

Schmerz und Schwärze rissen ihn weg. Von einem Atemzug zum anderen war nichts mehr.


Mit der Hiobsbotschaft überfielen sie mich, kaum dass ich einen Fuß auf South-Dakota-Boden gesetzt hatte. Fred Nagara und Floyd Winter holten mich vom Municipal Airport im Norden der Stadt ab.

Es war erst vor einer halben Stunde passiert. Auf dem Weg durch das Abfertigungsgebäude schilderten die beiden Kollegen mir die Einzelheiten. Den Chef hatten sie bereits informiert. Die Zwischenlandung in Chicago hatte mich Zeit gekostet. Allerdings war es fraglich, ob ich auch nur das Geringste hätte verhindern können, wenn ich schon auf der Kessel-Farm gewesen wäre. Phil war in eine Falle geraten, wie man sie selbst mit dem größten Misstrauen kaum wittern konnte.

»Spuren?«, fragte ich, während wir auf den Parkplatz vor dem Airport zusteuerten.

»Jede Menge«, antwortete Floyd. »Die Entführer hatten natürlich keine Zeit, etwas zu verwischen. Dazu waren sie zu nahe an der Farm dran.«

»Als nach Phils letztem Funkspruch fünf Minuten vergangen waren, haben wir nachgefragt«, fügte Fred hinzu. »Er hat sich nicht mehr gemeldet. Wir sind sofort hinausgejagt.«

Ich nickte. Man brauchte kein Hellseher zu sein, um zu wissen, was folgte. Die Kollegen hatten mir einen brauchbaren Dienstwagen besorgt, einen Mercedes G, dunkelgrau-metallic mit Planenverdeck. Der schwere Geländewagen hatte einen 2,8-Liter-Benzinmotor mit satten 150 PS unter der Haube. Floyd und Fred fuhren voraus. Sie zeigten mir den Weg zur Kessel-Farm außerhalb von Sioux Falls.

Die Art und Weise, wie Phil überrumpelt worden war, sah verteufelt nach Hucko aus. Der Aborigine musste trotz seiner überstürzten Flucht aus New York rasch genug Kontakt mit seinen Auftraggebern aufgenommen haben. Nach der ersten Fahrtstrecke auf dem Interstate hatten sie dann auf einem der kleinen Flugplätze eine Maschine für ihn organisiert. So und nicht anders musste es gewesen sein. Er hatte wahrscheinlich schon im Morgengrauen in der Nähe der Farm gelauert und es war ihm gelungen, die Frau des Außenministers unter seinen Einfluss zu zwingen.

Die Anfragen an NCIC in Washington hatten ein hundertprozentiges Ergebnis gebracht. Hank Broom und Geoff Wayside waren die beiden Heckenschützen, die ihren nächtlichen Mordanschlag auf Phil mit dem Leben bezahlt hatten. Die MPi-Schießer aus der Tiefgarage waren Tony del Rio und Joseph Massen. Alle vier waren New Yorker Mobster gewesen, hatten den unteren Rängen angehört.

Sofort nachdem die Daten über Standleitung aus Washington gekommen waren, hatte sich John D. High mit einigen unserer Informanten in Verbindung gesetzt. Drei von ihnen gaben gleich lautende Auskünfte. Broom, Wayside, del Rio und Massen standen auf derselben Lohnliste. Randolph Shannon war der Mann, der die Liste führte. In der letzten Zeit hatte er keine großen Töne mehr gespuckt. Es war still um ihn geworden. Wochenlang hatte man ihn überhaupt nicht gesehen, und es war schon gemunkelt worden, dass seine Unterbosse Riggin und Lombardi die Organisation übernommen hatten.

Shannon war in der bewussten Zeit in Australien gewesen, hatte neue Geschäftswege erkunden wollen. Dabei musste er Hucko kennen gelernt haben. Man brauchte keine Fantasie, um sich den Rest zusammenzureimen. Auch Steve Dillaggio und Zeerookah waren mit ihren Nachforschungen ein beträchtliches Stück weitergekommen. Hauptsächlich hatten sie sich auf Informationen aus dem Kreis der Geschäftsfreunde Alan Jackmans stützen müssen. Natürlich sprach man in der Baubranche über Bedrohungen, mit denen man fertig werden musste. Es war Shannon, der mit massiven Mitteln versuchte, im Baugewerbe Fuß zu fassen. Als Schmarotzer. Nach dem guten alten Mafia-Rezept der Schutzgeld-Erpressung. Jackman hatte sich geweigert. Er war das Exempel geworden, von dem Shannon geglaubt hatte, es statuieren zu müssen.

Als wir auf der Kessel-Farm eintrafen, war es so weit. Der Anruf war vor zwei Minuten gekommen.

Die Wachhabenden von der Delta Force hatten das kurze Gespräch aufgezeichnet. Wir trafen uns in dem Raum, den sie zur Wache gemacht hatten. Auch Alexej Tjunin und Valentin Nasarenko, die beiden Männer vom KGB, waren anwesend. Der Offizier vom Dienst schaltete den Recorder auf Wiedergabe. Es knackte und rumpelte. Dann meldete sich der Wachhabende mit einem knappen »Hallo?«

Der Mann am anderen Ende der Leitung nannte keinen Namen. Seine Stimme war verstellt, jedoch ohne deutlichen Akzent. »Spreche ich mit der Kessel-Farm?«

»Ja.«

»In Ordnung. Ich nehme an, Sie haben ihr Auf-nahmegerät laufen. Ich brauche also nicht zu wieder-holen. Folgendes: Wir haben Marina Below, die Frau des sowjetischen Außenministers. Wir haben auch noch den FBI-Agenten Decker. Beide sind unversehrt in unserer Gewalt. Im Laufe der nächsten Stunden werden wir Fotos übermitteln, die das bestätigen. Vorab unsere Forderung, damit Sie das Notwendige in die Wege leiten können. Wir verlangen, dass Alexander Below nach Sioux Falls kommt. Sofort! Auf die Kessel-Farm. Weitere Anweisungen folgen.« Es knackte in der Leitung. Der Anrufer war clever. Er wusste, wie viel Sprechzeit man sich leisten konnte, wenn man eine Fangschaltung umgehen wollte.

Der Offizier vom Dienst tippte auf die Stopp-Taste des Recorders. Ich trat auf ihn zu und bat ihn, mir das Telefon zu zeigen, mit dem ich ein Long-Distance-Gespräch nach New York führen konnte. Der Offizier drückte mir einen roten Hörer in die Hand. Eine halbe Minute später hatte ich Mr. High am Apparat.

»Ich ahne, worum es geht«, sagte der Chef, als er meine Stimme hörte.

»Die Entführer haben sich gemeldet, Sir«, erwiderte ich. Die wenigen wichtigen Einzelheiten waren schnell aufgezählt.

»Verstanden«, antwortete John D. High knapp. »Unser einziger Vorteil ist die Zeit. Außenminister Below könnte frühestens am Nachmittag in Sioux Falls eintreffen. Wir würden seinen überstürzten Aufbruch aus New York vortäuschen. Das setzt aber voraus, dass Sie nach einer Möglichkeit suchen, sofort etwas zu unternehmen.«

»Verstehe, Sir. Ich gebe Ihnen Nachricht.« Ich legte auf, drehte mich um und erklärte den Anwesenden, wie es laufen musste.

Elizabeth Mitchel, so erfuhr ich, befand sich unter verschärfter Bewachung im Wohnhaus. Auch Catherine Kosinski und ihr Neffe Timothy waren noch dort. Immerhin waren sie Verwandte Marina Belows. Sie durften keiner Gefahr ausgesetzt werden. Der rote Buggy und der Jeep Renegade aus dem Fuhrpark des Sheriffs waren auf die Farm zurückgeholt worden. Die Stelle, an der sich die Entführung abgespielt hatte, war lediglich markiert worden. Gut so.

Noch, so erklärte ich den Anwesenden, hatten wir zwei entscheidende Vorteile.

Erstens die wenige Zeit, die seit der Entführung verstrichen war.

Zweitens die Wahrscheinlichkeit, dass sich die Kidnapper mit ihren Geiseln noch in der Nähe aufhielten.

Ich ließ mir von dem Dienst habenden Offizier ein Messtischblatt geben. Die beiden KGB-Beamten traten auf mich zu.

»Wir möchten, dass Sie eines wissen«, sagte Tjunin. »Wir werden nicht anfangen, unsinnige Vorwürfe zu erheben.«

»Wir sind auch nicht die Typen, die sich mit Gezeter an die Presse wenden«, fügte Nasarenko hinzu. »Wenn Sie unsere Hilfe brauchen, stehen wir Ihnen zur Verfügung, Mr. Cotton.«

Ich bedankte mich bei ihnen und bat sie, die beiden FBI-Kollegen und mich zu begleiten, wenn wir zum Tatort hinausfuhren. Das sollte in spätestens drei Minuten geschehen. Aus gutem Grund würde ich bei dieser Fahrt auf den Mercedes G verzichten. Ich vermutete, dass die Gangster die Farm beobachteten.

Und die Presse würde wenigstens vorläufig aus dem Spiel bleiben.

Schritte hallten in den Raum, als ob jemand mit einem Hammer auf einen Amboss schlüge. Phil hatte im ersten Moment den Eindruck, der Raum sei sein Kopf, und eben dieser müsse im nächsten Moment auseinander fliegen. Die Schmerzen ließen jeden Laut zu Donnerschlägen werden. Nach kleinen Ewigkeiten spürte er, wie seine Sinne wieder zu funktionieren begannen.

Erst als sie ihm die schwarze Augenbinde abnahmen, wurde es endgültig besser. Phil konnte nicht sofort sehen. Er musste sich anstrengen, um die Lider überhaupt auseinander zu bekommen. Das Licht war matt, und doch blendete es. Er unterdrückte den wallenden Kopfschmerz.

Marina und er hockten nebeneinander auf dem Fußboden eines kahlen Zimmers, die Handgelenke auf dem Rücken gefesselt. Auch der Georgierin hatten sie die Augenbinde abgenommen. Das schwarze Tuch lag zu ihren Füßen. Sie trug hellblaue Jeans und ein dunkelrotes Sweatshirt im modischen Oversize-Look. Die Glühbirne in der Mitte der gekalkten Decke hatte eine geringe Wattzahl. Zwei Männer standen vor ihnen.

Phil hob den Kopf. Den einen erkannte er sofort, auch wenn es lange her war, dass sie sich vor Gericht gesehen hatten. Shannon hatte auch damals schon eine Halbglatze gehabt, nur war er nicht ganz so rundlich gewesen. Und er hatte etwas mehr als strahlender Sieger ausgesehen, der sich allen Anklagen dadurch entzog, dass die wichtigen Zeugen im letzten Moment umkippten oder spurlos verschwunden waren. Jetzt wirkte er angespannt.

Der zweite Mann war grauhaarig und hager, das Gesicht ein verwittertes Faltenmeer.

»Sie werden in Kürze umquartiert«, erklärte Shannon. Er verneigte sich wie ein Butler beim Empfang vor dem Herrenhaus eines Baumwollbarons in Louisiana. »Mrs. Below! Mr. Decker! Ich darf Sie zunächst mit Mr. Thornbush bekannt machen, unserem Gastgeber. Mr. Edwin Thornbush. Er hat uns bereits ein anderes Zimmer zur Verfügung gestellt. Es wird gerade möbliert. Wir bringen Sie dann später hinüber. Sie werden es dort wesentlich gemütlicher haben. Wir machen da auch die Fotos, die wir dem FBI übermitteln werden.«

Der Verwitterte reckte das Kinn vor, als triumphiere er über einen Sieg, den er gerade errungen hatte. Unter buschigen Brauen standen seine schwarzen Knopfaugen dicht beieinander. Sie funkelten.

»Wir haben keine Geheimnisse«, fuhr Shannon fort. »Sie sollen beide genau wissen, woran Sie sind. Dann werden Sie auch nicht auf abwegige Gedanken kommen, die in Ihrer Lage ja nur allzu verständlich wären. Vorweg: Ich bin Randolph Shannon, Mrs. Below. Mr. Decker kennt mich. Er kann Ihnen nachher mehr über mich erzählen. Mir geht es im Augenblick nur darum, dass Sie mit der Lage vertraut werden.« Er räusperte sich gekünstelt.

Marina blickte aus geweiteten Augen zu ihm auf. »Sie wollen doch nichts von mir?«, hauchte sie. »Oder?«

»Sie haben den Nagel auf den Kopf getroffen«, grinste Shannon. »Meinen Auftraggebern geht es um Ihren Mann. Völlig klar. Wir haben unsere entsprechenden Forderungen bereits an der richtigen Adresse angemeldet. Vorläufig brauchen wir nur abzuwarten – und gut aufzupassen. Erfahrungsgemäß ist es gerade der Zeitfaktor, auf den die Gegenseite baut.«

»Was für Auftraggeber sind das?«, flüsterte Marina.

»Spinner«, sagte Thornbush plötzlich. Seine Stimme knarrte wie eine Kinderrassel. Sein Funkelblick war unverändert geradeaus gerichtet.

Shannon klopfte ihm auf die Schulter. »Schon gut, schon gut, lieber Freund.« Er sah wieder die Frau des Außenministers an. »Sie werden noch Gelegenheit haben, mit den Männern zu sprechen. Sie legen sogar Wert darauf, Ihnen zu erklären, worum es geht.«

Phil blickte Marina von der Seite an. »Vielleicht

erfahren Sie dann auch, wie hoch das Kopfgeld auf Ihren Mann ist. Mr. Shannon tut nämlich nichts ohne angemessene Bezahlung.«

Der Rundliche grinste geschmeichelt. »Formulieren wir es so: Es gibt nur sehr, sehr wenige Tätigkeiten, die ich mir uneigennützig abringen kann. Nun aber zurück zur Sache. Sie haben beide – wie Sie verstehen werden – nicht mitbekommen, wohin Sie gebracht wurden. Je nach Entwicklung der Dinge unternehmen wir vielleicht später einen gemeinsamen Rundgang. Das bleibt abzuwarten. Mr. Thornbush, unser Gastgeber …« – er klopfte ihm abermals auf die Schulter. – »… ist ein reicher Mann, der sich aus dem Geschäftsleben zurückgezogen hat. Wir kennen uns aus New York, wo er früher gelebt hat. Er hat sich hier seinen Traum für die alten Tage verwirklicht. Eine eigene Insel – mitten in einem großen See. Keine Trauminsel in der sonnigen Karibik, das nicht, aber South Dakota ist ja auch nicht gerade sonnenarm. Auf dieser Insel, Mrs. Below, Mr. Decker, wurde mal ein Film gedreht.«

»Nazifilm!«, knarrte Thornbush und sein Kinn wurde noch spitzer.

»Ja, ja.« Shannon nickte geduldig und legte die Hand auf seine Schulter. »Sie haben hier eine Insel in einem deutschen Binnensee simuliert, wo die Germans eine Mords-Festung angelegt hatten. So die Story. Ging um irgendwelche Geheimsachen, die sie hier zu bewachen hätten. Eine richtige kleine Festung mit Kommandozentrale und U-Boot-Bunker. Der See war nämlich tief genug, und eine Menge von ihrem Zeug sollen sie bei Kriegsende darin versenkt haben. Im Film, wohlgemerkt. Mr. Thornbush hat sämtliche Requisiten übernommen, und dazu gehören echte Granatwerfer, leichte Kanonen und die guten alten deutschen Maschinengewehre. Alles funktionsfähig. Mr. Thornbush ist nämlich ein Mann, der auf seine persönliche Sicherheit sehr viel Wert legt. So kam ihm dieses Kaufobjekt gerade recht.«

»Scharfe Munition!«, knarrte es.

Shannon brummte bestätigend. »Nur die beiden U-Boote fahren lediglich über Wasser. Aber das ist ja kein Nachteil, was?« Er lachte.

Auch Thornbush lachte. Es hörte sich an, als ob die Rassel mit hoher Geschwindigkeit geschüttelt würde.

Die Ladefläche war voll gepackt. Das Fahrwerk des Mercedes G schickte mir trotzdem keine harten Stöße herauf. Ich lenkte den Geländewagen im zweiten Gang einen Feldweg entlang. Zwischen den tiefen Spurfurchen stand Gras wie eine endlose grüne Bürste. Das Messtischblatt lag neben mir auf dem Beifahrersitz. Ich hatte einen weiten Bogen bis fast zehn Meilen außerhalb von Sioux Falls geschlagen und fuhr nun entgegengesetzt der Richtung, in die wir die Spuren verfolgt hatten. In der kurzen Zeit hatte sich das Gras noch nicht wieder aufrichten können.

Doch weshalb sollten sie sich Sorgen machen wegen der Spuren?

Sie hatten alle Macht in ihren Händen.

Nichtsdestoweniger waren die Fußspuren und später die Radspuren leicht zu erkennen gewesen. Wir hatten uns nur so weit vorgewagt, wie wir riskieren konnten, nicht aufzufallen. Aber die Fährte wies eindeutig auf das geeignetste Versteck hin, das es in der Gegend gab. Sheriff Folkes hatte nicht erst lange herumgrübeln müssen.

Lake Morgan. Die Insel.

Ihm war es klar gewesen, als wir nur eine halbe Meile in das Hügelland vorgedrungen waren. Dann hatten wir kehrtgemacht. Wenn die Gangster Beobachtungsposten außerhalb ihres Verstecks eingesetzt hatten, würden sie nicht nur die Farm im Auge haben. Dann würden wir ihnen auf unserer Spurensuche ebenfalls aufgefallen sein. Ich hatte mein Vorgehen entsprechend geplant.

Mit einem Großeinsatz konnten wir nichts ausrichten. Nicht zu diesem Zeitpunkt. Mr. High war über meine Einzelaktion informiert. Sheriff Folkes hatte sie als Himmelfahrtskommando bezeichnet. Denn er kannte die Gegend wie seine Westentasche. Und er kannte den schrulligen Alten auf der Insel. Wenn Thornbush mit den richtigen Leuten zusammengekommen war, würde er sich ermutigt fühlen, seinen Spleen auszuleben.

Thornbush fühlte sich verfolgt und angefeindet.

Manchmal hallten Schüsse über das Land – immer dann, wenn der Alte wieder einmal Gespenster gesehen hatte. Sheriff Folkes und seine Deputys fuhren dann hinaus und klopften ihm auf die Finger. War niemand gefährdet oder verletzt worden, konnten sie nichts machen. Es war dann schwer zu beweisen, ob Thornbush eine Kugel nach außerhalb seines eigenen Grund und Bodens geschickt hatte. Angler wagten sich jedenfalls schon lange nicht mehr ans Seeufer.

Wenn ich es trotzdem tat, so deshalb, weil ich ein ahnungsloser Tourist war. Von dreistem Erkundungsdrang getrieben, hielt ich den Mercedes auf die Ostbucht zu. Der Sheriff hatte mir den Weg dorthin beschrieben. Früher, vor Thornbushs Zeiten, war es ein Paradies für Freizeitfischer gewesen. Ungehindert, wie sie jetzt lebten, mussten die Fische in den Jahren dick und rund geworden sein.

Das Land war mittlerweile flach wie ein Brett. Beiderseits des Wegs erstreckte sich tiefgrünes Weideland. Ein Hochmoor, durchzogen von Entwässerungsgräben. Sumpfig war es hier schon lange nicht mehr. Kleine Birkenwälder standen als gelegentliche Tupfer in der Landschaft.

Der Schilfgürtel kam in Sicht. Dahinter eine dunklere Erhebung, wie ein Hügel am Horizont. Ich wusste, dass es die Insel war. Trauerweiden und Pappeln wuchsen dort auf dem kleinen Flecken Land mitten im Wasser. Lake Morgan lag fünf Meilen nordwestlich der

Kessel-Farm, mitten im Hügelland und von vielen Wäldern umgeben. Der See selbst war drei Meilen lang und maß eine Meile an seiner breitesten Stelle. Wenn Zeit gewesen wäre, hätte der Sheriff mir jedes einzelne Schilfrohr beschrieben. Davon war ich überzeugt.

Ich nahm Gas weg. Der Weg wurde sandiger, je mehr ich mich der Bucht näherte. Ich stellte den Wagen am Rand des mannshohen grünen Gürtels ab. Die Luft war kühl und feucht – und so würzig, dass ich noch in New York davon träumen würde.

Wolken waren aufgezogen. Ich begann, das Gelände zu inspizieren. Mit den breiten Profilsohlen meiner wasserdichten Schnürstiefel stapfte ich über den kleinen Strand. Die Bucht bildete einen halben Kreis. Der Durchmesser betrug etwa zehn Yards. Mein dunkelgrüner Overall und das Hemd in etwas hellerem Grün waren dem Job angemessen. Überflüssig zu erwähnen, welche Farbe die Schirmmütze hatte.

Dort, wo ich den Wagen halbwegs getarnt hatte, ging der Schilfgürtel zum See hin in eine Landzunge über, die den südlichen Teil der Bucht begrenzte. Draußen, an der Spitze der Landzunge, fand ich einen geeigneten Platz für mein Angelgerät. Eine frische Brise strich über den See und kräuselte die Wasserfläche. Vor der Insel sah ich Enten und Wasserhühner. Auch Jägerherzen hätten hier höher geschlagen. Das Binsengras war nur hüfthoch und ich hatte das Schilf wie eine schützende Wand hinter mir. Von dort konnte sich niemand ohne Rascheln nähern.

Ich fing an, meine Ausrüstung auszupacken und herüberzuschleppen. Für mein Ebenbild hatte ich eine olivgrüne Tarnplane. Auch Schilf und Binsen waren hilfreich bei meiner Verschleierungstaktik. Ich steckte die Gabeln für die Kohlefaserruten in den Uferboden und breitete alles aus, was sich der zählungskräftige Großstädter, den ich darstellte, für sein Urlaubshobby zusammengekauft hatte. Die gewichtigeren Sachen tarnte ich gleichfalls im Schilf. Was wollte ein Angler beispielsweise mit Haftladungen und anderen Scherzen für Unterwasser-Einsätze? Mr. Thornbush würde sich so etwas nicht erklären können. Und ich wollte ihm ja nicht gleich Anlass geben, mit einer Invasion zu rechnen.

Im Monitorraum hatten sie es sofort gesehen. Völlig klar. Da entging einem nichts. Die Videoüberwachung war Neuzeit, zusätzlich installiert zu den Requisiten aus den Weltkriegsjahren. Edwin Thornbush hatte nichts dagegen gehabt, dass ihm Shannons Männer einen Teil der Arbeit abnahmen. Jetzt allerdings musste er an sich halten, um seine Wut nicht zu zeigen.

Die Armenier und dieses australische Urvieh hockten herum und nuschelten sich was in den Bart! Mehr nicht. Die Unverschämtheit, die sich da anbahnte, schien sie völlig kalt zu lassen. Es war nicht zu fassen. Da sie ihn sowieso wie Luft behandelten, hatte Thornbush keine Mühe, unbemerkt hinauszuschlüpfen.

Er zitterte innerlich. Da gab es eine eindeutige Verletzung seiner Privatsphäre, und es interessierte sie nur am Rande! Unglaublich! Er fühlte sich als unerbetener Gast im eigenen Haus. Das würde sich sofort ändern. Hier musste hart durchgegriffen werden. Und danach würde es ein paar Worte von Mann zu Mann geben. Mit Shannon.

Im Treppenhaus begegnete ihm niemand. Alles war aus Beton – die Stufen, die Wände. Für die Filmproduktion hatte es in Billigstbauweise erstellt werden müssen. Allerdings hatten sie keine Attrappen gebrauchen können. Es war auch innerhalb der Räume gedreht worden. Türen und Fensterrahmen waren aus dunkel gebeiztem Holz. Alles so ungemütlich, wie man es sich von den Germans mit ihrer Bunkernatur vorgestellt hatte.

Thornbush öffnete die Stahltür, die auf die Aussichts- und Verteidigungsplattformen hinausführte.

Die einzelnen Gebäudetrakte hatten Flachdächer mit gut funktionierendem Wasserablauf. Hüfthohe Umfassungsmauern verdeckten nach außen die Geschützlafetten. Mit wenigen Handgriffen waren sie in Position zu bringen.

Das innerliche Wutzittern ließ nach. Thornbush fühlte sich etwas wohler, als ihm der frische Wind entgegenschlug. Teufel, ja, hier oben konnte er frei atmen. Zwischen den Spitzen der Pappeln war ausreichend freier Raum, sodass er den See nach allen Seiten hin beobachten konnte. Sein Reich. Niemand machte es ihm streitig. Gute Freunde wie Shannon waren keine Eindringlinge für ihn, obwohl es ihn ein wenig gestört hatte, wie Shannon sich verhalten hatte – nach all den Jahren, in denen sie sich nicht gesehen hatten. Es schien für Randolph völlig selbstverständlich gewesen zu sein, dass er sich mit seinen Leuten auf der Insel einquartiert hatte. Hatte er überhaupt ausdrücklich gefragt? Thornbush furchte die Stirn. Er konnte sich nicht erinnern.

Sie hatten sich einfach breit gemacht.

Okay. Nichts dagegen einzuwenden, wenn sie sich an die Gesetze hielten, die hier galten.

Thornbush stieß einen leisen Knurrlaut aus und öffnete das Wandfach gleich neben der Tür. Er nahm das Fernglas heraus und ging mit kurzen schnellen Schritten zur Ostseite der Plattform. Breibeinig baute er sich auf und lehnte sich mit der Gürtelschnalle gegen die Betonbrüstung. Er hob das Fernglas an die Augen, und er brauchte nicht lange zu suchen.

Verdammt.

Der Kerl hatte sich noch immer nicht verzogen, hatte sich wahrhaftig häuslich niedergelassen. Wahrscheinlich würde er noch ein Zelt aufbauen und übernachten! Hinter dem Schilf war das Dach eines dunkelgrauen Wagens zu sehen. Neue Wut keimte in Edwin Thornbush auf. Sein Herz hämmerte. Es gelang ihm nicht, sich zu beruhigen. Hölle und Teufel, es war einfach undenkbar, dass die von ihm aufgestellten Regeln so kalt lächelnd missachtet wurden!

Das konnte er sich nicht bieten lassen.

Überall in der Umgebung wussten die Inhaber der Angelläden, dass am Lake Morgan niemand etwas zu suchen hatte. Das wussten die Forstaufseher und die Wildlife Ranger. Es gab praktisch niemanden, der es nicht wusste. Dieser unverfrorene Bursche da draußen kümmerte sich also einen Dreck um geltende Bestimmungen.

Er würde lernen, dass Unverschämtheit ihre Grenzen hat.

Thornbush hängte sich das Glas um. Er holte das Megafon aus dem Wandfach. Dann ging er fünf Schritte nach rechts, riss die wasserdichte Plane weg und wuchtete das MG 42 mit seinem Dreibein auf den breiten Beton der Brüstung. Den kalten Stahl zu berühren und die klobige Schulterstütze zu spüren war beruhigend. Seine Macht ließ sich so leicht nicht brechen. Er stellte das Megafon auf den Boden. Dann öffnete er den Munitionskasten und legte den ersten Gurt ein. Er lud durch und entsicherte.

Natürlich konnte er den Kerl längst mit bloßem Auge erkennen. Typischer Tourist. Die nagelneuen Sachen, alle in einem von diesen Läden gekauft, wo sie die Kerle mit dem unmöglichsten und überflüssigsten Kram behängten. Ausstaffiert wie Zirkuspferde walzten sie dann durchs Schilf.

Thornbush stellte die Visierung auf siebenhundert Yards ein und peilte über Kimme und Korn. Er war jetzt völlig ruhig – jetzt, wo er etwas unternahm.

Zwei kurze Feuerstöße jagte er hinaus.

Das schwere Maschinengewehr schüttelte ihn durch. Es zerhämmerte die Ruhe über dem See. Enten und Hühner nahmen zeternd Reißaus. Zufrieden beobachtete Thornbush, wie die Kugelgarben kleine Fontänenwälder aus dem Wasser rissen – wenige Yards vor der Landzunge am jenseitigen Ufer.

Im nächsten Moment riss er verdutzt den Mund auf.

Der Mistkerl im grünen Overall stand immer noch da! Seine schwarzen Angelruten schienen ihm wichtiger zu sein als alles andere. Thornbush knurrte vor Zorn. Er hob das Megafon auf, ohne das Maschinengewehr von der Schulter zu nehmen. Er knipste den Trichter-Verstärker an und ließ seine Stimme donnern.

»Sie da, an der Ostbucht! Nehmen Sie Ihre verdammten Angeln und verschwinden Sie! Das eben waren Warnschüsse, falls Sie's nicht begriffen haben! Ich gebe Ihnen zwei Sekunden Zeit! Wenn Sie dann nicht abhauen, wird gezielt geschossen!«

Thornbush ließ das Megafon sinken.

Ungläubig spähte er hinüber.

Der Kerl war das Dickfelligste, was er je erlebt hatte. Einfach nicht zu beeindrucken. Wahrscheinlich grinste er sich sogar eins. Aber das war auf die Entfernung nicht zu erkennen.

Jetzt reichte es. Endgültig.

Thornbush stieß den Zeigefinger unter den Abzugsbügel und zog durch. Er jagte kurze Fünfer-Garben hinüber und schrie triumphierend, als er den Kugelhagel vom Ufer hochwandern ließ, bis es den verdammten Misthund erwischte, durchwalkte und nach hinten schleuderte. Thornbush atmete tief durch, sicherte das Maschinengewehr und hob das Fernglas.

Er nickte grimmig. Erledigt.

Der Kerl lag blutüberströmt auf dem Rücken.

Seine eigene Schuld. Es hatte einfach sein müssen.

Die Stahltür flog auf. Rasende Schritte näherten sich. Thornbush ruckte herum.

»Verdammter Idiot!«, brüllte Shannon. Der ganze Haufen folgte ihm. Seine komplette Mannschaft. Alle sahen aus, als ob sie Grund hätten, sich über irgendetwas aufzuregen.

Thornbush nahm sich vor, ihnen gehörig den Marsch zu blasen. Auf der Stelle. Und wenn es sein musste, würde er sie hinauswerfen. So gut war er mit Shannon nun auch wieder nicht befreundet gewesen.

»Wer ist hier ein Idiot?«, knarrte er und stemmte die Fäuste in die mageren Hüften. »An diesem See hat kein gottverdammter Angler was zu suchen. Und jetzt will ich euch mal eins sagen – dir an erster Stelle, mein lieber Randolph …«

Er sperrte die Augen weit auf, als Shannon statt einer Antwort plötzlich eine Pistole auf ihn richtete. Die anderen Kerle waren hinter ihm stehen geblieben. Thornbush begriff nicht, weshalb Shannon in dieser Situation keine andere Wahl hatte, als scharf durchzugreifen.

Shannon erklärte dem alten Freund auch nicht mehr, dass er sich gegenüber den Unterbossen durchsetzen musste, seine Autorität unter Beweis zu stellen hatte.

Shannon drückte nur ab. Und dann noch einmal.

Die beiden Kugeln aus der Beretta schleuderten den verwittert aussehenden Mann über die Betonbrüstung. Er fiel in das dichte Grün, das die Festung umgab.

Randolph Shannon war nur halb erleichtert. Seine Führungsposition war gestärkt, all right. Aber dieser verdammte Typ mit seiner Hungerpeitsche brachte zusätzliche Probleme. Eine Entscheidung war erforderlich. Eine verteufelt schwere Entscheidung. Man musste herausfinden, ob der Angler wirklich ein Angler gewesen war. Wenn nicht, konnte es eine böse Falle werden. Aber einer musste nachsehen. Shannon überlegte krampfhaft, wen er schicken sollte. Einen vom Fußvolk? Zwei Mann hatte er schon verloren. Denen fehlte der Grips, sobald es um eigenständige Entscheidungen ging. Riggin und Lombardi würden ihm etwas husten und die Armenier fühlten sich sowieso als über den Dingen stehend. Er selbst konnte es am allerwenigsten übernehmen. Wenn die Katze aus dem Haus war, tanzten die Mäuse bekanntlich auf dem Tisch. Blieb nur einer übrig. Es ging nicht anders.

Notfalls musste man ihn eben opfern. Shannon gab sich einen Ruck. Er drehte sich zu den anderen um.

»Adam«, sagte er schroff.

Der Aborigine lächelte und nickte. Er schien Shannons Gedanken gelesen zu haben. Dabei lag einfach die Schlussfolgerung nahe, um welche Art von Auftrag es sich in diesem Fall handelte.

Der Bursche sah mir wirklich verdammt ähnlich. Nur war er eben aus Kunststoff. Aber ansonsten stimmte alles überein. Die komplette grüne Anglertracht war identisch. Es gab allerdings noch einen weiteren Unterschied, und der hatte in einem platten Plastikbeutel bestanden. Mit Tierblut gefüllt, hatte er die ganze Fläche des Kunststoff-Oberkörpers eingenommen – bis er von den Kugeln zerfetzt worden war.

Ich war an der Buchtseite der Landzunge aufgetaucht, hatte mir einen kleinen Einschnitt gesucht, der vom Schilf überwuchert war und hervorragenden Sichtschutz nach allen Seiten bot. Das Unterwasserfloß mit der Ausrüstung ruhte neben mir auf dem weichen Grund. Ein verteufelt praktischer Apparat mit Elektromotor und Schraube und zwei Griffen zum Festhalten und Steuern.

Von meinem Versteck aus konnte ich die Schaufensterpuppe sehen, wie sie in ihrem Blut lag. Und all die Angel-Utensilien.

Die Männer waren jetzt vom Dach der Beton-Festung verschwunden. Was nichts heißen musste. Thornbush war aufgekreuzt, ohne dass er vorher auf dem Dach gewesen war. Also hatten sie eine optische Überwachungsanlage. Ich würde mich darauf einstellen. Die Tauchermontur hatte ich beim Wagen angelegt. Dann hatte ich die gesamte Ausrüstung bis zu einer hundert Yards südlich gelegenen kleineren Bucht geschleppt. Dort hatte ich unbeobachtet die Flossen anlegen und mit dem Schraubenfloß auf Tiefe gehen können. Den Smith & Wesson trug ich in einem wasserdichten Futteral am Gürtel.

Blubberndes Motorengeräusch erwachte auf der Insel. Ich hatte gewusst, dass ich nicht zu lange warten brauchte. Logisch, dass sie sich Gewissheit verschaffen wollten. Thornbush hatte sie durch seinen Wahnwitz in eine unkalkulierbare Lage gebracht. Ich hatte gesehen, wie Shannon den Mann erschossen hatte. Es änderte nichts daran, dass sie keine Ahnung hatten, wie weit wir bereits zur Tat geschritten waren. Oder rechneten sie allen Ernstes damit, dass wir wie gelähmte Kaninchen dasaßen, die ins aufgerissene Schlangenmaul starrten?

Das Motorboot kam näher. Ein flacher Flitzer mit Außenborder. Der erhobene Bug ratterte über das Waschbrettgekräusel der Wasseroberfläche.

Ich nahm die Harpune aus der Halterung vom Unterwasserfloß. Im Gegensatz zu dem Dienstrevolver hatte diese Waffe den Vorteil der Lautlosigkeit. Was mir gerade im Augenblick sehr gelegen kam.

Den Mann hinter der flachen Windschutzscheibe erkannte ich schon auf große Entfernung. Er brauchte sich nicht einmal aufzurichten. Shannon hatte also zumindest die Möglichkeit einkalkuliert, sich von Hucko trennen zu müssen. Shannon musste sich demzufolge auf unsicherem Posten fühlen.

Ich machte die Harpune schussbereit.

Hucko nahm Gas weg, als er auf hundert Yards heran war. Der Bug des Bootes senkte sich. Mit nachlassender Fahrt glitt es an die Landzunge heran. Der Aborigine warf ein aufgeschossenes Tau an Land und sprang hinterher. Er zog das Tau mit der linken Hand mit sich, weil es keine Befestigungsmöglichkeit gab. Mit der Rechten griff er unter seine Lederjacke, als er noch zwei Schritte von meinem Kunststoff-Ebenbild entfernt war.

Bis zu meinem Versteck waren es bestenfalls vier Schritte.

Ich hob die Harpune, sodass er den Pfeil sehen konnte.

Im Moment, in dem er zusammenzuckte, sah er auch mich zwischen dem Uferbewuchs. Er beging nicht den Fehler, seine Waffe zu ziehen. Er wusste, dass er nicht schnell genug sein würde. Sein Blick fiel auf die Schaufensterpuppe und dann auf mich. Ihm wurde alles klar.

Ich las es in seinem Gesicht, in dem noch die verkrusteten Schrammen zu sehen waren, die von dem Garagen-Unfall herrührten.

»Okay«, sagte ich. »Fronten geklärt?«

Er nickte kaum merklich, mit zusammengepressten Lippen. Er wusste, dass er von der Insel her beobachtet wurde. Gut für mich, es auch zu wissen.

»Fein«, nickte ich. »Wir fahren jetzt zusammen rüber. Das heißt, ich folge dir unter Wasser. Muss ich dir erklären, dass ich dich mit der Harpune jederzeit auch im Boot erwische?«

»Nein, das ist mir klar«, quetschte er hervor.

»Gut. Dann ziehst du jetzt dein Schießeisen so heraus, dass deine Freunde es nicht sehen können. Du legst es auf den Boden und tust dabei so, als würdest du die Leiche untersuchen. Klar?«

Er hatte alles begriffen und er zeigte äußersten Gehorsam. Seine Waffe war eine Automatic von Smith & Wesson, das Modell 645, Kaliber .45 ACP. Ausreichend, um damit auf Grizzly-Jagd zu gehen. Er richtete sich wieder auf, machte kehrt, warf das Tau ins Boot und stieg hinterher. Shannon und den anderen würde er erklären müssen, weshalb er sich nicht bei dem Geländewagen an Land umgesehen hatte – falls eine Erklärung überhaupt noch notwendig war.

Ich wartete, bis er den Außenborder angelassen hatte. Dann befestigte ich die Harpune auf dem Unterwasserschlitten, bugsierte ihn ins tiefere Wasser und startete den Elektromotor. Bevor ich tauchte, wartete ich, bis Hucko mit seinem Boot außerhalb der

Landzunge erschien. Dann folgte ich ihm – nur so weit unter der Wasseroberfläche, dass von mir nichts zu sehen war.

Er versuchte nichts. Dabei hätte er mir mühelos davonfahren können. Er war sich jedoch darüber im Klaren, dass ich mit der Harpune schnell genug war, um ihn zu erwischen, sobald er auch nur andeutungsweise mehr Gas gab. Und er glaubte fest daran, dass ich den tödlichen Pfeil auf ihn abschießen würde. Dass ich noch nie auf einen Wehrlosen geschossen hatte und es auch nie tun würde, lag zweifellos außerhalb seiner Vorstellungskraft.

Es dauerte gut fünf Minuten. Ich hatte eine Taucheruhr. Unter einem Vorhang von Trauerweiden glitten wir in den U-Boot-Bunker. Noch in der offenen Einfahrt tauchte ich kurz auf und blieb oben. Es brannte Licht, aber es war keine Menschenseele zu sehen. Die beiden U-Boot-Attrappen waren rostig, sahen schrottreif aus. Möglich aber, dass sie sich noch bewegen ließen. Sie lagen nebeneinander an dem Anleger links. Rechts lagen ein Kajütkreuzer und ein weiteres Boot mit Außenborder. Von Sheriff Folkes wusste ich, dass es an einer anderen Stelle der Insel eine regelrechte Fährstelle gab. Mit Hilfe der Fähre hatte Thornbush sogar Autos auf die Insel geholt. Folglich auch die fahrbaren Untersätze, mit denen Shannon und Co. wahrscheinlich angereist waren.

Hucko machte seinen Flitzer hinter dem anderen fest. Ich glitt auf ihn zu und löste die Handschellen vom Gurt. Ich warf sie ins Boot. Er drehte sich mit großen Augen zu mir um. Mit seinen Hypnosekräften, das wusste er, würde er nicht noch einmal bei mir landen. Ich schaltete den Vortrieb der Schlittenschraube aus und nahm die Harpune aus der Halterung. Mit der pfeilbewehrten Spitze zeigte ich auf die flache Reling des Motorboots. Er verstand ohne nähere Erklärung. Willig kettete er sich selbst mit der Stahlacht an. Ich nickte ihm zu und rauschte mit meinem Schlitten los.

Es war im Handumdrehen erledigt.

Ich pappte je eine Haftladung von unten an die beiden U-Boote, an den Kajütkreuzer und an das zweite Sportboot. Die restliche Ladung des Schlittens bestand nur noch aus Reservewaffen, Munition, dem Zündgerät und dem tragbaren Funkgerät. Ich verstaute alles im Bootsheck und zog mich an Bord. Ich streifte Flossen, Maske und Sauerstoff-Flaschen ab. Die Harpune entspannte ich und legte sie beiseite. Ich öffnete das Futteral und nahm den Dienstrevolver und die Schlüssel für die Handschellen heraus.

Ich ließ Hucko sich selbst befreien und achtete auf sein Mienenspiel. Falls er versuchte, mir die Acht an den Kopf zu werfen, würde ich schneller reagieren. Er ließ es, denn er hatte endgültig eingesehen, dass seine Karten die schlechteren waren.

»Wir machen einen Handel«, sagte ich. »Du zeigst mir den Weg zu den Geiseln. Wenn ich genug Zeit habe, um mit ihnen zu verschwinden, gehst du zu Shannon.«

Er grinste, denn er wusste, wo der kritische Punkt lag. Er konnte nicht anders als zustimmen. Alles hing davon ab, wie lange Shannon und die anderen auf ihn warten würden, ohne Verdacht zu schöpfen. Dass er sich im Bootsbunker Zeit ließ, war auf der anderen Seite plausibel. Ein Toter drüben auf der Landzunge konnte ihm keinen Dampf mehr unter dem Hintern machen.

Er stieg vor mir auf den Anleger aus Beton. Ich folgte ihm mit drei Schritt Abstand, den 357er im Anschlag. Es gab zwei Ausgänge aus dem Bunker: in frischem Grau lackierte Stahltüren links und rechts an der Stirnseite. Hucko wandte sich nach rechts. Also führte die andere Tür zu Shannons Insel-Hauptquartier. Vorausgesetzt, Hucko versuchte es jetzt nicht doch noch mit einem Trick.

Wir betraten ein Treppenhaus aus Beton. Langsam gewöhnte ich mich an diese Art der Umgebung. Zwei rechtwinklige Treppen ging es hoch, dann standen wir vor einem kahlen Korridor, in dem Leuchtstoffröhren ihr kaltes Licht ausstrahlten. Mehrere Türen zweigten auf der rechten Seite ab.

Hucko blieb vor der vierten stehen. »Hier ist es«, erklärte er. »Ich gehe jetzt los. Dann bin ich noch einigermaßen pünktlich bei Shannon.«

»Einverstanden«, sagte ich und ließ ihn marschieren.

Er war zwei Schritte entfernt, als ich die Tür aufstieß. Unverschlossen. Das Erste, was ich sah, war Phils warnender Blick. Er musste bereits meine Stimme gehört haben. Marina Below neben ihm sah erschrocken aus. Ich schnellte in den spärlich möblierten Raum. Noch in der Bewegung hieb ich den 357er sausend nach rechts. Den Mann, der dort gelauert hatte, traf es schmerzhaft. Er ließ ein kurzes Wimmern hören, dann versank er in Bewusstlosigkeit.

Ich wirbelte nach links. Der zweite Aufpasser schnellte hinter der Tür hervor. Es schien ihn aus der Fassung gebracht zu haben, dass sein Komplize versagt hatte. Er war um einen Sekundenbruchteil zu langsam. Ich setzte meine linke Handkante ein, um seine Automatic wegzufegen. Mit einer erneuten Handkante schickte ich ihn auf den Fußboden.

Ich zog das Kampfmesser aus der Gürtelscheide und durchtrennte zuerst Phils Fesseln. Er sprang von dem alten Sofa auf und nahm die am Boden liegende Automatic an sich. Ich befreite auch Marina Below von den Fesseln. Sie öffnete den Mund, um loszusprudeln. Ich schüttelte den Kopf und legte warnend den Zeigefinger auf die Lippen. Wir verließen das Zimmer. Ich übernahm die Führung.

Unbehelligt erreichten wir den Bootsbunker. Ich schickte Phil und Marina voraus, wies auf das Boot, das wir nehmen mussten. Es geschah in dem Moment, in dem ich den ersten Fuß auf den Anleger setzte.

Die Tür auf der anderen Seite flog auf.

Ich feuerte sofort. Der Magnum-Revolver ruckte, spie Feuer und Blei. Es hallte wie Donner in dem Betongewölbe. Für einen Sekundenbruchteil sah ich Riggin und Lombardi, hinter ihnen Shannon. Riggin knallte die Tür zu. Die Kugel riss Betonstaub aus dem Rahmen. Ich ging seitwärts auf den Steg. Jeden weiteren Versuch der Gangster, die Tür aufzustoßen und herauszustürmen, beantwortete ich mit einer Kugel. Sie wussten, dass ich einen Revolver hatte. Sie warteten auf den sechsten Schuss. Doch sie hatten nicht mit Phil gerechnet und noch viel weniger mit den Reservewaffen die ich mitgebracht hatte.

Mein Freund und Kollege übernahm, als ich die letzte Kugel aus dem Lauf gejagt hatte. Er ließ die Thompson-Maschinenpistole hämmern, als die Stahltür abermals aufflog. Ein Schrei gellte. Wieder zogen sie sich zurück.

Ich sprang ins Boot und startete den Außenborder. Marina kauerte auf dem Boden. Ich manövrierte vorsichtig vom Anleger weg, sodass Phil weiter vom Heck aus feuern konnte. Nach einem behutsamen Bogen beschleunigte ich in Richtung auf die offenen Bunkerausfahrt. Wir glitten auf den düsteren Vorhang aus Trauerweiden zu. Phil schickte einen letzten Feuerstoß zur Stirnwand des Bunkers.

Dann waren wir draußen.

»Festhalten!«, rief ich.

Phil ließ sich auf die Sitzbank im Heck fallen. Ich drehte das Gas auf. Das Boot beschleunigte rasant. Ich wandte mich um und zeigte auf das Zündgerät. Phil nickte. Er nahm es und löste den Zünder aus, bevor sie im Bunker in die Boote steigen konnten. Die dumpfen Schläge vereinten sich zu einem trockenen Krachen.

Dass Shannon und seine Komplizen es überlebt hatten, erfuhren wir Sekunden später. Wir waren zweihundert Yards von der Insel entfernt, als der Teufelstanz einsetzte. Maschinengewehr-Garben peitschten das Wasser. Zuckende Fontänen folgten uns. Ich legte das Boot in rasante Kurven – die einzige Chance, die wir hatten. Marina und Phil mussten sich mit aller Kraft festhalten.

Eine Maschinenkanone begann zu hacken. Die Sprenggeschosse rissen größere Fontänen hoch. Ein Schlag traf das Bootsheck. Kunststoffsplitter wirbelten hoch. Marina schrie auf. Ich hielt das Ruder mit eisernen Fäusten und zog die Kurven noch enger.

Ein neues Geräusch von der Festung trieb es eiskalt über meinen Rücken.

Ein Granatwerfer krachte dumpf. Das Orgeln hörten wir im Lärm des Außenborders nicht.

In der gischtenden Schlangenlinie der Hecksee rauschte es hoch – drei, vier Yards. Doch mindestens zwanzig Yards entfernt.

Ich war noch nicht sicher, ob wir es geschafft hatten. Aber auch die nächsten Granaten lagen viel zu weit ab. Shannon und die anderen waren keine ausgebildeten Soldaten. Während sie den Granatwerfer einsetzten, hatten sie sich ganz darauf konzentriert und die anderen Waffen verstummen lassen. Dann, als MG und Maschinenkanone erneut loslegten, lagen die Einschüsse schon fünfzig Yards hinter uns in der Wasseroberfläche.

Phil hatte das Funkgerät betriebsbereit.

Minuten später jagte ich das Boot in der Ostbucht auf den Strand. Marina brauchte unsere Hilfe nicht. Als wir hinaussprangen, war sie genauso schnell wie wir.

Ein Kampfhubschrauber donnerte über uns hinweg, noch während wir auf den Mercedes zuliefen. Drüben auf der Insel war es im Handumdrehen erledigt. Mit einer Luft-Boden-Rakete jagten die Piloten die Fähre in die Luft, die die Gangster soeben zu Wasser gebracht hatten.

Der Hubschrauber landete auf dem größten der Betondächer. Zehn Offiziere der Delta Force schwärmten aus. Kein Schuss fiel mehr. Shannon und die anderen hatten begriffen. Lebenslänglich war ihnen allen sicher, doch in diesem Moment zogen sie es einer tödlichen Kugel aus den Schnellfeuergewehren erfahrener Kämpfer vor.

Wir stiegen in den Wagen und fuhren in Richtung Kessel-Farm. Diesmal nahm ich keinen Umweg. Marina berichtete über Stepanavan und Lukasin, die derart fanatisch waren, dass sie überzeugt gewesen waren, ihre Ziele nur mit Gewalt erreichen zu können.

Ob sie jemals begreifen würden, dass sie den falschen Weg gewählt hatten, konnte ich mir kaum vorstellen.

ENDE

# Als mich die
# G-men jagten

Die Luft stand. Abendsonne wärmte Land und Wasser. Möwen kreisten wie kleine Segelflugzeuge in der Thermik, ohne Flügelschlag. Boote schnitten die Linien ihrer Hecksee in die Weite des Long Island Sound. Es roch nach Salzwasser und Atlantik und keine noch so schwache Brise brachte Bewegung in den Meeresgeruch, den auch der Fischereihafen nördlich von Wading River anreicherte.

Landzungen und Buchten gewährten dem Yachthafen private Beschaulichkeit. Weiße Kajütkreuzer und Segler waren unter sich. Ihre Eigner hatten jenen unvergleichlichen Vorzug gemeinsam, Jake Fronzini zu kennen.

Giacomo Fronzini, wie ihn seine Eltern noch getauft hatten.

Ihm gehörte der Yachthafen wie auch das angrenzende Uferland. Und die Zahl der Gäste zu Wasser war an diesem Sommerabend größer als gewöhnlich. Ihr Lärm auf den Bootsdecks stand im umgekehrten Verhältnis zu der Stille ringsum. Ich grölte mit ihnen und tätschelte Baby Janes strammen Hintern, wie es sich gehörte. Denn ich war Gianni Russo, einer von ihnen. Und alle nannten mich Jimmy.

Leonard Mole turnte wie ein Affe in den offenen oberen Ruderstand der Fronzini-Yacht. Ein paar Girls versuchten, sich an ihn zu hängen. Kichernd und kreischend fielen sie von ihm ab. Die Ersten hatten sich oben herum Luft gemacht. Da wippte Beachtliches. Leo hatte eines dieser Nebelhörner in Sprühflaschenform. Er ließ das Ding losröhren und übertönte damit alle.

»Alles hört auf mein Kommando!«, brüllte Leo, der ein gemachter Mann war. Mit sofortiger Wirkung. Deshalb durfte er die Puppen tanzen lassen. Fronzini hatte es erlaubt, nahm aber selbst nicht teil. Baby Jane vertrat ihn würdig. Leo schmetterte seinen Befehl, als stünde er auf einer Opernbühne – mit ausgebreiteten Armen: »Aaaan – ker auf! Kurrr – s Nordwest!«

Darauf hatten sie nur gewartet. Die Bassstimmen der Bootsmotoren bildeten den neuen, alles übertönenden Chor. Die Felsenufer der Bucht schienen zu erzittern, als die ersten Kajütkreuzer auf den Sound hinausdonnerten.

Dort draußen zerstörten sie die Stille. Es war, als versuchte jemand mit aller Gewalt, die Ruhe vor dem Sturm niederzubrüllen.

Die Horde tobte hinaus in die stille Weite des Wassers. Mehr als dreißig Boote waren es, die die graublauen Fluten durchwühlten. Die Schnellsten richteten ihre Rümpfe steil auf, von der bulligen Kraft ihrer Propeller in dieser Lage gehalten. Die behäbigeren Verdränger und die Segelyachten mit ihren Hilfsmotoren folgten im weiß schäumenden Feld des vereinten Kielwassers. Ein Schleier aus abendlichem Dunst hatte angefangen, den Horizont zu verhängen. Südlich von uns, hinter diesem Schleier, hockte der Gigant aus Stein und Beton. New York City. Dort machten Männer wie Fronzini ihr Geld. Dort saßen sie aber auch hinter Gittern, weil sie in ihrer Gier nach Reichtum und Macht unvorsichtig geworden waren. Ungefähr da, wo der Abenddunst begann, lag Rikers Island, New Yorks Gefängnis-Insel – eine ständige Faust im Nacken. Fronzini und seinesgleichen gaben vor, sie nicht zu spüren. Sie logen sich ihr Überlegenheitsgefühl in die eigene Tasche – ihre Unangreifbarkeit, die sie sich einbildeten.

Ich, Jimmy Russo, war der Beweis dafür, dass sie sich zu viel einbildeten. Die Zeit war nur noch nicht reif, Fronzini das zu sagen.

Ich steuerte einen Dreißig-Fuß-Kajütkreuzer, der ebenfalls Fronzini gehörte und einer der Schnellsten in der kostspieligen Flotte war. Baby Jane, die Nichte des Top-Mobsters, hatte keine Mühe gehabt, den Kahn für sich und für mich loszueisen. Für uns beide ganz allein. Baby Jane wollte keine zusätzlichen Whisky-Leichen an Bord, überhaupt nichts Störendes. Für eine

Weile hatte sie gegen Frohsinn ja nichts einzuwenden. Aber der spätere Abend sollte uns beiden allein gehören. Sie war scharf auf mich. Keine Einbildung von mir. Sie flüsterte es mir alle paar Minuten ins Ohr. Dabei tat sie sonst noch so einiges, was ihrer in Ehren ergrauten sizilianischen Gouvernante das Aussehen einer vollreifen Tomate gegeben hätte.

Ein Bursche wie Jimmy Russo musste auf so was total abfahren. Was ich denn auch tat. Ich hatte meine Rolle lebensecht zu spielen, wenn ich am Leben bleiben wollte. In dem Punkt unterschied ich mich von den verkorksten Typen in den Fernsehkrimis. Da kneifen selbst die härtesten Helden immer dann, wenn ihnen das Rasseweib aus dem gegnerischen Lager ein eindeutiges Angebot macht. Baby Jane und ich waren die Wirklichkeit, um die sie im Fernsehen dauernd ihre schamhaften Schlenker machen. Für mich war das schwarzhaarige Supergirl die Dauer-Eintrittskarte, die ich brauchte. Und für sie war ich der Macho-Held, über den sie mit Besitzerstolz wachte. Denn sie hatte mich im Fußvolk entdeckt. Und herausgepickt. Mein persönlicher Glücksfall. Als Mobster Jimmy Russo war ich dank Baby Jane zum Senkrechtstarter geworden.

Leonard Mole ließ sein Nebelhorn trompeten. Oben in seinem Ruderstand bewegte er die linke Hand kreisförmig über dem Kopf. Wir waren eine gute Seemeile von der Küstenlinie entfernt. Auf der anderen Seite des Long Island Sound lag Connecticut, in der Dunstschicht nur zu ahnen.

Die motorstarke Horde ging mit der Drehzahl herunter und fuhr zum Kreis auf, wie von Leo angeordnet. An diesem Tag konnte er befehlen, was er wollte. Alle machten mit.

Die Yachten und Boote bildeten eine schwimmende Wagenburg. Draußen legten sich die Nachzügler an die Bordwände. Taue aus bunten Kunstfasern wurden von Reling zu Reling geworfen.

Leo hob wieder die freie Hand, ballte sie zur Faust

und tat ein paar Mal, als wolle er sich auf den klotzigen Kopf klopfen. Er war nie bei der Army gewesen, musste aber irgendwie ein paar Einzelheiten aus der militärischen Zeichensprache mitgekriegt haben.

Ich gehorchte ebenso wie die anderen. Die Motoren, ausschließlich Innenborder, erstarben mit vielstimmigem Blubbern. Baby Jane hing an meiner Schulter und wisperte die heißesten Sachen. Drüben, auf der großen Fronzini-Yacht, tuschelten die barbusigen Prachtstücke und warfen Blicke zu Leo in seiner erhöhten Kommandoposition. Mit dem halslosen Kopf auf dem gedrungenen, breiten Körper sah er aus wie unter einer ständigen schweren Last. Daran änderten auch die weißen Seglerschuhe, die weißen Shorts und das blaue Polohemd nichts. Selbst in deutlich deklarierter Freizeit machte Leo den Eindruck, als hätte er schwer zu schleppen.

Für Sekunden wurde es so still wie in der ganzen umliegenden Weite des Sound. Ein Sommertag atmete seine Hitze aus. Trägheit schien von allem und jedem Besitz zu ergreifen. Gaukelei?

»Weißt du, was ein Regisseur aus dieser Szene machen würde?«, murmelte ich, indem ich mich umsah.

»Keine Ahnung.« Baby Jane wandte sich mir frontal zu. In ihrem Witz von Bikini die stärkste denkbare Herausforderung. »Hab mir nie einen Regisseur auf die Matte geholt.« Sie glückste unter ihrem Augenaufschlag.

Ich schüttelte tadelnd den Kopf. »Gibt es denn für dich keine andere Möglichkeit, etwas zu lernen?«

»Ich kenne keine bessere. Also – was würde dein Regisseur anstellen?«

»Hm – erst die Stille zeigen, das ruhige Wasser, die schlappen Fahnen der Boote …«

»Und dann?« Baby Jane versorgte sich mit einer Zigarette von der Ablage neben den Armaturen. »Soll das eine spannende Geschichte werden, Jimmy?«

»Logisch. Als Nächstes lässt der Junge ein bisschen Wind aufkommen – so aus dem Nichts heraus. Verstehst du?«

»Aus dem Nichts? Nein.«

»Meine Güte! Der Wind hat etwas Unheilvolles.«

»Wie schön du das beschreiben kannst!«, schwärmte Baby Jane paffend. »Und weiter?«

»Die Kamera schwenkt ein paar Mal und zeigt Typen, die auf irgendetwas oder irgendjemanden warten. In Großaufnahme zieht einer seine Finger lang, dass die Gelenke knacken. Zum Beispiel.«

»Und dann passiert's?« Sie schnippte die halb aufgerauchte Zigarette ins Wasser.

»Erst mal kommt richtiger Wind auf. Sturm sogar.«

»Jetzt weiß ich, was du meinst!«, rief Baby Jane mit einer wegwerfenden Geste. »Mit dem Wind kommen die finsteren Kerle, die alles zusammenschießen.«

»So ungefähr.«

Sie grinste. »Komm mit runter und lass uns Hollywood spielen.«

»Im Ernst?« Ich runzelte die Stirn. »Gerade jetzt, wo die Party richtig losgeht?«

Auf den Bootsdecks ging es wieder rund.

»Es ist Leos Fest«, erklärte Baby Jane und damit war der Fall für sie erledigt.

Ich folgte ihr über den Niedergang in die Kajüte. Vom watteweichen Teppichboden bis zum CD-Player fehlte es an nichts. Und die Luft war im Grunde noch besser als draußen, denn die Klimaanlage filterte den Geruch heraus. Baby Jane zog die Vorhänge zu. In dem Punkt war sie eigen. Irgendwo hatte für sie die Öffentlichkeit ihre Grenzen.

Ich holte die Drinks aus der Kühlbox. Als karrierebewusster Mobster musste ich wissen, wie weit meine Dienstleistungen zu gehen hatten. Ich fragte mich allerdings manchmal, ob ich bei Fronzinis Nichte unter dem Pantoffel stand. Jedes Mal beruhigte ich mich damit, dass es bestenfalls für ihre Verwöhnbereiche galt. Überall dort, wo angemessene Männlichkeit gefragt war, durfte ich meine Macho-Rolle spielen. Nachts, nach dem Theaterbesuch etwa, wenn die Lungerer von Midtown Manhattan Unflätiges riefen. Dann zog ich so einem Strolch schon mal die Ohren lang und Baby Jane freute sich über mich, ihren Beschützer. Auf den Gartenpartys, die wir gemeinsam besuchten, zog mein Girl gern eine Schau ab. Beim Tanzen zeigte sie all ihren Konkurrentinnen, was Sache war. Sie hatte das in diesen heißen Filmen gesehen, bei denen einem klar wird, dass Tanzwettbewerbe das wirklich Wichtige im Leben sind. Keine Lady kam nach so einer Vorführung auf die Idee, dass ich außer Baby Jane noch anderweitige Interessen hatte.

Die Vorhänge filterten das späte Sonnenlicht, und die Doppelverglasung dämpfte den Lärm.

Auf einer der Yachten hatten sie Boxen an Deck geschleppt und die dazugehörige leistungsstarke Stereoanlage aufgedreht. Salsa pulste in das Rund der schwimmenden Wagenburg. Auf den Decks begannen sie zu tanzen. Shorts, Shirts und Bikinis bestimmten das Bild. Eiswürfel funkelten in schlanken Gläsern, brachen Sonnenstrahlen, die den ersten rötlichen Schimmer annahmen. Auch die feinen Wolken von Zigarettenrauch sogen sich mit diesem blassen Rot voll. Leo Mole harrte oben in seinem Ruderstand aus, doch nun hatte er seine Girls heraufgelassen. Zu dritt umschmiegten sie ihn mit ihren nackten Brüsten und sie verwöhnten ihn mit Drinks und Zigaretten.

Plötzlich hatte er eine Idee. Er tauchte zwischen den Bikinihöschen hinunter und kam mit dem Nebelhorn wieder hoch. Die Girls kreischten und hielten sich die Ohren zu, als er es über ihren Köpfen schmettern ließ. Drüben drehten sie die Anlage herunter, und Tanzen und Eiswürfelklirren hörten auf.

»Ich will ein Wasserballett!«, schrie Leo. »Alle Nixen führen mir ein Wasserballett vor! Jetzt gleich, bevor es dunkel wird! Macht die passende Musik dazu!«

Die Männer unter den Festteilnehmern klatschten Beifall. Die Girls, die nur noch ihre Bikinihöschen trugen, hüpften begeistert. Andere, die sich für vornehmer hielten, rümpften die Nase.

»Los, ihr Grazien«, knurrte Leo und wandte sich grinsend seinen Gefährtinnen zu. »Nun geht mal mit gutem Beispiel voran. Zeigt diesen ahnungslosen Weibern, was ein richtiges Wasserballett ist!«

Da Leo Moles Wünsche allen Befehl waren, ließen sich auch die drei Grazien nicht zweimal auffordern. Es würde sich auf jeden Fall auszahlen, in Zukunft bei Leo gut angeschrieben zu sein. Unter diesem Gesichtspunkt musste man alles sehen – angefangen damit, dass man sich mit ihm über seinen Aufstieg freute, und beileibe nicht endend damit, dass man ihm jeden nur denkbaren Gefallen tat.

Auf den Yachten wurden die Badeleitern herausgehängt. Die mutigeren Girls riskierten elegante Kopfsprünge. Das Wasser war lauwarm nach den vielen Sonnentagen. Nur diejenigen, die das Baden nicht gewohnt waren, benutzten die Leitern. Auf den Decks klatschten und johlten die Männer. Der, der die Stereoanlage bediente, legte eine Compact Disc von Tom Jones auf. Der Tiger von Wales besang das grüne Gras seiner Heimat mit einem verhaltenen Vibrato, das den Nixen eine Gänsehaut bescherte.

Alle waren im Wasser.

»Und jetzt – im Takt!«, brüllte Leo Mole. »Wenn ich bitten darf!« Er hatte sich an Backbord aufgestellt und bewegte die Arme wie ein Dirigent, dem lediglich der Taktstock fehlte.

Kichernd und hustend vom Wasserschlucken versuchten die Girls, einen großen Kreis zu bilden. Aus den Boxen dröhnten die Bässe des getragenen Songs, und die Tigerstimme erfüllte die Luft mit machtvollen Schwingungen. Die fremde Frequenz, die sich hineinmischte, lag nur knapp über den Bässen. Es mochte ein Fehler in der Anlage sein, irgendetwas, das da übersteuerte. Das Geschehen im Wasser war beachtenswerter, eine Augenweide die nackte Haut, wie von flüssigem Kristall umspült. Tatsächlich versuchten die Nixen, sich mit ausgestreckten Armen bei den Händen zu fassen und die Beine im Takt der Musik zu bewegen. Leo Mole klatschte Beifall, alle anderen taten es ihm nach. Das fremde Dröhnen schwoll an. Es schoss von außen in den Kreis, nutzte die drei oder vier Yards, die zwischen einem Kajütkreuzer und einer Segelyacht freigeblieben waren.

Die Schreie gellten erst, als das fremde Motorboot schon mittendrin war.

Die Schrecksekunde schien endlos, lähmte alle.

Schüsse krachten. Die Kugeln stanzten schmetternd Löcher, brachten Schreie zum Schrillen. Auf den Decks der Yachten warfen sich die Männer hin. Leo Mole ließ sich fallen und ihm grauste vor dem langen Weg, der ihn von seiner Beretta trennte.

Aus dem Einzelfeuer wurde ein Hämmern. Immer noch dröhnten Bässe und die Stimme des Mannes aus Wales. Die Entsetzensschreie zerstörten die Makellosigkeit seines Gesangs. Aus den Lochmustern in den Bootsrümpfen wurden die ersten Splitter gefetzt. Weiße Polyesterscherben segelten durch die Luft wie kleine fliegende Untertassen. Die Schießer im offenen Boot benutzten Schnellfeuergewehre und Maschinenpistolen. Das Stakkato verdichtete sich zum Donner, der zwischen den Bordwänden hin und her rollte. Knapp vor den Yachten rissen die Geschosse Fontänen aus dem Wasser. Die Fontänen fingen ein paar von den Kunstharzstücken auf und jonglierten mit ihnen.

Das Boot hatte seine Fahrt gestoppt, dümpelte im selbst verursachten Wellengang. Die bewaffneten Männer standen breitbeinig und sicher im offenen Heckraum. Nur wenige Frauen schrien noch. Die Todesangst wirkte lähmend auf die meisten. Einige waren in Gefahr, vor Entsetzen wie ein Stein abzusacken. Die Beherzteren unter ihnen versuchten, die

154

Bootsleitern zu erreichen. Mit ihren Schwimmbewegungen peitschten sie das Wasser in panischer Hast.
Wasserfontänen folgten ihnen, rasten an ihnen vorbei,
ließen sie in ihrer Hast vom chromblitzenden Leiter-
gestänge abgleiten. Kugeln prasselten dabei erneut in
den glasfaserharten Kunststoff der Rümpfe.

Nicht mehr als zehn Sekunden waren vergangen.

Erst jetzt schafften es die ersten von Leonard Moles
Freunden, an ihre Waffen zu gelangen. Hart hackten
Automatic-Pistolen ihr Einzelblei in die Kreismitte.
Die Schießer antworteten mit Hohngelächter und
neuen Feuerstößen. Leo, der wutzitternd den Niedergang hinunterglitt, sah, wie schräg gegenüber gleich
zwei seiner Freunde getroffen wurden. Sie kriegten
nicht einmal sofort mit, dass sie getroffen waren, schienen keinen Schmerz zu empfinden, wie man es so oft
über Schusswunden las. Aber sie spürten die Gefahr
und warfen sich hin. Den einen hatte es in der Schulter
erwischt, den anderen im Oberarm. Nichts Lebens-
gefährliches, aber ein deutliches Zeichen, was daraus
hätte werden können.

Leo Mole heulte vor Wut. Er ahnte, dass er nicht
mehr rechtzeitig an seine Waffe herankommen würde.
Und was konnte er schon ausrichten!

Der Innenborder des flachen Boots heulte los. Der
Propeller schäumte das aufgewühlte Wasser auf. Die
Schießer feuerten weiter, während der weiße Flitzer
schon davonpreschte, auf die Lücke zu, durch die er
gekommen war. Bassdröhnen und Singstimme blieben
allein. Das Lied war immer noch nicht zu Ende. Das
fremde Brummen entfernte sich rasch.


Baby Jane hängte sich an mich wie ein Mehlsack, nur
bei weitem nicht so unförmig. Sie schaffte es tatsächlich, mein Durchstarten zu verzögern.

»Nein!«, schrie sie. »Nein, verdammt noch mal! Halt
dich da raus! Das geht dich nichts an!«

Ich hatte keine Zeit, sie vom Gegenteil zu überzeugen. Ich schüttelte sie ab und rannte los, auf Niedergang und Schott zu. Dabei versuchte ich, ihren lauten Protest zu überhören. Keine leichte Sache. Außerdem rappelte sie sich jetzt ebenfalls auf und folgte mir. Ich trug nur meine karierten Badeshorts. Mit einem Zwischenspurt entwischte ich meiner nackten Verfolgerin. Eine Sekunde später war ich oben im Ruderstand und ließ die Maschine kommen. Mein Luxuskahn gehörte zu den wenigen, die keine ernsthaften Treffer abgekriegt hatten. Hinter mir keuchte Baby Jane heran.

Bevor sie durch das offene Schott hereinstürmen konnte, wurde ihr schlecht. Ein Vibrieren ging durch den Rumpf des Kajütkreuzers, als ich die Regler nach vorn schob. An Steuerbord war keine andere Yacht. Ich konnte den Kreis nach außen verlassen. Aus den Augenwinkeln heraus sah ich das Unfassbare. Seit Jahren hatte es im organisierten Verbrechen niemand mehr gewagt, solche unmissverständlichen Zeichen zu setzen. Baby Jane war nicht die Einzige, der sich die Haare sträubten. Ich sah Männer, die wie Statuen auf den Bootsdecks standen und noch immer nicht begreifen konnten, was sich abgespielt hatte.

Aus Leonard Moles Wasserballett war ein Weltuntergang geworden. Stimmungsmäßig.

Im wahrsten Sinne des Wortes.

Der Flitzer der Schießer rauschte nach Nordosten davon, auf Greenport zu, wo der offene Atlantik nicht mehr weit war. Seine Hecksee war ein gischtender Fächerwinkel. Die entstehenden Wellen versetzten den Kreis der Boote in hektisches Auf und Ab. Leo Mole brüllte etwas, aber ich konnte ihn schon nicht mehr verstehen. Ich stieß die Regler bis zum Anschlag vor. Die Maschinen wummerten unter den edlen Decksplanken aus kalifornischem Hartholz. Der Bug des Kajütkreuzers stieg empor, als wollte er Kurs auf den Himmel nehmen. Mit zweimal 300 PS aus zweimal acht Zylindern hatte ich alle Kraft, die ich mir wünschen konnte. Und Leo wusste, dass ich über die Yacht mit der größten Leistung verfügte.

Alles andere in dem vom Schock erstarrten Kreis war weit weniger brauchbar.

Die Schießer schafften mit ihrem Renner einen Vorsprung von etwa tausend Yards. Dann vergrößerte sich der Abstand nicht mehr. Ich langte nach dem Glas, das links neben mir hing. Mit der Linken hob ich es an die Augen, mit der Rechten hielt ich eisern das Ruder. Vier Kerle waren es, die das Entsetzen in die ausgelassene Runde gebracht hatten. Vier Männer, die schlimmer sein mussten als Raubtiere. Denn sie hatten gezeigt, wozu sie fähig waren: Ihre Opfer waren wehrlos gewesen, und sie hatten sich allein auf eben jene wehrlosen Frauen konzentriert.

Natürlich hatten sie aus der Rückendeckung eines Befehls heraus gehandelt. In einer der vielen Buchten mussten sie gelauert und Leo Moles Fest zu Wasser beobachtet haben. Per Funk hatten sie sich weitere Anweisungen geholt. Anders konnte es nicht gewesen sein. Einen Schlag von so ungeheurer Tragweite nahmen diese Typen nicht auf ihre eigene Kappe.

Ich holte auf. Die vier Schießer hockten auf den Sitzbänken, starrten herüber und luden ihre Waffen nach. Der fünfte Mann kauerte über dem Steuerruder und drehte sich ab und an um. Langsam mussten alle fünf begreifen, dass der Kajütkreuzer ihnen überlegen war. Was sie aber nicht begreifen konnten, war die Tatsache, dass ich ernsthaft vorhatte, in den Wirkungsbereich ihrer Waffen vorzudringen.

Ich – allein im Ruderstand, und niemand sonst an Bord zu sehen.

Baby Jane, die gekrümmt und grüngelb im Gesicht hereinwankte, zählte in diesem Fall als Person nicht. Ich hatte vor, den fremden Mobstern das Gegenteil zu beweisen. Ich musste es tun, denn ohne mein Girl konnte ich nichts ausrichten.

157

Ich drosselte die Maschinen, als ich auf achthundert Yards heran war. Mit ihren Schnellfeuergewehren konnten sie mir bald gefährlich werden. Ich zeigte auf den Klappsitz rechts vom Ruder. Ausnahmsweise war Baby Jane gehorsam. Sie setzte sich und hielt sich den Bauch. Ihr war übel, weil sie eine blühende Fantasie hatte. Möglich auch, dass es an den vielen Filmen lag, die sie sich reinzog. Diese Filme, in denen Menschen massenhaft abgeschlachtet werden. Wahrscheinlich stellte Baby Jane sich gerade vor, was Hollywood aus Leo Moles Wasserballett gemacht hätte. Oder was bei nächster Gelegenheit daraus werden könnte. Gern hätte sie den Kopf geschüttelt, als sie zu mir aufblickte. Ich sah es ihr an. Aber sie fürchtete wohl, dass diese heftigen Bewegungen ihren Zustand noch verschlechterten.

»Bist du verrückt?«, keuchte sie gegen den Maschinenlärm an. »Das sind Borzas Leute!«

»Ich hätte es mir fast gedacht«, erwiderte ich mit ruhigem Lächeln.

»Ja und?«, schrie sie. Im selben Moment krümmte sie sich heftiger, schloss die Augen und senkte die Stimme. »Lass es sein, Jimmy, um Himmels willen! Willst du uns denn beide ins Unglück stürzen?« Es klang beinahe verzweifelt, was sonst ganz und gar nicht Baby Janes Art war.

»Unsinn«, entgegnete ich. Spöttisch fuhr ich fort: »Ich will den Helden spielen. Das ist es.« Mein Lächeln fiel weg. »Und jetzt habe ich keine Zeit für Palaver. Du kennst den Waffenschrank unten in der Kajüte?«

»Ja, aber …« Baby Janes Augen wurden groß.

»All right. Dann geh runter und hol mir, was ich brauche. Aber pass auf, dass man nichts von dir sieht. Die Jungs da vorn könnten dich mit einer Zielscheibe verwechseln.«

»Ja«, hauchte sie. Es war kaum zu hören. Sie starrte mich an und las die Entschlossenheit in meinem Gesicht. Das machte sie ergriffen.

Ich drehte mich wieder um, kontrollierte meinen Kurs und die Entfernung. Wir gingen auf die siebenhundert Yards zu. In mir keimte der Verdacht auf, dass der Gangsterflitzer absichtlich Fahrt wegnahm. Aber seine Hecksee rauschte unvermindert eindrucksvoll. Ich spähte kurz durch das Fernglas. Die Schießer saßen auf den Bänken, bewegungslos. Ihre Waffen waren also einsatzbereit. Sie sahen aus wie lauernde Hunde.

»Wenn du den Schrank aufmachst und davor stehst«, sagte ich laut, ohne den Kopf zu wenden, »siehst du ein paar Sachen, die dein Onkel da drin aufbewahrt.«

Baby Jane nickte. Sie hatte den Schrank schon besichtigt. Sie fuhr nicht das erste Mal auf diesem stolzen Schiff. Meist benutzten es die Leibwächter, wenn Jake Fronzini mit seiner Yacht in See stach. Der Geleitschutz musste wendiger und stärker motorisiert sein als das zu schützende Objekt. Und gut bewaffnet. Logisch. Es fehlte praktisch nur eine Bordkanone, die Sprenggeschosse verfeuerte. Aber Don Giacomo wollte ja nicht der Coast Guard Konkurrenz machen. Er hatte etwas annähernd Gleichwertiges, aber weniger Wuchtiges im Waffenschrank.

»Schnellfeuergewehre, Maschinenpistolen«, fuhr ich fort. »Und ganz rechts dieses Riesending, das MG 42.«

Baby Jane sperrte den Mund auf und kriegte ihn nicht wieder zu. »Und das soll ich …?«

»Willst du das Ruder übernehmen?«

»Himmel, nein!«

»Also streng dich ein bisschen an. Du wirst es schaffen. Ich brauche das Maschinengewehr und das Dreibein. Dann die beiden Gurtkästen. Die sind unten im Schrank, wo die Munition ist.«

»Ist das alles?«

»Ja.«

»Also gut, es ist ja fast nichts.« Sie hatte ihren Sinn für Humor wiedergefunden.

»Im Augenblick sieht es wie eine Spazierfahrt aus«, warnte ich sie. »Aber es ist keine.«

Sie schluckte jeglichen Kommentar hinunter und machte sich an die Arbeit. Ich kümmerte mich um Kurs und Maschinenleistung. Das Schießerboot hatte seine Fahrt nicht verändert. Der Mann am Steuerruder holte alles heraus, was herauszuholen war. Es musste so gewesen sein, wie ich vermutet hatte. Ich hatte die bärenstarken Achtzylinder des Kajütkreuzers ungewollt ein bisschen gekitzelt.

Die Küstenlinie von Long Island war mittlerweile nicht mehr zu sehen. Von Connecticut, im Nordwesten, hatten wir ohnehin die ganze Zeit nur diesen schwachen Streifen erkennen können. Jetzt war auch das weg. Das Tageslicht nahm einen Grauton an, klares Indiz dafür, dass die Sonne endgültig auf dem absteigenden Ast war. Hinter uns, hinter dem Häusermeer von New York City, verschwand der Feuerball im Dunst. Ich fragte mich, ob die Bootsleute mit ihrem Flitzer wirklich auf die offene See hinauswollten. Dort war ich ihnen mit dem Kajütkreuzer zehnmal mehr überlegen als im Sound. Möglich, dass aus dem Abenddunst dichter Nebel wurde. Für den Fall hatte ich das Radargerät. Und das Mittel, das ich gegen ihre Vier-Mann-Feuerkraft hatte, kannten sie noch nicht.

Nein, sie konnten nicht allein auf Flucht setzen. Es musste ein Versteck geben, eine Art Stützpunkt. Möglich, dass sie auf Verstärkung hofften. Ich nahm noch einmal das Fernglas zur Hand. Die Entfernung betrug jetzt siebenhundert Yards. Natürlich, sie hatten ein Funkgerät, wie vermutet. Es wurde Zeit. Ich hatte nicht vor, mich in eine Falle locken zu lassen.

Von Baby Jane hörte ich zuerst nur das Keuchen. Sie gab ihr Letztes, schuftete sich fast die Kehle aus dem Hals. Als Erstes sah ich die Mündung des Maschinengewehrs mit dem harten kleinen Stahltrichter. Dann die durchlöcherte Ummantelung des Laufs. Ich hielt das Ruder mit der Linken, wandte mich halb nach hinten und packte zu.

Baby Jane war froh, als sie über der oberen Stufe des

Niedergangs auftauchte. Sie holte angestrengt Luft. Das Maschinengewehr lag rechts zu meinen Füßen. Mit einem Handzeichen gab Fronzinis Nichte mir zu verstehen, dass sie jetzt die restlichen Sachen holen würde. Ich hielt den Kajütkreuzer auf Kurs und suchte den nördlichen Horizont mit dem Fernglas ab. Noch konnte ich nichts ausmachen, was für mich schwerwiegende Folgen hätte haben können. Da waren ein paar Segler, die zur Küste strebten, als machten sie uns die Bahn frei. Mehr nicht. Dies war ein Sommerabend für lauschige Partys in den Bootshäfen.

Baby Jane wuchtete erst das Dreibein und dann die beiden Gurtkästen herauf. Sie folgte und kauerte sich neben mich.

»Du kannst hochkommen«, sagte ich. »Du musst das Ruder übernehmen. Noch ist keine Gefahr.«

Sichtlich zweifelnd richtete sie sich auf. Dann aber nickte sie. Ich ließ sie meinen Platz einnehmen und sah sofort, dass sie keine Anfängerin war. Wer zu Fronzinis engstem Familien- und Freundeskreis gehörte, wusste mit Wasserfahrzeugen umzugehen. Besonders mit jenen der Luxusklasse.

»Volle Kraft«, ordnete ich an. »Kurs gleichbleibend.« Baby Jane presste die Lippen zum Strich zusammen und schob die Regler bis zum Anschlag. Maschinen und Schrauben drückten das Heck des Kajütkreuzers tiefer ins Wasser. Entsprechend hob sich der Bug, und wir konnten das Mobsterboot nicht mehr sehen. Folglich konnten sie auch mein Girl und mich nicht sehen. Nur diesen schlanken weißen Bug, der da auf sie zurauschte. Gut so. Ich fing an, in Gedanken Sekunden zu zählen, und montierte das Dreibein unter das Maschinengewehr. Dann klappte ich die rechte Hälfte der Windschutzscheibe auf. Ein Gemisch aus Luft und Gischt wehte herein. Der Geruch von Tang und Salzwasser kam hinzu. Kein starker Luftzug jedoch, nur das bisschen Fahrtwind, das wir selbst verursachten. Ich stellte beide Gurtkästen auf die Konsole und hob das Maschinengewehr mit dem Dreibein auf die untere Fensterbrüstung. Zwei der stahlstachelbewehrten Beine fanden dort Platz. Es genügte. Ich öffnete den Verschlussdeckel und legte den ersten Gurt ein. Die Visierung stellte ich auf dreihundert Yards ein. Mit dem nötigen kraftvollen Ruck lud ich durch und entsicherte. Ich hörte auf mit dem Sekundenzählen. Fronzinis MG 42 war kein Museumsstück. Es war in den sechziger Jahren gebaut worden, drüben in West Germany. Auf verschlungenen Wegen hatte er es in die Staaten gebracht.

»Maschinen stopp!«, kommandierte ich. »Und runter mit dir!«

Sie brauchte den Befehl nicht zweimal. Sie zog die Regler zu sich heran und ging in die Hocke. Das Steuerruder hielt sie dabei sicher in der ursprünglichen Stellung.

Der Bug senkte sich wie ein Fahrstuhl. Das gischtende Kielwasser des Flitzers kehrte in mein Blickfeld zurück. Und mit dem nachlassenden Maschinendröhnen hörte ich das Prasseln.

Es war das Prasseln von kupferummanteltem Blei.

Sie hatten sich auf den Bug des Kajütkreuzers eingeschossen. Entfernung hundert Yards.

Bevor sie sich auf die neue Lage eingestellt hatten, zog ich durch. Das Maschinengewehr schnarrte mit seiner ungeheuren Feuergeschwindigkeit. Die mächtige Schulterstütze rüttelte mich durch. Aber ich hielt die Visierlinie. Die ersten beiden Fünfer-Feuerstöße sägten Lochreihen in das Vordeck des Flitzers. Weiter hinten warfen sich die Kerle zwischen die Sitze. Der Mann am Ruder duckte sich, hielt die Fahrt.

Entfernung zweihundert Yards.

Ich ging mit der Schulter nur um Haaresbreite höher. Der Kajütkreuzer dümpelte nur noch mäßig.

Feuerstoß Nummer drei zerschmetterte die Windschutzscheibe knapp links neben dem Mann in tausend kleine Scherben. Er ließ sich fallen. Wohl ungewollt, verlor das Boot an Fahrt. Einen Atemzug lang sah es aus, als würde er es aus der Kontrolle verlieren. Doch dann hatte er das Ruder wieder in der Gewalt, hielt es kauernd fest und sah die See nicht mehr.

Einer der Kerle witterte Morgenluft, kam mit seiner Maschinenpistole in die Senkrechte.

Baby Jane schrie entsetzt, als sie das Kugelprasseln hörte, das bis zu den vorderen Kajütfenstern heraufwanderte – knapp unter uns. Entfernung dreihundert Yards.

Rechtzeitig zog ich durch – drei, vier Feuerstöße hintereinander. Das Maschinengewehr schnarrte mit seinem unvergleichlichen Klang, und der Gurt rasselte aus dem Blechkasten in die Höhe. Mit der ersten Garbe erwischte ich den Maschinenpistolen-Schießer an der Schulter. Die Wucht des Einschusses reichte. Er flog quer über zwei andere, die in der Deckung hinter den Sitzen versuchten, ihre Waffen in Anschlag zu bringen.

Alles Weitere jagte ich in das Bootsheck, knapp über der Schraube. Die Kugeln hieben den weißen Kunststoff in Stücke. Nur um die Kerle in Deckung zu halten, schickte ich nach jedem zweiten Feuerstoß ein paar Projektile in die Rückenlehnen der Sitze. Schaumstoffflocken wirbelten hoch und senkten sich wie überschwere Federn.

Ich brauchte den Gurtkasten nicht einmal vollständig zu leeren.

Ein bizarres Lochmuster klaffte bereits über der Propellerwelle. Die Geschosse hatten sich tief in den Bootskörper hineingefressen. Die Hecksee des Flitzers schmolz in sich zusammen. Der Wellenschlag endete. Da quirlte kein Propeller mehr.

»Geh auf Gegenkurs!«, rief ich.

Baby Jane gehorchte, legte das Ruder nach Steuerbord und richtete sich vorsichtig ein Stück auf. Während sie langsam die Regler vorschob, zwang ich die Nasen der Mobster mit weiteren Bleigarben nach unten. Der eine, den es an der Schulter erwischt hatte,

hatte das Bewusstsein verloren. Verglichen mit den Girls in der schwimmenden Wagenburg, hatte er nicht mal einen richtigen Schreck gekriegt. Aber er und seine Komplizen hatten die Lektion geschluckt. Garantiert. Baby Jane erhöhte die Fahrt, als der Gegenkurs anlag.

Vorsorglich schickte ich noch ein paar Kugeln nach achteraus auf die Reise, indem ich das Maschinengewehr in Hüftanschlag nahm und den Lauf durch das offene Schott stieß.

Sekunden später waren wir außer Schussweite.

Ich entlud und sicherte das Maschinengewehr und ließ es zu Boden sinken. »Gut gemacht«, sagte ich und klopfte meinem Girl auf die Schulter.

Strahlend sah sie mich von der Seite an. »Ich hab doch nicht viel getan, Jimmy. Du hast die Schweine fertig gemacht. Du ganz allein. Bloß – warum hast du sie nicht erledigt?«

Ich schaltete das Funkgerät ein und klinkte das Mikro aus. »Es ist so …«, sagte ich gedehnt. »Leo und die anderen werden nicht drum herumkommen, die Cops zu verständigen. Was da passiert ist, können wir nicht unter uns bereinigen. Richtig?«

Baby Jane nickte. Sie biss sich auf die Unterlippe. »Stimmt, du hast Recht. Und die verdammten Borza-Schweine?« Sie deutete nach hinten, ohne sich umzudrehen, warf lediglich den Kopf kurz in den Nacken.

»Dafür haben wir unsere Handlanger«, entgegnete ich lächelnd. Ich vergewisserte mich. Dazu rief ich zuerst Leo Mole über Funk. Er bestätigte, was ich vermutet hatte. Die zuständige Kriminalabteilung der Polizei in Wading River war bereits verständigt. Und auch der Alte wusste Bescheid. In gewissen respektlosen Situationen wurde das Familienoberhaupt so genannt. Bei Leonard Mole kam das höchst selten vor. Dass er es tat, ließ einen Rückschluss auf den Zustand seiner Nerven zu. Ich berichtete, erhielt ein erstes knappes Lob über die drahtlose Verbindung und dann die Erlaubnis, der Coast Guard den mundgerechten Happen zu servieren.

Ich rief die zuständige Küstenstation und setzte meinen Funkspruch anonym ab. Bevor ich das Ruder wieder übernahm, spähte ich noch einmal mit dem Fernglas nach Nordosten.

Das Boot der Mobster lag an der ursprünglichen Position. Sie kriegten den Innenborder nicht wieder flott. Ich sah, wie sie ihre Waffen über Bord warfen. Es würde ihnen nichts nützen. Der Umkreis, in dem die Taucher zu suchen hatten, stand fest und war begrenzt. Und Fingerabdrücke lösten sich selbst in Salzwasser nicht so schnell auf.

Fronzini überließ die Gegner dem Gesetz. In diesem Fall blieb ihm nichts anderes übrig. Aber sie hatten ihn zutiefst beleidigt, hatten seine Mannesehre an ihrer empfindlichsten Stelle getroffen. Rache würde er in gewohnter Weise üben. Nein, schlimmer als je zuvor. Das zu verhindern war ich in meiner Undercover-Rolle nicht in der Lage. Und ich hatte noch nicht die Position erreicht, um an entscheidende Informationen heranzukommen, die ich meinem Freund und Kollegen Phil Decker übermitteln konnte.

Leonard Mole hatte die ersehnte Position an diesem Tag erreicht. Er war ein ›Made Guy‹ geworden, ein ›gemachter Mann‹, wie sie sich im Mob ausdrückten. Es bedeutete, dass sie ihn aufgenommen hatten. Jahrelang hatte er nur für sie gearbeitet, wie Tausende anderer, die zum Fußvolk gehörten. Schließlich hatte er sich bewährt. Deshalb hatte Fronzini ihn zum festen Mitglied gemacht.

Don Giacomo brauchte gute Leute. Die Auseinandersetzungen mit seinem Erzfeind Dario Borza erforderten Wachsamkeit und wirksamen Schutz.

Das Blei-Inferno, das Borzas Schießer an diesem Sommerabend angerichtet hatten, sprengte den Rahmen all dessen, was bislang vorstellbar gewesen war.

Zwölf Frauen hatten beim Wasserballett für Leo Mole einen schweren Schock erlitten, waren ins Hospital gebracht worden. Auch die beiden verwundeten Männer.

Baby Jane und ich erfuhren es, als wir in Fronzinis Privatbucht zurückkehrten. Draußen vor der Bucht wimmelte es von Polizei- und Coast-Guard-Kreuzern. Die mutmaßlichen Borza-Mobster waren mittlerweile festgenommen worden.

Baby Jane und ich gaben unsere Aussage zu Protokoll, wie man es von anständigen Bürgern erwartete. Wegen des deutschen Maschinengewehrs würde es keine größeren Schwierigkeiten geben. Das MG 42 war offiziell als Sammlerwaffe registriert, desgleichen die anderen Waffen im Kajütkreuzer. Don Giacomo hatte nur den Fehler gemacht, sie nicht unter Verschluss zu halten, wie es normalerweise bei Sammlerwaffen vorgeschrieben war. Dass Waffen-Freaks auch die passende Munition gleich mitsammelten, war durchaus üblich.

Mir, dem Mobster Jimmy Russo, konnte eigentlich niemand einen rechten Vorwurf machen. Ich hatte nur die verfügbaren Mittel genutzt, um eine übermächtige Horde von Gangstern zur Strecke zu bringen. Dass ich sie der Coast Guard ausgeliefert hatte, trug mir zusätzliche Pluspunkte ein.

Baby Jane konnte sich wirklich keinen besseren Vorzeigemann wünschen.

Und Jake Fronzini sollte seine echten Schwierigkeiten auch noch kriegen. Über kurz oder lang. Ich hatte vor, dafür zu sorgen.


Bevor er sich entschloss, den Innenhof zu betreten, blieb Garfield Stakes eine halbe Zigarettenlänge bei Crawford im Monitor-Kontrollraum. Die Videobilder aus vier verschiedenen Blickwinkeln zeigten die Männer unverändert an derselben Stelle. Der Zierteich im Innenhof faszinierte sie. Nach Crawfords Auskunft beobachteten sie die Goldfische und Karpfen schon seit einer halben Stunde.

Sehr geduldig.

Stakes grinste, obwohl ihm nicht danach zu Mute war. Die drei Männer hatten etwas von dieser öligen Eleganz, wie man sie seiner Meinung nach nur in jenen Ländern antraf, die südlich von Texas lagen. Das Haar glatt und bläulich schwarz glänzend, die Anzüge cremefarben bis weiß, die Schuhe aus einer hellen, grobleinenartigen Struktur. Mendez, DeLope und Echeverria. Mendez gab den Ton an. Alle drei hielten sich für bedeutende Geschäftsleute, zudem noch mit Rückenstärkung durch eine politische Mission. Offizielle Vertreter ihres mittelamerikanischen Landes waren sie nicht. Aber ihren Reden nach kämpften sie für die Sache des Volkes – mit allen Mitteln, bis zum letzten Blutstropfen, wenn es sein musste.

Es würde nie sein müssen. Das wussten sie genau. Nur deshalb riskierten sie eine so dicke Lippe. Und von allen Qualitäten, die sie zu besitzen vorgaben, existierte nur die eine – jene allerdings, die für Jake Fronzini ausschlaggebend war. Einzig und allein. Mendez, DeLope und Echeverria hatten das Geld, das man brauchte, um die Umsätze zu tätigen, die Don Giacomo in seiner Branche brauchte. Es war kein Geheimnis, woher die Latinos ihr Geld hatten. In der Bergwelt ihres chaotischen Landes gediehen noch immer die feinen Mohnpflanzen, deren Blätter so gut wie Dollarnoten waren.

Sie verkauften das aufbereitete Zeug aus den Kapseln an ihre nordamerikanischen Geschäftsfreunde. Auch Fronzinis Familie gehörte selbstredend zum Abnehmerkreis. All die Geschäftsfreunde machten ein Vielfaches aus dem Geld, das sie an ihre Lieferanten zahlten. Und dann konnte man es ihnen wieder abknöpfen, wenn man selbst etwas zu liefern hatte, was sie da unten in ihrem Chaos dringend brauchten. Ein feiner Kreislauf war das. Und alle Beteiligten bemühten sich nach Kräften, dass er erhalten blieb.

Die Gewinnspanne wurde natürlich in dreistelligen Prozentzahlen gerechnet.

Kein Problem bei einer Ware, deren Gestehungskosten die Señores nicht einmal in ihren kühnsten Träumen nachvollziehen konnten.

Stakes legte dem Monitor-Überwacher die Hand auf die Schulter. »Meinst du, dass sie etwas mitgekriegt haben?«

Crawford blickte zu dem schlanken strohblonden Mann auf. »Bestimmt nicht. Dann müssten sie schon Meister im Verstellen sein. Und langweilig scheint es ihnen auch nicht geworden zu sein.«

Stakes nickte und stieß einen zufriedenen Brummlaut aus. Crawford hatte schon Hunderte von Geschäftsfreunden Fronzinis vor Verhandlungsbeginn beobachtet. Crawford hatte seine Erfahrungen. Die Tipps, die er dem Don oder dessen persönlichem Berater Stakes gegeben hatte, waren immer Gold wert gewesen.

»Was finden sie an dem verdammten Tümpel?«, fragte Stakes.

»Wahrscheinlich fehlt ihnen so was noch«, meinte der Mann in dem bequemen Drehstuhl achselzuckend. »Ist es nicht bergig – da, wo sie herkommen?«

»Kann schon sein.«

»Vielleicht ist dann das Wasser knapp.«

»Hm.« Stakes nahm seine Hand von der Schulter des anderen und wandte sich zum Gehen. »Gib Don Giacomo das Signal, wenn ich drin bin.«

Crawford brummte zustimmend. Er konnte alle Räume der ehemaligen Farmgebäude über Sprechanlagen erreichen. Ebenso die entscheidenden Punkte in der benachbarten Fabrik. In bestimmten Zimmern waren zusätzlich Signalgeber installiert – akustisch oder nur optisch. Lämpchen unterhalb eines Schreibtischs etwa. Diese Dinger konnte kein Besucher sehen, wohl aber derjenige, der hinter dem Schreibtisch saß.

Garfield Stakes öffnete die Tür zum Innenhof. Fronzini hatte das riesige Haupthaus raffiniert umbauen lassen. Der Architekt hatte sich austoben dürfen. Nichts erinnerte mehr daran, dass sich in diesen Mauern einmal Wohn- und Wirtschaftsräume einer Farm befunden hatten.

Die Latinos wandten sich um, noch immer am Rand des Zierteichs. Über ihnen fiel das letzte Tageslicht durch die hohe Glaskuppel. Palmen und großblättrige Feigenbäume warfen Schatten. Die Dämmerungsschalter ließen die ersten kleinen Pilzleuchten zwischen den Ziersträuchern anfangen zu glimmen.

Stakes ging mit ausgebreiteten Armen auf die Männer zu. »Señores, ich muss Sie um Verzeihung bitten! Don Giacomo lässt Ihnen sein Bedauern übermitteln. Er wird in wenigen Minuten zur Stelle sein. Eine dringende Familienangelegenheit – wie gesagt …«

»Aber ich bitte Sie!«, rief Mendez. Sein Englisch hatte den harten, rollenden Akzent des Spanischsprachigen. Er war mittelgroß und neigte deutlich zum Bauchansatz. Sein rundes Gesicht glänzte wie von Schweiß, obwohl die Klimaanlage angenehm kühle Luft gleichmäßig verteilte. »Dieses Schauspiel der Fische ist eine tolle Idee! Darauf muss man erst einmal kommen! Wirklich gelungen, sehr gelungen.«

Die beiden anderen nickten beifällig.

Stakes zwang sich, nicht die Stirn zu runzeln. So einfältig waren sie ihm zu Anfang nicht vorgekommen – sich von ein paar Goldfischen und Karpfen aus dem Häuschen bringen zu lassen! Womöglich erzählten sie ihm gleich noch, dass sie Briefmarken sammelten. »Nun …«, erwiderte er gedehnt, »Don Giacomo hat die lieben Tierchen persönlich ausgesucht. Das sind keine gewöhnlichen Goldfische und keine gewöhnlichen Karpfen.«

»Dann muss der Hecht ein Feinschmecker sein«, sagte DeLope. »Er ist sich doch hoffentlich der Tatsache bewusst, was für teure Leckerbissen ihm da dauernd vors Maul schwimmen!« DeLope lachte, und seine beiden Landsleute stimmten mit ein.

Garfield Stakes starrte die Lachenden an. Ihm fehlte der Humor für diese Heiterkeit. Hastig trat er an den Latinos vorbei an den Rand des Tümpels.

»Ich schätze«, überlegte Echeverria, »dass der Bursche einmal die Woche Nachschub braucht – bei dem Tempo, wie er sich voll frisst. Und eines Tages stirbt er an Herzverfettung!«

Wieder hallte ihr Gelächter durch das hohe Rund des Innenhofs.

Stakes glaubte zu spüren, wie sich jedes einzelne seiner Nackenhaare aufrichtete. Ein toter Karpfen trieb mit dem Bauch nach oben zwischen Seerosen. Das allein war nicht erschreckend, es war mehr das fast faustgroße Loch, das in der Flanke des dicken Fisches klaffte – von scharfen Zähnen gerissen. Die Halme des Zierschilfs bewegten sich. Und dann sah Stakes ihn deutlich im klaren Wasser. Über dem Grund aus weißem Kies zeichnete sich sein hässlicher langer Körper wie gestochen ab.

Der Hecht war fast einen Yard lang. Beinahe lässig stieß er vor und erwischte einen Goldfisch. Vielleicht war es schon der Letzte, denn Stakes konnte keine anderen mehr erblicken. Der Goldfisch zappelte und verschwand im breiten Maul des Raubfischs, war kaum mehr als ein Appetithappen. Wahrscheinlich würde sich das Vieh anschließend über die Hauptmahlzeit hermachen, den Karpfen.

Stakes konnte sich nicht beherrschen. Nicht nach allem, was geschehen war.

Er riss die Automatic unter dem Jackett hervor, lud durch, entsicherte und feuerte. Dreimal hintereinander. Die Schüsse dröhnten. Wasser spritzte hoch. Der raue Fischleib peitschte, bäumte sich auf. Stakes erwischte ihn mit jeder Kugel. Voller Genugtuung beobachtete er, wie eines der Geschosse den breiten Kopf des Raubfischs zerschmetterte. Das Peitschen und Aufbäumen endete. Es kehrte Ruhe im Teich ein.

Die Latinos waren erschrocken zurückgewichen.

Stakes sicherte die Waffe und verstaute sie im Gürtelholster. Er wandte sich zu Fronzinis Kunden um. »Señores«, sagte er eindringlich, »ich muss um Ihre Mithilfe bitten. Don Giacomo darf nichts von diesem Zwischenfall erfahren. Er hat gerade eine starke Belastung durch die – Familienangelegenheit hinter sich. Ich möchte ihm zusätzliche Aufregung ersparen. Die Goldfische waren sein besonderer Stolz, die Karpfen mehr zur Bereicherung des Speiseplans.«

Mendez und die beiden anderen starrten ihn an. Sie begriffen. »Ich an Ihrer Stelle«, entgegnete Mendez mit gefurchter Stirn, »würde schnellstens herausfinden, wer Ihnen diesen bösartigen Streich gespielt hat. Aber noch wichtiger ist vermutlich das Wie.«

»Sie sagen es«, erwiderte Stakes dumpf. Er blickte in eine der Videokameras. Crawford hatte genug gesehen und gehört. Auch Mikrofone waren installiert, zwischen den Kletterpflanzen verborgen. Der Mann im Monitorraum war zuverlässig und intelligent. Er würde wissen, dass er gegenüber Don Giacomo kein Wort über den Zwischenfall zu verlieren hatte.

Die Latinos folgten Stakes vom Teich weg, auf die Sitzgruppe aus weißen Kunststoffsesseln zu.

»Selbstverständlich werden wir nichts davon erwähnen«, versicherte Mendez. »Unsere Interessen berühren ja in keiner Weise die örtlichen Probleme, mit denen Sie hier belastet sind.« DeLope und Echeverria nickten beipflichtend.

Garfield Stakes bedankte sich zähneknirschend. Dass es solche örtlichen Probleme gab, konnte er zumindest nicht dementieren.

Jake Fronzini erschien im Innenhof, als sei der Überfall im Sound nicht geschehen. Stakes musste ihn wieder einmal bewundern. Don Giacomo hatte sich fantastisch in der Gewalt. Möglicherweise war das eines der Geheimnisse seines Erfolges. Wer mit ihm zu tun hatte, würde kaum jemals herausfinden, was wirklich hinter dieser freundlich-verbindlichen Miene vor sich ging. Jake Fronzini war ein Mann, der gemütlich und humorvoll wirkte. Untersetzt, mit rundem Kopf, grauschwarzem Haarkranz, buschigen Brauen und Knollennase war er alles andere als ein gefährlich wirkender Mensch. Und mit seinen dreiundsechzig Jahren, so vermuteten die meisten, musste er längst jenseits von Gut und Böse sein.

Er begrüßte seine Geschäftspartner händeschüttelnd und scherzend und versprach ihnen, dass er nun nur noch für sie Zeit haben werde – bis der Rest des Abends vorbei sein würde. Die Latinos schätzten solche bildhaften Vergleiche. Mendez äußerte seine Überzeugung, dass der Geschäftsabschluss praktisch schon perfekt sei. Er könne sich nicht vorstellen, dass man mit einem Ehrenmann wie Don Giacomo überhaupt über so nebensächliche Dinge wie Vertragskonditionen reden müsse. Das erledige sich doch sicherlich wie von selbst zur beiderseitigen Zufriedenheit. Fronzini seinerseits konnte sich gut vorstellen, dass diese Burschen Meister im Sprücheklopfen waren. Schließlich kannte er seine Pappenheimer. Das Ausschlaggebende war nur, wie heiß sie auf die Ware waren, auf deren Herstellung und Lieferung er sich spezialisiert hatte.

An der Westseite des Hauses stand ein offener Jeep Cherokee bereit. Stakes schwang sich auf den Fahrersitz, während sich Fronzini nach hinten zu seinen Gästen setzte. Stakes startete den allradgetriebenen Wagen und fuhr im Schritttempo, damit Don Giacomo seine Erläuterungen geben konnte. Das ehemalige Farmgelände kannten die Latinos bereits.

Stakes beschränkte sich daher auf das Rondell mit der Blumeninsel. Einen Blick auf die Privatbucht vermied man ohnehin besser. Die Polizeiboote waren zwar abgezogen worden, aber dort unten herrschte immer noch Aufregung.

Stakes fuhr auf die mehr als mannshohe Backsteinmauer zu, die bis an die Steilküste reichte und das Wohngrundstück von der Fabrik trennte. Wild wachsendes Buschwerk verdeckte den größten Teil der Mauer. Auf der anderen Seite standen hohe Platanen, die schon von den früheren Grundeigentümern gepflanzt worden waren. Die Fertigungs- und Lagerhallen der Fabrik waren nur aus dem oberen Stockwerk des Haupthauses zu sehen.

Stakes verringerte das Tempo vor der Pforte und betätigte den funkgesteuerten Öffner. Die Pforte glitt zur Seite. Stakes fuhr hindurch und drückte noch einmal den Knopf der Funksteuerung. Hinten im Wagen erklärte Fronzini, dass die Fabrik früher Teile für Schiffsausrüstungen produziert habe, all dieses Einbauzeugs, vom einfachen Schapp bis zum Sessel von Offizierskabinen. Stakes drehte die übliche Runde um die drei großen Hallen. Dann parkte er den Wagen in der Mitte zwischen den u-förmig angeordneten Gebäuden. Seine Gedanken waren bei dem Hecht im Zierteich. Crawford würde hoffentlich bereits erste Nachforschungen eingeleitet haben. Der schwitzende Latino hatte Recht. Wie, in aller Welt, war es möglich gewesen, dass sie den Raubfisch in den Teich praktiziert hatten?

Das Signal, das Borza damit gegeben hatte, war unmissverständlich: Ihr seid unterwandert!

Teuflisch.

Stakes verspürte ein inneres Vibrieren, das aus seiner unbändigen Wut herrührte. Diese Wut würde sehr bald ein Ventil brauchen. Das wusste er.

Fronzini erklärte seinen Gästen unterdessen, dass er wichtige Teilbereiche der Fertigung unter die Erde verlagert habe – insbesondere solche Bereiche, bei denen die Geheimhaltung an erster Stelle stand.

Sie nahmen den Kellereingang von Halle C und betraten eine fensterlose Halle, deren Wände weiß getüncht waren. Mehrere rot lackierte Stahltüren befanden sich in der Wand zur Linken.

»Wir gehen in den Beobachtungsgraben«, erklärte Fronzini seinem persönlichen Berater.

Stakes verharrte und sah ihn an. Erst in dieser Sekunde dämmerte ihm, dass Don Giacomo seine Wut und seinen verletzten Stolz keineswegs verdrängt hatte. Unter der Oberfläche seines undurchdringlichen Gesichts loderte es. Stakes hatte eine vage Ahnung, was der Don aus seinem grenzenlosen Zorn heraus tun würde. Die Gelegenheiten dazu würden sich vielfältig bieten. Eine Kriegserklärung wurde mit Krieg beantwortet.

Natürlich.

Diesen Dingen konnte man sich widmen, wenn die Geschäfte erst einmal abgewickelt waren.

Der schlanke blonde Mann gab sich einen Ruck und tastete den Code ein, der die elektronische Verriegelung der zweiten Stahltür öffnete. Stakes trat zur Seite. Fronzini bat seine Gäste mit einer Handbewegung herein. Die Mienen der Latinos spiegelten gespannte Erwartung. Fronzini warf seinem engsten Vertrauten einen knappen Blick zu und nickte. Nun wusste Stakes Bescheid. Es war alles für eine Vorführung arrangiert. Eine besondere Vorführung

Der Beobachtungsgraben war ein schmaler Gang, kalkweiß und gut zwei Yards hoch. Eine Kette von Leuchtstoffröhren sorgte für kalte Helligkeit. An der einen Seite standen sechs Scherenfernrohre auf Stativen. Die abgewinkelten Augen der Fernrohre zeigten oben in einen waagerecht verlaufenden Schlitz im Beton.

Stakes schloss die Tür. Rechts daneben wurde ein Monitor sichtbar, der den Männern im Beobachtungsgraben stets zeigte, was sich draußen in der Halle abspielte.

»Señores«, sagte Fronzini und deutete auf den Mauerschlitz über ihren Köpfen. »Der Beton ist überall einen Yard dick. Nur dort oben haben wir einen halben Yard Panzerglas eingelassen. Es besteht hundertprozentige Sicherheit. Sie werden das System TOMCAT in absolut realistischem Einsatz erleben.«

»Wie realistisch?«, fragte Mendez, während sich De-Lope und Echeverria bereits je ein Scherenfernrohr aussuchten.

»Lassen Sie sich überraschen«, erwiderte Fronzini mit einem angedeuteten Zwinkern. Er blickte auf seine Armbanduhr. »Die Vorführung beginnt in genau zwei Minuten. Sie haben Zeit, sich mit der Optik vertraut zu machen.«

Mendez folgte dem Beispiel seiner Landsleute. Stakes versuchte nicht, irgendeine Bemerkung aus Fronzini herauszukitzeln. Don Giacomos Gesichtsausdruck zeigte diese Härte, die klarmachte, dass ihn nichts dazu bringen würde, sich hinter die Fassade schauen zu lassen. Dennoch war Stakes überzeugt, genau zu wissen, was geschehen würde. Es stand in direktem Zusammenhang mit dem Feuerüberfall vor der Küste. Keine direkten Verwandten waren zu Schaden gekommen. Ausnahmslos hatte es sich um Freundinnen oder Gespielinnen guter Freunde gehandelt. Einige der Girls gehörten zur käuflichen Sorte. Es änderte so gut wie nichts. Und Jake Fronzini hätte sich für fällige Vergeltungsmaßnahmen auch dann entschieden, wenn keine Kunden aus Mittelamerika da gewesen wären.

Stakes nahm das Fernrohr links neben DeLope. Fronzini postierte sich auf der anderen Seite neben Mendez. Die Optik der Fernrohre hatte Weitwinkelfunktion. Das mächtige Panzerglas war so klar wie eine Fensterscheibe.

Mendez und seine Begleiter sahen die Arena zum

ersten Mal. Gehört hatten sie schon viel davon. Befreundete Waffenhändler hatten darüber berichtet.

Das riesige unterirdische Oval hatte die Größe eines Football-Stadions. Es war taghell erleuchtet. Die Flutlichtanlage befand sich unter diffus streuendem Panzerglas in der Decke. An der linken Schmalseite, vom Beobachtungsgraben aus gesehen, gab es Zielobjekte vor einem mächtigen Wall aus Sand: Figuren aus Pappe in einem Dschungel aus künstlichen Pflanzen. Die Pappfiguren waren in Tarnfarben bemalt, trugen die uneinheitliche Kleidung von Guerilleros. Der Rest der Arena war aufgewühlter Erdboden, von Furchen und Kratern durchzogen. Knapp unter der Decke waren an verschiedenen Stellen ähnliche Schlitze wie die des Beobachtungsgrabens zu sehen: Öffnungen für Druckausgleich und Frischluftzufuhr.

»Ein paar Hinweise vorweg«, sagte Fronzini, ohne sich von den Okularen zu lösen. Er redete gegen die Betonwand unmittelbar hinter dem Stativ. »Sie haben die vertraulichen Informationen über TOMCAT erhalten, Señores.« Er stellte es als Tatsache fest, wartete daher auch keine Antwort ab. »Dann wissen Sie über das Grundsätzliche Bescheid. Lassen Sie mich die entscheidenden Eigenschaften hervorheben: extreme Geländegängigkeit, große Reichweite der Funkfernsteuerung und umgekehrt der Bildübertragung, starke Panzerung, Störanfälligkeit des elektronischen Systems praktisch gleich null. Den Trumpf behalte ich aber noch im Ärmel.« Fronzini grinste den Beton an. »Sie werden selber sehen.«

Garfield Stakes warf einen verstohlenen Blick zu Don Giacomo. Doch das Familienoberhaupt reagierte nicht, schien jetzt nicht weniger gespannt zu sein als die Latinos. Für Stakes stand es nun fest: Dies war der Auftakt. Der Beginn der Rache. Jake Fronzini machte Ernst. Dario Borza sollte es zu spüren bekommen, musste es zu spüren bekommen. Fronzini würde ihm eine Videoaufnahme von dem Geschehen schicken. Das System TOMCAT war ohnehin kein Geheimnis mehr. Borza und andere hatten es längst ausspioniert. Nur nachbauen konnten sie es nicht. Und vermutlich wollten sie es auch nicht. Die Investition für eine Fabrikanlage war gewaltig. Sie hatten ein System in Auftrag gegeben, das dem TOMCAT bei weitem nicht gewachsen war. Borza wollte es bislang nicht wahrhaben, doch er verfolgte die Pläne auch nicht weiter. Mit Rauschgifthandel ließ sich schnelleres Geld machen. Und größerer Profit. Doch Jake Fronzini dachte weiter als alle anderen. Viel weiter.

Den Kunden aus Mittelamerika blieb keine Zeit für eine Antwort.

Drüben, auf der anderen Seite der stadiongroßen Halle, öffnete sich eine Tür aus Beton. Sie war auf Rollen gelagert. Das konnten auch die technisch nicht vorgebildeten Zuschauer erkennen.

Drei menschlich aussehende Figuren tappten in das weite Oval, von den Funksignalen ihrer Bewacher getrieben, die jedoch unsichtbar hinter der Tür blieben. Die Figuren sahen aus wie zu kantig geratene Frankenstein-Kopien. Der eine war grün, der andere rot, der Dritte blau lackiert. Ein dick bereifter Karren holperte hinter ihnen her und kam nach zwei, drei Yards zum Stehen. Die Roboter verharrten, standen geduckt wie abwehrbereite Tiere, spähten nach allen Seiten. In ihren Bewegungen wirkten sie äußerst menschlich. Borzas Techniker hatten zumindest in der Hinsicht gute Arbeit geleistet. Die stählernen Figuren spähten mit ihren Augen aus Fotolinsen. Doch da waren nichts als aufgewühlte Leere und der nachgemachte kleine Dschungel mit den Pappkameraden.

Stakes kannte die drei Monster in der Arena, Borzas Produkte. Jeder in Fronzinis Mannschaft kannte sie. Brutus, Kong und Zacko. Ihre Fähigkeiten waren absolut menschlich. Sie konnten sämtliche Körperbewegungen präzise ausführen, konnten durch eingebaute Computer sprechen und sich untereinander auch durch Sprache verständigen. Die entsprechend codierten Befehle erhielten sie über Funk. Gegenüber wirklichen Menschen hatten die drei Frankensteins den Vorteil, fast unverwundbar zu sein. Ihre stählerne Außenhaut hielt normalen Geschossen stand. Dennoch war ihr System dem des TOMCAT unterlegen. Don Giacomo hatte die Figuren während eines Transports kidnappen lassen. Stakes grinste bei dem Gedanken. Zählte so was als Kidnapping? Entführung von nachgemachten Menschen? Der Angriff auf Leonard Moles Bootsparty war um der Sache willen geschehen – ein Vergeltungsakt, der jeden Rahmen sprengte. Das Trio Brutus-Kong-Zacko hätte davon so oder so nicht profitiert. Die Typen konnten so ziemlich alles, aber Gefühle hatten sie eben nicht.

Brutus war der grüne Robotmann, Kong der rote und Zacko der blaue.

Hinter ihnen schlug die Betontür zu. Die Beobachter an den Scherenfernrohren konnten es nicht hören, sahen indessen, wie die drei Alleingelassenen tatsächlich zusammenzuckten und sich erschrocken umdrehten. Erst jetzt schienen sie auf den Karren aufmerksam zu werden, aber das lag an der Fernsteuerung durch Fronzinis Männer.

Da es sonst nichts zu sehen gab, gingen die Frankensteins auf den Karren zu, zögernd zunächst, aber dann schneller. Brutus griff in die kastenförmige Ladefläche und holte ein Schnellfeuergewehr heraus. AR 16, das altbewährte. Kong und Zacko folgten seinem Beispiel. Außer Schnellfeuergewehren hatte der Karren Maschinenpistolen zu bieten – die guten alten 45er Thompsons. Und Handgranaten. Die drei Borza-Roboter rätselten und redeten miteinander. Immer wieder schickten sie besorgte Blicke in die Runde. Sie hatten keine Ahnung, was ihnen bevorstand.

»Der Bursche, die Apparate fabriziert hat …«, erklärte Fronzini gedehnt, »meint, dass man sie für den Einsatzfall wie richtige Menschen kleiden könnte. Dann würden sie kaum von Menschen zu unterscheiden sein.«

»Der besagte Bursche …«, fügte Stakes grinsend hinzu, »glaubt noch daran, dass sein System unschlagbar ist. Wir liefern ihm jetzt den Gegenbeweis.« Er hörte DeLope neben sich murmeln.

»Gladiatoren – por Dios, die sind wie Gladiatoren!«

Hombre, du triffst den Nagel auf den Kopf, dachte Stakes und schmunzelte.

Im nächsten Moment gab es nichts mehr zu murmeln.

Bei dem Waffenkarren wirbelten die drei Roboter herum. Ihre Bediener hatten sich gut auf sie eingefuchst, hatten aber auch genug Zeit zum Üben gehabt. Wieder schreckte ein Geräusch die kantigen Gestalten auf. Es stammte von einem garagengroßen Betontor, das sich nun öffnete – nur wenige Yards von der Tür entfernt. Sie schloss so dicht, dass sie kaum noch zu erkennen war.

Was da aus dem Tor rumpelte, war für die Beobachter lautlos. Borzas Männern allerdings musste das Kettenrasseln durch Mark und Bein gehen.

Ein olivgrünes Monstrum.

TOMCAT Mark IV.

Fronzini brauchte es nicht noch einmal zu erläutern. Mendez, DeLope und Echeverria wussten, dass es sich um die neueste Entwicklungsstufe des Waffensystems handelte.

Das TOMCAT sah aus wie ein Panzer, nur kleiner, schmaler und viel eleganter. Es war nur ein paar Inches länger als ein VW Golf. Die beiden scheinwerferartigen Augen hatten schusssicheres Glas und bargen die Aufnahmeoptik, die dem Mann an der Funkfernsteuerung ein klares Monitorbild lieferte – fast so, als säße er als Fahrer in dem Mini-Panzer. Doch TOMCAT konnte mehr als ein Mensch, hatte auch hinten Augen. Dadurch, mittels der eingebauten Fischaugen-Linsen, erreichte es einen Blickwinkel von annähernd 360 Grad. Der geringe tote Winkel an den Flanken war durch Sensoren gesichert. Wer es jemals schaffte, dorthin vorzudringen, wurde durch Selbstschussanlagen zerhackt. Der flache Turm und die Frontpartie waren mit verschiedenen Geschützrohren gespickt.

Das TOMCAT rollte mit elegantem Schwung bis in die Mitte der Halle. Dort blieb es stehen und drehte sich ein Stück auf der Stelle – rechts herum, bis es den Robotern zugewandt war wie ein glotzendes Tier.

Brutus, Kong und Zacko standen geduckt und wie festgenagelt. Der kleine Panzer war zehn Yards von ihnen entfernt. Noch schienen sie nicht die leiseste Ahnung zu haben, was sie tun sollten. Jeder Zuschauer ahnte es. Es war wie in einem Fernseh-Quiz. Die Kandidaten wussten vor lauter Aufregung nicht, wie viel eins und eins ist.

»Kennen diese drei Roboter das System?«, wollte Echeverria wissen.

»Berechtigte Frage«, entgegnete Fronzini. »Nein, sie selber kennen es nicht. Die Führungsspitze der Organisation, für die sie hergestellt wurden, ist allerdings über TOMCAT informiert. Aber manche Informationen lässt man eben nicht bis zur Basis durchsickern.«

Die Mittelamerikaner grinsten.

»Ich nehme an«, sagte Mendez, »Sie lassen die Burschen absichtlich nur gegen eines von diesen Superdingern antreten.«

»Sie treffen den Nagel auf den Kopf«, erwiderte Fronzini. »Mal sehen, ob drei mit Elektronik voll gestopfte Figuren in der Lage sind, ein TOMCAT auszutricksen. Ich bin gespannt.«

Garfield Stakes wusste, dass der Don in diesem Punkt nicht aufschnitt. Praktische Erprobungen des Systems standen noch aus. Zwar waren die ersten Exemplare an ihren Bestimmungsorten angekommen

und dort auch von Fronzinis Fachleuten zusammenge-
setzt worden, doch über Kampfeinsätze lagen noch
keine Berichte vor. Die Vorschusslorbeeren für TOM-
CAT waren allerdings riesig. Ähnliche Systeme, wie
sie bei Polizei und Militär verwendet wurden, hatten
jeweils nur ein begrenztes Aufgabengebiet. Das waren
keine Allround-Systeme wie das Fronzinis und seiner
Techno-Freaks.

»Es geht los«, flüsterte Stakes andächtig, als das
TOMCAT in der Arena eine ruckende Bewegung
machte und sofort wieder stillstand.

Das Turm-Maschinengewehr hämmerte. Die Beobachter konnten es schwach hören.

Knapp vor den Schuhspitzen der Borza-Robots stiegen Sandfontänen auf. Feine Schwaden schlugen
ihnen ins Gesicht. Hastig, die freien Stahlgliederhände
hochgerissen, wichen sie zurück.

Das TOMCAT stand abwartend da. Tat nichts.

Brutus handelte als Erster. Er brüllte etwas. Sein
Frankenstein-Gesicht schien sich zu verzerren, als er
das Schnellfeuergewehr in den Schulteranschlag riss.
Er zielte sorgfältig. Kong und Zacko gingen hinter
dem Karren in Deckung.

»Er versucht jetzt, die elektronischen Augen zu zerschießen«, sagte Fronzini. »Eine völlig natürliche
Reaktion. Er hat begriffen, dass er es ebenfalls mit
einem Roboter zu tun hat. Und er denkt, dass er die
vermeintlich schwächsten Stellen erwischen kann.
Allerdings begeht er den entscheidenden Fehler, das
TOMCAT für unflexibel zu halten.«

»Weil er nicht in Deckung geht?«, sagte Mendez mit
angehaltenem Atem.

»So ist es. Die beiden anderen sind da schon etwas
schlauer. Meine Mitarbeiter simulieren all diese
Vorgaben natürlich.«

»Oder die anderen sind ängstlicher.«

Der Grüne hatte das Gewehr auf Einzelfeuer
gestellt. Er schickte die erste Kugel aus dem Lauf. Ein

blassroter kleiner Flächenblitz platzte vor der Mündung auf. Der Schuss war im Beobachtungsgraben nur als Klatschen zu hören. Brutus hielt die Waffe in der Visierlinie und feuerte abermals. Dann noch einmal. An dem Funkeln seiner Linsenaugen war abzulesen, dass die Kugeln keinerlei Wirkung erzielten. Brutus schwenkte das Gewehr und schoss auf das andere elektronische Aug. Das TOMCAT stand unbeweglich wie ein Klotz.

Kong und Zacko riefen etwas, wobei sie abwechselnd nur für einen Moment den Kopf hinter dem Karren hoben. Brutus hörte nicht auf sie. Er feuerte weiter, versuchte andere Stellen des panzerartigen Fahrzeugs zu treffen, die möglicherweise empfindlicher waren. Dann erst begriff er, sah ein, dass es keinen Sinn hatte. Scheinbar wutentbrannt schleuderte er das Gewehr zu Boden. Er wirbelte herum, wollte zu seinen Kumpanen in Deckung.

Rasant rollte das TOMCAT an. Im Fahren schwenkte das Turm-Maschinengewehr nach links. Es hämmerte, während der Robot-Panzer noch fuhr. Die Kugelgarben pflügten den Boden und schnitten Brutus den Weg ab. Er prallte zurück. Wie eine Wand standen die hochgerissenen Sandfontänen vor ihm. Das Maschinengewehr verstummte. Brutus war auf der Hut. Er wusste, wenn er weiterlief, forderte er gezielte Schüsse heraus. Das TOMCAT stand still.

Kong kam blitzschnell hoch und tauchte mit dem Oberkörper in den Karren. Brutus musste ihm etwas zugerufen haben. Kong warf dem Grünen eine Tommygun zu und rollte Handgranaten wie kleine Bälle über den Boden. Brutus hatte die Maschinenpistole geschickt aufgefangen. Nun ging er in die Knie und stopfte sich je eine Handgranate in die linke und die rechte Hosentasche.

»Madre mia«, murmelte DeLope. »Irgendwie wirkt das so lächerlich. Der Mann, der die Kampfmaschine steuert, muss sich doch halb totlachen.«

»Man könnte es ein Lehrstück über menschliches Verhalten nennen«, entgegnete Garfield Stakes. »Wer zum ersten Mal mit dem TOMCAT konfrontiert wird, traut ihm einfach keine Intelligenz zu. Und, was schwerwiegender ist, er zieht keine Konsequenzen aus dem, was die Kampfmaschine ihm gerade eben vorgeführt hat.«

DeLope und seine beiden Landsleute nickten an den Fernrohren.

Draußen in der Arena zeigte der verborgene Fernsteuerer, dass Brutus lediglich begriffen hatte, dass der Schutz spendende Karren und seine beiden Freunde unerreichbar fern waren. Langsam, in geduckter Abwehrhaltung, hob der grüne Roboter die Thompson bis zum Hüftanschlag. Vorsichtig, als könnte es der Maschine verborgen bleiben, lud er durch und entsicherte. Darüber, dass er wie auf dem Präsentierteller stand, schien er sich nicht im Klaren zu sein. Es gab keine Alternative für ihn und er unterschätzte die Fähigkeiten des TOMCAT.

Er feuerte. Die Thompson rüttelte in seinen Fäusten, stieß gegen seine Stahlhüfte. Hellrote Blitze zuckten wie rasend aus der Mündung. Brutus begann, rückwärts zu gehen.

Der Robot-Panzer reagierte nicht, stand da wie ein stumpfsinniges Tier, das den Hummeln, die da auf seine Haut prasselten, beim besten Willen keine Bedeutung beimessen konnte.

Brutus schrie vor Wut und Fassungslosigkeit. Er war auch auf diesen Gefühlsausbruch programmiert. Die Beobachter konnten es nicht hören, aber sehen. Er fächerte die Kugelgarben. Auch das nützte nichts. Er hörte auf zu schießen, beging aber nicht den Fehler, die Maschinenpistole wegzuwerfen. Immer noch rückwärts gehend, zog er eine Handgranate aus einem taschenartigen Fach an der Hüftgegend, riss den Zünder ab und warf das pockennarbige Ei in flachem Bogen über den Erdboden. Zielgenau.

Mit kleinen Hüpfern rollte es dem TOMCAT zwischen die Ketten.

Fronzini und Stakes bemerkten, wie die Aufmerksamkeit der Latinos wuchs. Ein entscheidender Moment, wobei sie eigentlich wissen mussten, dass eine Handgranate keine panzerbrechende Waffe war. Wenn sie einen Beweis liefern konnte, dann den, dass die Kampfmaschine unten herum keine verwundbaren Stellen hatte.

Brutus wirbelte herum und warf sich in eine Erdmulde.

Die Handgranate riss dem Robot-Panzer einen Krater zwischen die Ketten. Die Detonation war als dumpfer Schlag im Beobachtungsgraben zu hören. Mehr nicht. Das olivgrüne Monstrum setzte sich in Bewegung. Brutus sprang auf, schleuderte die zweite Handgranate, schnappte sich die Thompson und rannte drei, vier Schritte weiter. Er rollte sich in eine tiefe Spurfurche.

Die Explosion der Granate schleuderte dem TOMCAT einen Schwall von Erde auf die Geschützrohre. Die Splitter verursachten nicht mehr als Kratzer auf der Panzerung.

Brutus sah entnervt aus, als er wieder hochkam und seine Flucht fortsetzte. Die Linsenaugen waren groß und geweitet und schienen ihm aus den metallenen Höhlen zu quellen. Er schaffte es bis zu dem künstlichen Dschungel mit den Pappkameraden. Der Erdwall dahinter mochte zusätzliche Sicherheit geben. Vielleicht ließ er sich überklettern.

In Panik klammerte sich ein Mann an die absurdesten Möglichkeiten. Das wussten auch die Kunden aus Mittelamerika. Ebenso wurde ihnen klar, dass die Maschine dem Grünen absichtlich die Flucht in den Kunststoff-Dschungel erlaubt hatte.

Fünf Yards vor dem nachgemachten Grün blieb das TOMCAT stehen.

»Jetzt holen wir den Trumpf aus dem Ärmel«, sagte

Fronzini. »Natürlich können die elektronischen Augen das Dickicht ebenso wenig durchdringen wie menschliche Augen. Aber wir haben da ein paar nette kleine Hilfsmittel.«

Der Robot-Panzer schien zu lauern. Dann bewegte er sich ein paar Mal vor und zurück und änderte seine Position seitwärts – erst nach links, gleich darauf nach rechts. Eines der Rohre in der Front der Maschine bewegte sich.

Jäh schoss eine Feuerzunge in den Dschungel. Nur zwei oder drei Yards weit in das Dickicht. Eine rauchende Gasse entstand, gesäumt von schmelzendem, schwarz tropfendem Kunststoff.

Am Ende der Gasse wankte Brutus schreiend zurück.

Der Flammenwerfer erlosch mit einem Züngeln. Das Turm-Maschinengewehr machte Schluss. Zwei kurze Feuerstöße genügten. Die Einschüsse packten Brutus wie eine Faust und schleuderten ihn gegen den Erdwall. Eine kleine schweflige Rauchsäule stieg aus dem eckigen Frankenstein-Kopf.

Die Männer aus Mittelamerika standen mit offenem Mund an den Scherenfernrohren.

»Das war's«, erklärte Fronzini stolz. »Wie Sie gesehen haben, Señores, konnte TOMCAT den Mann – den Roboter – mühelos aufspüren. Dazu ist das System durch Sensoren in der Lage, die auf Temperaturdifferenzen reagieren. In diesem Fall sind die Sensoren auf die Eigenwärme der künstlichen Menschen eingestellt. Es spielt keine Rolle, ob die Temperatur der umgebenden Natur höher oder niedriger ist. Die Sensoren spüren die Stelle auf, an der sich die durchschnittlichen Temperaturwerte des gesuchten Objekts von der Umgebung abheben. Wie es funktioniert, haben Sie gesehen.«

»Eindrucksvoll«, sagte Mendez, »wirklich sehr eindrucksvoll. Schade, dass das System nur in den zugänglichen Bereichen eines Dschungels einzusetzen ist. Könnte man es nicht mit Schneidwerkzeugen ausrüsten, damit es sich selbst einen Weg bahnen kann?«

Fronzini brauchte die Antwort nicht zu geben. Der Robot-Panzer rollte auf das künstliche Dickicht zu, und rotierende sensenartige Messer fuhren aus – ähnlich den Bohrkronen eines stählernen Maulwurfs, der einen Tunnel in einen Felsen gräbt. Das TOMCAT fräste sich in Sekundenschnelle einen grünen Tunnel, durch den es in das Dickicht walzte. Es überzeugte sich, dass der Grüne ausgeschaltet war. Dann fuhr es rückwärts auf die freie Fläche hinaus.

Kong fegte hinter dem Karren hervor. Wieselflink und Haken schlagend hastete er auf die Flanke des Robot-Panzers zu. In der rechten Hand hielt er eine Granate. Seine Absicht war überdeutlich. Er wollte an der Seite hoch und hoffte auf eine Öffnung im Turm, durch die er das Explosiv-Ei fallen lassen konnte.

Er schaffte den Sprung auf die Kettenabdeckung des TOMCAT. Schüsse hackten schräg von unten empor, schüttelten den rot lackierten Maschinenmenschen durch. Er verlor die Handgranate. Sie landete neben den Ketten auf dem Erdboden. Ein letztes Geschoss ließ Kong die Arme hochwerfen. Dann kippte er zur Seite. Er fiel auf die explodierende Handgranate. Sein Körper fing die geballte Wucht der Splitter auf.

Die Kampfmaschine ließ sich von der Detonation nicht erschüttern, fuhr einen Bogen und gab den Blick frei auf den Krater mit dem geborstenen Haufen von Metallteilen und Computerchips. Zacko, der Blaue, traute sich nicht hinter dem Karren hervor. Er warf Handgranaten, zielte schlecht und erreichte nichts. Zwei Detonationen in Yardentfernung ließ das TOMCAT über sich ergehen. Dann blieb es mit Front zu dem Waffenkarren stehen. Die Maschinenkanone wummerte. Sprenggeschosse rissen den Karren in Stücke. Zacko kam nicht mehr dazu, aufzuspringen und die Flucht zu ergreifen. Einen Fluchtweg gab es ohnehin nicht mehr.

Unter den Trümmern hörte auch der dritte Robot-mann auf zu existieren.

Jake Fronzini und Garfield Stakes verließen den Beobachtungsgraben mit ihren beeindruckten Geschäftsfreunden. Fronzini war nicht in der Stimmung zu reden. Seine Gedanken wurden von der Genugtuung bestimmt, die er empfand.

Es war nur ein Anfang, gewiss. Aber es war ein aufrüttelnder Anfang. Dem Schwein Borza sollten die Augen übergehen, wenn er die Videoaufnahmen zu sehen kriegte.

Auf dem Rückweg zum Haus erklärte Stakes die letzten Details, die den Gästen noch nicht bekannt waren. Das System TOMCAT war mit den Mitteln, über die Guerilla-Truppen im Allgemeinen verfügten, nicht zu bezwingen. Grenzen wurden dem System erst durch panzerbrechende Raketen und ähnliche Waffen gesetzt. Verlustgeschwächten Einheiten würde die Kampfmaschine auf jeden Fall große Vorteile bringen.

Stakes erklärte auch, wie die Verschiffung abgewickelt wurde. Vor der Verschiffung wurden die Robot-Panzer demontiert, die Einzelteile in Konnossementen und allen anderen Frachtdokumenten als »Ersatzteile für elektronische Geräte« deklariert. Natürlich wurden die Teile in verschiedenen Partien verschifft. An den Bestimmungsorten, deren Geheimhaltung und Sicherung Aufgabe der Empfänger war, standen dann Fachleute aus dem Werk Fronzinis bereit, um die Robot-Panzer zusammenzubauen.

Don Giacomo war nur mit halbem Herzen bei der Sache, als er sich mit den Gästen in sein Arbeitszimmer begab und den Vertrag über die Lieferung der ersten zehn TOMCATs unterschrieb.


Baby Jane hatte sich umgezogen. Jetzt trug sie einen beschwingten rosafarbenen Hauch von einem Sommerkleid. Dazu die unvergleichlichen Stulpenstiefel aus butterweichem Leder. Alles zusammen gab ihr das, was sie gern sein wollte und was ihr Onkel an ihr schätzte: Fraulichkeit, Forschheit, Sportlichkeit.

Dass sie selbst in Sackleinen noch eine Schönheit gewesen wäre, war überflüssig zu erwähnen. Nur wenige Auserwählte wie Don Giacomo und ich teilten Baby Janes Geheimnis: Sie litt unter der Gefahr überschüssiger Pfunde, hatte einen schlimmen Hang zum Übergewicht. Wenn sie sich nicht bremste, ging sie auf, als würde sie sich von Hefe ernähren. Sagte sie. Ich war überzeugt, dass sie übertrieb. Wahrscheinlich hatte sie nur panische Angst davor, eines Tages ihre aufregende Figur zu verlieren.

Baby Jane führte mich in den Garten hinter dem Haupthaus. Auch ich hatte mich umgezogen, trug einen beigefarbenen Sommeranzug, ein dunkelblaues Poloshirt und weiße Leinenschuhe. Die rechte Eleganz für eine Audienz.

Es war dunkel geworden. Pilzleuchten an den Wegesrändern ließen keine der Natursteinplatten unbeleuchtet. Es war ein urwüchsiger Garten, so viel konnte ich erkennen. Ich war noch nie hier gewesen, und ich wusste verdammt gut, welchen Vorzug ich genoss.

Große, knorrige Apfelbäume bestimmten das Bild. Sie waren schon von den Farmern gepflanzt worden, die hier früher gelebt hatten. Jake Fronzini hatten seinen Gartenarchitekten beauftragt, der urwüchsigen Long-Island-Vegetation einen italienischen Touch beizufügen. Es war gelungen, soweit ich es beurteilen konnte.

Dunkle Wände aus säulenförmigen Zypressen teilten Rasenflächen und vertrugen sich durchaus mit den Obstbäumen. Statuen aus weißem Carrara-Marmor wachten über Blumenrabatten oder übten sich am Rand von Zierteichen kinnstützend in Nachdenklichkeit.

Baby Jane zeigte mir den Pavillon, ein achteckiges

weißes Filigran-Häuschen inmitten eines Rasens, der zwischen den Apfelbäumen wie ein Teppich ausgebreitet war. In dem Pavillon brannte Licht. Wir setzten uns an den Tisch, und mein Girl nahm langstielige Kristallgläser aus einem Sideboard. Der Rotwein, den sie einschenkte, perlte rubinfarben.

»Brunello di Montalcino«, erklärte sie, »etwas Besonderes aus der Toskana.«

»Etwas Besonderes zum besonderen Anlass«, nickte ich.

»Du weißt es also zu würdigen?« Sie hob ihr Glas und blickte mich über den funkelnden Rand hinweg an.

»Dass Don Giacomo mich sprechen will?«

»Was sonst?«

»Ich bin mir der Ehre bewusst«, sagte ich artig und drehte das Kristallglas an seinem Stiel zwischen meinen Fingern.

Baby Janes Blick forschte in meinem Gesichtsausdruck. Sie war nicht sicher, ob sie aus meiner Antwort Spott gehört hatte oder ob ich wirklich vor Ehrfurcht andächtig geworden war. Sie entdeckte nichts Verdächtiges in meinem Mienenspiel und entschloss sich zu einem Augenaufschlag, gekoppelt mit jener Art von Lächeln, nach dem sie anschließend nur noch den kleinen Finger brauchte. In diesem Fall hatte Don Giacomo allerdings die stärkeren Rechte. Baby Jane würde erst wieder über mich verfügen können, wenn ihr Onkel mich entließ. »Auf dein Wohl«, sagte sie und wurde ernst. »Ich vergesse niemals, dass du mir das Leben gerettet hast. Niemals werde ich das vergessen. Ich schwöre es.«

Ich ließ einen kleinen Schluck von dem samtenen Wein über meine Zunge rollen. In den letzten Wochen hatte ich mich daran gewöhnt, mich in einer Umgebung zu befinden, in der man gern und oft große Worte gebrauchte. Kameradschaftliche Umarmungen, Schulterklopfen, vor Rührung erstickte Stimmen und

Tränen in den Augen waren kein Indiz dafür, dass man nicht schon am nächsten Tag zu jener Sprache überging, die mit Stahl und Blei gesprochen wurde.

»Du brauchst mich nicht in den Himmel zu jubeln«, entgegnete ich. Ich stellte mein Glas ab und gab Baby Jane Feuer für ihre schlanke Zigarette. »Ich bin nicht sicher, ob du dich an Leo Moles Wasserballett wirklich beteiligt hättest.«

»Werde nicht spitzfindig, Jimmy. Dazu ist die Sache zu ernst. Weil du in meiner Nähe warst, bin ich nicht auf die Idee gekommen, auch ins Wasser zu springen. Ich hatte deshalb unter diesem gemeinen Anschlag nicht unmittelbar zu leiden – wie all die anderen. Ich weiß nicht, wie ich mich verhalten hätte, wenn du nicht da gewesen wärst.« Die Stimme versagte ihr für einen Moment. Vermutlich war es weniger das Mitgefühl um ihre geschockten Freundinnen, als die Vorstellung des möglichen eigenen Hospital-Aufenthalts, dem sie so glücklich entronnen war. »Auf alle Fälle«, fuhr sie fort, »hast du die Bastarde erwischt. Deshalb wird Onkel Giacomo dir bestimmt ein paar nette Worte sagen.«

Sie täuschte sich nicht.

Jake Fronzini wurde von Garfield Stakes und zwei Bodyguards begleitet. Alle vier trugen helle Sommeranzüge, locker und elegant geschnitten. Selbst Fronzini sah trotz seiner untersetzten Statur beschwingt aus, irgendwie leichtfüßig. Stakes und die Leibwächter nickten mir zu und trabten davon, um sich außerhalb des Pavillons die Beine zu vertreten.

Ich stand auf, wie es sich für einen normalen Sterblichen in Anwesenheit eines Top-Mobsters gehörte.


Fronzini küsste seine Nichte zur Begrüßung, dankte ihr, dass sie mich hergebracht hatte, und erlaubte ihr, ihm Wein einzuschenken und mir nachzuschenken. Ich erhielt die Erlaubnis, mich zu setzen.

Fronzini ließ sich mir gegenüber auf einem der dünnbeinigen Stühle nieder. Die Silberfäden in seinem schwarzen Haarkranz schimmerten im Lampenlicht. Ich fragte mich, ob er keine Angst vor Zielfernrohren hatte, die mit Nachtsichtgeräten gekoppelt waren.

Baby Jane tänzelte hinaus und gesellte sich zu Stakes, um mit ihm die Gartenwege entlangzuschlendern. Die Bodyguards strichen in größerer Entfernung umher. Der Grund war klar. Seit dem Überfall zu Wasser konnte Don Giacomo davon ausgehen, dass er zu keiner Minute mehr wirklich sicher war. Er hatte das Zeichen verstanden, das sein Konkurrent gesetzt hatte. Dario Borza hielt den Zeitpunkt für gekommen, den Übermut und die Arroganz seines Erzkonkurrenten zu bremsen. Wir vom FBI wussten das aus Insider-Informationen. Wir hatten Verbindungsleute überall dort, wo wir sie brauchten. Was in der Borza-Familie bis an die Basis durchsickerte, erreichte auch uns. Die vertraulicheren Sachen blieben uns jedoch verborgen. Denn niemand war bislang in die unmittelbare Nähe eines Mob-Oberhaupts vorgedrungen.

Ich war der Erste, der das geschafft hatte. Vielleicht lag es daran, dass Fronzini meine Nase so gut gefiel. Windermeere, unser Maskenbildner, hatte mir nur Ratschläge gegeben, nichts künstlich verändert. Mein Schnauzbart war echt und ebenso die Frisur. Ich hatte mir die Haare einfach länger wachsen lassen, und Windermeere hatte mit Schere und Rasiermesser gekonnt für das rechte Halbwelt-Styling gesorgt.

Der ehrenwerte Don Giacomo sah mich an. Väterlich. Wohlgefällig. Mit seinen verhalten lächelnden Augen und dem gutmütig wirkenden Gesicht verbreitete er entspannte Atmosphäre. Er war es gewohnt, der Mittelpunkt zu sein, von dem die maßgeblichen Befindens-Strömungen ausgingen. Er nahm eine lange schwarze Zigarre aus einem silbernen Etui und ich hatte die Ehre, ihm Feuer geben zu dürfen.

Er räusperte sich, um auf den Beginn seiner Rede

aufmerksam zu machen. »Ich freue mich, dass wir uns persönlich kennen lernen. Noch mehr freue ich mich über den Anlass dazu, auch wenn der Hintergrund bedauerlich ist. Du hast bewiesen, dass du Herz und Verstand hast, mein Junge, hast im richtigen Moment das Richtige getan. Meine Vertrauensmänner haben mir berichtet, dass du schon öfter dein Geschick unter Beweis gestellt hast – allerdings noch nie in einer so schwerwiegenden Angelegenheit. Übrigens erlaube ich dir, mich mit Don Giacomo anzureden. Ich meinerseits werde dich Gianni nennen, da es dein wirklicher Name ist.«

»Meine Eltern wären stolz, wenn sie es hören könnten«, erwiderte ich und deutete eine Verbeugung an. »Ich weiß die Ehre zu würdigen, Don Giacomo.« Ich würdigte das tatsächlich, wenn auch auf eine andere Weise, als er dachte. In seinen Kreisen galt es als Gunstbeweis, wenn man ihn so anreden durfte.

Er lächelte. »Rede keinen Unsinn. In Wahrheit haltet ihr Burschen mich alle für einen alten Trottel, der sich an ein paar Erfahrungsgrundsätzen und verschrobenen Formen festklammert. Wenn ich nicht auch noch die Macht hätte, würdet ihr euch über mich totlachen.« Sein Blick war herausfordernd.

»Ich weiß, was Respekt wert ist«, antwortete ich. »Auch unsereiner hat gewisse Grundsätze, Don Giacomo.«

Er zog die Brauen hoch. »Du bist ein Schlitzohr, Gianni. Die Worte gehen dir sehr glatt von der Zunge. Du weißt, wie man einen alten Mann einlullt.«

»Darf ich offen antworten, Don Giacomo?«

»Ich halte Ehrlichkeit für eine Tugend.«

Es fiel mir schwer, nicht loszuprusten. »Jemand, der von sich selbst als altem Mann redet, so habe ich gelernt, wartet im Allgemeinen auf Komplimente, die das Gegenteil besagen. Ich würde Ihnen so etwas aber nicht unterstellen, weil ich nicht glaube, dass Sie sich wirklich alt fühlen.«

Fronzini lachte. Genussvoll paffte er an seiner Havanna. »Du gefällst mir«, sagte er durch blaugraue Wolken hindurch. »Es stimmt, was man mir berichtet hat. Du bist viel zu gut für die unteren Ränge. Seit wann arbeitest du für uns?«

Ich war sicher, dass er es genau wusste. Trotzdem beschloss ich, in jedem Fall so präzise wie möglich zu antworten. »Es fehlen noch drei Tage, dann sind es genau sechs Wochen, Don Giacomo.« Ich war in der Tat seit eineinhalb Monaten in der Versenkung verschwunden. Offiziell – sowohl für Kollegen als auch für private Bekannte und Wohnungsnachbarn – war ich für einen Seminarauftrag an die FBI-Akademie in Quantico abkommandiert worden. Es gab außer mir nur drei Menschen, die wussten, wer der falsche Gianni Russo wirklich war.

Phil Decker, mein Freund und Kollege.

John D. High, mein Chef.

Und der FBI-Direktor in Washington.

Undercover-Operationen dieser Größenordnung unterlagen strengster Geheimhaltung. Seit solche Operationen durch entsprechende Gesetze überhaupt möglich waren, galten strikte Richtlinien. Dem jeweiligen Undercover-Agenten sollten sie helfen, am Leben zu bleiben. Bestandteil dieser Richtlinien war die Rolle des Kontakt-Agenten, der einzigen Person, über die ich noch Verbindung zum FBI hatte.

Phil war mein Kontakt-Agent.

Fronzini genoss einen Schluck Wein und schloss die Augen dabei. Dann lehnte er sich zurück und sah mich wieder an. »Man hat mir gesagt, du seist ein vielseitiger Mann – einerseits auf Juwelen spezialisiert, andererseits aber auch für die härteren Jobs zu gebrauchen.«

»Das eine schließt das andere nicht aus, Don Giacomo.«

»In manchen Fällen schon. Allround-Talente sind heutzutage selten geworden. Aber ich will konkret werden. Ich brauche dir nicht zu sagen, dass ich jemanden, dem ich größeres Vertrauen schenke, immer sorgfältig überprüfen lasse.«

»Das habe ich mir gedacht, Don Giacomo.« Ich hatte es mir nicht nur gedacht, sondern ich war mir von Anfang an darüber im Klaren gewesen, dass eben dies die schwierigste Klippe sein würde, die ich zu umschiffen hatte: Das Vertrauen von Mobstern zu erwerben war ungefähr so schwierig wie zu versuchen, einen Eighth-Avenue-Pimp zum Chorknaben zu machen.

Die Sache mit den Juwelen war ziemlich einfach zu arrangieren gewesen. Ich hatte mich als Fachmann in den bekannten Bars und Social Clubs des Mobs in Manhattan blicken lassen und taktisch behutsam angefangen, Verkaufsangebote unter die Leute zu streuen. Natürlich hatten sich Fronzinis Mitstreiter vergewissert, ob sie mir trauen konnten. Rückfragen bei ihren Freunden in Los Angeles ergaben, dass dort ein Bursche namens Gianni Russo bekannt sei. Allerdings habe man lange nichts mehr von ihm gehört. Kein Wunder, denn den echten Gianni hatten FBI-Kollegen in L.A. aus dem Verkehr gezogen. Es war ihnen so gut gelungen, dass ich die Rolle des Mobsters Russo bedenkenlos weiterspielen konnte. In sicherem Gewahrsam hatte er sich entschlossen, das Zeugenschutzprogramm des FBI in Anspruch zu nehmen – als Gegenleistung für seine Aussagen. Die allerdings durften wegen meines Undercover-Einsatzes erst ausgewertet werden, wenn wir mit dem Fronzini- und dem Borza-Mob fertig waren. Vorerst hatte sich der wahre Russo darauf beschränken müssen, Namen und Beschreibungen der Typen aus dem Los-Angeles-Mob zu liefern, die er kannte.

Das FBI-District Office in L.A. hatte Anweisung aus Washington erhalten, diese Beschreibungen direkt an das FBI-Hauptquartier zu übermitteln. Niemand in Washington oder L.A. hatte eine Ahnung, weshalb – außer dem Direktor. Und nur er, Mr. High, Phil und ich wussten, weshalb die News aus dem sonnigen Kalifornien in New York benötigt wurden.

Ich war auf Überraschungen vorbereitet. Falls Fronzinis Leute jemanden aus Los Angeles anschleppten, würde ich mit neunundneunzigprozentiger Wahrscheinlichkeit wissen, mit wem ich es zu tun hatte. Ich sah auch in etwa so aus wie der richtige Russo, wenn er Haare und Schnauzbart hätte wachsen lassen. Und die New Yorker Mobster kannten inzwischen meine Geschichte. Es war mir in Kalifornien zu heiß geworden. In jeder Beziehung. Gerade noch rechtzeitig hatte ich mich abgeseilt.

Meinen Ruf als Klunker-Experte hatte ich in New York wirkungsvoll untermauert. Die Stücke, die ich zum Verkauf anbot, waren jedes Mal echt – weil sie aus Beständen des FBI und der City Police stammten: Diebesgut, dessen Eigentümer nicht mehr ermittelt werden konnten. Ich hatte Verkaufsangebote gemacht und die Preise in die Höhe getrieben. Natürlich war keines dieser Geschäfte mit den Fronzini-Mobstern zu Stande gekommen. Jedes Mal fand ich nämlich einen Käufer, der das zahlte, was ich verlangte. Behauptete ich. Nachprüfen ließ sich so etwas nicht. Nicht in einer Branche, in der sowieso derjenige die besten Karten hatte, der eine große Klappe mit Cleverness zu verbinden wusste.

»In gewisser Weise«, fuhr Fronzini fort und blies dabei die blaugrauen Wolken vor seinen Worten her, »hast du es verstanden, dich einzuschmeicheln.« Er hob abwehrend die Hand. »Nein, nein, ich meine das nicht negativ. Meine Leute hätten dich nicht gewähren lassen, wenn sie nicht deine ehrlichen Absichten erkannt hätten. Und natürlich haben sie sich erst von dem Zeitpunkt an mit dir eingelassen, als sie hundertprozentig wussten, dass du kein Undercover-Mann bist.«

Ich nickte nur. Mit keiner Regung meiner Miene ließ ich erkennen, dass meine Nerven vibrierten. Möglich, dass dies alles eine Finte war. Vielleicht versuchte Fronzini, mich hereinzulegen. Möglich, dass er sich später damit brüsten wollte, den mutmaßlichen Einschleicher entlarvt zu haben – allein durch geschicktes Taktieren mit Worten. Wenn es sich so verhielt, war ich ein toter Mann. Das war so sicher wie das Amen in der Kirche, die Fronzini jeden Sonntag besuchte.

»Ich will mich aber nicht mit den Einzelheiten aus der Vergangenheit aufhalten«, sagte er. »Über den aktuellen Anlass unseres Gesprächs weißt du ja Bescheid. Nun …« Er bewegte die rechte Hand ein paar Mal hin und her. Die Glut der Zigarre hinterließ dabei für Sekundenbruchteile eine verschlungene kleine Leuchtspur. »Ich spreche dir meine persönliche Anerkennung aus, Gianni. Ich danke dir für das, was du getan hast. Es war das einzig Richtige. Ich bin stolz, einen Mann wie dich auf meiner Seite zu wissen. Natürlich hätte sich meine kleine Jane auch niemals einen Dummkopf und Feigling ausgesucht. Das sowieso nicht. Aber du hast alle Erwartungen übertroffen.«

Mir ging das Loblied ein bisschen zu weit. Doch das war wohl die gute alte sizilianische Art, die ein Mann wie Fronzini eben von seinen Vorfahren her im Blut hatte. »Ich hätte die Lumpenhunde gern alle in die Hölle geschickt«, knurrte ich voller Grimm.

»Oh, es ist gut, dass du es nicht getan hast!«, rief mein Gegenüber. »In diesem Fall war es völlig richtig, den staatlichen Organen die abschließende Arbeit zu überlassen. Was geschehen ist, war einfach zu ungeheuerlich, um es unter den Teppich zu kehren. Du hast die Lage absolut korrekt eingeschätzt und dich entsprechend verhalten. Ich habe dich aber nicht hergebeten, um es bei guten Worten bewenden zu lassen.« Er legte absichtlich eine Pause ein.

»Nein?« Mein Staunen war echt.

»Nein.« Er trank einen Schluck Wein, paffte Wolken und weidete sich an meinem Rätseln. Schließlich ließ er die Katze aus dem Sack. »Du kannst in allerkürzester Zeit Made Guy werden. Darauf hast du mein Wort.«

Ich sperrte den Mund auf. Um meine Sprachlosigkeit zu spielen, brauchte ich mich nicht sonderlich anzustrengen. Dies war einfach ungewöhnlich. Nach sechs Wochen Zusammenarbeit mit einer Mob-Familie war noch niemand zum vollwertigen Mitglied ernannt worden. Ein Beweis dafür, dass Fronzini mit dem Rücken an der Wand stand und jeden brauchbaren Mann eng an sich zu binden versuchte?

Nicht unbedingt. Ich musste mit meinen Rückschlüssen vorsichtig sein.

Ich schüttelte ungläubig den Kopf.

»Da staunst du, was?« Fronzini lächelte. »Nun, ich will dich nicht auf die Folter spannen. Ich gebe zu, dass es eine Bedingung gibt.«

Ich tat, als erholte ich mich von meiner Überraschung. »Wenn ich nicht gerade den Präsidenten kidnappen soll, werde ich alles tun. Du liebe Güte, das ist doch total klar!« Die Aussicht, Made Guy zu werden, musste einen Mann wie Gianni Russo gelinde aus dem Häuschen bringen. Deshalb kippte ich den kostbaren Brunello di Montalcino in einem Zug hinunter. »Verzeihung, Don Giacomo, aber so was …«

Er unterbrach mich mit dämpfenden Handbewegungen. »Langsam, langsam, Junge. Freuen kannst du dich immer noch. Vielleicht tust du es schon nicht mehr, wenn du die Bedingung hörst. Du wirst Leonard Mole ausschalten.«

»Was?« Mir sackte das Kinn aufs Hemd.

»Du hast richtig gehört. Den Inhalt dieses Gesprächs kennt niemand außer uns beiden. Merk dir das gut. Verstanden?«

»Ja, natürlich. Ich begreife nur nicht …«

»Es ist sehr einfach. Du beseitigst Mole. Das ist alles. Schaffst du es zu meiner Zufriedenheit, wirst du Made Guy.«

»Gut«, schnaufte ich. »Gut, okay. Ich schaffe das.

Aber um es zu können, muss ich doch wenigstens wissen, weshalb ich es tue. Mole ist doch selbst gerade erst Made Guy geworden, da kann er doch nicht …« Mir fiel nichts mehr ein.

Mir war in diesem Moment nur klar, dass ich den Mund verdammt voll nahm.

Ich sollte einen Mordauftrag ausführen.

Ich, ein Undercover-Agent des FBI.

War das Fronzinis persönliche Prüfungsmethode?

Wie auch immer, ich musste erst einmal darauf eingehen. Musste den Begeisterten spielen, der nur deshalb seine Bedenken hatte, weil es sich um Mole handelte.

»Du hast Recht«, nickte Don Giacomo. »Für einen Unbeteiligten hört sich das alles verdammt komisch an. Aber es ist so: Mole ist ein Verräter. Ich weiß es seit einiger Zeit. Ich habe ihn aber hochgejubelt, um ihn in Sicherheit zu wiegen. Ich bin so weit gegangen, ihn zum Made Guy zu machen. Heute muss ich zugeben, dass das ein Fehler war. Ich habe sogar den Verdacht, dass Mole die Frauen absichtlich ins Wasser geschickt hat, um sie töten zu lassen. Die Borza-Männer waren dann nur clever genug. Natürlich werden wir das niemals beweisen können. Es genügt der Verdacht. Diesen Teil der Wahrheit kann er von mir aus mit ins Grab nehmen. Dass er mir einen Hecht in den Zierteich im Innenhof gesetzt hat, werte ich als einen Schlag ins Gesicht.«

»Von Borza?«, entgegnete ich und spielte weiter den Staunenden. In Wahrheit hätte ich über den Hecht grinsen können. Es war diese Art von symbolischen Handlungen, über die sie sich wer weiß wie ereifern konnten.

»Natürlich von Borza«, nickte Fronzini. »Mole war in diesem Fall nur der verlängerte Arm. Er ist der Einzige, der als Täter in Frage kommt. Aber lassen wir diese Einzelheiten. Ich hatte gehofft, an Moles Verbindungsleute bei Borza heranzukommen und sie schachmatt zu setzen. Das muss ich jetzt vergessen. Wir werden entscheidende, zukunftsweisende Schritte unternehmen müssen. Das allein ist wichtig.« Er hielt inne, als müsse er überlegen. Doch es stand alles längst fest. Der Ruck, den er sich gab, war nur äußerlich. »Du wirst den Auftrag ausführen, nicht wahr?«

»Selbstverständlich. Es ist mir eine Ehre.« Das war das Mindeste, was ich von mir geben musste. Ich setzte noch eins drauf: »Ich bin mir der großen Bedeutung dieser Angelegenheit bewusst.« Ich war mir der Tatsache bewusst, dass ich nicht zurückkonnte. Wenn ich ablehnte, war ich ebenso ein toter Mann wie Mole.

»Gut, gut«, murmelte Fronzini. Seine Stimme klang geistesabwesend. »Du hast freie Hand bei der Wahl deiner Mittel. Es muss nur schnell geschehen.«

»Ich bin ein Einzelgänger«, sagte ich spontan. »Das bin ich immer gewesen. Ich muss allein arbeiten, Don Giacomo. Das wäre die Wahl meiner Mittel.«

»Schon gut, schon gut.« Er wedelte mit der Hand. »Das Ziel ist wichtig, nur das Ziel, mein Junge. Auf welche Weise du es erreichst, ist mir einerlei.«

Ich durfte mich verabschieden, war für den Rest des Abends entlassen. Baby Jane würde von mir nur erfahren, welche guten Aussichten ich hatte. Über den Mordauftrag würde ich kein Sterbenswörtchen verlieren. Ich musste mich an die ungeschriebenen Gesetze halten. Dass er sie kannte, setzte man bei einem Burschen wie Gianni Russo einfach voraus.


Ich betrat die immer noch beeindruckende Marmor-Eleganz des Empire State Building. Mit dem Expresslift fuhr ich nach oben. Im überdachten und verglasten Teil der Aussichtsplattform drängten sich die Menschen. Das Stimmengewirr war vielsprachig. Wie ein Suchender schritt ich an den Auslagen des Verkaufsstandes entlang. Jeder Mobster hätte mein

Verhalten als verdächtig eingestuft. Schließlich wurden Treffpunkte wie diese nur in den Agentenfilmen verwendet – wegen der optischen Wirkung. Aber ich wurde nicht beobachtet. Ich war zu einer Tageszeit unterwegs, zu der keiner aus meinen derzeitigen Kreisen schon ans Aktivsein dachte. Für Phil und mich war die Aussichtsplattform deshalb gut, weil wir Zufallsbegegnungen vermieden.

Kein New Yorker verirrte sich hierher, schon gar nicht, um einen Vorhang aus grauem Regen zu betrachten.

Auch Phil trug einen Regenmantel, der vom kurzen Weg in die Eingangshalle noch gefleckt war. Wir beschränken uns auf ein Nicken zur Begrüßung und verzogen uns an einen Stehtisch in einer Ecke, wo es auch Kaffee gab. Er schmeckte, da wir die Sorte nicht feststellen konnten.

Ich berichtete murmelnd, zwischen Zigarettenzügen und kleinen Schlucken. Phil sah mich an, als hätte ich ihm eröffnet, dass ich mich für das Space Shuttle beworben hatte.

»Wäre ja auch ein Wunder«, brummte er kopfschüttelnd.

»Was?«, fragte ich, um seiner Erwartungshaltung zu entsprechen.

»Wenn du ausnahmsweise mal nicht mit einer total verrückten Sache aufkreuzen würdest.«

»In diesem Fall handelt es sich um eine total verrückte Sache, die lebensgefährlich ist.«

»Auch das ist bei dir nichts Besonderes.«

»All right. Wenn du alles benörgelt hast, kannst du meinetwegen zum handfesten Teil deiner Überlegungen kommen.«

Phil grinste. Dann entwickelte er sein Konzept. Ungefähr so, wie ich es mir vorgestellt hatte.

Sich etwas in die eigene Tasche zu lügen war die eine Sache – in die eigene Tasche zu wirtschaften, die andere. Ersteres war ungefährlich und schadete nur einem selbst. Wenn überhaupt. Letzteres konnte das Leben kosten, wenn es an die falschen Ohren kam.

Leonard Mole räumte sich indessen einen Sonderstatus ein. Während er seinen Buick Riviera auf dem Interstate Highway 87 nach Norden lenkte, ließ er sich das alles noch einmal durch den Kopf gehen. Weder bei Borza noch bei Fronzini gehörte er zu den normalen Typen. Natürlich durfte niemand in Borzas und niemand in Fronzinis Verein ein Geschäft machen, ohne es anzumelden und dem zuständigen Unterführer zwanzig Prozent zu zahlen. Der wiederum behielt nur fünf für sich und gab die restlichen fünfzehn an den Don weiter.

Die Sonne blinzelte morgendlich-rötlich von Osten herüber. Es war früh, verdammt früh. Erst acht Uhr. Mole wunderte sich, wie viele Leute trotzdem unterwegs waren. Die Wohngebiete von Yonkers leerten sich beiderseits des Highways. Alles, was in New York City Arbeitsplätze hatte, war aus den Startlöchern gefegt. Und die Trucks, die jetzt nach Norden donnerten, mussten noch in der Nacht an den Brooklyn-Piers abgefertigt worden sein.

Mole war froh, nicht in einer Branche arbeiten zu müssen, in der Zeit Geld war. Allerdings hatte er statt des Infarkt-Risikos jenes andere, das noch viel tödlicher war. Borza hatte es ihm vorgestern vor Augen geführt. Der Feuerzauber im Kreis der Boote war nicht angekündigt gewesen. Mole hatte mit einem Warnsignal an Fronzinis Adresse gerechnet, aber nicht in dieser Form und nicht so verdammt frühzeitig.

Der untersetzte Mann schüttelte sich hinter dem Lenkrad. Es war eine eklige Sache gewesen, eine richtige Gemeinheit. Er würde Borza das noch lange nachtragen, so viel stand fest. Denn irgendwie war es auch gegen ihn, Mole, gerichtet gewesen. Sein privates kleines Fest so zu zerstören! Unglaublich! Borza hätte sich einen passenderen Zeitpunkt aussuchen können. Allerdings hatte er wohl nicht damit gerechnet, dass sein Schießerkommando so schnell Schiffbruch erleiden würde.

Ein brauchbarer Bursche, dieser Jimmy Russo. Seine Aktion war nicht unklug gewesen. Sie verkürzte die Schnüffelei von Cops und G-men wesentlich. Die Täter standen fest. Fertig. Zeugenaussagen gab es genug, Tatwaffen waren vorhanden. Was wollte das Bullenherz mehr! Borza selbst hatte sich natürlich abgeschottet wie immer. Die Festgenommenen konnten ihm nicht gefährlich werden. Wahrscheinlich wussten sie nicht einmal, von wem der Auftrag stammte. Jobs dieser Art erhielt man telefonisch, und zum Geldabholen kamen Schließfachschlüssel mit der Post.

Mole sah das Hinweisschild am Straßenrand, klein und noch weit entfernt. Aber es musste der Parkplatz sein. Unterhalb des Highways, der hier zugleich der New York State Thruway war, erstreckten sich die Anlagen des Sprain Ridge Park. Mole nahm Gas weg. Seine Gedanken gerieten in angenehmere Bahnen.

Über Jimmy Russo gründlicher nachzudenken würde sich bestimmt lohnen.

Wenn man Made Guy wurde, stieg die Verantwortung schlagartig. Dann, als Mitglied einer Mob-Familie, konnte man auch schon Entscheidungen treffen. Man war nicht mehr ganz unwichtig. Man brauchte einen Leibwächter und eine rechte Hand. Zunächst in einer Person. Jimmy Russo.

Mole konnte das »P« erkennen. Er schaltete herunter und knipste den Blinker rechts an. All right, dies war eine gute Probe aufs Exempel. Wenn es gut und einwandfrei war, was Jimmy da aufgerissen hatte, konnte man mit ihm mal unter vier Augen reden. Über die andere Sache: Bodyguard eines Made Guy war schon was. Manche leckten sich danach ein ganzes Leben lang die Finger.

Mole zog den Buick auf die Abbiegespur. Die Reifen schnatterten über das Rillenmuster von Betonpflaster. Mole ging hinunter bis zum Schritttempo. Wenn irgendwas haarig war an der Sache, wollte er nicht wie ein Anfänger auf die Nase segeln. Ein-Mann-Jobs hatten ihre Tücken. Von der finanziellen Pleite bis zur Mordfalle war da alles drin. Aber auch der größtmögliche Profit war drin. Es gab eben diese gewissen Geschäfte, bei denen Verkäufer und Käufer gute Gründe hatten, unter sich sein zu wollen.

Der Parkplatz hatte verschieden große Buchten für Personenwagen und Trucks. Hohe Buschgruppen grenzten jeweils drei oder vier Plätze voneinander ab.

Ideal. Es gab Tische und Bänke aus Stein. Das freundliche Wetter passte dazu. Mole verspürte ein bisschen Picknick-Stimmung, während er an den Parkbuchten vorbeirollte.

Dann sah er den Truck.

Sattelzug, aluminiumfarbener Auflieger. Der Zugwagen dunkelrot lackiert, mit verschiedenfarbigen Streifen an den Flanken. Ob es ein Kenworth oder ein Mack war, konnte Mole aus seinem Blickwinkel nicht erkennen. Auch das New Yorker Kennzeichen stimmte. AXJ 7216. Mole fuhr rechts neben den Auflieger, zog die Handbremse an und stellte den Motor ab. Alles, wie Jimmy gesagt hatte. Bevor er ausstieg, tastete der bullige Mann nach der Automatic unter seinem Jackett.

Sobald auch nur die kleinste Kleinigkeit nicht mehr war, wie Jimmy gesagt hatte, würde Blei fliegen. Leo Mole kannte in dem Punkt keine Verwandten. Grimmig rekapitulierte er den alten Leitsatz, der besagte, dass es gesünder war, sofort zu schießen und nicht erst Fragen zu stellen.

Er ging an der Seitenwand des Aufliegers entlang und war sich der Tatsache bewusst, dass er im rechten Außenspiegel gesehen werden konnte. Vorausgesetzt, der angekündigte Mann saß auf dem Fahrersitz. Etwas bewegte sich in der rechteckigen Spiegelfläche. Genau konnte es Mole nicht erkennen, weil die Sonne auch mit hineinfunkelte.

Die Tür auf der Beifahrerseite wurde aufgestoßen.

Mole verharrte ungewollt, duckte sich abwehrbereit. Dann nannte er sich einen Idioten. Verdammt, er hatte doch keine Nerven! Auch dies lief genau nach Programm. Tür auf, einsteigen, Tür schließen, verhandeln. Alles hundertprozentig. Beruhige dich, Leo, hörte er seine innere Stimme sagen, hier sind vierzig Prozent Gewinnspanne drin. Menschenskind! Das ist es, was dich nervös macht, stimmt's? Richtig aufgeregt! Wie beim ersten großen Deal. Er lachte lautlos und ging weiter.

Seine Haarwurzeln kribbelten, als er das Fahrerhaus erreichte. Im nächsten Moment entspannte er sich. Der Trucker beugte sich zur Seite, nickte ihm zu und grinste verschwörerisch. Ein großer, breitschultriger Kerl in Jeans und T-Shirt, mit dem unvermeidlichen Stetson auf dem Kopf. Mole kletterte unaufgefordert auf den hohen Sitz und zog die Tür zu.

»Sie sind Mole«, sagte der Trucker, lehnte sich zurück und tippte den Stetson mit der Fingerspitze in den Nacken. »Jimmy hat Sie gut beschrieben. Sie sehen genauso aus, wie ich Sie mir vorgestellt habe. Ich bin Fred Schultz. Wollen Sie meine Lizenz sehen?«

»Den Führerschein?«

»Kann man sagen.«

»Verzichte. Die Ware interessiert mich.«

»Kann ich mir denken. Eintausendzweihundert Laptops. Alles dahinten drin.« Der Trucker deutete mit dem Daumen über die Schulter. Er begann, eine Zigarette zu drehen, einhändig, mit der Linken. »Auspacken gibt es nur als Stichprobe.«

Jetzt war es Mole, der grinste. »Was glauben Sie, wo ich lebe? Wenn Sie mich linken, mein Junge, weiß ich, wo und wie ich Sie finde.«

»Hu, Sie können einem Angst machen!« Der Trucker

204

schüttelte sich und klemmte die Filterlose in den rechten Mundwinkel.

Mole grinste weiter, gab ihm Feuer und klopfte für sich selbst einen Glimmstängel aus seiner Packung. »Ich will kein Palaver«, sagte er. »Jimmy sagte, nur die Ware ist heiß, nicht der Truck. Sie arbeiten mit einem Partner zusammen, zu zweit. Mehr Leute sind nicht dabei.«

»Stimmt«, nickte der Trucker, »Jimmy erzählt doch nie was Falsches. Kennen Sie was von Hijacking?«

»In der Trucking-Branche?«

»Hm.«

»Ist mir nicht fremd.« Mole hatte nicht vor, sich weiter einzulassen. Es konnte verfänglich werden. Denn auch Fronzini hatte eine Gruppe von Typen, die ausschließlich im Hijacking arbeiteten. Da wurden komplette Trucks an Land gezogen, überall in den Staaten. Ein regelrechter Verschiebebetrieb lief. Hatte Fronzini in New York einen Kunden für tausend Mikrowellenherde, so beauftragte er erst einmal seine eigenen Leute, sich umzusehen. Konnten sie die passende Ladung nicht aufgabeln, wendeten sie sich an befreundete Hijacking-Ringe in anderen Bundesstaaten. Möglich, dass einer gerade in Texas einen Sattelzug voll mit Mikrowellendingern geklaut hatte. Der Rest war dann nur noch eine Frage des Transports. Die Kartons mit den Geräten wurden in einen ordnungsgemäß zugelassenen eigenen Truck der Hijacker umgeladen, und der gestohlene Truck verschwand auf Nimmerwiedersehen in einem ausreichend tiefen See. Ähnlich musste es bei Schultz gelaufen sein. Nach dem Truck, mit dem er hier aufgekreuzt war, wurde nicht gefahndet – wohl aber nach dem anderen, in dem sich die Ladung ursprünglich befunden hatte.

»All right«, sagte der Trucker gedehnt. »Dann können wir ja gleich zur Sache kommen. Was ich habe, sind die Laptop-Computer, die Sie brauchen – wenn Jimmy das richtig übermittelt hat.«

»Richtig. Über den Preis müssen wir noch …«

Der Trucker unterbrach ihn mit einer Handbewegung, während er einen Blick in den linken Außenspiegel warf. »Vergessen Sie alles, was Sie bis jetzt gesagt haben, Mole. Dies ist kein Hijacking-Deal. Dies ist eine Festnahme.«

Leonard Mole merkte, wie ihm das Kinn nach unten sackte, und er hatte doch nicht die Kraft, den Mund wieder zu schließen.

Alles geschah gleichzeitig, in derselben Sekunde. Mole hatte trotz allem den Nerv, unter das Jackett zu greifen. Neben ihm wurde die Tür des Fahrerhauses aufgerissen. Der angebliche Fred Schultz hatte plötzlich in der rechten Hand einen schweren Revolver und in der linken einen Dienstausweis. FBI. Auf der Beifahrerseite, in der offenen Tür, stand ein schlanker blonder Mann, gut gekleidet, mit Krawatte zum fein gestreiften Straßenanzug. Er stand breitbeinig, einen Revolver des gleichen Kalibers im Beidhandanschlag. Auch auf der Fahrerseite wurde die Tür geöffnet. Der Mann, der sich dort auf das Trittbrett schwang, war schwarzhaarig und hatte indianische Gesichtszüge. Er schob den Revolver über das Lenkrad hinweg.

Moles Hand kam unter dem Revers zum Stillstand. Er wusste, dass jede weitere Bewegung böse Folgen haben konnte. Er starrte den vermeintlichen Trucker an. Moles Augen glühten vor Hass, und sein halsloser Kopf schien noch tiefer zwischen die mächtigen Schultern zu sinken. »Russo, dieses Schwein«, zischte er. »Dieses verdammte …«

»Falsch«, fuhr ihm der Trucker schneidend dazwischen. In seinem Dienstausweis war sein Name deutlich zu lesen. Phil Decker, Special Agent. »Seien Sie dankbar, Mole.«

»Für Verrat? Darüber kann ich nicht lachen!«

»Das erwartet niemand. Nehmen Sie langsam die Hand unter der Jacke hervor. Dann strecken Sie beide Handgelenke schräg nach oben.« Mole gehorchte. Der

G-man holsterte seinen Dienstrevolver und verpasste dem Mobster Handschellen. Moles Automatic wanderte außer Reichweite, nach links, wo Zeerookah sie in Empfang nahm. Mit frostigem Lächeln fuhr der G-man fort: »Fronzini hat Sie längst enttarnt. Wussten Sie das nicht?«

Der Kantenkopf des Mobsters ruckte herum. Aus dem Hass in seinen Augen wurde ein Flackern. »Ich kenne meine Rechte«, zischelte er. »Kein Wort mehr ohne meinen Rechtsanwalt.«

»Nichts dagegen einzuwenden«, erwiderte Phil ruhig. »Sie brauchen kein Sterbenswörtchen mit uns zu reden. Wir nehmen Sie nicht fest, weil wir glauben, dass Sie ein wichtiger Zeuge werden.«

»Nein?« Mole bekam runde Staunaugen.

»Nein.« Der G-man schmunzelte und wechselte einen Blick mit seinen Kollegen, die ebenfalls amüsiert aussahen.

»Ich finde, wir sollten Klartext mit ihm reden«, schlug Steve Dillaggio von der Beifahrerseite her vor.

Phil Decker nickte, ohne den Blick von dem Mobster zu wenden. »Es ist so, Mole …« Er tat, als versuche er, seine Worte so sorgfältig wie möglich zu wählen. »Jimmy – Gianni Russo hat Ihnen das Leben gerettet.«

»Was?«

»Fronzini hat ihn beauftragt, Sie auszuschalten. Wenn ich Ihnen das sage, müssen Sie wissen, was es bedeutet. Wir werden Sie für ein paar Tage aus dem Verkehr ziehen. Erst danach können Sie mit Ihrem Anwalt oder sonst jemandem reden. Sie verstehen den Grund?«

Mole schluckte und nickte. Seine Gesichtsmuskeln zuckten. »Dann ist Jimmy …?«, ächzte er und konnte nicht weitersprechen.

»Ein Undercover-Agent des FBI«, bestätigte Phil. »Sie sehen, wir spielen mit offenen Karten, Mole. Nach der Schießerei vor der Küste hat Fronzini eingesehen, dass es ein Fehler war, Sie zu lange gewähren zu lassen. Er hat Jimmy Russo zu sich gerufen und ihn für seinen Einsatz gelobt. Jimmy soll an Ihrer Stelle Made Guy werden. Einzige Vorleistung: Jimmy muss Sie töten.«

Leo Mole war grau im Gesicht geworden. Er stammelte: »Aber – aber das – bedeutet ja – ich meine, was will Jimmy denn jetzt machen?«

»Er schießt Sie über den Haufen«, antwortete Phil trocken.

Mole brauchte etliche Sekunden, bis er begriff.

Anschließend stieg er willig zu Steve Dillaggio in den Buick. Der blonde G-man fuhr den Wagen die Rampen aus Stahlblech hinauf, die Phil Decker und Zeerookah ausgelegt hatten. Steve und der Mobster blieben in dem Buick. Phil und Zeery schlossen den Auflieger. Phil lenkte den Truck auf den Highway. Sein Kollege folgte ihm mit dem Dienstwagen. Per Funk gab er eine Erfolgsmeldung an John D. High durch.

Der G-man rangierte den Truck bereits drei Meilen weiter auf den nächsten Highway-Parkplatz. In einer von hohem Buschwerk gut abgeschirmten Parkbucht wartete ein geschlossener Dodge Ramcharger mit der Firmenbeschriftung der New York Telephone Company. Steve, Zeery und Leonard Mole stiegen in den Dodge um, der hinter dem graublauen Karosserieblech wie ein Wohnmobil eingerichtet war. Joe Brandenburg hatte den Dodge gebracht. Er übernahm Zeerys Dienstwagen. Phil rauschte mit dem Truck los, um den Highway an der Abfahrt Tarrytown zu verlassen und sofort die Auffahrt in entgegengesetzter Richtung zu nehmen. Joe sorgte für den Begleitschutz und informierte den Chef per Funk, dass auch dieser Teil des Einsatzes reibungslos klappte. Es war das Okay-Zeichen für die Fortsetzung des Programms. Bestimmungsort des Trucks mit dem Buick Riviera im Auflieger war das Wohngebiet Little Neck in Queens, New York City. Genau dort sollte auch die Fortsetzung des Programms stattfinden.

Das Ziel der beiden G-men und ihres Schutzbe-
fohlenen im Telephone-Dodge war ländlich: eine einsame Farm nahe der Ortschaft Pataukunk, am Rand
der Catskill Mountains gelegen. Die Farm wurde zum
Schein von Pächtern bewirtschaftet, die in Wahrheit in
Staatsdiensten standen. Die Farm gehörte dem Justiz-
ministerium und war einer der Orte, an denen der US
Marshal Service wichtige Zeugen bewachte. Dass
Leonard Mole als solcher eingestuft wurde, würde
man ihm erst später auf die Nase binden. Dann konnte
er sich auch entscheiden, ob er das Federal Witness
Program in Anspruch nehmen wollte, das Zeugen-
schutzprogramm der Regierung der Vereinigten
Staaten.

Mole war immerhin Insider in zwei Mob-Familien
gewesen.

Es würde nicht lange dauern, dann würde ihm dieser Pluspunkt auch dämmern.


Die Lady war käuflich, aber nicht für jeden. Ihren
wichtigsten Grundsatz hatte sie von der Automobil-
Industrie übernommen: Etwas kann nur dann gut sein,
wenn es teuer ist. Demzufolge gehörte Melody Moon
zur gehobene Luxusklasse. Dass sie diesen Namen als
Künstlernamen verstand, entsprach ihrem Niveau-
wunsch. Wenn man in Wirklichkeit Harriet Kaminski
hieß, musste man sich etwas einfallen lassen, um das
Geld zu locken. Etwas, das nach Starlet-Glitzern klang.

Melody wusste, was passieren würde.

Sie ahnte, dass ihr Haus beobachtet wurde.

Mich kannte sie nicht – weder dienstlich noch privat.

Jeder G-man baut im Laufe seiner Dienstjahre eine
Reihe von Kontaktpersonen auf. Sie helfen ihm, in
Halb- und Unterwelt hineinzuhorchen. Das sind die
persönlichen Kontakte, die Vertrauensbeziehungen,
weit entfernt noch von der V-Mann-Funktion für den

FBI als Institution. Melody gehörte zu Steve Dillaggios Informantenkreis. Sie fühlte sich ihm verpflichtet. Vor Jahren hatte er ihr das Leben gerettet. Ein Bankräuber hatte sie als Geisel genommen. Mit seiner Beute war der Mann erfolgreich aus der Bank entkommen, und sein erster Weg hatte zu Melody geführt, wo er die Nacht seines Lebens erleben wollte. Melody hatte er versprochen, dass es die bestbezahlte Nacht ihres Lebens werden sollte. Er hatte nicht damit gerechnet, dass FBI-Agenten ihn aufspüren würden, noch bevor die Supernacht richtig losgehen konnte. Steve hatte den Todesschuss anwenden müssen, um Melody zu retten. Seither war sie immer bereit, ihm einen Gefallen zu tun.

Wie an diesem Morgen.

Nebenbei würde ihr die Sache eine gewisse Publicity einbringen.

Der Wagen, den ich benutzte, war ein unauffälliger Chevrolet Corsica, dunkelbraun, dunkel getönte Scheiben. Jemand hätte schon seine Nase daran platt drücken müssen, wenn er mich sehen wollte. Das Rauchen verkniff ich mir. Ich parkte seit kurz vor Mitternacht in der Thornhill Avenue, und ich hatte einen freien Platz in der dunkelsten Zone zwischen zwei Straßenlampen gefunden. Leute, die in der Straße wohnten, würden annehmen, dass das fremde Auto einem Besucher gehörte. Jede Phase meines Einsatzes musste so ablaufen, dass auch später noch alles klopffest war. Zeitungsreporter würden von Haus zu Haus stiefeln, um Augenzeugen zu finden. Und die Leute waren gierig auf so etwas, seit sich herumgesprochen hatte, was Exklusiv-Honorare sind.

… erinnerte sich Mary S., die unter Schlafstörungen leidet, nachts aus dem Fenster geschaut und einen unbekannten Wagen gesehen zu haben. Der Beschreibung nach könnte es sich um eines der kompakten Modelle von Chevrolet gehandelt haben, vermutlich um einen Corsica. Das Fahrzeug war dunkelbraun oder schwarz lackiert. Nach der Tat war es aus der Thornhill Avenue verschwunden. Die Zeugin war wegen ihres ungünstigen Blickwinkels nicht in der Lage gewesen, das Kennzeichen des Wagens zu erkennen. Auch hatte sie leider nicht feststellen können, ob Personen darin saßen …

Ein Text in dieser Richtung würde Jake Fronzini gut gefallen – und mir helfen.

Mittlerweile war es hell geworden. Die Hunde und Hündchen aus der Straße hatten den ersten Gassigang des Tages hinter sich, meist mit mürrisch-verschlafenen Schulkindern oder alten Frauen am anderen Ende der Leine. Die Reihen der parkenden Fahrzeuge hatten sich während der nächsten Stunden nur wenig gelichtet. Öffentliche Verkehrsmittel waren in. Wer nach Manhattan zur Arbeit fuhr, hatte gelernt, dass der Verzicht auf den eigenen Wagen Stressvermeidung war. Und Stress gab es drüben, in den Büros, schon genug.

Die Thornhill Avenue war ein gemischtes Wohngebiet. Es gab Mehrfamilienhäuser, drei bis vier Stockwerke hoch, aber auch Doppelbungalows und Einzelhäuser.

Eines von der letzteren Sorte bewohnte Melody Moon, ungefähr hundert Yards von meiner Beobachtungsposition entfernt, auf der anderen Straßenseite. Sie war eine wohlhabende Frau. Das hatte sie sich und der Welt bewiesen, als sie das Haus kaufte. Und die Besucher, die sie empfing, waren ausnahmslos wohlhabend aussehende Männer. Nicht einmal ein Hauch von Rotlicht-Atmosphäre hatte sich in der Thornhill Avenue ausgebreitet. Und weil Melodys Gäste entweder während der Schulzeit oder spät am Abend eintrafen, wurden auch die Kinder aus der Umgebung in ihrer psychischen Entwicklung kein bisschen gestört.

Die Straße war so leer wie eine Wohnstraße in Queens nach neun Uhr morgens nur sein konnte. Die meisten Kinder waren weg – in Schulen und

Tagesstätten sicher aufgehoben. Die ganz Kleinen befanden sich in der Obhut ihrer Mütter oder ihrer Großeltern. Zwar konnte niemandem wirklich etwas passieren, aber der Hinweis, dass keine Unbeteiligten in Gefahr geraten waren, würde sich in den Zeitungsberichten genauso gut machen wie das Interview mit der schlafgestörten Beobachterin.

Ich spürte die Müdigkeit, wie sie mich zu packen drohte. Aber ich kämpfte dagegen an. Mit Erfolg. Ein paar Stunden ohne Schlaf kippten mich noch lange nicht aus den Schuhen. Im nächsten Moment war ich ohnehin hellwach. Drüben wurde die Haustür geöffnet. Ich hätte es auch dann bemerkt, wenn ich nicht einmal hingesehen hätte. In meinem Bewusstsein spielte Melody Moons Haus die absolute Hauptrolle. Selbst der Spatz, der auf dem Dachfirst landete, wäre mir ins Auge gestochen.

Der Mann trat ins Freie. Er blieb noch stehen, zur halb offenen Tür gewandt.

Ich schaltete die Zündung ein und tippte auf die Taste des Fensterhebers. Rechts schnurrte die Seitenscheibe herunter. Der Elektromotor war kaum zu hören. Trotzdem kam es mir vor, als ob die komplette Straße davon rebellisch werden musste. Frische Luft wehte herein und setzte meiner Wachheit das I-Tüpfelchen auf. Ich griff nach rechts, hob die Decke an und ließ sie in den Fußraum vor dem Beifahrersitz gleiten. Die Kamera mit dem Teleobjektiv war schussbereit. Ich brauchte nur das batteriebetriebene Elektroniksystem einzuschalten. Autofocus. Ich beugte mich zur Seite, stützte mich auf die Rückenlehne des Sitzes neben mir und hob das schwere Geschütz ans Auge. Die Linke unter dem mächtigen Rohr des Teleobjektivs, berührte ich mit dem Zeigefinger der rechten Hand den Auslöser. Das Objektiv schnurrte so ähnlich wie der Fensterheber, bewegte sich suchend vor und zurück. Dann meldete die Kamera mit einem Piepser, dass die Suche erfolgreich beendet sei.

Ich sah den Mann gestochen scharf. Hinter ihm Melody, das blonde Gift. Sie war einen halben Schritt ins Freie getreten, um den frühen Morgen zu schnuppern. Wie es einer wohlhabenden Lady zu dieser Tageszeit anstand, trug sie nur einen rotgolden schillernden Hausmantel. Bis zu den Lockenwicklern war sie noch nicht einmal vorgedrungen. Sie hatte das Haar notdürftig geordnet und sah so übernächtigt aus, wie ich es mir gewünscht hatte.

Der Mann wandte sich nun zum Gehen, während er noch redete wie jemand, der Melody seine Anerkennung für das Preis-Leistungs-Verhältnis der zurückliegenden Stunden aussprach. Ich betätigte den Auslöser. Der motorgetriebene Verschluss rollte, klickte und schmatzte – auch das so nervenzerfetzend laut, dass ich fest damit rechnete, sie gleich alle in den Fenstern hängen zu sehen: Hausmütter, Kleinkinder, Großeltern und Hunde.

Nichts dergleichen.

Der Mann ging nun wirklich los. Er hatte einen gedrungenen Körperbau. Der Kopf saß halslos auf den breiten Schultern. Er ging etwas nach vorn geneigt, als müsste er eine schwere Last tragen. In seinem Gesicht fielen die buschigen schwarzen Augenbrauen auf. Ein Kontrast zu den schmalen Lippen. Er trug einen leichten Mantel über dem Anzug, wegen der morgendlichen Frische.

Leonard Mole.

Ich jagte Filmmaterial durch die Kamera, bis Mole drei Viertel des Plattenwegs in Richtung Bürgersteig hinter sich gebracht hatte. Ich legte die Kamera weg. Mole musste sich nach rechts wenden, sobald er das Grundstück verließ, denn sein Wagen stand in der Parallelstraße, der 52nd Avenue. Melodys Besucher hatten eben Stil.

Er trat auf den Bürgersteig und winkte, als hätte er die Lady in der Nacht zu einer echten Freundin gemacht. Dann wehte sein Mantel, als er seinen Rechtsschwenk machte und zügig losmarschierte. Das Schnellfeuergewehr war durchgeladen. Ich brauchte nur den Sicherungshebel herumzulegen.

Ich pumpte kurz mit dem Gaspedal und drehte den Zündschlüssel. Die Maschine kam auf den Schlag. Kein Anlasser-Orgeln gab Mole Vorwarnzeit. Ich stieß den Chevy auf die Fahrbahn hinaus. Vollgas. Die Antriebsräder verloren kreischend Reifengummi.

Mole erschrak, wirbelte herum. Das kostete ihn eine halbe Sekunde. Er war schon fünf Yards von dem Plattenweg entfernt. Er würde es nicht schaffen. Und wenn er durch Melodys Ziersträucher walzte, konnte er stürzen. Dann war er erst recht am Ende. All das musste in dieser halben Sekunde durch seinen Kopf sausen.

Melody schrie und floh ins Haus. Der Chevy-Motor brüllte. Endlich brachten die Räder die ganze Kraft auf die Straße. Mole warf sich abermals herum, in die Anfangsrichtung. Er floh mit Riesensätzen. Irgendwo musste es eine Einfahrt geben, eine kleine Mauer, ein bisschen Deckung.

In ihrem Haus rief Melody die Cops an.

Ich holte schnell auf. Noch bevor er das Nachbargrundstück erreicht hatte, war ich dran. Ich hielt den Wagen auf Kurs, nahm Gas weg. Das Schnellfeuergewehr hatte ich mit Pistolengriff und Schulterstütze einhändig sicher im Anschlag. Ich jagte hinaus, was das Magazin in der kurzen Zeitspanne hergab. Die Waffe rüttelte und hackte mit harten Schlägen.

Die Einschüsse packten Mole im Laufen, rissen ihn kerzengerade hoch. Es sah aus, als prallte er gegen eine Glaswand. Die Kugeln schüttelten ihn, zerfetzten seinen Mantel und peitschten Blut aus den Schusswunden. Er warf die Arme hoch. Ich ging weiter mit dem Tempo herunter, feuerte noch immer. Die Menschen in der Straße mussten annehmen, dass ich eine geradezu teuflische Freude daran hatte, den Wehrlosen mit Blei voll zu pumpen. Er stolperte über seine eigenen Füße.

Die Kraft verließ seinen Körper. Er schlug der Länge nach hin. Der blutige Mantel legte sich wie ein Leichentuch über ihn.

Ich gab Gas.

Das Gewehr warf ich auf den Beifahrersitz. Ich ließ die Seitenscheibe hochschnurren. Der Long Island Expressway war nur einen Steinwurf weit entfernt. Nach zwei Minuten war ich drauf. Eine weitere Minute brauchte ich bis zu dem Parkplatz, auf dem ich meinen Fluchtwagen bereitgestellt hatte, einen dunkelblauen Buick Electra. Mit wenigen Handgriffen lud ich meine Ausrüstung um, warf noch einen Kontrollblick in den Chevrolet und schloss ihn ab. Dann jagte ich weiter, nach Nordosten. Auf dem Expressway war um diese Zeit nicht viel los. Ich kam zügig voran.

»Von Natur aus bin ich ein fröhlicher Mensch«, erklärte Don Giacomo. »Himmel, jetzt kann ich es endlich wieder sein! Endlich!« Wie er es verkündete, hörte es sich an, als ob seine Fröhlichkeit eine für die Welt wichtige Tatsache war. Ausgelassen hieb er auf einen der Papierberge. Zeitungen und Fotos. Alles lag auf dem Tisch verstreut.

Auf die hohe Glaskuppel trommelte der Regen. Seit dem Nachmittag ging das so. Die Sonne war früh von dichten Wolkenbänken verdrängt worden. Der Einbruch der Dunkelheit, vor Stunden schon, hatte keinen großen Unterschied bewirkt. Tisch und Polsterstühle standen unter einer halbkreisförmigen Palmengruppe.

Hängende Laternen spendeten mildes Licht. Das Feuer im Außenkamin vertrieb die abendliche Kühle, die bis in den Innenhof vorzudringen versuchte. Im Zierteich herrschte Frieden. Der zerschossene Hecht war entfernt, der Bestand an Goldfischen und Karpfen aufgefrischt worden.

Garfield Stakes leerte die Flasche, indem er den

Rotwein zu gleichen Teilen in die drei Gläser goss. Es war die zweite Flasche und sicherlich der Grund dafür, dass Don Giacomo seine innere Grundhaltung erkannt und publik gemacht hatte. Ich würde nicht mehr selbst fahren können. In ihrem hübschen Apartment in Wading River wartete Baby Jane. Auch sie wollte mit mir feiern. Natürlich hatte sie etwas läuten hören. Ihr Onkel war so nett gewesen, ihr gegenüber Andeutungen zu machen, die meine Zukunft betrafen. Baby Janes Stolz auf mich durfte in schwindelnde Höhen wachsen.

»Trinken wir auf den Erfolg!«, sagte Fronzini.

Wir hatten es schon ein paar Mal getan. Aber sein Wunsch war mindestens so gut wie ein Befehl. Deshalb hoben wir die Gläser folgsam, zündeten neue Zigaretten an und sahen zu, wie Don Giacomo noch einmal anfing, die Fotos zu betrachten. Auch das hatte er mindestens schon zehnmal getan. Er kannte jede Phase der morgendlichen Abschiedsszene. Ich hatte in den paar Sekunden zwei Dutzend Bilder geschossen. Fronzini hatte jedes einzelne meiner Negative in seinem hauseigenen Fotolabor entwickeln lassen.

Er feixte die Fotos an, und die Fröhlichkeit brach erneut aus ihm hervor. »O Himmel, nein, diese dämliche Visage! Seht euch bloß mal diese dämliche Visage an! Das Verräterschwein hat zu diesem Zeitpunkt wahrscheinlich noch geglaubt, alles fest im Griff zu haben.«

»Diese Nutte hat es ihm eingeredet«, sagte Stakes trocken. »Garantiert.«

»Ist ja ihr Job«, fügte ich hinzu.

Fronzini starrte erst Stakes und dann mich an, als hätten wir nach harter Gedankenarbeit eine umwälzende Erkenntnis von uns gegeben. Dann prustete er los. »Verdammt, ja!«, schnaufte er. »Der hat sich gefühlt wie der Kaiser von China! Oder Napoleon! Oder so was! Und dann ...« Er gab einen peitschenden Laut von sich. »Aus der Traum!« Er lachte schallend und warf die Fotos auf den Tisch, dass sie ziehharmonikaartig auseinander rutschten. Er trank einen Schluck, stellte das Glas weg, ließ ein wohliges »Aaah!« hören und lehnte sich zurück – nur, um sich in der nächsten Sekunde wieder vorzubeugen und nach einer der Abendzeitungen zu greifen.

Er hatte sie alle schon ein paar Mal gelesen, vorgelesen und belacht. Er erwischte die Daily News, Seite drei. »Hier! Hier, hört mal!« Er räusperte sich und gab seiner Stimme etwas Feierliches: »Mörder machten Mobster Mole mundtot!« Er blickte Stakes und mich über den Rand der Zeitung hinweg an. »An so was ziehen sie sich hoch, an solchen Überschriften. Ich wette, dabei hatten sie in der Redaktion ihren Spaß.«

»Das hört man raus«, bestätigte Stakes. »Mobster Mole! Wirklich toll!«

Sie kicherten. Ich kicherte mit.

Fronzini wurde ernst, machte ein Schulmeistergesicht und las weiter vor: »Beim Verlassen eines Hauses an der Thornhill Avenue in Little Neck, Queens, wurde der mutmaßliche Mobster Leonard Mole heute Morgen von einem Unbekannten erschossen. Es wird angenommen, dass es sich um einen Racheakt unter konkurrierenden Mobs handelte.« Fronzini hieb mit dem Handrücken auf das Zeitungspapier, dass es knallte. »Ha! Das schreiben sie immer. Racheakt. Hört sich ja auch so verdammt gut an. Eigentlich müssten sie sich mal erkenntlich zeigen, die Zeitungsjungs. Wir liefern ihnen die heißen Storys, und keiner denkt an uns.« Er lachte wieder und genehmigte sich einen weiteren Schluck Wein.

Stakes lachte mit. Ich lachte mit. So ging es weiter.

»Gute Fotos haben sie gemacht. Die kannst du dir einrahmen, Gianni.«

»Nur im geheimen Tapetenzimmer«, gluckste ich. »Sonst bin ich ja gleich dran, wenn die Cops mal meine Bude filzen.«

Fronzini hob anerkennend die Hand. »Gut, gut, sehr

gut! Immer gleich an alles denken, Gianni, das ist verdammt richtig. Das unterscheidet die Erfolgstypen von der dämlichen Masse.« Er senkte den Blick und nahm von neuem seine Lesestimme an. »Beim Eintreffen der Cops konnte nur noch Moles Tod festgestellt werden. Es wurden mehr als zehn Einschüsse gezählt, alle im Bereich des Oberkörpers. Die Polizei war von der Hauseigentümerin, Miss Melody Moon, benachrichtigt worden. Miss Moon bestätigte gegenüber unserer Zeitung, dass Mole ihr Gast gewesen sei. Als er ihr Haus verlassen habe, sei er auf dem Weg zu seinem Wagen gewesen, den er in der Parallelstraße abgestellt hatte. – Wie rücksichtsvoll!«

Fronzini lachte.

Stakes und ich lachten.

Fronzini las weiter, nahm eine andere Zeitung, die New York Post. »Moles Fahrzeug, ein Buick Riviera, konnte tatsächlich in der 52nd Avenue sichergestellt werden. Auch das Täterfahrzeug, ein Chevrolet Corsica, wurde schon eine halbe Stunde nach Alarmierung der Cops gefunden.« Fronzini blickte kopfschüttelnd auf. »Eine halbe Stunde! Damit rühmen sie sich noch!« Stakes und ich knurrten beipflichtend, herablassend. Don Giacomo las weiter. »In geringer Entfernung vom Tatort, auf einem Parkplatz am nahen Long Island Expressway. Fingerabdrücke konnten in dem Chevrolet nicht sichergestellt werden, wohl aber mehrere Patronenhülsen, die der oder die Täter vermutlich in der Eile nicht mehr beseitigen konnten.« Fronzini grinste mich an. »Als ob uns das kratzt, was? Patronenhülsen! Langsam müssten diese Typen doch mal kapieren, dass man Schutzhandschuhe für alles Mögliche trägt – auch fürs Laden von Magazinen!«

Fronzini lachte.

Stakes und ich lachten.

»Am besten…«, sagte der Top-Mobster und wühlte in den losen Zeitungsseiten auf dem Tisch, »… fand ich ja die Sache mit der Zeugin, mit dieser Soldatenfrau.

Hier! Hier ist es, im Chronicle.« Er imitierte einen Nachrichtensprecher: »… horchten unsere Reporter in der Nachbarschaft herum. Mrs. Gladys Kaiaoola berichtete, sie habe gegen drei Uhr nachts einen Anruf erhalten. Am Apparat sei ihr Mann gewesen, ein First Sergeant, der an einem vierzehntägigen Manöver in Germany teilnehme. Ihr Mann sei Hawaiianer und überaus eifersüchtig. Er habe kontrollieren wollen, ob zu Hause alles in Ordnung gewesen sei, denn er könne an ihrer Stimme hören, ob sie ein schlechtes Gewissen habe. Natürlich, so erklärte Mrs. Kaiaoola schmunzelnd, sei ihr Gewissen auch in dieser Nacht blütenrein gewesen. Da sie einmal auf gewesen sei, habe sie eine Zigarette geraucht und aus dem Fenster geschaut. Dabei sei ihr der Chevrolet Corsica aufgefallen, der am früheren Abend noch nicht …« Er warf die Zeitung zu den anderen. »Und so weiter, und so weiter!« Er lachte.

Stakes und ich lachten.

Stakes stand auf, um eine neue Flasche zu holen. Ich beschloss, mich zurückzuhalten, obwohl das nicht einfach war. In dieser Runde und bei diesem Anlass den Kostverächter zu spielen, bedeutete, Misstrauen zu wecken. Fronzini sah mich mit seinem wohl wollenden Blick an. Seine Augen waren leicht glasig. Er hatte mehr in sich hineingekippt, als Stakes und ich zusammen. Es musste für den Top-Mobster ungeheuer viel bedeuten, dass er nach Borzas Kriegserklärung beim Wasserballett auf die Siegerstraße zurückzukehren schien.

Ich grinste mit der Verlegenheit des Erfolgreichen, der nicht unbedingt in den Himmel gehoben werden möchte. Wenn er gewusst hätte, worüber ich in Wahrheit grinste, hätte ich den lauschigen Innenhof nicht lebend verlassen. Der Mann, der selbst auf den Fotos wie Moles Zwillingsbruder aussah, hieß Godfrey Harmond und war Schauspieler. Phil hatte ihn durch eine Künstleragentur ausfindig gemacht. Harmonds Ähnlichkeit mit Mole war ohnehin groß. Den Rest hatte Windermeere bewerkstelligt. Ein wahres Meisterwerk. Ebenso die Sachen, mit denen Harmond ausstaffiert worden war: leicht platzende Kunststoffbeutel mit Schweineblut, verbunden mit kleinen Ladungen, die Harmond beim Krachen des ersten Schusses durch einen batteriebetriebenen Zünder selbst ausgelöst hatte. Die Explosionsrichtung dieser gut verkapselten Pulverladungen wies vom Körper weg und ließ in der Kleidung Löcher entstehen, die wie Einschüsse aussahen. So, wie es in Hollywood auch gemacht wird. Harmonds mühevollste schauspielerische Leistung hatte darin bestanden, zuerst das Getroffenwerden glaubhaft darzustellen und dann fast eine Stunde lang als blutüberströmte Leiche dazuliegen. Denn auch die Reporter und Fernsehkameraleute sollten Gelegenheit haben, den toten Mobster abzulichten. NBC Local hatte über den Fall schon in den Nachmittags-Nachrichten berichtet. Der echte Leonard Mole würde seinen eigenen Tod miterlebt haben.

Phil, Steve und Zeery waren natürlich als Erste am Tatort gewesen. Sie hatten den Doc und den Einsatzleiter der Spurensicherer aufgeklärt, dass es sich um einen vorgetäuschten Mord handelte, der strengster Geheimhaltung unterlag. Alle anderen waren nicht näher als drei Yards an die vermeintliche Leiche herangekommen. Denn alle anderen sollten glauben, dass der Mordfall echt war.

In der 52nd Avenue war Moles Buick Riviera sichergestellt worden. Phil hatte den Wagen hergebracht, nachdem er ihn auf einem Parkplatz am Long Island Expressway aus dem Sattelauflieger rangiert hatte. Die leeren Patronenhülsen hatte ich aus einem Schließfach in der Pennsylvania Station geholt und in dem Chevrolet verstreut. Aus dem Schließfach stammten auch die Übungsmunition und die Mündungsbremse für das Schnellfeuergewehr. Die zerfetzten Kunststoffhülsen, die Mündungsbremse und die scharfen Patronen aus dem Original-Magazin des Gewehrs

hatte ich in einen vorbereiteten frankierten Muster-
beutel gesteckt, der an den FBI-Distrikt New York
adressiert war, zu Händen von Special Agent Phil
Decker. Gleich im Nassau County hatte ich den
Versandbeutel in einen Briefkasten geworfen. Für die
restliche Dauer des Tages hatte ich mich bei Baby Jane
in Wading River verkrochen. Ein Bote des Top-Mobsters war kurz nach meinem Eintreffen erschienen und
hatte die Kamera, das Gewehr und das Zubehör abgeholt. Das Gewehr, das sie für eine Tatwaffe hielten, lag
längst auf dem Grund des Atlantiks, an einer küsten-
nahen, aber sehr tiefen Stelle. Ich war erst nach
Einbruch der Dunkelheit zu Fronzini gefahren.

Stakes kehrte mit einer fertig entkorkten Flasche
Chianti Classico zurück.

Nach dem Einschenken hob Fronzini feierlich sein
Glas, als handelte es sich um das erste an diesem
Abend. Er stand sogar auf, und als Stakes seinem
Beispiel folgte, wusste ich, dass Don Giacomo jetzt die
Katze aus dem Sack lassen würde. Ich erhob mich
ebenfalls und bemühte mich, verwundert auszusehen.

»Im Grunde verrate ich gar kein Geheimnis mehr«,
offenbarte Fronzini mit schwerer Zunge. »Garfield ist
jedenfalls im Bilde.« Er sah wieder mich an. »Du,
Gianni Russo, bist ab sofort Moles Nachfolger. Der
Nachfolger dieses dreckigen, ekelhaften Verräters.«

Ich fragte mich, als was er mich später bezeichnen
würde, wenn er in seiner Gefängniszelle Selbstge-
spräche führte.

Leicht schwankend sprach er weiter: »Du über-
nimmst schon mal die wichtigsten Aufgaben Moles.
Garfield erklärt dir das gleich morgen früh. Als Made
Guy wirst du dann morgen oder übermorgen offiziell
aufgenommen.«

Es war Mitternacht, als ich mich endlich verabschie-
den durfte. Ein Fahrer des Mobs brachte mich nach
Wading River, wo Baby Jane mit der nächsten Flasche
Wein in einem atemberaubenden Negligee wartete.

Nur der Helm und die Motorradkluft trennten mich vom frischen Wind, den ich durchbrauste.

Für einen zuverlässigen Burschen hatte Fronzini immer ein passendes Spielzeug parat. Der Tag hatte sich entschlossen, sommerlich-sonnig zu werden, und ich hatte keinen Grund gehabt, nicht auf Garfield Stakes' Vorschlag einzugehen. Ich konnte eine der beiden Harley Davidsons haben, wann ich wollte. Es gab nur ein paar fahrbare Untersätze, über die ich als kommender Made Guy nicht gleich verfügen durfte: Der Rolls-Royce, der Ferrari und ein gepanzerter Mercedes 500 waren ausschließlich dem Top-Mobster vorbehalten. Über ein paar andere Luxusschlitten bestimmte Stakes allein. Der Rest an Fahrzeugen stand den Mobstern, die Fronzinis Vertrauen genossen, zur Verfügung. Dass ich zurzeit sein Favorit war, brauchte ich mir nicht nur einzubilden. Es war Tatsache.

Jersey City lag hinter mir. Den ersten Job hatte ich erledigt. Bislang war alles gut gegangen. Aber ich wusste zu diesem Zeitpunkt bereits, dass es dabei nicht bleiben würde. Melody Moon hatte den FBI-Kollegen eine Personenbeschreibung von mir geliefert. Das war so besprochen, auch wenn es für mich höllisch riskant werden konnte. Bei den V-Leuten des FBI war ich als Gianni Russo längst bekannt. So würden die Kollegen, die nicht über meinen Undercover-Einsatz informiert waren, eine Fahndung nach mir in Gang setzen. Phil und der Chef würden das nicht verhindern. Aus gutem Grund nicht. Es würde bis zu Fronzini durchsickern, dass G-men und Cops der Detective Division nach mir herumhorchten. Es würde meine Glaubwürdigkeit untermauern.

Ich ließ die Harley gemächlich in den Holland Tunnel hinunterrollen und stoppte, um Kleingeld loszuwerden. Mit dem, was ich hinter mir in den Gepäckkästen transportierte, hätte ich zehn Jahre lang jeden Tag zweimal die Tunnelgebühr berappen können. Der Kassierer reichte mir Wechselgeld und das Ticket aus dem Häuschen, und ich ließ die Harley weiterwummern. Es herrschte wenig Verkehr, verglichen mit dem Stop and Go während der Rushhour. Ich fuhr auf der rechten Spur. Im linken Spiegel sah ich den grauen Chrysler LeBaron. Der Fahrer zahlte nicht, zeigte nur etwas vor. Der Kassierer winkte ihn durch. Genauso geschah es mit einem hellblauen Ford Taurus, den ich gerade noch erspähen konnte, bevor zu viele andere Limousinen dazwischenkamen.

Ich hätte es mir denken sollen.

In Jersey City hatte ich Verkaufsautomaten abkassiert. Legale Firmen, die jedoch von Mobstern betrieben werden, kontrollieren diesen Geschäftszweig. Überall standen die eisernen Münzschlucker herum: in Bahnhofshallen, Postämtern, Schulen, Hotel-Lobbys und wer weiß wo. Briefmarken, Kaugummi, Süßigkeiten und alles nur erdenkliche Kleinzeug wurden auf dem Automatenweg verscherbelt. Mit Gewinnspannen in Höhe von zweistelligen Prozentzahlen. So etwas gehörte zu den weniger Aufsehen erregenden Branchen, in denen der Mob aktiv war. Das Abkassieren der Dinger war jedenfalls ein Vertrauensjob. Gerade richtig für einen aufstrebenden Burschen, bei dem man davon ausgehen konnte, dass er auf der mobinternen Karriereleiter so schnell wie möglich vorankommen wollte.

In Manhattan kam ich wieder ans Tageslicht und fuhr den südlichen Broadway hinunter. Der Chrysler und der Ford wechselten sich ab. Mal fiel der eine zurück, mal der andere. Und dann, kurz vor der Auffahrt zur Brooklyn Bridge, hatte ich den Dritten im Spiegel. Ein Mercury Sable, dunkelbraun. Alles andere als ein unbekanntes Fahrzeug für mich. Er übernahm. Sehr geschickt. Immer waren mindestens zwei oder drei andere Wagen vor ihm.

Als ich die Fahrbahn der Brücke erreichte, konnte ich den Chrysler und den Ford nicht mehr sehen. G-men oder Detective Cops aus Jersey City. Völlig klar.

Vielleicht war eine simple Polizeistreife auf mich aufmerksam geworden, drüben, jenseits des Hudson River. Dass sie ein Auge auf die Standplätze der Automaten warfen, lag auf der Hand. Jedes Kind in New York und Umgebung nennt die Dinger ›Mafiamaschinen‹. Die Ursache spielte keine Rolle. Viel schwerwiegender war das Ergebnis: Die Kollegen aus Jersey City hatten an meine Kollegen von der Federal Plaza übergeben.

Ich kannte den dunkelbraunen Mercury Sable.

In unserem Fuhrpark hatten wir viele Dienstwagen dieses Typs.

Sie eröffneten die Jagd auf Gianni Russo und hatten nicht die leiseste Ahnung, wer dieser Mobster wirklich war. Sie hatten nur das eine im Sinn: den Burschen festzunehmen und ihn als Mörder zu überführen. Und wie ich meine Kollegen kannte, würden sie mit einer Menge Energie darangehen, ihr Ziel auch zu erreichen. Dieser Energie etwas entgegenzusetzen war schon verteufelt vielen Gangstern schwer gefallen und schließlich unmöglich geworden.

Weder Mr. High noch Phil, Steve oder Zeery würden etwas unternehmen, um diese Jagd zu verhindern. Wurde ich geschnappt, hatte Fronzini Gelegenheit, mich mit einer hohen Kaution herauszupauken. Denn meine Kollegen konnten es ja beim besten Willen nicht schaffen, eine Tatwaffe aufzuspüren. Daran, dass die Ballistiker aus dem Labor noch kein Untersuchungsergebnis über die Geschosse aus dem Körper des Mordopfers geliefert hatten, nahm niemand Anstoß. Die Zeit war einfach noch zu kurz. Entwischte ich, konnte ich Fronzini darüber berichten, und er würde es sich von anderer Stelle bestätigen lassen. So oder so sollte dieses Vabanque-Spiel meine Stellung in der Mob-Familie noch mehr festigen.

Doch das unkalkulierbare Risiko war teuflisch.

Ein Mann wie Gianni Russo würde sich niemals ohne Widerstand schnappen lassen. Also musste ich mich zur Wehr setzen. Ich konnte nur hoffen, dass es nicht dazu kam. Es mit FBI-Agenten auszuschießen ist eine verdammt aussichtslose Sache. Auch wenn man selber FBI-Agent ist.

Ich hatte nur den einen Vorteil: die größere Beweglichkeit der Harley Davidson. Als ich das jenseitige Ende der Brooklyn Bridge erreichte, wusste ich, wie ich diesen Vorteil ausspielen würde. Ich hatte von dieser Bürgerinitiative gelesen. In allen Zeitungen und im Lokalfernsehen war darüber berichtet worden. Die Furman Street sollte ausgebaut werden. Dadurch würde sie zwangsläufig ihren ursprünglichen Charakter verlieren. Die Bürger von Brooklyn wollten die alte Hafenatmosphäre erhalten.

Es war ihnen gelungen, gerichtlich einen Baustopp durchzusetzen, bevor es richtig losging

Ich nahm die Abfahrt zur Fulton Street. Kurz bevor ich nach links abbog, sah ich, dass der Mercury mir folgte. Okay. Wenigstens wusste ich jetzt, woran ich war. Und ich brauchte mir keine Illusionen zu machen. Es würde nicht bei dem einen FBI-Fahrzeug bleiben. Möglicherweise waren die Kollegen aus New Jersey auch noch am Ball.

Ich beschleunigte, zog links an dem zähflüssigen Verkehr vorbei und setzte mich rechtzeitig vor einen hochbeinigen Dodge-Pickup. Der Fahrer hupte wütend. Dabei zwang ich ihn nicht einmal, zu bremsen. Es lag wohl nur daran, dass ich vor ihm die Ampel erreichte. Es war nicht mehr lange genug Rot, damit er aussteigen und versuchen konnte, mich aus dem Sattel zu holen. Bei Gelb ließ ich die Harley losröhren und scherte nach rechts aus. Das verbeulte Checker-Taxi, das dort mühselig losrumpelte, wurde in keiner Weise behindert. In einer waghalsig engen Kurve fegte ich nach rechts in die Clark Street. Die Harley Davidson war dafür ungefähr so gut geeignet wie ein Jumbo Jet für die verrückte Idee seines Piloten, plötzlich Buchstaben an den Himmel schreiben zu wollen.

Haarscharf vor dem Rammschutz eines Mülltrucks wischte ich in der Clark Street auf die andere Fahrbahnseite.

Hatte ich meine Kollegen schon abgehängt? Es musste mit dem Teufel zugehen, wenn sie mein Blitzmanöver mitgekriegt hatten. Ich jagte an Lieferwagen und Trucks vorbei, die be- oder entladen wurden. Quer vor dem Ende der Clark Street verlief eine Hochstraße: der Brooklyn-Queens-Expressway. In dem von Betonstelzen begrenzten Blickfeld waren die Piers und ein bisschen Wasserfläche zu sehen. Den Hintergrund bildeten die Wolkenkratzertürme von Manhattan Downtown. Direkt unterhalb des Expressways, parallel dazu, verlief die Furman Street. Ein Teil der rotweißen Absperrungsplanken am Ende der Clark Street war mit Personenwagen zugeparkt. Nur eine einspurige Gasse war frei, und die auch nur für den Anliegerverkehr zu den Piers.

Ich rauschte in die Gasse, bremste und ging bis zum Schritttempo herunter. Mit dem Vorderreifen versetzte ich der einen Planke einen Kick. Das schwere Ding bewegte sich scharrend zur Seite. Für die Harley Davidson reichte der entstandene Platz. Ich rollte hindurch, wendete und stieß die Planke in ihre ursprüngliche Position zurück. Bei dieser Gelegenheit sah ich, dass ich meine Kollegen für zu einfältig gehalten hatte.

Der Mercury war eben in die Clark Street eingebogen. Die flache Schnauze des Wagens hob sich, als er in meine Richtung preschte. Dreihundert Yards Entfernung, das war alles, was ich an Vorsprung herausgeschunden hatte. Ein bisschen würden mir die Absperrungsplanken noch einbringen, doch es würde den Kohl auch nicht fett machen.

Ich fuhr einen engen Halbkreis, vorbei an unbenutzten Baubuden und einem Stapel weiterer Planken, die noch nicht gebraucht wurden. Mit zunehmendem Tempo brachte ich das Betondach des Expressways hinter mich und erreichte die leere Fahrbahn der

Furman Street. Alles war geräumt, alles für den Baubeginn vorbereitet. Die Bürgerinitiative hatte bewiesen, dass sie nicht ganz machtlos war. Ich zog die Harley nach rechts. Etwa sechshundert Yards freier Fahrbahn lagen vor mir, zur Linken die Piers und der Hafenbetrieb. Dort oben, knapp unterhalb der Brooklyn Bridge, gab es Ausweichmöglichkeiten.

Ich drehte auf.

Die Doughty Street, die Vine Street. Eine von den beiden konnte ich zum Verschwinden benutzen. Und dann wurde es Zeit, dass ich das Fahrzeug wechselte. Den Verlust des Automaten-Kleingelds würde Jake Fronzini verschmerzen können. Ich, sein neuer Made Guy, war ihm schließlich wichtiger. Durch meinen Einsatz zur See hatte ich die läppische Summe längst im Voraus abgearbeitet.

Etwas zerschnitt meine Gedanken – etwas, das in mein Blickfeld glitt.

Ein grauer Buick Skylark.

Er kam vom Elizabeth Place, oberhalb der Doughty Street. Ich kannte den Wagen mindestens so gut wie den dunkelbraunen Mercury. Und den sah ich jetzt im Spiegel. Natürlich. Wie konnte es anders sein. Sie hatten die Planken weggeräumt. Das Glück hatte ich an diesem Tag nicht auf meiner Seite. Alles andere als das. Ich hätte eine bessere Fahrtroute aussuchen sollen. Die Federal Plaza und das FBI-Distriktgebäude waren schließlich nur einen Katzensprung entfernt. Noch ein paar Minuten, und ich würde alle verfügbaren Wagen der Fahrbereitschaft auf dem Hals haben.

Ich nahm Gas weg, bremste und wendete. Im Herumschwenken sah ich noch, wie der Buick sein Hinterteil nach unten drückte, mit Vollgas lospreschte. Abermals drehte ich auf. Ich tat, als wollte ich frontal auf den Mercury losgehen wie ein Wahnsinnstäter. Möglich, dass sie mir die Panik abkauften. Rasend schnell schrumpfte die Entfernung zusammen. Die Maschine unter mir brüllte. Noch hielten die Kollegen im Mercury ihren Kurs. Vielleicht dachten sie, ich plante diese Mutprobe, mit der Jugendliche sich gegenseitig die Nerven zerfetzten: So lange wie möglich aufeinander zuzurasen, und der, der am ehesten ausweicht, ist der Feigling.

Noch zweihundert Yards.

Hinter mir hielt der Buick mühelos mit.

Fünfzig Yards Fahrbahn ließ ich noch weghuschen. Dann stieg ich in die Bremse. Das breite Heck der Harley wedelte. Aber ich hielt die Maschine eisern. Reifengummi rieb sich wimmernd ab. Der Kollege am Lenkrad des Mercury bremste ebenfalls. Ich grinste unter meinem Helm. All right, es lief. Sie rechneten mit dem, was sie für möglich hielten. Nicht mit dem Unmöglichen. Das war die einzige Chance, die ich noch hatte.

Ich brachte die Maschine mit Seitwärtsschwung zum Stehen, ließ sie auf das Pflaster sinken. Den Lenker hielt ich noch.

Die Türen des Mercury flogen auf, noch bevor sich die Reifen des Wagens ausgeheult hatten.

In dem Moment, in dem ich aussah, als wollte ich rennend flüchten, riss ich die Maschine wieder hoch. Der Motor lief noch. Mit einem Sprung saß ich im Sattel und preschte los. Zwei Kollegen aus dem Buick waren schon ins Freie gesprungen. Ich erkannte sie aus den Augenwinkeln heraus.

Les Bedell und Hyram Wolfe. Sie brüllten etwas und hatten ihre Dienstrevolver im selben Moment im Anschlag. Beidhändig feuerten sie auf mich. Die Schüsse klangen hart und trocken, seltsam unbedeutend angesichts der Arbeitsgeräusche aus dem Hafen.

Ich fuhr Slalom. Das Sengen der Kugeln spürte ich nicht. Nur das Patschen der Kugeln, wenn sie haarscharf neben mir aufschlugen und kleine Wolken von Steinstaub emporsteigen ließen. Einmal hörte ich das Singen eines Querschlägers. Unmöglich, so ein Ziel zu treffen, das sich schnell bewegt. Und der Buick war noch nicht nahe genug heran. Nur die Gefahr, von einem Zufallstreffer erwischt zu werden, ließ meine Haarwurzeln kribbeln. Zum Glück waren in der Nähe keine Menschen. Doch ich wusste, dass meine Kollegen niemals Unbeteiligte gefährden würden.

Les und Hyram gaben es auf, hasteten zum Wagen zurück.

Ich zog nach rechts von der Fahrbahn, auf die Kaistraße und die Piers zu. Allmählich mussten sie an meinem Verstand zweifeln. Möglich aber auch, dass sie meine Taktik erkannten: genau das zu tun, was der Gegner am allerwenigsten erwartet. Ich raste an einer langen Reihe von abgestellten Fracht-Containern vorbei, umrundete die Schmalseite und hatte erst einmal Deckung.

Im selben Atemzug sah ich den Ausweg.

Gabelstapler wieselten am Kai, dicke Ballenbündel hoch erhoben wie Ameisen, die Lasten vom Dreifachen ihres Körpergewichts schleppten. Über dem Gewiesel erhoben sich die breitbeinigen Portalkräne und schwenkten ihre Rüssel behäbig hin und her. Bereitgestellte Sattelauflieger schwerer Trucks wurden von ihrer Tonnage befreit. Die Kranrüssel übernahmen die schwarz umwickelten Ballen und versenkten sie in den nahen Laderaum eines Frachters. Das Schiff lag bereits tief, musste also bald fertig beladen sein. Die Gangway zum Achterschiff – für Crewmitglieder, Besucher und Hafenarbeiter – hatte nur noch wenig Steigung. Ich schätzte den Dampfer auf 10.000 Bruttoregistertonnen. Panamaische Flagge, die mit dem geringsten Seltenheitswert. Den Namen konnte ich nicht entziffern, da sich mehr als die Hälfte der Buchstaben am Heckrund verbargen.

Die FBI-Dienstwagen schnellten nacheinander hinter der Reihe der Container hervor.

Ich tauchte in eine Lücke zwischen zwei Sattelauflieger – der Platz reichte gerade eben für die bullige Maschine. Gleich darauf leistete ich den Gabelstaplern

Gesellschaft, den eifrigen Zubringern für die Kräne. Die Stapler akzeptierten mich nicht als Artgenossen. Das wütende Röcheln ihrer Warnsignale verfolgte mich, als ich ein paar von ihnen in den Weg kam. Die Harley lag wie eine Eins, als ich meinen Slalomkurs durch das Gewiesel fuhr. Die Kollegen in den Dienstwagen hatten das Nachsehen. Sie mussten den Umweg über die entfernten Schmalseiten der Sattelauflieger nehmen. Mit knapper Mühe kamen sie noch rechtzeitig, um meinen weiteren Fluchtweg zu beobachten. Ich konnte mir vorstellen, dass sie ziemlich viel Frischluft zwischen die Zähne kriegten.

Ich fuhr die Gangway hinauf.

Der Watchman an der Verschanzung, drahtig und dunkelhäutig, ließ sich fast überrollen – so starr vor Entsetzen war er. Ich sah nur noch seine geweiteten Augen, als ich mit der Maschine an ihm vorbeisegelte, wie von einer Sprungschanze abhebend.

Auf dem Halbdeck, vor den Mannschaftsräumen, war Platz für die Landung. Genug jedenfalls, dass ich mich in Sicherheit bringen konnte, bevor die Harley mit dem letzten Schwung ein Ventilatorgehäuse rammte und eindellte. Der Watchman schrie und schrie. Verstehen konnte ich es nicht. Im Davonlaufen versuchte ich, ihn mit Handbewegungen zu beschwichtigen. Es hatte keine Wirkung. Er hörte nicht auf zu schreien. Die fliegende Harley Davidson hatte ihn zu sehr beeindruckt.

Ich lief weiter, bis zur Backbord-Verschanzung. Den Fehler, den Fliehende meist im Fernsehen oder im Kino machen, beging ich nicht. Auf Bildschirm oder Leinwand haben die Jungs immer eine unerklärliche Höhen-Sehnsucht, obwohl sie doch wissen müssten, dass da zwangsläufig irgendwann das Ende der Fahnenstange kommt. Was Regisseure für dramaturgisch wirkungsvoll halten, ist in der Praxis meist total unbrauchbar. Deshalb raste ich den Niedergang zum Hauptdeck hinunter und baute darauf, dass der

Schreihals noch nicht allzu weit durch das Kran-Kreischen und das Gebrüll der Stauer vorgedrungen war.

Geduckt huschte ich an den ersten offenen Ladeluken vorbei nach mittschiffs. Bestenfalls die Kranführer und jemand, der sich auf dem Brückendeck aufhielt, konnten mich jetzt sehen. Aber ich ging davon aus, dass sie anderes zu tun gehabt hatten, um so schnell auf mich aufmerksam zu werden.

Nur der schreiende Watchman folgte mir, war allerdings noch auf dem Halbdeck und konnte mich vorübergehend nicht sehen. Ich erreichte das achterne Ladegeschirr und dachte nicht daran, mein Tempo zu verringern.

Doch ich konnte nicht widerstehen, als ich diesen offenen Sack aus grobem Leinen vor mir sah. Inhalt war eine zusammengerollte Eisenkette aus faustgroßen gefetteten Gliedern. Ich legte einen kurzen Zwischenstopp ein, brachte den zentnerschweren Sack hoch und schleuderte ihn über die Verschanzung.

Tief geduckt erreichte ich bereits den nächsten Laderaum, als das Klatschen von außenbords zu hören war.

Und dann kreischte der Watchman los, dass es der reinste Ohrenschmaus war.

»Mann über Bord! Mann über Bord!« Er hielt nicht inne.

Ich sah schwarz, als ich einen raschen Blick über die Lukenkante riskierte.

Schwarze Ballen. Ich zögerte nicht, packte die Kante und schwang mich in einer flachen Rollbewegung hinüber. Weich landete ich auf dem Schwarz, rutschte über eine runde Kante und war froh, von einer tiefer liegenden Ballen-Ebene aufgefangen zu werden. Ich war unsichtbar, auch für Blicke von draußen. Auf der einen Seite schützten mich höher aufragende Ballen, auf der anderen der überhängende Stahl der Laderaumkante.

In das Kreischen des Watchman mischten sich energische Stimmen. Schritte trappelten. Klar, dass sie alle glaubten, ich sei über Bord gesprungen. Trotzdem musste ich mich beeilen, musste die allgemeine Aufregung nutzen. Denn meist hielt so eine hektische Stimmung nicht lange vor. Und wenn dann nüchterne Überlegung Platz griff, sah es schlecht für mich aus. Vor allem meinen Kollegen traute ich zu, dass sie sehr rasch den richtigen Überblick kriegen würden.

Ich ließ mich tiefer gleiten und achtete dabei auf Sichtschutz durch hohe Ballenwände. An einer Stelle war die schwarze Folie aufgeplatzt. Darunter befand sich bedruckter Stoff. Billiges Zeug. Für mich zählte nur, dass das Zeug weich war.

Über mir wurde es dunkler. Eine neue Kranladung schwebte herab, senkte sich in den noch freien Teil des Laderaums. Ich kroch in Richtung Steuerbord und fand einen engen Spalt, in dem ich mich weiter hinabgleiten lassen konnte. Jetzt hatte ich bereits den noch ungefüllten Raum vor mir.

Die Stauer hatten die Köpfe in den Nacken gelegt. Ihr Interesse galt dem Lärm dort oben. Eine willkommene Unterbrechung. Sie schienen mitgekriegt zu haben, dass ›Mann über Bord‹ gemeldet worden war. Da wurde Hilfe gebraucht. Völlig klar.

Eilig lösten sie die Plane von den Haken und wuchteten die Ballen einzeln zur Seite. Sofort wurden die Haken wieder in die Aluminium-Ösen gehängt, und der Vorarbeiter gab dem Kranführer eine Walkie-Talkie-Nachricht. Die Männer wandten sich ab, wollten an Deck, wo es etwas zu sehen gab.

Ich sah das schlaffe Laken an dem aufsteigenden Kranhaken zum Greifen nahe vor mir. Ich überlegte nicht einen Sekundenbruchteil lang, stieß mich ab und landete in dem beutelartigen harten Tuch. Der Seitenschlitz war gerade groß genug. Ich schwebte höher und höher und wusste, dass auch der Kranführer nichts mitgekriegt hatte. Er konnte nur bis in den oberen Teil des Laderaums blicken.

Etwas unsanft setzte er mich auf den Kai. Aber das lag daran, dass auch er es eilig hatte, seinen Arbeitsplatz zu verlassen und an Bord des Frachters nachzufragen, ob seine Hilfe gebraucht wurde. Ich wartete unter der schweren Last der zusammengesunkenen Plane, bis ich keine Schritte mehr hörte. Dann befreite ich mich, sah mich kurz um und lief auf die Sattelauflieger zu. Nur fünf, sechs Yards hatte ich zurückzulegen.

Und ich schaffte es.

Ich drehte mich noch einmal um. Alles stand verlassen da – die Gabelstapler, die Dienstwagen meiner Kollegen …

Ich überquerte die Furman Street und lief dann in die Pierrepont, eine Parallelstraße der Clark Street. Bis zur Clinton, zwei Blocks weiter, marschierte ich zu Fuß. Dann nahm ich ein Taxi.

Ich war jetzt hundertprozentig sicher, nicht mehr verfolgt zu werden.


Wir machten einen Rundgang. Jake Fronzini und ich. Der Festtrubel im Haus blieb zurück. Manch einer in der Organisation wäre vor Neid geplatzt, wenn er mich mit dem Mob-Boss in dieser Vertrautheit gesehen hätte.

Fronzini und ich schlenderten das gepflasterte Rondell entlang, in dessen Mitte eine Blumeninsel von einer gusseisernen Laterne erhellt wurde. Der Abend war mild. Der Wind hatte sich restlos gelegt und über dem Sound funkelten die Sterne. Kleine Reflexe blitzten auf dem dunklen Wasser bis hin zum Horizont, den man nur ahnen konnte. Vielleicht waren es auch schon die Lichter von Connecticut, drüben, auf der anderen Seite des Sound.

Ich wusste nicht, wie gut oder schlecht die Sicht war. In den vergangenen Stunden hatte ich mich darauf konzentrieren müssen, mich feiern zu lassen. Immer wieder hatte ich erzählen müssen, wie ich den FBI-Bullen entwischt war.

Einen Grund zum Feiern kosteten sie alle gern aus. Und es war noch kein Ende abzusehen. Etliche hatten neue Freundinnen mitgebracht. Die Unterführer aus den verschiedenen Stadtteilen, all die Made Guys und auch ein paar Connected Guys waren da. Die besonders zuverlässigen. Deren Rang hatte auch ich gehabt, bevor ich an diesem Tag von Don Giacomos Gnaden befördert worden war.

›Connected‹ zu sein bedeutete, Verbindung zu den wichtigsten Leuten zu haben, mit einer Mob-Familie zusammenzuarbeiten. Allein dieser Status bedeutete schon eine Absatzgarantie für nahezu alles, was man an Sore auftreiben konnte.

Aus den offenen Fenstern des Haupthauses wehte Musik. Sanfte, satte Swingklänge. Nichts, was zu hektisch oder schreiend gewesen wäre. Zwar taten alle, als hätten sie längst vergessen, was vor der Küste geschehen war. Aber verdrängt hatten sie es beileibe noch nicht.

Fronzinis Anweisungen wurden respektiert. Niemand hielt sich außerhalb des Hauses auf, wenn er nicht eine ausdrückliche Erlaubnis dafür eingeholt hatte. Das konnte bei Don Giacomo selbst oder bei einem der Unterführer geschehen. Und mit voller Absicht hatte Fronzini keine Zeltdächer aufbauen lassen, obwohl das Wetter es an diesem Abend durchaus erlaubt hätte. Nicht noch einmal wollte er seinem Erzfeind eine verwundbare Stelle zeigen.

Fronzini wählte den Weg, der zu seinem Privathafen führte. Abends sei die Aussicht dort besonders schön, hatte Baby Jane mir erklärt. Besonders reizvoll sah es aus, wenn unten auf dem Sound Boote oder Schiffe mit ihren Positionslampen vorbeifuhren.

Für Baby Jane war es die selbstverständlichste Sache der Welt gewesen, sich bereitwillig zurückzuziehen, als ihr Onkel uns an einer der Bars aufgetrieben und erklärt hatte, er wolle ein Gespräch von Mann zu Mann mit mir führen.

Aus der Dunkelheit bei der Einfriedung löste sich einer von zwei Schatten. Der Schatten erreichte den Lichtkreis einer Pilzleuchte am Wegesrand und nahm Konturen an. Ein Mann in schwarzem Kampfanzug, schwarzen Stiefeln und schwarzem Rollkragenpullover. Auf dem Kopf trug er eine schwarze Strickmütze, und auch das Gesicht war geschwärzt. Die Maschinenpistole am Schulterriemen hatte die passende Stahlfarbe.

»Parole!«, forderte der Mann mit energischer Stimme. Er gehörte zur Mannschaft der Bodyguards und hatte klare Anweisungen. So unter anderem auch, sich durch nichts und niemanden beeindrucken zu lassen. Auch nicht durch den Oberbefehlshaber persönlich.

»Big Apple«, sagte Fronzini.

»Danke, Don Giacomo«, entgegnete der Posten. »Sie dürfen passieren.«

Der Top-Mobster trat einen Schritt auf ihn zu und klopfte ihm auf die Schulter. »Gut, gut, mein Junge. Sehr gut. Wie ist die Lage?«

»Alles ruhig, Don Giacomo. Auch vom Sound her nichts Außergewöhnliches.«

»Sehr schön. Denkt daran, mich sofort zu benachrichtigen, wenn Mr. Stakes zurückkehrt. Ihr wisst, welche Maßnahmen dann zu ergreifen sind.«

»Jawohl, Don Giacomo. Wir verlegen die Hälfte der verfügbaren Kräfte nach unten in den Hafen.«

Fronzini entließ den Bodyguard mit einem zufriedenen Nicken, und wir setzten unseren Weg fort.

»Wo steckt Garfield eigentlich?«, erkundigte ich mich. »Ist es ein Geheimnis?«

»Nicht mehr lange, Gianni, nicht mehr lange. Lass dich überraschen. Ich habe es übrigens noch keinem verraten. Du bist also nicht benachteiligt. Ich denke, es wird ein richtiger Paukenschlag werden.«

»So eine Art Höhepunkt für das Fest?«

»Richtig! Haargenau richtig!« Er hieb mir auf die Schulter, dass es klatschte. Der kahle Teil seines Kopfes und die Silberfäden im Haarkranz schimmerten. Seine dunklen Augen blitzten übermütig. »Schließlich sollst du nicht den ganzen Abend im Mittelpunkt stehen, mein Sohn. Sonst wirst du mir noch größenwahnsinnig, was?«

»Ich bleibe immer auf dem Teppich«, behauptete ich.

»Eine gute Eigenschaft«, lobte er mich. »Mindestens aber ein guter Vorsatz.«

Wir traten an die nur hüfthohe Umfassungsmauer, die das Grundstück von der Felsenwand trennte. Eine gewundene Steintreppe führte hinunter zu der kleinen Hafenbucht. Rechter Hand, schon im Dunkeln, schob sich eine Halbinsel in den Sound. Nördlich davon strahlte eine Lichtglocke in den Abendhimmel. Der Fischereihafen. Nach Süden hin wurde die Bucht von einer nahezu senkrecht abfallenden Felsenküste fortgesetzt. Oberhalb der Steilküste, landeinwärts, standen Lichterketten von Peitschenleuchten. Dunkle Klötze von Gebäuden verwehrten an dieser Stelle den Blick auf das ferne Funkeln New York Citys.

Die Fabrik. Eine Besichtigung hatte Fronzini mir angekündigt. Morgen oder übermorgen sollte ich seine mit Elektronik voll gestopften Kampfmaschinen erleben. Ich würde der erste FBI-Agent sein, der die Mord-Roboter zu sehen kriegte. Es kursierten eine Menge Gerüchte darüber. Vor allem durch Geheimdienstberichte, die aus Mittelamerika stammten.

Wir lehnten uns auf die Mauerkrone und blickten auf den Hafen hinunter. Da unten waren alle Lichter gelöscht worden. Nur die hellen Umrisse der Yachten waren zu erkennen. Nicht aber die Posten, die am Rand der Bucht patrouillierten.

»Wenn Garfield zurückkommt, wird er den Fischereihafen als Orientierungshilfe nehmen«, brummte Fronzini.

»Aha, er kommt also auf dem Wasserweg.«

»Mehr wird nicht verraten«, gluckste Fronzini. »Hast du übrigens mal über deine Zukunft nachgedacht?«

Ich spürte seinen Blick von der Seite. »Gelegentlich«, antwortete ich. »Aber was Konkretes ist dabei noch nicht rausgekommen. Geht es um Baby Jane?« Sie war die Tochter seiner Schwester, die nie geheiratet hatte. Jane Fronzini. Er hatte sie Lady Jane genannt, und der Name für die Tochter, das Baby, hatte sich wie von selbst ergeben.

»Sie kommt gut zurecht«, entgegnete Fronzini wegwerfend. »Sie ist ein raffiniertes kleines Biest.«

»Kann ich bestätigen.« Ich grinste auf den nachtdunklen Sound hinaus, wo tatsächlich einige Positionslichter ihre Bahn zogen.

»Ich meine deine unmittelbare Zukunft. Du nimmst doch nicht an, dass der FBI dich ab sofort vergisst?«

»Hm – könnte sein, dass ich den Brüdern noch ein paar Mal weglaufen muss.«

»So leicht wird es nicht mehr werden, Gianni. Die Gentlemen von der Elite der Nation haben dich in Jersey City gesehen. Es war ein Fehler, dich dorthin zu schicken. Du merkst, ich bin immer bereit, Fehler einzugestehen. Mein Grundsatz war es nämlich auch immer, aus Fehlern zu lernen. Nun gut. Wir müssen mit den Dingen fertig werden, wie sie sind. Ich habe dich zum Made Guy gemacht, weil ich weiß, dass du es wert bist. Ich möchte dich nicht gleich wieder verlieren.«

»Nach der Fehlinvestition Mole«, nickte ich. Ich konnte es mir nicht verkneifen. Mit der Elite der Nation meinte er den FBI. Ein altes Klischee. Aber immerhin ehrenvoll für unsereinen.

»Du hast Recht, absolut Recht!«, rief Don Giacomo erstaunlicherweise. Er sah mich noch eindringlicher an. »Wir haben all die guten Voraussetzungen, die wir für die Zukunft brauchen, Gianni. Und wir werden ab sofort jeden Vorteil nutzen. Noch heute Abend wird sich das in ganz entscheidender Weise zeigen. Aber jetzt erst mal zu dir.« Er pausierte einen Moment, als müsse er überlegen. »Weißt du, es ist so: Ich meine, du solltest dich für eine Weile absetzen. Was Moles Tod betrifft, wird natürlich nie richtig Gras über die Geschichte wachsen. Aber ein paar Jahre können doch schon sehr hilfreich sein. Was hältst du von dem Gedanken?«

Ich stieß hörbar Atemluft aus. »Erst einmal haut es mich aus den Stiefeln, muss ich zugeben. Aber es sieht wohl so aus, als ob ich mich mit dem Gedanken anfreunden muss.«

»So sieht es aus, Gianni, so sieht es aus«, seufzte Fronzini. »Du weißt, ich habe hervorragende Kontakte nach Mittelamerika. Geschäftsbeziehungen, verstehst du? Ich könnte dir bei meinen Freunden dort einen erstklassigen Posten verschaffen. Eine Art Handelsvertretung für mich. Du würdest wichtige Aufgaben an Ort und Stelle übernehmen: Kontakte knüpfen, bestehende Verbindungen vertiefen, Techniker überwachen, die die TOMCATs zusammenbauen. Und so weiter, und so weiter. Ich will das jetzt nicht auswalzen. Vor allem will ich dir nicht die Stimmung verderben. Es soll ein Gedankenanstoß sein. Denk drüber nach, Gianni, denk nur erst mal darüber nach. Und wenn dir diese eine Möglichkeit nicht gefällt, gibt es noch andere.«

»All right«, schnaufte ich. »Ich lass mir die Geschichte durch den Kopf gehen.«

Don Giacomo klatschte mir noch ein paar Mal auf die Schulter, während wir zurück ins Haus schlenderten.


Ich rechnete nicht damit, sie sofort zu finden. Wahrscheinlich musste ich mich nach dem größten Männerpulk richten, in dessen Mitte sie dann wohl steckte. Schon den ganzen Abend wurde sie von

Stielaugen verfolgt. Denn Baby Jane versuchte, mit ihrem Outfit diese Sängerin nachzuahmen, die sie zwei- oder dreimal im Fernsehen gesehen hatte. Das Haar hochgesteckt, den Körper in einen elastischen weißen Stoffschlauch gestopft. Alles Herausragende an ihr war schon den ganzen Abend ausgiebig begafft worden. Ihre großen Brüste schwangen federnd unter dem dünnen Stoff, und mancher Blick fraß sich an den deutlichen Punkten fest, die diese Wölbungen krönten.

Don Giacomo hatte mich in die Bar entlassen, die sich in einem Winkel der großen Halle befand. Meine Schultern und Oberarme waren zum erklärten Ziel aller Handflächen geworden.

»Hi, Gianni, alter Junge!«

»Hey, Mann, wie fühlt man sich so?«

»Jimmy, da bist du ja! Weißt du, dass wir schon vor einer halben Stunde zusammen einen trinken wollten?«

Das Gefühl, viele gute Freunde zu haben, hatte ich schon seit Beginn dieser netten kleinen Feier. Alle hatten sich darauf besonnen, dass wir schon wer weiß wie lange die besten Kumpel waren. Logisch. Einen Made Guy musste man sich warm halten.

Die Belagerer der Bar bildeten eine Gasse für mich. An deren Ende sah ich Baby Jane. Sie räkelte sich auf einem hochbeinigen Hocker. Jemand drückte mir ein Longdrinkglas in die Hand. Die Eiswürfel klickten im öligen Whisky. Die Musik war auf Hintergrund-Lautstärke zurückgedreht worden. Mein Girl sah mir mit einem schmachtenden Augenaufschlag entgegen. Durch das Vier-Augen-Gespräch mit ihrem Onkel hatte ich eine höhere Weihe bekommen, die mich für sie noch begehrenswerter machte.

Ein Raunen ging durch die versammelte Festschar, bevor Baby Jane mich ans Herz drücken konnte. In ihren Glutaugen las ich, dass weder sie noch ich der Mittelpunkt waren. Diesmal nicht. Ihr Blick wanderte an mir vorbei. Ich verharrte und drehte mich um.

Garfield Stakes sah nur ein wenig abgekämpft aus.

Seine Wind- und Wetterjacke hatte dunkle Flecken von Gischtspritzern. Er war eben hereingekommen und trat einen Schritt beiseite, damit alle sehen konnten, wen er mitgebracht hatte. Seine beiden Begleiter, athletische Burschen in dunklen Kampfanzügen, hielten die junge Frau fest.

Ich glaubte, nicht mehr atmen zu können.

Sie war gertenschlank und zart. Ihre angstvollen großen Augen erinnerten an ein Reh in Gefangenschaft. Sie trug dünne Turnschuhe, Jeans und ein weißes T-Shirt. Nicht einmal eine Jacke hatte sie mitnehmen dürfen.

Sie hieß Caterina Borza.

Ich brauchte niemanden zu fragen, wer sie war. Ich kannte die ganze Verwandtschaft aus den Akten, obwohl es über Caterina keine Akte in dem Sinne gab.

Jake Fronzini hatte sein Plaudern unterbrochen. Er wandte sich von einer Gruppe von Unterführern ab. Sie hatten die Nähe des kalten Büfetts nicht verlassen, weil sie gern mal immer wieder zuschlugen.

Fronzini breitete die Anne aus, als wollte er einen verlorenen Sohn willkommen heißen. »Signorina Borza!«, rief er mit schmalzender Stimme. »Lassen Sie sich begrüßen!«

Alles grinste über seinen Hohn. Diesen Triumph konnte man nachempfinden.

»Nun lasst sie doch los!«, rügte Don Giacomo die Helfer seines engsten Vertrauten. Das Vorwurfsvolle an seinem Ton war so schlecht gespielt, dass es ans Alberne grenzte.

Sie gehorchten und die versammelte Mannschaft erlebte die zweite große Überraschung des Abends.

Caterina duckte sich blitzschnell nach hinten weg. Sie war gewandt wie eine Katze. Ihre Bewacher fassten nach und griffen ins Leere. Bevor sie herumgewirbelt waren, hatte das Girl schon zwei Schritte hinter sich gebracht. Zur Tür konnte sie nicht. Da stand ein

Posten, zwar rücksichtsvoll hinter einer Zimmerpalme, um die Festlaune nicht zu stören, aber in diesem Fall doch unüberwindbar.

Alle sahen aus wie festgefroren, fassungslos.

Caterina brauchte nur diese Schrecksekunde, um das kalte Büfett zu erreichen. Sie tauchte auf die Reste eines Wildschweinbratens hinunter, ruckte herum und stieß sich sofort ab.

In diesem Moment begriff ich, welches Ziel sie hatte. Jake Fronzini war allein auf der Teppichfläche zwischen seinen Unterführern und dem Stakes-Kommando. Er zuckte zusammen, als er die Gefangene auf sich zukommen sah – wie eine Furie. In ihrer rechten Hand blitzte das Tranchiermesser, das sie aus den Wildschweinresten gerissen hatte.

Mob-Unterführer wissen, wie man sich eine goldene Nase verdient. Der Reaktionsschnellste unter ihnen hatte den richtigen Riecher, sprang mit einem Pantersatz vor und riss Fronzini aus der Stoßrichtung. Beide gerieten rückwärts ins Stolpern und gingen zu Boden. Der Top-Mobster brüllte vor Wut.

Caterina Borza, ihres Ziels beraubt, war dennoch für den Bruchteil einer Sekunde irritiert.

Die nächste erreichbare Einzelfigur war nur drei Schritte entfernt.

Ich. Unmittelbar vor der Männertraube an der Bar, hätte ich nur zurückweichen brauchen. Vielleicht hätte ich es geschafft, im Schutz der Masse unterzutauchen. Aber ein Instinkt hielt mich zurück, und ein fester Wille stand dahinter. Ich wollte dieses verzweifelte Mädchen nicht sterben sehen.

Niemals.

Auch wenn es mich alles kostete. Alles, was bis zu dieser Sekunde wichtig gewesen war.

Sie sprang mich an. Ich versuchte wenigstens noch, ihr auszuweichen. Doch sie war verteufelt gut. Bevor ich die Bewegung zu Ende bringen konnte, hatte ich das Messer an der Kehle. Ich erstarrte. Caterina hing halb auf meinem Rücken, beide Arme über meinen Schultern – den linken zum Festklammern, den rechten, um die Klinge an ihrem Platz zu halten.

»Keiner bewegt sich!«, schrie sie. Ihre Stimme gellte in mein rechtes Ohr, da ihr Kopf zwangsläufig ganz nahe war. »Keiner bewegt sich, oder er stirbt!«

Ich wartete darauf, dass jemand »Na und?« sagte. Aber es blieb still – abgesehen vom leisen Musikplätschern und dem Ächzen Fronzinis, der noch mit seinem Retter am Boden lag und hochzukommen versuchte. In seinem angestrengten Bemühen hatte der Top-Mobster noch nicht mitgekriegt, was sich weiter abspielte.

»Ich gehe jetzt mit diesem Mann hinaus!«, rief Caterina Borza mit zitternder Stimme. »Versucht jemand, mich daran zu hindern, ist er tot!« Es hörte sich schrill an, schrill und voller Angst. Etwas wie dies hatte sie bestenfalls im Kino gesehen, niemals aber hatte sie Erfahrung darin. Ihr Gesicht war dicht neben meinem. Ich spürte ihre zarte Wange an meinem Hals.

Hölle und Teufel, sie hatte mit dem Mob nicht das Geringste zu tun! Fronzini hatte sich die denkbar widerwärtigste aller Gemeinheiten ausgedacht, um Borza in die Knie zu zwingen. Caterina lebte in Boston, studierte Musik. Sie wohnte bei ihrer Mutter, die schon vor fünfzehn Jahren von Borza geschieden worden war. Fronzinis Konkurrent hatte immer wieder versucht, seine Tochter zu sich zu holen. Er hing an ihr, aber sie hatte ihren eigenen Kopf.

Bereitwillig setzte ich mich in Bewegung, als sie mich vorandrängte. Wir mussten weg von der Bar-Versammlung. Längst reifte der Plan in meinem Kopf. Die lange Klinge an der Kehle, sah ich Garfield Stakes entgegen. Er stand auf dem Sprung. Auch seine beiden Mitstreiter. Aber sie würden nichts tun ohne Fronzinis ausdrücklichen Befehl.

»Caterina«, flüsterte ich nach fünf Schritten. »Können Sie mich verstehen? Ich kann nicht lauter sprechen und Sie müssen auch flüstern. Niemand darf etwas hören. Haben Sie verstanden?«

»Ja«, hauchte sie und reagierte auf meinen vorsichtigen Widerstand, meine langsameren Bewegungen.

»Sowie Fronzini auf den Beinen ist, wird er mich erschießen lassen«, wisperte ich, ohne die Lippen zu bewegen. In der Tat fand er so schnell keinen willkommeneren Anlass, mich loszuwerden. Dass er mich nach Mittelamerika abschieben wollte, zeigte, wie unsicher er geworden war. Er würde froh sein, einen Klotz am Bein auf diese schnelle und unverfängliche Art abschütteln zu können. »Ich bedeute ihm nichts, das müssen Sie begreifen. Fronzini will Sie als Geisel. Sie werden mich aus Ihren Händen wegschießen. Wir beide werden es niemals schaffen, lebend hinauszulaufen. Hören Sie jetzt genau zu: Ich bin kein Mobster. Ich bin Undercover-Agent des FBI und ich bin bereit, meine Rolle aufzugeben, um uns beide zu retten. Ich kann Ihnen keine Garantie geben. Sie müssen mir einfach glauben.«

»Ja«, hauchte sie wieder. Das Vibrieren in ihrer Stimme war angespannter als zuvor.

Ich brauchte die Dauer von zwei weiteren Schritten, um ihr meinen Plan zuzuflüstern. Noch ungefähr acht Schritte, dann standen wir genau vor Stakes. Die Augen des strohblonden Mannes wölbten sich in meine Richtung, als wollten sie ihm aus dem Kopf platzen.

Ich blieb einfach stehen. »Sei vernünftig, Mädchen!«, sagte ich laut und vernehmlich und tat so, als würde mich die Klinge unter dem Adamsapfel völlig cool lassen. Ich sagte genau das, was alle dachten. Deshalb würde es besonders glaubhaft sein. »Du schaffst es nicht. Und als Geisel tauge ich nicht das Schwarze unter den Fingernägeln. Ich werde nämlich von den Bullen gesucht, deshalb bin ich ziemlich lästig. Dein Pech, dein Missgriff, dass du ausgerechnet mich erwischt hast. Ich weiß, du wolltest den Don

243

haben. Das hattest du dir fein ausgedacht. Aber es hat nun mal nicht geklappt. Die Jungs werden mich mit Blei voll pumpen, und schon ist das Problem gelöst. Dann haben sie dich wieder in den Krallen. Begriffen?«

Ich hörte, wie sie neben meinem Ohr den Mund aufriss und Erschrecken spielte. Aus den Augenwinkeln heraus sah ich Fronzini. Die anderen Unterführer hatten ihm und seinem Retter mittlerweile auf die Beine geholfen. Die Zeit wurde verteufelt knapp. Noch starrte der Top-Mobster verblüfft – wohl über die Offenheit meiner Worte. Aber er würde sich gleich erholt haben.

»Gib auf, Kleines«, fuhr ich eindringlich fort. »Du ersparst dir ein schlimmes Erlebnis. Stell dir bloß mal vor, wie das wird: Sie feuern von beiden Seiten auf mich. Vielleicht schneidest du mir aus Versehen noch die Kehle durch. Ich sacke in deinen Armen zusammen, und das Blut spritzt dir um die Ohren …«

Sie stieß einen leisen Schrei aus. Ihre Arme wurden kraftlos. Das Tranchiermesser blitzte, als es zu Boden fiel.

Ich wandte mich zur Seite und legte der Zitternden den Arm um die Schultern.

Alle starrten mich an, als hätte ich mich vor ihren Augen in ein Fabelwesen verwandelt. In einen, der junge Frauen verzauberte, einen Froschkönig oder so etwas. Fronzini konnte es am allerwenigsten fassen. Seine Lippen bewegten sich auf und ab, aber er kriegte keinen Laut heraus.

Ich hatte vor, ihm Caterina zu übergeben und dadurch erst einmal die Wogen zu glätten. Eine Gelegenheit, ihr zur Flucht zu verhelfen, musste sich später ergeben, wenn weniger Zeugen dabei waren.

Schüsse peitschten dazwischen.

Sie hallten weit über den Long Island Sound.

Die G-men hingen in der Felswand, als der Teufelstanz begann. Fünfhundert Yards nördlich des Fronzini-Privathafens war Special Agent Larry Gould im Begriff, sich zu seinen Kollegen Jack Simmons und Cecil Waterford abzuseilen.

Schnelle Boote rasten vom Sound herbei. Nur fünfzig Yards vor der Bucht flammten ihre Scheinwerfer auf. Plötzlich war der Hafen mit den dümpelnden Yachten taghell erleuchtet. Ein Maschinengewehr hämmerte auf einer Lafette los, die auf der Decksplattform des ersten Bootes aufgebaut war.

Die Posten oberhalb des Bootsstegs wurden von den Geschossen zurückgetrieben, warfen sich in Deckung und flohen Hals über Kopf zur Nordseite der Bucht. Dort retteten sie sich, indem sie ins Wasser sprangen und tauchend und schwimmend weiterflohen.

Oberhalb der Bucht tauchten Gestalten auf. Aber auch damit hatten die Angreifer gerechnet. Zwei, drei Suchscheinwerfer wanderten hoch, während die Boote in die Bucht rauschten.

Die Posten an der oberen Einfriedungsmauer schafften es immerhin, ein halbes Dutzend Schüsse abzufeuern. Die Kugel rissen Fontänen aus dem nachtdunklen Wasser der Bucht. Das war alles.

Im nächsten Moment sah es aus, als würden die schwarz gekleideten Verteidiger von der Mauer weggestoßen. Zwei kurze Feuerstöße aus dem Maschinengewehr hatten genügt, um sie in die Flucht zu schlagen.

Larry Gould beeilte sich, zu seinen Kollegen zu gelangen. Sie hatten ihr Seil an der nördlichsten Ecke des Fabrikgeländes an einem Zaunpfahl befestigt. Die Doppelstreife war eben vorüber. Wenn die Mobster das nächste Mal an der Stelle vorbeikommen würden, so kalkulierten die G-men, würden sie selbst längst Fronzinis Wohngrundstück erreicht haben.

Gould hangelte abwärts. Seine Handflächen brannten. Es war das denkbar Nebensächlichste – angesichts des Geschehens in der Bucht. Die letzten zwei Yards ließ er sich fallen. Federnd landete er neben Simmons und Waterford auf dem Felssockel. Hier waren sie noch zehn Yards über der Wasseroberfläche. Aber der Sockel verlängerte sich zu einem natürlichen Sims, der mit stetigem Gefälle auf die Bucht zuführte. Nur ein paar Yards würden sie im Wasser zurücklegen müssen, dann erreichten sie das Gelände oberhalb des Privathafens. Es war die ungefährlichste, vielleicht die einzig mögliche Art, auf das Anwesen vorzudringen. Überall sonst war es ausgeschlossen, unbemerkt an die Posten heranzukommen. Abwegig, auch nur daran zu denken, einen von ihnen auszuschalten.

Gould verharrte kauernd neben seinen Kollegen. Sie waren froh darüber, dass sie dunkle Anzüge trugen. Sie hatten die Revers der Jacketts nach vorn geschlagen, damit von den hellen Hemden so gut wie nichts zu sehen blieb.

Schweigend beobachteten sie, was sich weiter abspielte.

Hier einzugreifen wäre reiner Selbstmord gewesen.

Die Boote rauschten bis ans Ufer und die Besatzungen sprangen schon an Land, als die Kiele noch im Kies knirschten. Die Scheinwerfer erloschen. Die Kette der an Land gehenden Männer nahm kein Ende. Die Ersten stürmten bereits die Treppe hoch. Vom Wohngrundstück war Alarmgebrüll zu hören. Hunde bellten heiser. Fronzini zog seine Verteidigungskräfte zusammen. Das war vorläufig aber auch alles.

Die G-men vom FBI-Distrikt New Jersey glaubten, ihren Augen nicht zu trauen.

Es waren mindestens hundert Mann, die da an Land gingen. Eine wahre Invasionstruppe. Oben hämmerten bereits die ersten Maschinenpistolen los. Sie hatten ihren Brückenkopf gebildet. Und die Nachrückenden waren mit schweren Waffen ausgerüstet. Panzerfäuste, Gewehrgranaten, Maschinengewehre, Maschinenpistolen, Schrotflinten und großkalibrige Revolver schimmerten im Licht. Was da an den Gürteln baumelte, waren eindeutig Handgranaten.

Als einer der Letzten ging ein großer, hagerer Mann von Bord. Für einen Moment war sein geierhafter Gesichtsschnitt zu sehen. Dann nahm er die Treppenstufen mit leichten Schritten und holte die Spitze seiner Truppe ein. Er war nur mit einer Pistole bewaffnet – wie ein Offizier.

Der Mann mit der Geiernase war Dario Borza.

Er war auch den G-men aus New Jersey ein Begriff.

Die Scheinwerfer erloschen nach und nach. Die Boote wurden gewendet und außenbords an die Fronzini-Flotte gelegt. Das Motorgeräusch erstarb. Die letzten Männer gingen von Bord und folgten dem Geräusch der hämmernden Schüsse. Niemand blieb zurück. Sie wussten, dass es sinnlos war, die Boote zu bewachen – angesichts der Größenordnung, in der sich der Kampf abspielte. Vielleicht hatten sie auch gar nicht vor, den Rückzug auf dem Wasserweg anzutreten.

»Da könnte man sich selbst in den Hintern treten«, knurrte Gould.

»Abwarten«, schlug Simmons vor. »Vielleicht fällt uns Russo in den Schoß.«

»Gut, dass das keiner gehört hat!«, grinste Waterford. Seine Zähne blitzten im Mondlicht. »Die frommen Wünsche eines FBI-Agenten!«

»Auf jeden Fall können wir im Moment wirklich nur abwarten«, sagte Gould.

Seine Kollegen brummten unwillig. Abwarten war das, was sie die ganze Zeit hatten tun müssen. Da hatten sie Russo beobachtet, wie er in Brooklyn ins Taxi gestiegen war, da hatten sie ihn unbemerkt verfolgt und waren am Ball geblieben. Und wie hatte die gleich lautende Order aus New York und New Jersey geheißen? Abwarten und weiter beobachten! Die Chefs der beiden FBI-Distrikte hatten das in schöner Eintracht angeordnet.

Immerhin – man hatte ihnen nicht befohlen, sich zurückzuziehen. Ein Minimum an Dankbarkeit dafür, dass sie Jimmy Russos Schlupfwinkel aufgespürt hatten, schien also doch vorhanden zu sein.

Diesmal nutzte ich die Schrecksekunde der Mobster.

Ich packte Caterinas Hand und zog sie mit mir. Dass wir um unser Leben laufen mussten, brauchte ich ihr nicht erst zu erklären. Stakes zuckte zusammen, brüllte etwas. Ich griff unter die Jacke. Stakes' Begleiter sprangen mir in den Weg – breitbeinig. Ihre Waffen flogen hoch. Ich hatte das gleiche Modell, die Beretta 92 F. Caterina schrie. Ich feuerte.

Stakes wischte zur Seite weg. Die Schüsse krachten, doch die Kugeln der Entführer jagten zur Decke hoch. Der Posten beim Eingang versuchte, mich mit der Maschinenpistole im Hüftanschlag zu empfangen. Ich vereitelte es, als er den Zeigefinger krümmte.

Meine Kugel in seinem Bein ließ ihn an der Wand zu Boden sacken.

Noch zwei Schritte bis zur Tür.

Caterina war leicht wie eine Feder.

Hinter uns kreischte Baby Jane. Sie begriff, was die Stunde geschlagen hatte.

Ich wusste, dass wir die zwei Schritte nicht schaffen würden.

Ich zog Caterina auf die Tür zu und wirbelte herum. Elf Patronen hatte ich noch in dem Magazin, das fünfzehn fasste. Ich jagte sie alle hinaus, über die Köpfe hinweg.

Das Hämmern der Beretta zerstörte ihre Absichten. Die Ersten hatten ihre Waffen hervorgezerrt. Doch sie kriegten keine Kugel mehr aus dem Lauf. Fronzini hatte sich hingeworfen, und alle folgten seinem Beispiel.

Draußen ratterte ein schweres Maschinengewehr.

Mit einem Satz war ich wieder bei Caterina und nur

einen weiteren Schritt brauchten wir, um die Tür aufzustoßen und ins Freie zu gelangen.

»Nach rechts!«, zischte ich, bevor wir uns auf
irgendeine Beobachtung konzentrieren konnten.

Caterina hielt prächtig mit. Sie war sportlich,
obwohl sie so zerbrechlich wirkte. Wir tauchten in
Ziersträuchern unter, die die Zufahrt auf der anderen
Seite säumten. Ich zog das leere Magazin heraus und
ließ ein gefülltes im Griffstück der Beretta einrasten.

Über den Vorplatz hasteten die schattenhaften
Gestalten der Posten. Scheinwerferlicht strahlte von
der Bucht herauf. Das Maschinengewehr-Feuer verdichtete sich. Die, die sich bis zur Einfriedungsmauer
vorgewagt hatten, bezahlten ihren Verteidigungswil-
len mit Schusswunden, die sie außer Gefecht setzten.
Die anderen versuchten, am Zaun zur Fabrik hin
Deckung zu finden.

Die ersten Angreifer waren die Treppe hinaufge-
stürmt. Zwischen Büschen und Blumenrabatten brachten sie ihr Maschinengewehr in Stellung. Die Begleiter
der Maschinengewehr-Schützen ließen ihre Maschinenpistolen rattern. Zwei, drei Mann wurden kampfunfähig geschossen. Aber dann hämmerte das
Maschinengewehr los und die Schüsse der Verteidiger
wurden augenblicklich spärlicher.

»Mein Gott!«, hauchte Caterina.

Ich sagte ihr nicht, dass vermutlich ihr Vater der
Verantwortliche für diesen Feuerzauber war. Möglicherweise hätte es sie ohnehin nicht interessiert. Ich
erklärte ihr, dass wir vom Haus wegmussten. Baby
Janes Kreischen hatte mir unangenehm in den Ohren
geklungen. Ich konnte mir vorstellen, was sich daraus
entwickeln würde. Denn in ihrer Eifersucht war sie
maßlos.

Caterina und ich mussten einen Bogen schlagen,
mussten versuchen, auf dem Wasserweg zu fliehen.
Landeinwärts war es zu riskant. Wir würden die
Einfriedung nicht überwinden, ohne gesehen zu wer-

den. Und gesehen zu werden war gleichbedeutend mit dem sicheren Tod. Trotz allem.

Wir begannen unseren vorsichtigen Weg durch die dunklen Zonen des Gartens.

Jake Fronzini brüllte sich fast die Kehle aus dem Hals. »Nach draußen! Raus aus der Bude, verdammt nochmal! Sonst sitzen wir gleich alle in der ...« Seine Stimme ging im Kampfeslärm unter, der nun hereinwehte.

In der Halle rannten sie sich gegenseitig um. Baby Jane beobachtete es voller Verachtung. Ihr Onkel drang nicht mehr durch. Wütend bahnte sie sich einen Weg durch das Geschiebe und Gestoße. Die verdammten Idioten gerieten in Panik, schrien sich gegenseitig Auswege zu und fuchtelten mit ihren Pistolen, als ob sie damit auch nur im Traum etwas ausrichten würden. So kam es, wenn man sich zu sehr auf Wachtposten verließ – und wenn man sich durch Unvorhergesehenes aus der Fassung bringen ließ.

Was da draußen auf dem Hof und im Garten tobte, hörte sich an wie ein Infanteriegefecht in einem Kriegsfilm. Doch es war nicht annähernd so prickelnd wie auf der Leinwand. Baby Jane machte sich da nichts vor.

Die ersten Kugeln zwitscherten zum Haupthaus hinüber. Fensterscheiben lösten sich klirrend in Scherben auf.

Wieder warfen sich die meisten hin.

Baby Jane erblickte Garfield Stakes in der Nähe des Eingangs, wo er versucht hatte, einen Ausfall zu organisieren. Jetzt wichen seine Getreuen zurück, ohne dass er es verhindern konnte. Geduckt hastete Baby Jane auf ihn zu. Sie packte ihn am Ärmel. Er ruckte herum und zog sie mit sich zu Boden. Die Einschüsse prasselten jetzt heftiger in die Hausfassade.

»Du musst mir helfen!«, schrie Baby Jane. »Das verdammte Schwein Jimmy Russo soll mir nicht so einfach davonkommen! Der will sich mit dieser Borza-Schlampe absetzen!«

Stakes starrte sie nur einen Atemzug lang an. In seinem Gehirn wogen sich Für und Wider automatisch und blitzschnell ab. Es würde sich auszahlen, der Nichte des Don einen Gefallen zu tun. Das würde sich mehr auszahlen als alles andere.

»Wir versuchen, nach hinten rauszukommen!«, rief er.

Baby Jane strahlte.

Geduckt hasteten sie aus der Gefahrenzone.

Sie wählten den Weg durch Innenhof, Küche und Vorratsräume. Alle Türen standen offen, auch die, die ins Freie führten. Der Lärm der Schüsse war hier weniger stark. Weiter entfernt, in der Dunkelheit, blitzte und krachte es.

Stakes zog seine Automatic, eine Beretta 9217, wie sie jetzt fast alle verwendeten. Fronzini und seine Freunde waren stolz darauf, dass eine italienische Pistole als Beste auf dem Mark galt. Stakes ergriff Baby Janes Hand fester und zog sie nach links, an der Hauswand entlang. Es gefiel ihm, ihr gegenüber die Führungsrolle zu übernehmen – wenigstens für den Moment.

Schatten bewegten sich von der östlichen Einfriedung herüber, von dort, wo eben noch Schüsse gefallen waren. Stakes begriff. Stoßtrupps der Angreifer hatten das Haupthaus umrundet, die Posten überwältigt und Fliehende abgefangen. Jetzt versuchten die Feiglinge, die noch am Leben waren, wieder in Fronzinis Haus Zuflucht zu finden. Stakes knurrte verächtlich. Es gelang ihm, das aufkeimende Vibrieren seiner Nerven zu unterdrücken.

»Schneller!«, zischte er, als sie sich der Hausecke und der Zufahrt näherten. Auf der anderen Seite war die schützende Schwärze des Gebüschs.

Baby Jane sprintete folgsam. Zehn Yards freier

Fläche waren zu überwinden. Stakes fühlte sich wie ein Hase auf dem Acker. In diesen eineinhalb Sekunden, die sie brauchten, schwoll der Kampfeslärm wie rasend an. Stakes hatte vor Jahren einen Schultersteckschuss hinnehmen müssen. Er wartete auf diesen dumpfen Schlag aus dem Nichts, den man eigentlich erst nachträglich richtig spürte.

Doch er blieb aus.

Das hohe Buschwerk nahm sie auf. Sie drangen mehrere Yards weit durch die peitschenden Zweige vor. Dann verharrten sie. Baby Jane keuchte. Auf einmal schlang sie die Arme um Stakes' Hals. Sie presste sich an ihn. Er wusste, dass es Dankbarkeit war. Kaum mehr. Er hatte ihr das Leben gerettet. Das wurde ihr jetzt klar. Obwohl er keine Neigung verspürte, Ersatzmann für Jimmy Russo zu werden, betäubte dieser Körper doch seine Sinne.

»Wir müssen weiter«, sagte er heiser. »Hier sind wir nirgends mehr sicher.«

»Das Russo-Schwein auch nicht«, stieß Baby Jane hervor.

Der einzig denkbare Fluchtweg war ihnen klar.


Caterina konnte ihre Todesangst nicht verbergen. Ihr Körper bebte, und sie suchte meine Nähe wie ein Kind, das den Grund seiner Furcht nicht zu erklären vermochte. Wir hatten uns bis auf etwa zwanzig Yards an die Umfassungsmauer herangearbeitet und saßen fest. An laubenartigen Gerüsten rankende Pflanzen schützten uns. Ich machte mir Vorwürfe, dass ich Caterina die Sicherheit nicht geben konnte, die ich ihr durch die gelungene Flucht sicherlich vorgegaukelt hatte.

Zwischen der Bucht und den verschiedenen Brückenköpfen, die Borzas Truppe gebildet hatte, herrschte ein reger Pendelverkehr. Sie holten Nachschub von den Booten. Munition hauptsächlich. Aber auch Ausrüstung wie Seile, Haken, Leitern und Kisten, deren Inhalt ich nicht kennen konnte. Alles in allem war es ein generalstabsmäßig vorbereiteter Angriff.

»Haben Sie in letzter Zeit mit Ihrem Vater gesprochen?«, fragte ich. Wegen des Gefechtslärms brauchte ich meine Stimme nicht zu dämpfen.

Caterinas Augen richteten sich im Halbdunkeln auf mich – groß und anklagend.

»Tut mir Leid«, sagte ich. »Ich hätte es wissen müssen. Aber ich verspreche Ihnen, ich bringe Sie hier heraus.« Noch während ich es sagte, kam es mir angeberisch vor. Doch es war einfach nötig. Denn ich musste das andere abschwächen – das, was ich ihr unterstellt hatte. Mit dem organisierten Verbrechen hatte sie nicht das Geringste zu tun, und sie würde niemals etwas damit zu tun haben. Es war für sie einerlei, ob dahinter die Namen Borza oder Fronzini standen. Caterina wusste, weshalb sich ihre Mutter von Dario Borza getrennt hatte.

Durch die Büsche hindurch konnten wir beobachten, was sich auf der freien Fläche des Grundstücks abspielte. Die Angreifer drangen mit verbissener Energie zur Westseite vor, wo sie bereits begannen, den Zaun zu überwinden. Mit Granaten hatten sie Löcher hineingesprengt. Die Posten leisteten verzweifelten Widerstand. Schon jetzt war zu erkennen, dass sie hoffnungslos unterlegen waren. Und es konnte sich nur noch um Sekunden handeln, bis sie eingekreist sein würden und die ersten Borza-Schießer ihnen in den Rücken fielen.

Beim Haupthaus wandte eine kleinere Gruppe von Belagerern lediglich Hinhaltetaktik an. Keine Maus konnte aus dem Gebäude entwischen.

Borza hatte einen Krieg entfesselt. Und ich kannte den Grund ebenso wie Caterina. Es blieb unausgesprochen. Keiner von uns beiden brauchte es zu sagen.

Dario Borza hatte von der Entführung seiner Tochter gehört. Und nun wollte er ihr imponieren, indem er alles aufmarschieren ließ, was er hatte.

Möglich, dass er auch seine Exfrau beeindrucken wollte. Und dabei setzte er zugleich einen Aufsehen erregenden Schlusspunkt unter den seit Jahren schwelenden Konkurrenzkampf. Nach der Entlarvung Leonard Moles eine Maßnahme nach alter Mobster-Art. So versuchen sie, ihr Gesicht zu wahren.

Der Schusswechsel wurde heftiger. Indessen wurde der Versorgungsverkehr zwischen Bucht und Grundstück schwächer. Die Angreifer entfernten sich weiter von uns, mit Zielrichtung Fabrikgelände. Besser konnte es nicht kommen. Ich beobachtete zwei Mann, die durch die Mauerpforte kamen. Sie schleppten eine Kiste. Beide hatten Taurollen über den Schultern. Sekunden verstrichen, wurden zu Minuten.

Caterina und ich liefen los. Es war fast ein Kinderspiel. Im Schutz stachliger Beerensträucher kamen wir bis auf vier, fünf Yards an die Pforte heran. Wir zögerten nicht. Es herrschte Halbdunkel. Die Lampen in der Nähe waren zerschossen. Eine der ersten Maßnahmen beim Angriff, völlig klar.

Wieder hielt Caterina prächtig mit, als wir über das kleine Stück Rasenfläche liefen. Wir tauchten zu den Treppenstufen hinab, waren an der Außenseite der Mauer erst einmal sicher. Ich rechnete mit Posten bei den Booten. Meine Taktik stand bereits fest. Ich würde Caterina am Ufer zurücklassen und erst einmal ein Boot beschaffen.

Es kam anders. Wir stürmten die Treppe hinunter. Nur noch ein paar Stufen hatten wir vor uns, als ich die beiden Gestalten auf dem Anleger sah. Sie schleppten Munitionskästen, Nachschub für das Maschinengewehr. Und sie erblickten Caterina und mich im selben Moment. Die Kästen mit den Patronengurten polterten auf die Bohlen.

Ich verharrte. Caterina warf sich neben mir hin. Ich ließ die Beretta hochfliegen und feuerte in dem Moment, in dem sie unten ihre Maschinenpistole in Anschlag hatten.

Caterina stieß einen Entsetzenslaut aus. Aber sie wusste, dass wir keine Zeit verlieren durften. Ich brauchte ihr nichts zu sagen. Rasch war sie wieder auf den Beinen und sie lief neben mir, so schnell sie konnte. Unsere Schritte dröhnten auf dem Steg. Es ließ sich nicht ändern. Ich spürte, wie sich alles in Caterina sträubte, als sie die beiden niedergeschossenen sah. Aber sie schaffte es, sich zu überwinden.

Der Dreißig-Fuß-Kajütkreuzer, den ich so gut kannte, lag weit vorn am Steg. Daneben war nur ein fremdes Boot vertäut. Niemand hielt uns jetzt noch auf.

»Hölle und Teufel, das ist er!« Larry Gould stieß es hervor, ohne das Nachtglas sinken zu lassen. »Das ist Russo!«

Jack Simmons und Cecil Waterford blickten von dem koffergroßen Funkgerät auf, dessen Antenne sie eingeschoben hatten. Sie waren im Begriff, es wieder in dem olivgrünen Leinenbehälter zu verstauen.

Ihre Augen hatten sich an die Dunkelheit gewöhnt. Sie konnten die rennenden Silhouetten sehen, hatten sie schon beobachtet, wie sie die Treppe heruntergekommen waren. Vor allem das Girl mit dem weißen T-Shirt war deutlich auszumachen gewesen. Nach dem kurzen Schusswechsel hatte es keinen Zweifel mehr gegeben, dass da jemand das Weite suchen wollte. Und nun …

Simmons und Waterford waren nicht in der Lage, den Mann mit bloßem Auge zu erkennen. Aber wenn Larry sagte, dass es Russo war … '

Er zerstreute ihre Zweifel, indem er ihnen das Glas reichte. In der nächsten Sekunde verschwanden Russo und das Girl auf dem Kajütkreuzer.

»Setz noch einen Funkspruch ab, Jack«, sagte Larry Gould. »Und dann sehen wir zu, dass wir die Geschichte langsam von hinten aufrollen.« Sie hatten diesen Beschluss bereits gefasst. Nachdem es in der

Bucht ruhig geworden war, würden sie eben dorthin vordringen und versuchen, wenigstens ein paar von den Mobstern auf Nummer sicher zu bringen, bevor sie sich gegenseitig zerfleischt hatten.

Verstärkung war angefordert. Die G-men hatten darauf hingewiesen, dass Hubschrauber erforderlich waren. Aber zwischen Erfordernissen und Möglichkeiten, die sich verwirklichen ließen, war manchmal ein Riesenunterschied. Der anhaltende Gefechtslärm dort oben ließ jedenfalls vermuten, dass mit normalen Mitteln kaum etwas auszurichten war.

Special Agent Waterford zog die Antenne des Geräts aus und schaltete den Akku ein. Sein Kollege Simmons drückte die Sendetaste, hielt das Mikro dicht an die Lippen und rief noch einmal den zehn Meilen entfernten Stützpunkt der Coast Guard. Die Schüsse und die Schmetterschläge der Granaten mussten durch das Mikro deutlich zu hören sein.

Die Verbindung stand nach dem ersten Ruf. Simmons gab die Einzelheiten mit knappen Worten durch. Er buchstabierte den Namen Russos und wies darauf hin, dass es sich um eine FBI-Fahndung handelte. Er beschrieb auch den Kajütkreuzer, mit dem der gesuchte Killer und das Girl flohen.

Der Coast-Guard-Beamte bestätigte und teilte den G-men mit, dass Unterstützung im Anmarsch sei.

Sie packten das Funkgerät ein. Waterford band es sich auf den Rücken wie schon beim Abstieg. Wenn das Wasser unterhalb des Felsens seicht genug war, würden sie das Gerät auch trocken bis zur Bucht kriegen. Auf alle Fälle würden sie drei bis vier Minuten brauchen, um dorthin zu gelangen. Sie hatten die Entfernung genau taxiert.

»Los jetzt!«, sagte Larry Gould.

Unten in der Bucht legte der Kajütkreuzer ab und nahm rasch Fahrt auf. Das Boot, das an Backbord vertäut gewesen war, trieb ins Innere der Bucht ab.

Baby Jane hatte Tränen der Wut in den Augen. Garfield Stakes sah es in den zuckenden Lichtblitzen, die durch explodierende Granaten immer wieder entstanden. Sie lagen in sicherer Deckung hinter einem Hügelbeet, das Fronzinis Gärtner probeweise angelegt hatten. Die Entfernung bis zur nördlichen Umfassungsmauer betrug etwa fünfundzwanzig Yards, nicht mehr.

Es war ein niederschmetterndes Schauspiel, das sie verfolgten. Es hielt sie so sehr in Atem, dass ihnen noch nicht einmal bewusst geworden war, wie unwichtig sie angesichts des großen Geschehens waren.

Praktisch interessierte es wohl niemanden, ob sie geschnappt wurden oder nicht. Stakes wusste, dass Fronzini alles in allem zweiundzwanzig Mann zur Bewachung der Fabrik eingesetzt hatte. Außerdem gehörten Schäferhunde und eine moderne Alarmanlage dazu, die auf Radarbasis funktionierte.

All das war zur Lächerlichkeit degradiert worden. Es gab keine heimlichen Eindringlinge, die von der Alarmanlage hätten entlarvt werden können. Borzas Angriff war wie ein urgewaltiger Paukenschlag, der alles andere als verheimlicht werden musste. Die Bewacher der Fabrik, einschließlich der Hunde, waren überwältigt oder getötet worden.

Eine Feuerpause entstand.

Stakes ahnte den Grund. Sein Magen klumpte sich zusammen. Die Verteidiger im Haupthaus wurden in Schach gehalten. Gelegentliche Gewehrschüsse erfüllten diesen Zweck hinreichend. Und dann geschah es.

Motorendröhnen war plötzlich zu hören. In Sekundenschnelle schwoll es an. Baby Jane stieß einen Entsetzensschrei aus. Stakes hielt ihr die Hand vor den Mund und legte den anderen Arm um ihre Schultern.

»Still!«, zischte er. »Wir können nichts ändern. Überhaupt nichts.«

Sie sah es ein, presste sich nur fest an ihn, um ihr Zittern zu bezwingen. Es war vor allem die ohnmächtige Wut, die dieses Zittern verursachte.

Kettenrasseln mischte sich in das Dröhnen, und dann waren sie da.

In breiter Front walzten die Kampfmaschinen auf die Reste des Zauns zu. Die TOMCATs brauchten keine Scheinwerfer. Ihre elektronisch gesteuerten Augen waren mit Nachtsichtgeräten gekoppelt. Zehn Robot-Panzer waren es, denen das Haupthaus als Angriffsziel eingegeben worden war.

Die Borza-Männer hatten sich mit der Fernsteuerung rasch vertraut gemacht. Für Stakes war es kein Wunder. Alle Bedienungselemente waren bewusst einfach gestaltet worden. Man hatte von den Abnehmern in Mittelamerika zu hören bekommen, dass Waffensysteme für dortige Zwecke nur dann taugten, wenn auch Analphabeten im Stande waren, damit umzugehen.

Das Dröhnen der Motoren und das Rasseln der Panzerketten nahm alle Aufmerksamkeit in Anspruch. Die Borza-Gruppen verharrten in ihren Deckungen – überwiegend in der Nähe des Rondells – und beobachteten, wie die mörderischen Maschinen auf ihr Ziel losgingen. Baby Janes Zittern verstärkte sich. Stakes wusste, sie würde es fertig bringen, sich loszureißen, wie eine Furie hinüberzurennen und sich den Robot-Panzern in den Weg zu werfen. Immerhin hatte sie eine starke persönliche Beziehung zu ihrem Onkel. Sie verdankte ihm alles.

»Wir müssen hier weg«, bestimmte Stakes. »Jetzt sofort. Eine bessere Gelegenheit kriegen wir nicht. Was ist dir lieber – zusehen, wie alles in die Brüche geht? Oder Russo erwischen?«

Der Name brachte sie auf den Teppich zurück. Sofort war ihre Bereitwilligkeit da. Sie ließ sich von Stakes an die Hand nehmen und lief mit ihm los. Anfangs noch geduckt, dann aufrecht, erreichten sie die Mauer und die Pforte. Es war ein Kinderspiel.

Baby Jane presste sich die Faust zwischen die Zähne, als sie den Kajütkreuzer aus der Bucht ins freie Wasser rauschen sah. Sie schaffte es, den Zornesschrei, der ihr unweigerlich entfahren wäre, zu einem heiseren Ächzen zu mindern. Und dann brachte sie das Geschehen beim Haupthaus fast um den Verstand. Auch Stakes war fassungslos, als sie über die Mauerkrone hinwegspähten.

Schreiend und mit hoch gereckten Armen liefen Jake Fronzini und seine Männer ins Freie. Hohnlachende Gegner nahmen sie in Empfang. Und dann zeigte die Borza-Meute, was sie gelernt hatte.

Die TOMCATs waren in einem Halbkreis zwischen Rondell und Haupthaus aufgefahren. Das Kettenrasseln war verstummt, die Motoren wummerten im Leerlauf. Es geschah ohne hörbares Kommando.

Feurige Lanzen zuckten jäh aus den Panzerfronten. Alle Borza-Männer lagen in Deckung. Die kleinen Boden-Boden-Raketen zerschmetterten die Fenster, den Eingang, hieben wagenradgroße Löcher in die Hausfassade.

Es blieb keine Zeit zum Nachdenken. Ein infernalisches Krachen setzte ein, als alle Maschinenkanonen der Robot-Panzer gleichzeitig loshämmerten. Was die Raketen begonnen hatten, wurde mit Brachialgewalt fortgesetzt.

In der Mitte des Halbkreises setzte sich einer der TOMCATs in Bewegung. Alles Weitere lief im Handumdrehen ab. Durch den zerborstenen Eingang rollte der Robot-Panzer in die Halle. Drinnen ratterte das Turm-Maschinengewehr fast minutenlang. In die einsetzende Stille stach das Kreischen und Rasseln der Ketten, als der TOMCAT im Rückwärtsgang wieder ins Freie stieß. Die nächsten Sekunden gehörten den Flammenwerfern.

Fronzini und seine Komplizen mussten das Zerstörungswerk ansehen, das sie selber ermöglicht hatten.

Baby Jane warf sich schluchzend herum. Stakes nahm sie in die Arme und führte sie die Treppe hinunter. Es wurde Zeit zu verschwinden. Es gab nur noch das eine zu tun: Russo zu fassen. Und die Borza-Tochter. Baby Jane konnte nur nicken. Die Tränen wären aus ihr hervorgebrochen, wenn sie nur versucht hätte, etwas zu sagen.

Sie lief an den Verwundeten vorbei auf den Steg. Die Yacht Don Giacomo Fronzinis musste aus dem Gedränge der fremden Boote befreit werden. Stakes zertrennte die Taue mit einem Haumesser. Dann, unmittelbar bevor er die Maschine anließ, hörte Baby Jane die klatschenden Laute vom Himmel. Hubschrauber näherten sich vom Sound her, aber auch von Westen, aus Richtung New York City. Bald darauf ließ die Gewalt der Triebwerke die Luft erbeben.

Stakes manövrierte die Yacht in freies Wasser. Baby Jane starrte aus dem Ruderstand zum Ufer. Das Haus konnte sie nicht sehen.

Nur die Flammensäule, die turmhoch in den Himmel loderte.


Das Geschwader der Kampfhubschrauber stammte aus dem Marine-Stützpunkt bei Westport in Connecticut.

Die G-men aus New York konnten die Entwicklung der Dinge vorerst nur beobachten, da ihre eigenen Maschinen noch zwei Meilen vom Fronzini-Grundstück entfernt waren. Dank der Nachtsichtgeräte hatten die FBI-Beamten jedoch einen hervorragenden Überblick. Der rote Lichtschein der riesigen Flammensäule tat ein Übriges.

Wie gigantische Insekten sahen die Kampfhubschrauber aus. In breiter Front schwebten sie von der Wasserseite auf das Grundstück zu.

Phil Decker, Steve Dillaggio und Zeerookah konnten die hin und her rennenden Gestalten sehen – überall zwischen den Robot-Panzern, die sich jetzt zur Süd- und zur Westseite des Grundstücks hin formierten. Sie rechneten mit einem Angriff von Land. Ganz Unrecht hatten sie damit nicht, doch was ihnen aus der Luft blühte, vermochten sie sich nicht im Entferntesten auszumalen.

John D. High hatte die Funknachricht von der Coast Guard erhalten und sie sofort an die beiden Hubschrauber des New Yorker FBI weitergegeben, mit denen die G-men unterwegs waren. Das Einsatzkommando in der zweiten Maschine wurde von Joe Brandenburg geführt. Jerry Cotton befand sich nicht mehr auf dem Fronzini-Grundstück!

Sie hatten alle aufgeatmet. Auch die Coast Guard wusste mittlerweile Bescheid. Jimmy Russo war überflüssig geworden. Kein Schnellboot oder Küstenkreuzer würde ihn unter Feuer nehmen. Nur die Kollegen aus New Jersey hatten nicht mehr unterrichtet werden können. Sie antworteten nicht auf die Funkrufe der Coast-Guard-Station. Blieb nur zu hoffen, dass sie nicht etwa auf die Idee kamen, Jerry zu verfolgen.

Die Marine-Hubschrauber donnerten auf die Küstenlinie zu. Landeinwärts waren jetzt weitere Positionslichter zu erkennen. Vier Maschinen der State Police näherten sich von Südosten. Mr. High hatte die State Troopers zur Unterstützung der G-men angefordert. Es war nicht schwer zu erraten, wie zahlenstark der Gegner war.

Der erste Feuerstrahl raste aus der fliegenden Front. Und dann ging es Schlag auf Schlag. Die Luft-Boden-Raketen stießen in rasanter Folge auf ihre Ziele zu. Brüllende Detonationen entstanden – in den Hubschraubern noch als dumpfe Schläge zu hören. Die Kampfmaschinen flogen in Feuerbällen auseinander. Chaos entstand. Die Mobster warfen sich in Deckung. Dann sprangen sie auf und suchten ihr Heil in der Flucht. Aber genau darauf waren die Hubschrauber-Piloten vorbereitet.

Ein dröhnender, schwirrender Absperrungskreis senkte sich herab – gebildet aus den Maschinen von Marine, State Police und FBI. Unter den Bäuchen der

Riesenlibellen flammten Suchscheinwerfer auf. Schlagartig war das Gelände taghell erleuchtet. Und niemand
kam auf die Idee, die Scheinwerfer zu zerschießen.

Von drei Seiten rückten Marines, State Troopers und
G-men vor. Nur die Küstenseite hatten sie nicht unter
Kontrolle.

Aber das sollte sich schnell ändern. Phil Decker und
seine Kollegen wählten den Weg über den Uferstreifen
zwischen dem nördlichsten Fabrikgebäude und der
Steilküste. Beamte der State Police in ihren grauen
Uniformen stürmten an der Südseite des lang gestreck-
ten Gebäudes auf das Wohngrundstück zu. Weiteres
Uniformgrau schloss sich an, und auf der anderen
Seite durchbrachen bereits die Marines in ihrem
Olivgrün das Gebüsch.

Kein Schuss fiel mehr.

Mit hochgereckten Armen rotteten sich die Unver-
wundeten auf dem Vorplatz des brennenden Hauses
zusammen. Ihre Konturen waren rot umrandet vom
Flammenschein.

Phil sah auf den ersten Blick, dass diesen Männern
alle Kampfkraft verloren gegangen war. Da war nichts
mehr, was sie noch vorangepeitscht hätte. Hinzu kam
der Schock: Nach dem Sieg über den Fronzini-Mob
war der Angriff der Kampfhubschrauber wie ein Ge-
witter aus heiterem Himmel hereingebrochen.

Im Flammenmeer rumorte es. Dachbalken stürzten
ein. Fontänen aus Funken und Flammen schossen aus
den längst glaslosen Fenstern. Die Wände des Hauses
standen schwarz im glühenden Rot. Niemand hätte in
dieser Feuerhölle überleben können. Doch die Mobster
waren rechtzeitig daran gehindert worden, sich gegenseitig ins Jenseits zu schicken.

Phil ließ sich nicht ablenken. Er lief schneller, näherte
sich der Uferlinie und sprang über den am Boden liegenden Maschendraht des Zauns. Steve und Zeery
waren neben ihm, Joe Brandenburg und die anderen
weiter rechts. Alle waren mit Maschinenpistolen

bewaffnet. Phil hatte sich auf den bewährten 357 Magnum von Smith & Wesson beschränkt. Er brauchte die andere Hand für das Walkie-Talkie. Während er lief, schaltete er auf Senden und hob es in Sprechhöhe.

»Einsatzleitung an alle! Einsatzleitung an alle! Festgenommene an Ort und Stelle durchsuchen und sichern! Grundstück nach weiteren Personen, vor allem Verwundeten, absuchen! FBI bedankt sich für die hervorragende Amtshilfe!«

In kurzen Abständen kamen die Bestätigungen von den Offizieren der State Troopers und der Marines.

Phil erreichte die niedrige Mauer, die das Grundstück zum Sound hin begrenzte. Während er an der Mauer entlanglief, auf die Pforte zu, spähte er nach unten. Im nächsten Moment rammte er das Walkie-Talkie in die Jackentasche. Er spurtete, setzte alles ein, was die Beinmuskeln hergaben. Noch bevor er die Pforte erreichte, hatte er den 357er aus dem Leder. Steve und Zeery konnten beim besten Willen nicht schnell genug reagieren, um sofort aufzuschließen. Ihre Ahnung, dass sich da ein Alleingang anbahnte, bestätigte sich.

Phil überbrückte die letzten beiden Yards bis zur Pforte mit einem Sprung. Mit der Linken auf die Mauerecke gestützt, flankte er auf die oberen Treppenstufen. Augenblicklich war er aus dem Gesichtsfeld seiner Kollegen verschwunden. Joe Brandenburg und die anderen wurden jetzt ebenfalls aufmerksam. Steve und Zeery waren bereits an der Mauer. Was sie sahen, ließ das Blut in ihren Adern zu Eiswasser erstarren.

Auf einem der Boote, nahe beim Ufer, brannten die Innenbeleuchtung der Kajüte und ein Scheinwerfer.

Sechs Männer waren am Ufer zu sehen. Drei von ihnen hatten die Hände erhoben. Ihre Kleidung war größtenteils durchnässt. Der eine trug ein tornisterartiges Funkgerät auf dem Rücken. Die drei anderen hatten ihre Pistolen schussbereit, schwere Automatics. Sie trieben die Überrumpelten auf den Steg zu. Der

Hagere in der Mitte war Borza, ohne Frage. Die beiden anderen mussten seine Bodyguards sein.

Phil Decker hatte das untere Drittel der Treppe erreicht. Erst jetzt kriegten sie es mit.

»Halt, stehen bleiben!«, brüllte der G-man. »FBI!« Er stürmte weiter abwärts.

Borza und seine Männer waren herumgewirbelt. Gestalten tauchten auch auf dem Bootsdeck hinter ihnen auf.

Steve Dillaggio und Zeerookah verharrten oben an der Mauer, stießen ihre Maschinenpistolen vor. Für alles andere war keine Zeit mehr. Joe Brandenburg und die restlichen Kollegen folgten ihrem Beispiel. Auf dem Grundstück hinter ihnen hatten State Troopers und Marines die Lage im Griff.

Phil erreichte die letzte Stufe und den felsigen Boden der Bucht. Während er noch in den Knien federte, sah er, wie Borza vorschnellte. Der Top-Mobster packte den mittleren Gefangenen an der Schulter, riss ihn herum, war im selben Moment hinter ihm und stieß ihm den Pistolenlauf von der Seite her unter das Kinn.

Phil hatte den Smith & Wesson im Beidhandanschlag, doch zum Feuern war die Zeit zu knapp gewesen.

Borzas Geiergesicht war ein heller Fleck neben dem bleichen Gesicht des Mannes, den er bedrohte.

Larry Gould.

Phil kannte auch die beiden anderen Kollegen aus New Jersey.

Jack Simmons und Cecil Waterford drehten sich ebenfalls um, als die Leibwächter es ihnen blaffend befahlen. Sie würden nur noch einen Sekundenbruchteil benötigen, um hinter den Rücken der beiden G-men zu gelangen.

»Geben Sie auf!«, brüllte Phil. »Die Waffe weg, Borza!« Er wusste, dass die Kollegen oben an der Mauer ihn verstehen würden. Hunderte von Malen wurden diese Dinge auf der FBI-Academy durchgespielt.

Die Bodyguards waren irritiert, wirkten für den Moment unschlüssig.

Borza stieß einen höhnischen Schrei aus. »Willst du deinen Kollegen opfern, Bulle? Er stirbt! Jetzt sofort! Und dann haben wir immer noch zwei Geiseln!«

Phil wusste, dass es kein Zurück gab. Zu urgewaltig stand das zuvor Erlebte in Borzas Bewusstsein. Ein Menschenleben mehr oder weniger spielte praktisch keine Rolle für ihn.

Eine kaum erkennbare Bewegung entstand in Borzas Zeigefinger.

Phil zog durch. Der Smith & Wesson ruckte in seiner Faust.

In dem Sekundenbruchteil, in dem Borzas Gesicht neben dem von Larry Gould verschwand, hämmerten oben die Maschinenpistolen los. Die Bodyguards und die Mobster auf dem Kajütboot brachen zusammen, bevor auch nur einer einen Schuss abgeben konnte.

Phil lief zum Ufer hinunter. Die 357er-Kugel hatte den Top-Mobster auf der Stelle außer Gefecht gesetzt, hatte sein zentrales Nervensystem so blitzartig gelähmt, dass er nicht mehr in der Lage gewesen war, den Zeigefinger zu Ende zu krümmen. Auch die beiden Leibwächter waren von einem Sekundenbruchteil zum anderen kampfunfähig gewesen. Borzas Wunde war ein schwerer Streifschuss, der ihn wie ein Hammerschlag getroffen hatte.

Er würde es überleben und zur Rechenschaft gezogen werden. Wie alle anderen.

Larry Gould konnte nicht sprechen. Stumm ergriff er Phils Hand und schüttelte sie.


»Habe ich es nicht gesagt!«, rief Baby Jane triumphierend. »Habe ich es nicht gesagt! Jimmy ist nicht dämlich, dieser Hund! Der wusste verdammt genau, dass er mit Flucht nicht weit kommt! Die Coast Guard ist ja auch noch da, oder?«

Stakes verbarg sein Erschrecken über die Wandlung, die mit Fronzinis Nichte vor sich gegangen war. Seine Hoffnung, dass er sie vielleicht später als zitterndes, schutzbedürftiges Angstbündel in die Koje ziehen konnte, würde sich nicht bestätigen.

Es sah verdammt danach aus, dass sie sich jetzt richtig austoben würde.

Vor ihnen lag die zehnte Bucht, die sie abklapperten. Natürlich hatten sie nur solche Felseinschnitte gewählt, wo es am Ufer keine menschlichen Ansiedlungen gab.

Jimmy Russo würde versuchen, sich in Sicherheit an Land abzusetzen. Mit seiner neuen Flamme, der kleinen Borza. Ein aufregendes Leben führte er schon, dieser Russo, das musste Stakes spöttisch grinsend anerkennen.

Baby Jane schaltete den Suchscheinwerfer noch einmal kurz ein. Der Lichtstrahl gleißte in die Felsenbucht mit ihren steil ansteigenden Wänden. Nur weiter hinten schien es ein flaches, steiniges Ufer zu geben. Aber das war nur im Ansatz zu erkennen. Denn davor lag der Kajütkreuzer. Die Ankerkette war deutlich zu sehen. Baby Jane mochte nicht daran denken, wie glücklich sie an Bord dieses verdammten Kahns gewesen war. Und jetzt vergnügte sich dieser elende Bastard genau dort mit der Borza-Schlampe. Nicht anders konnte es sein. Jegliches Licht an Bord war schließlich gelöscht. Nicht einmal die Positionslampen brannten. Nur – das Weiß einer Yacht konnte einem natürlich nicht verborgen bleiben, wenn man gezielt danach Ausschau hielt.

Baby Jane ließ den Scheinwerfer erlöschen und wandte sich zu Stakes um. Im Schein der Armaturenbeleuchtung des Ruderstands lagen in ihrem Gesicht harte schwarze Schattenfurchen. »All right, Garfield«, sagte sie mit rauer Stimme. »Jetzt probieren wir es aus.

Du kannst das Ding bedienen. Ich weiß es. Onkel Giacomo hat es mir gesagt. Du bist der Einzige, der es kann. Wir jagen den beiden Turteltäubchen da an Bord eine Angst ein, die sie nie wieder vergessen. Und dann kommen wir zur Sache.«

Stakes starrte sie an. »Bist du verrückt? Du weißt genau …«

»Ich weiß genau was?«, unterbrach sie ihn schneidend. »Was willst du damit sagen?«

»Dass die Erprobung noch nicht abgeschlossen ist. Ich kann doch nicht …«

Sie schnitt ihm abermals das Wort ab. »Du kannst, Garfield. Für mich kannst du es. Oder willst du mich allen Ernstes enttäuschen?« Sie näherte sich ihm mit gesenkten Lidern. »Nach allem, was passiert ist?« Sie deutete nach Westen, wo am Horizont der Flammenschein zu sehen war.

Stakes hatte lange Zeit den Funkverkehr abgehört. Seine einzige Genugtuung war, dass es auch Borza selbst erwischt hatte.

Das Feuer ihrer Augen ließ Stakes' Körpertemperatur ansteigen. Der Gedanke an die Koje wurde wieder wach. Vielleicht brauchte er seine Hoffnung doch noch nicht zu begraben. Allerdings würden die Vorzeichen verdreht sein. Baby Jane würde die Dominierende sein, die ihn hart forderte. Aber welche Rolle spielte das!

Er konnte verdammt gut mithalten. Er spürte den Druck ihrer Brüste, als sie sich an ihn schmiegte. »Also gut«, knurrte er und versuchte sich wenigstens noch ein bisschen unwillig zu geben. »Aber wenn es eine technische Panne gibt, darfst du mich nicht verantwortlich machen.«

Sie umstrich sein Kinn mit ihren Lippen. »Eine Panne wird es nicht geben, da bin ich sicher. Und du wirst es so machen, wie ich es haben will. Die Schlampe fliegt mit dem Kahn in die Luft. Und Jimmy wird hier an Bord antanzen, damit ich meine ganz persönliche Rache an ihm genießen kann.«

Garfield Stakes bemühte sich, seine Enttäuschung nicht zu zeigen. Wie diese so genannte Rache aussehen würde, konnte er sich verdammt gut vorstellen. Nun, vielleicht gab es eine Gelegenheit, Russo auszuschalten. Ein Angriff ließ sich leicht provozieren. Baby Jane würde ihm da nichts nachweisen können. »Einverstanden«, sagte er, obwohl er wusste, dass sie nichts weniger brauchte als sein Einverständnis.

Er wandte sich ab und verließ den Ruderstand über den Niedergang. Das Ding, von dem Baby Jane gesprochen hatte, befand sich unter den Luken im Heck, oberhalb der Maschinen.

Es war unheimlich still. Caterina und ich spähten durch das Kajütfenster, doch über der Schwärze des Wassers war wenig zu erkennen. Ich ahnte, mit wem wir es zu tun hatten. Und ich bedauerte, dass ich Caterina nicht sofort an Land gebracht hatte. Aber der Schock saß ihr zu tief in den Knochen.

Ich hatte versucht, Funkverbindung mit einer Polizeidienststelle oder der Coast Guard aufzunehmen. Doch es war mir nicht geglückt. Andererseits hatte ich mich mit dem Kajütkreuzer nicht in offeneres Wasser legen wollen, denn ich hatte von Anfang an mit Verfolgern gerechnet. Dabei fürchtete ich die Coast Guard weniger. Den Beamten hätte ich mich offenbart, wenn ein Schnellboot mich gestoppt hätte. Aber nichts dergleichen war geschehen. Caterina war nicht ansprechbar gewesen, hatte nur auf der Sitzbank gelegen. Ihr Körper war von Krämpfen geschüttelt worden. Und als sie sich endlich halbwegs beruhigt hatte, war es zu spät gewesen.

Jäh war der Suchscheinwerfer aufgeflammt.

Gleich nach dem ersten Erlöschen des Lichts hatte ich die Fronzini erkannt. Das Fernglas, das ich aus dem Ruderstand heruntergebracht hatte, half mir nicht weiter. Ich konnte drüben lediglich Silhouetten ausmachen. Das Sicherheitsglas, hinter dem sie standen, spiegelte.

»Was wird jetzt?«, flüsterte Caterina. »Was werden sie tun, Jerry?«

»Keine Sorge«, antwortete ich. »Es geht nicht um dich. Sie wollen mich. Denn ich bin der Verräter.«

Ihre großen Augen wandten sich wieder in meine Richtung. »Erzähl mir nicht solche Geschichten, Jerry. Ein Mädchen, das Musik studiert, ist nicht so weltfremd, wie du glaubst. Sie hätten mich nicht entführt, wenn ich ihnen nichts wert wäre. Und daran wird sich auch nicht viel geändert haben – egal, wie sich die Lage dort an Land entwickelt hat.«

Ich presste die Lippen zusammen. Natürlich hatte sie Recht. Ich brauchte nicht länger zu versuchen, ihr etwas vorzumachen. Wir waren zwanzig Meilen von Wading River und dem Fronzini-Anwesen entfernt. Nach allem, was wir mitbekommen hatten, musste die Lage dort bereinigt sein. Doch wer es auch war, der uns bis hierher gefolgt war – er hatte ebenso alles hinter sich gelassen wie wir.

Nichts tat sich draußen auf dem schwarzen Wasser.

Ich nahm Caterina behutsam bei den Schultern, und wir ließen uns zurück auf die Bank sinken. Einen Moment lang hielt ich sie fest. Sie zitterte nicht mehr. Sie schien neue Kraft entwickelt zu haben. Gut so.

»Ich muss draußen nach dem Rechten sehen«, erklärte ich behutsam. »Vielleicht gibt es eine Möglichkeit, dass wir beide unbemerkt von Bord gehen können. Wenn wir an Land sind …«

Eine Donnerstimme dröhnte dazwischen.

»Russo, du verdammtes Schwein!«

Der Kajütkreuzer schien zu erbeben.

Caterina war zusammengezuckt. Sie klammerte sich an mich. Uns blieb keine Zeit zum Nachdenken.

»Russo, du Drecksack! Gib dich zu erkennen, oder es ist aus mit euch beiden Hübschen!« Die Stimme gehörte Stakes. Es knackte. Ein Lautsprecher also!

Ich bedeutete Caterina mit einer Handbewegung, sitzen zu bleiben. Vorsichtig richtete ich mich auf, drehte mich halb um und spähte durch das Kajütfenster. Auf den ersten Blick schien sich nichts geändert zu haben.

»Was siehst du?«, hauchte Caterina voller Angst.

»Warte«, sagte ich gedehnt. »Warte …« Ich glaubte, meinen Augen nicht zu trauen.

Es war nur ein paar Yards von der Steuerbordwand des Kajütkreuzers entfernt.

Es sah aus wie ein schwimmender Panzer. Wie ein plumpes Modell-Schlachtschiff. Ich brauchte nicht zu rätseln.

Es war ein schwimmendes TOMCAT.

Jake Fronzini hatte sich für seine Freunde in Mittelamerika eine Menge hilfreicher Sachen einfallen lassen. Und dieses Monstrum hatte vermutlich helfen sollen, Landeunternehmen zu erleichtern. Oder Polizeiboote heimlich, still und leise zu versenken. Da hätte es eine Menge Einsatzmöglichkeiten gegeben. Aber dieser Traum war ausgeträumt. Das stand fest. Das Exemplar des Schwimm-TOMCATs, das da draußen dümpelte, musste ein Prototyp sein. Denn ich hatte nie davon gehört. Nichts davon, dass diese Variante in Serie gehen sollte.

Plötzlich gellte Baby Janes Stimme aus dem Lautsprecher: »Komm an Deck, Jimmy Russo! Sofort! Oder wir schicken euch beide gemeinsam zu den Fischen!« Wieder knackte es im Lautsprecher. Dann folgte ein Zusatz. »Ich gebe dir zehn Sekunden, Jimmy Russo! Wenn ich dich dann nicht sehe, geht der erste Torpedo los!«

Ich zweifelte nicht einen Atemzug lang daran, dass sich wirklich Torpedos auf der schwimmenden Kampfmaschine befanden. Ich wandte mich Caterina zu. Im Dunkeln konnte ich nur ihre flackernden Augen sehen.

»Du musst sofort von Bord«, sagte ich leise. Nicht

ohne Grund. Bei allen technischen Raffinessen, mit denen die TOMCATs ausgestattet waren, waren Lauschmikrofone absolut nichts Außergewöhnliches.

»Wichtig ist, dass du nicht gesehen wirst, Caterina. Und du wirst schwimmen müssen – so leise wie möglich.« Ich erklärte ihr die Einzelheiten. »Wirst du es schaffen?«

»Ja, aber …«

»Es muss sein, Caterina. Die Sekunden laufen uns weg. Wir müssen uns beeilen.«

»Und du?«, entgegnete sie erschrocken. Sie begriff jetzt vollends, dass es mir ernst war. »Was wird aus dir?«

Eine Menge anderer Fragen hätte ich ihr beantworten können. »Jane Fronzini will mich lebend«, behauptete ich. »Das ist sicher.« Ich nahm ihre Hand. »Komm, es muss sein. Wenn die Frist um ist, haben wir vielleicht keine Chance mehr. Solange der Scheinwerfer noch nicht wieder eingeschaltet ist, wird es klappen. Es muss klappen.«

Ich verließ die Kajüte aufrecht gehend, während sich Caterina hinter mir duckte. Dass Baby Jane und Stakes Nachtgläser hatten, war nicht nur möglich, sondern wahrscheinlich. Sobald ich den Niedergang erreichte und das Schott öffnete, ging Caterina zu Boden. Sie wusste, dass sie von nun an nur noch kriechen durfte – so flach wie möglich.

Frische Nachtluft wehte uns entgegen. Ich brachte die vier Stufen des Niedergangs hinter mich, machte einen zögernden Schritt halb nach Backbord und verharrte unschlüssig. Dies war der Moment, den Caterina nutzen musste. Für diese ein, zwei Sekunden war alle Aufmerksamkeit auf mich gerichtet. Und ich bot ihr immerhin ein wenig Sichtschutz. Ich hörte, wie sie hinter mir über die Planken aus Edelholz glitt. Nur ein knapper Bogen war nötig, dann war sie an Steuerbord, durch den Kajütaufbau geschützt.

Sie schaffte es.

Ich beendete meine Unschlüssigkeit und ging weiter auf den flachen Chromstahl der Steuerbord-Reling zu. Ich hörte Caterina ins Wasser gleiten, hörte ihre behutsamen Schwimmbewegungen. Zum Glück war es nicht kalt. Sie würde es leicht überstehen. Knapp zwanzig Yards waren es bis zum steinigen Ufer. Die Bucht verengte sich dort und beschrieb einen Bogen nach rechts. Ich hatte Caterina gesagt, dass sie sich nahe an der rechten Felswand halten musste. Dann würde sie schon nach zehn Yards aus der Gefahrenzone sein.

Ich dagegen war mittendrin.

Ich spähte in die Dunkelheit. Wie ein breiter Riesenfrosch lag das Monstrum vor mir im Wasser. Ich konnte keine Einzelheiten erkennen, war aber sicher, dass es da alle möglichen Arten von Geschützrohren gab.

Der Suchscheinwerfer flammte auf. Ich kniff die Augen zusammen. Das Licht erfasste mich voll und gab mir das Gefühl unendlicher Hilflosigkeit. Es war das Gefühl, wehrlos ausgeliefert zu sein. Aber ich hatte die Gewissheit, dass Caterina es geschafft hatte. Sie war durch den Rumpf des Kajütkreuzers vor Blicken geschützt und sie würde jetzt bereits den Knick der Felswand hinter sich gebracht haben.

Vor mir lag das TOMCAT als schwarzer Schattenriss. Die beiden seitlichen Ausbuchtungen der Torpedorohre konnte ich immerhin erkennen. Baby Jane hatte nicht geblufft.

»Spring!«, kreischte sie durch den Lautsprecher. »Spring und schwimm her zu mir! Du hast nur noch diese eine Sekunde!«

Ich wusste, dass ihre Erregung nicht gespielt war. Sie wollte mich überrumpeln, wollte durch die blindwütige Drohung erreichen, dass ich nur noch an mich selbst dachte. Denn sie glaubte, dass Caterina Borza immer noch an Bord war.

Ich sprang.

Die dunklen Fluten schlugen über mir zusammen.

Unter Wasser glitt ich mit raschen Zügen an dem TOMCAT vorbei. Als ich auftauchte, wusste ich, dass ich vor dem Roboter erst einmal sicher war. Ohne Pause schwamm ich weiter, holte alles heraus, was meine Arm- und Beinmuskeln draufhatten.

Hinter mir rauschte etwas. Mir stockte der Atem. Ich drehte mich um, trat Wasser. Der Torpedo war aus dem rechten Rohr geglitten. Er erzeugte eine perlende Spur an der Wasseroberfläche.

Der Treffer lag mittschiffs. Ein weiß glühender Blitz stieg aus dem Rumpf des Kajütkreuzers auf. Wie in Zeitlupe wirbelten die Trümmer hoch. Nur nach und nach, als wehrte sie sich gegen die Zerstörung, löste sich die Yacht in ihre Bestandteile auf. Dann erst rollten Donner und Druckwelle herüber.

Ich tauchte.

Als ich wieder hochkam, rumorte der Donner noch immer in der Bucht. Die Wellen gingen hoch. Der Suchscheinwerfer erfasste mich. Ich schwamm auf die Fronzini-Yacht zu und sagte mir immer wieder, dass Caterina in Sicherheit war.

Als ich nahe genug heran war, sah ich Stakes breitbeinig auf dem Achterdeck stehen. Er hielt eine Maschinenpistole im Hüftanschlag. »Dein Glück, dass du so folgsam bist«, rief er höhnisch. »Ich hätte dich sonst zur Wasserleiche machen müssen. Aber Baby Jane will sich noch ein wenig mit dir befassen. Und du denkst wahrscheinlich, dadurch hättest du noch eine Überlebenschance!« Er lachte schallend.

Ich glitt auf die Leiter zu, die sie an Steuerbord herausgehängt hatte. Das Wasser strömte aus meiner Kleidung. Ich erfasste eine der Sprossen und zog mich hoch. Es kam mir vor, als ob sich mein Körpergewicht verdoppelt hätte.

Stakes folgte jeder meiner Bewegungen mit dem Lauf der Maschinenpistole.

Ich sah Baby Jane erst, als ich mir den letzten Schwung gab, um an Bord zu gelangen. Sie war nur

ein Schatten in der Dunkelheit außerhalb des Schein-
werfers. Dem sausenden Hieb konnte ich nicht ent-
gehen. Ich sah nur, dass es ein Pistolengriff war, mit
dem sie zuschlug. Es folgte ein Schlag wie eine
Explosion, die in meinem Kopf stattfand. Ich stürzte
vornüber auf die Decksplanken. Caterina ist in
Sicherheit, war mein letzter Gedanke. Ich zog den
Gedanken mit in die Tiefe der Bewusstlosigkeit.

Ich bekam nicht mehr mit, wie Stakes das TOMCAT
über die Heckrutsche an Bord holte. Das schwimm-
fähige stählerne Monstrum glitt in seinen Raum, und
Stakes schlug die Luken zu. Unterdessen hatte Baby
Jane den Anker gelichtet und die Maschinen gestartet.
In der nächsten Minute rauschte die Yacht mit hoher
Fahrt davon und nahm Kurs auf den Block Island
Sound, um den offenen Atlantik zu erreichen.

Als ich erwachte, war es hell. Ich begriff nicht, wo ich
war, begriff auch nicht, was mit mir geschehen war.
Unter meiner Schädeldecke rauschte und dröhnte es
wie auf dem Broadway nachmittags um fünf. Die
Helligkeit um mich herum war von Schleiern verhüllt.
Als Erstes wurde mir klar, dass ein Teil des Dröhnens
auch außerhalb meines Kopfes stattfand. Dann
bemerkte ich das Vibrieren unter meinen Füßen. Ich
riss die Augen weit auf und schloss sie wieder. Das
wiederholte ich ein paar Mal.

Ich hörte Gelächter aus unmittelbarer Nähe. Mehr
ein Kichern. Es stammte von einer Frau und einem
Mann. Puzzlestücke meines Erinnerungsbildes fügten
sich aneinander: der Schatten, der Baby Jane gewesen
war, der Mann auf dem Achterdeck der Yacht, die
Maschinenpistole.

Caterina.

Mein Kopf wurde klarer. Die Verantwortung, die ich
übernommen hatte, war plötzlich da – als schwere
Last, die ich noch immer nicht abschütteln konnte. Die

Schleier vor meinen Augen lösten sich auf, und jetzt – endlich – lieferte mir die Helligkeit ein klares Bild.

Es bestand aus Baby Janes Grinsen und aus Stakes' vor Anspannung und Wut verhärtetem Gesicht. Er lachte nicht mehr. Er hielt das Ruder mit Eisenfäusten. Die Knöchel traten weiß hervor. Die Maschinen der Yacht liefen auf Volllast. Der Bug ragte schräg empor.

Baby Jane kicherte noch und betrachtete mich mit einem Gesichtsausdruck kindlicher Neugier. Sie musste die ganze Zeit beobachtet haben, wie ich zu mir gekommen war. Ich blickte an mir hinab. Ich trug einen Jogginganzug. Nichts an den Füßen. Meine Hände lagen auf dem Rücken. Erst jetzt merkte ich, dass ich die Arme nicht bewegen konnte. Kantiger Stahl schnitt in meine Handgelenke. Ich konnte die Finger krümmen und ein bisschen tasten. Es war irgendeine Konsole, an der sie die Stahl-Acht befestigt hatten.

»Willkommen in der Gegenwart!«, rief Baby Jane und beugte sich vor, sodass sich unsere Nasen fast berührten. »Falls du noch nicht ganz klar siehst: Ich bin Baby Jane Fronzini, der du mal ewige Treue geschworen hast. Oder so was! Falls du von der Schlampe Borza träumen solltest, lass dir gesagt sein, dass sie bei den Fischen ist. Und im Himmel! Beides gleichzeitig! Haha! Das Unschuldslamm wird natürlich nicht zur Hölle gefahren sein – wie könnte sie denn!«

Stakes stieß einen Knurrlaut aus.

Baby Jane kreiselte herum. »Was ist los?«, herrschte sie ihn an.

»Langsam ist es nicht mehr feierlich«, quetschte er zwischen den Zähnen hervor. »Sieh dich mal um.«

Widerwillig folgte sie seiner Aufforderung. Die neue Ungewissheit über Caterinas Schicksal wühlte noch in meiner Magengrube, während ich ebenfalls nach hinten blickte. Meine Fantasie malte ein Bild, das sie zeigte, wie sie vom Explosionsdruck erfasst und gegen die Felswand geschmettert wurde. Ich musste die Augen schließen, um den aufwallenden Kopfschmerz zu bekämpfen. Als ich die Augen wieder aufkriegte, sah auch ich, was Baby Jane anscheinend nicht wahrhaben wollte und was Stakes zum Knurren gebracht hatte.

Sie sahen aus wie lebende Wesen – flach, grau und mit mächtigen weißen Schnurrbärten. Schnellboote. Ein halbes Dutzend. Sie waren zur Sichellinie ausgeschwärmt und holten auf. Die Boote standen im Dienst der Coast Guard. Ich brauchte nicht zweimal hinzusehen, um das zu erkennen. Jemand musste beobachtet haben, wie Caterina und ich und anschließend die Yacht den Fronzini-Hafen verlassen hatten.

»Na und?«, schrie Baby Jane. »Denen fahren wir doch weg!«

»Irrtum!«, zischte Stakes. »Wenn es so wäre, hätten sie wohl kaum aufgeholt. Und wie wär's, wenn du mal deine geschätzte Aufmerksamkeit nach Steuerbord voraus richten würdest.«

Sie kreiselte herum. Immerhin wusste sie, dass vorn rechts gemeint war.

Zwei weitere Schnellboote stampften dort heran, von Nordwesten. Der Rest spielte sich ab, bevor Baby Jane ein wütendes Fauchen ausstoßen konnte.

An Steuerbord voraus blitzte es. Ein dumpfer Knall folgte. Dann rauschte eine Wassersäule hoch – fünfzig Yards vor dem Bug der Yacht.

Garfield Stakes zuckte zusammen wie unter einem Hieb. Er zog die Regler zurück. Der Bug sackte ab. Augenblicklich verlor die Yacht an Fahrt.

»Los!«, schrie Baby Jane, den Oberkörper vorgebeugt, als wollte sie sich auf ihn stürzen. »Schick das Ding auf die Reise! Es macht uns freie Bahn, und dann geht's weiter!«

Stakes' Mund klappte auf. Seine Wangenmuskeln flatterten. »Das – das kann nicht – dein Ernst sein!«, stammelte er. »Es funktioniert nicht. Es ist noch nicht genügend erprobt, um nacheinander auf mehrere Ziele programmiert zu werden. Es wird …«

»Es wird funktionieren!«, schrie sie. Sie riss etwas unter der Jeans-Jacke hervor. Es war meine Beretta. Sie legte sie auf Stakes an. »Tu, was ich dir sage, oder du kriegst die erste Kugel! In den linken Arm. Den linken, wohlgemerkt! So, dass du die Fernsteuerung noch bedienen kannst!«

Er wurde kreidebleich, konnte nur noch fassungslos den Kopf schütteln. Dann wankte er zum Niedergang. Ich sah, wie er das Achterdeck erreichte. Er öffnete die Luken und holte ein längliches Steuerpult hervor. Ich sah das TOMCAT in seinem Gehäuse und ich sah Baby Janes Gesicht, wie es sich in vorgezogenem Triumph verzerrte. Ich zog an meinen Handschellen, obwohl ich sicher war, dass sich da nichts tun würde. Die Konsole bewegte sich kaum wahrnehmbar. Ich glaubte zu träumen.

Die Schnellboote hatten ihre Schnurrbärte verloren.

Ich konnte mir die Kommandanten und die Besatzungsmitglieder vorstellen, wie sie auf den Brücken standen und staunten.

Das TOMCAT glitt über die Heckrutsche ins Wasser, wendete schaukelnd und setzte sich in Bewegung. Die Schraube quirlte das Wasser zu Schaum. Ich erkannte Stakes' Absicht. Er ließ die Kampfmaschine Kurs auf das Schnellboot nehmen, das genau achteraus lag. Entfernung hundert Yards, kaum mehr.

Baby Janes Augen funkelten in Vorfreude. Sie schien mich nicht mehr wahrzunehmen.

Ich legte alle Kraft in meine Armmuskeln, und es war mir einerlei, wie schmerzhaft der Stahl in die Handgelenke schnitt. Ich zog mit jähem Ruck. Hinter mir knirschte es. Ich flog auf Baby Jane zu, sah noch ihr erschrockenes Gesicht. Dann rammte ich sie auf der anderen Seite des Ruderstands gegen das Mahagoni-Schapp. Sie schrie auf und sackte zu Boden.

Ich hielt sie für bewusstlos. Ob sie es war oder nicht,

spielte sowieso keine Rolle. Mit gefesselten Händen sprang ich über die Stufen des Niedergangs auf das Achterdeck.

Stakes wirbelte herum und ließ das Steuerpult fallen.

Das TOMCAT war fünfzig Yards entfernt im Kielwasser der Yacht.

Ich schnellte auf den blonden Mann zu. Seine Rechte zuckte unter die Jacke. Ich senkte den Kopf wie ein Stier. Er bekam die Waffe nicht mehr heraus. Mein Rammstoß schleuderte ihn in die offene Luke. Er schlug mit dem Hinterkopf auf und rührte sich nicht mehr.

Ich wollte nach dem Steuerpult greifen.

Hart schlug es in die Decksplanken – haarscharf neben meinen Füßen. Der Schuss klang unbedeutend, wie ein trockener Schlag.

»Lass die Finger davon!«, kreischte Baby Jane aus dem offenen Schott des Ruderstandes. Die Mündung der Beretta glotzte mich an.

»Ich denke nicht daran«, sagte ich.

Sie feuerte erneut. Dreimal jetzt.

Das Steuerpult hüpfte, von den Kugeln getrieben. Es folgte Stakes in die Luke.

»Entweder, du kommst jetzt zu mir hoch, oder du bist als Nächster an der Reihe«, sagte Baby Jane.

Ich blickte nach achteraus, und meine Nackenhaare wurden zu Borsten.

Das TOMCAT wendete. Es rauschte auf die Yacht zu.

»Geh von Bord!«, brüllte ich.

Baby Jane lachte und schickte mir die nächste Kugel vor die Füße. »Nochmal legst du mich nicht herein!«, schrie sie.

Ich sah, dass sie nicht mehr bei Sinnen war. Ich sprang und tauchte so tief wie möglich. Die Peitschenschnüre zweier Kugeln verfolgten mich.

Und dann dröhnte es wie aus dem Schlund der

Hölle. Ich war sicher, mit geborstenen Trommelfellen auftauchen zu müssen – wenn ich überhaupt jemals wieder an die Oberfläche kam.

Irgendwie gelang es mir, mehr von selbst. Harte Kunststoffteile regneten vom Himmel. Eines traf meinen leidgeprüften Kopf.

Aber ich blieb bei Bewusstsein.

Die Yacht war nicht mehr vorhanden.

Das TOMCAT, torpedolos jetzt, drehte sich im Kreis. Es wurde von Wrackteilen überschüttet, drehte sich aber unverdrossen weiter.

Ein Schlauchboot mit Außenborder schnurrte heran. Erst als sie mich an Bord genommen hatten und auf Abstand gegangen waren, feuerte eines der Schnellboote eine Rakete ab.

Das TOMCAT hörte mit dem Kreiseln auf, weil es ebenfalls nicht mehr vorhanden war.

»Was ist mit Caterina Borza?«, fragte ich den Kommandanten, der mich empfing. Ich konnte mich kaum noch auf den Beinen halten, aber nur die Antwort zählte.

»Von ihr haben wir die Position in der Bucht und den Kurs der Yacht erhalten«, antwortete der Beamte. »Die junge Lady ist an Land, bei Kollegen.«

Ich war erleichtert.

Unendlich erleichtert.

ENDE

# Tunnel-Terror

Das Boot schnurrte nur. Ich kurvte ein bisschen auf dem See herum, und nicht mal Enten und Blesshühner ließen sich stören. Tiere in einem Freizeitpark sind eben daran gewöhnt. Hier in Newark, New Jersey, war das schwimmende Federvieh lebendiger Teil der Trauerweiden-Kulisse. Der Elektromotor meines Mietboots regte die Wasservögel nicht auf. Um sie nicht zu verscheuchen, waren lärmende Außenborder verboten. Auf dem größeren Teil des Sees waren noch mehr von den flachen Elektroflitzern unterwegs.

Ich griff in die Tüte, die ich beim Bootsverleiher gekauft hatte. Zehn Cent. Dafür hatte man ein Pfund Futter zum Ausstreuen, schnabelgerecht gepresst. Ich schleuderte den Rest aus der Tüte über Bord. Das Zeug landete im Halbdunkeln unter den hängenden Weidenzweigen mit ihrem noch spärlichen zartgrünen Laub. Die Schnabeltiere ließen sich gelassen-majestätisch herab, nach den Brocken zu picken.

Abner Gross hatte sich für ein Ruderboot entschieden – wohl, weil sein Girl Laurie Vance romantisch veranlagt war. Er pullte in einen Seitenarm des Sees, der durch die Trauerweiden beiderseits zu einer schattigen Wasser-Gasse wurde. Gross trug Jeans und T-Shirt, die seine Muskelpakete deutlich hervortreten ließen. Dieser erste warme Frühlingstag lockte die Menschen ins Freie. Laurie lag wie hingegossen im Bootsheck. Ich war ihr nahe genug, um sehen zu können, dass sie die oberen Knöpfe ihrer Bluse geöffnet hatte. Den duftig weiten Rock hatte sie kokett bis über die Knie hochgezogen. Garantiert war sie ein Fan dieser Filme aus der guten alten Hollywood-Zeit. Es fehlte nur noch ein unsichtbares Orchester, und Abner Gross hätte als schmachtender Ruderer über ›True Love‹ und ähnliche Scherze singen können.

Ich erhielt die Zeichen. Zwanzig Yards rechts von dem Hollywood-Pärchen führte Special Agent Earl Upland vom FBI-Distrikt New Jersey seinen wichtigsten dienstlichen Auftrag in diesem Jahr aus. Er ließ die

Ruder seines Bootes los, schloss Detective Sergeant Pamela Brewer von der Kriminalabteilung der Newark Police in die Arme und küsste sie.

Pamela schlang die Arme um Earls Nacken. Er war zu beneiden. Weiter hinten tauchte Special Agent Jennifer Edelman aus der Biegung des Seitenarms auf. Jennifer fuhr ein Kanu. Sie hatte es mit einer Fotoausrüstung in einem deutlich sichtbaren Koffer beladen. Vorn links, nur einen Steinwurf weit von mir und dreißig Yards von dem kraftvollen Ruderer Abner Gross entfernt, ließ Special Agent Burt Govan seine Angel über den Bootsrand baumeln.

Ich drehte den Elektroschnurrer auf volle Leistung, hob die freie Hand und wedelte. »Hallo, Jenny!«, rief ich freudig. Es hallte weit über das Wasser. Wenn es an diesem Tag etwas Glaubwürdiges gab, dann waren es Frühlingsgefühle.

Abner Gross ruderte auf dem Kurs, den auch ich einschlug, um mit Jennifer zusammenzutreffen.

»Hi, Jeremy!«, antwortete sie, meinen Vornamen geringfügig abgewandelt.

Gross verfolgte den Wortwechsel wie ein Schiedsrichter beim Tennis, ohne sein Tempo zu verlangsamen. Sein Girl Laurie drehte sich ärgerlich um. Ich musste Abners Kielwasser kreuzen, um mein Girl zu erreichen.

So sollte es jedenfalls aussehen.

Laurie war blond und hatte ein hübsches Gesicht mit einem ärgerlichen, vielleicht auch misstrauischen Ausdruck.

»Jenny, ich komme!«, jodelte ich und ließ Laurie keine Zeit, über mögliche Gefahren nachzudenken. Ich zog mit drei Yards Abstand schräg am Heck des Ruderboots vorbei.

»Nicht so schnell!«, rief Jennifer. »Sonst erwische ich dich nicht mehr!« Sie hob ihre Kamera mit dem Teleobjektiv und visierte mich an.

»Hör auf!«, antwortete ich, als wäre ich mit Jennifer

allein auf dem See. »Ich bin doch nicht fotogen!« Ich stieß die Ruderpinne von mir weg.

Abner Gross und Laurie Vance waren einen Moment lang von Schreck erfüllt. Dann rauschte ich längsseits. Der Bug des Elektroflitzers wischte den Riemen zur Seite und riss Gross das obere Ende aus der Hand. Er ließ auch den anderen sausen und kam von der Ducht hoch.

Prächtig für mich. Ich machte einen schnellen Schritt, erwischte das Dollbord mit dem rechten Fuß und hatte den Halt, den ich brauchte. Das Ruderboot schaukelte bedrohlich, als ich mich auf Gross warf. Es krachte. Aber das Schaukeln war meine Rettung. Ich spürte nur einen sengenden Luftzug.

Dann klatschte ich gemeinsam mit dem Muskelmann an Steuerbord ins Wasser. Prustend kamen wir hoch.

Laurie hatte sich hinten im Boot gehalten. Jetzt hielt sie eine Beretta in der Hand. Sie richtete die Laufmündung auf mich. Neben mir fing Abner Gross an zu brüllen, sie solle endlich schießen. Earl Upland feuerte gezielt. Er war ihr am nächsten. Sein Smith & Wesson krachte dumpf. Laurie Vance wurde in die rechte Schulter getroffen. Die Wucht des Einschusses stieß sie zurück in den Sitz. Das Blei aus ihrer Beretta fuhr in das Stück Himmel zwischen den Trauerweiden.

Ich brachte den brüllenden Abner mit der Handkante rasch zum Schweigen. In den nächsten Sekunden waren die Kollegen zur Stelle, um mir die Last abzunehmen. Jennifer, der einzige weibliche Special Agent unter den FBI-Kollegen von New Jersey, kümmerte sich um mich. Leider gab es jetzt keinen Anlass mehr, die Rolle von Earl und Pamela zu spielen.


Der schwere Wagen glitt wie auf Samtpfoten dahin. Gedämpftes Motorendröhnen war zu hören. Es stammte von den übrigen Fahrzeugen im Tunnel. Fred

Gleason, jung, smart und elegant, trommelte mit den Fingerkuppen auf das Lenkrad. »Ausgerechnet heute!«, knurrte er. »Ausgerechnet heute!«

»Was?« Branford Marshal auf dem Beifahrersitz hob den Kopf. Er blinzelte und rückte den Aktenkoffer mit dem aufgeklappten Schnellhefter auf seinen Knien zurecht. Sogar nach einem anstrengenden Arbeitstag an der Wall Street sah Marshals Nadelstreifenanzug aus wie frisch gebügelt. Top-Qualität. Das war's eben. Wie in allen Dingen.

Gleason spähte in den Außenspiegel. Der Mercedes 500 reagierte freudig auf das Gas, entfaltete lautlos Bärenkräfte und schlüpfte in die Lücke auf der linken Fahrspur. Gleason zog an dem Container-Truck vorbei, der zuvor die Sicht versperrt hatte. Die kühle Luft aus der Klimaanlage verbreitete keinen Dieselgeruch mehr. Sekunden später musste Fred Gleason wieder Gas wegnehmen. Vor dem Mercedes glitten jetzt nur noch Limousinen dahin. Die Lichterketten des Tunnels huschten langsamer. »Merkst du das nicht! Wir sitzen gleich mittendrin, verdammt nochmal!«

»Im Stau?«

»Auch als Beifahrer müsstest du das merken.«

»Meine Güte, ich versuche, Taktiken zu entwickeln, die uns beiden zugute kommen!« Marshal klatschte mit der flachen Hand auf die Kursblätter im Schnellhefter. »Außerdem haben wir eine halbe Stunde Spielraum und …«, er reckte den Hals, »… wir sind sowieso gleich drüben.«

»Das ist noch keine Garantie. Da braut sich was zusammen. Ich hab's im …«

»Mann, du tust, als führen wir das erste Mal von New York nach New Jersey! Und der Kunde wohnt in Newark. Er wird schon nicht so hinterwäldlerisch sein und nie etwas vom Feierabendverkehr gehört haben.«

»Welch ein Argument!« Gleason blies den Atem zwischen geblähten Lippen aus und verdrehte die Augen.

»Interessiert dich, was ich zusammengesucht habe?«

»Natürlich«, brummte Gleason und meinte das Gegenteil.

»All right. Unser Kunde …«

»Potenzieller Kunde!«

»Okay, okay. Also – unser möglicher Kunde hat zweihundertzwanzig Aktien von Baxter International, und er ist nicht recht glücklich damit.«

»Richtig.« Gleason presste ärgerlich die Lippen zusammen. Denn erneut musste er mit der Geschwindigkeit heruntergehen. Dabei war vorn nun tatsächlich schon Tageslicht zu sehen.

»Das ist unsere Ausgangsbasis«, fuhr Branford Marshal selbstsicher fort. »Ich nehme mal das Ergebnis vorweg: Ich würde ihm empfehlen, noch mehr Baxter-Aktien zu kaufen.«

»Bist du verrückt?« Gleason sah seinen Partner ruckartig von der Seite an, wandte sich aber sofort wieder nach vorn. »Wenn du nur solche Vorschläge machst, wirst du noch in zehn Jahren ein angestellter Makler sein. Himmel, wer sich in der Anlageberatung selbstständig machen will, muss solide und vor allem seriöse Ideen entwickeln. Privatanleger sind selten Hasardeure.«

»Dann solltest du dir vielleicht einen soliden und seriösen Partner suchen. Es sei denn, du bist bereit, dir auch mal andere Argumente anzuhören.«

»Deine Taktik?«

»Exakt.«

»Okay …« Bremsleuchten flammten auf. Fluchend ging Gleason vom Gas und brachte den Mercedes zum Stehen.

»Zugegeben, es hat bei Baxter International im letzten Jahr ein paar Probleme gegeben«, dozierte Marshal. »Im Geschäft mit Krankenhauslabor-Ausrüstung weht ein rauer Wind, das ist allgemein bekannt. Baxter musste ein Dutzend Gerätetypen wegen Mängeln zurückrufen, all right. Aber das hat sich in den Kursen bereits niedergeschlagen. Noch weiter werden sie nicht sinken. Baxter hat …«

»Das halte ich nicht aus!«, schrie Gleason und hieb mit der flachen Hand auf das Lenkrad. »Da vorne fahren sie weiter! Und wir, hier im Tunnel …«

»Baxter hat neue verschärfte Qualitätskontrollen eingeführt. Seit einem halben Jahr gibt es keine Beanstandungen mehr. Der Umsatz steigt. Also ist es ein guter Tipp, auf lange Sicht zu planen. Wer jetzt zum niedrigen Kurs bei Baxter nochmal einkauft, ist in ein, zwei Jahren fein raus.«

»Darüber reden wir noch«, entgegnete Gleason gereizt. »Für mich steht an erster Stelle, dass wir da einen Kunden haben, der bereit ist …«

»Einen potenziellen Kunden«, grinste Marshal.

Sein Kollege ging nicht darauf ein. »… der bereit ist, fünfhunderttausend Dollar zu investieren. Und wenn wir hier noch lange festsitzen, können wir unsere fünfundzwanzigtausend Dollar Courtage in den Wind schreiben.«

Branford Marshal schüttelte verständnislos den Kopf. »Menschenskind, du hast doch noch nie so ein Theater gemacht! Ich begreife das nicht.«

»Unsere fünf Prozent waren auch noch nie so hoch. Und kannst du mir vielleicht mal erklären, wieso die da vorne am Tunneleingang stehen geblieben sind?«

»Was?« Marshal schob sich hoch und spähte über die Wagendächer hinweg. »Stimmt.« Er runzelte die Stirn. Dann ließ er sich wieder in den Sitz sinken. »Vielleicht ist einem das Benzin ausgegangen.«

»Dann müssten es zwei sein. Zwei zur selben Zeit. Wir haben zwei Fahrspuren, falls dir das entfallen ist. Und auf der anderen Fahrbahn, Richtung Manhattan, tut sich auch nichts. Da fahren ebenfalls keine Autos mehr.« Sie waren von der zweiten Tunnelröhre durch den Beton getrennt.

Einen Teil der in sanftem Schwung ansteigenden Zufahrt konnten sie jedoch sehen.

»Mein Gott! Vielleicht irgendeine Polizeisache. Fahndung oder so was. Es wird doch eine Erklärung dafür geben!«

Fred Gleason schwieg. Branford Marshal vertiefte sich von neuem in die abgehefteten Kursblätter. Gleason trommelte erneut mit den Fingern auf das Lenkrad. Der Rhythmus wurde schneller, je öfter er sich hochreckte und etwas zu erkennen versuchte. Nur fünf andere Wagen befanden sich vor seinem Mercedes. Gleason verlor die Geduld. Er verschwendete kein Wort, sondern stieg aus und knallte die Tür zu. Branford konnte sich denken, dass er den Schlitten fahren und ihn auflesen musste, falls es auf einmal doch weitergehen sollte.

Gleason schwenkte vor der Motorhaube nach rechts, in die Mitte zwischen den Fahrspuren. Er fühlte sich überlegen. Hölle und Teufel, er würde nach dem Rechten sehen und den verdammten Hohlköpfen da vorn den Marsch blasen!

Die Leute in den Autos saßen geduldig da wie Lämmer. Gleason hatte nur Verachtung für sie, die nicht einmal in solchen Situationen Temperament aufbrachten. In einem südlichen Land wäre längst ein Hupkonzert ausgebrochen. Nun gut, er war es gewohnt, Entscheidungen rasch zu treffen. Wer als Makler an der New Yorker Börse arbeitete, musste das können. In diesem Fall würden eben alle davon profitieren, wenn er ihnen den Weg frei machte.

Die Gesichter in den Limousinen ganz vorn waren bleich. Mit großen, weiten Augen blickten sie in seine Richtung. Einige sperrten sogar den Mund auf. Mondgesichter, dachte Gleason, Einfaltspinsel! Er fing nicht an, lange herumzusuchen. Die beiden grau Uniformierten stammten aus den Glaskabinen, den Kassenhäuschen an der Tunneleinfahrt. Die anderen Typen, die herumstanden, mussten auch Autofahrer sein. Weiter entfernt ein Typ mit einer Videokamera. Sah aus wie ein Profi.

»Was ist hier los?«, bellte Gleason die Kassierer an. Er war sich der Blicke von hinten bewusst. Zweifellos waren sie ihm dankbar. Er hatte oft genug erlebt, dass Menschen nur ihren Leithammel suchten, dass man ruckzuck die Nummer eins war, wenn man nur aufstand und zeigte, dass man eine Sache in den Griff bekam.

Er wunderte sich, dass die Uniformierten zwar zusammenzuckten, aber sonst überhaupt nicht reagierten. Stattdessen drehte sich einer von den anderen um. Nein, eine Frau. Dunkle Haare, ärmelloser Pullover, Jeans, Turnschuhe, durchaus ansehnlich, wenn sie nicht so eine Art Revoluzzertyp gewesen wäre.

Gleason sah jetzt, dass sie eine kurzläufige Maschinenpistole am Schulterriemen trug, sowie eine Handtasche rechts neben der Hüfte. Es sah lächerlich unwirklich aus, irgendwie überhaupt nicht gefährlich. Mit beiden Händen schob sie das schwarz-stählerne Stummelding ein Stück vor. Blasse kleine Flächenblitze stoben hervor, und alles um ihn herum verschwamm. Fred Gleason wunderte sich, dass seine empörten Gedanken im Nichts verflogen. Alles löste sich auf. Das Nichts schluckte ihn ohne Schmerz.


Noch triefend nass, nahm ich das Funkmikro entgegen. Jennifer hatte es von der Beifahrerseite ihres Dienstwagens ins Freie gezogen. Die Stimme des Chefs klang so aufgeregt wie selten zuvor – hastig, unter großer innerer Anspannung sprach er.

»Jerry! Haben Sie einen TV-Apparat in der Nähe?«

Ich sah meine Kollegin fragend an.

Jennifer deutete auf die Imbissstube an der Schmalseite des Parkplatzes.

»Ja, Sir«, antwortete ich.

»Gut. Schalten Sie FUNNEL ein, und melden Sie sich wieder, wenn die Sendung vorbei ist. Das ist im Moment alles. Mehr kann ich noch nicht sagen.«

»Verstanden, Sir.« Bevor ich das Mikro wegklinkte, hörte ich noch, dass auch im Büro John D. Highs offenbar ein Fernseher lief. FUNNEL war der Markenname von ›Fun Channel‹, einem der jüngeren New Yorker Lokalsender.

Die Imbissbude hieß »Bar-B-Burger«, und drinnen standen sie wie versteinert. Unter den Dunstabzugshauben verschmorten Hacksteaks. Nicht einmal die beiden beschürzten Männer hinter der Theke nahmen den Brandgeruch wahr. Alle starrten auf die billige TV-Kiste hoch oben in der Ecke. Es war still genug, um eine Stecknadel fallen zu hören.

Jennifer und ich blieben an der Tür stehen. Der Fernseher lief ohne Ton. Er zeigte einen Tunneleingang. Fast hätte man es für eine Schwarzweiß-Aufnahme halten können, denn nur Beton und die Schwärze der beiden Tunnelöffnungen waren zu sehen. Die Lichterketten waren ausgefallen oder ausgeschaltet worden. Die wenigen Menschen fielen vor dem dunklen Hintergrund auf den ersten Blick nicht auf. Ungewöhnlich waren vor allem die leer gefegten Fahrbahnen. Um diese Zeit gab es normalerweise einen Verkehrsstau.

Ich brauchte niemanden zu fragen, wo diese Aufnahmen entstanden. Ich war selbst durch den Holland Tunnel nach Jersey City und Newark gefahren – an diesem Tag und wer weiß wie oft schon vorher.

Der Sprecher meldete sich mit leiser, eindringlicher Stimme. Es klang, als kommentierte er eine Hochzeits-Zeremonie der Royal Family, drüben in London. Er beschränkte sich auf die allernotwendigsten Informationen, um die Bilder wirken zu lassen. »… scheint es jetzt so weit zu sein – die Minuten der Ungewissheit sind vorbei. Öffentliche Stellungnahmen wird es in Kürze geben. Wir gehen näher heran. Wir haben die Erlaubnis …« Er hatte weiterreden wollen, doch er unterbrach sich jäh. Der Kameramann richtete das Objektiv auf ein bestimmtes Bild.

Die Gestalten vor Ausfahrt und Einfahrt des Tunnels bekamen plötzlich scharf umrissene Konturen. Lack und Windschutzscheiben der haltenden Autos glänzten. Die beiden Kassierer hatten ihr Häuschen in der Einfahrt verlassen. Sie standen stocksteif in ihrem Uniformgrau. Die vier anderen trugen Jeans, Turnschuhe und Pullover oder leichte Armeejacken und Maschinenpistolen.

Unter ihnen war eine Frau. Sie trug einen Pullover ohne Ärmel. Ihre Arme waren kräftig und sonnengebräunt. Ich stellte mir ihr Gesicht in einem besseren Rahmen vor, in einer Sommernacht, in einem Straßencafé in Greenwich Village, wo das Leben leicht war. Dort hätte dieses Gesicht einen Mann verzaubern können, jetzt aber wirkte es abstoßend, verbissen und von Hass erfüllt. Sie nickte in Richtung Kamera, schien auf den Fernsehmann zugehen zu wollen. Eine Bewegung in der Tunnelöffnung hinderte sie daran.

Ein energischer Mann tauchte aus dem Dunkeln auf. Er verharrte bei den Kassierern, rief etwas und gestikulierte wütend. Er trug einen eleganten dunkelblauen Anzug, ein hellblaues Hemd und eine rosafarbene Krawatte. Man sah ihm an, dass dies seine gewohnte Arbeitskleidung war. Einer von Tausenden dieser Yuppies, die in Manhattan Downtown die Chefetagen anstrebten und nichts anderes im Kopf hatten, als möglichst schnell ihre erste Million zusammenzukratzen.

Die Lady mit der Maschinenpistole drehte sich zu ihm um.

Der Elegante war unverändert wütend. Man sah es ihm an. Wenn man ihn auch nicht reden hörte, konnte man sich doch vorstellen, dass er den Leuten gleich vorhalten würde, wie viel Geld seine Zeit wert war.

Die Dunkelhaarige schoss. Zwei Feuerstöße. Die hämmernden Schüsse waren zu hören. Keine der Kugeln verfehlte den Mann. Die Einschläge schüttelten ihn. Er riss den Mund weit auf, aber man sah, dass er nicht mehr schreien konnte. Er war tot, noch bevor er in sich zusammensank.

Die Frau ließ die Maschinenpistole aus dem Hüftanschlag zurückpendeln. Sie sicherte die Waffe, eine UZI, und rückte den Riemen auf der Schulter zurecht. Für mich hatte sie in diesem Augenblick den letzten Rest Weiblichkeit verloren. Ihr Anblick, wie sie die Rückstöße der MPi mit wild geballter Kraft aufgefangen hatte, entlarvte sie. Sie war eine eiskalte Mörderin.

Ich wechselte einen Blick mit Jennifer, die ähnliche Gedanken wie ich in diesem Moment hatte. Diese MPi-Schießerin war zum Äußersten entschlossen. Sie hatte einen Menschen getötet, ohne ernsthaft bedroht gewesen zu sein. Weshalb sie dazu fähig war, würden wir erfahren. Jetzt gleich.

Dem Ansager hatte es die Sprache verschlagen.

Die Frau winkte einen ihrer Komplizen zu sich. Ihre Schritte waren kurz, schnell und entschlossen, als sie auf die Kamera zuging. Ihr Begleiter war noch jünger als sie, hatte ein Klemmbrett mit einem Papierblock unter dem linken Arm. Auch er trug eine UZI rechts am Schulterriemen.

Sekundenlang zeigte die Kamera das Gesicht der Frau in Großaufnahme, dann zoomte das Objektiv zurück auf normale Brennweite. Der Reporter, Moderator oder was er auch sein mochte, brachte noch immer keinen Ton heraus.

»Ich bin damit beauftragt, eine offizielle Erklärung abzugeben«, sagte die Frau. Ihre Stimme klang hart und hoch, beinahe schrill vor Anspannung. Sie sprach gestelzt, als hätte sie ihre Rede auswendig gelernt. »Ich wende mich hiermit an die Öffentlichkeit.«

Der Junge neben ihr hob das Klemmbrett und spielte Souffleur, gab ihr Stichworte. Sie fuhr fort: »Mein Name ist Rachel Bayard. Ich gebe diese Erklärung ab im Auftrag der Organisation A HEART FOR THE HOMELESS. Wir haben den Holland Tunnel gesperrt.

In der Mitte des Tunnels befindet sich eine Sprengladung, die ausreicht, den Tunnel zum Einsturz zu bringen. Unsere Kommandos sind sowohl auf der Manhattan-Seite als auch hier, auf der Jersey-City-Seite, im Einsatz. Neben der Sprengladung verfügen wir über verschiedene Sorten Giftgas, die wir über das Belüftungssystem in den Tunnel blasen können. Unsere erste Forderung an die Polizei lautet, den einfahrenden Verkehr auf beiden Seiten abzustoppen und außer Sichtweite umzuleiten. Unsere Hauptforderung beläuft sich allerdings auf zehn Millionen Dollar in bar. A HEART FOR THE HOMELESS vertritt die Rechte der Obdachlosen in New York City. Ihre Zahl wächst von Woche zu Woche, ja, von Tag zu Tag. Ursache ist eine verantwortungslose Wohnungspolitik der Stadt. Wir werden die zehn Millionen Dollar dafür verwenden, geeignete Obdachlosen-Unterkünfte zu schaffen. Einzelheiten darüber geben wir bekannt, sobald unsere erste Forderung erfüllt ist.« Sie holte Luft, verzog grimmig die Mundwinkel.

Der Junge mit dem Klemmbrett flüsterte ihr etwas zu.

»Richtig«, nickte Rachel Bayard. »Wir haben dem Fernsehsender FUNNEL die Exklusivrechte für die Berichterstattung über unsere Aktion erteilt. Das bot sich an – nicht nur, weil wir den Sender schätzen. Auch wegen des Wortklangs. Schon heute Abend werden alle Leute in New York und Umgebung wissen, wo sie Neues über die Aktion im Tunnel erfahren …«

»… nämlich auf FUNNEL!«, ergänzte der Junge, indem er einen Schritt näher an Kamera und Mikrofon herantrat. Verbrecher machten Reklame für einen Fernsehsender. Und umgekehrt.

Etwas völlig Neues.

Rachel Bayard nickte. Sie legte ihm den Arm um die Schulter. Distanz zwischen ihnen stellte die Maschinenpistole her. »Dies ist Greg Simms«, sagte sie. »Wir stehen alle zu dieser Aktion. A HEART FOR THE

HOMELESS hat keine Geheimnisse. Außer Greg sind auf dieser Seite des Hudson dabei: Fitz Eamon, Gregory Chauvin und Sol Gossamer. Dann haben wir noch Jack Bonnardo und Tom Kelly, die zurzeit die Autos aus Richtung New Jersey anhalten und umgehend von der Polizei abgelöst werden. Die Cops brauchen sicherlich keinen weiteren Beweis dafür, wie ernst wir es meinen. Und eines sollten sich alle, die es angeht, hinter die Ohren schreiben! Nicht wir tragen die Schuld an dieser Situation, denn wir sind auch nicht verantwortlich für die lebensbedrohende Not der Obdachlosen in New York! Unser Vorwurf richtet sich an die politisch Verantwortlichen. Wir sind für ausgleichende Gerechtigkeit! A HEART FOR THE HOMELESS!«

Ein Herz für die Obdachlosen.

Einer Organisation, die ohne Maschinenpistolen für die hilfsbedürftigen New Yorker kämpft, würde ich wahrscheinlich auch beitreten. Ich würde auch jedem zustimmen, der die Wohnungspolitik der Stadtväter kritisiert. Aber niemand hat das Recht, ein paar hundert Menschen in einem Tunnel unter dem Hudson River festzuhalten – oder auch nur einen von ihnen zu töten, nur, weil er vermutlich die Nerven verloren hatte.

»Wir schalten zurück ins Nachrichtenstudio«, sagte der Fernsehsprecher. »Mal sehen, ob dort erste Reaktionen auf die Tunnel-Aktion vorliegen.«

Ich verabschiedete mich von Jennifer und lief hinaus zu meinem Jaguar. John D. High hatte nur eine kurze Mitteilung für mich. Mein Fahrtziel war der Holland Tunnel, Jersey-City-Seite, mein Auftrag die Einsatzleitung.

Abner Gross und seine Freundin Laurie waren für mich so gut wie vergessen. Die Kollegen vom FBI-Distrikt New Jersey würden die Sache zum Abschluss bringen. Gross war ein Truck-Hijacker. Einer, der komplette Lastwagen mit Ladung klaute. Er hatte es im Auftrag der Mob-Familie Ruggiero getan. Mike Ruggiero und sein Clan hatten ihr Revier in Jersey City und Newark. Abner Gross stammte aus Manhattan. Daher die Zusammenarbeit mit dem Nachbar-Distrikt. Jetzt musste Abner nur noch zum Zeugen umgepolt werden. Dann hatten wir Ruggiero und seine ganze Sippe in der Tasche.

Der Tunnel-Terror schob sich in den Vordergrund meines Bewusstseins und verdrängte alles andere. Ich schaltete Rotlicht und Sirene ein und gab den Jaguar-Pferdestärken die Sporen. Das Schreckensregiment der angeblich für die Obdachlosen eingeleiteten Aktion hatte kaum begonnen und schon ein Menschenleben gefordert. Wohin es noch führen mochte, konnte niemand vorhersehen.

Das Unglaublichste war dieser Fernsehsender.

Vor laufender Kamera wurde ein Mensch erschossen, und der Moderator verlor nicht einmal ein Wort darüber. Die Verantwortlichen des Senders hatten von vornherein gewusst, dass sie sich auf verbrecherisches Geschehen einließen. Terror exklusiv – Nervenkitzel für die Zuschauer, denen die Gewalt nicht realistisch genug sein konnte. Wohin, zum Teufel, konnte das führen!

Eines Tages würden Verbrechen nur deshalb verübt werden, weil die Verbrecher es fürs Fernsehen taten. Verbrechen wie bestellt – exklusiv geliefert. Mir wurde übel bei der Vorstellung. Ich erreichte den Highway 9, zog auf die linke Spur und trieb die Tachonadel auf die Hundertzwanzig-Meilen-Marke zu.


Der Communications-Van war klimatisiert. Die Apparate summten: Computer, die mit dem zentralen Rechner im FBI-Distriktgebäude in Verbindung treten, Monitore, die verschiedene Programme – und auch

Videoaufnahmen von eigenen Kameras empfangen konnten.

Das FUNNEL-Programm lief ohne Ton. Es kam aus der Sendezentrale. Auf einem zweiten Monitor flimmerten die letzten Bilder der Mörderin.

Phil Decker fror. Nicht wegen der Klimaanlage. Zwanzig Grad Celsius in dem fensterlosen Kastenwagen waren eine angenehme Temperatur. Die Videoaufnahme endete mit einem senkrechten Streifenmuster. Phil fühlte sich besser, jetzt, da er diese Frau nicht mehr sehen musste.

Special Agent Anthony Ward drückte die Stoptaste und schwang sich mit dem Drehstuhl herum. »Willst du's nochmal sehen? Soll ich zurückspulen?«

Phil schüttelte den Kopf. Er stand auf. »Ich sage dir eins, Tony: Diese Videoaufnahmen werden schon morgen auf dem schwarzen Markt verschachert.«

»Vielleicht ist der Wahnsinn ja morgen schon vorbei.«

»Mal den Teufel nicht an die Wand.«

»Pessimismus dürfte angebracht sein.« Tony wandte sich wieder seinem Pult zu. Im Wagenheck untergebracht, standen die Apparaturen im rechten Winkel bis hinauf zur Decke. »All right, dann nehme ich alles auf, was sie noch über die Sache senden.«

»Es wird nicht mehr viel sein«, knurrte Phil. »Weil ich sie jetzt auf Trab bringe.«

Die Miene seines Kollegen drückte Zweifel aus. Phil sah es jedoch nicht mehr, denn er warf die Tür von außen zu. Die milde Frühlingsluft empfing ihn. Der Himmel über Manhattans Gebäudetürmen war wolkenlos, und die Quecksilbersäule war von der Fünfundzwanzig-Grad-Marke noch nicht wieder heruntergesackt. Es war kein Tag, an dem die Menschen ans Sterben dachten. Dabei gab es in dieser Stadt nicht einen einzigen Tag ohne gewaltsamen Tod.

Der Mann, den die Maschinenpistolen-Schießerin eiskalt getötet hatte, war nur eines von vier

Mordopfern, die an diesem Tag in New York City zu beklagen sein würden. Statistisch gesehen.

Die Durchschnittszahl stimmte nicht mal genau. Mehr als 1600 Menschen waren letztes Jahr in den fünf Stadtteilen ermordet worden. Und die Zahl der Opfer stieg weiter an.

Rachel Bayard, die Killerin von der Jersey-City-Seite, würde die Schreckens-Statistik in die Höhe treiben, ohne mit der Wimper zu zucken. Phil blieb im hellen Sonnenlicht stehen, um sich einen Überblick zu verschaffen. Er fragte sich, was eine solche Frau dazu bewog, jemanden zu töten, der ihr nur ein wenig auf die Nerven gegangen war. Den Fernsehbildern nach zu urteilen war dies offenbar der Fall gewesen.

Er hatte das Gefühl, sich schütteln zu müssen, wenn er an diese Frau dachte. Von Weiblichkeit keine Spur mehr. Aber, dachte Phil, wenn schon Gleichberechtigung, dann in allen Lebensbereichen. Auch in Situationen, in denen der Tod die einzige Alternative war. Das leuchtete ja wohl ein. Er gab sich einen Ruck und beschloss, diese zynischen Gedanken zu verscheuchen.

Die Tunneleinfahrt war abgesperrt. Blau-weiße Streifenwagen der City Police standen fünfzig Yards entfernt. Sie bildeten eine Kette quer auf den Fahrspuren, die selbst den eiligsten Fahrradboten nicht mehr durchschlüpfen lassen würde. Uniformierte Beamte sicherten die Blockade nach beiden Seiten ab – zum Tunnel und zur Entrance Street hin. Jeder zweite Cop war mit einer Thompson-Maschinenpistole bewaffnet.

Auch die Ausfahrt, vier Häuserblocks weiter südlich, war abgesperrt. Phil hatte die Funkmeldungen mitgehört. Der Verkehr wurde inzwischen über Canal Street und Varick Street umgeleitet. Trotzdem würde sich ein totaler Zusammenbruch nicht vermeiden lassen. Die Fahrzeuglawine, die sich in der Feierabendzeit durch das Nadelöhr Holland Tunnel nach Westen zwängte, konnte auf keine andere Querverbindung abgeleitet werden. Der Lincoln Tunnel in Manhattan Midtown war nicht weniger belastet. Die meisten Autofahrer würden einfach abwarten – mit jener Geduld, die man in Manhattan braucht.

Die wenigsten würden ahnen, dass es mehr als ein besonders hartnäckiger Stau war, der den Holland Tunnel abschottete.

Und die wenigsten würden begreifen, dass der Tod persönlich den Tunnel geschlossen hatte.

Obwohl sie es in den Nachrichtensendungen hörten, im Autoradio, waren sie meilenweit vom Geschehen entfernt. Niemand, der nicht unmittelbar am Geschehen beteiligt war, konnte begreifen, was da wirklich geschah. Phil hatte irgendwann, irgendwo einmal gelesen, dass Frauen grausamer sein konnten als Männer. Sicherlich konnte man das nicht generell behaupten.

Aber er hatte eben mit angesehen, dass es bisweilen stimmte.

Außer dem mit Elektronik vollgestopften Kastenwagen standen die beiden FBI-Dienstwagen und ein Übertragungswagen des Senders FUNNEL zwischen den Betonwänden der Einfahrt. Steve Dillaggio und Zeerookah harrten bei den hölzernen Barrieren aus, die die Cops aufgebaut hatten. Phils Kollegen waren nur zwanzig Yards von der dunklen Tunnelröhre entfernt, und zwar deshalb, weil die Gangster sie als Ansprechpartner haben wollten.

Alle uniformierten Cops hatten sich bis auf jene Linie zurückziehen müssen, die von den Streifenwagen gebildet wurde.

Genauso war es an der Tunnelausfahrt, vier Häuserblocks weiter südlich. Dort hielten die G-men Joe Brandenburg und Les Bedell die Stellung. Auch drüben, auf der Jersey-City-Seite, war die erste Forderung der Mörderin Rachel Bayard erfüllt. Die Cops von Jersey City waren eingetroffen, hielten den geforderten

Abstand und achteten darauf, dass nichts geschah, was die Gangster provozieren könnte. Die Cops hatten Erlaubnis erhalten, die Leiche des elegant gekleideten Mannes aus der Tunnelausfahrt abzutransportieren. Jerry war noch unterwegs, würde aber in wenigen Minuten am Ort des Geschehens eintreffen. Desgleichen die verfügbaren Kollegen vom FBI-Distrikt New Jersey.

John D. High hatte sich mit dem Special Agent in Charge im Nachbar-Distrikt abgesprochen. Jerrys Aufgabe würde es sein, vom jenseitigen Ufer des Hudson River aus den Einsatz mit seinen New Yorker Kollegen zu koordinieren. Denn so viel stand schon jetzt fest: Für die Gangster waren Erfolg oder Misserfolg ebenso eine Frage der Organisation wie für FBI und Polizei.

Zum gegenwärtigen Zeitpunkt war noch fraglich, wer die besseren taktischen Mittel hatte.

Geiseln allein reichten auf Dauer nicht. Die Gangster mussten das wissen.

Je mehr sich G-men und Cops auf die Lage einrichteten, desto größer wurde ihre Chance, die Geiseln zu retten – auch wenn es Hunderte waren.

Phil ging auf die Barriere zu. Wie er trugen auch die Kollegen die Dienstmarke außen auf der Brusttasche des Jacketts. Bei Einsätzen, in denen sich ein G-man von vornherein zu erkennen geben muss, ist dies Vorschrift. Die FBI-Plakette mit dem Adler blinkte in der Sonne. Zeerookah, wegen seiner indianischen Abstammung ohne weiteren Namen, galt nach wie vor als bestangezogener Special Agent des FBI-Distrikts New York. Zur Feier des ersten schönen Frühlingstages hatte er sich allerdings erlaubt, die Seidenkrawatte um Daumenbreite zu lockern und den Kragenknopf zu öffnen.

»Ich löse euch ab«, sagte Phil.

»Um zu beweisen, dass du ein Menschenfreund bist?«, entgegnete Steve Dillaggio stirnrunzelnd. Trotz seines italienischen Namens hatte er blondes Haar und sah aus wie der Nachfahre eines Wikingers.

»Weshalb denn sonst!«, grinste Zeery. »Tony hat zwischen all seinen Computern auch eine Kaffeemaschine. Und wie ich Phil kenne, hat er den Apparat extra für uns aufgetankt und eingeschaltet.«

»Da gibt es ein Videoband, das ihr euch ansehen müsst«, entgegnete Phil mit steinerner Miene. »Ich bin nicht sicher, ob euch der Kaffee dann noch schmeckt.«

Steve nickte nur. Er wechselt einen Blick mit Zeery. Sie marschierten los. Sie wussten jetzt, dass aus Abwarten, Verhandeln, Zeit schinden nichts wurde. Beide G-men kannten Phil Decker lange genug. Sie wussten, was es bedeutete, wenn er nicht mehr zu Scherzen aufgelegt war.

Die Fernsehleute standen in der Mitte zwischen den Fahrspuren auf der unterbrochenen Linie. Drei Mann. Zwei Kameraleute und ein Assistent, der ständig mit dicken Kabeln hantierte, die zu dem lilafarbenen Übertragungswagen führten. Die letzten noch sichtbaren Fahrzeuge hielten gut dreißig Yards weit im Tunnel. Nur die rote Glut der Heckleuchten und der Scheinwerferglanz auf dem Lack des jeweils nächsten Wagens waren zu sehen. Sehr bald würde das aufhören. Sie mussten die Motoren abstellen, um die Belüftung des Tunnels nicht zu überfordern.

Die Gangster standen dort, wo das Halbdunkel begann. Ein paar von ihnen blickten herüber, als die G-men ihren Wachwechsel vollzogen. Einer zielte mit seiner israelischen Maschinenpistole auf Phil.

Die Fernsehleute drehten sich zu ihm um.

»Ich habe eine Information für Sie«, sagte er. Er wusste, wie man sie köderte. Und sie kannten die Bedeutung seiner Dienstmarke. Um überzeugend zu wirken, nahm er seinen Notizblock aus der Jackett-Innentasche.

Ein Kameramann und der Assistent glaubten an ein wichtiges Dokument, das ihnen präsentiert werden sollte. Zur Zeit waren sie nicht auf Sendung, aber die Leute in der FUNNEL-Zentrale würden sofort alles andere unterbrechen, wenn sich am Holland Tunnel sensationell-aktueller Stoff bot. Noch während der letzten paar Schritte begann der Kameramann, vorsorglich zu filmen. In Großaufnahme hatte er den G-man jetzt im Visier. Das genügte erst einmal. Es geschah vorsorglich für den Fall, dass der G-man in irgendeiner Hinsicht bedeutsam werden sollte. Der Assistent entrollte das Verbindungskabel eines wurstförmigen Richtmikrofons.

Phil hielt seinen Dienstausweis aufgeklappt über den Notizblock. Der Kameramann verharrte im Abstand von drei Schritten, richtete das Objektiv auf den Ausweis und holte sich Text, Passbild und Unterschrift per Motorzoom heran. Vom Passbild schwenkte er hoch zu Phils wirklichem Gesicht. Ein Kameramann, der sich etwas dachte bei seiner Arbeit.

»All right«, sagte Phil ungerührt. »Die Information betrifft Sie und Ihre Kollegen persönlich. Nicht die Öffentlichkeit.« Er steckte seine Sachen wieder ein. Der Assistent hielt ihm das Richtmikro entgegen, als wollte er es ihm in den Mund stopfen. Der Kameramann ließ seinen japanischen Kasten weiterschnurren.

Phil sprach in das Wurstmikro und das blitzblanke Glotzauge: »Sie und Ihre Kollegen werden sofort von hier abziehen. Das gilt auch für die anderen Tunnel-Ein- und Ausgänge. Sie waren vor Polizei und FBI hier. Eine Genehmigung, sich am Tatort aufzuhalten, haben Sie nie bekommen. Auch nachträglich gibt es diese Genehmigung nicht.«

Der Kameramann brauchte ein paar lange Sekunden, bis die Message hinter seinem Okular angekommen war. Er ließ sein verlängertes Augen sinken und enthüllte zwei steil aufgerichtete Brauen. »War das eben Ihr Ernst?«

»So ernst wie der Mord, den Ihr Kollege auf der Jersey-City-Seite gefilmt hat.«

Der andere ließ ein Prusten hören. Sein Assistent stimmte mit ein. »Wir leben in einem freien Land«, knurrte der Mann, der die Kamera jetzt am langen Arm hielt. »Machen Sie sich nicht unbeliebt, G-man.«

Phil schüttelte den Kopf. »Keine Diskussionen. Wenn Sie sich widersetzen, werte ich es als Widerstand gegen die Staatsgewalt.«

»Sie wollen uns von hier wegschleifen?«, entfuhr es seinem Gegenüber.

»Nur, wenn Sie sich widersetzen.«

»Hören Sie mal! Jetzt reicht's aber! Sie haben überhaupt keinen Grund, solch eine dämliche Anordnung zu verkünden. Reine Selbstherrlichkeit ist das doch! Der FBI entscheidet! Die Gentlemen von der Elite der Nation fühlen sich bewogen, ein bisschen Zensur auszuüben. Haben Sie schon mal überlegt, wie Verfassungsrechtler darüber denken würden?«

Phil atmete tief durch.

Er sah es kommen, dass er diese Burschen tatsächlich unter Zwang nach Hause schicken musste. »Ein Mord wurde gefilmt und gesendet. Es ist anzunehmen, dass das Selbstbewusstsein der Gangster dadurch übermäßig gesteigert wird. In der nächsten Stresssituation werden sie dann wieder töten. Die Hemmschwelle wird kleiner sein oder ganz verschwinden – weil die Fernsehsendung ihnen gewissermaßen die höhere Weihe gibt. Deshalb, und nur deshalb, bin ich befugt, Ihnen die Anwesenheit hier zu verbieten.«

»Sie hätten Psychologe werden sollen«, grinste der Kameramann. »Reden können Sie schon fast genauso gut. Ein paar Punkte zur Klarstellung, Sir: Erstens haben wir es nicht mit Gangstern zu tun, sondern mit einer Aktion zu Gunsten der Obdachlosen. Zweitens haben wir mit den Mitgliedern dieser Aktion einen Exklusiv-Vertrag abgeschlossen. Das heißt, alle Rechte liegen bei den Jungs da im Tunnel.« Er deutete nach hinten. »Wissen Sie, wer hier wem was verbieten kann? Die Jungs! Zum Beispiel werden sie nicht zulassen, dass irgendwelche anderen Pressetypen auftauchen. Und uns abziehen lassen?« Er tippte sich an die Stirn. »Das glauben Sie doch wohl nicht im Traum!«

Phil wusste in diesem Moment, dass er verloren hatte.

Die Gangster waren aufmerksam geworden. Einer löste sich aus dem Pulk im Halbdunkeln. Ein Kerl wie ein Baseball-Bulle. Er hatte kurzes dunkles Haar und einen dünnen Oberlippenbart. Er griff in eine Holzkiste und brachte einen länglichen Gegenstand mit. Der Kameramann und sein Assistent wandten sich ab, gingen ihm entgegen und tuschelten mit ihm. Der Baseball-Bulle nickte, lachte und setzte seinen Weg fort.

Er hielt dem G-man eine Kartusche entgegen. Das Ding war olivgrün lackiert und mit schwarzer Schablonenschrift gekennzeichnet. Außerdem befand sich das Totenkopf-Symbol darauf.


Der Dieselmotor des geschlossenen Fünftonners wurde abgestellt. Er schüttelte den schweren Fahrzeugaufbau noch einmal durch. Dann war Stille. In derselben Sekunde setzte ein Brummen ein. Es machte nur einen Bruchteil der Lautstärke des Diesels aus. In dem fensterlosen, vergitterten Kastenaufbau flackerte das Licht einen Moment lang. Es erlosch jedoch nicht. Das Notaggregat übernahm die Stromversorgung fast übergangslos.

Die sechs Männer saßen sich zu dritt gegenüber. Sie trugen jenes Einheits-Grau, das als Garderobe auf Staatskosten vergeben wurde. Ihre Handschellen waren durch Ketten miteinander verbunden. Nach hinten war der Kasten durch ein Stahlgitter verschlossen, zusätzlich zu der massiven Hecktür.

Die Männer horchten. Dass der Transportwagen nicht unter freiem Himmel stand, hatten sie mitbekommen.

Sie vermochten Geräusche des Straßenverkehrs zu unterscheiden. Es war nicht das erste Mal, dass sie von Rikers Island in ein anderes Gefängnis gebracht wurden. Dann waren sie wieder zurückgeholt worden, weil auch im Ausweichquartier Platzmangel herrschte. Im New Yorker Stadtgefängnis auf der East-River-Insel herrschte Chaos. Die Linke wusste nicht mehr, was die Rechte tat. So kam es einem jedenfalls vor. Praktisch konnten es sich die Richter an der Centre Street kaum noch leisten, einen Burschen zu verurteilen. Denn freie Pritschen hatten im Jail schon Seltenheitswert.

Der Mann, der vorn links saß, beugte sich vor, machte die anderen mit einem kaum erkennbaren Handzeichen auf sich aufmerksam. Er hatte schwarze Haare, einen runden Kopf und sah bullig aus. Bei einem Wettbewerb um die größte Ähnlichkeit mit Napoleon hätte er klare Siegeschancen gehabt. Er deutete zur Wagendecke. Die anderen brauchten nicht hinzusehen. Sie wussten, was er meinte. Es gab da oben ein paar Löcher. Das waren die Augen und Ohren der beiden Guards im Fahrerhaus. Deshalb waren sie auch so scharf darauf, dass das Notaggregat lief. Über Bildschirm und Abhöranlage kriegten sie alles mit, was sich hinten in dem Kasten abspielte. Keiner von ihnen brauchte mehr hinten bei den Gefangenen zu sitzen wie ein Affenwärter zwischen Gitter und Hecktür. Das Zeitalter der elektronischen Datenübermittlung bescherte sogar Gefängnisaufsehern ein bisschen mehr Bequemlichkeit. Nur für die, die in den Zellen hocken mussten, wurde es immer ungemütlicher. Weil sie sich alle langsam wie die Sardinen fühlten.

»Ich bin Lucino Galante«, flüsterte der Bullige. Die anderen mussten schon die Ohren spitzen, wenn sie ihn verstehen wollten.

Ein paar von ihnen kannten sich vom Sehen. Das war alles. Sie waren noch nie in dieser Besetzung abtransportiert worden. Auszuquartierende Häftlingsgruppen wurden jedes Mal neu zusammengewürfelt.

Galante fuhr fort: »Sicher habt ihr schon von mir gehört. Ich bin ein Großneffe des alten Don Carmine. Gott sei seiner Seele gnädig. Nun, ich habe eine gewisse Verpflichtung, mich meines berühmten Namens würdig zu erweisen …« Er legte eine Pause ein, um die Wirkung seiner Worte abzuwarten.

Die fünf anderen wechselten verstohlene Blicke. Jeder hatte von diesem Galante schon gehört. Was man von ihm wusste, war eben auch, dass er sich für was Besonderes hielt. Weil er wohl tatsächlich mit dem alten Carmine Galante verwandt gewesen war, den sie vor ein paar Jahren umgelegt hatten. Lucino ließ sonst keinen an sich heran. Jetzt, auf einmal, wollte er sich verbrüdern.

Keiner der fünf Männer antwortete. Man musste abwarten, was er wollte. Sie hatten alle Zeit der Welt. Sie wussten, dass die verborgenen Mikrofone für das Flüstern nicht empfindlich genug waren. Und Galante schien kein Dummkopf zu sein, wenngleich sie ihn nur als Veranstalter von illegalen Glücksspielen erwischt und eingebuchtet hatten. Dadurch, dass er sich nach vorn beugte, konnten die Beamten im Fahrerhaus nicht sehen, dass sich seine Lippen bewegten.

»Wir hängen im Tunnel fest«, flüsterte Galante weiter. »Aber es ist anders als sonst. Kein normaler Stau. Die meisten Fahrer haben schon die Motoren abgestellt. Habt ihr das mitgekriegt? Ich schätze, es wird gleich noch leiser. Vielleicht können wir dann von draußen Stimmen hören. Vielleicht kriegen wir mit, was sich tut. Aber eines, meine lieben Freunde, dürfte schon jetzt feststehen: Wenn wir noch länger hier herumhängen müssen, werden unsere geschätzten Begleiter immer nervöser. Wir dagegen sind die Ruhe in Person. Und das sollten wir ausnutzen, wenn's geht.«

Die Männer grinsten kaum merklich. Er war ein gewaltiger Aufschneider, das stand fest. Aber er schien etwas auf Lager zu haben. »Wir werden von zwei

Radio Cars begleitet«, erklärte Galante so leise wie zuvor. »Wie üblich fährt einer vor unserem Salonwagen und einer dahinter. Einsatzleiter ist Lieutenant Frank O'Mahoney, so ein irischer Holzkopf. Ich denke, ihr kennt die Sorte. Wir wollen sie nicht unterschätzen, aber ich bin sicher, dass wir eine Chance haben. Vier Cops in jedem Streifenwagen, plus die beiden Guards – das macht zehn Figuren. Wir sind sechs. Und nochmal: Wir sind die Ruhe selbst. Alles, was wir sonst noch brauchen, ist eine gute Idee.« Er zwinkerte mit dem linken Auge. »Die Idee kriegt ihr von mir. Gratis und franko. Ihr müsst euch bloß anstrengen. Beim Mitspielen.«

Diesmal grinsten sie nicht mehr. Er bewegte nur die Augen, um sie anzusehen. Sie waren echt beeindruckt.

Nun fingen sie an zu hoffen, dass der Hold-up im Tunnel möglichst lange dauerte.

Der Highway kreuzte den John F. Kennedy Boulevard in Jersey City. Den Bleifuß konnte ich mir nach wie vor leisten. Rotlicht und Sirene hielten die linke Fahrspur für mich frei. Noch fünf Minuten bis zum Holland Tunnel, wenn ich das Tempo halten konnte. Hinter mir hatte sich ein Pulk von Dienstwagen gebildet: State Police, Highway Patrol, Jersey City Police und FBI. Die Rotlichter kreisten im Konvoi. Das Geheul der Sirenen bildete einen misstönenden Chor.

Das Lämpchen des Funkgeräts flackerte. Ich sah es aus den Augenwinkeln heraus. Auch als ich das Mikro ausklinkte, wandte ich den Blick nicht von der Fahrbahn. Ich meldete mich und nannte meine Position. Der Kollege der Zentrale verband mich mit dem Chef.

»Ich habe neue Einzelheiten«, sagte John D. High. »Die Kollegen an der Jersey-City-Seite durften den Toten abtransportieren. Er hatte seine Brieftasche bei sich. Fred Gleason. Angestellter einer Maklerfirma, Arbeitsplatz Wall Street, Wertpapierbörse. Ich habe mit seinem Arbeitgeber Fairstein gesprochen. Gleason war vermutlich mit seinem Kollegen Branford Marshal unterwegs nach Newark. Die beiden hatten zusammen einen Nebenjob. Anlageberatung.«

»Dann sitzt Marshal noch im Tunnel?«, folgerte ich.

»Davon müssen wir ausgehen. Kurzschlussreaktionen sind also nicht ausgeschlossen. Die beiden waren vermutlich in einem Mercedes 500 unterwegs. Beide besitzen nämlich privat das gleiche Auto.«

»Gibt es schon einen Überblick?«, fragte ich. »Zahl der Geiseln – Zahl der Fahrzeuge im Tunnel?«

»Nein. Was wir zusätzlich haben, sind die Namen der Gangster auf der Manhattan-Seite. Der Anführer heißt Mezz Warner, vermutlich gleichrangig mit Rachel Bayard auf Ihrer Seite. Steve Dillaggio und Zeerookah haben Polaroid-Fotos geschickt. Das ging im Handumdrehen.«

Natürlich. Die Federal Plaza ist nur einen Katzensprung vom Holland Tunnel entfernt, und es waren genügend Dienstfahrzeuge im Einsatz. »Bis jetzt habe ich noch keinen bekannten Namen gehört«, sagte ich.

»Dabei wird es wohl bleiben«, entgegnete der Chef. »Außer Warner haben wir hier Randy Hubert, Shay Heely, Harry ›The Shark‹ Hobucken und Miles Keota, einen Indianer. Alles lokale Figuren. Das gilt auch für Rachel Bayard und ihre Gruppe. Jeder von ihnen hat mindestens schon einmal in einem New Yorker Gefängnis gesessen. Keiner hat bislang gegen Bundesgesetze verstoßen. Die Delikte reichen aber immerhin vom Raubüberfall bis zum Totschlag.«

»So habe ich es mir vorgestellt, Sir. Diese große Aktion zu Gunsten der Obdachlosen ist das reinste Märchen.«

»Aber publikumswirksam. Wer in New York nicht eindeutig zur Oberschicht gehört, hat doch Mitleid mit den Obdachlosen.«

Sicher. Für jemanden, der ständig in der Mitte herumkrebst, genügen ein, zwei schwerwiegende

Fehler, und er landet ganz unten. Mr. Highs Hinweis war nicht aus der Luft gegriffen. Und die Gangster um Rachel Bayard waren verteufelt clever. Dazu passte auch die Vermarktung ihrer Geschichte durch den Fernsehsender FUNNEL.

»Findet unser Einsatz weiter vor laufenden Kameras statt?«, erkundigte ich mich.

»Genau auf den Punkt ist Phil angesprungen. Aber ich glaube nicht, dass er Glück damit hat. Ich halte Sie darüber auf dem Laufenden. Melden Sie sich, sobald Sie die Absperrung an der Tunnelausfahrt erreicht haben.«

»Ja, Sir.«

»Da ist noch etwas, Jerry. Die City Police hat den Funkkontakt zu zwei Streifenwagen verloren. Die beiden Wagen begleiten einen Gefangenentransport von sechs Mann von Rikers Island nach Pennsylvania, und die letzte Positionsmeldung kam von den Begleit-Cops, bevor sie in den Holland Tunnel einfuhren. Einsatzleiter ist Lieutenant Frank O'Mahoney. Ihr Kontaktmann an der Absperrung ist übrigens Special Agent Oliver Irvin vom FBI-Distrikt New Jersey.«

Ich bestätigte die Nachricht in Stichworten und hängte das Mikro ein. Auf dem romantischen See im Freizeitpark hatte ich nicht das Gefühl gehabt, mich auf einem Spaziergang zu befinden. Jetzt aber kam es mir vor, als wäre alles, was ich vor dem Tunnel-Einsatz getan hatte, das reinste Vergnügen gewesen. Ich versuchte, mich in die Lage der Menschen zu versetzen, die in den Betonröhren unter dem Hudson River festsaßen.

Panik stand auf dem Programm.


»Wir haben Schutzmasken«, sagte Mezz Warner. »Die Jungs vom Fernsehen auch. Ist ja klar.« Sein Grinsen verstärkte sich noch. »Besorgen Sie sich auch solche Dinger, G-man. Nehmen Sie den guten Rat an.« Er hielt die Kartusche auf beiden Händen vor der Gürtelschnalle wie ein englischer Butler, der seinem Lord das Ordenskissen andiente.

Die Buchstaben auf dem Olivgrün mochten alles Mögliche bedeuten.

MWL-XPRSYSii-Grade I

Phil Decker ließ sich nicht zum Narren halten. Der Gangster täuschte Nachlässigkeit vor, tat so, als ließe er sich das Ding entreißen. Was aus Army-Depots gestohlen wurde, blieb manchmal jahrelang verschwunden. Dann tauchte es an Orten wieder auf, wo kaum jemand damit rechnete.

Ein Zeichen dafür, auf welche wundersame Weise der schwarze Markt blühte.

Beide Kameramänner standen jetzt mit dem Assistenten zusammen und linsten herüber. Sie hielten die Szene jedoch nicht für filmenswert. Die Gangster hatten die beiden Gebühren-Kassierer in den Tunnel geschickt. Huber, Heely, Keota und Hobucken blieben im Halbdunkel des Tunneleingangs. Zweifellos wussten sie, dass sie vor Scharfschützen-Gewehren mit Zielfernrohr und Infrarotgerät dennoch nicht sicher waren. Dass sie trotzdem gelassen bleiben konnten, hatte mehrere Ursachen.

Da war die Sprengladung.

Dann das Giftgas.

Und die vielen Geiseln.

»Ihre Forderungen sind erfüllt worden«, sagte der G-man ruhig.

Er musste glaubwürdig beweisen, dass er sich zu nichts Unbedachtem hinreißen ließ. Mit einer knappen Handbewegung deutete er auf die Absperrungen hinter sich. Er würde sich auf keine weitere Diskussion einlassen.

»Klar«, nickte Warner, ohne sein Grinsen einzustellen. »Und dabei soll es auch bleiben. Es ist doch wohl nicht Ihr Ernst, dass Sie unsere Freunde von FUNNEL wegschicken wollen?« Er schüttelte missbilligend den

Kopf. »Sagen Sie nichts, G-man. Versuchen Sie nicht, mir irgendwas zu erklären. Die Jungs vom Fernsehen bleiben, damit das klar ist. Und keine anderen kommen. Ich muss doch wohl nicht noch mal vorbeten, was Rachel so schön in der Sendung gesagt hat, oder?« Er bewegte die Kartusche mit beiden Händen auf und ab. »Interessiert es Sie nicht, was hier drin ist?«

»Ich kann es mir ungefähr vorstellen«, antwortete Phil.

Warner lachte jetzt. »Aber wirklich nur ungefähr, was? Okay, ich sag's Ihnen. Dies ist noch das harmloseste Zeug, das wir haben. Stellen Sie sich vor, wir müssen das Ding im Ansaugschacht der Belüftung zünden. Was passiert? Tja, den armen Leuten da drinnen …«, er bewegte den Kopf nach rückwärts, zum Tunnel hin, »… würde auf einmal mordsmäßig schlecht werden. Magenkrämpfe und all das Drum und Dran würden anfangen. Die denken dann alle, sie müssten sterben – so verflucht dreckig geht's ihnen. Wie sich so was weiter auswirkt, können Sie sich wohl ausmalen. Als G-man haben Sie ja Fantasie, stimmt's?«

»Die Sicherheit der Geiseln steht für uns an erster Stelle«, entgegnete Phil. »Ich sagte schon, wir haben Ihre bisherigen Forderungen erfüllt, und wir werden auch alle weiteren Forderungen erfüllen.«

»Gut, sehr gut«, zischte der Gangster. Sein Gesicht verzerrte sich plötzlich in kalter Wut. »Weshalb fangen Sie dann an, unsere Fernseh-Amigos madig zu machen, he? Das beißt sich doch wohl, oder etwa nicht?«

»So habe ich es nicht gesehen.« Alles in Phil sträubte sich dagegen, sich vor diesem aufgeblasenen Burschen rechtfertigen zu müssen. Doch der G-man wusste, was es für die wehrlosen Menschen im Tunnel bedeutete, wenn er jetzt einen Fehler beging. Solange die Geiselnehmer alle Trümpfe in der Hand hatten, war man ihnen ausgeliefert – nicht hilflos, aber gezwungen, auf ihre Bedingungen einzugehen. »Ich halte es für unverantwortlich, einen Mord im Fernsehen zu übertragen. Dazu stehe ich. Aber die Kameraleute können natürlich bleiben, weil Sie es verlangen.«

Warner strahlte wieder.

Er wandte den Kopf nach hinten. »He, Freunde, laufen eure Kameras? Oder wenigstens euer Ton? So was Einmaliges müsst ihr doch festhalten! Für die Nachwelt! Da frisst einem ein ausgewachsener G-man aus der Hand!« Er lachte schallend. »Das erlebt man doch nicht alle Tage!«

»Ton läuft!«, antwortete der Kamera-Assistent freudig, hob den linken Arm und zeigte die Handfläche.

»Na, fein«, nickte Warner und grinste sein Gegenüber wieder an. »Wäre ja schade, wenn uns so ein denkwürdiges Gespräch verloren geht! Wir sind uns also einig?«

»Ja. Wie lauten Ihre nächsten Forderungen?«

»Langsam, langsam! Das läuft über FUNNEL, mein Lieber. Und Rachel wird's verkünden. Macht sich doch viel besser! So ein hübsches Girl kommt bei den Zuschauern an. Auch mit 'ner UZI in der Hand.«

Auch als Mörderin, dachte Phil, aber er hütete sich, auch nur einen Ton über dieses Thema verlauten zu lassen.

»Ich habe verstanden«, sagte er mechanisch.

»Hoffentlich. Und noch was: Bevor Sie von Mord quatschen, denken Sie mal richtig nach! Wer redet von den Obdachlosen, die im Winter auf der Straße erfrieren? He, wer redet von denen? Wo bleibt ihr Cops und G-men dann? Warum schleift ihr nicht den Bürgermeister vor den Richter? Wer ist denn dafür verantwortlich, dass so viele Leute keine Wohnung haben? Das sind die wahren Schuldigen! Ihr sucht nicht nach ihnen, ihr tut nichts gegen diese Sorte von Killern. Okay, also tun wir was.« Mezz Warner blies verächtlich die Atemluft durch die Nase.

Beide Kameramänner filmten ihn jetzt.

Er drehte sich um und ging mit wiegenden Schritten zu seinen Komplizen zurück – ein Mann, der das

Machtgefühl genoss und es deutlich zeigte. Der Assistent schaltete eine Halogenleuchte ein, damit sie auch aufnehmen konnten, wie er die Kartusche in der Holzkiste verstaute.

Phil blieb stehen. Es fiel ihm zunehmend schwer, in seinen Gedanken Maßstäbe zu setzen. Die Situation war aberwitzig. Menschen und Fahrzeuge standen herum. Nichts geschah, und nichts schien darauf hinzudeuten, dass von einer Sekunde zur anderen die Hölle losbrechen konnte. Man redete mit den Gangstern in erzwungenem Plauderton. Es wurde fast zu einer Art Gewohnheit, auch wenn man sich dagegen sträubte, es hinzunehmen.

Die im Tunnel Eingeschlossenen konnten die Gefahr sicherlich noch nicht ermessen. Noch würde sich nicht bis zu jedem herumgesprochen haben, was geschehen war. Nur Minuten waren vergangen. Den Stau und die ausgefallenen Leuchtstoffröhren würden die meisten für eine Weile hinnehmen, ohne sich großartige Gedanken zu machen. Aber irgendwann mussten auch die Arglosesten begreifen, dass sie in mehr als nur ein Verkehrs-Chaos geraten waren.

Der Zeitfaktor spielte so oder so eine entscheidende Rolle.

Aber alle Entscheidungsgewalt über eben jenen Zeitfaktor lag vorerst leider noch bei den Gangstern.

Phil sah noch keine Möglichkeit, diese Situation zu verändern.

Schritte näherten sich. Steve Dillaggio hatte den Communications-Van verlassen und trat auf seinen Kollegen zu.

»Ich sehe dir an der Nasenspitze an, was los ist«, sagte Steve.

»Du siehst nicht viel besser aus.«

»Kein Wunder«, antwortete Steve gepresst, »nach diesen Videoaufnahmen.«

Genervt fügte er hinzu: »Ich fürchte, wir haben es mit zweibeinigen Bestien zu tun.«

»Keine voreilige Wertung«, erwiderte Phil bitter. »Sieh die Dinge nüchtern und mit Abstand, wie es in der Dienstvorschrift steht.«

»Das tue ich. Verdammt ja. Aber wenn ich ansehen muss, wie jemand, der wehrlos und völlig unbeteiligt ist, eiskalt erschossen wird, dann kann ich gegen meine heimliche Wut im Bauch nichts machen.«

Phil klopfte ihm auf die Schulter. »Wir müssen sie für uns behalten, diese Wut. Gibt es Neuigkeiten?«

»Jerry müsste in dieser Minute drüben an der Jersey-City-Seite eintreffen.«

Steve berichtete über die Informationen, die der Chef durchgegeben hatte.

Zwei Männer in orangefarbenen Overalls tauchten aus dem dunklen Rund auf. Augenblicklich war das Fernsehteam einsatzbereit und auf dem Sprung. Die beiden Orangefarbenen verharrten bei Warner und den anderen und redeten mit ihnen. Sie übergaben eine Amateur-Videokamera und eine Filmleuchte. Einer behielt eine halb eingerollte Einkaufstüte aus braunem Packpapier in der Hand. Schließlich schickte Warner sie mit einer knappen Geste weiter. Sie trugen Overalls in der Straßenwärter-Kluft. Das zeigte sich, als sie helles Licht erreichten. Männer wie sie konnten sich stundenlang in Tunnels, auf Brücken oder einfach am Rand von Highways aufhalten, ohne dass sie irgendjemandem verdächtig vorkamen.

»Aufwendige Vorbereitungen waren das nicht«, sagte Steve halblaut. »Ein paar Overalls, Maschinenpistolen, Sprengstoff und ein Quantum Giftgas – das besorgt dir jeder Hehler in New York im Handumdrehen.«

»Sie mussten nur auf beiden Seiten haargenau zur selben Zeit zuschlagen«, nickte Phil. »Und das dürfte das Leichteste an der Übung gewesen sein.«

Die falschen Straßenwärter kamen näher. Die Glotzaugen der Kameras folgten beiden. Zeerookah lichtete sie in diesem Moment bereits mit der Teleoptik im Kastenwagen ab, und durch den Polaroid-Ansatz der Kamera hatte er das Bild im Handumdrehen zur Verfügung. Die Identifizierung blieb danach eine Frage von Minuten.

Beide Gangster in Orange grinsten überheblich, als sie auf der anderen Seite der Barriere stehen blieben. Der eine hielt den G-men die Tüte entgegen. »Keine Angst – ist keine Bombe drin. Nur ein Beweisstück. Damit ihr auf die nächste Ansprache unserer netten kleinen Rachel vorbereitet seid.«

Der zweite Gangster lachte glucksend.

Phil nahm die Tüte, öffnete sie und warf einen Blick hinein. Steve folgte seinem Beispiel. Am Boden der Tüte lag eine Videokassette ohne Hülle.

Die Overallmänner grinsten sich gegenseitig an. Ihre triumphierenden Mienen spielten sich Glückwünsche zu.

Im Kastenwagen hatte Zeery soeben die Computer-Antwort aus dem Distriktgebäude erhalten. Die beiden Gangster hießen Alvin Klein und Delbert Lowell. FBI-Akten gab es über sie nicht. Dafür waren sie auf Rikers Island gute alte Bekannte.

Anthony Ward schob die Kassette in das Abspielgerät und wies auf den dazugehörigen Monitor. Das Bild flackerte auf. Es schwankte und wechselte von gleißender Helligkeit zu tiefer Dunkelheit. Nach einem Moment stabilisierte sich die Kamera-Einstellung, und Konturen wurden erkennbar. Das Bild zeigte links die aluminiumfarbene Seitenwand eines Sattelauflieger-Trucks und darunter die mächtigen Zwillingsreifen. Rechts die Leitplanke und der senkrechte Beton der Tunnelwand. Ein orangefarbener Overallmann schob sich zwischen Truck und Leitplanke ins Bild. Der Gangster ging auf eine Wartungsnische in der Betonwand zu. Dort befanden sich die Servicepunkte für Stromversorgung und Lüftungssystem. Ein Stapel olivgrüner Holzkisten stand in der Nische. Die Kamera zoomte darauf zu. Der Gangster näherten sich den Kisten. In der Rechten hielt er Drähte. Die blanken Enden waren zu sehen, wie sie zwischen seinen Fingern herausragten. Er öffnete eine Kiste. Unter dem Deckel kamen gelbe Pakete zum Vorschein. Mehrere Sekunden lang verharrte das Kameraobjektiv auf der schwarzen Beschriftung TNT. Trinitrotoluol. Ein hochbrisanter Sprengstoff. Gleich darauf waren Sprengkapseln und Zünder zu sehen. Der Zoom wich zurück und die Hände des Gangsters erschienen im Bild, wie er die blanken Drahtenden des Kabels in verschiedene Klemmen schob. Dann wurde ein Stück des schwarzen Kabels gezeigt, wie es in Richtung Tunnelausgang verlief.

Der filmende Gangster begleitete seinen Komplizen ein paar Yards auf dem Rückweg.

Zum ersten Mal sahen die G-men Fahrzeuge innerhalb des Tunnels. Das Halogenlicht gleißte über Motorhauben und Windschutzscheiben. Nur für winzige Momente waren die Gesichter der Menschen zu sehen – schemenhaft, kaum mehr als helle Flecken hinter dem Glas. Lediglich die geweiteten Augen und Entsetzen und Angst in diesen Augen waren überdeutlich. Nach etwa drei Autolängen endete die Videoaufnahme.

Anthony Ward schaltete das Gerät ab.

»Damit ist klar, wie sie vorgegangen sind«, sagte Phil. »Sie haben den Sprengstoff nachts in der verkehrsärmsten Zeit hergeschafft. Mit einem geschlossenen Truck, der anschließend weitergefahren ist, war das leicht zu bewerkstelligen.«

»Und wegen der Overalls hat sich kein Vorbeifahrender etwas dabei gedacht«, fügte Zeery hinzu.


Zwei Meilen vor der Tunnelausfahrt nahm ich Gas weg. Die anderen hinter mir, die wacker mitgehalten hatten, folgten meinem Beispiel. Motorrad-Cops der Highway Patrol lotsten uns durch die Öffnung in den

Leitplanken des Mittelstreifens. Wir schalteten Rotlicht und Sirene aus und erreichten die Gegenfahrbahn innerhalb der Absperrung.

Ich wollte zum Mikro greifen, um mich bei der Zentrale zu melden. Möglicherweise konnte ich mit Phil und den anderen Kollegen auf der Manhattan-Seite direkte Verbindung aufnehmen. Das Lämpchen des Funkgeräts flackerte auf. Der Chef war mir um eine halbe Sekunde zuvorgekommen.

»Die Fronten werden klarer«, sagte er und berichtete über Phils jüngste Nachricht.

»Gut, das zu wissen«, entgegnete ich. »Garantiert würde es mich auch reizen, die Fernsehleute zu verscheuchen. Zumal wir es ja mit Scheckbuch-Journalismus zu tun haben.«

»Mit einer besonders abstoßenden Variante. Wie diese Teufelei auch ausgeht, für FUNNEL wird es auf jeden Fall ein ernstes Nachspiel geben.«

Ich bedankte mich für die Informationen. John D. High sagte zu, dass er Phil sofort über mein Eintreffen verständigen würde. Ich klinkte das Mikro ein und stieg aus. Die Kollegen hatten sich versammelt und schlossen sich mir an.

Wir trafen Oliver Irvin und zwei weitere Special Agents vom FBI-Distrikt New Jersey an der mittleren Absperrung. Sie bestand aus drei versetzt schräg gestellten Streifenwagen, gut dreißig Yards vom Tunnelausgang entfernt. Irvin war ein athletisch gebauter Mann mit kurz geschnittenem dunklem Haar. Wir kannten uns.

»Hallo, Mitstreiter«, sagte er und schüttelte mir die Hand. Rasch machte er mich mit den übrigen Kollegen bekannt und fügte hinzu: »Jerry und ich werden versuchen, die Dinge hier in den Griff zu kriegen, an dieser Stelle. Wie es aussieht, ist die Killer-Lady da unten eine Schlüsselfigur.« Er deutete mit dem Daumen über die Schulter.

Mit dem Rücken an das in der Mitte stehende Radio

Car gelehnt, erstattete Oliver Irvin einen kurzen Lagebericht. Rachel Bayard hatte eine neue Mitteilung an die Öffentlichkeit angekündigt. In ungefähr drei Minuten würde es so weit sein. Oliver und ich hatten die gnädige Erlaubnis der Mörderin, uns zu dem vereinbarten Zeitpunkt in ihre unmittelbare Nähe zu begeben. Es war folglich damit zu rechnen, dass sie auch ein paar persönliche Worte an uns richten würde.

Alle vier Tunnel-Ein- und Ausgänge waren inzwischen weiträumig abgesperrt, wie es hieß. So weit möglich, wurde der Straßenverkehr umgeleitet. Journalisten von Fernsehen, Rundfunk und schreibender Presse wurden ebenfalls auf Distanz gehalten. In Sichtweite der Geiselnehmer hatten nur die wenigen FBI- und Polizeibeamten etwas zu suchen, die zum augenblicklichen Zeitpunkt anwesend waren. Alles andere spielte sich unsichtbar und unhörbar für die Gangster ab.

Sondereinsatzkräfte wurden sowohl in Jersey City als auch in Manhattan zusammengezogen. Der Funkverkehr war in diesem Bereich völlig abgegrenzt und lief über elektronische Codier-Einrichtungen.

Funk-Horchposten der City Police hatten gemeldet, dass die Gangster bislang nicht versucht hatten, zu Verbindungspersonen außerhalb der Absperrungen Funkkontakt aufzunehmen. Die Verständigung ihrer vier Kommandos untereinander lief über die Telefonverbindungen der Gebührenhäuschen. Logisch: Durch die Betonröhren des Holland Tunnels und durch den Felsengrund, in den sie gebettet waren, war Funkverkehr von einem Ufer zum anderen nicht möglich.

Damit war allerdings noch lange nicht gesagt, dass Rachel Bayard und ihre Komplizen keine Verbindung zur Außenwelt hatten. Eine Möglichkeit hatten sie bereits durch die FUNNEL-Aufnahmeteams und die Übertragungswagen. Man musste kaum bezweifeln, dass sich die Fernsehleute auch für so etwas einspannen ließen.

Trotzdem notierte ich die Sache mit den Telefonleitungen in meinem Hinterkopf. Ein wichtiger Punkt immerhin. In Gedanken stellte ich eine Überschlagsrechnung an. Bei zwei Meilen Tunnellänge und vier Fahrspuren konnten wir von mindestens tausend Fahrzeugen ausgehen – unterschiedliche Länge und unterschiedliche Abstände berücksichtigt. Setzten wir nur durchschnittlich zwei Personen pro Fahrzeug voraus, so kamen wir bereits auf eine erschreckende Zahl.

Zweitausend Geiseln!

Zehn Millionen Dollar für das Leben von zweitausend Menschen.

New Yorks Obdachlose als Alibi vorzuschieben war der bösartigste Hohn, den ich je erlebt hatte.

Auf der anderen Seite war die Rechnung mit teuflischen Unsicherheitsfaktoren belastet. Wir hatten es mit vierzehn Gangstern zu tun. Jedenfalls waren uns vierzehn bekannt. Möglich, dass weitere im Tunnel lauerten. Auch solche Ungewissheiten mussten wir einkalkulieren.

Die Sondereinsatzkräfte – Scharfschützen von FBI und City Police und Anti-Terror-Cracks von der Delta Force – hatten zwar entscheidende Vorteile. Beide Tunnelenden mündeten in dicht bebautes Gebiet. Das hieß, die Männer konnten in den höher gelegenen Stockwerken von Bürohäusern in Stellung gehen. Der Überblick von den Gebäuden aus war hervorragend.

Hubschrauber zur Beobachtung brauchten daher lediglich in Bereitstellung zu gehen. Für den Ausnahmefall mussten Fenster geöffnet werden, die sonst wegen der Klimaanlagen ständig geschlossen blieben. Aber die Vorteile schmolzen zur Bedeutungslosigkeit, gemessen an den Risiken. Vierzehn Gangster auf einmal auszuschalten war praktisch unmöglich.

Allein die Funkverständigung würde schwer zu bewerkstelligen sein, denn es musste an vier Punkten gleichzeitig zugeschlagen werden. Außerdem galt es zu verhindern, dass die Gangster die Sprengladung zündeten oder Giftgas in die Belüftungsschächte bliesen.

Ohne Frage befand sich das Zündgerät weit genug im Tunneleingang. Auf keinen Fall durfte man Mezz Warner und seine Komplizen an der Manhattan-Seite für einfältig halten. An ihnen lag es, das Leben der Geiseln notfalls zu opfern. Nur dann, wenn sie sich selbst retten mussten. Sie würden diesen Ausweg nicht durch eine Unvorsichtigkeit aufs Spiel setzen.

Ich konnte davon ausgehen, dass keiner der Scharfschützen eine Chance hatte, den Mann am Zündgerät oder an den Giftgas-Kartuschen ins Visier zu bekommen.

Es gab nicht den Zufall, wie man ihn aus Fernsehspielen kennt. Jenen Zufall, der immer dann stattfindet, wenn nichts anderes mehr zum Happy-End führen kann.

Ein Pfiff gellte von der Tunnelausfahrt.

Greg Simms, die rechte Hand der Anführerin, schwenkte sein Klemmbrett über dem Kopf. »Die beiden G-men sollen jetzt herkommen!«, brüllte er. »Cotton und Irvin!«

Ich gab ein Handzeichen, um mitzuteilen, dass wir verstanden hatten.

Oliver nickte mir zu. Er sah noch einmal die Kollegen an. »Es ist sowieso alles gesagt, Gentlemen. Wenn Sie wollen …« Er sprach nicht weiter und zeigte auf den grauen Kastenwagen der Jersey-City-Police, der dreißig Yards entfernt hart rechts an der Betonmauer stand. Auch dort gab es Fernsehempfänger und Videorecorder.

Oliver Irvin und ich gingen auf die Gangster zu. Das FUNNEL-Aufnahmeteam filmte jeden unserer Schritte. Zwei Kameras waren auf uns gerichtet – eine für die Totale, die andere vermutlich für Zoom-Aufnahmen unserer Gesichter.

Als wir das Halbdunkel vor der Tunnelröhre erreichten, schalteten sie Halogenscheinwerfer dazu. Als geschlossene Front standen die Gangster in kalkigem, taghellem Licht. Vier dicke schwarze Leuchtkörper waren auf Stativen montiert.

Wir blieben im Abstand von fünf Schritten stehen.

Rachel Bayard stand in der Mitte, von jeweils drei Männern flankiert. Simms, rechts neben ihr, hatte das Klemmbrett schräg vor dem Bauch auf die Gürtelschnalle gestützt. Er sah uns an, als wollte er unseren Namen auf seiner Liste abhaken. Zu den Akten. Ein paar Gramm Blei genügten dafür. Die Kassierer standen weiter rechts und starrten die Betonwand an.

Die Frau war älter, als ich angenommen hatte. Auf dem Fernsehbildschirm hatte sie jugendlich gewirkt. Jetzt konnte ich die harten Züge in ihrem Gesicht erkennen. Diese Linien um Augen und Mundwinkel herum verstärkten die Eiseskälte, die sie ausstrahlte. In ihrem ärmellosen Pullover hatte sie etwas Maskulines. Auch das war bei den Fernsehaufnahmen weniger deutlich gewesen. Sie musste knapp vierzig Jahre alt sein. Ich spürte ihren Blick. Es war, als ob sie ahnte, dass ich mich in Gedanken mit ihr beschäftigte.

Sie hatte fünf Jahre im Gefängnis gesessen. Für eine Frau war das eine andere Erfahrung als für einen Mann. Rachel Bayard hatte bei einem bewaffneten Raubüberfall einen Ladeninhaber angeschossen und schwer verwundet. Sie war schon vor ihrer Gefängnisstrafe skrupellos und grausam gewesen. Die Jahre im Jail mussten sie um ein Vielfaches schlimmer gemacht haben.

Simms begleitete sie auch diesmal. Er hielt zwei Schritte Abstand, schräg hinter ihr, wie ein Offiziers-Adjutant, der genau wusste, dass sein Vorgesetzter großen Wert auf militärisch exaktes Zeremoniell legte. Rachel Bayard trug die UZI unverändert am Schulterriemen. Ihre rechte Hand ruhte auf der Waffe, damit sie beim Gehen nicht gegen ihre Hüfte schlug.

Die Fernsehmänner folgten ihr wie hechelnde Hunde. Die Kameras schnurrten und hatten uns dann gemeinsam im Bild: die Mörderin und ihren Komplizen, Oliver Irvin und mich.

Es blieb still. Die Sekunden schienen sich ins Endlose zu denen.

»Ton läuft!«, rief der Kameraassistent.

Oliver presste die Lippen zusammen. Ich sah es am linken Rand meines Blickfeldes. Es kostete ihn genauso viel Mühe, sich zu beherrschen, wie mich. Wir mussten die Show in Kauf nehmen.

Ich fragte mich, ob Rachel Bayard und ihre Komplizen erwarteten, bei Fernsehzuschauern Sympathie zu erwecken. Bestenfalls bei den Menschen, die kein Dach über dem Kopf hatten. Bei jenen, die ohnehin einen Hass auf alle hatten, denen es besser ging. Wenn es so war, wurden zugleich falsche Hoffnungen geweckt. Keiner der Obdachlosen würde von den zehn Millionen Dollar jemals auch nur den Gegenwert eines Pennys zu sehen kriegen. Entweder verhinderten wir es, oder die Gangster verschwanden mit dem Geld auf Nimmerwiedersehen.

»Sie sind Cotton«, sagte Rachel Bayard und blickte mich aus schmalen Augen an. »Bilden Sie sich aber nichts darauf ein, dass ich Sie kenne. Ich ziehe nur Schlussfolgerungen. Sie wurden angekündigt, und eben sind Sie eingetroffen. Das ist alles. Mr. Irvin würde es nicht wagen, jemand anders anzuschleppen. Trotzdem muss ich Ihren Dienstausweis sehen. Dafür haben Sie sicherlich Verständnis.«

Wenn es spöttisch gemeint war, so konnte man es jedenfalls nicht heraushören. Ihre Stimme klang anders als in der ersten Fernsehsendung. Das Schrille war verschwunden. Ihre Nervosität musste sich gelegt haben. Selbstsicherheit war angesagt.

Ich nickte. Mit spitzen Fingern öffnete ich mein Jackett, sodass die Innentaschen zu sehen waren – ebenso die Lederriemen und der Revolvergriff, der aus dem Schulterholster ragte. Die Waffe schien sie nicht zu stören. Sie war sich ihrer überragenden Macht bewusst. Ich zog die ID-Card hervor, ohne dem Smith & Wesson zu nahe zu kommen. Ich ließ das Jackett zufallen, klappte die lederne Ausweishülle mit beiden Händen auf und streckte sie von mir.

Rachel Bayard warf nur einen kurzen Blick darauf. Die zwei Yards Entfernung waren ihr nicht zu viel. Zumindest mein Passbild konnte sie klar erkennen. Auch die Schrift, wenn sie gute Augen hatte. Ich zweifelte nicht daran.

»In Ordnung«, sagte sie schroff. »Das genügt. Behalten Sie den Ausweis in der rechten Hand, bis ich Sie beide gehen lasse.«

Nicht schlecht. Sie wusste, was sie tat. Solange sie nicht nervös war, musste man bei ihr mit nichts Unüberlegtem rechnen. Fred Gleason war in einem Moment aufgetaucht, in dem ihre Nerven wie Klaviersaiten gewesen waren.

»Folgendes gilt für den FBI und alle anderen Bullen, die da draußen herumschwirren«, fuhr sie fort. »Ab sofort sitzt drüben auf der Manhattan-Seite ständig einer von unseren Leuten am Zündgerät. Ein zweiter Mann hat die Giftgas-Ladungen griffbereit. Er zündet so ein Ding im Handumdrehen – in der Ansaugöffnung des Belüftungsschachts. Wir behalten uns vor, in welcher Reihenfolge wir im Notfall verfahren. Es kommt einfach darauf an …« Sie ließ es in der Luft hängen. Sie brauchte auch nicht zu erklären, worauf es ankam. Jeder wusste es. »Noch Fragen?« Sie sah erst mich und dann Oliver aus diesen schmalen Augen an.

Ich schüttelte den Kopf.

»Nein«, sagte mein Kollege.

Ein Grinsen formte sich in den harten Furchen um ihre Mundwinkel. »Jede Frage wäre auch überflüssig. Meine Freunde und ich bestimmen sowieso, was läuft.« Sie wandte sich der Kamera zu. »Es folgt meine zweite Erklärung für die Öffentlichkeit – gewissermaßen an alle, die es angeht. Die Aktion A HEART FOR THE HOMELESS fordert zehn Millionen Dollar in bar. Das habe ich schon gesagt. Wir verlangen das Geld aber nicht vom Staat, nicht von irgendeiner Bank oder sonst was in der Art. Zahlen sollen die, die es sich leisten können. Ich meine diese superreichen Typen in der Gegend um den südlichen Central Park. Jeder wird wissen, wovon ich rede. Ich habe mir sagen lassen, da soll es Leute geben, die sich für eine Dreiviertelmillion Bucks mal eben ein Eineinhalb-Zimmer-Apartment kaufen. Als Zweitwohnung. Und ein richtig großes Apartment für eine oder zwei Millionen ist ja auch noch preiswert. Meine Forderung ist nicht irgendwie ins Leere gerichtet, damit das klar ist. FUNNEL wird uns dabei unterstützen, dass die Sache klargeht. Ein paar Reportage-Teams werden ausrücken und herumhorchen, wer zahlungswillig ist und wer nicht. Unsere millionen- und milliardenschweren Mitbürger werden bestimmt gern ein gutes Werk tun. Die Notleidenden unter uns New Yorkern werden es ihnen danken. Wir sind ja nicht so vermessen, dass wir vom geschätzten Geldadel verlangen, jeder sollte ein oder zwei Obdachlose bei sich in seiner Luxusbude aufnehmen. Obwohl das bestimmt eine interessante Forderung wäre – wegen der Reaktionen …« Sie lachte und blies verächtlich die Atemluft durch die Nase. »Versteht sich von selbst, dass wir eine Frist setzen. Zwei Stunden.«

Die Frau auf dem Beifahrersitz wimmerte leise.

Ihr Kopf ruhte auf den Knien, von den Armen umkränzt. Die drei Kinder auf der hinteren Sitzbank waren still. Die Finsternis im Tunnel und die tuschelnden Stimmen der Menschen wirkten lähmend auf sie. Es machte ihnen Angst, die erwachsene Frau leiden zu hören. Etwas schien ihr Schmerz zuzufügen, doch es waren Schmerzen, deren Art die Kinder nicht begreifen konnten.

Sarah Touchet hatte die Scheibe an der Fahrerseite

des Corolla heruntergekurbelt. Sie strich ihrer Freundin über das blonde Haar. Das Wimmern der jungen Frau hörte nicht auf. Ihr Oberkörper bebte.

»Lonnie«, sagte Sarah leise. »Hier ist alles in Ordnung. Um uns brauchst du dir keine Sorgen zu machen. Wirklich nicht.« Sie wandte sich nach hinten. »Stimmt's Kinder?«

»Ja, das stimmt, Sarah«, wisperte der fünfjährige Billy, Lonnie Eldreds Sohn. »Wir sind okay.«

»Ja, alles in Ordnung«, antwortete auch die sechs Jahre alte Debbie. Die hielt ihre zwei Jahre jüngere Schwester Hayley im Arm. Debbie und Hayley waren Sarah Touchets Töchter.

Sarah blickte in die Dunkelheit. Das Weiße in den Augen der Kinder leuchtete ohne Fröhlichkeit. Sarah legte den Arm um Lonnies Schulter. Das Beben ließ dennoch nicht nach. »Siehst du, Lonnie. Du musst nur mit dir selber fertig werden. Und du schaffst es. Du hast doch schon ganz andere Sachen geschafft!«

»Ihr seid so – so – lieb«, hauchte Lonnie Eldred. Ihre Stimme vibrierte. Sie hob den Kopf nicht. »Und ich – ich schäme mich. Aber es ist – ich kann nichts dafür – ich – ich – könnte schreien vor Angst!«

»Hilft es dir nicht, wenn du an all die anderen Menschen denkst? Sieh mal, die meisten sind sogar ausgestiegen und reden miteinander. Fehlt nur noch, dass ein Trucker seine Kaffeemaschine zur Verfügung stellt!« Sarah lachte, hörte aber sofort wieder auf.

»Ich beneide diese Leute«, flüsterte Lonnie nach erneutem Wimmern. »Ich habe mich so oft gefragt, warum ich nicht sein kann wie sie. Aber es ist unmöglich. Ich schaffe es einfach nicht. Ich – ich weiß …« Ihre Stimme erstickte. Sie schien keine Luft mehr zu bekommen.

»Um Himmels willen, was ist?«, rief Sarah erschrocken. Sie umfasste Lonnies Schulter fester. Besorgt blickte sie nach hinten. Die Augen der Kinder waren unverändert starr.

Die blonde Frau rang nach Atem wie unter Krämpfen. Es dauerte lange, bis sie wieder sprechen konnte. »Ich – versuche, es zu sagen. Laut und deutlich. Wie in der Therapie. Damit – ich es – überwinde. Wir sind …« Abermals wurde ihr Atem zu einem Würgen in der Kehle. Doch sie umkrampfte ihren Kopf mit den Armen, und dann brachte sie es heraus: »Wir sind – in der Mitte des – Tunnels. Über uns sind Beton, Felsen und – der Hudson River. Wir sind genau in der Mitte, und die – Beleuchtung – ist ausgefallen. Irgendetwas ist …« Sie schrie auf und brachte sich selbst zum Verstummen, indem sie ein Knie gegen ihren Mund presste.

»Ein Unfall«, sagte Sarah und hielt ihren zuckenden Körper mit aller Kraft. »Es kann nur ein Unfall passiert sein. Vielleicht wurde eine Stromleitung beschädigt und man hat vorsichtshalber alles abgeschaltet. Bestimmt geht es bald weiter, Lonnie. Halte durch. Ich weiß, das ist leicht gesagt, aber …« Sie wusste nicht, wie sie den Satz beenden sollte.

»Ich – muss – hier unten – bleiben«, antwortete Lonnie dumpf zwischen Armen und Beinen, in den kurzen Pausen, die ihr die heftigen Atemstöße gewährten. »Ich muss – versuchen, mir einzubilden, ich – wäre woanders. Es ist – die einzige – Möglichkeit. Wir – hätten nicht – nach Manhattan – fahren sollen. Ich – werde das nie wieder – tun. Nie – wieder!«

Sarah versuchte nachzuempfinden, was die Kinder dachten. Diese Endgültigkeit in Lonnies Worten musste vor allem Billy wehtun. Ein Kind dachte eben vordergründig. Billy würde sich benachteiligt fühlen. Seine Freunde konnten mit ihren Müttern ins Kindertheater nach Manhattan fahren, wann sie wollten. Da gab es keine Hindernisse. Ein Junge wie Billy wollte nicht immer mit anderen fahren müssen. Ein Junge wie Billy wollte stolz sein auf seine Mom.

»Was hältst du davon, wenn ich mich draußen umsehe?«, fragte Sarah behutsam. »Vielleicht finde ich heraus, wie lange es noch dauern wird. Dann könnte ich dich zu Fuß hinausbringen. Auch die Kinder. Bestimmt finden wir jemanden, der den Wagen später für uns hinausfährt.« Sie verschwieg ihre Absicht, einen Notarzt rufen zu lassen. Wenn alles nicht ging, musste ein Arzt her, der Lonnie ein Beruhigungsmittel injizierte.

»Ja – ja«, hauchte Lonnie. Ihr Atem war etwas ruhiger geworden. »Das ist schon – in Ordnung. Geh nur. Die Kinder sind ja bei mir.«

»Gut«, sagte Sarah erleichtert. Sie strich ihrer Freundin noch einmal über das Haar, bevor sie sich abwandte. »Und dass ihr mir gut auf sie aufpasst!«, rief sie im Aussteigen.

Die Kinder nickten nur. Es war daran zu erkennen, wie sich ihre Augen auf und ab bewegten.

Die Luft im Tunnel roch nach den Ablagerungen auf dem Beton. Das waren in erster Linie sicherlich die Verbrennungsrückstände von Diesel und Benzin. Dazu der Reifenabrieb von Millionen Fahrzeugen.

Es zog. Die Belüftung funktionierte also noch. Trotzdem würde es niemals wirklich frische Luft geben – hier, in der Mitte des Tunnels. Sarah hätte sich jetzt noch dafür ohrfeigen können, dass sie es gesagt hatte, als sie zum Anhalten gezwungen waren. Mitten im Tunnel! Himmel, warum hatte sie es sich nicht verkniffen! Dabei hatten sie schon auf der Herfahrt über Lonnies Problem gesprochen.

Klaustrophobie.

Die krankhafte Angst vor geschlossenen Räumen.

Sarah drückte die Tür sacht ins Schloss. Auf der linken Fahrspur standen ausschließlich Limousinen. Der Lieferwagen vor ihrem Corolla versperrte nicht länger die Sicht, als sie sich nach links über den Mittelstreifen tastete. Schwache Helligkeit vom Tunnelausgang war nun bemerkbar. Die Dächer der Autos glänzten matt. Die leisen Stimmen der Ausgestiegenen waren etwas deutlicher zu hören.

Sarah bewegte sich an dem Lieferwagen entlang nach vorn und ließ zwei Gruppen von Leuten auf der linken Seite zurück. Sie wollte nicht, dass Lonnie womöglich ihre Stimme hörte oder gar mitbekam, worüber sie mit anderen sprach.

Auf der Herfahrt hatten sie sich noch darüber unterhalten. Lonnie war zuversichtlich gewesen, hundertprozentig überzeugt, das Problem jetzt im Griff zu haben. Die letzte Therapie, die sie gerade abgeschlossen hatte, war nach ihrer Meinung die beste gewesen – die einzige, die wirklich gewirkt hatte.

Und dann waren sie durch den Tunnel gerauscht und hatten gesungen und gelacht. Drüben in Manhattan hatte Lonnie sich selbst Beifall geklatscht und sie waren alle mit eingefallen.

Nach dem Theater hatte Lonnie den Kindern Pizza und eine Riesenportion Eis spendiert. Die Stimmung war hervorragend gewesen. Und doch musste während der Theateraufführung und danach etwas in ihr vorgegangen sein, da war Sarah sicher. Wahrscheinlich hatte Lonnie die ganze Zeit über ihren vermeintlichen Sieg über die Klaustrophobie herumgegrübelt. Sie hatte über ihre alten Ängste nachgedacht und war langsam aber sicher wieder auf den Punkt in ihrem Unterbewusstsein gestoßen, an dem die Angst noch immer schlummerte.

Und ausgerechnet dann, auf der Rückfahrt, musste es diesen Stau geben! Es war aus ihr hervorgebrochen, kaum dass der Wagen gestanden hatte.

Tunnel waren am schlimmsten für Lonnie. Jetzt, wo die Dunkelheit noch hinzukam, war es ein Wunder, dass sie nicht in Panik ausbrach. Es hatte Zeiten gegeben, in denen Lonnie den Umweg über die George Washington Bridge in Kauf genommen hatte – nur, um überhaupt einmal nach Manhattan zu gelangen.

Vor dem Lieferwagen stieß Sarah auf eine Gruppe von Männern, deren halblautes Gespräch sofort verstummte.

»Ma'am?«, sagte einer. Seine Stimme klang unsicher.

»Ich stehe mit meinem Wagen hinter ihnen«, sagte Sarah. »Ich …«

»Nicht so laut, verdammt!«, zischte der, der eben gesprochen hatte. Zugleich war Erleichterung herauszuhören. Auch die anderen atmeten auf.

Sarah begriff nicht, was dieses Misstrauen sollte. Erst jetzt wurde ihr bewusst, dass alle, die ausgestiegen waren, so angestrengt flüsterten. Niemand hupte. Der eine oder andere hätte sich doch sicherlich dazu hinreißen lassen, obwohl man diese Art von Lärmbelästigung in einem Tunnel möglichst vermied.

»Ich habe eine Freundin bei mir«, erklärte Sarah. »Sie ist halb wahnsinnig vor Angst. Klaustrophobie. Entweder braucht sie einen Arzt oder ich muss sie hinausbringen. Wissen Sie, wie lange der Stau noch dauern kann?«

Die Männer wechselten Blicke. Zwei lachten tonlos und bitter. »Stau?«, entgegnete der, der auch vorher gesprochen hatte. »Du liebe Güte, Ma'am! Wenn es nur ein Stau wäre, würden wir alle darüber lachen!«

Er erklärte es ihr.

Sarah spürte, wie sich ihr Mund öffnete und sie ihn nicht wieder zubekam. Ihre Knie wurden weich. Sie musste sich an der Stoßstange des Lieferwagens festhalten.


Special Agent Oliver Irvin und ich gingen nicht übertrieben schnell. Auch nicht zu langsam. Beim Gehen hielten wir die Arme leicht vom Körper abgespreizt, die offenen Handflächen nach hinten gerichtet. Hinter den Streifenwagen harrten nur noch die Fahrer aus. Die übrigen Kollegen verfolgten die Fernsehsendung.

Rachel Bayard hatte Oliver und mich gehen lassen. Ihr herablassendes Grinsen sah ich immer noch vor mir. Es hatte sich in mein Gedächtnis gefressen. Es würde schwer wieder auszulöschen sein.

Ihr Adjutant Greg Simms las die zusätzlichen Bedingungen von seinem Klemmbrett ab. Vor laufender Kamera natürlich. Oliver und ich waren dabei nicht mehr erforderlich. Der Killerin genügte es, dass wir das Wichtigste hautnah mitgekriegt hatten. Ihre Entschlossenheit, ihre Härte. Sie hatte ihr Selbstbewusstsein auf uns wirken lassen. Nicht ganz ohne Erfolg, das musste ich zugeben. Diese Frau war eine verdammt harte Nuss.

Unsere Schritte gaben den Begleitrhythmus zu Simms' Vorlesestimme.

»… gebrauchte Scheine, nicht fortlaufend nummeriert. Die Scheine können banküblich gebündelt sein. Als Verpackung fordern wir feuersichere Koffer. Die Koffer müssen eine mindestens zweifache Verschlusssicherung und Zahlen-Kombinationsschlösser haben. Auf jeden Koffer ist ein Etikett mit der eingestellten Anfangs-Kombination zu kleben. Die Koffer werden an der Tunnel-Einfahrt auf der Manhattan-Seite übergeben – und zwar durch einen einzelnen Mann. Scham muss ihm fremd sein, denn er wird splitternackt sein, wenn er den Koffer anschleppt. Ja, er bringt immer nur einen Koffer zur Zeit! Er wartet, bis wir den Inhalt überprüft haben und holt dann den nächsten. All right, das wär's vorläufig. Ich hoffe, dass die, die es angeht, die Sendung auf Video aufzeichnen.«

Neben mir stieß Oliver einen Knurrlaut aus.

Mir war nicht besser zu Mute als ihm. Aber es half nichts. Wir mussten uns durchbeißen. Mit einer schnellen Klärung der Lage konnten wir nicht rechnen. Denn noch hatte sich keine taktische Möglichkeit angeboten, die es uns erlaubt hätte, einen wirksamen Schritt zu unternehmen.

Die Frauenstimme peitschte.

»Cotton!«

Wir verharrten. Oliver sah mich von der Seite an, ohne den Kopf zu bewegen. Seine Stirn war gefurcht.

»Geh weiter«, flüsterte ich. »Du warst nicht

gemeint.« Ich begann, mich langsam und vorsichtig umzudrehen.

»Ist das dein Ernst?«, protestierte Oliver ebenso leise.

»Hast du eine bessere Idee?«

Er sagte nichts mehr. Er ging weiter, denn er wusste wie ich, was das geringste Fehlverhalten nach sich ziehen konnte.

Ich blickte zur Tunnelausfahrt und sah ihr unverändertes Grinsen. Breitbeinig stand sie da. Die UZI hielt sie jetzt mit beiden Händen quer vor der Gürtelschließe. Simms war zu seinen Komplizen zurückgekehrt und hatte sich eingereiht wie ein gehorsamer Soldat.

Die Vergleiche mit einer gut funktionierenden Truppe drängten sich immer mehr auf.

Und die Fernsehleute filmten noch immer.

»Herkommen!«, befahl Rachel Bayard.

Ich verstand. Sie wollte diesen Teil der Direktübertragung mit einem kleinen Beweis ihrer Macht krönen. Das war ihr eben noch eingefallen. Sie würde mich antanzen lassen wie einen Hofhund.

Ich setzte mich in Bewegung, ging in der gleichen Haltung wie eben. Eine Kamera schwenkte in meine Richtung, die andere behielt die dunkelhaarige Frau in der Optik. Die Machtprobe im Wechselspiel der Einstellungen. In der Regie von FUNNEL würden sie sich daran hochziehen.

»Ist es nicht herrlich!«, sagte sie spöttisch. »Wenn man zu den richtigen Mitteln greift, lässt sich die Staatsgewalt nach Belieben dirigieren. Sonst würde es euch doch nicht im Traum einfallen, mal an die Obdachlosen zu denken!«

Ich blieb an derselben Stelle stehen wie vorher. »Ehrlich gesagt«, entgegnete ich, ohne mit der Wimper zu zucken, »habe ich an die armen Leute noch kein einziges Mal gedacht, seit ich von diesem Gangsterstück erfuhr. Ich denke an die Geiseln. Nur an sie.«

Das Grinsen fiel ihr aus dem Gesicht. Ihre Augen bestanden nur noch aus Lidstrichen. »Was soll das sein?«, zischte sie. »Eine Herausforderung?«

Ich schüttelte den Kopf. »Mein Kommentar zu Ihrer Annahme, Sie könnten die Staatsgewalt dirigieren.«

»Ah!« Ihre Brauen richteten sich steil auf. Jetzt war das dunkle Braun ihrer Augen zu sehen. Tief drinnen schien es flimmernde kleine Punkte zu haben. Sie lachte kurz und hart. »Da fühlt sich einer auf den Schlips getreten! Ihre Macho-Ehre ist besudelt, was? Mein Gott, wenn Sie wüssten, wie wenig mich das interessiert! Sie führen meine Anweisungen aus. Das ist alles. Denken dürfen Sie an Ihre bedauernswerten Geiseln, solange Sie wollen. Klar?«

Ich nickte.

»Antworten Sie!«, schrie sie. Ihr Gesicht war verzerrt vor Anstrengung. Ihre Schläfenadern schwollen.

»Ja, es ist klar«, sagte ich, und meiner Stimme konnte sie garantiert nicht anhören, was ich dachte.

Ihre Züge entspannten sich etwas. »All right«, knurrte sie. »Haben Sie ein Walkie-Talkie dabei?«

»Ja.«

»Gut. Ich will, dass Ihre Leute weiter zurückgehen. Ich will keinen gottverdammten Cop oder FBI-Mann mehr in Sichtweite haben. Begriffen?«

Mich durchlief es eisig. Wenn wir nicht mehr die Möglichkeit hatten, direkt einzugreifen, waren die Geiseln in noch größerer Gefahr. Denn über kurz oder lang musste es zu Zwischenfällen kommen. Unter zweitausend Menschen gab es garantiert jemanden, der die Nerven verlor. Und ich hatte vor mir selbst geschworen, dass es keinen zweiten Toten geben sollte. »Wir haben bislang jede Ihrer Forderungen erfüllt«, sagte ich. »Das werden wir auch weiter tun. Was das Geld betrifft …«

»Lenken Sie nicht ab!«, schrie sie. »Haben Sie mich nicht verstanden?«

»Doch.«

»Na also! Dann nehmen Sie jetzt ihr Walkie-Talkie und geben Sie meine Anweisung durch! Meine Dienstanweisung ...« Wieder ließ sie dieses harte Lachen hören.

»Also gut«, sagte ich und suchte in Gedanken nach einer Lösung. »Ich habe das Walkie-Talkie in der rechten Innentasche.«

»Gut, gut. Machen Sie es wie vorhin mit dem Ausweis. So schön vorsichtig sollten Sie immer bleiben, Mr. Cotton.« Ihr Hohn troff zum Schneiden dick.

Ich nahm das brieftaschengroße Funkgerät heraus und schaltete vor den Augen der Frau auf Senden. »Elf-Alpha an Elf-Zero«, sagte ich.

»Elf-Zero für Elf-Alpha. Over.« Es war Oliver Irvin, der sich meldete.

»Die Geiselnehmer wünschen, alle Polizeikräfte ...«

»Wir sind keine Geiselnehmer!«, schrie Rachel Bayard dazwischen. »Nehmen Sie das gefälligst zur Kenntnis. Entweder sprechen Sie von mir, dann bin ich für Sie immer noch Miss Bayard. Sprechen Sie von uns allen, dann sind wir die Aktion A HEART FOR THE HOMELESS! Verstanden?«

»Ja, verstanden.« Ich hob das Gerät wieder in Sprechhöhe. »Miss Bayard wünscht, dass sich alle Polizeikräfte außer Sichtweite zurückziehen.«

»Gilt das auch für uns?«, fragte Oliver zurück.

»Moment.« Ich sah die Killerin an. Sie hatte mitgehört. Ihre Mundwinkel zogen sich geringschätzig nach unten. »All right, ihr beiden Hübschen könnt bleiben. Da, wo Irvin jetzt steht – aber ohne Fahrzeuge. Die Streifenwagen kommen auch weg. Ihr steht haargenau an dem Punkt, allein auf weiter Flur. Die einzige Verbindung zu eurem Verein bleibt das Walkie-Talkie. Los, geben Sie das durch!«

Ich tat es und ich glaubte, Oliver schlucken zu hören.

»Verstanden«, sagte er. »Anweisung wird ausgeführt. Over und Ende.«

Ich schaltete das Gerät aus und steckte es ein. Rachel Bayard hatte den Rückzug der Polizei nicht für alle vier Tunnelenden gefordert. Und Oliver Irvin hatte gut daran getan, nicht danach zu fragen.

Ich notierte einen weiteren wichtigen Punkt in meinem Hinterkopf.

Rachel Bayard hatte den totalen Überblick keineswegs. Ich wollte nicht einfach weggehen, ohne dass sie es ausdrücklich angeordnet hatte.

Sie kam nicht dazu.

Stimmen wurden laut. Schritte im Tunnelausgang. Die Reihe der Gangster löste sich auf. Es sah aus, als wollten sie ausschwärmen. Rachel Bayard wirbelte herum. Eine Kamera schwenkte mit. Das Objektiv der anderen glotzte mich unverwandt an. Die Hände der Mörderin schlossen sich fester um die Maschinenpistole. Ich konnte es nicht sehen, aber ich schloss es daraus, dass sich die Muskeln ihrer Oberarme anspannten.

Ein Mann im hellgrünen Arbeitsanzug tauchte in der fahlen Helligkeit des Tunnelanfangs auf. BAKER'S stand in großen orangefarbenen Buchstaben quer auf seiner Jackenbrust. Und klein darunter: *To your health!* – ›Auf Ihre Gesundheit!‹

Der Mann arbeitete für eine bekannte New Yorker Getränkefirma. Fruchtsäfte, nur Alkoholfreies, stand auf dem Lieferprogramm.

Der Mann sagte etwas und ging auf die Gangster zu. Sie überbrüllten ihn, verharrten geduckt im Halbkreis, und fast alle hatten die Maschinenpistole im Anschlag. Der BAKER'S-Mann blieb trotzdem nicht stehen. Plötzlich schnellte einer der Gangster vor, packte ihn am Kragen und zerrte ihn mit sich, auf Rachel Bayard zu.

Ich zog meinen Revolver.

Keiner kriegte es mit – nur die Kamera. Die Leute vor den Bildschirmen fühlten sich wahrscheinlich wie Kinder im Kasperltheater. Die, die zu den Gangstern hielten, hätten in diesem Augenblick wohl am liebsten geschrien: Aufpassen, Rachel, hinter dir! Und die, die immer hartes Durchgreifen forderten und daher auf meiner Seite standen, brüllten vermutlich: Jag ihr eine Kugel in den Kopf, dem verdammten Miststück!

Ich dachte nicht daran.

Der Gangster, der den grün Gekleideten im Griff hatte, war Jack Bonnardo. Ein bulliger Kerl mittlerer Größe. Er hielt die UZI einhändig, presste dem blass gewordenen Mann die Laufmündung in die Seite, knapp über dem Gürtel.

»Das Schwein spielt sich auf!«, schrie Bonnardo. Sein Kinn zuckte vor Erregung. Er starrte abwechselnd Rachel und den stocksteif Stehenden an, dessen Kragen er in der linken Faust hielt. »Der kapiert nicht, dass er hier draußen nichts zu suchen hat! Der hört einfach nicht! Mann, wenn das alle so machen, dann haben wir hier bald …«

»Haben Sie nicht verstanden?«, herrschte die Killerin den Getränke-Fahrer an.

»Madam, ich …« Er zitterte jetzt. Er sah mich, aber er konnte den Smith & Wesson in meiner Rechten nicht sehen, da ich durch Rachel Bayard halb verdeckt war. »Ich wollte doch nur um Hilfe bitten. Da drinnen im Tunnel ist eine Frau, die vor Angst krank ist. Sie kann es in geschlossenen Räumen nicht aushalten. Sie braucht einen Arzt …«

»Sie soll sich zusammenreißen«, zischte die Bayard verächtlich.

»Das ist unmenschlich!«, rief der Mann empört. Er schien sich der Gefahr nicht bewusst zu sein. »Sie werden doch wohl nicht zulassen …« Jäh verstummte er.

»Jetzt bist du reif!«, schrie Bonnardo. Er hatte ihm den Maschinenpistolenlauf gegen den Hals gepresst. »Verdammt nochmal, das machen wir doch nicht mit, so was!« Seine Stimme überschlug sich. »Wir lassen uns doch hier nicht auf der Nase herumtanzen! Was, Rachel?« Bonnardos Kopf ruckte herum.

Sie nickte.

Ich trat einen halben Schritt nach links.

Bonnardo hatte sich noch nicht wieder umgedreht.

Er blickte in das Mündungs-Schwarz meines Magnum-Revolvers. Seitlich vom Lauf konnte er die Öffnung von vier Trommelkammern sehen. Darin schimmerte das graue Blei der Teilmantelgeschosse. Er konnte sich ungefähr vorstellen, was ihn erwischen würde.

»Du bist tot, wenn du anfängst, den Finger krumm zu machen«, sagte ich.

Rachel Bayard ruckte herum. Sie duckte sich. Und sah aus wie eine Raubkatze – auf dem Sprung zum Angriff. Bereit zu töten.

Etwas hielt sie zurück. Ich wusste noch nicht, was es war. Ihre Hände umkrampften die Maschinenpistole. Die Knöchel ihrer Finger waren weiße Punkte. Der Stummellauf der UZI zeigte auf meinen Bauch. Wieder waren es diese Lidstrich-Augen, die mich fixierten. Sie hielt sich selbst für eine tödliche Gefahr. Es gefiel ihr, diese eigene Einschätzung nach außen darzustellen.

Bonnardo stierte. Sein Kinn bewegte sich auf und ab. Er schien nicht zu fassen, was sich da abspielte.

»Cotton«, sagte die Killerin leise und gedehnt, »Ich warne Sie. Dies ist nicht der Zeitpunkt für Heldentaten.«

Die Fernsehzuschauer kamen auf ihre Kosten.

»Pfeifen Sie ihn zurück«, sagte ich, ohne den Bulligen aus den Augen zu lassen. »Dann passiert ihm nichts.«

Bonnardos Mund öffnete sich weiter. Er verstand die Welt nicht mehr.

Rachel Bayard ging es ähnlich. »Ist bei Ihnen irgendwas locker?«, stieß sie hervor. »Verdammt nochmal, wenn Sie schießen, sind Sie der nächste Tote. Geht das in Ihren Schädel nicht hinein?«

Ich lächelte kalt. »Sie haben die Situation noch nicht ganz erfasst, Miss Bayard. Bonnardo stirbt in dem

Moment, in dem ich sehe, dass sich sein Zeigefinger bewegt. Und Sie werden es auch nicht schaffen abzudrücken. Die zweite Kugel habe ich eine Zehntelsekunde später aus dem Lauf. Die zweite Kugel trifft Sie. Denken Sie daran, dass Sie keine Kontrolle über den Zeitpunkt haben. Sie können nicht sehen, wann Bonnardo abzudrücken versucht – weil Sie ihm den Rücken zuwenden. Also werden Sie auch nicht schnell genug reagieren, wenn ich den ersten Schuss abgefeuert habe.«

Ich sprach den BAKER'S-Mann an, ohne ihn anzusehen. »Sowie es knallt, werfen Sie sich hin. Flach auf den Boden. Verstanden?«

Er konnte nicht sprechen. Er hauchte etwas, das wie Zustimmung klang.

Am linken Rand meines Blickfelds entstand Unsicherheit. Der Kameramann, der mich in der Optik hatte, wich zurück. Der andere ließ unschlüssig seinen Elektronikkasten sinken. Der Assistent war schon drei, vier Schritte entfernt und rollte seine Kabel hastig zusammen.

Rachel Bayard konnte ihr Staunen nicht mehr verbergen. Sie sah mich an wie ein Wundertier, das sie erst in diesem Moment entdeckt hatte.

»Hölle und Teufel!«, schrie Bonnardo. »Müssen wir uns das gefallen lassen? Verdammt nochmal, Rachel, gib dem Bullen Blei zu schmecken! Sind wir hier in der Übermacht oder nicht?«

Sie antwortete nicht. Stattdessen versuchte sie, meinen Gesichtsausdruck zu erforschen. »Was Sie hier veranstalten – hat das was mit Kamikaze zu tun?«, fragte sie leise.

»Nein«, antwortete ich. »Ich will nicht, dass weitere Unschuldige sterben. Und ich habe eine reelle Chance. Sowie ich schieße, eröffnen auch unsere Scharfschützen das Feuer. Hier und nebenan in der Tunneleinfahrt wird keiner Ihrer Leute überleben, Miss Bayard.«

Etwas Farbe wich aus ihrem Gesicht. Dann warf sie

den Rettungsanker für ihr Ego. »Sie nehmen also in Kauf, dass meine Freunde auf der Manhattan-Seite die Sprengladung auslösen?«

»Nein, auch drüben treten Scharfschützen in Aktion.«

»Der Mann am Zündgerät ist vor Schüssen sicher.«

»Ich verrate Ihnen nicht, wie weit unsere Möglichkeiten gehen.«

Mein Bluff funktionierte nur deshalb, weil sie ohnehin verunsichert war. Ich hatte ihr vor Augen geführt, dass sich die Lage trotz aller Planung auf eine Weise entwickeln konnte, von der sie im Traum nichts geahnt hatte. Das Glimmen in der Tiefe ihrer Pupillen wurde schwächer. Zum ersten Mal fehlten ihr die Worte.

»He, Rachel!«, schrie Bonnardo. »Lass dich von dem Kerl nicht dämlich quatschen! Wir sind am Drücker, verdammt nochmal! Und wenn er nicht sofort abhaut, lege ich diesen Typen hier um! Glaubst du, ich schaffe das nicht? Blödes Gefasel von Zeigefinger bewegen und so! Wenn ich schießen will, dann schieße ich auch! Da kann mir keiner …«

»Halt den Mund«, zischte die Killerin, ohne den Blick von mir zu wenden.

Bonnardos Kinn sackte bis auf den Hemdkragen.

Der BAKER'S-Mann war weiß wie eine Wand. Ich schätzte ihn auf Mitte vierzig. Ich hoffte, dass er ein gesundes Herz hatte.

Ein Kameramann drehte noch, wenn auch aus zehn Yards Entfernung. Rachel Bayard bemerkte es mit einem knappen Seitenblick.

»Ich will auch kein weiteres Blutvergießen«, sagte sie entschlossen. »Damit wäre unserem Ziel nicht gedient. Wir wollen den Obdachlosen helfen. Das ist das Entscheidende. Der Mann, der zu Anfang gestorben ist, hat seinen Tod selbst herausgefordert. Jetzt, wo wir die Lage im Griff haben, muss es wirklich keine Toten mehr geben. In dem Punkt stimme ich mit Ihnen überein, Mr. Cotton.«

Bonnardo blinzelte, als hätte er es mit einem Mückenschwarm zu tun, der einen Direktangriff auf seine Augen startete.

»Lass den Mann laufen, Jack!«, befahl die Killerin. Gleichzeitig ließ sie ihre Maschinenpistole zur rechten Hüfte zurückschwingen, den Lauf schräg nach unten gerichtet.

Ich behielt den Smith & Wesson im Beidhandanschlag. Ich wusste, es würde dauern, bis Bonnardo die neue Lage verdaut hatte. Er schluckte. Sein Adamsapfel ruckte im Takt seines Blinzelns. Hilfe suchend spähte er zu den anderen im Tunnelausgang. Sie standen reglos da, gaben ihm kein Zeichen der Ermunterung.

»Lass ihn laufen!«, schrie Rachel Bayard.

Bonnardo zog den Kopf ein wie ein Hund, der den Knüppel zu spüren kriegte. Er gehorchte. Der BAKER'S-Mann sandte mir einen dankbaren Blick zu, ehe er sich abwandte und in den Tunnel zurückging.

An einen anderen Weg war nicht zu denken, das wusste er. Ich konnte seinem Gang ansehen, wie weich seine Knie waren.

Bonnardo sah die dunkelhaarige Frau noch einmal fassungslos an. Sie beachtete ihn nicht. Mit hängenden Schultern wandte er sich ab und schlurfte davon.

Ich schob den Magnum-Revolver zurück ins Schulterholster.

»Ich könnte Sie jetzt über den Haufen schießen«, sagte Rachel Bayard.

»Sicher«, erwiderte ich. »Aber Sie können sich auch vorstellen, wie viele Fadenkreuze jetzt auf Sie gerichtet sind.«

»Ja, das kann ich mir vorstellen.«

»Ist Ihre Forderung erfüllt?«

»Sie meinen den Rückzug der Polizei?«

»Ja.«

Sie blickte an mir vorbei. »Alles in Ordnung, ja. Gehen Sie zu Irvin, und bleiben Sie bei ihm stehen.«

»Einverstanden.« Ich drehte mich um und marschierte in der gleichen Haltung wie zuvor – Arme abgespreizt, Handflächen nach hinten. Ich hatte ein mulmiges Gefühl.

Oliver Irvin konnte mich nur ansehen. »Daran habe ich nicht mehr geglaubt«, murmelte er, als ich mich neben ihm aufbaute. »Dass du noch lebend hier aufkreuzen würdest!«

»Ich war mir auch nicht hundertprozentig sicher«, gestand ich.

Wir schwiegen und beobachteten. Außer den Kollegen mit Zielfernrohren und Ferngläsern waren Oliver und ich jetzt die Einzigen, die das Geschehen unmittelbar im Blick hatten.

Rachel Bayard ging zu einem der Gebührenhäuschen und telefonierte. Wir konnten es mit bloßem Auge sehen. Natürlich: Sie brauchte Informationen. Wie sah es aus mit den zehn Millionen Dollar? Klappte der aberwitzige Plan, New Yorks Geldadel anzuzapfen?

Meines Erachtens gab es nur einen Grund für diese Art der Lösegeldforderung. Die Killerin und ihre Komplizen brauchten Pluspunkte in der Öffentlichkeit. Für ihre spätere Flucht konnte das ziemlich wichtig sein.


Sie waren die Einzigen weit und breit, die Licht hatten, ohne den Motor laufen lassen zu müssen. Akkubetriebene Warnlampen, auf Dauerlicht geschaltet, erhellten von den Dächern der Streifenwagen aus die Umgebung ein bisschen.

Da war der Gefangenen-Transporter, verriegelt und verrammelt. Und da waren die Cops, die herumstanden wie Falschgeld.

Jack Dearborn konnte darüber nur den Kopf schütteln. Er beobachtete es nun schon eine ganze Weile. Langsam reizte es ihn zum Lachen. Acht ausgewachsene New Yorker Cops, und sie waren nicht in der Lage, was Vernünftiges auf die Beine zu stellen!

Die anderen Leute blieben auf Abstand. Die Cops sahen nicht so aus, als legten sie auf Gesellschaft Wert. Der Lieutenant hatte das Kommando einem Sergeant übergeben und war mit einem Patrolman losgestiefelt. Richtung Jersey-City-Seite. Klar, dass die beiden nachsehen wollten, was los war. Ob sie auch Heldentaten im Sinn hatten, war fraglich. Nach dem Maschinenpistolenrattern wusste man immerhin, dass diese Geschichte mit einem gewöhnlichen Stau nichts mehr zu tun hatte.

Der Sergeant schien jedenfalls nicht vorzuhaben, irgendwelche eigenen Entscheidungen zu treffen. Da waren die Gefangenen, die er und seine Männer zu bewachen hatten. Alles andere zählte nicht.

Dearborn grinste in der Dunkelheit, an einen Türholm seines schwarzen BMW gelehnt. Diese Typen würden selbst dann nicht auf nahe liegende Gedanken kommen, wenn der Tunnel mit Wasser voll lief. Oder so was. Die brauchten immer einen, der ihnen sagte, was sie zu tun hatten. Befehlsempfänger. Über Funk ging gar nichts mehr, also waren sie auf ihren Lieutenant angewiesen.

Dearborn juckte es in den Fingern. Er hatte ein bisschen herumgehorcht, hatte hier und da mit den Leuten geredet. Wie es aussah, hatten Gangster den Tunnel dichtgemacht. Einen ganzen Tunnel voll Gei-seln hatten diese Strolche. Was genau Sache war, wusste hier drinnen natürlich keiner. Und die Gerüchte überschlugen sich. Völlig klar in solch einer Situation.

Dearborn war ein paar interessierten Jungs begegnet, die ihm zugehört hatten. Sie hatten einen gefügigen Eindruck gemacht. Mitläufertypen, die harte Kommandos brauchten. Er hatte ihnen klar gemacht, dass er ein Einzelgänger war. So sah er auch aus. Er wusste, dass er Eindruck machte.

Er hatte nachgedacht.

Sollte er beweisen, dass der Eindruck nicht trog?

Verdammt, ja.

Er musste es tun. Es war so eine Art Pflicht. Weil er besondere Fähigkeiten hatte.

Er stieß sich von seinem Wagen ab. Mit wenigen federnden Schritten war er vor der Motorhaube und duckte sich. Bis zu dem Streifenwagen hinter dem Transporter waren es vier Fahrzeuglängen. Die matte Helligkeit, die herüberfiel, reichte aus. Seine Augen hatten sich daran gewöhnt. Seine Augen waren das trügerische Licht mittelamerikanischer Dschungel gewohnt. Dies hier war ein Kinderspiel dagegen.

Sekundenlang verharrte er. Niemand in seiner Nähe hatte etwas mitgekriegt. Gut so.

Er duckte sich tiefer und pirschte nach rechts. Der Wagen vor ihm war ein behäbiger Lincoln Continental. Die Scheiben sahen wegen ihrer Tönung fast schwarz aus. Drinnen hockten übervorsichtige Geldsäcke, die bestimmt schon hundert Mal gecheckt hatten, ob die Zentralverriegelung auch funktionierte, wenn man sie von drinnen betätigte.

Dearborn schlich bis an die rechte Tunnelwand, glitt in einer rollenähnlichen Bewegung über die kniehohe Leitplanke und huschte lautlos weiter nach vorn. Seine einzige Sorge war sein hellblaues T-Shirt. Die Jeans waren dunkel genug, und die Baseballschuhe sah man nicht. Das Gesicht hätte er schwärzen müssen. Aber man konnte nicht immer alles haben. Hart an der Betonwand war es ohnehin dunkel genug.

Er brachte die vier Limousinenlängen hinter sich und ging auf Tauchstation. Der verdammte Beton roch nach Dieselruß und Öl. Der Streifenwagen sah aus wie ein Pilz aus Licht mit einem dunklen Schaft. Nur das Notaggregat des Kastenwagens brummte. Andere Geräusche waren nicht zu hören. Dearborn wälzte sich auf den Rücken, spannte die Bauchmuskeln und richtete den Oberkörper vorsichtig ein Stück auf – gerade so weit, dass er über die Leitplanke hinwegspähen konnte. Hinter dem Streifenwagen stand mit drei Yards Respekt-Abstand ein Dodge Lancer. Der kompakte Wagen war leer. Fahrer und etwaige Mitfahrer hatten sich zu einer der Gesprächsgruppen gesellt.

Dearborn hob den Kopf etwas höher. Beide Türen auf der rechten Seite des Streifenwagens waren geschlossen. Das Funkgerät, bei regulären Streifenwagen meist auf Dauerbetrieb geschaltet, war stumm. Nur drei Patrolmen standen links am Fahrzeug, einer im Winkel der geöffneten Vordertür. Sie sprachen mit gedämpften Stimmen. Wegen des brummenden Aggregats waren nicht einmal Wortfetzen zu hören. Die Innenbeleuchtung war ausgeschaltet. Gut so. Der Sergeant und der Rest der Beamten hielten sich also vorn auf, beim ersten Radio Car.

Der Gefangenentransporter ragte wie ein düsterer unbeweglicher Klotz auf. Dearborn kannte den Grund. Die Strolche im vergitterten Kastenaufbau durften keine Sekunde lang aus den Augen gelassen werden. Die witterten Morgenluft, sobald sich etwas tat, was außerhalb des Gewohnten lag.

Dearborn überlegte, ob er die Beifahrertür oder die Fondtür des Streifenwagens öffnen sollte. Er entschied sich für die letztere. Er zog sich hoch. Flach und lang gestreckt glitt er über die Planke und robbte in den Sichtschutz des Radio Car. Sekundenlang verharrte er platt auf dem Boden. Nichts änderte sich. Die Stimmen der Cops waren weiterhin zu hören, aber immer noch unverständlich.

Dearborn kam hoch. Aus sitzender Position heraus ging er neben dem Hinterrad in die Hocke. Er hob die rechte Hand und tastete nach dem Türgriff. Vorsichtig drückte er den über daumenbreiten Knopf hinein. Kein Quietschen, nicht einmal ein Schaben. Der Fuhrpark der City Police wurde eben bestens gewartet. Hervorragend.

Einen Moment lang ließ er den Knopf ganz hineingedrückt und wartete. Das Gemurmel auf der anderen Seite hielt an. Behutsam zog er die Tür auf – vorerst nur einen Spalt weit.

Im Licht der Akkulampe konnte er die Cops sehen. Zwei lehnten mit dem Rücken an der geschlossenen hinteren Tür. Der Dritte blickte über die Fahrertür hinweg nach vorn. Natürlich konnte er dort nichts sehen. Doch Menschen hatten eben die Angewohnheit, in die Richtung zu linsen, in die sie eigentlich nur horchen konnten.

Jack Dearborn öffnete die Tür weiter. Er ließ den Griff los. Und jetzt konnte er genug sehen. O Teufel!

In der Mitte der Sitzbank lagen zwei Thompsons. Beide Maschinenpistolen waren mit Trommelmagazinen ausgerüstet, die Läufe schräg gegen die Rückenlehne gerichtet.

Er hatte den richtigen Riecher gehabt. Bei einer Transportbewachung waren Maschinenpistolen vorgeschrieben. Klare Dienstanweisung, hundertprozentig.

Er nahm erst die eine Waffe heraus und legte sie neben sich auf den Boden. Dann holte er sich auch die zweite. Okay, er hätte sich mit dem Magazin begnügen können. Aber das Ausrasten wäre zu hören gewesen.

Einen Atemzug lang war er unkonzentriert. Er hatte die zweite Waffe schon fast draußen, stieß jedoch mit der Laufmündung gegen die Fensterscheibe. Es klickte laut und vernehmlich. Im ersten Moment rechnete er mit herabrieselnden Glaskrümeln. Aber wenigstens das blieb aus. Er duckte sich und verharrte regungslos.

Das Murmelgespräch der Cops war abgebrochen.

Er konnte sich ihre Gesichter vorstellen, wie sie herumrätselten. Die beiden an der hinteren Wagentür hatten sich abgestoßen und drehten sich um.

Dearborn zog die zweite Maschinenpistole zu sich heran, ergriff die andere und entfernte sich im Entengang. Zwischen dem Heck des Kastenwagens und der Leitplanke blieb er nur eine Sekunde lang hocken. Als er die Stimmen der Cops hörte, lauter jetzt, lag er bereits auf der anderen Seite der Leitplanke. Er klemmte die Laufmündungen in das Rund von Daumen und Zeigefinger, bettete die schweren Enden der Waffen in die Armbeugen und robbte sofort los.

Die Aufseher blieben in ihrem Fahrerhaus. Was sie jetzt im rechten Außenspiegel sahen, war gleich null. Und hinter die Leitplanken fiel kein Licht. Kritisch war nur die helle Zone, die den vorderen Streifenwagen umgab.

Die Stimmen der Cops wurden aufgeregter.

Dearborn grinste beim Robben. Klar, jetzt hatten sie's. Jetzt wussten sie, dass ihnen zwei Tommy-guns fehlten.

Und er musste nur noch drei, vier Yards schaffen, dann schluckte ihn die totale Dunkelheit.


John D. High betrat den Communications-Van. Phil Decker und Anthony Ward erstatteten ihren Lagebericht mit wenigen Sätzen. Seit dem letzten Funkgespräch mit dem Chef waren nur Minuten vergangen. Noch während der Fahrt von der Federal Plaza zur Entrance Street hatte Mr. High Funkverbindung mit den G-men gehabt.

Steve Dillaggio und Zeerookah hatten den Einsatz an der vorderen Linie übernommen.

Das Fernsehbild des Senders FUNNEL zeigte den Tunnelausgang an der Jersey-City-Seite in unveränderter Einstellung. Rachel Bayard hatte das Kassiererhäuschen noch nicht wieder verlassen.

Eine Videoaufnahme von der diesseitigen Einfahrt flimmerte auf einem anderen Bildschirm. Die Umrisse eines bulligen Mannes waren in dem kleinen Glaskasten an der rechten Fahrspur zu erkennen.

»Sie spricht mit Warner«, sagte Phil. »Ich nehme an, wir werden uns auch gleich zurückziehen müssen.«

»Vorher haben sie ein anderes Problem zu bewältigen«, entgegnete der Chef. Er hatte sich auf einen Drehstuhl gesetzt und beobachtete die Reihen der Bildschirme. »Es muss jeden Moment so weit sein. Ich habe die Bestätigung erhalten, kurz bevor ich hier ankam. Eine richterliche Verfügung. FUNNEL wird mit sofortiger Wirkung die Sendelizenz entzogen.«

Phil und Tony sahen den Chef verblüfft an.

»Aber das kann eine Katastrophe auslösen!«, rief Phil.

John D. High schüttelte den Kopf. »Wir werden Zeit gewinnen. Ich habe Anweisung gegeben, die Sendezentrale von FUNNEL zu besetzen. Es wird so geschehen, dass aus der Regie keine Mitteilungen mehr gemacht werden können. Eine Blitzaktion.«

»Das heißt …«, sagte Tony, »die Kamerateams und die Leute im Übertragungswagen haben keine Ahnung, was los ist?«

Der Chef nickte. »Sie haben auch keine Möglichkeit, es herauszufinden. Über Funktelefon werden sie nichts erfahren, weil wir auch die Telefonanlage von FUNNEL blockieren. Und falls einer von den Teams hier versuchen sollte, die Absperrung stadtwärts zu durchbrechen, wird er festgenommen.«

Phil stieß einen gezischten Pfiff aus. »Das könnte Wirbel geben, Sir. Welcher Richter hat es gewagt, eine solche Entscheidung zu treffen?«

»Bezirksrichter David Morrison. Er steht dazu – mit allen Konsequenzen. Über die Begründung sind wir uns einig. Der Exklusiv-Vertrag, den der Sender mit den Gangstern abgeschlossen hat, ist in sich kriminell. Die FUNNEL-Leute haben von einem geplanten Verbrechen gewusst und es verschwiegen. Außerdem: Durch die Sendung entsteht unmittelbare Gefahr für die betroffenen Menschen im Tunnel. Die Geiselnehmer fühlen sich durch die Aufnahmen in einem rücksichtslosen Verhalten bestärkt, das sie sonst wahrscheinlich in diesem Ausmaß nicht an den Tag legen würden.«

Die beiden G-men nickten nachdenklich.

»Die Geschäftsleitung des Senders wird sich damit herausreden, dass sie die Aktion A HEART FOR THE HOMELES nicht für verbrecherisch halten konnte«, meinte Phil.

Ein kaum erkennbares Lächeln bildete sich in John D. Highs Mundwinkeln. »Ein schwaches Argument. Die Tunnelsperrung wäre so oder so einer Geiselnahme gleichgekommen. Im Übrigen kommen auch verfassungsrechtliche Gesichtspunkte nicht zum Zug. Wir lassen selbstverständlich die Berichterstattung für alle Printmedien und Sender zu. Die Journalisten werden sich lediglich an die von uns vorgeschriebenen Absperrungen halten. Die Beschränkungen werden erst dann aufgehoben, wenn keine Gefahr mehr für Leib und Leben der Geiseln besteht.«

»Wie es dem gesunden Menschenverstand entspricht«, nickte Phil. In diesem Moment erlosch das Bild auf dem FUNNEL-Monitor.

John D. High und die beiden G-men ließen den Video-Bildschirm nicht aus den Augen. Das dreiköpfige Aufnahmeteam stand unverändert abwartend da. Regieanweisungen hatte es während der letzten Minuten ohnehin nicht gegeben.

Phil ging hinaus, um Zeerookah abzulösen und gleichzeitig beide Kollegen über den Stand der Dinge zu informieren.


Sie hörten die Stimmen von draußen.

»Jetzt!«, zischte Lucino Galante. »So günstig kriegen wir's nie wieder.« Er sprang auf und riss die beiden auf seiner Seite mit. Sie stießen Protestlaute aus, denn der Napoleon-Typ hatte ihnen bislang noch nicht verraten, wie seine Idee aussah. Doch sie verdauten die Überraschung nicht schnell genug, um sich zu sträuben. Die dünnen Ketten aus rostfreiem Edelstahl klirrten leise.

Die drei anderen waren nicht weniger verblüfft.

Galante warf sich auf sein Gegenüber, einen blonden Mann mit blassem, kränklichem Gesicht. Galante stieß ihm die Verbindungskette seiner Handschellen vor den Adamsapfel und umarmte ihn.

Der blonde Gefangene schrie auf.

Bevor er das nächste Mal Luft holte, verstummte er.

Die anderen erstarrten vor Schreck – gezwungen, es aus nächster Nähe mit anzusehen.

Galantes Umarmung war mehr als herzlich.

Tödlich.

Hinter dem Nacken des Mannes, der nur noch schwach gurgelte, hatte er die Unterarme gekreuzt und versuchte, mit beiden Händen seine Ellbogen zu greifen. Die kurze Verbindungskette wurde zur Schlinge. Auch die Gurgellaute des Blonden hörten nun auf.

Erst in diesem Augenblick versuchten die anderen einzugreifen. Die beiden, die an ihn gekettet waren, warfen sich von hinten auf Galante, um seine Arme zurückzureißen. Die beiden anderen packten seine Hände, um sie auseinander zu stoßen.

Sie hatten seine Bärenkräfte unterschätzt.

»Bist du wahnsinnig?«, brüllte einer. »Das ist ja Ernst!«

»Was denn sonst!«, entgegnete Galante dröhnend. »Der Drecksack ist jetzt reif! Endgültig!« Er wusste, dass die Aufseher spätestens in dieser Sekunde mitbekommen haben mussten, was lief.

Die anderen waren fassungslos. Aber sie konnten hören, wie die Türen des Fahrerhauses aufflogen. Gleich darauf hörten sie auch die hastenden Schritte der Aufseher.

»Ich gebe euch das Zeichen«, flüsterte Galante. Möglicherweise konnten sie durch die Lautsprecher immer noch hören, was geredet wurde. »Wir schnappen sie uns erst, wenn sie nahe genug dran sind.«

Sie konnten ihn nur anstarren.

Seine Kette würgte den Blonden noch immer. Der Mann begann zu erschlaffen, in sich zusammenzusinken. »Verdammt nochmal!«, zischte Galante. »Ich kann doch nicht so tun, als ob! Wenn er Glück hat und die Knilche sind rechtzeitig da, überlebt er es.«

Die Verriegelungen der Hecktür knirschten. Einer der Beamten brüllte Alarm und hieb mit seinem Schlagstock gegen die Gittertür. Es hörte sich an wie Glockenschläge. Der andere beeilte sich, das Gitter zu öffnen.

Die Gefangenen strengten sich weiter an, den bärenstarken Galante von seinem Wahnwitz abzuhalten. Es war in jedem Fall das Einzige, was sie tun konnten. Als sie den ersten Knüppel sausen hörten, warfen sie sich herum. Sie wussten, dass die Guards in dem Gedränge nicht schießen konnten.

Auch Galante ließ von seinem Opfer ab.

Sie schleiften den Röchelnden mit, als sie sich auf die Gefängnisbeamten stürzten. Fausthiebe prasselten auf die Überrumpelten ein. Zwischen den klirrenden Ketten sanken sie zu Boden.

Lucino Galante war der Erste, der sich einen Dienstrevolver schnappte. Denn ohne ernsthafte Schwierigkeiten würde es nicht gehen, da war er sicher. Die Cops draußen mussten ganz einfach etwas mitgekriegt haben, auch wenn sie im Moment wahrscheinlich völlig andere Sorgen hatten.

Galantes Nebenmann James Shanahan, ein Klotz irischer Abstammung, hatte den zweiten Revolver an sich genommen. Die drei anderen waren fieberhaft dabei, die Bewusstlosen nach den Handschellen-Schlüsseln zu durchsuchen. Alle hockten auf dem Boden – bereit, sich hinter den Körpern der Aufseher in Deckung zu werfen, wenn es sein musste. Über eines waren sie sich im Klaren: Sie mussten von den Stahlfesseln frei sein, bevor sie den Wagen verließen.

Das bedeutete, dass sie sich notfalls den Weg freischießen würden.

Der Röchelnde atmete leichter.

Galante grinste und tätschelte ihm mit der freien Hand die bleichen Wangen. »Nochmal Glück gehabt, was, Buddy?«

Die anderen konnten es noch immer nicht fassen. Dieser Bursche, der wie Napoleon aussah, war tatsächlich bereit gewesen, für seine Freiheit das Leben eines von ihnen zu opfern!


Die Kollegen hatten uns über Funk informiert. Die Walkie-Talkies hatten wir so gehalten, dass die Gangster beim Tunnelausgang nicht mithören konnten.

Rachel Bayard verließ das Gebührenhäuschen. Mit federnden Schritten kehrte sie zur Ausfahrt zurück.

Die Fernsehleute filmten sie dabei. Als hätte sich nichts geändert.

Oliver Irvin und ich sahen uns an. Das Sendeverbot für FUNNEL war hundertprozentig richtig. Darin waren wir einer Meinung. Oliver hatte sich über Funk vergewissert: Jeweils zwei Scharfschützen hatten einen Geiselnehmer im Visier. Den Todesschuss würden sie jedoch erst dann anwenden, wenn eine entsprechende Anweisung von Oliver oder mir kam – oder wenn Geiseln so plötzlich in Lebensgefahr gerieten, dass blitzschnell entschieden werden musste.

Rachel winkte ihre Komplizen zu sich. Ihre Gesten waren herrisch und befehlsgewohnt.

»Sieht nach Lagebesprechung aus«, murmelte Oliver.

Ich nickte. »Warner wird keine Neuigkeiten für sie gehabt haben. Sonst wüssten wir es.«

»Du meinst, was die so genannten Millionenspenden betrifft?«

»Genau. Es sieht nicht so aus, als ob sich unsere wohlhabenderen Mitbürger vor Eifer überschlagen.«

»Das heißt, die Nervosität wird wieder steigen.«

»Damit müssen wir rechnen. Ich nehme an, dass sie

ihre Forderung rechtzeitig ändern werden. Wenn die Obdachlosen-Tour bei den Milliardären nicht zieht, bleibt immer noch der Staat, an den sie sich wenden können.«

Einer der Kameramänner ließ sein optisches Gerät sinken, hielt es am langen Arm und griff sich mit der anderen Hand ans Ohr. Doch es half ihm wenig, den kleinen Kopfhörer zurechtzurücken.

Der Mann im Ohr meldete sich nicht mehr.

Auch der zweite Kameramann und der Assistent kriegten es jetzt spitz. Sie verständigten sich achselzuckend mit ihren Kollegen. Alle drei wandten sich Hilfe suchend um und spähten zu dem Übertragungswagen. Dort flog eine Tür auf. Eine eisengraue, stahlharte Lady in Jeans und Pullover beugte sich heraus, dicke Kopfhörer um den Hals. Ihre Gesichtshaut unter dem Grau war so rot wie das Eisen in flüssigem Zustand.

»Was ist da los?«, brüllte sie mit einer Stimme, um die sie jeder Marines-Sergeant beneidet hätte. »Hier läuft überhaupt nichts mehr! Was habt ihr angestellt, verdammt nochmal!«

»Wir?«, schrie der Kameramann, der sich als Erster gewundert hatte. »Das ist die Regie, zum Teufel! Wir haben hier keinen Defekt, damit das klar ist!«

Mit wenigen schnellen Schritten war Rachel Bayard neben ihm und herrschte ihn an. Wir konnten nichts hören. Sie sprach leise. Ihr verkniffenes Gesicht sah nach wütendem Zischen aus. Die Brüllerin aus dem Übertragungswagen beschloss, kleine Brötchen zu backen. Sie zog sich zurück und ließ die Tür zuklappen. Sie schien Rachel Bayards unmotivierte Schießwut höher einzuschätzen als ihre eigene Härte.

Die Frau im ärmellosen Pullover hörte sich die Erklärungen des Kamerateams an. Es war nicht viel, bestand überwiegend aus erneutem Achselzucken. Sie winkte ärgerlich ab, blickte unvermittelt in unsere Richtung.

Ich konnte ihr regelrecht ansehen, dass sie von einer bestimmten Ahnung beschlichen wurde. Ihr Blick fraß sich in den meinen. Ich sah es trotz der Entfernung und obwohl von ihren Augen nicht mehr als dieser dünne schwarze Lidstrich erkennbar war. Mir kam es vor, als empfinge ich die Wellen ihres Hasses über eine Art Antenne.

Ich kannte diesen Hass, der für sie und ihresgleichen typisch war. Diese Sorte Hass richtete sich gegen alles, was den Staat verkörperte. Nährboden war der Teufelskreis des Verbrechens, aus dem sich Menschen wie Rachel Bayard nicht mehr befreien konnten. Sie verstrickten sich tiefer und tiefer und wollten nicht einsehen, dass ihre eigene Schwäche die Ursache war. Stattdessen pflegten sie ihre blinde Wut auf den übermächtigen Rechtsmechanismus, dem sie in seiner Anonymität die Schuld an allem geben konnten.

Wahrscheinlich hatten sich Rachel und ihre Komplizen so sehr in ihren Hass und ihre Wut hineingesteigert, dass sie an ihre Aktion für die Obdachlosen tatsächlich glaubten.

Vielleicht sollte es nach südamerikanischem Muster laufen. In den Elendsvierteln von Rio de Janeiro wurden Gangster wie Helden verehrt. Das Robin-Hood-Moment. Ein paar Brocken, hingeworfen für die Armen, hoben sie mit Glorienschein in den Himmel. Möglich, dass auch Rachel Bayard davon träumte, von den Menschen am Rande der Gesellschaft umjubelt und vor der Polizei geschützt zu werden. Sie hatte die Weichen in eine solche Richtung gestellt.

Ich wich ihrem Blick nicht aus.

Ihre Komplizen kamen näher, auch von der Tunneleinfahrt her. Nur einer, Tom Kelly, bewachte die Gebührenkassierer.

Ein Planungsfehler in meinen Augen. Warum schickten sie die grau Uniformierten nicht in den Tunnel, zu den Autofahrern? Ihren eigenen Worten zufolge übten sie durch Giftgas und die Sprengladung

Druck aus. Die Kassierer als unmittelbar bedrohte Geiseln schützten sie nicht vor dem Todesschuss.

Ich merkte mir auch diese Ungereimtheit ihres Verhaltens als wesentlichen Punkt. Solche Dinge konnten eine Rolle spielen, wenn es darum ging, ihre Reaktionen in einer Stresssituation abzuschätzen.

Die Mörderin gab mir ein Handzeichen. Es war eine knappe Geste in dieser herrischen Art, die sie an sich hatte.

»Ich gehe, Oliver«, sagte ich.

Er starrte mich an. »Bist du verrückt? Lässt du so mit dir umspringen? Diese Wahnsinnige …«

»Eben deshalb«, fiel ich ihm ins Wort. »Wenn sie glaubt, dass sie mich einsacken kann, habe ich den nächsten Pluspunkt.«

»Ich wusste nicht, dass du schon welche hast.«

»Es kommt auf die weitere Entwicklung an.« Ich atmete durch. »Du hörst von mir. Ich denke, dass sie mir das Walkie-Talkie nicht abnimmt.«

»Sieht aus, als könnte ich dich nicht zurückhalten.«

»Sieht so aus«, nickte ich, klopfte ihm auf die Schulter und marschierte los.

Eine Minute später stand ich Rachel Bayard Auge in Auge gegenüber. Hinter ihr, vor dem Dunkeln des Tunnels, der schweigende Halbkreis der Gangster. Alle trugen ihre UZIs am Schulterriemen, den Lauf schräg nach unten gerichtet. Doch ein kurzer Ruck genügte, um die Stummelläufe in Schussposition zu bringen.

Die vorwurfsvollen Blicke der Fernsehleute kamen von links. Rachel musste ihnen eingeredet haben, dass ich schuld an der Sendepause war.

»Ich warte«, erklärte sie schulmeisterhaft. Sie strengte sich an, meinen Blick zu bezwingen.

Mir lag eine Antwort auf der Zunge, wie sie ein Oberlehrer vom vorlautesten seiner Schüler verdient hätte. Doch ich wusste, dass sie genau das erwartete. Sie wirkte auf mich wie der Jahrmarkts-Rocker, der nur auf eine falsche Handbewegung wartet, um loszuprügeln. Ich sah ein, dass es besser war, ihr den Wind aus den wutgeblähten Segeln zu nehmen.

»Irgendetwas stimmt mit den Kameras nicht«, sagte ich mit einer Kopfbewegung zum FUNNEL-Team. »Und Sie machen uns vom FBI dafür verantwortlich. Das ist es, nicht wahr?«

Die drei Fernsehleute pumpten sich auf. Sie waren drauf und dran, mir ihre Empörung ins Gesicht zu schleudern.

Rachel verhinderte es, indem sie in gewohnt herablassender Art mit der flachen Hand durch die Luft schnitt. Die Andeutung eines amüsierten Blinzelns machte sich in ihren Augenwinkeln bemerkbar. Vielleicht durchschaute sie meine Absicht. Zumindest gab sie sich den Anschein.

»Wer sonst sollte dafür verantwortlich sein?«, entgegnete sie. »Und halten Sie uns bitte nicht für technische Idioten, Cotton. Wir haben hier alle kapiert, dass es mit den Kameras nun wirklich nicht das Geringste zu tun hat. Es gibt keine Verbindung zum Sender mehr. Ich bin sicher, dass Sie es wissen.«

»Nein, davon weiß ich nichts.« Es war nicht einmal gelogen. Unsere Information lautete, dass FUNNEL die Sendelizenz entzogen worden war. Und darunter konnte man sich eine Menge vorstellen.

Ihr Blinzeln schwand, machte kalter Wut Platz. »Es spielt sowieso keine Rolle«, zischte sie. »Wir verlangen, dass ab sofort wieder gesendet werden kann. Sie sind der Übermittler. Wir gehen jetzt gemeinsam zum Telefon und …«

Hohles Gebrüll nahm ihr das Wort.

Die Gangster wirbelten herum. Die Fernsehleute erschraken und wichen zurück. Jetzt, da sie ihre Kameras nicht mehr gebrauchen konnten, hatten sie auf einmal Angst vor den Kugeln, die vielleicht fliegen würden.

Rachel Bayards Muskeln spannten sich. Ihr Blick durchstach mich.

Ich wusste eines: Was für ein neuer Zwischenfall es auch sein mochte, sie schob ihn mir in die Schuhe.

Das Gebrüll näherte sich. Dazu wurden schnelle Schritte hörbar, die Stimmen verständlich.

»... stehen bleiben! Bleiben Sie stehen, Mann! Dies ist ein Polizei-Einsatz! Letzte Warnung ...«

Ich glaubte zu träumen.

Das Gesicht der Killerin verzerrte sich. Sie packte die UZI beidhändig, riss sie in den Hüftanschlag. »Seht nach!«, schrie sie, ohne mich aus den Augen zu lassen.

Die Gangster stürmten los, schwärmten aus. Blass geworden, standen die Fernsehleute mit dem Rücken an der Betonwand der Ausfahrt. Das Schritte-Getrappel der Gangster übertönte die Schrittgeräusche aus dem Tunnel. Nur die Stimme war noch da – beinahe verzweifelt jetzt.

»Kommen Sie zurück, Mann! Um Himmels willen, seien Sie doch vernünftig! Bleiben Sie stehen! Sie stürzen uns alle ins Unglück!«

Es schien dem Betreffenden nicht das Geringste auszumachen. Das Halbdunkel in der Tunnelöffnung spie ihn aus. Er trug einen Nadelstreifenanzug, war schlank und dunkelblond. Hinter ihm verharrten zwei uniformierte Cops. Der eine war ein Lieutenant. Die Gangster nahmen den Eleganten in Empfang. Ihre Maschinenpistolen beeindruckten ihn nicht. Erst von ihren Fäusten ließ er sich stoppen, als Simms und Gossamer losschnellten und ihn an den Oberarmen packten.

Er wehrte sich verzweifelt und versuchte, sich loszureißen. Er schaffte es immerhin, sie bis in Rachel Bayards Nähe mit sich zu zerren. Eamon, Chauvin und Bonnardo verharrten auf dem Fleck. Sie hatten die MPis in den Schulteranschlag hochgezogen.

Der Lieutenant und der Patrolman wichen zurück. Beide hüteten sich, mit den Händen auch nur in die Nähe ihrer Dienstrevolver zu kommen.

Der Mann im Nadelstreifenanzug keuchte. Er

bäumte sich noch einmal im Griff der harten Fäuste auf. Ihre Finger gruben sich tief in seine Muskeln. Er stöhnte vor Schmerzen. Rachel Bayard hatte sich halb zu ihm umgewandt, ohne die UZI aus dem Anschlag zu nehmen.

»Es ist reiner Zufall, dass Sie noch am Leben sind!«, herrschte sie ihn an. »Was glauben Sie, was Ihnen hier blüht!«

»Wo ist Fred?«, ächzte er. »Fred Gleason! Mein Partner! Er wollte …«

»Er ist tot«, unterbrach die Mörderin ihn grob.

Der elegant gekleidete Mann schien auf einmal alle Kraft zu verlieren. Im Griff der Gangster sank er regelrecht in sich zusammen. Sein Gesicht wurde weiß.

Er war Branford Marshal. Ich brauchte ihn nicht nach seinem Namen zu fragen. Und Rachel interessierte sich nicht dafür. Möglicherweise begriff sie in diesem Augenblick, dass sie nicht die geringste Ahnung gehabt hatte, was sie mit dem Mord an Gleason heraufbeschworen hatte. Vielleicht dachte sie auch darüber nach, wieso auf einmal uniformierte Cops im Tunnelausgang auftauchen konnten.

Sie überlegte, was sie mit Marshal anfangen sollte. Ich sah es ihr an, obwohl sie versuchte, ihre momentane Ratlosigkeit nicht zu zeigen.

Ihre Entscheidung wurde überflüssig.

Das Geschehen überschlug sich von dieser Sekunde an.

Schüsse krachten in der Tiefe des Tunnels.

Rachel und ihre Komplizen zuckten zusammen.

Ich spannte die Muskeln.


»Geschafft!«, schrie Galante und schleuderte Ketten und Schellen von sich. Der Stahl klirrte über den Holzboden.

Niemand hatte das Licht auf dem Streifenwagendach ausgeschaltet. Die offene Hecktür des Gefangenen-Transporters begrenzte das Blickfeld. Silhouetten von Menschen waren weiter hinten bei den anderen Wagen zu erkennen. Cops stürmten von der Seite herbei. Zwei waren es zunächst. Sie hatten ihre Smith & Wessons gezogen. Doch sie schätzten die Lage nicht ernst genug ein.

Galante und Shanahan feuerten gleichzeitig – beidhändig, in der Hocke. Die anderen vier lagen flach hinter den Körpern der bewusstlosen Aufseher.

Dumpf rollte der Donner der Schüsse durch den Tunnel. Schreie gellten. Die beiden Cops wurden aus dem Blickfeld geschleudert wie schlenkernde Puppen, die einen Tritt erhalten hatten. Die kleinen Gruppen der Wartenden waren wie von der Bildfläche gewischt. Vereinzelt konnten die Männer im Gefangenen-Transporter noch hastende Gestalten sehen, die geduckt hinter Kofferraumhauben Zuflucht suchten.

»Los, raus hier!«, brüllte Galante. Er gehorchte seiner Aufforderung als Erster, war sofort auf den Beinen und schnellte auf das Wagenheck zu.

Shanahan folgte ihm seitlich versetzt mit einem Yard Abstand.

Beide feuerten schon nach den ersten Schritten. Die anderen richteten sich auf, zögerten sekundenlang. Noch war ihnen nicht klar, ob da draußen zurückgeschossen wurde. Doch Augenblicke später begriffen sie, dass Galantes und Shanahans Kugeln den Weg freihielten. Die Schüsse donnerten und hallten, Querschläger orgelten schrill und es hörte sich an, als ob ganze Kompanien feindlicher Soldaten aufeinander gestoßen waren. Die Schreie, die jetzt noch zu hören waren, stammten von Frauen und Kindern, die in ihrer Angst nicht begriffen, was überhaupt geschah.

Galante sprang aus dem Kastenaufbau, duckte sich sofort und warf sich nach links. Rechts blitzte Mündungsfeuer hinter einer Limousine. Galante hörte die Kugel hinter sich gegen den Beton der Tunnelwand klatschen.

Shanahan erreichte die Ladekante, erfasste die Lage blitzartig und schickte seine letzten beiden Kugeln präzise dorthin, wo die Cops verschanzt lagen. Eines der Projektile schrammte kreischend über Karosserieblech. Kein Mündungsleuchten mehr.

Galante feuerte über die Motorhaube des Radio Car hinweg.

»Wozu waren wir mal bei der Army!«, prahlte er lauthals in den Nachhall der Schüsse. »Tempo, Tempo, Jungs! Raus mit euch!«

Sie riskierten es jetzt. Shanahan war als Erster draußen. Die anderen folgten dicht hinter ihm. Galantes Revolver klickte. Augenblicklich krachten Schüsse von der linken Tunnelseite her. Einem harten Einschlag folgte ein Gurgellaut. Die Männer von Rikers Island, schon auf dem Boden, erschraken. Der, den Galante gewürgt hatte, schraubte sich an der Heckkante des Transporters hoch. Im nächsten Moment kippte er vornüber und schlug zwischen ihnen hin.

Galante ließ den Smith & Wesson liegen und riss die Beifahrertür des Streifenwagens auf. Er sah die Thompson vor dem Sitz und ließ sich keine Zeit, den Triumph auszukosten. Zum Durchladen und Entsichern brauchte er keine halbe Sekunde. Mit dem ersten Feuerstoß zerschmetterte er das Glas der offen stehenden Fahrertür. Drüben gab es helle, kreischende Laute, als die Kugelgarbe eine Furche in das Limousinendach sägte.

Stille kehrte ein.

»Shanahan!«, flüsterte Galante.

»Ja?« Der irische Klotz war bereits neben ihm.

»Holt euch die Schießeisen von den beiden Cops, die wir umgelegt haben. Auch Reservemunition. Klar?« Er richtete sich ein Stück auf und hatte die MPi dabei im Schulteranschlag.

Das kurze Hämmern wirbelte einen Schwarm von Glaskrümeln auf. Als Galante den Zeigefinger entspannte, hatte die Limousine keine Seitenscheiben mehr.

»Du gibst uns Feuerschutz?«, fragte Shanahan leise.

»Blöde Frage!«, knurrte Galante. »Beeilt euch gefälligst. Wir brauchen alles an Kanonen, was wir kriegen können.«

»Ewitt hat es erwischt.«

»Wer ist Ewitt?«

»Der, dem du an die Gurgel gegangen bist.«

»Na und? Kampfhandlungen ohne Verluste sind selten. Wollt ihr hier raus oder nicht?«

»Ja, verdammt.«

»Na also.« Galante tauchte kurz hoch und schickte den dritten Bleischwarm auf die Reise.

Shanahan beeilte sich. Er sah ein, dass Nörgeln keinen Sinn hatte. Einen Burschen wie Lucino Galante interessierte es garantiert nicht, ob Ewitt vielleicht nur deshalb getroffen worden war, weil seine Reflexe noch nicht wieder funktioniert hatten. Weil er es noch nicht überwunden hatte, dass ihn kurz vorher beinahe der Würgetod ereilt hatte.

Galante feuerte in kurzen Abständen. Shanahan und die anderen robbten auf die linke Fahrspur hinaus. Ihnen war klar, wo die entscheidende Gefahr lauerte. In dem vorderen Streifenwagen lagen mit Sicherheit weitere Maschinenpistolen. Galante stellte sich bereits darauf ein. Er kam halb hoch, jagte seine Schüsse über den Streifenwagen hinweg und schob sich am Heck entlang auf die Fahrbahnmitte zu.

Er war rechtzeitig zwischen den Fahrspuren.

Cops setzten weit vor dem Gefangenen-Transporter zum Sprung an, wollten hinüber zu ihrem noch voll ausgestatteten Streifenwagen. Das Licht ihrer eigenen Akku-Lampe enthüllte ihre Absicht.

Galante stellte ihnen eine Bleiwand in den Weg.

Wieder war die Lage bereinigt.

Shanahan und die anderen erreichten die toten Cops, die nur ein paar Schritte von Galantes Position entfernt waren. Zusätzlich zu den Revolvern hatte jeder der Beamten zwei Ladeclips am Koppel. Das machte zweimal zwölf Schuss Reservemunition. Shanahan und seine Mitstreiter nahmen Waffen und Munition an sich. Robbend setzten sie ihren Weg fort, in Deckung der Streifenwagen.

Lucino Galante feuerte weiter. Querschläger stimmten einen misstönenden Gesang an. Er hatte inzwischen festgestellt, dass sie es lediglich mit vier Cops als Gegnern zu tun hatten. Leicht zu erklären. Zwei waren vermutlich irgendwo vorn unterwegs, um die Lage zu sondieren. Also musste man die Zeit nutzen, bevor sie zurückkehrten.

Galante änderte seinen ursprünglichen Plan, weiter hinten im Tunnel Geiseln zu nehmen und dann nach Jersey City vorzudringen. Der Moment war günstig, auch noch den vorderen Streifenwagen zu kapern. Sie würden zusätzliche Maschinenpistolen erbeuten. Und damit hatten sie dann so viele Vorteile auf ihrer Seite, dass sie sich mit Geiseln nicht mehr zu belasten brauchten.


»Da sind Bullen im Tunnel!«, schrie Rachel Bayard. Ihr Kopf ruckte herum. Ihr Blick traf mich wie ein doppelter Dolchstoß. »Das ist eure Taktik!« Ihre Armmuskeln spannten sich. Vom Ellbogen abwärts bis zur Handwurzel bildeten sich scharf gezeichnete Stränge. Die sehnige Hand am Griffstück der UZI hatte weiße Flecken über den Knöcheln.

Ich verspürte ein krampfartiges Gefühl in der Gegend um den Bauchnabel. Ich konnte nichts dagegen tun. Es war die Stelle, auf die der Stummellauf der israelischen Maschinenpistole zeigte. Ich schwieg. Jedes Wort würde falsch sein. Das wusste ich. Denn ich sah, wie die Frau zitterte. Wut und Panikstimmung peitschten ihre Nerven auf eine Höhe, die für den Verstand unerreichbar war.

Und im Tunnel wurde weiter geschossen.

Rachel Bayards Mundwinkel zuckten. Ihr Zittern verstärkte sich. Sie fand zu keiner Entscheidung. Dieser Schuh war drei Nummern zu groß für sie. Der Zehn-Millionen-Coup überforderte sie. Vielleicht hatte sie zu große Töne gespuckt. Ich traute es ihr zu. Oder sie hatte Mezz Warner mit anderen Mitteln beeindruckt.

Der Lieutenant und der Patrolman gingen rückwärts, tasteten sich an Kotflügeln und Autofenstern entlang. Sie hatten die schützende Dunkelheit des Tunnels schon fast erreicht.

Das Feuergefecht hielt an. Ich identifizierte das trockene Krachen von Revolvern. Eine Maschinenpistole begann zu hämmern. Unverkennbar eine Thompson. Eine vage Ahnung keimte in mir auf. Thompson-Maschinenpistolen Kaliber .45 sind altbewährte Polizeiwaffen. Ich musste an den Gefangenen-Transport denken.

»Das läuft nicht!«, schrie die Killerin mich an. »Damit kommt ihr nicht durch, ihr Schweinehunde!« Die Wut loderte sichtbar in der Tiefe ihrer Pupillen.

Sie wusste nicht weiter. Ich sah die Ungeduld in den Gesichtern ihrer Komplizen. Ihnen ging die Schießerei nicht weniger auf die Nerven. Sie spürten, dass die Lage verteufelt schnell umkippen konnte. Zu ihren Ungunsten.

Ich war nicht besser dran. Auch meine Nerven begannen zu vibrieren. Die Unentschlossenheit belastete die Killerin selbst am meisten. Es würde unerträglich für sie werden. Irgendwann, sehr bald, war dann der Zeitpunkt erreicht, an dem sie sich abreagierte. Durch Gewalt. Wie ein Vulkanausbruch. Und ich war das Ziel aller Wut. Ersatzweise sozusagen. Stellvertretend für FBI und Polizei.

»Pfeif sie zurück!«, fauchte sie. »Verdammt nochmal, pfeif sie zurück!« Das Zittern hatte auf ihre Maschinenpistole übergegriffen. »Nimm dein Funkgerät und bring diese Schwachköpfe im Tunnel zur Vernunft! Los, los, oder es gibt hier den zweiten Toten!«

Aus dem Tunnel waren nur noch einzelne Feuerstöße zu hören. In Abständen.

Ich steckte in einer teuflischen Klemme. Wenn ich zum Walkie-Talkie griff, gab ich indirekt zu, dass die Schüsse im Tunnel tatsächlich vom FBI zu verantworten waren. Mit einer Erklärung brauchte ich es auch nicht zu versuchen. So etwas würde sie zum Überkochen bringen. Und befolgte ich ihre Anordnung nicht, kam es auf das Gleiche heraus.

Ich musste also tun, als ob. Ich zog das Walkie-Talkie aus der Tasche und schaltete auf Senden.

»Rachel«, sagte Greg Simms vorsichtig, »du solltest dich wirklich nicht auf so was verlassen. Ich würde erst mal Mezz kontaktieren. Außerdem haben wir genug Leute, um selber …«

Er unterbrach sich, als sie ruckartig herumwirbelte. Es sah aus, als fiele ihr erst jetzt ein, dass Eamon, Chauvin und Bonnardo noch immer dastanden wie bestellt und nicht abgeholt. »Worauf wartet ihr noch!«, herrschte sie die drei Männer an. »Hinterher! Schnappt euch die Bullen! Ich will endlich wissen, was hier gespielt wird!«

Die drei stürmten los, ohne zu zögern.

Ich hatte das Walkie-Talkie sprechbereit.

Die Killerin drehte durch. Sie schwenkte ihre MPi zurück. Nur halb. Mit einer blitzschnellen Bewegung hatte sie die Waffe im Schulteranschlag. Sie zielte auf Branford Marshals Herz. Der Mann wurde noch blasser. Seine Augen kippten nach hinten weg. Es hatte den Anschein, als könnte er sich nicht mehr auf den Beinen halten. Simms und Gossamer mussten fester zupacken. Beide verzogen unwillig das Gesicht.

»Bist du verrückt?«, zischte Simms. »Wen willst du denn nun umlegen?«

»Ihn!«, fauchte Rachel Bayard. »Auf einen Bullen

mehr oder weniger kommt's denen doch nicht an!«
Mit einer Kopfbewegung deutete sie in die Richtung,
in der sie meine Kollegen wusste. »Aber bei einem
Unschuldigen, da werden sie weich!«

Im Tunnel wurden die Abstände zwischen den
Maschinenpistolen-Garben kürzer.

Simms und Gossamer pressten die Lippen aufeinander.

Branford Marshal stöhnte leise. Seine Augäpfel
waren fast vollständig weiß. Die Lider flatterten.

»Begriffen, Cotton?«, schrie die Killerin. »Wenn du
nicht sofort diesen Schwachsinn im Tunnel abstellen
lässt, krepiert der Typ!«

»Ich nehme Funkverbindung auf«, sagte ich bereitwillig und hielt das Walkie-Talkie hoch, damit sie
es sehen konnte. »Hören Sie auf, den Mann zu be-
drohen.«

Sie setzte ihr spöttisches Grinsen auf. »Soll das eine
Bedingung sein?«

»Mit Bedingungen kann ich Ihnen nicht kommen.«

»In der Tat. Und Verzögerungstaktik zieht auch nicht.«

»Das habe ich nicht im Sinn«, entgegnete ich. Dann
riskierte ich es. Mit einem schnellen Schritt war ich
zwischen ihr und Branford Marshal, bevor sie
abdrücken konnte. Ich hielt den Atem an, beobachtete
ihren Zeigefinger unter dem Abzugsbügel.

»Ich appelliere an Ihre Vernunft«, sagte ich. »Lassen
Sie den Mann laufen. Ich stelle mich als Geisel zur
Verfügung.« Ich vermutete, dass zumindest Simms
damit eher einverstanden sein würde als mit der harten Linie seiner Komplizin.

Doch Rachel Bayard prustete los. »Ein FBI-Bulle als
Geisel? Mann, es darf gelacht werden! Dich legen doch
die eigenen Kollegen eiskalt um, wenn's hart auf hart
geht!«

Schon bei den ersten Schüssen hatte der Mutterinstinkt Sarah Touchet und Lonnie Eldred nach hinten getrieben. Sie hatten die Kinder in den Fußraum zwischen den Sitzen geschickt und kauerten unmittelbar über ihnen auf der Sitzbank. Debbie, Hayley und Billy waren mucksmäuschenstill. Doch jedes Mal, wenn draußen die Maschinenpistole hämmerte, zuckten sie zusammen und gaben leise Laute des Erschreckens von sich. Trotz ihrer Angst waren Sarahs Töchter aber ebenso bemüht wie Billy, dessen Mutter nicht zusätzliche Sorgen zu machen.

Lonnie Eldred schmiegte sich fest an Sarah. Die blonde junge Frau schien sich etwas beruhigt zu haben – so absonderlich das klang. Sarah hatte jedoch den Eindruck, dass ihre Freundin durch die wirkliche Gefahr reifte.

Lonnie hatte den freien Arm um ihren kleinen Sohn gelegt. Sie war bereit, ihn zu beschützen – so, wie Sarah bereit war, für Debbie und Hayley notfalls ihr eigenes Leben zu opfern.

Wenn Kugeln das Auto trafen, würde ihnen das Blech der Türen kaum Schutz bieten.

Wahrscheinlich schossen die Gangster wahllos um sich. Im Dunkeln konnten sie nicht viel sehen. Sarah war sicher, dass es sich um die Geiselnehmer handelte, von denen der BAKER'S-Fahrer gesprochen hatte. Schwer zu erklären war allerdings, dass die Schüsse aus dem Tunnelinneren kamen. Denkbar war, dass ein Gangstertrupp von der Manhattan-Seite her in den Tunnel vordrang. Aber warum? Was sollte hier geschehen?

Der Fahrer des Getränkewagens hatte darauf keine Antwort gewusst. Sarah hatte sich seine Adresse aufgeschrieben. Er hatte nichts darüber gesagt, aber sie war sicher, dass er sein Leben für Lonnie und sie aufs Spiel gesetzt hatte. Wenn alles vorbei war, später, wollte sie ihn und seine Familie einladen.

Wenn alles vorbei war!

Wie konnte sie nur auf so etwas Gedankenloses kommen! Bis vor ein paar Minuten hatte Lonnies wahnsinnige Angst, eingeschlossen zu sein, all ihre Überlegungen bestimmt. Doch das war fast nebensächlich geworden – jetzt, da sie ihre eigene Todesangst bezwingen musste und nicht zeigen durfte. Dabei ging es um die Kinder ebenso wie um Lonnie.

Für Sekunden herrschte Stille im Tunnel. Nur Schritte waren zu hören – hastig und gedämpft. Es hörte sich nach Flucht an und nach gegenseitigem Belauern.

Lonnie räusperte sich zaghaft. »Wäre es nicht besser«, hauchte sie, »auszusteigen? Wir könnten uns irgendwo verstecken, wo wir sicherer sind. Hier im Wagen sitzen wir doch wie in einem Blechkäfig.«

»Du hast ja Recht«, erwiderte Sarah leise. »Aber ich fürchte, es gibt da draußen kein Versteck, das …«

Ein Pochen ließ sie jäh verstummen.

Die beiden Frauen hoben den Kopf. Reflexartig blickten beide nach rechts, von wo sie das Geräusch gehört hatten. Auch die Kinder hatten es mitbekommen.

»Mom, da war …«, setzte Hayley an, doch Sarah hielt ihr rasch die Hand auf den Mund.

Abermals hämmerte eine Maschinenpistole. Einzelne Schüsse krachten.

Im selben Moment durchzuckte erneut ein Schreck die beiden Frauen. Die Kinder sahen es nicht sofort.

Ein Gesicht.

Es war kaum mehr als ein heller Fleck an der hinteren Seitenscheibe des Corolla. Dass es ein Mann war, konnte man dennoch erkennen. Sein Haar schien dunkel zu sein, denn wenn es blond gewesen wäre, hätte man es gesehen, sagte sich Sarah. Der Mann schob sich ein wenig höher und spähte in den Wagen. Er trug ein helles T-Shirt. Seine Schultern waren breiter als das Fenster.

»Mein Gott!«, hauchte Lonnie. Ihre Stimme bebte

und ihr Zittern verstärkte sich wieder. Sie zog Billy fester an sich, legte ihm die Hand vor die Augen, damit er nicht ansehen musste, was womöglich geschah.

Sarah hielt den Atem an.

Der Mann machte eine Handbewegung, fing an zu gestikulieren. Die Frauen begriffen nicht, was er wollte.

Im nächsten Moment hatte er eine Maschinenpistole in der Hand und machte eine Bewegung, als wollte er die Scheibe einschlagen.

»Er will ins Auto!«, flüsterte Sarah entsetzt.

»Hauptsache ist, er bringt uns nicht um«, entgegnete Lonnie kühl mit einer Logik, die für ihre Freundin unfassbar war.

Sarah starrte sie an. »Du meinst …?«

»Aber ja. Wir müssen ihn hereinlassen. Bestimmt wird er von den Gangstern verfolgt.«

»Dann müsste er ein Cop sein. Ein Cop in Zivil.«

»Aber ja, Sarah. Versteh doch! Vielleicht können wir diesem Mann das Leben retten.«

Auch die Kinder schienen Lonnies Meinung zu sein. »Sarah hat Recht, Mom«, drängte Debbie, die Sechsjährige. »Lass ihn herein! Wenn er etwas Böses wollte, hätte er es längst getan.«

»Also gut.« Sarah atmete tief durch und griff zum Verriegelungsknopf der Beifahrertür. Im selben Moment fiel ihr ein, dass die Innenbeleuchtung aufflammen würde. Sie nahm die Hand noch einmal weg und legte den kleinen Kunststoffhebel unter dem Wagenhimmel herum. Dann öffnete sie die Tür.

»Kluges Kind«, sagte der Mann, als er einstieg. Er verstaute zwei Maschinenpistolen im Fußraum vor dem Sitz. Er duckte sich. Behutsam zog er die Tür zu, ohne ein Geräusch zu verursachen. »Rutscht ein Stück zur Seite, Kinder«, forderte er Debbie und Hayley auf. Sie gehorchten anstandslos, und er konnte die Rückenlehne nach hinten umlegen. Flach auf dem Sitz, war er nun in der Lage, die beiden Frauen aus nächster Nähe anzusehen.

»Mom!«, flüsterte Billy andächtig. »Der sieht aus wie Rambo!«

»Danke für das Kompliment«, sagte der Mann und schmunzelte kaum wahrnehmbar.

Weder Lonnie noch Sarah konnten etwas sagen.

Erneut hämmerte eine MPi. Es erinnerte sie daran, dass die aberwitzige Situation kein reiner Zufall war. Billy hatte Recht. Was man von dem Fremden in der Dunkelheit sehen konnte, war in der Tat beeindruckend. Der Mann sah aus, als ob er seine Freizeit ausschließlich in einem Bodybuilding-Studio verbrachte. Oder in einem Sportclub der City Police?

»Sind Sie ein Cop?«, fragte Billy, dem der sanfte Ton, des Mannes Mut gemacht hatte.

»Himmel, nein!« Der Breitschultrige lachte leise. »So sehe ich doch nicht aus. Außerdem hätte ich es dann nicht nötig, den Cops ihre Tommy-guns zu klauen.«

»Echt?«, staunte der Kleine. »Die haben Sie ge...?«

»Nun ist es aber genug, Billy«, sagte Lonnie energisch. »Wir müssen hier mit einer schwierigen Situation fertig werden. Da brauchst du nicht solche vorlauten Reden zu führen.«

Sarah konnte ihre Freundin nur entgeistert von der Seite ansehen. Es war nicht zu glauben. Die Gefahr und das Unvorhersehbare schienen das, was man Klaustrophobie nannte, bei ihr völlig weggeblasen zu haben. Lonnie war wie umgewandelt. Sie schien dem Muskelmann für seine Aufdringlichkeit regelrecht dankbar zu sein. Aber vielleicht war das wirklich angebracht.

»Lassen Sie den Jungen nur«, murmelte er. »Ich habe keine Geheimnisse.« Er wollte offenbar weitersprechen, hielt aber inne, um zu horchen.

Die Schüsse waren verstummt. Nur vorübergehend, das war klar. Schritte waren jetzt deutlicher zu hören. Sie näherten sich. Das war ebenso deutlich.

»Werden Sie verfolgt?«, fragte Sarah. Sie spürte ihren harten Herzschlag. Er dröhnte bis in den Kopf hinauf. Noch war sie nicht so sicher wie Lonnie, dass das Auftauchen dieses hart aussehenden Burschen als ein Geschenk des Himmels zu betrachten war.

Der Mann horchte noch einen Moment, schien beruhigt und bequemte sich dann zu antworten. »Erst haben sie mich verfolgt, das ist richtig. Aber Sie verstehen die Geschichte nur, wenn ich sie Ihnen von Anfang an erzähle. Ich heiße Jack Dearborn. Ich habe einen Beruf, über den manche die Nase rümpfen: Söldner.«

»Toll!«, entfuhr es Billy.

»Das sagen Sie einfach so?«, entgegnete Lonnie, auch, um das Schwärmen des Jungen in die gehörigen Schranken zu weisen.

»Was ist dabei?«, brummte Dearborn wegwerfend. »Wenn Sie wollen, können Sie mich auch Militärberater oder so was nennen. Finden Sie, das klingt besser?«

»Führen Sie mich nicht aufs Glatteis«, konterte Lonnie standhaft. »Sie töten für Geld. Und vielleicht töten Sie unschuldige Menschen, deren politische Vorstellungen Sie gar nicht kennen.«

»Mann o Mann, in was bin ich hier geraten? In einen rollenden Club von Gerechtigkeitsfanatikerinnen? Meinen Sie, dies ist der richtige Augenblick für heiße Diskussionen? Kann sein, dass es hier gleich ganz schön rundgeht, Ma'am. Sie beide sollten sich übrigens revanchieren, damit ich Sie nicht die unbekannten Schönen nennen muss.«

Lonnie blieb die Luft weg. Sarah nannte ihre Namen und auch die der Kinder und fügte energisch hinzu: »Mr. Dearborn! Wir wären …«

»Jack bitte.«

»All right, Jack. Also: Wir wären Ihnen dankbar, wenn Sie uns nicht in unnötige Schwierigkeiten bringen würden. Ich habe so eine Ahnung, dass Ihr Auftauchen uns in eine gefährliche Lage gebracht hat.«

»Nicht unbedingt«, widersprach er. »Die Gefahr droht anderen. Folgendes Ladys: Ich hab mir die Sache eine Weile angesehen, hab Cops tatenlos im Tunnel rumstehen sehen und mir schließlich gedacht, irgendeiner sollte hier was unternehmen. Also hab ich mir die Maschinenpistolen geschnappt, die sie sowieso nicht anfassen. Erst sind sie hinter mir her. Dann mussten sie ihre Pläne ändern, weil sie ihre Gefangenen ausbrechen ließen. Wer da draußen jetzt hinter wem her ist, kann ich nicht genau sagen. Auf jeden Fall wollte ich keiner der beiden Parteien in die Quere kommen.«

»Und da mussten Sie sich ausgerechnet bei uns verkriechen?«, sagte Lonnie forsch.

»Wie der Zufall so spielt.« Er grinste in der Dunkelheit. Seine Zähne blitzten. »Im Ernst: Ich bin nur auf Ihren Wagen gestoßen, weil er leer aussah. Und dann hab ich gedacht: Glückspilz, der du bist, lass dich von zwei so netten Ladys ein bisschen bemuttern.«

»Das könnte Ihnen so passen«, knurrte Sarah.

»Du liebe Güte!«, gluckste er. »Was verstehen Sie denn unter bemuttern?«

Revolverschüsse krachten. Eine Maschinenpistole antwortete. Der Schusswechsel war deutlich näher als zuvor.

Die Frauen duckten sich tiefer. Auch Dearborn hatte unwillkürlich den Kopf eingezogen.


Die Schüsse im Tunnel hörten sehr bald auf. Revolver krachten noch ein paar Mal, dann war Ruhe. Auch Gebrüll und Schreie gab es nicht mehr. Eamon, Chauvin und Bonnardo waren noch nicht zurückgekehrt.

Simms und Gossamer wurden unruhig. Das merkte ich, obwohl sie hinter mir standen und ich sie nicht sehen konnte. Vielleicht spürte ich es daran, dass sie von einem Bein auf das andere traten und sich verhalten räusperten. Die Tatsache, dass auch ihre Finger am Abzug zwangsläufig nervöser werden mussten, trug nicht gerade zu meinem Wohlbefinden bei.

Ich bemerkte einen Schimmer von Schweiß auf Rachel Bayards Stirn. Sie fixierte mich noch immer und ihre Wut hatte kein bisschen nachgelassen.

Auch die tödliche Bedrohung durch ihre Maschinenpistole bestand unverändert. Doch ich konnte in ihrem Gesicht lesen wie in einem offenen Buch. Ihre Unsicherheit wuchs.

Ich versuchte, mich in ihre Lage zu versetzen. An ihrer Stelle, mit ihrer Entschlusslosigkeit, hätten meine Haarwurzeln angefangen zu kribbeln. Sie spürte, dass Simms und Gossamer es bald nicht mehr aushielten. Die Verbindung mit Warner war ihnen jetzt wichtiger als alles andere. Aber dafür hatten sie eine Geisel zu viel am Hals.

Ich hielt nach wie vor das Walkie-Talkie in der Hand, hoch erhoben, damit die Killerin es nicht aus den Augen verlieren konnte.

»Ich nehme jetzt Funkverbindung auf«, wiederholte ich meine Ankündigung, die schon drei Minuten alt war. »Nein!«, zischte die Bayard. Sie hatte den Kopf ein Stück tiefer zwischen die Schultern gezogen, als müsse sie angestrengt horchen.

Ich tat, als wäre ich erstaunt, sagte aber nichts.

»Verdammt, Rachel!«, knurrte Simms. »Das ist nur die Ruhe vor dem Sturm.« Er schien der Einzige zu sein, der es sich leisten konnte, so mit der Anführerin zu reden. »Wir müssen wissen, was in dem verdammten Tunnel los ist.«

»Logisch«, sagte sie mit einem Nicken, als hätte sie diese Erkenntnis schon lange vorher gehabt. Mehr kam jedoch nicht.

»Ja, und?«, drängte Simms. »Einer von uns muss nachsehen. Der Typ hier ist für uns ein Klotz am Bein. Er muss weg.«

»Ja, ja, in Ordnung«, erwiderte Rachel fahrig. Ihr

Blick hatte sich an mir festgekrampft, als suchte sie die Lösung aller Probleme in meiner Miene. »Dann schick ihn eben weg. Aber er geht hinter die Polizeilinie, nicht in den Tunnel zurück. Ich will da nicht noch mehr Durcheinander.«

Das Durcheinander herrschte in ihrem Kopf. Ihre Entscheidung war lächerlich.

Die beiden Gangster stießen Branford Marshal von sich. Der Mann im Nadelstreifenanzug stolperte. Doch er wahrte sein Gleichgewicht. Mit unsicheren Schritten ging er auf meinen Kollegen Oliver Irvin zu.

»Ich schlage vor, Sol sieht da drinnen nach«, sagte Greg Simms. »Dann halten wir zusammen mit Tom die Stellung.« Er deutete mit einer Kopfbewegung auf Kelly, der die beiden Kassierer bewachte.

»Einverstanden«, antwortete die Killerin. »Ich spreche inzwischen mit Mezz.«

Gossamer nickte den beiden zu und marschierte los.

Im Tunnel herrschte noch immer Stille.

Simms nahm mir das Walkie-Talkie ab. »Solche Dinger hätten wir auch haben müssen«, wandte er sich vorwurfsvoll an seine Anführerin. »Dann wüssten wir jetzt von Eamon und den anderen, was los ist. So weit würde so was doch reichen, oder nicht?« Er drehte das flache Gerät in der Hand und sah mich fragend an.

»Ja«, bestätigte ich einsilbig.

»Wir haben die Lage auf diese Weise viel besser im Griff«, behauptete Rachel Bayard. »Was da läuft, ist nur Geplänkel. Warte mal ab, bis Mezz ihnen drüben die Leviten liest.«

»Dann sollte er endlich Bescheid wissen, wie es hier aussieht.« Simms blickte mich an. »Die Hände auf den Hinterkopf, G-man.« Er steckte das Walkie-Talkie in seine Gesäßtasche.

Ich gehorchte, und er griff mit der linken Hand unter mein Jackett. Der Zeigefinger seiner Rechten lag dabei am Abzug. Er zog meinen Dienstrevolver aus dem Holster und schob ihn in den Hosenbund.

»Vorwärts!«

Rachel Bayard ging voran, auf das nächste Gebührenhäuschen zu. Ihre Schritte wirkten tatkräftiger. Simms hatte ihr die Richtung gewiesen. Es musste genau das gewesen sein, was sie gebraucht hatte.

Ich folgte ihr mit zwei Schritten Abstand, vor dem Lauf von Simms' Maschinenpistole. Am rechten Rand meines Blickfelds sah ich Branford Marshal. Er war bereits auf dem Weg zur hinteren Absperrung. Ein Mann, der aus dem Schneider war.

Techniker hatten Oliver Irvin ein leistungsstarkes tragbares Funkgerät gebracht. Der Koffer, dunkelgrün wie bei der Army, stand neben ihm. Die hohe Antenne federte leicht.

Der Luftzug aus dem Tunnel und die Brise vom Hudson River vereinigten sich zu einem kühlen Wind. Vereinzelt schwebten Wolken von der Skyline Manhattans herüber. Das Blau des Himmels hatte an Leuchtkraft verloren. Ein Frühlingstag näherte sich seinem Ende und hielt den Menschen vor Augen, dass Sonne allein noch keinen Sommer machte.

Bis zum Einbruch der Dunkelheit waren aber immer noch drei Stunden Zeit.

Dem G-man wurde bewusst, dass nichts auf eine baldige Klärung der Lage hindeutete. Er trug den Kopfhörer, der den Lautsprecher der Funkkiste außer Betrieb setzte. Das Mikro hielt er in Sprechhöhe. Es schepperte und krachte in den Membranen des Kopfhörers. Jetzt hatten sie die Verbindung zur anderen Seite des Flusses geschaltet.

»Manhattan Center für Jersey Front! Manhattan Center für Jersey Front! Bitte kommen!«

»Hier Jersey Front«, meldete sich Oliver. »Over!« Er wusste, dass er mit Phil Decker sprach, dem Kollegen aus dem Nachbardistrikt. Umgekehrt wusste Phil über die Lage auf der Jersey-City-Seite in allen Einzelheiten

Bescheid. Sie würden jedoch Funk-Disziplin wahren und sich nicht mit dem Vornamen anreden.

»Zur Lage«, sagte Phil. »Hier herrscht Nervosität. Warner hat eben noch gedroht, die erste Kartusche in der Belüftung zu zünden. Jetzt telefoniert er. Heely steht neben dem offenen Ansaugschacht und hält die Kartusche. Die anderen sind vollzählig versammelt, bis auf Klein. Er ist wahrscheinlich derjenige, der das Zündgerät bewacht.«

Über die bisherige Entwicklung des Geschehens auf der Jersey-City-Seite war Phil bereits durch jene Kollegen informiert worden, die den Tunnelausgang von der zurückgezogenen Absperrung aus mit Ferngläsern beobachteten.

»Rachel Bayard sitzt am anderen Ende der Telefonleitung«, berichtete Oliver. »Jerry ist als Geisel bei ihr. Außerdem Simms. Das ist der Bursche, der mit dem Klemmbrett in der Fernsehsendung zu sehen war.«

»Verstanden. Habt ihr Erkenntnisse über die Schießerei im Tunnel?«

»Nichts Näheres. Wir können nach wie vor nur vermuten, dass es mit dem Transport von Rikers Island zu tun hat. Die Kerle, die die Bayard losgeschickt hat, sind noch nicht zurückgekehrt.«

»Warner glaubt, dass ihr die Sache von Jersey City aus angeleiert habt.«

»Und hier ist es umgekehrt. Sein Girl wird ihm hoffentlich klar machen, dass er etwas völlig Falsches glaubt.«

»Schwer vorstellbar. Hier tut sich im Moment nichts weiter.«

»Jerry hat die Nase im Wind.«

»Richtig. Wie ich ihn kenne, müsste er jetzt schon einen Ansatzpunkt gefunden haben.«

»Also hoffen wir, dass er noch in der Lage sein wird, uns die Marschroute mitzuteilen.«

»Verdammt nochmal, das müsst ihr doch mitgekriegt haben!«, schrie Rachel Bayard in den Hörer. »Diese Bullen können doch nicht in den Tunnel rein, ohne dass ihr es mitkriegt! Pennt ihr denn alle da drüben?«

In dem engen, verglasten Raum stach ihre Stimme unangenehm in meine Ohren. Ich hockte auf einem Klappsitz links neben der Tür. Simms wusste, warum er das angeordnet hatte. Aus dem Sitzen aufzuspringen und anzugreifen ist schwieriger, als das Gleiche aus dem Stand zu tun.

Die Killerin nagte an ihrer Unterlippe, während sie zuhörte. Aus der Hörmuschel drang der scharfe Klang einer Männerstimme. Jedoch waren weder einzelne Wörter, geschweige denn ganze Sätze zu verstehen. Ich wusste, dass es Mezz Warner war, dem sie ihre Wut durch den Draht zuzischte. Er versuchte im Gegenzug, ihr den Kopf zurechtzusetzen. Ob es ihm gelang, war eine andere Frage.

»Ja, und?«, schrie sie mit unverminderter Lautstärke. »Glaubst du, wir haben es hier leichter? Uns stehen die gottverdammten Bullen auch auf den Füßen! Irgendwo müssen von denen welche durchgeschlüpft sein! Erzähl mir doch nichts! Sie kennen den verfluchten Tunnel eben besser als wir. Das ist es! Und wer war für die Erkundung zuständig? Du, mein Lieber! Nur du!«

Aus den Augenwinkeln heraus sah ich, dass Greg Simms missbilligend den Kopf schüttelte. Ich konzentrierte mich jedoch auf die technische Ausstattung des Glashäuschens.

Rachel Bayard hockte auf dem Drehstuhl des Kassierers. Die Maschinenpistole, die quer über ihren Knien lag, hielt sie mit der linken Hand, den Hörer in der Rechten. Vor ihr befand sich ein Pult mit der Kassenbox und dem Ticketautomaten. Das Telefon war als Wandapparat aus Gründen der Platzersparnis über dem Desk an das Stahlblech geschraubt. Wenn der Hörer aufgelegt war, hing er etwa in der gleichen Höhe wie der untere Fensterrand. Unter dem Desk gab es Steckdosen, Kabel und Kästen. Ein Heizlüfter stand in der Nähe meines Klappsitzes. In den Mittags- und Nachmittags-Stunden dieses Frühlingstages hatte der Kassierer bestimmt darauf verzichtet, sich Füße und Beine mit Wärme umblasen zu lassen.

Mich interessierte ein graublauer Schaltkasten mit dem aufgeklebten Glockensymbol der Telefon-Gesellschaft. Der Schaltkasten war auf halber Höhe unter dem Desk an die Stahlblechwand geschraubt.

»Du musst endlich was unternehmen!«, keifte Rachel Bayard. Dann hielt sie von neuem die Luft an, denn die wütende Männerstimme schmetterte ihr ins Ohr.

Ich spähte unauffällig zu dem anderen Gebühren-häuschen. Mein Blickwinkel war zwar flach, doch ich konnte über die Glaskante hinweg sogar einen Teil des Pults und der Kassenbox sehen.

Ein Telefon war nicht da.

Hervorragend.

Unmittelbar vor mir, in Fußtritt-Reichweite, hatte ich das Nervenzentrum der einzigen Sprech-Verbindung zwischen den Gangstern diesseits und jenseits des Hudson River.

Okay, sie waren nicht bis zur letzten Konsequenz auf die Telefonleitung angewiesen. Aber wenn die Linke nicht mehr wusste, was die Rechte tat, musste einiges schief gehen. Und das konnte nur in unserem Sinne sein.

»Versuch doch nicht abzulenken!«, schrie die Killerin mit schriller Stimme. »Gib zu, dass dein Plan nicht perfekt war, verdammt nochmal! Dann haben wir wenigstens wieder eine gemeinsame Linie. Wenn du uns nicht in den Schlamassel geritten hättest …«

Warners Stimme wurde so laut, dass sie unwillkür-lich den Hörer vom Ohr wegnahm.

»Ja, schon gut«, sagte sie kleinlaut. »Klar, dass du mal wieder den großen Macho raushängen lassen

musst. Völlig klar. Bin ich ja von dir nicht anders ge…«
Sie unterbrach sich erneut. »Was?«, stieß sie im nächsten Moment ungläubig hervor. »Im Ernst?« Sie staunte mit offenem Mund.

Zwei Sekunden später legte sie auf. Sie schwang mit dem Drehstuhl herum und blickte zu Simms auf. Sie war wie umgewandelt. Hoffnung leuchtete in ihrem Gesicht. »Stell dir das vor, Greg! Da drüben scheint einer aufgetaucht zu sein! Einer von diesen Typen!«

»Die wir anzapfen wollen?«

»So sieht es aus! Wir kriegen gleich mehr Einzelheiten. Mezz meldet sich wieder.«


Der Medien-Pulk klebte wie ein Bienenschwarm an der Außenseite der Police-Barrieren. Im Zentrum des Schwarms klickten und schnatterten die motorgetriebenen Kameraverschlüsse. Das leise Schnurren der Fernsehkameras war indessen kaum zu hören. Noch ließen die Redakteure und Reporter ihren filmenden und fotografierenden Kollegen den Vortritt. Die Ungeduld stand jedoch schon in ihren Gesichtern. Das Fragen-Gewitter konnte jeden Augenblick über den Mann im Zentrum des Schwarms hereinbrechen.

Die uniformierten Cops diesseits der Absperrung wichen zwei Schritte auseinander, als der Chef des FBI-Distrikts auf sie zutrat.

John D. High wunderte sich, dass der Pulk die spreizbeinigen Barrieren nicht einfach niederwalzte. Allein an der Reihe der Cops konnte es nicht liegen, dass die Linie wie eine feste Mauer respektiert wurde. Vielleicht hatte es mit der Entscheidung von Bezirksrichter Morrison zu tun. Die Nachricht über das vorläufige Ende von FUNNEL hatte wie eine Bombe eingeschlagen. Kein anderer Fernsehsender, keine Rundfunkstation und keine Zeitung oder Illustrierte hatten aber jemals mit so unseriösen Methoden gearbeitet wie es im Fall des Tunnel-Terrors geschehen war.

John D. High ging auf den Mann im Mittelpunkt zu. Nur das blau lackierte Barrierenholz trennte sie voneinander.

»Weshalb sind Sie hier, Mr. Nelson?«, fragte der Chef des FBI-Distrikts, bevor die Journalisten loslegen konnten. Er erklärte, wer er war.

»Dann werden Sie zwischen mir und den Terroristen vermitteln?« Donald Nelson zog die dichten schwarzen Augenbrauen hoch. Er war ein mittelgroßer, drahtiger Mann. Das schwarze Haar umhüllte seinen Kegelkopf als pelzige Stachelmatte. In seinem schmalen Gesicht dominierte die spitze Nase zwischen den Knopfaugen – beides Markenzeichen des vorlauten, lärmenden kleinen Kerls, den er in seinen Filmen darstellte. Lange Zeit hatten die Leute sich über seine Späße krankgelacht – erst in den Kinos, dann vor der Mattscheibe, als die alten Klamotten alle noch einmal in der Flimmerkiste wiederholt wurden. In der letzten Zeit hatten sich die Lacher neue Idole ausgeguckt. Komische Comic-Puppen waren es häufig, die wie Menschen taten, aber eben nur so taten.

Donald Nelson hatte sich in Interviews bitterböse darüber beklagt, dass der amerikanische Humor sein großes Showdown erlebe.

Es hatte ihm auch nichts genützt.

Seit mindestens drei Jahren war er in keinem neuen Film dabei – weder auf der Leinwand noch im Fernsehen.

»Kommen Sie«, sagte John D. High kurz angebunden. »Jede Minute ist kostbar.«

Zwei Patrolmen schwenkten die Barrieren zur Seite, damit der Schauspieler durchtreten konnte.

Er zögerte, blickte sich Hilfe suchend zu dem Schwarm aus Klicken, Schnattern und Schnurren um. »Aber – ich habe doch noch gar nicht gesagt, was ich will!«, rief er.

»Wollen Sie das nicht den Gangstern sagen?«, rief der Chef der New Yorker G-men.

Nelson wandte sich ihm zu. »Ja, ja – natürlich«, antwortete er verdattert. »Aber – es muss doch …«

Es ließ sich nicht mehr aufhalten.

»Es muss in die Öffentlichkeit!«, rief einer der Journalisten. »Das ist es, was Sie meinen, Donnie, nicht wahr?«

»Ja!«, strahlte der Komiker. »Genau das! Sie legen mir die Worte in den Mund, mein Freund! Die Öffentlichkeit hat doch ein Interesse daran …«

»Wollen Sie Geld geben, Donnie?«, brüllte ein anderer.

Und dann setzte es aus dem ganzen Halbkreis ein.

»Wie viel zahlen Sie, Donnie?«

»Eine Million ist das Limit nach unten, oder?«

»Was wollen Sie den Gangstern sagen?«

»Haben Sie auch einen Exklusiv-Vertrag mit FUNNEL?«

»Was halten Sie vom Scheckbuch-Journalismus?«

»Werden Sie verlangen, mit den Leuten im Tunnel sprechen zu können?«

»Haben Sie Freunde und Bekannte, die auch zahlen wollen?«

Die Stimmen überschlugen sich mehr und mehr. Im Durcheinander war praktisch nichts mehr zu verstehen.

Donald Nelson versuchte es mit dämpfenden Handbewegungen. John D. High gab ihm mit einer knappen Geste zu verstehen, dass er einen weiteren Zeitverlust nicht dulden würde. Die Cops sahen den kleinen Mann an, wie er sich im Chaos der Frauen sonnte. Die Beamten wechselten viel sagende Blicke. Nelson gelang es schließlich, ihnen verständlich zu machen, dass er etwas sagen wollte. Es wurde ruhiger. Kugelschreiber lagen über Notizblöcken auf der Lauer, um den Originalton festzuhalten.

»Ich zahle eine Million!«, schrie der Schauspieler mit hoch gereckten Händen. Er sah dabei aus wie ein triumphierender Imperator, der sich nach einem siegreichen Feldzug feiern ließ. »Ich zahle eine Million, und ich hoffe, dass sich die neun anderen anständigen Menschen bald melden!« Er vergewisserte sich, dass alle Fernsehkameras liefen und alle Mikrofone auf ihn gerichtet waren, und fügte hinzu: »Ich verstehe nicht, weshalb hier nicht ein Ansturm von Bereitwilligkeit eingesetzt hat. Ladies and Gentlemen, ich konnte es kaum fassen, als ich erfuhr, dass ich der erste Spender bin. Ja, kann sich denn niemand sonst vorstellen, in welchen Todesängsten die armen Eingeschlossenen da unten im Tunnel schweben?« Mit ausgestreckten Armen wehrte er weitere Fragen ab. »Liebe Freunde, wir sprechen uns gleich wieder. Jetzt muss ich mein Angebot unterbreiten. Sicherlich erreiche ich damit erst einmal einen Aufschub.«

John D. High verzichtete auf eine Bemerkung, als sich der drahtige Mann ihm selbstgefällig strahlend anschloss. Aus dem Communications-Van stiegen Phil, Steve und Zeerookah. Donald Nelson begrüßte sie mit Handschlag. Er hatte das angeknipste Lächeln eines Prominenten aufgesetzt, der so tat, als freute es ihn mächtig, einmal mit einfachen Menschen umzugehen.

»Um das Autogramm bitten wir Sie später«, sagte Phil, während sie sich schon dem Tunneleingang näherten.

»Aber selbstverständlich«, antwortete Nelson gönnerhaft. Den Spott hatte er nicht herausgehört.

Die G-men grinsten unauffällig.

Der bullige Mezz Warner und seine Komplizen standen in breiter Front da. Die Maschinenpistolen hingen waagerecht an ihren Schulterriemen. Ein Fingerzucken, und ein mörderischer Bleihagel würde auf die fünf Männer einprasseln.

John D. High und die Special Agents sahen aus den Augenwinkeln heraus, wie Nelsons Gesichtszüge zu gefrieren begannen. Sein Adamsapfel fuhr hinter der Halshaut Express-Fahrstuhl. Sicher hatte er sich nicht vorstellen können, dass man auch noch mit Angst bestraft wurde, wenn man eine Million Dollar spenden wollte.

Sie blieben stehen.

»Wir haben hier jemanden, der auf Ihre Forderung reagiert« erklärte der Chef des FBI-Distrikts. »Ich denke, ich brauche Sie nicht miteinander bekannt zu machen.«

Die Gangster grinsten.

»Hi, Donnie, Spaßvogel«, gluckste Mezz Warner. »Hast du einen neuen Witz auf Lager? He, Mann, ja! Jetzt erzählst du erst mal 'nen Witz!«

»Nicht erzählen«, sagte Keota, der Indianer. »Spielen! Er ist doch Schauspieler, oder?«

»Er nennt sich so«, feixte Harry ›The Shark‹ Hobucken.

Donald Nelson verzog gequält das Gesicht. Bis eben, mit der Presse, war es noch so gelaufen, wie er es sich ausgemalt hatte. Und jetzt, auf einmal, wurde er lächerlich gemacht. Ausgerechnet er, der Star, der Millionenspender! Er unterdrückte sein Bestreben, bei den G-men mit Blicken um Hilfe zu betteln. Verdammt, er konnte allein für sich kämpfen!

»Gentlemen«, sagte er und bemühte sich, standhaft zu bleiben. Ebenso strengte er sich an, diesem bulligen Baseball-Riesen gegenüber gerade so viel Überheblichkeit zu zeigen, wie er es für angebracht hielt. »Ich glaube, dies ist nicht der Zeitpunkt für Scherze. Ich bin hier, um Ihnen mitzuteilen, dass ich eine Million Dollar für die Obdachlosen spenden werde. Für die Aktion A HEART FOR THE HOMELESS. Verstehen Sie! Ich bin der Erste, der auf Ihre Forderung eingeht. Ich setze ein Beispiel. Bestimmt werden weitere folgen, wenn erst einmal bekannt ist, dass ich eine Million springen lasse.«

Mezz Warner grinste breit. »Fein, Spaßvogel. Hört sich wirklich gut an. Bloß – bei dir weiß man ja nie, ob es ernst gemeint ist. He, Mann!« Er stemmte die Fäuste in die Hüften und beugte sich amüsiert vor. »Ist das etwa ein Witz, den du uns erzählst?«

John D. High griff ein. »Wenn es so wäre, hätten wir Mr. Nelson nicht durch die Absperrung gelassen.«

Warner blickte den Chef mit einer ruckartigen Kopfbewegung an.

»Okay, okay. Ausnahmsweise kaufe ich Ihnen das ab, weil ich Sie für einen ehrlichen Menschen halte. Aber denken Sie mal nach, Sir. Könnte es sein, dass Sie ein bisschen blauäugig sind? Lesen Sie etwa die Klatschspalten über New Yorks Society nicht?«

»Die nun nicht gerade«, gab John D. High unumwunden zu. »Weil das meiste sowieso erfunden ist.«

»Sehe ich auch so«, nickte Warner. »Aber an den meisten Gerüchten ist doch was dran, oder? He, Donnie, Spaßvogel!« Er sah wieder den Komiker an. »Willst du nicht mal selber rauslassen, was die Schreiberlinge für Gift über dich verspritzen?«

Nelson biss sich auf die Unterlippe. »Alles erstunken und erlogen«, knurrte er.

»Jetzt ist er gar nicht mehr komisch!«, kicherte Hobucken.

John D. High warf den G-men einen Blick zu. Er sah, dass sie ebenfalls auf dem Sprung standen. Die Nerven der Gangster standen vor der Zerreißprobe. Ihre Späße mit Nelson waren nur ein Ventil – eines, das schlecht funktionierte. Sie hatten längst begriffen, dass die zehn Schwerreichen aus Manhattan Midtown auf sich warten lassen würden. Nun spielten sie sich selbst mit ihrer Gelassenheit etwas vor. Im Grunde konnten sie es sich nicht leisten, Nelson zum lächerlichen Trittbrettfahrer zu machen. Sie mussten froh sein, auf sein Angebot eingehen zu können. Wenn er wirklich ein Beispiel setzte, konnte die Geiselnahme vielleicht doch noch ohne zusätzliches Blutvergießen enden.

»Völlig klar, irgendwo hört der Spaß auf«, erklärte Warner. »Wenn es um Geld geht, hat nicht mal ein Spaßvogel was zu lachen. Stimmt's, Donnie?«

Nelson straffte seine Haltung. »Ich weiß nicht, was das soll. Ich komme hierher, mache ein Angebot und werde nicht ernst genommen.«

»Wundert dich das?«

»Ja, allerdings.«

»In deinen Filmen warst du heller, Donnie. All right, ich erkläre es dir: Bevor wir dir die Million abkaufen, wollen wir eine Bestätigung, dass du sie wirklich hast. Schriftlich. Von deiner Bank.«

Nelson erbleichte. »Das – das ist …«, stammelte er und wusste nicht weiter. Jetzt konnte er doch nicht anders, als die FBI-Beamten mit Blicken um Hilfe anzuflehen.

John D. High las Erstaunen auch in den Gesichtern von Warners Komplizen. Er unternahm den einzig möglichen Versuch, die Situation zu retten. »Ich schlage vor«, wandte er sich an Warner, »dass Sie das Angebot erst einmal akzeptieren. Was würden Sie sich damit vergeben?«

Der Bullige zog die Mundwinkel nach unten. »Der Alte will doch bloß Publicity. Ist Ihnen das nicht klar? Er kreuzt hier auf, um endlich mal wieder ins Fernsehen zu kommen. Und im Hinterkopf hat er leise weinend die Hoffnung, dass ihm irgendein Leicht- sinniger eine Rolle anbietet.«

Donald Nelson stöhnte leise. Ihm war deutlich anzusehen, dass er sich ein Loch im Boden wünschte, um darin versinken zu können.

»Mag sein«, entgegnete John D. High. »Aber seine Publicity hat er so oder so schon.« Er deutete mit dem Daumen über die Schulter. Der Journalistenschwarm drängte sich noch immer im Halbkreis hinter den Barrieren. »Daran ändern Sie nichts mehr. Können Sie sein Angebot nicht wenigstens annehmen und abwar- ten, ob sich daraufhin andere rühren?«

Eine Sekunde lang sah der Gangster den Chef des FBI-Distrikts nachdenklich an. »Okay, Sir. Was Sie sagen, hat Hand und Fuß. Das gebe ich zu. Aber ich treffe solche Entscheidungen nicht allein. Sie bleiben mit dem Spaßvogel hier stehen. In Ordnung?«

»Einverstanden«, antwortete John D. High. Er wusste, dass er einen winzigen Sieg errungen hatte.

»Noch eins«, sagte Warner, während er sich schon abwandte. »Kann sein, dass es Ihnen nur auf Hinhaltetaktik ankommt. Seien Sie vorsichtig damit! Ich durchschaue so was. Und ich habe wirksame Mittel dagegen.« Er zeigte auf die Holzkiste im Tunneleingang und wies seine Komplizen an auszuharren. Seine Schritte waren lang und federnd, als er auf die Glaskabine mit dem Telefon zuging.

Rachel Bayard hatte den Hörer am Ohr behalten. Ich schätzte, dass nicht mehr als vier Minuten vergangen waren. Einen Blick auf die Armbanduhr hatte ich mir geschenkt. Ich wollte Simms und die Killerin in keiner Weise provozieren. Der Zeitpunkt dafür war noch nicht gekommen. Ob er überhaupt kam, stand noch in den Sternen.

Warner hatte über die Telefonleitung alles bis zu dem Augenblick geschildert, in dem sich Donald Nelson, John D. High und meine Kollegen dem Tunneleingang genähert hatten. Rachel hatte die Lagebeschreibung an Simms weitergegeben und anschließend gehorcht, ob sie etwas von dem Gespräch mit Nelson und den FBI-Beamten mitkriegen konnte.

»Oh, Mezz! Was ist jetzt?«, rief sie unvermittelt. Dann, nach einem Moment: »Hm, verstehe. Natürlich wollen Sie uns hinhalten, ist doch völlig klar! Was denn sonst! He, hast du mal überlegt, ob sie den kleinen Nelson extra für den Zweck bestellt haben? Vielleicht spielt der Typ euch tatsächlich was vor – im Auftrag der Bullen – was?« Sie rieb sich das Kinn mit der Linken, schwenkte ein Stück mit dem Stuhl herum und starrte mich an, als könnte mein Anblick sie auf die Lösung aller Probleme bringen. »Hm, ja – ja, vielleicht. Du meinst, sie haben die Sache mit FUNNEL ausgetüftelt? Den Sender stillgelegt oder so was?« Kurze Sprechpause. »Ja, okay. Verstehe. Ja, das halte ich auch für gut. Wir brauchen FUNNEL – vor allem dann, wenn wir die zehn Millionen kassiert haben und alles gut gelaufen ist. Das müssen wir durchsetzen, Mezz. Die Geschichte mit Donnie Nelson und dir muss nochmal über FUNNEL gesendet werden. Verdammt, ja, das ist die Chance. Wir müssen die zehn Millionen von den Stinkreichen kriegen! Oder glaubst du im Ernst, die Stadt New York kann so viele Bucks lockermachen?« Ihr Blick ging durch mich hindurch. »Eben! Genau! Die ersten Ideen sind immer noch die Besten. Hör zu, Mezz, damit wir noch ein bisschen Druck dahinter kriegen: Ich habe hier einen FBI-Bullen als Geisel. Jerry Cotton. Hol einen von deinen FBI-Typen ans Telefon. Cotton wird ihm klar machen, wie ernst die Lage ist und dass sie gar nicht anders können, als FUNNEL wieder startklar zu machen. Okay? Gut, ja, ich warte.« Sie behielt den Hörer am Ohr.

Es dauerte nur eine Minute. Sie sagte in dieser kurzen Zeit nur drei Wörter: »Mach es überzeugend!« Den Rest drückten ihre lidstrichschmalen Augen aus. Es war unmissverständlich. Wenn es eine wortlose Morddrohung gab, dann nahm ich sie in dieser Minute wahr. »Einen Moment«, nickte sie dann und übergab mir den Hörer.

»Cotton«, meldete ich mich.

»Hier Phil. Der Chef hat mich beauftragt, mit dir zu reden. Warner steht neben mir. Du hast mitgehört, was sie jetzt verlangen?«

»Ja«, antwortete ich mit rauer Stimme. »Und wir müssen darauf eingehen, Phil. Es gibt keine andere Möglichkeit. Wir haben hier nicht die winzigste Chance loszuschlagen. Ich nehme an, bei euch sieht es nicht besser aus. Den Fun-Channel abzuklemmen war ein Fehler, den wir rückgängig machen müssen. Wir dürfen das Giftgas und die Sprengladung nicht vergessen.« Ich bemühte mich, einen überaus besorgten Gesichtsausdruck durchzuhalten. Nichts in Rachel Bayards betont grimmigem Mienenspiel deutete bislang darauf hin, dass ich zu dick auftrug. Noch kaufte sie mir das Gejammer ab. Ich setzte eins drauf: »Im Ernst, Phil, willst du die Verantwortung übernehmen? Selbst wenn Warner nur eine Kartusche zündet! Wissen wir denn, ob es bei den Opfern nicht Folgeschäden gibt? Die Schadensersatzforderungen könnten höher sein als die zehn Millionen, die sie verlangen.«

An den hochgezogenen Brauen und den vor Staunen weiten Augen der Killerin sah ich, dass sie auf diesen Punkt noch nicht einmal gekommen war. Auch Warner nicht. Vielleicht dachte sie, dass sie von unsereinem noch eine Menge lernen konnte.

»Alles verstanden«, antwortete Phil. »Ich werde also dem Chef mitteilen, dass du eine Aufhebung des FUNNEL-Sendeverbots befürwortest.«

»Unbedingt.« Ich wusste, weshalb er wie ein amtliches Schriftstück redete. Es sollte Warner stark beeindrucken und eine Art offiziellen Klang haben.

»Gut. Dann übergebe ich wieder an Mezz Warner für Rachel Bayard.«

Ich reichte den Hörer zurück, bevor mir die Stimme des Gangsters in den Gehörgang sickern konnte. Die Maschinenpistole lag noch immer quer über ihren Schenkeln. Der kurze Lauf zeigte auf meine rechte Kniescheibe. Die zweite UZI, die Simms von rechts auf mich gerichtet hielt, würde mich in Ohrhöhe treffen, wenn er abdrückte. Rachel Bayard nahm den Hörer ans Ohr und blickte fragend zu ihm auf. Er brummte zustimmend. Die Killerin wandte sich der Dunkelheit des Tunnels zu, dorthin, wo sie Warner wusste.

»So läuft es, Mezz!«, rief sie begeistert. »Das mit den Gesundheitsschäden muss klar werden. Wenn sich sämtliche Leute irgendwas holen …«

Schritte hasteten.

»Still!«, flüsterte Jack Dearborn. »Keinen Mucks! Sonst sind wir gleich alle im …«

Der Corolla erhielt einen Stoß. Der Wagen schwankte.

Sarah und Lonnie hielten die Kinder fest an sich gepresst. Beide Frauen duckten sich so tief sie konnten. Mit äußerster Willensanstrengung schafften sie es, nicht zu schreien.

Jack Dearborn hatte sich halb aufgerichtet. Seine Muskeln waren angespannt. In den schwachen Lichtausläufern, die von den Streifenwagen herüberfielen, sah er die Umrisse eines Mannes. Der Kerl wirkte wie ein Klotz. Er war mit dem verlängerten Rückgrat gegen den Heck-Kotflügel des Corolla geprallt. Unter seinem rechten Ellbogen war die Schulterstütze einer Maschinenpistole zu erkennen. Er hielt die Waffe schräg vor dem Brustkasten. Jetzt duckte er sich, lauerte und schob sich langsam nach links am Wagenheck entlang.

Weitere Schritte waren aus dem Tunnel zu hören – trotz der geschlossenen Fenster und Türen.

Der Klotz erreichte die Wagenseite nahe der Tunnelwand.

Jäh blitzte es grellrot in der Dunkelheit. Dreimal, viermal. Eine Kugel schrammte mit hartem Schlag über das Dach des Corolla.

Die Frauen schrien. Sie konnten nichts mehr dagegen tun.

Dearborn nutzte den Lärm der Schüsse, um die Beifahrertür aufzustoßen. Der Klotz war weggetaucht, war nicht mehr zu sehen. Er hatte im Moment vermutlich andere Sorgen, als sich um schreiende Ladys zu kümmern.

Weiter entfernt, zwischen den Wagen auf der linken Fahrspur, hämmerte eine Maschinenpistole. Im nächsten Augenblick ratterte es auch hinter dem Corolla.

Schlangengleich verließ Dearborn den Toyota. Im Hinausgleiten nahm er eine der Thompsons mit. Der

Schusswechsel steigerte sich abermals. Der donnernde Hall füllte den Tunnel aus wie eine feste Masse, die auf die Trommelfelle drückte.

Dearborn kroch zwei Schritte weit nach hinten. Im selben Augenblick kam der andere ihm entgegen. Neue Revolverschüsse zwangen den klotzigen Kerl zurück. Projektile schlugen in den Kofferraum. Es wurde gefährlich für die Ladys, wirklich gefährlich. Schon zwischen Stoßstangenecke und Leitplanke, jagte der Maschinenpistolenschießer seine nächste Kugelgarbe hinaus.

Dearborn nutzte den Höllenlärm, kam halb hoch, lud durch, entsicherte und feuerte aus der Hüfte. Der Stahlklang seiner Thompson vereinte sich mit der des anderen. Der Klotz wurde weggeschleudert, krachte auf die Motorhaube des nächsten Wagens.

Dearborn holte sich die zweite Maschinenpistole aus dem Corolla.

»Keine Angst mehr!«, rief er halblaut. »Aber bleibt unten, Girls!« Er drückte die Tür zu und schlich nach hinten. Der Schusswechsel wurde spärlicher.

Dearborn hatte einen ungefähren Überblick. Er wusste jetzt, was zu tun war. Er kannte die Fronten und ihre Positionen. Er hatte Klarheit, auf welche Seite er sich schlagen musste, wenn er etwas gegen die verfluchte Brut der Geiselnehmer tun wollte.

Geduckt stieg er über die Leitplanke und pirschte hart an der Tunnelwand entlang. Der Maschinenpistolenschießer lag in unveränderter Haltung auf der Motorhaube. Sein Blut tropfte auf den Karosserielack. In dem Wagen war niemand zu sehen. Jeder verkroch sich so tief wie möglich.

Nur eine Maschinenpistole ratterte jetzt noch – aus Richtung Westufer. Die Feuerstöße wurden kürzer, die Abstände größer. Der Mann sparte Munition. Dearborn prägte es sich ein.

Er verharrte nach zwei Fahrzeuglängen neben dem Heck eines Chrysler LeBaron. Der Lichtschein vom

Dach des ersten Streifenwagens war hier schon spürbarer.

Er sah die Cops auf der anderen Fahrspur, in Deckung hinter Limousinen und einem Pick-up. Sie hatten nichts als ihre Revolver.

Dearborn musste lächeln. Nun, er würde versuchen, Wiedergutmachung zu üben. Die verdammten Idioten aus dem Gefangenen-Transporter mussten weggeblasen werden. In ihrer Hirnverbranntheit stellten sie die schlimmste Gefahr für die Eingeschlossenen im Tunnel dar. Dearborn war überzeugt, dass er die Gangster vor dem Tunnelausgang längst unschädlich gemacht hätte, wären da nicht diese Dummköpfe gewesen, die ihren Freiheitsdrang austoben mussten.

Er schlich zwischen zwei Wagen zur Fahrbahnmitte. In der Hocke verharrte er, eine der MPis im Anschlag. Als das Krachen eines Schusses verklang, stützte er den Kolben der zweiten Waffe auf den Fahrbahnbeton.

Der Beamte, der herumruckte, war ein Lieutenant. Er kauerte schräg rechts von Dearborn hinter dem kantigen Heck eines Pick-up. Er ließ den Smith & Wesson sofort sinken. Die Thompson-Mündung, die ihn angähnte, war deutlich genug zu erkennen.

»Wir beide könnten Freunde werden«, sagte Dearborn halblaut und grinsend. »Auf jeden Fall haben wir dieselben Gegner. Und ich bringe Ihnen eine Ihrer Maschinenpistolen zurück.«

Dem Lieutenant sackte das Kinn nach unten.

Der muskelbepackte Mann in Jeans und T-Shirt kam auf ihn zu und drückte ihm die eine Thompson in die Hand.

Ein Lichtstrahl gleißte jäh von Westen her.

Dearborn war mit einem Satz hinter dem Lieutenant in Deckung. Vorsichtig spähten beide nach vorn, in die Gasse zwischen den Fahrzeugen. Ihnen blieb noch eine halbe Sekunde, um festzustellen, dass es sich um eine Stablampe handelte, die da drüben angeknipst worden war. Im nächsten Moment brach die Hölle los.

Feuerstöße hackten hell und beißend. Aus verschiedenen Waffen.

Dearborn kannte den Klang zur Genüge. In den Dschungeln Mittelamerikas hatte es sich kaum anders angehört als hier im Tunnel. Unter dem hohen Blätterdach und im Dickicht der Urwälder fühlte man sich auch wie in einem geschlossenen Raum. Was da einen Hagel von Blei ausspie, waren eindeutig die handlichen israelischen Maschinenpistolen, die überall auf der Welt gern gekauft wurden.

»Jetzt stecken sie in der Klemme«, murmelte der Lieutenant ungläubig.

Dearborn hatte sich links neben ihn geschoben. Jetzt konnte er das Namensschild auf der Uniformbrust entziffern. O'Mahoney. Lieutenant O'Mahoney.

Weiter vorn im Tunnel hämmerte die Tommy-gun noch einmal gegen das Kläffen der UZIs an. Dann war Stille. Die Stablampe erlosch, bevor jemand sie zerschießen konnte.

»Vorrücken!«, befahl der Lieutenant halblaut.

Dearborn hätte ihm gern gesagt, dass er das für sein erstes vernünftiges Wort hielt. Aber vielleicht konnte ein Lieutenant der New Yorker City Police auf das Lob eines Söldners verzichten. Nichtsdestoweniger fühlte sich Dearborn an den Befehl O'Mahoneys ebenso gebunden wie die Cops.


Die Schüsse waren wie ein Donner, der aus dem Tunnel auf uns zurollte.

Rachel Bayard hatte den Hörer noch in der Hand. Erschrocken starrte sie an mir vorbei, zum Tunnelausgang hin. Auch Simms hatte sich unwillkürlich umgedreht. Aber außer Kelly war keiner ihrer Komplizen zu sehen. Und in der Tiefe der Betonröhre schien es ein anhaltender Kampf zu werden.

»Mezz!«, schrie Rachel in den Hörer.

Ich tat alles gleichzeitig. Mit dem linken Fuß trat ich

den Schaltkasten unter dem Desk weg. Den rechten Unterarm ließ ich hochschnellen und traf Simms' UZI punktgenau. Mit der linken Hand, blitzartig vorgebeugt, erwischte ich die Maschinenpistole der Killerin. Simms' emporfliegende Waffe bellte los. Glas zersplitterte klirrend. Rachel schrie – mehr vor Wut als vor Schmerz.

Ich hieb Simms die rechte Faust in die Seite. Er wankte nach draußen. Die schmale Glastür flog unter seinem Anprall auf.

Etwas wie eine Faust erwischte ihn draußen und schleuderte ihn weg.

Ein fernes Peitschen trieb im selben Atemzug auch Kelly auf den Beton.

Ich riss Rachel Bayard herunter auf den Boden des Glaskastens. Eine Scharfschützenkugel schmetterte über uns hinweg und ließ neue Scherben regnen. Ich hatte die UZI der Killerin in sicherem Griff.

Sie fauchte wie eine Katze, versuchte, sich gegen mich zu stemmen und mir das Knie in die empfindlichste Stelle zu rammen. Ich versetzte ihr einen Handkantenhieb, der sie schreien ließ und ihre Beinmuskulatur lähmte. Ihr Schrei ging in Schmerzensgeheul über.

Im Tunnel wurde noch immer geschossen.

Ich richtete mich nur halb auf, hielt die Maschinenpistole außerhalb von Rachels Reichweite und knipste das Walkie-Talkie an. Wir brauchten keinen Code mehr, keine Kennworte.

»Cotton für Irvin«, sagte ich. »Cotton für Irvin. Over.«

»Hier Irvin. Wie sieht es aus, Jerry?«

»Ich habe Rachel Bayard und ich habe die Telefonleitung zerstört. Kann ich mich ins Freie wagen?«

»Du kannst. Die Scharfschützen haben Simms und Kelly ausgeschaltet. Den Kassierern geht es gut.«

»Okay, dann komme ich jetzt.«

»In Ordnung.«

Ich rappelte mich auf, löste meine Handschellen vom hinteren Hosenbund und hieb sie als zuschnappende Stahlklauen um Rachels Gelenke. Sie stöhnte und wimmerte. Aber ihr Blick war immer noch stechend. Ich hielt die UZI von mir weg und ergriff die Frau beim Oberarm. Ich zog sie ins Freie. Sie humpelte neben mir her.

Oliver Irvin hatte mittlerweile die Kollegen anrücken lassen. Die grau uniformierten Kassierer liefen hinter die Absperrung. Ich konnte ihre Erleichterung nachempfinden. Eine breite, waffenstarrende Front von Beamten in Uniform und Zivil nahm vor der Tunnelöffnung Aufstellung. Ob die Demonstration der Stärke jemanden beeindrucken würde, war noch fraglich. Zu viel war unklar.

Oliver Irvin klopfte mir auf die Schulter. Ein Cop gab mir meinen 357er, den er dem toten Greg Simms abgenommen hatte. Ich bedankte mich mit einem Nicken.

Im Tunnel wurde noch immer geschossen. Verstärkt jetzt. Ich konnte den Klang von UZIs heraushören.

»Ich muss sie mitnehmen«, sagte ich und deutete mit einer Kopfbewegung auf die Killerin. Sie stand mit verzerrtem Gesicht neben mir. In diesem Augenblick sah sie aus wie ein trotziges Kind, das für etwas bestraft werden sollte, das es nicht getan hatte. »Ich brauche ein zweites Paar Handschellen«, fügte ich hinzu. »Für alle Fälle.«

»Was heißt das?«, entgegnete Oliver bestürzt. »Du willst doch nicht etwa allein …«

»Nur mit meiner Begleiterin«, sagte ich und streckte fordernd die Hand aus. »Wir können keine Armee in den Tunnel schicken, Oliver. Das weißt du genau. Also …«

Er gab mir seine Handschellen.

Nur einen Atemzug lang hielt Mezz Warner den Hörer von sich weg und stierte ihn an. Dann schleuderte er ihn mit einem wütenden Ruck gegen das Kabinenglas. Die Scheibe hielt stand.

Hohl wehte der Donnerklang der Schüsse aus dem Tunnel.

Warner, halb im Eingang des Kassenhäuschens, wirbelte herum.

Und blickte in die 357er-Mündung.

Phil Decker hatte dennoch keine Chance, seine Überlegenheit über diesen Moment hinaus auszubauen.

Das Verhängnisvolle geschah am äußersten Rand seines Blickfelds.

Klein, Heely und Hobucken hatten ihre Maschinenpistolen im Schulteranschlag. John D. High und die beiden G-men hätten selbstmörderische Ambitionen haben müssen, um zur Waffe zu greifen.

Miles Keota, der Indianer, warf sich mit einem panterhaften Satz auf Donald Nelson. Der Schauspieler schrie gellend auf. Keota kam sofort wieder hoch und riss ihn hinter den FBI-Beamten auf die Beine. Er packte den Komiker am Kragen und hieb mit der flachen Hand zu. Zweimal. Die Ohrfeigen klangen wie Schüsse. Nelsons Geschrei verstummte. Keota trieb ihn an die Betonwand zur Linken, nahm die am Schulterriemen pendelnde UZI und stieß sie Nelson in den Bauch. Der drahtige Mann wurde hellgrau im Gesicht, die Nasenspitze schneeweiß.

Warner grinste über den Smith & Wesson des G-man hinweg. »Randy!«, brüllte er.

»Ja?«, antwortete Hubert aus dem Tunneleingang.

»Zünde die erste Kartusche!«

»Verstanden – erste Kartusche zünden!«

»Delbert!«

»Hier!« Die Antwort Lowells kam aus etwas größerer Entfernung, klang dumpfer.

»Hand am Zündgerät, Delbert! Ab sofort kann dir jeder von uns den Einsatzbefehl geben! Klar?«

»Klar!«, schrie Lowell zurück und wiederholte den Befehl in Stichwörtern.

Was Warner bezweckte, war unmissverständlich. Für den Fall, dass er von einer Scharfschützenkugel erwischt wurde, sollten seine Komplizen gleichermaßen das Recht haben, den Tunnel sprengen zu lassen.

»He, Shark!«, brüllte Warner. »Schick die FBI-Bullen weg!«

Hobucken signalisierte mit erhobener Hand, dass er verstanden hatte.

Warner wandte den Kopf nur wenig, um zu beobachten, wie sich John D. High und die G-men umdrehten.

»Kartusche gezündet!«, meldete Randy Hubert. Seine Stimme klang hoch und angespannt.

»Dann verteil die Gasmasken!«, bellte Warner zurück, ohne sich umzudrehen.

Phil nutzte diesen Moment. Er war nicht sicher, ob ein noch größeres Durcheinander entstehen würde. Er schnellte nach halbrechts, an dem Glashäuschen vorbei. Als Warner zusammenzuckte, hatte er bereits die brusthohe Beton-Trennwand erreicht. Den Dienstrevolver noch in der Hand, federte er hoch, stützte sich ab und schwang sich hinüber.

Warners Maschinenpistole blaffte hinter ihm her – zu spät. Die Kugeln sirrten über die Betonwand und wurden zu gefährlichen Querschlägern auf der anderen Seite. Ein paar helle Einschläge in Karosserieblech waren zu hören. Vier Gangster waren es, die auf der anderen Seite Wache gehalten hatten. Und sie reagierten nicht rasch genug, denn sie waren bereits unterwegs zu Warner, um sich mit Gasmasken ausstatten zu lassen.

Mit langen Sätzen tauchte Phil in die schützende Dunkelheit zwischen den Fahrzeugreihen. Keine weiteren Schüsse verfolgten ihn. Doch in der Tiefe des Tunnels krachte es noch immer. Für ihn war es allerdings nur noch schwach zu hören. Er verlangsamte seine Schritte und ging hinter einer Motorhaube in Deckung. Die Leute in den Fahrzeugen hatten sich verkrochen. Sie waren nicht zu sehen. Etwas Vernünftigeres konnten sie im Augenblick nicht tun.

Das Giftgas würde nur in die rechte Tunnelröhre strömen.

Phil beobachtete den Abzug des Chefs und der Kollegen. Weit hinten reckten die Journalisten ihre Hälse. Von Keota und Nelson war nichts zu sehen. Ebenso wenig von den anderen Gangstern. Natürlich hatten sie jetzt Wichtigeres zu tun, als sich um einen einzelnen Fliehenden zu kümmern.

Phil entschied sich für etwas, das die Gangster vermutlich am allerwenigsten erwarteten.

Auf leisen Sohlen ging er zurück, auf das Tunnelende zu.


Mit der zweiten Stahlacht kettete ich Rachel Bayard an mein linkes Handgelenk. Ich verlor keine Zeit und zog sie mit mir. Sie humpelte noch immer. Die Kollegen hatten mich mit einer Thompson versorgt. Sie blickten uns fassungslos nach. Doch sie hatten inzwischen über Funk erfahren, dass die Lage auf der Manhattan-Seite genauso unklar war wie hier. Für einen Großeinsatz gab es noch nicht genügend Sicherheit. Im Gegenteil. Das Risiko war eher gewachsen.

Die Schüsse im Tunnel waren fast schon zu einer vertrauten Geräuschkulisse geworden.

Geduckt drang ich mit meiner Zwangs-Begleiterin in das Halbdunkel vor. Die Autos wirkten wie leblose glotzende Wesen mit ihren erloschenen Scheinwerfern. Menschen konnte ich nirgendwo erblicken. Sie hatten das einzig Vernünftige getan und sich auf den Bodenteppich ihrer fahrbaren Untersätze geflüchtet. Vor herumschwirrenden Kugeln waren sie dort wenigstens halbwegs sicher.

Rachel Bayard sträubte sich nicht gegen meinen Eilschritt, obwohl sie noch immer Mühe mit dem Bein hatte. Ich gewann den Eindruck, dass sie versessen darauf war, zum Zentrum des Geschehens vorzudringen – auch wenn es nur dadurch möglich war, dass sie an einen leibhaftigen G-man gekettet war.

Wir erreichten die dunklere Zone. Der letzte Rest von Tageslicht ließ uns im Stich. Ich trug den Smith & Wesson im Schulterholster, die Thompson am Riemen über der rechten Schulter. Die Waffe tupfte beim Gehen im Schritt-Rhythmus gegen meine Hüfte. Ich spürte, wie sich der Geruch der Luft veränderte. Trotz des Lüftungssystems im Tunnel wurde der Abgasdunst intensiver. Fast schien es, als hätten die Betonwände diesen Dunst in all den Jahren inhaliert. Und nun atmeten sie ihn in konstanter Bosheit wieder aus.

Scharf hackten einzelne Schüsse in der Tiefe des Tunnels. Mündungsfeuer war noch nicht zu sehen. Ich schätzte, dass sich die Schießerei in etwa fünfhundert Yards Entfernung abspielte, wenn ich die Krümmung der Betonröhre richtig einschätzte. Die abbiegende Fahrbahn führte nun unter das Felsenbett des Hudson River.

Ich nahm den 357er aus dem Holster und überprüfte ihn einhändig mit der Rechten. Dazu brauchte ich kein Licht. Ich ließ die Trommel ausschwenken und checkte die Ladung der sechs Kammern mit dem Daumen. Alle sechs Patronen hatten einen Boden mit intaktem Zündhütchen. Ich ließ den Zylinder wieder einrasten und beförderte die schwere Waffe zurück an ihren Platz.

Das metallische Geräusch hallte nach. Vor uns hatten sie gerade eine Feuerpause eingelegt. Ich betastete auch die Thompson-Maschinenpistole. Das große Trommelmagazin saß ordnungsgemäß eingerastet an seinem Platz.

Rachels UZI war als Beweisstück eingesackt worden. Beinahe schon eine überflüssige Beigabe, wenn man bedachte, dass der Mord an Fred Gleason in einer Fernsehsendung festgehalten worden war. Es mussten wer weiß wie viele Videoaufzeichnungen davon existieren.

»Warte mal«, sagte sie plötzlich und blieb einfach stehen.

Ich tat ihr den Gefallen und verharrte ebenfalls. Aber ich war auf der Hut. Sie musste es wissen. Wenn sie sich etwas ausgedacht hatte, würde sie es schwer haben, mich zu überrumpeln. Und wie auch? Ihre mit Handschellen gefesselten Arme hatte sie vor dem Körper, begrenzt bewegungsfähig durch die Last meines linken Arms, der ihr alles zunichte machen konnte. Jederzeit.

»Trick Nummer eins?«, fragte ich und lächelte. Ich sah das Weiße ihrer Augen. Ich konzentrierte mich darauf. Links war der helle Fleck des Tunnelausgangs. Ich dachte daran, dass Rachel versuchen konnte, in einem engen Halbkreis herumzuschnellen und die Thompson zu packen.

Sie schien meine Überlegungen zu erraten. »Keine Sorge.« Ihre Stimme klang geradezu sanft. Das war es also. »Ich weiß, wann Tricks funktionieren und wann nicht. Ich wollte nur ausprobieren, ob ich einen kleinen Einfluss auf dich habe.«

»Teuflisch genug«, entgegnete ich spöttisch. Offenbar wollte sie beim vertraulichen Du bleiben. Sie nahm unser enges Beisammensein als Anlass dafür.

»Siehst du in mir nichts weiter als eine Teufelin?«

»Das hört sich so an, als ob es dich ehren würde«, entgegnete ich kalt. Ich zog sie voran.

Sie stolperte zwei Schritte weit, stemmte sich auf meinen Arm und fand ihr Gleichgewicht wieder.

»Ich bin ein Mensch«, behauptete sie. »Mit Fehlern und Schwächen, die viele andere auch haben.«

»Viele. Richtig. Darauf muss die Betonung liegen. Es gibt ein paar, die es in ihrem ganzen Leben nicht fertig bringen, andere umzubringen. Hör auf, mir etwas vorzumachen. Du bist festgenommen. Spätestens in ein paar Stunden wirst du dem Haftrichter vorgeführt.«

Sie schwieg eine Weile und trabte neben mir her.

»Warum hast du mich mitgenommen?«, fragte sie.

Ich dachte nicht daran, es ihr zu sagen.

Ich brauchte sie, um die Sprengladung aufzuspüren. Denn ich war überzeugt, dass sie die Stelle kannte. Als Selbstmörderin schätzte ich sie nicht ein. Deshalb würde sie ein eigenes Interesse daran haben, die Ladung unschädlich zu machen, sobald wir in der Nähe waren.

Ich zog sie weiter. Unbarmherzig jetzt.

Mündungsblitze zerstachen das Halbdunkel.

Ich tauchte weg, brauchte nur eine Zehntelsekunde dafür.

Rachel Bayard war fast noch schneller. Ich lag halb auf der Frau, spürte sie mit der linken Körperhälfte. Sie tat nichts dagegen.

Ich schob die Thompson nach vorn. Noch hatte ich nur das Griffstück in der Rechten. Unmittelbar rechts von uns waren die kantigen Umrisse eines Volvo zu erkennen, die am schnellsten erreichbare Deckung. Aber ich wollte eine rasche Entscheidung. Ich ahnte, dass das Geschehen von der Manhattan-Seite her ausufern würde. Ich konnte mich nicht verkriechen und abwarten, wie sich die Dinge entwickelten.

Es hatte den Anschein, als ob auch die Schießer vor uns endlich eine Entscheidung herbeiführen wollten. Sie ließen ihre UZIs wütend drauflosbellen. Von der anderen Seite antworteten Revolver und Thompson-Maschinenpistolen.

Schräg zur Linken flammte eine Stablampe auf, begleitet von wildem UZI-Gebell.

Dumpfer Thompson-Klang wummerte dazwischen.

Ein Schrei gellte. Der Lichtfinger geisterte am Betonrund hoch. Die Stablampe torkelte durch die Luft. Der Mann, der dazugehörte, kam wie ein Korkenzieher aus seiner Deckung hinter einem Oldsmobile hoch. Der tanzende Lichtstrahl huschte über sein Gesicht.

»Bonnardo!«, rief Rachel erschrocken, mit erstickter Stimme. Im Lärm der Schüsse war sie sowieso nicht zu hören.

Bonnardo riss es zur Leitplanke weg.

Von der Position her unterschied ich zwei Thompsons und mindestens drei Revolver, die unaufhörlich feuerten. Ich wollte vorwärts robben, um endlich in das Geschehen eingreifen zu können – nun, da ich die Fronten kannte. Ich war schon im Begriff, Rachel mit mir zu ziehen. Doch die Entscheidung erwies sich als überflüssig.

Das Feuer der Thompsons verlagerte sich in unsere Richtung. Die Cops, um die es sich nur handeln konnte, setzten zum Vorstoß an.

Die Komplizen der Killerin gerieten in Bedrängnis.

Zwei hastige Gestalten tauchten in der schwachen Helligkeit auf. Die dritte UZI feuerte unablässig, um den Rückzug einzuleiten. Sie ahnten fraglos nicht, wer sie am Ende dieses Rückzugs erwarten würde. Der erste der beiden Gangster erreichte die Mittelgasse zwischen den Fahrzeugen. Beide feuerten im Zurückweichen. Ich spürte, wie sich Rachels Muskeln anspannten. Ich legte alle Kraft in meinen linken Arm, entsicherte und ergriff den Vorderschaft der Thompson. Das Feuer von der anderen Seite verdichtete sich. Drei Schritte rückwärts ließ ich dem Mann. Er war nur noch zwanzig Yards von uns entfernt.

Dann, als auch der Zweite schon nahe der Fahrbahnmitte war, jagte ich einen knappen Feuerstoß über ihre Köpfe hinweg.

Schlagartig geriet das Schussgebell ins Stocken.

Der Mann in der Gasse wirbelte herum. Ich erkannte Gossamer an der Statur. Grelle Blitze zuckten aus der Höhe seiner Hüfte.

»Nicht schießen!«, schrie Rachel neben mir. Zu spät. Und es konnte sowieso niemand hören.

Ich feuerte im selben Sekundenbruchteil. Den sengenden Hauch der UZI-Geschosse spürte ich, während die Thompson an meiner Schulter rüttelte. Gossamers Arme wurden hochgerissen. Die Geschosse trieben ihn in die Richtung, in die er eigentlich nicht mehr wollte. Und dann war ich gezwungen, die MPi hochzuschwenken. Denn der zweite Mann feuerte in geduckter Haltung hinter einem Limousinenheck. Chauvin.

Rachel kreischte vor Entsetzen. Die Kugeln hieben vor uns auf den Beton – zu kurz noch. Aber das konnte sich in Sekundenschnelle ändern. Das Orgeln der Querschläger war nervenzerfetzend. Sie schrammten über Karosserieblech und klatschten in Reifengummi. Rachels Panik steigerte sich. Sie versuchte, sich in Sicherheit zu bringen, versuchte, mich nach links zu zerren. Ich trotzte ihrem beachtlichen Kraftaufwand eben noch rechtzeitig. Sie schaffte es nicht, mir die MPi aus der Visierlinie zu reißen.

Ich zog durch.

Chauvins zweiter Feuerstoß kam über den Anfang nicht hinaus.

Die Thompson-Projektile warfen ihn aus der Bahn.

Eamon, der weiter rechts in Deckung lag, feuerte weiter. Ich war nicht sicher, ob ich Chauvin außer Gefecht gesetzt hatte. Aber die anderen mussten inzwischen begriffen haben, dass sie Unterstützung bekamen.

Revolverschüsse und eine der Thompsons von drüben brachten Eamon zur Ruhe.

Im nächsten Moment stockte mir der Atem.

Angriffsgebrüll erscholl – kehlig und unheilvoll. Ein Schatten jagte in der Gasse heran. Stimmen versuchten, ihn zurückzuhalten. Er rannte geduckt, schlug kurze Haken. Er hörte nicht. Vor seiner Körpermitte war für einen Moment das Schimmern einer Langwaffe zu erkennen. Die andere Thompson, kein Zweifel.

Meine Armmuskeln waren gespannt. Ich war bereit,

diesem Verrückten Feuerschutz zu geben. Rachel konnte mich nicht daran hindern.

Der Heranstürmende versuchte, schräg in die Deckung Eamons vorzustoßen. Seine Thompson spie einen langen Feuerstrahl aus. Das Hämmern war ohrenbetäubend unter dem Betonrund. Eamon kam zu keiner Gegenwehr mehr.

Aber eine andere UZI feuerte jäh und unerwartet.

Der Mann mit der Thompson war schon fast über Chauvin, dessen Position hinter dem Wagenheck ich mir nur vorstellen konnte.

Getroffen taumelte der Mann zurück.

Ich jagte eine Bleigarbe scharf an dem Hinterreifen vorbei, den ich dank der schimmernden Radkappe erkennen konnte. Chauvins UZI verstummte. Der Thompson-Mann taumelte in die Gasse zurück. Mit einem Laut, als würde er gewürgt, sank er in sich zusammen.

Stille.

»Hier Cotton, FBI!«, rief ich.

»Verstanden!«, antwortete eine Stimme aus der Nähe des Lichtkreises. »Hier Lieutenant O'Mahoney, New York City Police!«

Die Cops hatten Taschenlampen. Wir näherten uns der Stelle, an der der Sterbende lag. O'Mahoney hatte noch vier Mann. Drei Cops hatten ihr Leben gelassen. Doch keiner der Gefangenen von Rikers Island hatte den wahnwitzigen Ausbruchsversuch überlebt. O'Mahoney schickte einen Mann zur Jersey-City-Seite, damit ein Notarzt kam. Die anderen Beamten überzeugten sich, dass von den Gangstern keine Gefahr mehr drohte.

Rachel Bayard stand schweigend neben mir. Sie zitterte.

Der Lieutenant kniete neben dem Mann, dessen Leben nur noch Sekunden dauern konnte. Ich erfuhr, dass er Jack Dearborn hieß und ein »Soldier of Fortune« war, ein »Soldat des Glücks«, wie bei uns die

Söldner genannt werden. O'Mahoney erklärte mir, dass Dearborn entscheidend dazu beigetragen hatte, die Ausbrecher zu bezwingen.

Links hinter uns wurden Wagentüren geöffnet. Ich wandte mich um. Ein Toyota Corolla mit New-Jersey-Kennzeichen.

»Bleiben Sie im Fahrzeug!«, rief der Lieutenant energisch.

Die beiden Frauen waren schon ausgestiegen. Aus einem Grund, den keiner von uns kennen konnte, fühlten sie sich zu dem Sterbenden hingezogen.

»Bitte, Sir«, flehte die blonde Frau. »Bitte lassen Sie uns zu ihm!«

»Kennen Sie ihn?«, fragte O'Mahoney verwundert.

Dearborn selbst gab die Antwort. »Und ob – wir uns kennen! Wir – waren uns – schon – ziemlich nahe, wir drei – Hübschen!«

Mit einem Handzeichen gab der Lieutenant den beiden Frauen die Erlaubnis. Er wich zurück, als sie neben Dearborn in die Knie gingen. Die blonde Frau beugte sich über ihn und nahm sein Gesicht zärtlich in beide Hände. Sein Blut kümmerte sie nicht.

»Können Sie mich hören, Jack?«

Es dauerte lange Sekunden, ehe seine Antwort kam. »Klar – doch. Sie sind – Lonnie, stimmt's? Und – wo ist – Sarah?«

»Hier«, antwortete die dunkelhaarige Frau. Es klang, als ob ihre Kehle dabei zugeschnürt war.

»Jack«, sagte Lonnie mit aller inneren Kraft, die sie offenbar noch aufbringen konnte. »Ich – ich möchte, dass Sie eines wissen. Sie haben mir geholfen – unendlich geholfen. Nur dadurch, dass Sie da waren. Ich weiß nicht, ob Sie das verstehen. Aber ich war in einer furchtbaren Krise, meine Angst hat mich fast umgebracht. Durch ihr Auftreten waren all die lächerlichen Gedanken auf einmal wie weggeblasen. Sehen Sie, ich bin hier, draußen im Tunnel! Es macht mir überhaupt nichts aus!«

Er krächzte. Man hörte, dass er Schmerzen hatte. »Und – wird das – so bleiben, Lonnie?«

»Ganz bestimmt.«

»Da bin auch ich sicher«, bekräftigte Sarah. »Ich bin schließlich ihre Freundin. Ich kenne sie lange genug.«

»Fein, das – zu – hören. Und – macht euch – keine – Sorgen, Ladys. Ich habe – einem Mann – in den Rücken – geschossen. Dafür – muss ich – jetzt – wohl – bezahlen. Ein – Typ wie ich – rechnet – immer – mit dem – Schlimmsten. Ich – wollte sowieso – nie anders – sterben, als …«

Es blieb still.

Der Notarzt und weitere Beamte von der Jersey-City-Seite trafen ein. Ich erfuhr das volle Ausmaß der Lage drüben in Manhattan. Unwillkürlich glaubte ich, einen Druck in der Kehle zu verspüren. Auch Rachel hatte es mitgekriegt. Angst grub sich in ihr Gesicht.

Ich sagte Oliver Irvin, dass ich weiter musste. Ich nahm eine Taschenlampe mit.

Vom Tunnelende war zu hören, wie die ersten Fahrzeuge angelassen wurden und hinausrollten.

Der Notarzt konnte nur noch Jack Dearborns Tod feststellen.

Die beiden Frauen weinten.


Die Stimme Warners und seiner Komplizen waren aus dem Tunnel noch zu hören. Sie legten die Gasmasken an oder waren gerade damit fertig. Oben, bei der Absperrung, hatten die Cops alle Hände voll zu tun, um die Journalisten zurückzuscheuchen. Der Communications-Van folgte John D. High und den G-men im Schritttempo. Phil wusste, dass sie ihn inzwischen gesehen haben mussten. Oben wurde ein freies Schussfeld für die Scharfschützen geschaffen. Sie kamen näher heran, hatten die Hochsitze in den Stockwerken verlassen. Für Keota würden sie unsichtbar bleiben.

Und bedeutungslos.

Phil sah es, als er einen vorsichtigen Blick über die Betonwand warf.

Der Indianer hatte seine Position geringfügig verändert. Geringfügig und entscheidend. Er hielt Nelson mit der Linken umarmt, Gesicht zu Gesicht, und lehnte zugleich mit der linken Schulter am Beton. Zwischen den beiden Männern war nur die Maschinenpistole Keotas. Er hielt sie senkrecht und brauchte seine rechte Hand dabei nicht sonderlich anzustrengen. Denn die Mündung hatte Halt unter dem Kinn des Schauspielers.

Nelson hielt den Kopf hocherhoben und starr. Seine Augen schienen aus den Höhlen quellen zu wollen. Die Hände hatte er auf dem Rücken gefaltet, wohl weil Keota es ihm befohlen hatte. Der drahtige Mann wagte nicht einmal zu zittern. Der Geiselnehmer hatte Nelson einen halben Schritt von der Seitenwand der Tunneleinfahrt weggeschoben. Nelson war Keotas Schutzschild.

Die Scharfschützen hatten nicht die geringste Chance, Donald Nelson durch einen gezielten Schuss zu retten. Es gab nur einen einzigen Mann, der diese Möglichkeit hatte.

Phil verharrte geduckt. Der 357er schien auf einmal schwerer in seiner Hand zu liegen.

Die Stimmen und Schritte der Gangster entfernten sich.

Der Schusswechsel tief im Tunnel flammte erneut auf.

Und da war immer noch Lowell, der die Hand am Zündgerät hatte.

Phil war sich darüber im Klaren, dass er Lowells Blickwinkel einkalkulieren musste. Er sah den Chef und die beiden Kollegen bei der Absperrung, wo es inzwischen leerer geworden war. Steve hatte ein Fernglas angesetzt und spähte herunter. Der Communications-Van rollte davon und war gleich darauf nicht mehr zu sehen. Ein uniformierter Cop brachte John D. High ein Megafon.

Phil zögerte nicht. Die Entscheidung vertrug keinen Aufschub.

Noch geduckt, wich er zurück, zwei Schritte von der Trennwand weg. Dann richtete er sich langsam auf und hob den Smith & Wesson in den Beidhandanschlag. Keota nahm die Bewegung nicht wahr. Er konzentrierte sich auf das, was oben an der Entrance Street geschah.

Der G-man erhielt die Unterstützung, die er brauchte.

John D. High hob das Megafon. Es knackte weit hallend, als er es einschaltete. »Keota!«, dröhnte seine Stimme. »Ich fordere Sie auf, die Geisel freizugeben! Sie zwingen uns sonst, zum äußersten Mittel zu greifen! Lassen Sie Donald Nelson frei und heben Sie die Hände! Wir werden dann nicht schießen!«

Keota lachte schrill. Es klang fast wie ein lang gezogener Schrei.

»Verschwindet!«, kreischte er. »Verschwindet alle, ihr Mistbullen! Oder ich schieße dem Spaßvogel als Erstes ein paar Zähne raus! Außerdem könnt ihr mir überhaupt nichts wollen! Schießt doch! Dann erwischt ihr Nelson!«

Phil trat lautlos zwei Schritte nach rechts. Er sah den Indianer schräg von hinten. Ein Risikofaktor war Nelson. Aber die flackernden Augen des Schauspielers waren zum Himmel gerichtet. In seiner Todesangst bekam er von der Umgebung offenbar nichts mehr mit.

Im Tunnel war es still geworden.

»Seien Sie vernünftig, Keota!«, ertönte die Megafonstimme des Chefs von neuem. »Wir haben Sie im Visier, das kann ich Ihnen versichern! Und Ihrer Geisel wird nichts geschehen – selbst dann nicht, wenn wir den Todesschuss anwenden müssen! Zwingen Sie uns nicht dazu!«

Keota riss den Mund auf, wollte etwas erwidern.

Phil wusste, dies war der kritischste Moment. Wenn der Indianer darauf kam, Lowell den Befehl zum Zünden zu geben, half alles nichts mehr.

Phil spannte den Hahn des Revolvers.

Das metallische Schnappen drang in Keotas Gehör.

Er zuckte kaum merklich zusammen, beherrschte sich aber. Sein Abzugsfinger war sichtbar, etwa in Höhe seiner unteren Rippen. Langsam wandte er den Kopf nach rechts. Sein Blick erfasste den G-man, den schweren Revolver. Zerrlinien entstanden in Keotas Gesicht.

Wieder dröhnte die Stimme des Chefs. »Ich fordere Sie zum letzten Mal auf, Keota: Geben Sie Nelson frei! Lassen Sie die Waffe fallen! Heben Sie die Hände! Dann wird Ihnen nichts …«

Keota stieß einen gellenden Schrei aus, der das Megafon noch übertönte.

Phil zog durch, als er sah, wie sich der Abzugsfinger des Indianers zu krümmen begann. Der Magnum-Revolver wummerte und ruckte in den Fäusten des FBI-Beamten. Nelson schrie auf und sank in sich zusammen. Er umkrampfte sein Gesicht mit beiden Händen, wälzte sich, krümmte sich und konnte nicht begreifen, dass er noch lebte.

Phil flankte über die Betonmauer.

Keota stand noch. Die Maschinenpistole kippte und drehte sich in seiner erstarrten Hand. Durch ihr Eigengewicht löste die Waffe den Abzug aus, hämmerte Blei auf den Beton vor den Füßen des schon toten Mannes. Durch das Rütteln löste sich die UZI nach vier Kugeln vom Zeigefinger und fiel scheppernd zu Boden. Wieder war es still. Nur Nelson schluchzte leise.

Phil war bereits auf dem Weg in den Tunnel. Er sprintete.

Er sah Lowell im Halbdunkeln, zwanzig Yards entfernt. Der Gangster spähte über die Wagendächer auf der rechten Fahrbahnhälfte hinweg. Und eine Sekunde zu lange war seine Aufmerksamkeit auf den Indianer gerichtet, dessen lebloser Körper jetzt zur Seite kippte.

Die Distanz war auf fünfzehn Yards geschmolzen.

»Hoch mit den Händen!«, brüllte der G-man. Er verharrte. Sein Dienstrevolver lag im selben Moment im Beidhandanschlag.

Der Gangster zuckte wie unter einem Hieb. Er gehorchte, denn er hatte gesehen, was mit Keota geschehen war. Seinen Fehler, sich vom Zündgerät aufzurichten, konnte er nicht wieder gutmachen.

Von der Entrance Street stürmten die Beamten in breiter Front herab. Funkbefehle gingen an die Kollegen, die vor der Tunnelausfahrt auf der Manhattan-Seite postiert waren. Dort konnte die Lage bedenkenlos bereinigt werden. Warner hatte dort fünf Komplizen eingesetzt, die weitgehend vom Geschehen abgeschnitten waren.

Phil verpasste Lowell Handschellen. Cops schleusten die ersten Fahrzeuge rückwärts aus dem Tunnel. In der Manhattan-Ausfahrt würde das Gleiche noch zügiger ablaufen.

Ein Sprengstoff-Fachmann von der City Police meldete sich bei den FBI-Beamten. Sie führten ihn zu dem Zündgerät, das Lowell hinter der Leitplanke zurückgelassen hatte. Ein Patrolman brachte einen Standscheinwerfer. Der Fachmann untersuchte den Blechkasten, der um eine Autobatterie herumgebaut war. Er hob den Kopf und lächelte. Was bedeutete, dass er es mit einem Kinderspiel zu tun hatte. Die Gefahr war praktisch vorüber. Es sei denn, Warner und seine Komplizen hatten vor, ihr eigenes Leben zu opfern und sich selbst in die Luft zu jagen. Voraussetzung dafür waren zusätzliche mechanische Zünder direkt an der Sprengladung.

Das Geräusch der anspringenden Motoren drang von beiden Seiten bis in die Mitte des Tunnels. Ich wusste, was es bedeutete. Auch an der Manhattan-Seite war die Lage geklärt. Doch ich war von allen Informationen abgeschnitten. Das Walkie-Talkie verhalf mir zu keiner Verbindung. Deshalb blieb ich vorsichtig.

Rachel Bayard hatte es auf einmal eilig. Sie übertrumpfte mein Tempo fast. Lag es an dem Brummen der Motoren, das immer mehr anschwoll? Ich konnte mir vorstellen, dass es an ihrem Nervenkostüm zerrte. Aber was sollte ihr die Eile noch nützen? Ebenso wie ihre Komplizen musste sie begriffen haben, dass die Aktion A HEART FOR THE HOMELESS gelaufen war. Mit negativem Ausgang.

Um uns herum standen die Autos nach wie vor still. Ein paar Fahrer hatten die Türen geöffnet, schlossen sie aber schnell wieder, als sie unsere Schritte hörten. Noch rechnete jeder mit Gefahr. Und das war auch gut so.

Ich hörte Schritte, die uns entgegenkamen. Ich spürte, wie Rachel noch mehr zu zerren begann.

Ich wusste nur einen halbwegs plausiblen Grund für die plötzliche Eile meiner Zwangs-Begleiterin. Sie rechnete sich eine Chance aus. Eine Chance, die mit der Sprengladung zusammenhängen musste. Vielleicht glaubte sie, mich überlisten zu können – so, dass sie an die Ladung herankam, bevor ich es mitkriegte. Dann konnte sie damit drohen, uns gemeinsam in die Luft zu jagen. Vorausgesetzt, die Ladung war entsprechend ausgestattet. Und weiter vorausgesetzt, dass das Giftgas uns nicht alle vorher von den Beinen holte.

Der Druck im Hals war keine Einbildung gewesen. Er war noch immer da. Aber er hatte sich nicht verschlimmert. Ich hoffte, dass es nur noch Minuten dauern würde, bis alle die verdammte Tunnel-Hölle verlassen konnten – rechtzeitig, bevor die volle Wirkung des Giftgases einsetzte.

Die Schritte aus der Dunkelheit waren dem

Rhythmus unserer eigenen Schritte angepasst. Ich hielt das Griffstück der Thompson mit der rechten Hand. Mein Zeigefinger lag außen am Abzugsbügel. Die Maschinenpistole war entsichert. Ich hatte nicht vor, mich von bösen Überraschungen unterkriegen zu lassen.

»Hier müsste es sein«, stieß Rachel unvermittelt hervor. Ihre Stimme klang heiser und angespannt. Sie versuchte, mich nach links zu ziehen, zwischen zwei Limousinen hindurch.

Ich hielt sie zurück.

Sie zerrte verbissen. »He!«, zischte sie. »Was soll das, zum Teufel?«

»Ich will die Ladung unschädlich machen – nicht damit hochgehen. Außerdem sind wir nicht die einzigen Interessenten.«

Sie verharrte tatsächlich, horchte ebenfalls auf die Schritte. Natürlich hatte sie mitgekriegt, welche Informationen ich über die Lage auf der Manhattan-Seite erhalten hatte. Ich konnte das Blitzen ihrer Zähne sehen. Sie grinste.

»Na und? Mezz Warner wird nicht klein beigeben, wenn er sieht, dass du einen Abreißzünder in der Hand hast. Er braucht dich doch bloß über den Haufen zu schießen, dann hat er den Zünder wieder.«

Ich hielt den Atem an. Das war es also.

Die Sprengladung war mit einem dieser simplen mechanischen Zünder versehen.

Mit einem einzigen.

Und Rachel wollte schneller sein als ihr Komplize Mezz.

Jetzt verstand ich.

»Okay«, knurrte ich. »Zeig mir die Kiste. Woher kennst du die Stelle?«

Ihr Aufatmen war zu hören. »Wie sind ein paar Mal nachts durch den Tunnel gefahren. So was kann man schlecht auf einem Lageplan sehen. Ich hab mir sagen lassen, dass das A und O bei so einer Sprengladung die

Verdämmung ist.« Sie wirkte inzwischen regelrecht gelassen, obwohl die Schritte höchstens noch fünfzig Yards entfernt waren.

Ich folgte ihr auf die Leitplanke zu. »Warte mal«, sagte ich, als wir kurz davor waren. Ich sicherte die Thompson und nahm die Hand von der Waffe.

Rachel blieb bereitwillig stehen. »Was ist denn jetzt schon wieder?« Es klang jedoch weit weniger ungehalten als zuvor.

Ich hatte den Schlüssel schon aus der Tasche gekramt. Ich hob den linken Arm, ertastete das Handschellenschloss mit den freien Fingern und steckte den Schlüssel hinein. In der nächsten Sekunde trug Rachel nur noch die eine Stahlacht – an ihren Handgelenken. Ich ließ den Schlüssel wieder in die Hosentasche sinken. Ich konnte erkennen, wie die Mörderin mich fassungslos anstarrte. Die Handschellen, die Oliver Irvin mir gegeben hatte, verstaute ich am Hosenbund.

»Bist du verrückt!«, fauchte Rachel. »Was soll der Quatsch?«

Ich blies die Atemluft durch die Nase. »Auf einmal so anhänglich? Aber im Ernst: Ich will mir nichts vorzuwerfen haben, wenn ich versuche, die Ladung zu entschärfen. Du kannst dann weglaufen. Genauso, wie wir die Leute aus den Autos wegschicken werden.«

Die Schrittgeräusche kamen rasch näher.

Nur noch einen Atemzug lang starrte die Frau mich an. Urplötzlich wirbelte sie herum, tastete mit den aneinander gefesselten Händen über die Motorhaube in unserer Nähe und erreichte die Leitplanke. Rasch war sie drüben. Ich folgte ihr nicht. Ich zählte zwei Schritte Rachels ab. Dann ließ ich die Taschenlampe aufflammen – nur eine Zehntelsekunde lang.

Die Sprengstoffkiste stand in einer Nische, die für Wartungsarbeiten ausgespart war.

Rachel stürzte auf die Kiste, warf sich darauf und umklammerte sie wie eine Ertrinkende. Ihre Hände krochen auf eine bestimmte Stelle des Deckels zu.

Ich schaltete die Taschenlampe aus, duckte mich und schnellte nach vorn, auf die Leitplanke zu. Gerade noch rechtzeitig.

Feuerblüten standen jäh in der Dunkelheit. Ich sah es noch, bevor ich wegtauchte. Dort, wo ich eben noch gewesen war, hackten UZI-Geschosse in den Heckkotflügel.

Ich kauerte mich vor die rechte Haubenhälfte des nächsten Wagens, eines Oldsmobile, zog den Maschinenpistolenriemen von der Schulter und entsicherte die Waffe.

»Cotton!«, gellte die Stimme der Killerin. »Wo steckst du, du Hund? Jetzt können wir die gemeinsame Himmelfahrt antreten, wenn du's so haben willst!«

Die Schritte endeten jäh, gingen in ein Schleichen über, das bei aller Anstrengung doch nicht leise genug war.

Ich hörte einen würgenden Laut. Er konnte nur von Rachel gekommen sein. Ich war mir aber nicht sicher.

»Zeig dich«, keifte sie, »oder ich zieh den Zünder gleich!«

Eindeutig jetzt gingen die Nerven mit ihr durch.

Rechts von mir war es ruhig geworden. Die einzigen Geräusche im Tunnel stammten von den immer noch allzu weit entfernten Automotoren. Im Handumdrehen ließ es sich nun einmal nicht bewerkstelligen, die Leute in Sicherheit zu bringen.

Mir war klar, dass die Zeit drängte.

Ich nahm die Taschenlampe in die Linke, ohne sie einzuschalten. Ich richtete den batteriegefüllten Stab in einem Winkel aus, von dem ich hoffte, dass er wenigstens ungefähr richtig berechnet war. Ich hielt die Lampe flach über den Boden und schob mich lautlos bis an die Leitplanke heran. Einschalten und Davonrollen waren eine fließende Bewegung.

Ich wich zurück.

Das metallene Lampengehäuse schepperte auf dem

Beton. Der Lichtkegel tanzte nur wenig und rollte nach rechts wie ein großes, helles Kinderspielzeug.

Niemand feuerte diesmal.

Die Taschenlampe prallte gegen eine Senkrechtverstrebung und blieb liegen.

Rachel Bayard saß wie in einem Spotlight. Nur kam es aus der falschen Richtung, nämlich von unten. Es gab ihrem Gesicht und ihren Körperkonturen Schattenlinien, die etwas Teuflisches hatten.

»Lass den Schwachsinn!«, schrie jemand mit merkwürdig dumpfer Stimme.

Ich wusste, dass Warner und seine Komplizen Gasmasken trugen. Im selben Moment, in dem mir die Bedeutung der dumpfen Stimme klar wurde, hatte ich das Gefühl, dass der Druck in meinem Hals abwärts wanderte und im Magen um sich zu greifen begann.

»Sie sollen sich alle zurückziehen!«, schrie Rachel. Ihre Stimme kippte bereits über. Sie hustete, krümmte sich, würgte erneut. Zeigefinger und Mittelfinger ihrer rechten Hand lagen unter einem feuerroten T-förmigen Kunststoffhaken. »Die ganzen verdammten Bullen sollen sich zurückziehen, sonst …« Abermals hustete sie. »Sonst gehen Cotton und ich in die Luft! Und die Leute, die noch hier sind!«

»Nein!«, blaffte die Maskenstimme. »Ich warne dich nicht nochmal! Wir brauchen die Ladung nicht mehr. Das Gas wirkt gleich, und dann können wir freien Abzug verlangen. Je länger die Leute nämlich drin bleiben, desto schlechter wird es für sie. Aber ich will nicht mit in die Luft fliegen! Verstanden?«

Rachel kicherte. »Als ob mich das noch …«, sie verschluckte sich und hustete, »… interessiert!« Nach einem rasselnden Atemzug würgte sie die nächsten Worte hervor. »Fahrt doch alle zur Hölle, ihr Bastarde! Ich nehme euch verdammt gern mit! Ich …« Sie hustete. »Ich gehe doch nicht in irgendeine gottverdammte Todeszelle! Ich doch nicht!« Sie stieß einen schrillen Laut aus, der sich so anhörte, als hätte sie Schmerzen.

Ein Zucken lief durch ihren rechten Arm.

Ich ließ die Thompson fallen, griff zum Revolver.

Ich hatte ihn eben aus dem Holster, als rechts von mir UZIs kläfften. Rachel kippte vornüber und sank auf die Kiste. Sie hatte nicht mehr die Kraft zu ziehen.

Die Übelkeit wühlte schon in meinem Magen, als ich hochkam. Ich hatte den 357er aus dem Leder. Mit Todesverachtung jagte ich meine Kugeln in die ersten aufzuckenden Mündungsblitze hinein.

Als ich glaubte, in einen schwarzen Abgrund zu sinken, war ich überzeugt, getroffen worden zu sein. Einzig komisch war nur, dass der Schmerz in meiner Körpermitte tobte – in einem solchen Ausmaß, dass gut und gerne der Tritt eines Elefanten die Ursache gewesen sein konnte.

Ein Gesicht lächelte auf mich herab. Ein so hübsches Gesicht, wie man es nur in den romantischen alten Filmen zu sehen kriegt. Aber in einem Winkel meines Bewusstseins dämmerte mir, dass ich dieses Gesicht schon ein paar Mal wie durch einen Schleier gesehen hatte. Durch einen weißen Schleier.

Ja, verdammt, alles um mich herum war weiß.

Erst nach einer Weile nahm ich die Stimme wahr. Sie war so sanft wie von einem Engel. Logisch. Nichts konnte sanfter sein als eine Engelsstimme.

»Besuch für Sie, Mr. Cotton. Aber denken Sie daran, dass Sie nicht zu viel reden dürfen. Jede Art von Anstrengung ist noch Gift für Sie.«

Das Engelsgesicht verschwand.

Gift!

Das Wort hallte in mir nach.

Irgendwie schaffte ich es, mich in meiner weißen Wolke aufzurichten. Es musste an meiner veränderten Lage liegen, dass auf einmal die Wirklichkeit einkehrte. Die weiße Wolke war ein Krankenhausbett mit dicken Kissen in meinem Rücken. Das Engelsgesicht gehörte der Schwester, die gerade auf den Korridor hinaustrat und jemanden hereinrief.

Phil Decker, mein Freund und Kollege.

»Bist du zu beneiden!«, rief er. »So umsorgt zu werden – der reinste Traum!« Er deponierte ein Bücher- und Illustrierten-Paket auf dem Nachttisch. »Jede Art von Genussmittel ist für dich erst mal tabu. Die Leute in den Autos hatten übrigens mehr Glück als du. Zu ihnen ist das Zeug nicht so schnell vorgedrungen.«

Das Zeug.

Das Gift.

Mir dämmerte es. Die Wirklichkeit war nicht so schön wie der soundsovielte Himmel, in dem ich eben noch geschwebt hatte. »Was ist mit Warner und seinen Komplizen?«, hörte ich mich krächzen.

»Schwer verwundet – jedenfalls Warner und die anderen, die in deiner Reichweite waren. Aber keine Sorge: Sie liegen im Gefängnishospital, und sie kommen durch. Nur Rachel Bayard geht vor kein irdisches Gericht mehr.«

Ich beschränkte mich darauf zu nicken. In der Tat fiel mir das Sprechen schwer. Das Giftgas, so erklärte mir Phil, hatte anhaltende Krämpfe im Magen- und Darmtrakt ausgelöst. Es wirkte nicht tödlich, aber es machte einen Mann für mehrere Tage kampfunfähig. Dafür war es gedacht.

Ich erholte mich schnell. In den nächsten Tagen versorgte mich auch die Schwester mit dem Engelsgesicht mit neuen Illustrierten. Ich las ein paar Neuigkeiten, die mich brennend interessierten.

Drüben in Jersey City und Newark hatten die FBI-Kollegen unsere gemeinsam begonnene Aktion gegen den Ruggiero-Mob erfolgreich beendet. Der komplette Verein saß hinter Gittern und hatte bis zur Gerichtsverhandlung nicht einmal die Chance, gegen Kaution freizukommen.

Und da war noch eine andere Geschichte.

Donald Nelson war nach Hollywood abgeflogen. Ein Produzent hatte ihm einen Vertrag nach New York getickert. Donnie sollte eine Charakterrolle spielen, etwas Ernstes und Großes. Der Illustrierten-Reporter prophezeite ihm eine völlig neue Karriere. Denn Donnie hatte bei seinem Auftritt während der Geiselnahme einen gesteigerten Bekanntheitsgrad erlangt.

Das konnte nun wirklich niemand abstreiten.

ENDE

Jerry Cotton ist die erfolgreichste Kriminalromanserie der Welt. Die Gesamtauflage der Serie liegt bei über 850 Millionen Exemplaren und wird in über fünfzig Ländern der Erde gelesen

BASTEI-LÜBBE präsentiert für alle Freunde des Kriminalromans drei lange vergriffene Ausgaben der Jerry-Cotton-Taschenbücher in einer Sonderausgabe.

Dieser Band enthält die Romane:

Tiger der Nacht
Blond, nackt und verloren
Drei Stunden bis zum Super-GAU

ISBN 3-404-31936–2

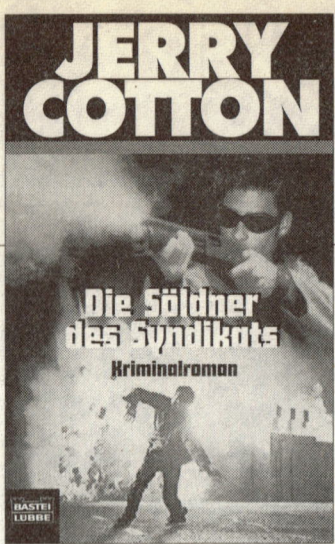

## Der Söldner des Syndikats

Jahrelang hatte Matt Konzo für Geld überall auf den Schlachtfeldern der Welt gekämpft. Dann kam er nach New York, arbeitete als Hitman für den Donetti-Clan, und man nannte ihn den ›Söldner des Syndikats‹. Doch der FBI konnte Donettis Organisation sprengen, und nur Matt Konzo setzte sich rechtzeitig ab.
Jetzt ist er zurückgekehrt nach New York, und erneut folgt ihm der Tod. Denn Matt Konzo hat hochstrebende Pläne, will sich aufschwingen an die Spitze einer Verbrecher-organisation, sodass aus dem ehemaligen ›Söldner des Syndikats‹ ein Syndikatsboss wird. Und damit beginnt eine brutale Schlacht in den Straßenschluchten New Yorks – eine Schlacht um Macht und das Blutgeld des Drogen-geschäfts …

3–404–31487–5